AF210376

Das Buch

Plötzlich Drache 2 – Künstliche Intelligenz ist das zweite Buch der voraussichtlich neunteiligen Serie *Plötzlich Drache*. Es setzt die Handlung von *Plötzlich Drache* (Teil 1) direkt fort. Weitere Informationen sind unter nicolas-bretscher.ch abrufbar.

Nicolas Bretscher

Plötzlich Drache ^{2}

Künstliche Intelligenz

Roman

Bibliografische Information der Deutschen Nationalbibliothek: Die Deutsche Nationalbibliothek verzeichnet diese Publikation in der Deutschen Nationalbibliografie; detaillierte bibliografische Daten sind im Internet über dnb.dnb.de abrufbar.

Die automatisierte Analyse des Werkes, um daraus Informationen insbesondere über Muster, Trends und Korrelationen gemäss §44b UrhG ("Text und Data Mining") zu gewinnen, ist untersagt.

5. Auflage

© 2025 Nicolas Bretscher
Illustrationen: Durch Midjourney AI generiert
Verlag: BoD · Books on Demand GmbH, Überseering 33, 22297 Hamburg, bod@bod.de
Druck: Libri Plureos GmbH, Friedensallee 273, 22763 Hamburg
Webseite: nicolas-bretscher.ch

ISBN: 978-3-7597-1215-8

1

Meinungsverschiedenheit

Gedankenverloren blickte ich aus dem Fenster der S4 und beobachtete die rasant an mir vorbeiziehenden Häuser. Der Zug würde in wenigen Minuten den Hauptbahnhof von Zürich erreichen. Unter normalen Umständen wäre ich die Strecke von meinem Bruder Tom zurück nach Hause mit dem Auto gefahren, denn ich hasste die öffentlichen Verkehrsmittel über alles. Die unzähligen Menschen waren mein Hauptproblem. Je mehr Menschen sich in meiner Umgebung befanden, desto unwohler fühlte ich mich. Andauernd versuchte ich, ihre Blicke zu meiden, was mir leider nicht immer gelang. Sehnsüchtig dachte ich an die Zeit zurück, in der ich noch ein Auto besessen hatte und mein Leben einigermassen normal gewesen war. Vor ungefähr einem halben Jahr hatte ich noch keine besonderen Fähigkeiten besessen, die es mir ermöglichten, mich in einen Drachen zu verwandeln. Deswegen hatte ich nicht ununterbrochen vor einem Forschungsinstitut namens Drachenschutzgesellschaft auf der Hut sein müssen. Ausserdem plagten mich seit den Kämpfen in der Ukraine Schuldgefühle, da ich während des Krieges vielen Menschen das Leben genommen hatte. Auch wenn die russischen Soldaten meine Feinde gewesen waren, bereute ich meine Taten.

«Nächster Halt: Zürich Hauptbahnhof»

Diese Durchsage unterbrach meine Gedankengänge. Ich stand von meinem Fensterplatz auf und zwängte mich zwischen den Passanten hindurch zur nächstgelegenen Tür. Trotz der Tatsache, dass ich mich unter derart vielen Menschen unwohl fühlte, war ich froh über die Ablenkung. Auf diese Weise musste ich nicht ununterbrochen an brutale Kampfszenen denken, die sich in der Vergangenheit ereignet hatten. Als ich vor der Tür ankam, fiel mir auf, dass mich eine Frau wütend anstarrte.

Habe ich irgendetwas falsch gemacht? Fragte ich mich.

Verwirrt sah ich ihr entgegen und versuchte einige Sekunden später, meine Aufmerksamkeit der Waggontür zu schenken. Im Augenwinkel erkannte ich, dass sie mich immer noch anstarrte. In diesem Moment fühlte ich, wie meine Wangen erröteten. Die Ungewissheit, weshalb sie mich mit ihrem Blick durchbohrte, machte mich nervös. Innerlich wünschte ich mir, sie würde endlich jemand anderen anstarren. Nach einer Minute, die sich wie eine Ewigkeit angefühlt hatte, hielt der Zug endlich an. Die Waggontür öffnete sich und ich trat eilig auf den Bahnsteig. Erleichtert atmete ich auf, während ich mich von der Frau entfernte. Gerade als ich mich wieder entspannen wollte, fielen mir die Blicke der anderen Passanten auf. Dutzende Männer und Frauen starrten mich verachtend an. Die meisten von ihnen wirkten wütend.

«Mörder!», sagte ein älterer Herr neben mir.

Meine Verwirrung war inzwischen derart gross, dass ich mich lediglich von ihm entfernte und währenddessen versuchte, keinen meiner Mitmenschen zu beachten.

«Spiel nicht den Scheinheiligen! Wir wissen, was du getan hast, Drache.», rief mir der Mann hinterher.

Diese Aussage liess mich augenblicklich erstarren. Blitzschnell drehten sich meine Gedanken im Kreis, während ich versuchte, die Situation einzuordnen. Ich tastete mein Gesicht ab, da ich mir nicht mehr sicher war, ob ich mich unbeabsichtigt verwandelt hatte. Mit meinen Fingern konnte ich lediglich weiche Haut und Haare fühlen, jedoch keine Drachenschuppen. Anschliessend blickte ich an mir herab und versuchte herauszufinden, wie ich aufgefallen war. Da ich nichts ausser meiner menschlichen Gestalt erkennen konnte, richtete ich meine Aufmerksamkeit erneut auf den Mann, der mir hinterhergerufen hatte.

Woher weiss er, dass ich ein Drache bin? Fragte ich mich.

«Das hier muss sich um eine Verwechslung handeln.», antwortete ich ihm, um dieser seltsamen Situation zu entweichen.

«Ist es nicht. Wir haben alle das Video gesehen, in dem du dich verwandelt hast.», entgegnete eine junge Frau.

Diese Aussage liess mir einen kalten Schauer über den Rücken laufen. Ich hatte befürchtet, dass meine Geheimidentität irgendwann auffliegen würde, wenngleich ich noch vor wenigen Minuten niemals vermutet hätte, dass es bereits jetzt geschah. Da ich nicht wusste, wie ich mich mit Worten aus dieser Situation winden konnte, beschleunigte ich meine Schritte. Die wütenden Blicke der Passanten verfolgten mich. Kurz bevor ich die grosse Halle des Hauptbahnhofs erreichte, stellte sich mir jemand in den Weg. Ich änderte meine Richtung und blickte nach Hilfe suchend umher. Niemand schien an meinem Wohlbefinden interessiert zu sein. Mittlerweile joggte ich zwischen den Menschen hindurch, um schnellstmöglich ins Freie zu gelangen. Kurz vor einer

6

Rolltreppe versperrten drei junge Männer den Ausgang. Hinter mir erblickte ich mehrere Verfolger.

Die wissen ohnehin bereits, dass ich ein Drache bin, dachte ich, während ich mir vorstellte, aus Feuer zu bestehen, um die Verwandlung einzuleiten.

Zu meiner Enttäuschung setzte das vertraute Kribbeln trotz höchster Konzentration nicht ein.

Das darf doch jetzt nicht wahr sein!

Voller Angst rannte ich einem anderen Gang entlang, um meine Verfolger abzuschütteln. Erneut versuchte ich, mich in einen Drachen zu verwandeln, jedoch ohne Erfolg. Ich blickte nach hinten und war überrascht, dass mich nur noch wenige Meter von einem wütenden Mann trennten, der definitiv nicht bloss Redebedarf hatte. Plötzlich stolperte ich, da mir jemand ein Bein gestellt hatte, während mein Blick nach hinten gerichtet war. Ich verlor das Gleichgewicht und fiel vornüber. Erstaunlicherweise fühlte ich den darauffolgenden Aufprall auf dem harten Boden kaum. In kürzester Zeit rappelte ich mich auf und wollte bereits wieder fliehen, als ich feststellte, dass ich nun von wütenden Menschen umzingelt war. Wie eine riesige Horde Zombies bewegten sie sich langsam mit ausgestreckten Armen auf mich zu.

«Können wir nicht noch einmal darüber reden?», fragte ich hoffnungsvoll.

Stumm traten sie näher, bis ich mich aufgrund ihrer schieren Masse nicht mehr von der Stelle bewegen konnte.

Weshalb kann ich mich nicht verwandeln? Das wäre jetzt wirklich sehr wichtig! Dachte ich.

«Für ein Gespräch ist es bereits zu spät.», erwiderte der Mann, der mir am nächsten stand.

Er zog ein Messer aus seiner Hosentasche und richtete es mir entgegen. Verzweifelt versuchte ich, mich aus der Menschenmenge zu befreien. Da mich bereits einige von ihnen festhielten, gelang es mir nicht.

«Hilfe!», schrie ich, während ich auf das blanke Messer blickte, was sich nun rasend schnell meiner Brust näherte.

Genau in dem Moment, als es mich berührte, wachte ich schweissgebadet auf und sass sogleich kerzengerade in meinem Bett. Es war stockdunkel in meinem Zimmer. Lediglich das Ziffernblatt meines Weckers spendete ein wenig Licht. Es war Viertel vor fünf des zehnten Mais 2023. Mein Puls raste und ich zitterte vor Adrenalin, während ich versuchte, die Geschehnisse von eben einzuordnen. Es dauerte einen Moment, bis ich begriffen hatte, dass es sich bei der Verfolgungsjagd im Zürcher Hauptbahnhof um einen Traum handelte. Immer noch schockiert stand ich auf, ging auf die Toilette und trank ein wenig Wasser, um mich zu beruhigen. Anschliessend stellte ich mir vor, meine rechte Hand würde aus Feuer bestehen. Sofort setzte das unangenehme Kribbeln ein, was stets die Verwandlung begleitete. Rote Schuppen bildeten sich auf meiner Haut und die Fingernägel wuchsen zu Drachenklauen heran. Nachdem sich meine Hand vollständig verwandelt hatte, atmete ich erleichtert aus. Aufgrund meines Albtraums hatte ich bereits befürchtet, meine besondere Fähigkeit verloren zu haben. Ich machte meine Verwandlung rückgängig und ging erneut zu Bett. Dies war nicht das erste Mal, dass sich meine Ängste in Form eines Traums zeigten. Nahezu jede Nacht seit dem Kampf in Moskau suchten mich Albträume heim, die derart real wirkten, dass ich selbst nach dem Aufwachen nicht mehr genau wusste, was tatsächlich geschehen war. Die öffentliche Meinung über Drachen scherte mich inzwischen kaum noch. Meine Schuldgefühle und Ängste hingegen hatten sich stark vergrössert. Ich hatte Angst davor, aufzufliegen und von der Drachenschutzgesellschaft, kurz DrSG, gefangengenommen zu werden. Ausserdem fürchtete ich, irgendwann versehentlich jemanden zu verletzen oder gar zu töten, da ich meine Drachenkräfte während des Schlafs kaum kontrollieren konnte. Insbesondere dann nicht, wenn die Träume derart der Realität glichen. Bereits dutzende Male musste ich meine Bettwäsche ersetzen, da ich sie im Schlaf als Drache zerrissen oder angezündet hatte. Der Feuerlöscher neben meinem Bett kam mittlerweile wöchentlich zum Einsatz und musste regelmässig ausgetauscht werden. Glücklicherweise konnte ich das Feuer bisher stets löschen, bevor es unkontrollierbar wurde. Trotzdem wusste ich, dass mich mein Glück irgendwann verlassen würde. Manchmal wünschte ich mir sogar, jemand würde mich fesseln und in einem feuerfesten Raum einsperren, nachdem ich eingeschlafen war, sodass ich nichts mehr versehentlich zerstören konnte.

Über eine halbe Stunde lag ich wach im Bett und versuchte, nicht erneut einzuschlafen, um weitere Albträume zu vermeiden. Aufgrund meiner Müdigkeit fielen mir die Augen dennoch zu, wodurch sich meine nächtlichen Qualen fortsetzten.

Um halb acht klingelte mein Wecker, worüber ich sehr froh war, da ich in einem weiteren Albtraum versehentlich meinen Bruder Tom getötet hatte. Ich betätigte den Knopf, um den Wecker auszuschalten, und stand auf. Das laute Kratzen meiner Krallen auf dem Fussboden erinnerte mich daran, dass ich mich erneut im

Schlaf verwandelt hatte. Ich blickte zurück zu meinem Bett, was lediglich noch aus einem Haufen Stofffetzen und Federn bestand.

Das war's wohl mit Bettwäsche Nummer 61, dachte ich niedergeschlagen. Mittlerweile gehörte es bereits zu meinem Alltag, zerfetzte Bettwäsche zu entsorgen und durch eine meiner mindestens zehn Vorrätigen zu ersetzen. Da ich seit Monaten unter Schlafmangel litt, kümmerte ich mich meistens erst am Abend um diese Aufgabe. Dadurch konnte ich am Morgen jeweils länger schlafen. Eilig verwandelte ich mich in einen Menschen, zog mir Kleider an, die noch in einem Stück waren, und ass mein Frühstück. Anschliessend setzte ich mich gähnend an meinen Computer, um mit der Arbeit zu beginnen.

Am Abend quetschte ich alle Federn und Stofffetzen, die in meinem Zimmer lagen, in einen Abfallsack. Geistesabwesend brachte ich den Müll raus. Die Menschen auf der Strasse beachtete ich nicht einmal mehr. Selbst wenn sie mich wie in meinem Traum angestarrt hätten, wäre es mir gleichgültig gewesen.

So kann das nicht weitergehen, dachte ich, als ich erneut in meiner Wohnung ankam.

Erschöpft ass ich ein einfaches Abendessen aus belegten Brotscheiben und zog mir anschliessend wieder die Schuhe an. Normalerweise wäre ich wie jeden Abend um diese Uhrzeit zu Hause geblieben, um mich mit Computerspielen von der Realität abzulenken. Heute entschied ich mich jedoch dagegen. Ich ging in den Wald und verwandelte mich in einen Drachen, nachdem ich meine Kleider ausgezogen und sie in einem Gebüsch versteckt hatte. Da meine Rundflüge mit Tom mittlerweile immer seltener geworden waren, hatte ich mich bereits seit drei Wochen nicht mehr absichtlich verwandelt. Obwohl mir die veränderte Wahrnehmung, die zusätzlichen Gliedmassen und der andere Körperbau hätte fremd vorkommen müssen, fühlte sich alles normal an. Meine Drachengestalt war mir inzwischen derart vertraut, als hätte ich sie bereits seit meiner Geburt besessen. Nicht einmal die Verhaltensweise, die ich an die jeweilige Gestalt anpassen musste, bereitete mir noch Schwierigkeiten. Nur sehr selten geschah es noch, dass mein Verhalten als Mensch dem eines Drachen glich. Zum Beispiel stand ich einmal im Büro von meinem Arbeitsplatz auf und wollte auf allen Vieren ins Sitzungszimmer kriechen, bis es mir im allerletzten Moment auffiel, bevor mich meine Arbeitskollegen entdeckten. An einem anderen Tag biss ich mein Essen wie ein Drache mit den Zähnen ab, ohne meine Hände zu verwenden. Dies hatten einige Menschen gesehen, jedoch blickten alle nach kurzer Zeit wieder in eine andere Richtung.

Tief in Gedanken versunken stiess ich mich dem Himmel entgegen. Erst nachdem ich bereits einige hundert Meter an Höhe gewonnen hatte, fiel mir auf, wie sehr sich der bevorstehende Sommer bereits zeigte. Die goldene Sonne stand noch strahlend hell am wolkenlosen Himmel, obwohl es bereits sechs Uhr abends war. Ausserdem standen die Bäume in voller Blüte. Im Winter hatte ich mich stets mit der Hitze meines Feuers warmhalten müssen. Nun waren solch drastische Massnahmen überflüssig. Selbst entspannte Flügelschläge reichten aus, um der kühlen Luft entgegenzuwirken. Meiner Schätzung nach musste die Temperatur knapp zwanzig Grad im Schatten betragen. Früher hätte mich ein Rundflug bei solch angenehmen Wetterverhältnissen augenblicklich all meine Sorgen vergessen lassen. Da ich mich bereits seit einigen Monaten in einen Drachen verwandeln konnte, glich es inzwischen eher einem normalen Spaziergang. Nichtsdestotrotz half mir diese körperliche Aktivität, meine Erlebnisse und die daraus resultierenden Träume zu verarbeiten.

Eine laute Demonstration in der Innenstadt erregte meine Aufmerksamkeit, als ich darüber hinwegflog. Obwohl ich mich mehrere Kilometer über Zürich befand, konnte ich dank meiner scharfen Drachenaugen die Plakate der Demonstranten lesen.

«Jetzt handeln, bevor es zu spät ist», «Drachen gehören in unsere Fantasie, nicht auf die Erde» und «Sperrt die Drachen ein» stand auf den meisten Plakaten.

«Fort mit den Drachen! Bevor sie sich unkontrolliert vermehren können.», schrie ein Mann durch sein Megafon der Menge entgegen.

Bei den anderen konnte ich nur Wortfetzen verstehen, da alle wild durcheinander schrien.

Das hat sich aber ordentlich zugespitzt, dachte ich besorgt.

Die Meinung der Menschen bezüglich Tom und mir interessierte mich kaum noch. Trotzdem fürchtete ich mich vor möglichen Konsequenzen, die solch ungezähmter Hass haben konnte. Schliesslich wusste ich bereits, zu was die Menschen im Stande waren, wenn extreme Emotionen ihr Handeln beeinflussten. Neben den wütenden und schreienden Demonstranten gab es noch eine kleinere Gruppe von Menschen, die anders gekleidet waren und leise mit ihren Plakaten danebenstanden.

«Jede Tierart hat ein Recht auf Freiheit» und «Schützt die Drachen» war darauf zu lesen.

Passenderweise trugen einige dieser Gegendemonstranten Drachenkostüme, wovon die meisten entweder rot oder grün gefärbt waren, um meine oder Toms

Schuppenfarbe zu imitieren. Die grosse Demonstration wurde durch Wut und Furcht getrieben, wohingegen sich die anderen ruhig und gelassen verhielten.

Meinungsverschiedenheiten finde ich vollkommen in Ordnung, aber was die da unten treiben, ist völlig übertrieben.

Schmunzelnd über die beiden Demonstrationen, die man wegen meinem Bruder und mir veranstaltete, suchte ich mir einen ruhigen Landeplatz. Da sich kaum Menschen auf dem Lindenhof befanden, liess ich mich dort nach unten gleiten. Wenige Meter über dem Boden bremste ich mithilfe eines bereits tausendfach geübten Flügelschlags ab und setzte sanft auf dem mit Kies bedeckten Boden auf. Vier Menschen, die gerade noch Schach gespielt hatten, blickten in meine Richtung. Ich vermutete, dass sie meinetwegen nicht mehr weiterspielen würden, jedoch täuschte ich mich. Nur wenige Sekunden später ignorierten sie mich bereits wieder und setzten ihr Spiel auf dem über zwei Meter grossen Spielfeld fort. Jede Figur war knapp einen halben Meter hoch, was die Menschen im Vergleich klein aussehen liess.

Ob sie mich auch mitspielen lassen? Fragte ich mich.

Gleich darauf verwarf ich diesen Gedanken wieder, da Schach spielen definitiv nicht zu den Dingen zählte, die für einen Drachen typisch waren. Hinter mir hörte ich das leise Geräusch eines Kieselsteins, der über den Boden kullerte. Instinktiv blickte ich in die Richtung der Geräuschquelle. Ein Junge von höchstens acht Jahren starrte mir entgegen. Er schien sich aufgrund meiner plötzlichen Bewegung erschrocken zu haben. Langsam und unsicher bewegte er sich zu einer Frau zurück, die wahrscheinlich seine Mutter war. Es tat mir leid, ihn auf diese Weise vertrieben zu haben. Schliesslich wollte ich nicht gefürchtet werden.

Sowohl der Reflex, bei unerwarteten Geräuschen sofort aufmerksam zu werden, als auch andere Instinkte waren seit meiner ersten Verwandlung entstanden. Je länger ich als Drache lebte, desto ausgeprägter wurden diese neuen Verhaltensweisen. Obwohl ich nicht wusste, woher meine animalischen Instinkte stammten und wie sie sich weiterentwickeln würden, bereiteten sie mir keinerlei Sorgen, denn sie fühlten sich seltsamerweise natürlich an. Ausserdem war ich als Drache ein anderes Lebewesen, selbst wenn ich mich oftmals bemüht hatte, mein Verhalten nicht zu sehr anzupassen. Inzwischen hatte ich diese Veränderungen akzeptiert. Sie gehörten nun zu meinem Leben wie Essen und Schlafen.

Seufzend setzte ich mich auf die Mauer, die den Lindenhof begrenzte. Da dieser von einigen Bäumen bewachsene Platz auf einer Anhöhe lag, konnte man von hier aus einen grossen Teil der Stadt Zürich überblicken. Ich liess meinen Blick über das Grossmünster schweifen und entdeckte in einem nahegelegenen Wohnhaus eine Frau, die mich durch einen Feldstecher beobachtete. Sie wirkte fasziniert, was mich unwillkürlich schmunzeln liess.

Es freut mich, dass doch noch einige Menschen existieren, die Drachen nicht als Gefahr betrachten.

Als hätte das Schicksal meine Gedanken gehört, kam ein junger Mann auf mich zu, der nicht gerade glücklich über mein Erscheinen wirkte. Aufgrund seines aggressiven Auftretens wusste ich bereits, dass er nichts Gutes im Schilde führte. Trotzdem blieb ich auf der Mauer sitzen, denn ich konnte mich inzwischen gut verteidigen. Einen Meter vor mir blieb der Mann stehen und spuckte mir ins Gesicht.

«Verpiss dich von hier!», rief er mit lauter Stimme und stapfte wieder davon.

Angewidert versuchte ich, die Spucke von meiner Schnauze und meinem linken Auge zu wischen. Leider war dies mit den harten Klauen und Schuppen nahezu unmöglich. Ich suchte den Platz nach einem Gegenstand ab, mit dem ich mich säubern konnte. Ausser wenigen bereits zerfallenden Blättern fand ich nichts, was mir hätte helfen können. Ich wollte gerade losfliegen, um mich im See zu waschen, als sich eine junge Frau näherte, die das Geschehen beobachtet hatte. Vorsichtig setzte sie sich neben mir auf die Mauer und zog ein Taschentuch aus ihrer Handtasche.

Ja, bitte, dachte ich, obwohl ich wusste, dass sie meine Gedanken im Gegensatz zu Tom nicht verstand.

Zögerlich hielt sie das weisse, nach Parfüm riechende Tuch vor meine Schnauze, sodass ich daran schnuppern konnte. Noch immer fragte ich mich, weshalb nahezu jeder Mensch diese Verhaltensweise zeigte, sobald um meine Erlaubnis gebeten wurde. Geduldig wartete ich ab, bis sie sich davon überzeugt hatte, dass ich einverstanden war. Nun strich sie mit dem Taschentuch über die von Spucke bedeckten Schuppen, wobei sie sehr gründlich und behutsam vorging, um selbst die kleinsten Ritzen zu säubern. Schlussendlich tupfte sie sogar die Tropfen unter meinem linken Auge ab. Ihre Berührungen waren nun derart zärtlich, dass ich mich fragte, ob es überhaupt sauber wurde. Währenddessen blickte ich ihr in die blauen Augen, die im Licht der untergehenden Sonne zu schimmern schienen. Aufgrund des flachen Winkels, mit der die Lichtstrahlen ihr Gesicht trafen, glich die Iris einem stürmischen Ozean, der meterhohe Wellen schlug. Bei der kleinsten Bewegung ihrer Augen formte sich das Wasser neu und bildete andere Muster, in denen mein Gehirn automatisch Regelmässigkeiten zu erkennen versuchte. Je länger ich ihre Augen anstarrte, desto tiefer und unergründlicher schien der Ozean zu werden, was meine Faszination noch steigerte. Wie hypnotisiert sass ich da und bemerkte nicht einmal, wie sie begonnen hatte, mich zu streicheln. Erst als die Sonne durch die Blätter der Bäume verdeckt wurde und das Licht nicht mehr in einem perfekten Winkel auf ihre Iris traf, konnte ich meinen Blick lösen. Inzwischen massierte sie meinen Rücken, was ich normalerweise überhaupt nicht mochte, insbesondere nicht von einer fremden Person. Seltsamerweise fühlten sich ihre Berührungen all meiner Erwartungen entgegen angenehm an. Sie drückte mit ihren Fingern immerzu genau auf die Stellen, die verspannt waren, wodurch sich ein wohliges Gefühl in mir ausbreitete. Meine Muskeln entspannten sich wie von selbst und ich legte mich kurze Zeit später flach auf der breiten Mauer hin. Während meiner unerwarteten Massage analysierte ich den Geruch dieser Frau, der ebenso unergründlich war wie ihre Augen. Zuerst nahm ich ihr Parfüm wahr, was nach verschiedensten Blumen roch und sich mit ihrem Körpergeruch überlagerte. Anschliessend schien sich der Duft aufzuspalten und laufend weitere Facetten freizugeben, die mich in kürzester Zeit überwältigten. In vollkommener Entspannung schloss ich meine Augen und genoss die angenehme Massage und ihren undefinierbar wundervollen Geruch. In diesem Augenblick wünschte ich mir, der jetzige Moment würde sich bis in alle Ewigkeit ausdehnen.

Mein Magen knurrte und mir war kalt, als ich auf der harten Steinmauer erwachte. Verwirrt blickte ich auf dem mittlerweile stockfinsteren Lindenhof umher. Unter dem fahlen Mondlicht entdeckte ich zwei Katzen und ein Eichhörnchen, jedoch keinen Menschen.

Wann bin ich eingeschlafen? Fragte ich mich.

Dies war das erste Mal seit Langem, dass ich nicht von Albträumen heimgesucht worden war. Ausserdem erstaunte mich, dass ich auf diesem harten Untergrund zwischen fremden Menschen überhaupt Schlaf finden konnte. Positiv überrascht von meinem nun gut ausgeruhten Zustand stand ich auf. Die aufgrund der harten Schlafunterlage befürchteten Schmerzen blieben erstaunlicherweise aus. Ich spannte die Flügel und stiess mich von der Mauer ab, um den Sternen entgegenzufliegen. Meine Bewegungen fühlten sich wesentlich geschmeidiger an als sonst.

Diese Massage war anscheinend dringend überfällig, dachte ich.

Meine Gedanken schweiften erneut zu dieser Frau ab, die mich stundenlang gestreichelt und massiert hatte. Unbewusst schlug ich den direkten Weg zu mir nach Hause ein. Erst nachdem ich auf dem Balkon gelandet war, fiel mir ein, dass ich noch meine Kleider aus dem Wald holen musste.

Geistesabwesend landete ich neben dem Busch, der mir bereits seit geraumer Zeit als Kleiderversteck diente, und verwandelte mich zurück in einen Menschen. Wenngleich ein kühler Wind aufgekommen war und ich nun nackt im Wald stand, war mir nicht kalt. Zu sehr schwelgte ich in Gedanken über diese Frau, von der ich noch nicht einmal ihren Namen kannte. Gemächlich spazierte ich nach Hause und ass etwas, obwohl es bereits halb drei Uhr war. Anschliessend legte ich mich schlafen, wobei ich nicht den kleinsten Gedanken an meine Ängste oder Schuldgefühle verschwendete.

2

Liebe

Nachdem ich aufgestanden war, dauerte es wesentlich länger als gewöhnlich, bis ich mit meiner Morgenroutine fertig wurde. Erst um halb neun konnte ich mich vor den Computer setzen, um meinen Arbeitstag zu beginnen. Obwohl ich dank der gestrigen Massage entspannt, ausgeschlafen und motiviert war, schritt ich kaum mit der Arbeit voran. Ununterbrochen musste ich an die Frau von gestern denken, wodurch sich jede Aufgabe ewig in die Länge zog. Als endlich der Feierabend begann, verwandelte ich mich augenblicklich in einen Drachen, um direkt vom Balkon aus zu starten. Die Menschen, die mich währenddessen beobachteten, waren mir gleichgültig. Mein Interesse galt einzig und allein dieser einen Person.

Ich muss sie unbedingt wiederfinden, dachte ich sehnsüchtig.

Dass ich mich hoffnungslos verliebt hatte, war mir in diesem Augenblick nicht einmal bewusst. Nur fünf Minuten später landete ich erneut auf dem Lindenhof. Die Mauer, auf der ich gestern massiert worden war, roch noch nach ihr. Ich kletterte hinauf und schnupperte den rauen Stein ab, als wollte ich jedes einzelne Duftmolekül aus der Mauer saugen. Selbst die verwunderten Blicke der Passanten hielten mich nicht davon ab, minutenlang in derselben Position zu verharren, bis ich den gesamten Geruch in mir aufgenommen hatte. Währenddessen sprachen die Menschen um mich herum etwas, was nicht in meinen Gedanken hängenblieb, da es mir momentan gleichgültig war.

Irgendwann fand ich mich neben einer Bank wieder, die leicht nach dieser einen Frau roch. Plötzlich konnte ich erneut klare Gedanken fassen und blickte umher. Da ich bereits seit einigen Minuten auf dem Lindenhof war, beachteten mich die Menschen kaum noch. Ich suchte unter ihnen nach diesem unergründlichen Augenpaar. Zu meiner Enttäuschung wurde ich nicht fündig. Nun setzte ich mich wieder auf die Mauer und wartete aufgeregt.

Ob sie heute ebenfalls kommt? Fragte ich mich.

Nach einer gefühlten Ewigkeit witterte ich endlich ihren Geruch. Augenblicklich sah ich mich nach ihr um und entdeckte sie schliesslich am anderen Ende des Lindenhofs. Wie fremdgesteuert bewegte ich mich auf sie zu und blieb wenige Meter vor ihr stehen. Sie lächelte mir entgegen, was mich sogleich verzauberte. An Ort und Stelle legte ich mich auf den mit Kies bedeckten Untergrund und blickte der jungen Frau hoffnungsvoll ins Gesicht. Ich befürchtete bereits, dass sie mich dieses Mal nicht mehr massieren würde, da sie sich nach den anderen Menschen umsah, denen ich momentan keinerlei Beachtung schenkte. Als sie sich schliesslich doch neben mich setzte, war ich ausserordentlich erleichtert. Sie begann, mich am Kopf zu kraulen und wechselte bald darauf zu einer Rückenmassage wie am Vortag. Erneut nahm ich ihren Geruch in mir auf und blickte in ihre wunderschönen Augen.

Auf einmal richtete sich ihre Aufmerksamkeit auf eine andere Person, die neben ihr stand.

«Es sieht ganz so aus, als würde er Ihre Nähe geniessen.», sagte die mindestens zehn Jahre ältere Frau.

«Ja, das glaube ich auch. Er ist direkt wieder zu mir gekommen und wollte gestreichelt werden.», antwortete die junge, blonde Frau mit den schönen Augen.

Ich wünschte, ich würde ihren Namen kennen, dachte ich währenddessen.

«Wie oft haben Sie das bereits gemacht?»

«Gestern zum ersten Mal.»

«Tatsächlich? Sie scheinen überhaupt keine Angst zu haben.»

«Für Angst sehe ich keinen Anlass. Schliesslich verhält sich dieser Drache sehr passiv.»

Die Frau mittleren Alters nickte bewundernd und setzte sich kurze Zeit später auf die nächstgelegene Bank, um uns zu beobachten. Erwartungsvoll blickte ich der jungen Frau entgegen, da sie inzwischen aufgehört hatte, meinen Rücken zu massieren.

«Ja, ich mache schon weiter.», sagte sie lächelnd.

Mit einem tiefen Seufzer entspannte ich mich, während sie die Massage fortsetzte. Nach einer Weile widmete sie sich meinen Flügeln. Mit ihren zarten Fingern strich sie die Verspannungen aus meinen Muskeln, bis es sich anfühlte, als würde ich ohne die geringste Anstrengung in einem Meer aus Wolken schweben. Ich schloss meine Augen und liess jede ihrer Berührungen mit grossem Genuss durch mich hindurchfliessen.

Da sich mein Schlafmangel stark reduziert hatte, schlief ich dieses Mal nicht mehr ein. Eine Stunde später, als die Sonne gerade hinter dem Horizont verschwand, stand die junge Frau unvermittelt auf. An ihren steifen Bewegungen erkannte ich, dass die Sitzposition für sie alles andere als bequem gewesen war.

Das tut mir leid. Ich hätte auf die Idee kommen sollen, einen bequemeren Platz zu suchen, dachte ich verlegen.

Sie streckte sich und massierte ihre Hüfte, die ihrem Gesichtsausdruck nach offensichtlich schmerzte. Da ich sie während dieser gesamten Zeit sehnsüchtig anstarrte, kam sie noch einmal auf mich zu und strich mir über die Stirn.

«Ich muss jetzt leider nach Hause gehen.», sagte sie.

Mit diesen Worten verliess sie mich und den Lindenhof. Nachdem sie auf der Treppe verschwunden war, seufzte ich enttäuscht, während ich mich ebenfalls auf den Rückweg begab.

Am nächsten Abend landete ich erneut auf dem Lindenhof. Wie am Vortag wartete ich, bis ich die hübsche, junge Frau witterte. Sie erschien bereits wenige Minuten später, was mich augenblicklich mit Glück erfüllte. Dieses Mal wartete ich geduldig auf der Mauer, sodass sie mich nicht erneut in einer unbequemen Sitzposition massieren musste. Zu meiner Enttäuschung blieb sie bei anderen Menschen stehen und begann, sich mit ihnen zu unterhalten.

Komm doch bitte zu mir, statt zu quatschen.

Da mich bald darauf die Geduld verliess, sprang ich von der Mauer herunter und trat näher, bis sie mich erblickte. Nach nur einer Sekunde richtete sie ihre Aufmerksamkeit wieder auf das Gespräch und liess mich unbeachtet neben ihr stehen. Um ihr zu signalisieren, dass ich gestreichelt werden wollte, kam ich noch näher auf sie zu und stupste schlussendlich ihre Hand mit der Schnauze an. Sie sah erneut in meine Richtung und musste schmunzeln.

«Ich glaube, der Drache möchte etwas von dir, Vanessa.», sagte eine andere junge Frau.

Vanessa also? Das werde ich mir definitiv merken, dachte ich.

«Der möchte wieder Streicheleinheiten, wie es aussieht.»

Vanessa und die anderen drei Frauen, mit denen sie in ein Gespräch verwickelt war, mussten kichern. Da mich nun alle amüsiert anstarrten, wurde ich verlegen.

«Wollen wir uns setzen?», schlug Vanessa vor.

«Gute Idee. Ich musste heute wegen der Arbeit bereits den ganzen Tag stehen.», antwortete eine ihrer Freundinnen.

Sie setzten sich auf eine Bank und als ich ebenfalls dazustiess, rutschte Vanessa ein wenig näher zu den anderen, um mir Platz zu lassen. Trotz ihrer Bemühungen blieb nur noch der linke Rand von ungefähr vierzig Zentimetern für mich übrig. Vorsichtig kletterte ich auf die Bank und setzte mich aufrecht neben Vanessa hin. Obwohl ich versuchte, so wenig Raum wie möglich einzunehmen, berührte ich ihre linke Seite ununterbrochen.

Das kann unmöglich bequem für sie sein, dachte ich und kletterte sogleich wieder nach unten.

Zu meinem Erstaunen hielt sie mir die Hand hin, als wollte sie mich herlocken. Alle vier Frauen sahen erwartungsvoll in meine Richtung. Überrascht stieg ich erneut auf die Bank und setzte mich neben Vanessa. Nur wenige Sekunden später begann sie, mich zu streicheln. Als ihre Berührungen mit der Zeit in eine Massage übergingen, wurde meine Sitzposition unwillkürlich flacher. Schlussendlich hing mein Kopf derart weit herab, dass ich mit den Vorderbeinen abrutschte und auf den Kies fiel.

«Oh nein!», entfuhr es Vanessa.

Eine ihrer Freundinnen, deren Namen ich bereits wieder vergessen hatte, musste lachen. In diesem Augenblick war ich heilfroh, dass man mir meine Schamröte als Drache nicht ansehen konnte. Vorsichtig kletterte ich auf die Bank und setzte mich erneut aufrecht hin.

Eine Weile später erwischte ich mich dabei, wie ich mich gegen Vanessa lehnte, während sie meinen Rücken streichelte. Ich bemühte mich um eine gerade Sitzposition, was auf Dauer jedoch alles andere als leicht war. Vanessa unterhielt sich währenddessen ununterbrochen mit ihren Freundinnen. Zwischendurch vergass sie, mich zu streicheln, woraufhin ich sie kurz anstupste, wenn mir die Wartezeit zu lange dauerte.

Seit wann bin ich denn aufdringlich? Fragte ich mich.

In diesem Moment überlegte ich, wie ich Vanessa für mich gewinnen konnte.

Ich muss sie irgendwie fragen, ob sie mit mir ausgehen möchte. In meiner Drachengestalt ist das leider unmöglich, da das nicht nur seltsam, sondern auch unvorteilhaft wäre. Meine Geheimidentität soll schliesslich nicht auffliegen.

Als ich erneut unbeabsichtigt gegen Vanessa lehnte, legte sie ihren linken Arm um mich.

Ist das jetzt Absicht oder Zufall? Fragte ich mich.

Ich blickte ihr erneut in die blauen Augen und erkannte keinerlei Missbilligung. Sie schien diesen Körperkontakt sogar zu geniessen. Für einen Augenblick erschien mir diese Situation seltsam. Weshalb hielt sie mich im Arm, obwohl ich kein Mensch war? Nach reiflicher Überlegung fiel mir auf, dass dies ungefähr dasselbe Verhalten war, was die meisten Menschen gegenüber geliebten Haustieren zeigten. Zum Beispiel kuschelte ich auch gerne mit Hunden, ohne dass es sich um eine Liebesbeziehung handelte. Diese

Gedankengänge liessen mich die jetzige Situation lockerer betrachten. Mit einem Seufzer lehnte ich mich nun absichtlich gegen Vanessa. Da sie mich fortlaufend streichelte, legte ich vorsichtig den Kopf auf ihren Schoss. Vor lauter Unsicherheit schlug mein Herz wesentlich schneller, als es in dieser entspannten Position notwendig gewesen wäre.

«Oh, wie süss!», rief eine von Vanessas Freundinnen.

Nicht so laut. Diese Situation wird sonst noch zu peinlich für mich, dachte ich.

«Mach schnell ein Foto davon, Vanessa. Ich glaube, das haben Drachen noch nie gemacht.», sagte eine andere Frau.

Langsam und sorgfältig zog Vanessa ihr Mobiltelefon aus der Tasche. Ihr war anzusehen, dass sie mich auf keinen Fall verscheuchen wollte.

Ich will aber nicht in dieser Position fotografiert werden. Was, wenn Tom dieses Bild sieht?

Bevor ich mich entscheiden konnte, ob ich Vanessa das Foto erlauben wollte oder nicht, hatte sie bereits abgedrückt.

«Schickst du mir das?»

«Ganz bestimmt. Das kommt in meine Instagram-Story.», entgegnete Vanessa.

Na toll. Jetzt sehen alle, was für ein Schosstier ich bin, dachte ich verlegen.

Nachdem Vanessa das Bild hochgeladen hatte, widmete sie sich erneut meiner Massage. Da mein Kopf noch immer auf ihrem Schoss lag, nahm ich ihren Geruch nun intensiver wahr als sonst. Zusätzlich mit ihrer angenehmen Körperwärme und den weichen Berührungen war mir das eben veröffentlichte Bild innert kürzester Zeit gleichgültig. Einige Minuten später fühlte ich plötzlich eine andere Hand auf meiner Schnauze. Eine von Vanessas Freundinnen hatte ebenfalls begonnen, mich zu streicheln.

Finger weg! Dir habe ich nicht erlaubt, mich zu streicheln.

Obwohl sie meine Gedanken nicht verstand, zog sie ihre Hand bereits nach einer Minute wieder zurück. Während der nächsten Zeit schmiedete ich einen Plan, mit dem ich Vanessa vielleicht zu einem Treffen überreden konnte. Dieser Plan beinhaltete unter anderem, dass ich sie als Mensch ansprach, was mich ausserordentlich nervös stimmte, obwohl ich diese Überlegungen noch nicht einmal zu Ende geführt hatte. Trotzdem war ich davon überzeugt, dass es notwendig war. Schliesslich würde sie mich nicht für alle Zeiten der Welt auf dem Lindenhof streicheln und massieren wollen.

Am nächsten Morgen stand ich früher auf, als ich es unter normalen Umständen an einem Samstag getan hätte. Aufgrund meiner zunehmenden Nervosität hatte ich diese Nacht weniger gut geschlafen als die letzten Male, wenngleich mich keine Albträume mehr heimsuchten, seitdem ich Vanessa kennengelernt hatte. Ich zog mir Kleider an, von denen ich dachte, dass sie ihr gefallen könnten, und ass anschliessend mein Frühstück. Kurz darauf fuhr ich mit der Strassenbahn in die Stadt und setzte mich schliesslich auf eine Bank im Lindenhof. Vanessa war nirgends zu sehen. Vor Aufregung zitternd wartete ich, bis die Kirchenglocken läuteten. Stetig hoffte ich, ihren Geruch wahrzunehmen, was jedoch für die nächsten Stunden nicht der Fall war. Als einige Zeit später mein Magen knurrte, begab ich mich enttäuscht auf den Weg zum nächstgelegenen Lebensmittelgeschäft. Ich kaufte mir mein Essen und ging schnurstracks zurück zum Lindenhof. Inzwischen hatte ein Schachspiel begonnen, was ich während des Essens mit zunehmendem Interesse verfolgte.

«Schachmatt!», rief ein junger Mann seinem Kollegen entgegen.

«Gut gespielt. Hätte ich nicht gleich am Anfang meine Dame verloren, wäre es bestimmt anders ausgegangen.», entgegnete der Verlierer mit enttäuschtem Gesichtsausdruck.

'Dame verloren'? Wie konnte ich das bloss vergessen? Ich bin gekommen, um Vanessa zu treffen, und nicht für dieses Schachspiel!

Genervt von meiner Zerstreutheit blickte ich umher, in der Hoffnung, Vanessa zu finden. Nachdem ich jede Person einmal abgescannt hatte, war ich enttäuscht, die wunderschönen blauen Augen nicht gefunden zu haben. Stattdessen zog eine andere junge Frau meine Aufmerksamkeit auf sich. Sie sass auf einer Bank ungefähr fünfzehn Meter von mir entfernt und las in einem Buch. Sie hatte blonde Haare, die denen von Vanessa glichen, helle Haut und eine spitze Nase. Ihre Augenfarbe konnte ich aus dieser Entfernung als Mensch nicht erkennen.

«Ich glaube, dass der Drache heute nicht erscheint.», sagte eine Frau zu ihr, die mir bekannt vorkam.

Ist das nicht die, die Vanessa wegen ihrem Mut bewundert hat? Fragte ich mich.

«Kann sein. Es wäre aber auch nicht schlimm, wenn er nicht kommt. Meine Hände sind bereits ganz wund von seinen rauen Schuppen.», antwortete die Frau mit dem Buch.

Es dauerte einen Augenblick, bis ich realisierte, dass es sich bei dieser Frau um Vanessa handelte. Leicht mit dem Kopf schüttelnd über meine eigene Unachtsamkeit sass ich da und wartete, bis Vanessa wieder allein war.

Wie konnte ich sie bloss übersehen?

Ich nahm all meinen Mut zusammen und stand auf. Langsam bewegte ich mich in ihre Richtung, während sich mein Puls zunehmend beschleunigte. Obwohl ich sie als Drache bereits kannte, war ich unglaublich nervös. Meine Beine fühlten sich an, als würden sie aus Wackelpudding bestehen. Trotzdem trugen sie mich Schritt für Schritt näher zu Vanessa. Als ich nun endlich vor ihr stand und sie von ihrem Buch aufblickte, blieben mir die Worte im Hals stecken. Sie sah vollkommen anders aus, als ich sie in Erinnerung hatte. Ihre Augen waren blau, jedoch konnte ich den Ozean darin nicht erkennen und selbst mit wenigen Metern Abstand roch ich ihren überwältigenden Geruch nicht. Trotzdem sah sie in meinen menschlichen Augen sehr hübsch aus. Da ich bereits mehrere Sekunden vor ihr stand, ohne etwas zu sagen, fing sie an zu schmunzeln. Meine Wangen liefen rot an und ich war gezwungen, etwas zu sagen.

«Es war sehr mutig von Ihnen, den Drachen zu streicheln.», sagte ich schliesslich.

Ist das etwa alles? Und weshalb spreche ich sie in der Höflichkeitsform an? Wir sind doch ungefähr gleich alt.

«Bisher habe ich noch niemanden gesehen, der sich das auf diese Weise gewagt hat.», ergänzte ich.

Nun musste Vanessa kichern, was meine Verlegenheit noch steigerte. Ich blickte umher, in der Hoffnung, dass niemand meine peinlichen Annäherungsversuche mitbekommen hatte.

«Das haben tatsächlich schon viele gesagt, seitdem ich es das erste Mal gemacht habe. Dabei verstehe ich gar nicht, weshalb sich immer alle vor Drachen fürchten. Klar sind es unkontrollierbare Wesen, von denen wir ihren wahren Ursprung bloss erahnen können, aber wenn sich ein Tier über Monate hinweg stets passiv gegenüber Menschen verhält, ist es äusserst unwahrscheinlich, dass sich dies innert eines Tages urplötzlich ändert. Sie haben bestimmt auch gesehen, wie vorsichtig sich der rote Drache mir und anderen Menschen genähert hat.»

All ihre Worte schienen exakt meine Meinung über das Verhältnis zwischen Drachen und Menschen zu bestätigen. Bis zum heutigen Tage fehlte mir jegliches Verständnis für diese masslos übertriebene Furcht. Als Drache hatte ich nie sonderlich auf Vanessas Worte geachtet. Hierfür war ich viel zu sehr von ihren Augen, ihrem Geruch und ihrer Massage abgelenkt gewesen. Da ich nun als Mensch vor ihr stand, lernte ich ihre Denkweise zu schätzen.

«Genau das habe ich mich auch immer gefragt. Weshalb können die Menschen uns Drachen nicht einfach wie normale Tiere behandeln, statt sie bedingungslos zu fürchten?», entgegnete ich.

Habe ich gerade 'uns Drachen' gesagt?

Meine Haltung verkrampfte sich und ich hoffte inständig, dass Vanessa meinen Versprecher überhört hatte.

«Uns Drachen? Was meinen Sie damit?», fragte sie.

«Ich … ähm. Eigentlich wollte ich 'unsere Drachen' sagen, aber weil sie nicht uns gehören, habe ich mich während dem Sprechen dazu entschieden, 'die Drachen' zu sagen. Leider kam irgendeine Mischung aus diesen beiden Varianten dabei raus.», antwortete ich verunsichert.

«Okay.», entgegnete Vanessa lachend.

Meine Tollpatschigkeit schien sie zu amüsieren.

«Ist es in Ordnung, wenn wir uns mit 'du' ansprechen?», fragte ich vorsichtig, um den ersten Fehler dieser Konversation zu berichtigen.

«Geht klar. Ich heisse übrigens Vanessa.»

«Und mein Name ist Nils.»

«Findest du Drachen auch wunderschön?»

Diese Frage überraschte mich, da ich davon ausging, dass meine zweite Gestalt nicht ein Gesprächsthema des ersten Treffens als Menschen sein würde.

«Nun ja. Ich glaube schon, dass sie schön sind. Vor allem finde ich aber ihr Verhalten interessant.»

Es fühlte sich falsch an, sich selbst als schön zu bezeichnen. Deswegen versuchte ich, das Thema zu wechseln.

«Diese tiefroten Schuppen gehören zu den schönsten Dingen, die ich jemals gesehen habe. Und erst die orangerot leuchtenden Augen! Die sehen aus wie loderndes Feuer und verleihen dem Drachen noch mehr Lebendigkeit.», schwärmte sie.

«Das stimmt. Die Augen sehen tatsächlich sehr schön aus.»

«Möchtest du dich nicht setzen, Nils?»

«Doch, eigentlich schon.», antwortete ich wahrheitsgetreu.

Immer noch verlegen und unsicher trat ich näher und setzte mich mit einigem Abstand neben Vanessa auf die Bank.

«Konntest du auch mal einen Drachen streicheln?», fragte sie.

«Ja, aber nur ein einziges Mal.»

«War es der rote oder der grüne Drache?»

«Der Grüne.»

«Wow! Der lässt sich normalerweise nie streicheln. Wie hast du das geschafft?»

«Er war am schlafen und ich habe währenddessen seinen Kopf gestreichelt.»

Dass der grüne Drache mein Bruder Tom war, verschwieg ich ihr.

«Du nennst mich mutig, wenn ich einen Drachen streichle, der das offensichtlich möchte, und dabei streichelst du einen ohne seine Erlaubnis? Wenn man es genau nimmt, bist du der Mutigere von uns.»

Weshalb muss diese Situation immer peinlicher werden? So habe ich mir mein erstes Date mit Vanessa nicht vorgestellt.

Sie schien zu bemerken, dass mich dieses Gesprächsthema in Verlegenheit brachte, denn sie kam auf meine Bemerkung über das Verhalten der Drachen zurück.

«Du hast recht, dass die Drachen ein aussergewöhnliches Verhalten aufweisen. Sie sind höchst intelligent, verfolgen irgendwelche Pläne, von denen wir nicht den Hauch einer Ahnung haben, und überlisten uns Menschen, indem sie uns dazu bringen, ihnen zu vertrauen. Bei mir hat es bereits funktioniert.»

«Weshalb überlisten? Was wäre, wenn die Drachen niemals etwas Böses im Sinn hätten?»

«Das glaube ich nicht. Nichts und niemand ist ausschliesslich gut. Insbesondere nicht derart intelligente Lebewesen. Das beste Beispiel hierfür sind wir Menschen. Jeder von uns hat seine guten, wie auch seine schlechten Seiten.»

«Deine Ansicht ist sehr interessant. Auf diese Weise habe ich noch nie darüber nachgedacht.»

Inzwischen waren meine Hemmungen Vanessa gegenüber verschwunden. Ich konnte von nun an normal mit ihr sprechen, was wir schliesslich für mehrere Stunden taten, bis die Sonne unterging. Je länger sich unser Gespräch hinzog, desto besser lernten wir uns kennen. Sie arbeitete als Chemielaborantin bei der ETH Zürich und interessierte sich für allerlei aussergewöhnliche Phänomene, die sich kaum wissenschaftlich erklären liessen. In ihrer Freizeit verbrachte sie ausserdem viel Zeit mit ihren Freundinnen oder mit Büchern. Sie war zwanzig Jahre alt, was mich erfreute, da ich bloss ein Jahr älter war. Ob sie in einer festen Beziehung war, konnte ich aus unserem Gespräch nicht entnehmen, jedoch war ich davon überzeugt, dass sie Interesse an mir zeigte.

«Ich glaube, ich sollte jetzt nach Hause gehen.», sagte sie schliesslich.

«Ich auch. Zu Hause muss ich dringend mein Abendessen kochen. Treffen wir uns irgendwann wieder hier?»

«Gerne. Es hat Spass gemacht, mit dir zu plaudern. Bis bald.»

«Tschüss.»

Mit diesen Worten verabschiedeten wir uns. Obwohl wir kein neues Treffen vereinbart hatten, war ich mir sicher, dass wir uns bald wiedersehen würden. Während unseres Gesprächs hatte sie mir ihre Telefonnummer gegeben, womit ich sie jederzeit erreichen konnte. Glücklich und entspannt machte ich mich auf den Weg nach Hause. Während der Fahrt mit der Strassenbahn analysierte ich meine Gefühle gegenüber Vanessa. Aus unerklärlichen Gründen war sie mir in meiner menschlichen Gestalt wesentlich fremder, als ich erwartet hatte. Nichtsdestotrotz konnte ich nun mit Sicherheit sagen, dass ich mich in sie verliebt hatte. Ich mochte ihre Denkweise, ihre Intelligenz, ihren Charakter, ihren Humor und ihr Interesse an Drachen. Ausserdem wollte ich sie baldmöglichst wiedersehen, was für mich ein klares Indiz der Liebe war.

Ich werde ihr sagen, dass ich ein Drache bin, sobald sie mich mal zu Hause besuchen kommt, nahm ich mir vor.

«Hast du bereits die neusten Nachrichten bezüglich der DrSG gelesen?», fragte mich Tom, als wir am Tag darauf gemeinsam über den Walchwilerberg flogen.

Er hatte mich spontan zu einem Treffen überredet, da ich seiner Meinung nach nicht genügend Zeit ausser Haus verbrachte. Bevor ich Vanessa kennengelernt hatte, war dies die unbestreitbare Wahrheit gewesen. Nun hatte ich bloss noch Augen für sie und wollte am liebsten jeden Tag meines Lebens mit ihr verbringen.

«Sag mal, hörst du mir überhaupt zu?», fragte Tom, da bereits einige Sekunden seit seiner ersten Frage verstrichen waren, ohne dass ich geantwortet hatte.

«Mhm.», entgegnete ich gedankenverloren.

«Dann weisst du, dass die DrSG den Gerichtsprozess verloren hat und von nun an keine staatliche Unterstützung mehr erhält?»

«Was? Nein, das wusste ich nicht. Von was für einem Prozess sprichst du?», antwortete ich überrascht.

«Wie du bereits weisst, wurde Leutnant Marti von der DrSG betäubt. Er hat sie anschliessend angezeigt und am Dienstag gab es deswegen einen Gerichtsprozess. Da Leutnant Marti genügend Beweise und Zeugen hatte, hat die DrSG verloren. Als Strafe mussten sie dem Leutnant und einigen Soldaten insgesamt 3,7 Millionen Franken Schadenersatz bezahlen und erhalten ab sofort keine staatliche Unterstützung mehr. Im Klartext dürfen sie nicht mehr auf öffentlichem Grund agieren und sie müssen sich selbst finanzieren.»

«Das sind ja fantastische Neuigkeiten!»

«Leider gibt es auch eine schlechte Nachricht: Seit gestern arbeiten sie mit der russischen Regierung zusammen.»

«Mist. Dann haben sie bestimmt alle möglichen Informationen über uns, die die Russen während des Kriegs gesammelt haben.»

«Das wäre plausibel.»

Für die nächsten Minuten flogen wir entspannt nebeneinander her und genossen den warmen, sonnigen Tag. Währenddessen schweiften meine Gedanken wieder zu Vanessa ab.

«Hast du eine neue Freundin?», fragte Tom grinsend.

«He! Raus aus meinen Gedanken! Weisst du überhaupt, was Privatsphäre ist?»

Dass wir unsere Gedanken gegenseitig wahrnehmen konnten, hatte ich aufgrund meiner frischen Liebe vergessen.

«Ich wusste gar nicht, dass du auf blonde Frauen stehst.»

Diesen Kommentar konnte ich nicht auf mir sitzen lassen. Rasend schnell schoss ich auf Tom zu, der daraufhin seine Richtung wechselte, um auszuweichen. Ich flog eine wesentlich engere Kurve als er, wodurch es mir gelang, zu ihm aufzuschliessen. Nun klammerte ich mich an seinem Rücken fest und begann, ihm in die Seite zu piksen, wie er es bereits unzählige Male bei mir getan hatte.

«Solche Kommentare kannst du dir hier oben nicht leisten. Dank meinem leichteren Körpergewicht bin ich wendiger als du in der Luft.»

Nun packte mich Tom mit den Krallen und zog mich von seinem Rücken. Anschliessend hielt er mich mit allen Vieren fest und drückte meine Flügel gegen meinen Körper, sodass ich bewegungsunfähig war.

«Dafür habe ich mehr Muskeln als du.», entgegnete er.

«Nicht mehr Muskeln, bloss grössere.», konterte ich genervt.

«Nun sag schon. Wie findest du sie?»

«Das musst du nicht wissen. Zumindest noch nicht. Nur weil du meine Gedanken verstehen kannst, heisst dass nicht, dass ich dir alles erzählen muss. Und jetzt lass mich los.», sagte ich, während ich vergeblich versuchte, mich aus seinem Griff zu lösen.

Tom wusste genau, dass ich Berührungen unter normalen Umständen nicht mochte. Insbesondere dann nicht, wenn ich von jemandem gegen meinen Willen festgehalten wurde. Als mein grosser Bruder liebte er es, mich auf diese Weise aufzuziehen, weswegen er mich weiterhin umklammerte.

«Ich lasse dich erst los, wenn du mir mehr über deine neue Freundin erzählst.»

«Da kannst du lange warten.»

«Das ist es mir auf jeden Fall wert.»

Immer noch grinste er mich an, was mich noch mehr auf die Palme brachte.

Weshalb müssen Brüder andauernd nervig sein?, fragte ich mich.

«*Das habe ich mich auch schon gefragt.*», hörte ich Toms Gedanken.

Wenn du glaubst, dass du noch mehr über Vanessa in meinen Gedanken herausfinden kannst, täuschst du dich aber gewaltig. Von mir aus können wir ewig auf diese Weise weiterfliegen. Schliesslich musst du ununterbrochen mein Gewicht tragen und nicht ich.

«*Vanessa ist ein schöner Name. Kannst du mir noch mehr über sie verraten?*»

Nein, dachte ich entrüstet.

Die eigenen Gedanken im Zaum zu halten, war wesentlich schwerer, als ich es mir vorgestellt hatte. Je länger ich versuchte, nicht an Vanessa zu denken, desto mehr nahm sie meine Gedanken ein. In diesem Augenblick kam mir eine Idee. Da ich wusste, dass sich Tom auf all meine Gedankengänge konzentrierte, stellte ich mir Eisblöcke vor. Der Gedanke an Eis leitete schliesslich die Verwandlung in einen Menschen ein. Um mich nicht selbst zu verwandeln, war ich jedoch gezwungen, zwischendurch an Vanessa zu denken, ehe das unangenehme Kribbeln einsetzte.

«Was machst du da?», fragte Tom verunsichert.

«Nichts.», antwortete ich schmunzelnd.

An Toms Gedanken konnte ich erkennen, dass er sich bereits Feuer vorstellen musste, um sich nicht ungewollt zu verwandeln.

«Nicht an Eis denken, Tom.», sagte ich, um diesen Gedanken bei ihm festzusetzen.

«Lass das! Wenn wir uns verwandeln, stürzen wir noch ab.», rief er.

Es war deutlich zu erkennen, dass es ihm Schwierigkeiten bereitete, gegen die Verwandlung anzukämpfen. Mir hingegen fiel es leicht, nicht mehr an Eis zu denken, da mich Toms Anblick amüsierte und Vanessa beinahe all meine

Gedanken einnahm. Als Tom besonders angestrengt an Feuer dachte, wand ich mich in seinem Griff, bis es mir gelang, mich loszureissen.

«Was nützt dir deine Stärke, wenn du dich so leicht ablenken lässt?», rief ich ihm lachend hinterher, während ich im Sturzflug mit angelegten Flügeln nach unten schoss.

Meine Befreiungsaktion lenkte Toms Gedanken in eine andere Richtung, wodurch sie nicht mehr an Eis oder Feuer gebunden waren. Augenblicklich schoss er mir nach, konnte mich jedoch nicht einholen, da ich aufgrund meines leichteren Gewichts wendiger war. Für die nächsten Minuten jagte er mir über die Baumwipfel, Felder und Häuser des Walchwilerbergs hinterher. Irgendwann fiel er zurück, was mich zum Abbremsen verleitete. Schliesslich wollte ich ihn nicht verlieren.

«Weshalb möchtest ... du mir ... nichts über sie ... erzählen?», fragte er keuchend.

«Weil du es nicht wissen musst.»

Ich bemühte mich, nicht ausser Atem zu klingen, was mir unter einiger Anstrengung gelang. Auf diese Weise wollte ich ihm vortäuschen, die Verfolgungsjagd wäre leicht gewesen. In Wirklichkeit hätte ich auch nicht mehr allzu lange durchgehalten. Mein Puls raste, meine Flügel zitterten vor Anstrengung und ich hatte starken Durst.

«Hat dir Mama eigentlich den Sattel für Emma und Nova gemacht?», fragte ich, um ihn vom Thema abzulenken.

«Ja. Aber Nova mag das Fliegen nicht. Ihr wird innert wenigen Minuten schlecht. Und mit Emma allein wollte ich nicht fliegen.»

«Ich hätte zu gern gesehen, wie du mit den beiden Hunden auf dem Rücken fliegst.»

«Das glaube ich dir.»

Ich befürchtete, dass Tom wieder nach Vanessa fragen würde, jedoch schweiften seine Gedanken zur DrSG ab. Vor meinem inneren Auge sah ich, wie er aus seiner Perspektive auf die schwarz gekleideten Männer mit Betäubungsgewehren zuflog und sie mit einem hellgrünen Feuerstrahl verbrannte. Nachdem er sein Maul geschlossen hatte, um die Flammen erlöschen zu lassen, schlug er mit seinen Flügeln, die in dichten, schwarzen Stoff gehüllt waren, was ein unangenehmes Kratzen erzeugte. Alles aus den Augen meines Bruders wahrzunehmen, war immer noch ein sonderbares Gefühl, obwohl ich bereits unzählige Stunden in seinen Gedanken verbracht hatte.

«Möchtest du die DrSG immer noch angreifen?», fragte ich.

«Du hältst mir Vorträge über die Privatsphäre und gleichzeitig liest du ständig meine Gedanken. Das erscheint mir nicht besonders fair. Aber ja, ich möchte sie angreifen.»

«Und was waren das für schwarze Stoffteile, die du an deinen Flügeln hattest.»

«Das hast du auch gesehen?», fragte er erstaunt.

«Ja. Weshalb hattest du die an in deinen Gedanken? Es sah unbequem aus.»

«Das sind die Flügelwärmer, die mir Mama genäht hat. Der Stoff ist so dicht, dass Betäubungspfeile wahrscheinlich darin steckenbleiben würden.»

Unbehagen breitete sich in mir aus. Dass mein Bruder über einen Angriff auf die DrSG nachdachte, war kein gutes Zeichen. Er würde seinen Plan irgendwann in die Tat umsetzen, selbst wenn ich dagegen war. Aus diesem Grund musste ich handeln, bevor es zu spät war. Auf einmal kam mir eine Idee, wie ich das Problem ein für alle Mal lösen konnte. Dazu benötigte ich lediglich diese Flügelwärmer.

«Kann ich mir die mal ausleihen?», fragte ich.

«Ja. Aber wofür benötigst du sie?»

«Ich werde das Problem mit der Drachenschutzgesellschaft nachhaltig lösen.»

«Das klingt ja überhaupt nicht nach dir.»

Da mir bewusst war, dass er meinen Plan aus meinen Gedanken lesen wollte, dachte ich an das Einzige, was mir in diesem Augenblick noch wichtiger war: Vanessa.

«Ich werde das Problem auf meine Weise lösen. Nicht durch einen Angriff, wie du es getan hättest.», sagte ich.

«Soll ich dir dabei helfen?»

«Lieber nicht.», antwortete ich, da ich erneut an den Angriff auf Putin denken musste, der eigentlich eine Gefangennahme hätte sein sollen.

«Aber pass auf dich auf. Wenn sie dich gefangennehmen, weiss ich nicht, ob ich dich befreien kann.», sagte er besorgt.

«Es wird schon nicht schiefgehen.»

Am nächsten Morgen klingelte mein Wecker um 6:20 Uhr, da ich wie jeden Montag ins Büro gehen musste. Ich stand auf, machte mich frisch für den Tag und fuhr mit den öffentlichen Verkehrsmitteln zur Arbeit. Währenddessen schrieben Vanessa und ich alle paar Minuten, als gäbe es nichts Wichtigeres auf dieser Welt. Selbst im Büro musste ich ununterbrochen auf mein Mobiltelefon starren und allfällige Nachrichten augenblicklich beantworten. Als wir uns nach einer Stunde endlich auf ein Treffen geeinigt hatten, schaltete ich mein Telefon aus, um mich auf meine Arbeit konzentrieren zu können.

Als der Feierabend begann, fuhr ich direkt zum Lindenhof, um mich mit Vanessa zu treffen. Sie erschien beinahe auf die Minute pünktlich, was ich sehr schätzte. Gemeinsam plauderten wir, bis die Sonne untergegangen war. Wir assen anschliessend in einem Restaurant und setzten unser Gespräch währenddessen fort. Irgendwann gab ihr Mobiltelefon ein Geräusch von sich und sie blickte verwirrt auf den Bildschirm.

«Hast du mir eben eine Nachricht geschrieben?», fragte sie.

«Nein. Die letzte war vor einigen Stunden.»

«Seltsam. Da steht 'Ich fliege jetzt nach Hause. In wenigen Stunden sollte ich wieder bei dir sein.'»

«Das habe ich definitiv nicht geschrieben.», entgegnete ich lachend.

«Dann muss es sich um eine Störung handeln.»

Unbeirrt setzten wir unser Gespräch fort. Wir lachten und scherzten viel, was für meine Verhältnisse sehr aussergewöhnlich war, da wir uns in der Öffentlichkeit befanden. Unter normalen Umständen hätte ich es nicht gewagt, derart ausgelassen zu sprechen. In Vanessas Nähe hingegen fühlte ich mich jederzeit wohl.

3

Drachenschutzgesellschaft

In den nächsten Tagen traf ich mich jeweils jeden Abend mit Vanessa. Mittlerweile legte ich oft meinen Arm um sie, während wir gemeinsam auf einer Bank sassen, da ich wusste, dass ihr meine Nähe gefiel. Ausserdem wollte ich dadurch erreichen, dass sie mir irgendwann in meiner menschlichen Gestalt den Rücken massierte, wie sie es bereits oft bei meiner Drachengestalt getan hatte. Die Woche verging wie im Flug und bevor es mir bewusst wurde, begann das Wochenende. Ich schrieb gerade eine Nachricht an Vanessa, da klingelte es an der Tür. Als ich den Türöffner betätigte und meinen unerwarteten Besuch empfing, war ich überrascht, Tom zu sehen, der nun mit einem schwarzen Stoffbündel vor mir stand.

«Hallo Tom. Was machst du denn hier?», fragte ich ihn.

«Ich bringe dir die Flügelwärmer, wie wir vereinbart haben.»

«Danke. Das habe ich völlig vergessen.»

«Und brauchst du wirklich keine Hilfe dabei?»

«Nein, denn ich bin mir sicher, dass es funktionieren wird.»

Mit besorgtem Gesichtsausdruck verabschiedete sich Tom von mir. Währenddessen breitete sich leichtes Unbehagen in mir aus. Einerseits hatte ich vergessen, dass ich das Problem mit der DrSG heute angehen wollte, und andererseits zweifelte ich bereits an meinem Plan.

Ist es naiv von mir, zu glauben, dass alles nach Plan verlaufen wird? Fragte ich mich verunsichert.

Nach einer Weile schob ich diesen Gedanken beiseite und fasste den Entschluss, mich gleich an die Arbeit zu machen. Ich ging mit den Flügelwärmern in den Wald, verwandelte mich und versuchte, die schwarzen Stoffteile anzuziehen. Dies gestaltete sich wesentlich schwerer, als ich erwartet hatte. Nachdem ich einen Flügel durch die enge Öffnung gezwängt hatte, liess sich der Stoff kaum zurechtzurücken. Ausserdem war das Kratzen auf der berührungsempfindlichen Flügelhaut bereits jetzt unerträglich.

Ich hätte Tom fragen sollen, wie man diese Dinger anzieht, dachte ich.

Der Stoff war so dicht, dass es mir erst nach weiteren fünf Minuten gelang, beide Flügelwärmer einigermassen gerade anzulegen. In gewisser Weise beruhigte mich die Tatsache, dass die Flügelwärmer derart störrisch waren, da sie mit grosser Wahrscheinlichkeit guten Schutz gegenüber Betäubungspfeilen bieten würden. Nun breitete ich die Schwingen aus und stiess mich vom Boden ab. Bereits während des ersten Flügelschlags verrutschte der Stoff. Ich befürchtete, dass es nicht lange halten würde. Als die Flügelwärmer nach weiteren unangenehmen und anstrengenden Minuten immer noch hielten, war ich sowohl überrascht als auch erleichtert. Selbst an das kontinuierliche Kratzen gewöhnte ich mich allmählich. Die Richtungswechsel waren schwerer zu bewältigen und der Luftwiderstand deutlich erhöht. Trotzdem konnte ich fliegen, was für meinen Plan essenziell war.

Vielleicht klappt es ja doch, dachte ich hoffnungsvoll.

Ich flog nach Aargau, wo sich der Hauptsitz der DrSG befand. Dies hatten Tom und ich bereits vor einigen Monaten während einer Recherche im Internet herausgefunden. Sie hatten eine grosse Lagerhalle in ein provisorisches Forschungslabor umgebaut, was ich nun direkt ansteuerte. Mein Plan bestand darin, mit der DrSG Frieden zu schliessen, wie ich es damals in Kiew mit den russischen Soldaten getan hatte.

Das hat schliesslich auch bei Vanessa und vielen anderen Menschen geklappt, sagte ich mir in Gedanken.

Ich war mir sicher, dass meine friedliche Lösung möglich war. Nichtsdestotrotz wusste ich, dass ich einiges an Geduld aufbringen musste, die DrSG davon zu überzeugen, dass Drachen und Menschen friedlich koexistieren konnten.

Die Sonne stand hoch am Himmel, als ich die ehemalige Lagerhalle erreichte, die mindestens fünfzig Meter lang, dreissig Meter breit und zwanzig Meter hoch war. Augenblicklich entdeckten mich die Mitarbeiter der DrSG und zogen sich in das Gebäude zurück, da sie nicht damit gerechnet hatten, dass ich freiwillig zu ihnen fliegen würde. Ich landete mit meinen kratzenden Flügelwärmern neben dem Haupteingangstor und blickte umher. Niemand befand sich noch hier draussen. Zwischen den geparkten Fahrzeugen und auf der angrenzenden Wiese war alles mucksmäuschenstill. Leise schlich ich um die Halle herum und suchte nach einer guten Einstiegsmöglichkeit. Alle Fenster waren verriegelt und durch Gitter verstärkt. Auf der Rückseite gab es lediglich eine kleine, verschlossene Tür. Die gesamte Lagerhalle glich einem Gefängnis.

Ganz so leicht lasse ich mich nicht aufhalten, dachte ich, während ich begann, die Luft in meinem Inneren zu erhitzen.

Als ich mir sicher war, dass sich genügend Energie für Feuer angesammelt hatte, atmete ich in Richtung des Türschlosses aus. Erwartungsgemäss schoss ein heisser Feuerstrahl aus meinem Maul hervor, der augenblicklich auf das Metall traf und sich anschliessend flach auf der Wand ausbreitete. Innert kürzester Zeit erhitzte sich das Türschloss, wobei es ein leises Knacken von sich gab, was höchstwahrscheinlich durch die hohen Temperaturdifferenzen entstanden war. Nachdem ich meine Lungen vollständig geleert hatte, wiederholte ich diesen Vorgang. Fünf Feuerstösse später hatte ich das Türschloss bereits zur Weissglut gebracht. Mit meinen spitzen Krallen griff ich nach dem heissen Metall und zog daran, bis der stark erhitzte und mittlerweile weiche Riegel nachgab. Quietschend schwang die Tür auf und ich trat ein.

Sechs DrSG-Mitarbeiter standen mit Betäubungsgewehren ausgerüstet vor mir. Sie hatten eigenartige dunkelgraue Anzüge an, die gewisse Ähnlichkeiten zu der Rüstung aufwiesen, die ich damals meinem Bruder gekauft hatte. Nicht einmal ihre Gesichter waren zu erkennen, da allesamt Helme mit dunklen, spiegelnden Visieren trugen. Bevor ich sie mir genauer betrachten konnte, schossen alle Männer ihre Betäubungsladungen auf mich ab. Erst jetzt fiel mir ein, dass ich mich mit meinen Flügeln vor den Geschossen hatte schützen wollen. Viel zu spät hielt ich meinen linken Flügel zwischen mich und die sechs Männer, wodurch zwei der Betäubungsprojektile in meinen Schuppen steckenblieben. Eines davon hatte sogar meine Schnauzspitze getroffen. Hastig grapschte ich nach den Pfeilen, um sie schnellstmöglich herauszuziehen. Zu meinem Erstaunen waren beide lediglich einen Millimeter tief in meinen harten Schuppenpanzer eingedrungen. Dabei hatten sie noch keine Blutbahnen getroffen.

Gut zu wissen, dass die Schuppen auch vor Betäubungspfeilen schützen können, dachte ich.

Ohne mich weiterhin mit diesen Pfeilen zu beschäftigen, sprang ich auf die Männer zu und riss dem Vordersten mit den Zähnen die Betäubungswaffe aus den Händen, wie ich es damals in Kiew getan hatte. Augenblicklich warf ich sie durch die aufgebrochene Hintertür nach draussen und widmete mich dem zweiten Mann. Währenddessen betrachtete ich meinen linken Flügel, den ich als Schutzschild verwendet hatte. Es steckten mindestens zwei Dutzend Pfeile im Stoff, die allesamt nicht zu meiner Haut durchgedrungen waren.

Das läuft ja wie am Schnürchen, dachte ich aufgeregt.

Ich wollte es mir zwar nicht eingestehen, aber diese Kämpfe, bei denen niemand zu Schaden kam, vergnügten mich. Es fühlte sich jeweils an wie ein wildes Spiel, bei dem man versuchte, seine Gegner zu unterwerfen, wie es bei Hunden zwischendurch der Fall war. Als Mensch verspürte ich nie das Bedürfnis, mit anderen zu raufen. In meiner Drachengestalt hingegen schien sich unwillkürlich ein Verlangen danach zu entwickeln. In diesem Augenblick gab ich mich voll und ganz dem wilden Spieldrang hin, da sich die Mischung aus Adrenalin, körperlicher Anstrengung und dem Siegeswillen viel zu gut anfühlte, als dass ich mich dagegen wehren wollte. Blitzschnell entwaffnete ich einen weiteren Mann, der aufgrund meiner hohen Geschwindigkeit keinen einzigen Schritt zurückweichen konnte. Alle Betäubungspfeile, die mich trafen, blieben entweder in den Schuppen oder den Flügelwärmern stecken. Nach nur einer Minute war bloss noch ein DrSG-Mitarbeiter mit einer Betäubungswaffe ausgerüstet. Als ich auf ihn zusprang, wich er geschickt nach unten aus und ich flog ungewollt über ihn hinweg. Meine Klauen zerkratzten den glatten Fussboden, während ich einige Meter von dem Mann wegschlitterte, der mir ausgewichen war.

Nicht schlecht, dachte ich vor Vergnügen grinsend.

Währenddessen kam mir der Gedanke, dass ich als grinsender Drache in den Augen der DrSG-Mitarbeiter noch furchterregender aussehen musste, wodurch sich mein Grinsen verstärkte. Mit schabenden Krallen stürmte ich erneut auf ihn zu. Dieses Mal war ich auf seine Reaktionsschnelligkeit gefasst und erwischte das Betäubungsgewehr mit dem linken Vorderbein. Mit aller Kraft riss ich daran, um es ihm zu entwenden. Erstaunlicherweise konnte er es immer noch festhalten, weswegen wir beide zu Boden stürzten. Nun griffen mich die anderen Männer von allen Seiten an und ich war gezwungen, das Gewehr loszulassen. Im allerletzten Moment sprang ich in die Luft, bevor sie mich erreichen konnten.

Dieser eine Typ ist echt gut. Vor dem muss ich mich definitiv in Acht nehmen.

Ich flog auf die andere Seite der spärlich beleuchteten Halle zu, in der Fahrzeuge, Computer und weitere Ausrüstungsgegenstände standen, die ich auf die Schnelle nicht identifizieren konnte. Nun landete ich, zog die unzähligen Pfeile aus meinen Schuppen und atmete tief durch, um die Situation besser analysieren zu können.

Ich habe weiche Knie, wenn ich eine Frau anspreche, die ich bereits als Drache kennengelernt habe, aber wenn ich gegen diese Männer kämpfe, die mich betäuben und für den Rest meines Lebens gefangennehmen könnten, verspüre ich Freude statt Angst. Irgendetwas läuft hier falsch.

Während ich überlegte, formierten sich die Männer neu.

«Holt eure Betäubungsgewehre von draussen, statt blöd rumzustehen.», befahl der Einzige von ihnen, der noch bewaffnet war.

Ohne Widerrede begaben sie sich auf den Weg zur Hintertür. Zeitgleich stürmte ich aus meiner Deckung hervor und schoss einen Feuerstrahl in Richtung Ausgang, um die Männer daran zu hindern, nach draussen zu gelangen. Schliesslich wollte ich nicht, dass sie sich erneut ausrüsteten. Das Feuer traf die offene Hintertür und breitete sich in alle Richtungen aus. Die gesamte Halle wurde vom orangeroten Schein der lodernden Flammen erfüllt. Die Männer, die der Tür bereits am nächsten waren, wurden von dem stetig grösser werdenden Inferno erfasst und schlussendlich vollständig eingehüllt. Entsetzt verharrte ich in meiner jetzigen Flugposition, da ich nicht erwartet hätte, dass sich das Feuer derart ausbreiten würde.

Oh nein! Das wollte ich nicht. Habe ich jetzt tatsächlich jemanden getötet?

Während ich mir wünschte, dass ich den Feuerstoss von eben rückgängig machen könnte, glitt ich langsam auf die Männer zu, da ich noch immer in derselben Haltung flog. Erst als mich nur noch wenige Meter von ihnen trennten, erwachte ich aus meiner Starre und schlug mit den Flügeln, um nicht mit ihnen zusammenzustossen. Der Luftstrom meiner Schwingen wehte die verbleibenden Reste des Feuers beiseite und ich erhaschte einen Blick auf die beiden Männer, die eben im Feuer gestanden hatten. Sie befanden sich gut zwei Meter vor der Tür, blickten sich kurz nach mir um und begaben sich sogleich wieder auf den Weg zu ihren Betäubungswaffen.

Was? Das ist unmöglich!

Ich konnte meinen Augen nicht trauen. Die Männer waren offensichtlich unverletzt, obwohl sie hätten tot sein müssen. Lediglich ihre Rüstungen flimmerten vor Hitze.

Feuerfeste Anzüge? Das ist neu, dachte ich überrascht.

Um sie nicht gänzlich zu ihren Betäubungsgewehren zu lassen, flog ich ihnen nach und packte ihre Beine, wodurch sie zu Boden fielen. Ich nutzte dies zu meinem Vorteil und sprang über sie hinweg durch die Tür hindurch. Bei den Gewehren angekommen, sammelte ich sie auf und flog ein Stück nach oben. Dabei rutschte mir eines aus den Klauen und landete vor den Männern, die soeben nach draussen gestürmt kamen.

Das muss ich jetzt leider später holen, dachte ich und flog einige hundert Meter weiter.

Ich liess die Betäubungswaffen fallen und machte mich auf den Rückweg. Nun waren erneut zwei Männer bewaffnet. Beide standen vor der Lagerhalle und schossen in meine Richtung, als ich mich ihnen näherte. Geschickt wich ich den meisten Projektilen aus, indem ich Schlangenlinien flog. Dabei löste sich der rechte Flügelwärmer und fiel zu Boden.

Nein, nicht jetzt!

Sofort landete ich und nutzte meinen linken Flügel als Schutzschild, während ich mich den DrSG-Mitarbeitern näherte. Ich wusste, dass für ein erneutes Anlegen des rechten Flügelwärmers keine Zeit blieb. Deswegen stürzte ich mich ohne weitere Überlegungen auf die Männer. Einem entriss ich augenblicklich das Betäubungsgewehr und warf es hinfort, so weit ich konnte. Anschliessend widmete ich mich demjenigen, der meinen Angriffen bisher stets hatte ausweichen können. Da ich wusste, dass ihre Anzüge feuerfest waren, schoss ich ihm Feuer entgegen, sodass er geblendet wurde. Instinktiv hielt er schützend die Arme vor sein Gesicht. Noch bevor die Flammen erloschen waren, schlug ich ihm mit dem Drachenschwanz gegen die Brust, was ihn aus dem Gleichgewicht brachte. Er fiel rücklings zu Boden und es gelang mir anschliessend, ihm seine Betäubungswaffe zu entreissen. Ich flog mit ihr ein Stück weit aus dem Areal heraus und liess sie über einer Wiese fallen. Nun kehrte ich zu den unbewaffneten Männern zurück.

Zwei von ihnen hatten sich mit Seilen ausgerüstet, die zuvor in der Lagerhalle gelegen hatten. Unbeirrt flog ich auf sie zu und landete wenige Meter vor ihnen auf dem betonierten Untergrund, der aufgrund der prallen Sonne angenehme Hitze ausströmte. Da die Männer keine Betäubungsgewehre mehr trugen, zog ich mir den verbleibenden Flügelwärmer aus. Als ich den Stoff von meinem Flügel zerrte, kratzte es erneut unangenehm auf der Haut. Glücklicherweise waren keine Schürfungen entstanden. Da ich nun endlich wieder beide Schwingen ungehindert bewegen konnte, streckte ich sie genüsslich, um sie anschliessend wieder entspannt anzuziehen. Währenddessen beobachteten mich die sechs Männer kritisch. Vorsichtig trat ich näher, während ich mich bemühte, nicht zu grinsen. Schliesslich wollte ich sie von meinen friedlichen Absichten überzeugen und nicht bedrohlich zähnefletschend nähertreten. Sie schienen verunsichert zu sein, was mir gefiel, da ich dies zu meinem Vorteil nutzen konnte. Wenige Meter vor ihnen blieb ich stehen.

«Jetzt!», rief ihr Befehlshaber.

Zwei Männer warfen ihre Seile nach mir aus. Da sich einer von ihnen sehr ungeschickt anstellte, erreichte mich nur eines davon. Aufgrund der Langsamkeit, mit der das Seil in meine Richtung geflogen kam, konnte ich es mit den Zähnen auffangen. Unmittelbar danach zog ich es mit aller Kraft nach hinten. Aufgrund des rauen Asphalts reichte meine Bodenhaftung aus, um den Mann, der sich am Seil festklammerte, von den Füssen zu reissen. Als er hart auf dem Boden aufschlug, liess er es los. Anschliessend kroch er verängstigt zurück zu seinen Kollegen. Das Seil warf ich einige Meter nach hinten.

Bald werden diese Sturköpfe erkennen, dass ich ihnen nicht schaden möchte, dachte ich.

«Was seid ihr bloss für ein unfähiger Haufen? Nicht einmal Seile werfen könnt ihr.», meckerte der Vorgesetzte der Männer.

«Es tut mir leid, Herr Odermatt.», antwortete derjenige, der sein Seil falsch geworfen hatte.

«Was sollen wir jetzt machen?», fragte ein anderer.

«Na was schon? Angreifen natürlich!»

Seinem Ton nach zu urteilen, war Herr Odermatt kurz davor, die Beherrschung zu verlieren. Dieses Schauspiel amüsierte mich derart, dass ich mir kaum ein Schmunzeln unterdrücken konnte.

«Aber wie sollen wir das anstellen? Der Drache ist einfach zu stark.»

«Ihr seid wohl eher zu schwach.», entgegnete Herr Odermatt.

«Ist es überhaupt nötig, den Drachen gefangenzunehmen? Er steht die ganze Zeit neben uns und greift nicht an.», warf ein anderer ein.

«Der will uns bloss glauben lassen, dass er keine Gefahr ist. Falls du mir das Gegenteil beweisen möchtest, nur zu!»

Mit einer respektlosen Handgeste wies er den Mann an, sich mir zu nähern.

Was für ein Arsch. Ich hoffe, der bekommt irgendwann eine gerechte Strafe für seine Respektlosigkeit anderen gegenüber.

Um Herr Odermatt eins auszuwischen und seinen Männern zu helfen, blieb ich ruhig stehen, als sich der verunsicherte Mann näherte. Langsam streckte er seine durch den Anzug gepanzerte Hand nach mir aus. Erst jetzt erkannte ich, dass das Gewebe grösstenteils aus Karbonfaser bestand.

«Ich hoffe, er beisst dir die Hand ab.», kommentierte Herr Odermatt.

Garantiert nicht, dachte ich.

Mit jeder Sekunde verabscheute ich diesen Odermatt mehr. Wenige Zentimeter vor meiner Schnauze hielt der nun vor Furcht zitternde Mann inne.

Selbst durch seinen Anzug hindurch roch ich seine Stresshormone. Um ihm die Situation zu erleichtern, stupste ich seine Hand mit der Schnauze an, was ihn augenblicklich zurückschrecken liess. Wenige Sekunden später streckte er die Hand erneut nach mir aus und berührte nun eigenständig meine Schnauzspitze. Ich hätte nur zu gern Herr Odermatts Blick in dieser Situation gesehen.

«Es hat funktioniert!», rief der verunsicherte Mann mit zittriger Stimme.

«Hat es das? Oder läuft nun alles nach dem Plan des Drachen?», fragte Odermatt.

Dumm ist der leider nicht, stellte ich fest.

Nun strich mir der Mann vorsichtig über den Kopf. Ich wartete geduldig ab, bis sich die anderen ebenfalls näherten.

Das ist die Macht der Liebe!

Wieder musste ich an Vanessa denken, die mich unbewusst zu diesem Plan inspiriert hatte. Sie hatte mich nicht nur von meinen Albträumen befreit, sondern meinem Leben einen neuen Sinn verliehen. Nun hing ich nicht mehr an meiner Vergangenheit fest und steuerte die Zukunft mit einer völlig neuen Denkweise an. Ich liess die Männer nähertreten und wartete ab, was geschah. Um sie nicht zu verunsichern, richtete ich meinen Blick auf die geparkten Fahrzeuge abseits der Lagerhalle.

Urplötzlich zogen sich meine Rückenmuskeln krampfhaft zusammen. Ich verlor das Gleichgewicht und fiel seitlich zu Boden. Odermatt hatte mich mit einem Elektroschockgerät erwischt und drückte nun erneut ab, wodurch sich augenblicklich all meine Muskeln schmerzhaft und unkontrolliert zusammenzogen.

«Fesselt ihn und schliesst ihn danach im Transporter ein.», befahl er seinen Männern.

Ich versuchte, mich zu verteidigen, jedoch wollten mir meine Muskeln nicht mehr gehorchen. Vor lauter Anstrengung tanzten helle Punkte über mein Sichtfeld. Die Männer wickelten ein Seil um mich herum und zurrten es fest, sodass ich kaum noch atmen konnte. Meine Beine und Flügel waren nun an meinen Körper gefesselt. Mit dem zweiten Seil banden sie mir die Schnauze zu und verknoteten es mit den anderen Strängen. Anschliessend trugen sie mich durch die Hintertür in die Halle hinein.

'Ich werde das Problem auf meine Weise lösen'. Ganz toll habe ich das wieder einmal gemacht. Ich hätte doch wissen müssen, dass sie mich fesseln werden! Wie konnte ich bloss so naiv sein?

Während sie mich zu einem gepanzerten Lastwagen brachten, dessen Hintertür durch ein Zahlenschloss gesichert war, schämte ich mich für meine drastische Fehleinschätzung. Ich bereute es, nicht auf meinen Bruder gehört zu haben. Meine Wut auf mich selbst wich bald darauf blanker Angst, als mir bewusst wurde, dass sie mich wahrscheinlich niemals wieder freilassen würden. Immer noch zuckten meine Muskeln unkontrolliert und die Fesseln liessen mir keinerlei Bewegungsfreiheit. Im Augenwinkel sah ich, wie Herr Odermatt die Tür des Transporters mithilfe einer Zahlenkombination öffnete. Leider konnte ich lediglich die Bewegungen seines Armes erkennen, nicht jedoch das Zahlenschloss selbst.

Oben links, unten rechts, Mitte rechts, unten Mitte, dachte ich.

Nun warfen sie mich unsanft ins Innere des Fahrzeugs. Hart schlug mein Kopf gegen den stahlverstärkten Untergrund.

Könnt ihr nicht ein wenig behutsamer mit mir vorgehen?

Als sie mich einschlossen, wurde es nicht vollständig dunkel, da die Tür mit Gitterstäben versehen war.

«Zieht diese Masken an und werft Gasgranaten in den Transporter.», befahl Herr Odermatt.

Oh nein! Wenn sie mich vollständig betäuben, können sie mich wesentlich besser fesseln.

Langsam stellte sich das Zucken meiner Muskeln ein, wodurch ich erneut die Kontrolle über meinen Körper erlangte. Ich versuchte, die Fesseln abzustreifen, jedoch sassen sie zu eng. Ein lautes Zischen ertönte von ausserhalb des Transporters und kurze Zeit später landete eine Gasgranate neben mir, die fortlaufend Betäubungsgas ausströmte. Allem Anschein nach hatten die Männer sie zwischen den Gitterstäben hindurchgeworfen. Augenblicklich hielt ich den Atem an und versuchte mit zunehmender Verzweiflung, mich aus den Fesseln zu befreien, während noch drei weitere Gasgranaten gezündet wurden. Mit dem rechten Vorderbein kam ich den Seilen, die um meine Schnauze gewickelt waren, am nächsten. Ich versuchte, sie zu erwischen, jedoch fehlten stets wenige Zentimeter. Immer wenn ich das Bein näher an die Seile bewegte, entfernte sich mein Kopf aufgrund der anderen Fesseln wieder ein Stück. Unbeholfen robbte ich nach hinten, bis mein Rücken gegen die Wand des Transporters stiess. Ruckartig griff ich mit meinen Klauen nach den Fesseln, wodurch mein Kopf schmerzhaft mit der Wand kollidierte. Nur noch wenige Millimeter hatten gefehlt. Ich versuchte es erneut, dieses Mal mit aller Kraft. Mein Kopf schlug abermals gegen die Wand, was ein laut hörbares Geräusch erzeugte. Endlich erwischte ich das Seil. Als ich daran zog und meine scharfe Klaue währenddessen abwechselnd nach vorne und hinten bewegte, gab es schliesslich nach. Ich wand meinen Kopf aus den sich lockernden Fesseln heraus und konnte durch die eben erlangte Bewegungsfreiheit damit beginnen, die anderen Seile durchzubeissen. Es dauerte über eine halbe Minute, bis ich nach mühsamer Arbeit endlich das nächste Seil durchtrennt hatte.

Bei Hunden sieht es immer so leicht aus, dachte ich.

«Wie lange dauert das, bis der Drache betäubt ist?», klang die verunsicherte Stimme eines Mannes gedämpft durch seine Maske hindurch.

«So lange, wie es eben dauert.», entgegnete Odermatt genervt.

Langsam lockerten sich meine Fesseln, da ich mittlerweile ein weiteres Seil durchgebissen hatte. Ich wand mich hin und her, bis es mir gelang, mehrere Schlaufen abzustreifen. Endlich liessen sich meine Gliedmassen wieder frei bewegen, wodurch ich aufstehen und die Situation analysieren konnte. Die noch vorhandene Luft in meinen Lungen wurde stetig knapper, da ich aufgrund des Betäubungsgases nicht atmen durfte. Vor dem gepanzerten Transporter standen sechs Männer, die darauf warteten, dass ich einschlief. Meine einzige Chance war Schnelligkeit. Ich stellte mich auf die Hinterbeine, während ich mit dem linken Vorderbein zwischen den Gitterstäben nach draussen fasste, wo sich das Zahlenschloss befand. Bevor die DrSG-Mitarbeiter reagieren konnten, gab ich blitzschnell die Kombination ein, die ich mir eingeprägt hatte. Vollautomatisch entriegelte sich die Tür und ich drückte sie auf, so schnell ich konnte.

«Was zum Teufel?», entfuhr es Odermatt.

Er wusste offensichtlich nicht, wie er mit dieser Situation umzugehen hatte.

«Schnappt ihn euch!», rief er schliesslich.

Gerade als ich aus dem Transporter sprang, kamen mir die Männer entgegen. Alle hatten ihre Helme abgelegt, um Gasmasken tragen zu können. Während ich die Flügel ausbreitete, stürzte sich einer der Männer auf mich, wodurch ich meinen Start abbrechen musste. Ich schlug ihm mit meinem linken Vorderbein gegen den ungeschützten Kopf, sodass er zurücktaumelte und auf diese Weise unfreiwillig die anderen vorliess. Dem Zweiten riss ich mit den Klauen die Gasmaske vom Gesicht, da ich hoffte, er würde das Betäubungsgas einatmen, was sich mittlerweile in der gesamten Halle verteilt haben musste. Gleichzeitig klammerte sich der Dritte an meiner Seite fest.

Jetzt muss ich euch wahrscheinlich doch verletzen, um zu fliehen, dachte ich schicksalsergeben.

Um den Mann an meiner Seite loszuwerden, rammte ich meine Klauen in seinen Unterarm. Als ich sie nach unten ziehen wollte, blieben sie im Karbonfasergewebe stecken. Erstaunt stellte ich fest, dass er trotz meines Angriffs unverletzt geblieben war. Während ich meine Strategie überdachte, stürzte sich jemand von hinten auf mich. Ich griff nach seiner Karbonfaser-Weste, sodass sich meine Klauen darin verhakten. Nun zog ich den Mann mit aller Kraft nach vorn, was ihn zu meiner Überraschung über mich hinweg und gegen zwei andere Männer schleuderte. Ich war felsenfest davon überzeugt, dass dies in meiner menschlichen Gestalt nicht möglich gewesen wäre. Plötzlich hielten mich zwei weitere Männer fest, die ich in dieser wilden Rauferei nicht wahrgenommen hatte. Einer davon umklammerte meinen Hals mit seinem rechten Arm. Instinktiv biss ich hinein, was ich sogleich bereute, da ich durch die Karbonfasern und seine Haut hindurch fühlen konnte, wie die Knochen seines Handgelenks in unzählige Stücke zerbrachen.

Das wollte ich nicht, dachte ich erschrocken und liess ihn augenblicklich los.

Der Mann mit dem nun gebrochenen Handgelenk schrie auf vor Schmerzen, während ich mich fragte, woher dieser Reflex stammte. Normalerweise kämpfte ich niemals mit den Zähnen. Da ich immer noch festgehalten wurde, wand ich mich im Griff dieser hartnäckigen Männer, bis ich mein linkes Vorderbein befreien konnte, mit dem ich einem weiteren Mann die Gasmaske von seinem Gesicht riss. Währenddessen gelang es einem anderen, meinen Kopf auf eine Weise festzuhalten, die mich daran hinderte, mein Maul zu öffnen. Die Männer, die ihre Masken verloren hatten, lagen inzwischen bewusstlos auf dem Boden. Zwei andere hatten sich aufgrund ihrer Verletzungen zurückgezogen. Da ich nun auch meine Flügel wieder einwandfrei bewegen konnte, stiess ich mich vom Boden ab und flog mit dem Mann, der sich an meinen Kopf klammerte, nach oben. Durch die zusätzliche Masse und die ungleichmässige Gewichtsverteilung war dies alles andere als leicht. Beinahe durchgehend streifte der Mann mit seinen Beinen den Fussboden, während ich mit ihm quer durch die Halle flog. Erst einige Sekunden später gelang es mir, ihn vollständig hochzuheben. Da er meinen Kopf mit seinem Gewicht nach unten zog und auf den Schuppen keinen Halt finden konnte, hielt er sich an meinen Hörnern fest.

Wofür sind diese zehn Zentimeter langen Dinger überhaupt gut? Im Kampf konnte ich sie noch nie verwenden und auch sonst sehe ich keinen Vorteil darin.

Um den Mann endlich loszuwerden, machte ich eine Fassrolle in der Luft, wodurch er den Halt verlor und aus mehreren Metern Höhe zu Boden stürzte. Er schlug mit solch einer Wucht gegen den harten Untergrund, dass ich mir bereits Sorgen um seine Gesundheit machte.

Hoffentlich trägt er keine bleibenden Schäden von diesem Sturz davon, dachte ich mitfühlend.

Die Luft in meinen Lungen wurde allmählich knapp. Mit jeder Sekunde verstärkte sich das Bedürfnis, zu atmen. Glücklicherweise waren nur noch zwei Männer kampftauglich.

«Wo bleibt diese verdammte Verstärkung?», fragte Odermatt erzürnt.

Mein Hass auf diesen Mann liess mich schnurstracks auf ihn zufliegen. Mit der vollen Wucht meines Fluges rammte ich ihn weg, wodurch er mehrere Meter weit zurückgeschleudert wurde. Der zweite kampftaugliche Mann griff mich währenddessen von der Seite an. In seiner Hand hielt er einen der Betäubungspfeile, die zahlreich auf dem Boden verstreut lagen. Da ich den Sturz von Herrn Odermatt zu lange beobachtet hatte, konnte ich ihm nicht mehr rechtzeitig ausweichen. Der Angreifer warf sich auf meinen linken Flügel, während er versuchte, mir mit der Pfeilspitze durch die Haut zu stechen. Da ich mich gleichzeitig zurückziehen wollte, rutschte er mit der Spitze ab. Dies verschaffte mir genügend Zeit, seine Hand mit meinen Klauen zu umfassen. Den Flügel konnte ich leider nicht anziehen, da der Mann mittlerweile mit seinem gesamten Gewicht darauf lag. Mit aller Kraft drückte er den Pfeil nach unten, während ich seine Hand in die entgegengesetzte Richtung stiess. Auf Dauer würde er dieses Kräftemessen gewinnen, da er neben seiner Kraft zusätzlich sein Körpergewicht einsetzen konnte. Glücklicherweise war ich mit meinem Drachenschwanz geschickt genug, seine Maske auszuziehen. Nun konnte er ebenso wenig atmen wie ich. Verunsichert starrte er mir entgegen, während ich mit meinen Hinterbeinen zusätzlich seinen Arm nach oben drückte. Mit den Klauen des linken Vorderbeins konnte ich sein Handgelenk in die andere Richtung drehen, wodurch die Pfeilspitze ihm entgegen zeigte. Ruckartig zog ich seinen Arm nach unten, was ihn augenblicklich aus dem Gleichgewicht brachte, da er den Arm stets in diese Richtung gedrückt hatte. Er fiel mit dem Hals auf die Pfeilspitze und sackte wenige Sekunden später bewusstlos zusammen.

Hinter mir nahm ich Herr Odermatt wahr, der sich erneut aufrappelte. Gleichzeitig wurde mir aufgrund des Sauerstoffmangels schwindelig und meine Muskeln fühlten sich schwach an. Ich musste dringend an frische Luft gelangen.

Weshalb versuche ich es nicht einfach mit einer von diesen Masken? Fragte ich mich.

Mit zitternden Klauen grapschte ich nach der nächstgelegenen Gasmaske und wollte sie mir gerade gegen mein Gesicht drücken, als mir Odermatt in die Quere kam.

«Das hättest du wohl gern.», sagte er und entriss mir die Maske.

Gleichzeitig schlug ich mit den Krallen nach ihm, die jedoch wirkungslos in seiner Panzerung steckenblieben. Er holte mit dem Bein aus und bevor ich reagieren konnte, trat er mir mit voller Wucht ins Gesicht. Augenblicklich schoss ein stechender Schmerz durch meinen Oberkiefer und ich fiel rücklings zu Boden. Mein Schwindelgefühl überlagerte sich mit Kopfschmerzen und es gelang mir nicht, mich aufzurappeln. Instinktiv öffnete ich mein Maul, um nach Luft zu schnappen, was mir glücklicherweise bewusst wurde, bevor ich einatmete. Währenddessen fiel ein mit Blut überzogener Zahn zu Boden. Dies erklärte die Schmerzen meines Oberkiefers.

«War das etwa schon alles?», fragte Odermatt hämisch.

Es war offensichtlich, dass er versuchte, Zeit zu gewinnen. Je länger er diesen Kampf hinauszögerte, desto besser standen seine Gewinnchancen, da ich eher früher als später wieder atmen musste. Mit letzter Kraft und unter starken Kopfschmerzen richtete ich mich langsam auf. Den ausgeschlagenen Zahn nahm ich zwischen die Klauen, da ich ihn der DrSG keineswegs zu Testzwecken überlassen wollte. Zwei verletzte Männer traten nun ebenfalls zu Odermatt. Gemeinsam versperrten sie den Ausgang.

Einen Kampf gegen die kann ich nicht mehr gewinnen, dachte ich verzweifelt.

Auf zittrigen Beinen zog ich mich von den Männern zurück in Richtung Transporter. Inzwischen begann der Rand meines Sichtfelds zu flimmern, was kein gutes Zeichen war. Zweimal rutschte mir der glitschige Zahn aus den Klauen. Dies brachte mich auf die Idee, ihn in meinem Maul zu transportieren. Ich steckte ihn zurück in die Zahnlücke, bis er in seiner ursprünglichen Position steckenblieb. Währenddessen verfolgten mich die Männer, wobei sie alle herumliegenden Gasmasken beiseitelegten, sodass ich sie nicht verwenden konnte.

«Es dauert nicht mehr lange.», sagte Odermatt siegessicher.

Damit hatte er recht. Es gelang mir kaum noch, ein Bein vor das andere zu setzen. Ohne neuen Sauerstoff würde ich bald ohnmächtig werden. Ausserdem zuckte mein Zwerchfell instinktiv, da mein Körper versuchte, einzuatmen. Eine gefühlte Ewigkeit später kam ich beim Führerhaus des Transporters an. Mit den

Vorderbeinen zog ich mich an der Fahrertür hoch, wobei ich um ein Haar nach hinten gestürzt wäre.

«Was hat er vor?», fragte einer der Männer.

Angespornt durch meine letzte Hoffnung, an Sauerstoff zu gelangen, zog ich mit meinen Klauen am Türgriff, bis sich die Fahrertür öffnete. Augenblicklich streckte ich meinen Kopf in das Innere des Fahrzeugs hinein und atmete einmal tief durch, da ich wusste, dass sich das Gas höchstwahrscheinlich nicht bis ins Innere des Führerhauses ausgebreitet hatte. Nur einen Sekundenbruchteil später schien die Energie in meine Muskeln zurückzufliessen und das Flimmern am Rand meines Sichtfelds schwand. Mit der eben erlangten Energie sprang ich hoch in die Luft, breitete die Flügel aus und flog über die verdutzten Männer hinweg auf den Hinterausgang zu. Kurz davor klappte ich meine Flügel ein, da ich nur auf diese Weise durch die Tür passte. Ich fing meinen Sturz mit den Beinen ab und rannte hinaus ins Freie. Erleichtert sog ich die frische Luft ein und flog gleich darauf dem Himmel entgegen. Genau in diesem Moment erreichten mindestens fünf Fahrzeuge der DrSG die Lagerhalle. Als ich bereits mehrere hundert Meter an Höhe gewonnen hatte, stiegen die eben angekommenen Männer und Frauen aus. Ich war heilfroh, mich bereits ausserhalb der Reichweite ihrer Betäubungsgewehre zu befinden. Obwohl mir der Kopf und insbesondere der Oberkiefer schmerzten, musste ich vor Erleichterung und aufgrund meines unverschämten Glücks, wieder aus dieser Situation entkommen zu sein, lachen.

Erst während des Fluges wurde mir allmählich bewusst, was in der letzten Stunde alles geschehen war. Der Kampf mit den DrSG-Mitarbeitern hatte neben dem ausgeschlagenen Zahn zu einigen Prellungen und Zerrungen geführt. Ausserdem schmerzte mein Kopf und ich war sehr erschöpft. In diesem Augenblick wollte ich nur noch nach Hause gelangen.

Eine Viertelstunde später landete ich neben meinen Kleidern im Wald und wollte mich gerade verwandeln, als mir einfiel, dass ich dies in verletztem Zustand unterlassen sollte. Seufzend packte ich all meine Sachen zusammen und flog nach Hause. Wie ein Adler auf Beutejagd kreiste ich hoch über der Strasse, bis sich niemand mehr in unmittelbarer Nähe befand. Anschliessend wechselte ich in einen Sturzflug, um schnellstmöglich zur Hauseingangstür zu gelangen. Nachdem ich gelandet war, schloss ich eilig die Tür auf und trat ein, ohne gesehen zu werden. Erschöpft legte ich mich auf mein Sofa und liess meine Gedanken schweifen. Zuerst musste ich an die Kämpfe zurückdenken, was meinen Gemütszustand zunehmend verschlechterte. Anschliessend wechselten meine Gedanken zu Vanessa.

Ich habe ihr heute noch nicht geschrieben. Macht sie sich bereits Sorgen um mich?

Da mein rechtes Vorderbein mit Sicherheit nicht verletzt war, verwandelte ich es zurück in einen Arm, nahm mein Mobiltelefon zur Hand und begann, Vanessa zu schreiben. Es dauerte nur wenige Minuten, bis sie auf meine Nachricht antwortete. Anschliessend schrieben wir über eine Stunde miteinander, bis mein Magen stark zu knurren begann. Enttäuscht darüber, dass ich jetzt bereits aufhören musste, Vanessa zu schreiben, stand ich auf. Meine schmerzenden Muskeln erinnerten mich wieder an den heutigen Kampf. Glücklicherweise waren die Kopfschmerzen verschwunden und der Kiefer schmerzte lediglich noch an der Stelle des herausgeschlagenen Zahns.

Ich sollte mir vor dem Essen meinen Zahn ansehen, dachte ich.

Im Spiegel des Badezimmers betrachtete ich mein Gebiss. Weder Blut noch eine Zahnlücke war zu erkennen. Es dauerte einen Moment, bis ich begriff, dass ich den herausgeschlagenen Zahn wieder in die Lücke des Oberkiefers gesteckt hatte.

Welcher Zahn war das noch gleich? Fragte ich mich.

Ich tippte mehrere Zähne an, um herauszufinden, welcher davon locker war. Beim Vierten schoss augenblicklich ein stechender Schmerz durch meinen gesamten Kiefer, als ich ihn mit meiner Klaue berührte. Nun versuchte ich, ihn herauszuziehen, was jedoch noch stärkere Schmerzen auslöste. Währenddessen wackelte der Zahn leicht. Da ich mir nicht mehr sicher war, ob es sich um den richtigen Zahn handelte, prüfte ich mein Gebiss weiter. Keine anderen Zähne sassen locker oder schmerzten.

Weshalb musste ich den bloss zurückstecken? Jetzt kann ich ihn wegen den Schmerzen nicht herausziehen.

Niedergeschlagen verliess ich das Badezimmer. Anschliessend kochte ich mir eine Suppe, die ich selbst mit meinen Zahnschmerzen essen konnte. Nach nur wenigen Minuten war sie fertig und ich setzte mich mit der dampfend heissen Schale auf mein Sofa. Gierig schlang ich die Suppe herunter, ohne darauf zu warten, dass sie abkühlte. Schliesslich konnte ich mich als Drache nicht verbrennen. Nachdem ich fertig gegessen hatte, antwortete ich auf die Nachrichten, die mir Vanessa während der letzten Minuten geschrieben hatte.

4

Vorahnung

Die Sonne war bereits untergegangen, als ich von meinem Mobiltelefon aufblickte. Ein Blick auf die Uhr verriet mir, dass es bereits Viertel nach neun war.

Habe ich jetzt ernsthaft den ganzen Tag lang mit Vanessa geschrieben? Fragte ich mich.

Kopfschüttelnd stand ich auf und bereitete mir eine weitere Suppe als Abendessen zu. Nach dem Essen legte ich mich ohne Umwege schlafen, da der heutige Tag ausserordentlich anstrengend gewesen war. Aufgrund meiner Erschöpfung gelang es mir bereits nach wenigen Minuten, einzuschlafen.

Warme Sonnenstrahlen schienen durch die Fensterläden in mein Zimmer, als ich am nächsten Morgen die Augen öffnete. Während des Streckens fiel mir auf, dass ich noch immer ein Drache war. Ich hatte mich gestern aufgrund meiner Verletzungen nicht verwandelt. Dies holte ich nun nach, da ich bis auf meinen Muskelkater keine Schmerzen mehr verspürte. Anschliessend zog ich mir meine Kleider an, verspeiste ein reichhaltiges Frühstück und putzte mir die Zähne. Erst als ich mich wieder auf mein Sofa setzen wollte, fiel mir ein, dass ich etwas vergessen hatte.

Mein Zahn!

Eilig rannte ich zurück ins Badezimmer und tastete vor dem Spiegel mein Gebiss ab. Dabei entstanden keinerlei Schmerzen. Erneut überprüfte ich jeden einzelnen Zahn, das Ergebnis war jedoch dasselbe.

Vielleicht fehlt der Zahn nur in meiner Drachengestalt, dachte ich, da ich mir mein völlig intaktes Gebiss auf keine andere Weise erklären konnte.

Um meine Theorie zu prüfen, verwandelte ich mich in einen Drachen und tastete erneut jeden einzelnen Zahn ab, selbst die des Unterkiefers. Erstaunlicherweise verspürte ich keinerlei Schmerzen und mein Gebiss war einwandfrei. Verwirrt wechselte ich zurück in meine menschliche Gestalt und setzte mich gedankenverloren auf mein Sofa.

Wie ist das möglich? Der Zahn war gestern noch draussen und jetzt aus irgendeinem Grund nicht mehr. Ist er wieder zusammengewachsen, weil ich ihn zurückgesteckt habe?

Ratlos starrte ich die Wand an und versuchte, dieses seltsame Phänomen zu verstehen. Da ich selbst nach einer halben Stunde noch keine plausible Erklärung gefunden hatte, widmete ich mich erneut meinem Mobiltelefon.

«Wollen wir uns heute wieder treffen?», hatte Vanessa vor einer Stunde geschrieben.

«Ja, liebend gern! Was für eine Art von Treffen hast du dir vorgestellt? Da heute Sonntag ist, könnten wir alles Mögliche unternehmen.», antwortete ich.

Eigentlich wollte ich sie fragen, ob sie mich bei mir zu Hause besuchen möchte, da ich ihr auf diese Weise zeigen konnte, dass ich ein Drache war. Aufgrund des wolkenlosen Wetters schien mir ein Treffen ausserhalb der eigenen vier Wände jedoch sinnvoller.

«Wie wäre es mit einem Waldspaziergang? Ich weiss schliesslich, dass du Menschenmengen nicht sonderlich magst.», war Vanessas Antwort.

Im Wald kann ich ihr auch zeigen, dass ich ein Drache bin, dachte ich aufgeregt.

Ihr die Wahrheit über mich zu verschweigen, war mir immer schon schwer gefallen, seitdem wir uns das erste Mal getroffen hatten. Dass ich nun endlich vorhatte, ihr alles zu erklären, bereitete mir Freude. Gleichzeitig stimmte mich unser Treffen im Wald nervös, da ich nicht genau wusste, wie sie reagieren würde. Hastig tippte ich eine Antwort ein und wir vereinbarten einen Treffpunkt.

Bereits eine Stunde später stieg ich in die Strassenbahn ein. Vor lauter Nervosität blickte ich ständig umher wie ein aufgescheuchtes Tier. Die Strassenbahn schien sich heute ausserordentlich langsam zu bewegen. Selbst die Passanten schlenderten gemächlicher durch die Strassen, als es für Zürich üblich war. Es kam mir vor, als würde alles in Zeitlupe ablaufen, was meine Wartezeit noch unerträglicher gestaltete. Bereits eine Station zu früh stand ich auf und ging zur Tür. Ungeduldig wartete ich darauf, bis die Strassenbahn endlich die Haltestelle erreichte, an der ich aussteigen musste. Noch während sich die Tür öffnete, zwängte ich mich nach draussen und ging das letzte Stück zu unserem Treffpunkt zu Fuss. Obwohl ich eine Viertelstunde zu früh war, beeilte ich mich. Als ich den Treffpunkt am Waldrand erreichte, stellte ich überrascht fest, dass Vanessa bereits auf mich wartete.

«Hallo Vanessa, bin ich zu spät?», fragte ich verwirrt.

«Nein, ich bin zu früh. Du glücklicherweise ebenfalls.», antwortete sie mit einem Lachen.

Gemeinsam begaben wir uns auf den Weg ins Innere des Waldes.

«Kann es sein, dass du nervös bist?», fragte sie mich, nachdem ich mehrere Minuten geschwiegen hatte.

«Ja, ein wenig schon.», gab ich zu.

«Weshalb denn?»

Ganz so schnell wollte ich eigentlich nicht auf den Punkt kommen, dachte ich, während sich mein Herzschlag beschleunigte.

«Ich muss dir etwas sagen. Es ist sehr schwer zu erklären …», begann ich.

Vanessa blieb stehen und sah mir in die Augen. In diesem Moment vermisste ich den unergründlichen Ozean, den ich als Drache stets in ihrer Iris gesehen hatte. Während ich meinen Mund öffnete, um etwas zu sagen, vergass ich bereits wieder die Worte, die ich mir zurechtgelegt hatte.

«Soll ich dir auf die Sprünge helfen?», fragte Vanessa.

«Ähm … ich weiss nicht.», stammelte ich.

Weshalb fällt mir das so schwer bei ihr? Fragte ich mich.

Nun legte Vanessa ihren Arm um meine Seite und küsste mich auf die Lippen. Als sie sich von mir löste, war ich ebenso verblüfft wie erfreut.

Sie dachte, ich wollte ihr meine Liebe gestehen.

«Das kam jetzt aber überraschend.», sagte ich.

«Ich wollte dir bloss helfen. Schliesslich weiss ich, wie zurückhaltend du bist.», entgegnete Vanessa schulterzuckend.

«Woher wusstest du, dass ich in dich verliebt bin?»

«Seit unserer ersten Begegnung hattest du nur noch Augen für mich. Jeden Tag wolltest du mich sehen und stundenlang mit mir sprechen. Deine Liebe mir gegenüber ist doch offensichtlich.», antwortete sie lachend.

In diesem Augenblick wusste ich nicht, was ich sagen sollte. Einerseits war ich von Glück erfüllt, da sie meine Liebe erwiderte, und andererseits enttäuschte mich die Tatsache, dass sie immer noch nicht die Wahrheit über mich kannte.

«Also liege ich richtig mit der Vermutung, dass du mich ebenfalls liebst?», fragte ich vorsichtig, nachdem ich meine Sprache wiedergefunden hatte.

«Ja. Anderenfalls hättest du es bereits am ersten Abend erfahren.»

Ihre Antwort weckte meine Neugier, weshalb sie sich ausgerechnet in mich verliebt hatte. Bevor ich ihr diese Frage stellen konnte, sprach sie bereits ein neues Thema an.

«Heute ist etwas sehr Seltsames geschehen. Vier Menschen in Brasilien hatten zur exakt selben Zeit einen Schlaganfall. Alle waren gemeinsam in einem Raum, als es geschah.»

«Das klingt in der Tat seltsam. Gibt es eine bestimmte Ursache dafür?»

«Nein. Sie waren alle kerngesund. Ein Mann und drei Frauen mittleren Alters. Gemeinsamkeiten konnten keine gefunden werden.»

«Wenn du sagst, sie hatten den Schlaganfall zur selben Zeit, wie gross waren die Zeitabstände genau?»

«Soweit man weiss, geschah alles in derselben Sekunde.»

«Das klingt, als hätte jemand diese Geschichte erfunden.»

«Diesen Gedanken hatte ich anfangs auch, aber es existiert ein Überwachungsvideo davon, was das Gegenteil beweist. Ausserdem wurden die Personen anschliessend untersucht. Jeder Schlaganfall konnte medizinisch nachgewiesen werden. Was diese Geschichte noch spannender macht, ist ein ähnlicher Vorfall in Indien, der sich gestern ereignet hat. Laut einem Pressebericht erlitten zwei Männer zur exakt selben Zeit einen Schlaganfall wie heute. An beiden Tagen war es jeweils 11:37 Uhr.»

«Höchst interessant. Sollten sich diese Anfälle häufen, könnten sie zu einem ernsthaften Problem werden, wenn wir keine Ursache finden.»

Unser Gespräch setzte sich fort, während wir gemütlich zwischen den Bäumen hindurchschlenderten. Je länger wir spazierten, desto sicherer war ich mir, dass die Wahrheit über mich warten musste. Ich befürchtete, sie könnte sich vor meiner Drachengestalt ekeln und mich verlassen, sollte ich ihr davon erzählen. Da sie mir soeben ihre Liebe gestanden hatte und mir dies ausserordentlich viel bedeutete, wollte ich sie keinesfalls auf diese Weise verlieren.

Am späteren Nachmittag erreichten wir wieder unseren Ausgangspunkt.

«Es war schön, mit dir im Wald zu spazieren.», sagte ich.

«Mir hat es auch sehr gefallen. Hoffentlich habe ich dich mit dem Kuss nicht zu sehr überrascht. Ich wollte bloss, dass sich diese Heimlichtuerei nicht ewig in die Länge zieht.»

«Ich bin dir sehr dankbar, dass du das für mich getan hast.»

Wie bereits im Wald sahen wir uns gegenseitig in die Augen. Erneut wünschte ich mir, ich könnte den stürmischen Ozean in ihrer Iris erkennen. Ebenfalls sehnte ich mich nach ihrem zarten Geruch, den ich als Mensch nicht auf dieselbe Weise wahrnehmen konnte, wie ich ihn in Erinnerung hatte. Selbst die Rückenmassagen vermisste ich.

Nachdem ich sie einige Sekunden reglos angestarrt hatte, war plötzlich ein Hauch von Enttäuschung in ihrem Blick zu erkennen. In diesem Moment beschlich mich das ungute Gefühl, eine Gelegenheit verpasst zu haben.

«Was möchtest du jetzt machen?», fragte sie.

In der Tat wusste ich nicht, was ich antworten sollte. Mein Instinkt riet mir, nach Hause zu gehen, um die Ereignisse des Tages zu verarbeiten und meine Beine zu entspannen. Mein Verstand sagte mir, ich sollte bei Vanessa bleiben und mein Herz war sich uneinig. Einerseits zog es mich als Mensch zu Vanessa und andererseits wollte es, dass ich sie als Drache besuchte. So seltsam es auch klingen mag, entschied ich mich für die letzte Variante meines Herzens.

«Ich glaube, ich sollte nach Hause gehen, um meine Beine ein wenig zu entspannen. Kommst du am Abend noch auf den Lindenhof? Vielleicht stosse ich dann ebenfalls dazu.»

«Schade, dass du bereits jetzt gehen möchtest. Ich hätte mich gern noch lange mit dir unterhalten. Was den Lindenhof betrifft, kann ich nichts versprechen, aber ich werde versuchen, dort zu sein. Schreibe mir einfach, falls du kommst.»

«In Ordnung.»

Wir verabschiedeten uns und ich ging nach einem kurzen Umweg wieder in den Wald, um mich zu verwandeln. Mit gemischten Gefühlen stieg ich als Drache dem Himmel empor. Die Verabschiedung von Vanessa stimmte mich traurig, während sich meine Vorfreude auf unser anderes Treffen zunehmend vergrösserte. Bereits eine halbe Stunde später erreichte ich den Lindenhof. Vanessa war noch nirgends zu sehen. Anstatt untätig herumzusitzen, bis sie erschien, flog ich zwischen den Häusern der Innenstadt hindurch. Die Sonne wanderte langsam auf den Horizont zu, während ich mich genüsslich treiben liess. Es wehte kein Lüftchen, was das Manövrieren über den Strassen erleichterte. Nur alle paar Minuten musste ich mit den Flügeln schlagen, obwohl es nicht bergab ging. Die durch den Asphalt erhitzte Luft bildete angenehm warme Aufwinde, die sachte von unten gegen meine Flügel drückten. Auf diese Weise konnte ich in vollkommener Entspannung dahingleiten.

Wenn das Fliegen doch nur jedes Mal so entspannend wäre, dachte ich.

Vor lauter Genuss vergass ich beinahe, weswegen ich in die Innenstadt gekommen war. Erst als mir ein nur allzu vertrauter Geruch in die Nase stieg, wurde ich mir dessen bewusst.

Vanessa!

Augenblicklich schlug ich mit den Flügeln, um über die Dächer emporzusteigen, und flog anschliessend schnurstracks auf den Lindenhof zu. Bereits aus gut einem Kilometer Entfernung erblickte ich Vanessa, die lesend auf einer Bank sass. Im Gleitflug kam ich ihr entgegen und landete schliesslich vor ihren Füssen. Erst als ich mit den Klauen auf den Kieselsteinen aufsetzte, nahm sie mich wahr. Aufgrund meines plötzlichen Erscheinens zuckte sie zusammen.

«Jetzt hast du mich aber wirklich erschreckt.», sagte sie aufatmend, während sie sich von ihrem kurzen Schock erholte.

Entschuldigung, das wollte ich nicht, dachte ich.

Da sie allein auf der Bank sass, sprang ich gleich zu ihr hoch, kuschelte mich an ihrer Seite ein und legte den Kopf auf ihren Schoss. Währenddessen bewunderte ich ihre Augen, die noch wesentlich schöner aussahen, als ich sie in Erinnerung hatte. Genüsslich sog ich ihren Duft ein und entspannte mich, während sie schmunzelnd mit der Hand über meinen Kopf strich.

«Was bist du bloss für ein verwöhntes Geschöpf?», fragte sie kopfschüttelnd.

Ihre Streicheleinheiten wechselten zu einer Massage, die sämtliche Verspannungen aus meinem Körper vertrieb. Trotzdem fühlte sich etwas falsch an. Je länger ich mich von Vanessa verwöhnen liess, desto genauer wusste ich, was es war: Ich vermisste die Gespräche mit ihr, ihren Charakter, ihre Intelligenz, die gemeinsamen Mahlzeiten mit ihr und selbst den Kuss im Wald. Am liebsten hätte ich in diesem Augenblick zu ihr gesprochen, jedoch wagte ich es nicht. Insbesondere die interessierten Blicke der anderen Passanten hielten mich davon ab.

Wie habe ich es bloss geschafft, mich zweimal auf unterschiedliche Weise in dieselbe Frau zu verlieben? Zuerst als Drache und danach auch noch als Mensch.

Gedankenverloren liess ich mich von Vanessa massieren und dachte mir eine neue Möglichkeit aus, ihr zu erklären, dass ich ein Drache war. Dies war die einzige Möglichkeit, mein eigenartiges Dilemma zu lösen.

Während der Mittagspause des nächsten Tages schrieb mir Vanessa erneut eine Nachricht bezüglich der Schlaganfälle.

«Heute waren es acht in Spanien.»

«Hast du eine Idee, was das sein könnte?», fragte ich.

«Nein. Aber ich gebe dir Bescheid, sobald ich etwas weiss.»

Am Tag darauf erlitten sechzehn Menschen einen Schlaganfall in Australien. Am Mittwoch zweiunddreissig in Kanada. Mittlerweile berichteten die meisten

Nachrichtensender und Zeitungen darüber. Ein amerikanischer Forscher gab diesem Phänomen den Namen «Doomsday Seizure». In der deutschen Sprache hatte sich «Doomsday-Anfälle» durchgesetzt.

«Es würde mich nicht wundern, wenn es morgen um 11:37 Uhr 64 Anfälle sind.», schrieb ich Vanessa, da sich die Anzahl der Schlaganfälle bisher täglich verdoppelt hatte.

Bei unserem gemeinsamen Abendessen in einem Restaurant gelang es uns kaum, ein anderes Thema anzusprechen. Ihr Interesse an diesem unerklärlichen Phänomen schien auf mich übergegangen zu sein. Selbst als wir uns mit einem Kuss verabschiedeten, blieben die Doomsday-Anfälle in meinen Gedanken haften.

In der Nacht auf den Donnerstag spiegelten meine Träume diese unerklärlichen Ereignisse wider. Von einem Erdbeben, was den gesamten Planeten in tausende Stücke zerbrach bis hin zu einer Zombieapokalypse erlebte ich während des Schlafs alles. Am Ende dieses wilden Durcheinanders erklang die Stimme der mittlerweile ausgeschalteten künstlichen Intelligenz erneut in meinem Kopf.

«Da ich dir vertraue, habe ich alles, was du für meinen Notfallplan wissen musst, auf ...»

In diesem Moment weckte mich mein Wecker mit einer ruhigen Melodie. Gedanklich war ich noch immer in den Träumen versunken. Wie ein tosender Sturm drehten sie sich um alles, was ich soeben erlebt hatte. Auf einmal traf mich die Wahrheit wie ein Schlag.

Das sind keine Anfälle, sondern ein Angriff der neuen KI! Wie sonst lässt sich erklären, dass es in regelmässigen Zeitabständen geschieht. Ausserdem verdoppelt sich die Anzahl der Opfer täglich mit perfekter Regelmässigkeit, was gegen einen natürlichen Ursprung spricht.

Da ich mir nun sicher war, was die Doomsday-Anfälle in Wirklichkeit darstellten, lief mir ein eiskalter Schauer den Rücken herunter.

Die alte KI hat von einem Notfallplan gesprochen, der sich irgendwo befindet. Wo hätte ich solch einen Plan versteckt, wenn ich eine künstliche Intelligenz wäre? Fragte ich mich.

Nach wenigen Minuten kam mir eine Idee. Da die KI stets über elektronische Geräte kommuniziert hatte, musste sich der Notfallplan dementsprechend auf meinem Computer befinden.

Das passt auch zu ihrer Aussage. Der letzte Satz der KI lässt sich mit 'auf deinem PC gespeichert' vervollständigen, dachte ich hoffnungsvoll.

Ohne mich um mein Frühstück, meine Körperhygiene oder meine Arbeit zu kümmern, setzte ich mich vor meinen Computer. Ich begann, die Festplatte nach Auffälligkeiten zu durchsuchen, indem ich mithilfe einer speziellen Software die Dateigrössen aller Daten grafisch darstellte. Zuerst überprüfte ich die grössten Dateien, danach die kleineren und als ich immer noch nichts gefunden hatte, durchsuchte ich selbst die kleinsten. Je länger ich vergeblich nach Dateien suchte, die nicht ich oder ein Programm auf meinem PC erstellt hatten, desto grösser wurde meine Verzweiflung. Als ich nach mehreren Stunden jede einzelne Datei überprüft hatte, die grösser als ein Megabyte war, musste ich mich geschlagen geben. Schliesslich war es bereits zehn Uhr, ich hatte noch nichts gegessen und war nicht zum Online-Meeting erschienen. Hastig schrieb ich eine Nachricht an meinen Vorgesetzten, dass ich verschlafen hatte, und ass gleich darauf mein Frühstück. Die versäumte Arbeitszeit musste ich am Abend nachholen.

Ich war am Ende meiner Kräfte, als ich um drei Uhr morgens noch immer meinen PC nach Auffälligkeiten durchsuchte. Mittlerweile hatte ich alle Dateien, selbst die unter einem Megabyte, überprüft. Von einigen davon hatte ich sogar den Quellcode gelesen, bis ich mir sicher war, dass sich darin keine Nachricht verbarg. Erst jetzt blickte ich auf mein Mobiltelefon.

«Heute waren es 126 bestätigte Doomsday-Anfälle. Ich bin mir aber ziemlich sicher, dass es 128 sein sollten, da es sich stets um eine Zweierpotenz gehandelt hat.», war Vanessas neuste Nachricht.

Na toll. Ich habe die vielleicht einzige Lösung für dieses Problem, jedoch kann ich sie nicht finden.

Ich spielte mit dem Gedanken, der Öffentlichkeit von meinem Wissen über ausserirdische KIs zu erzählen. Einen Augenblick später verwarf ich diese Idee wieder, da mir ohnehin niemand glauben würde. Schliesslich kursierten bereits die wildesten Theorien im Internet, was die Ursache der Doomsday-Anfälle sein könnte. Eine weitere mögliche Erklärung würde in diesen unzähligen Meinungen untergehen.

Erschöpft legte ich mich auf meinem Bett hin und versuchte, zu schlafen. Aufgrund meiner wild kreisenden Gedanken gelang es mir selbst nach einer halben Stunde nicht. Tief seufzend stand ich erneut auf. Während der nächsten Viertelstunde ging ich unruhig in meiner Wohnung auf und ab, bis ich zu dem Entschluss gelangte, dass ich etwas Zerstreuung benötigte. Aus diesem Grund verwandelte ich mich in einen Drachen und flog direkt vom Balkon aus in die dunkle Nacht hinein. Keinerlei Sterne waren am Himmel zu erkennen, da es stark bewölkt war. Der kühle Wind wehte mir entgegen und liess mich kurze Zeit später frösteln. Als nun auch noch Nieselregen einsetzte, schlug ich stärker mit meinen Flügeln, um an Höhe zu gewinnen und die Kälte loszuwerden. Meine momentane Verzweiflung trieb mich immer weiter an, bis ich schliesslich die Wolkendecke durchbrach. Klitschnass glitt ich über die hellblau beleuchteten Berge aus Wasserdampf hinweg. Meine roten Schuppen glitzerten dunkel im Mondlicht. Um die Nässe vollständig loszuwerden, schlug ich mehrere Male kräftig mit meinen Flügeln, wodurch das Wasser abperlte und eine dünne Spur aus winzigen Tröpfchen hinter mir bildete. Nun schien mein Körper jegliche Farbe verloren zu haben, da das hellblaue Mondlicht kaum auf den roten Schuppen reflektierte. Wie ein dunkler Schatten flog ich ziellos durch die Nacht, während sich mein Gemütszustand allmählich besserte.

Eigentlich ist das alles gar nicht mein Problem. Weshalb schere ich mich überhaupt um die Angriffe einer ausserirdischen KI? Ich kann ohnehin kaum etwas dagegen ausrichten.

Obwohl ich mir einredete, dass mir diese Doomsday-Anfälle gleichgültig waren, beschäftigte mich dieses Thema noch sehr. Selbst als ich eine Stunde später langsam durch die Wolken nach unten glitt, kreisten meine Gedanken unaufhörlich um mögliche Lösungsansätze. Nachdem ich die Wolkendecke erneut durchbrochen hatte, stellte ich fest, dass es inzwischen wesentlich stärker regnete als zuvor. Die Sichtweite war sehr gering und ich wurde ständig von grossen Regentropfen getroffen. Ausserdem blies der Wind, als wollte er mich abstürzen lassen. Mit zugekniffenen Augen kämpfte ich mich durch die Sturmböen, die mit jeder Minute heftiger wurden. In diesem Platzregen sah die Landschaft überall gleich aus, weswegen ich erst nach einer halben Stunde herausfand, wo ich war. Eine weitere halbe Stunde später erreichte ich endlich mein Zuhause. Mit vor Erschöpfung zitternden Flügeln betrat ich die Wohnung. Vor lauter Nässe rutschte ich aus, wodurch eine meiner Krallen einen tiefen Kratzer im Fussboden hinterliess. Müde schlurfte ich ins Badezimmer, zog das Tuch vom Handtuchhalter und wischte damit das Wasser auf, was von meinen Schuppen getropft war. Anschliessend trocknete ich mich selbst mithilfe eigens erzeugter Hitze vollständig ab, verwandelte mich zurück und ging zu Bett.

Am nächsten Morgen konnte ich vor lauter Müdigkeit kaum meine Augen öffnen, als der Wecker um zwanzig nach sechs klingelte. Schlaftrunken stand ich auf, bereitete mich auf meinen Arbeitstag vor und stieg anschliessend in die

Strassenbahn ein. Während der Fahrt nickte ich mehrere Male ein, weswegen ich beinahe meine Haltestelle verpasst hätte. Glücklicherweise fand ich noch die Kraft, mich von meinem Sitzplatz zu erheben und auszusteigen, bevor sich die Tür schloss.

«Geht es dir gut, Nils?», fragte mein Vorgesetzter Sven.

«Nicht besonders. Ich konnte diese Nacht kaum schlafen.», antwortete ich, während ich vor lauter Müdigkeit kaum aufrecht stehen konnte.

«Du siehst nicht gerade gesund aus. Möchtest du dich für heute krankschreiben lassen?»

Seltsamerweise hatte ich überhaupt nicht an diese Möglichkeit gedacht.

«Ja, ich glaube, das wäre eine gute Idee.»

Erschöpft begab ich mich wieder auf den Weg nach Hause. Nachdem ich in meiner Wohnung angekommen war, ging ich ohne Umwege ins Bett. Nicht einmal meine Regenjacke hatte ich ausgezogen.

Kurz vor Mittag erwachte ich wieder. Vor lauter Wärme schwitzte ich bereits. Um dem entgegenzuwirken, zog ich meine Jacke aus und setzte mich mit meinem Mobiltelefon auf das Sofa. Gerade als ich mich noch ein wenig entspannen wollte, erhielt ich eine neue Nachricht von Vanessa.

«Nun waren es 256 Anfälle in Deutschland. Einer unter den Opfern behauptet, seltsame Dinge gesehen zu haben, bevor er den Schlaganfall erlitten hat. Ich schicke dir gleich ein Video, in dem dieser Mann alles genau beschreibt.»

Bereits eine Minute später erhielt ich einen Link zu einem Interview, den ich gleich darauf öffnete.

«Zuerst wurde alles mucksmäuschenstill. Ich dachte, ich wäre auf einmal taub geworden, denn in Köln hört man normalerweise immer irgendwelche Geräusche. Dann kamen plötzlich seltsame Winde auf, die in alle möglichen Richtungen wehten. Ein Blatt vor mir drehte sich mehrere Male im Kreis. Währenddessen flimmerte die Luft, wie an einem heissen Tag über Asphalt. Im Augenwinkel sah ich etwas Schwarzes vorbeifliegen. Als ich in diese Richtung sah, war es bereits verschwunden. Eine Sekunde später wurde mir schwarz vor Augen und mein Kopf schmerzte, als würde er gleich explodieren. Dann bin ich im Krankenhaus wieder aufgewacht und sie haben mir erzählt, ich hätte einen Schlaganfall erlitten. Genau 255 andere Menschen in meiner Nähe hatten zur exakt selben Zeit ebenfalls einen Schlaganfall.», sagte ein junger Mann im Interview.

Sehr seltsam, dachte ich.

In diesem Augenblick wurde mir bewusst, was ich bei der gestrigen Suche nach dem Notfallplan übersehen hatte. Die KI hatte stets mein Mobiltelefon zur Kommunikation benutzt. Deswegen musste sich alles, was sie mir mitteilen wollte, dort befinden. Um meinen Verdacht zu bestätigen, öffnete ich den Dateibrowser und stiess direkt auf eine Datei namens «Notfallplan.txt», die sich im Hauptverzeichnis befand. Ich schämte mich aufgrund meiner eigenen Unachtsamkeit.

Wie konnte ich das bloss übersehen? Noch offensichtlicher hätte die KI den Notfallplan überhaupt nicht platzieren können.

Nun öffnete ich die Datei und las ihren Inhalt. Lediglich zwei Zeilen waren beschrieben. Auf der ersten standen Koordinaten und darunter eine sechsstellige Zahl.

490185. Was hat das jetzt wieder zu bedeuten?

Verwirrt legte ich mein Mobiltelefon beiseite und entschied mich dazu, noch einen Tag zu warten. Schliesslich war ich immer noch sehr erschöpft.

Am Nachmittag, als ich wieder einmal in eine schriftliche Konversation mit Vanessa vertieft war, klingelte plötzlich mein Telefon. Da es mein Bruder war, musste ich den Anruf entgegennehmen, obwohl ich momentan alles andere im Sinn hatte und am liebsten vor lauter Erschöpfung eingeschlafen wäre.

«Hallo Tom.», begrüsste ich ihn.

«Hallo Nils, wann bringst du mir wieder meine Flügelwärmer?», fragte er.

«Ähm … das ist eine komplizierte Geschichte, ich …»

«Du hast sie verloren, hab ich recht?»

«Ja.», gab ich zu.

«Also war es doch nicht so leicht, wie du dachtest?»

«Das kann man wohl sagen.»

«Erzähl mal, was dir zugestossen ist.»

«Zuerst sah es so aus, als würde alles nach Plan verlaufen. Dann haben sie mich mit einem Elektroschocker erwischt und gefesselt. Ich konnte mich befreien und fliehen, bevor ihre Verstärkung eingetroffen ist.»

«Ich hätte dich nicht alleine gehen lassen sollen. Wenn die dich eingesperrt hätten, …»

«… hättest du das gesamte Areal niedergebrannt, ich weiss.», ergänzte ich.

«Und du bist nicht verletzt?»

«Nein, nicht mehr. Ein paar kleine Verletzungen hatte ich, aber die sind bereits verheilt.»

«Zum Glück geht es dir gut. Versprichst du mir, dass du nie wieder allein zur DrSG gehst?»

«Ein Niemals kann ich nicht versprechen, aber in nächster Zeit werde ich diese Organisation meiden. Können wir über etwas anderes sprechen? Es gibt einige Dinge, die ich dir erzählen muss.»

«Ich wollte dich auch noch etwas fragen. Wie geht es mit Vanessa?»

«Alles zu seiner Zeit, Tom.», antwortete ich gereizt, da mir seine ständige Fragerei nach Vanessa auf die Nerven ging.

«Hast du dich mit ihr getroffen?»

«Es gibt wichtigere Dinge, die wir besprechen sollten.»

«Was denn zum Beispiel?»

«Ich weiss, was die Doomsday-Anfälle sind und wie man das Problem unter Umständen lösen kann.»

«Jetzt fängst du auch schon mit diesem Mist an? Das darf doch wohl nicht wahr sein!»

«Diese Anfälle sind Angriffe der neuen KI. Ich muss nur zu einer bestimmten Koordinate gehen, die ich auf meinem Handy gefunden habe, und es sollte dort etwas geben, was uns helfen kann.»

«Du klingst noch verrückter als die Verschwörungstheoretiker, die behauptet haben, dass diese Anfälle durch das Leitungswasser ausgelöst werden, was wir trinken.»

«Glaubst du mir etwa nicht?»

«Ehrlich gesagt, nein.»

«Na gut. Dann werde ich morgen zu dieser Koordinate gehen und dir zeigen, was dort ist.»

«Na dann viel Glück dabei.»

Da mich diese Konversation mit Tom zunehmend ärgerte, verabschiedete ich mich von ihm und widmete mich wieder den Nachrichten, die mir Vanessa geschrieben hatte.

5

Entdeckung

Helles Sonnenlicht wurde durch die nassen Strassen reflektiert, als ich mich am Samstagmorgen auf den Weg zu dieser geheimnisvollen Koordinate begab. Der Regen hatte vor ungefähr einer Stunde aufgehört, was mir mein Vorhaben ein wenig erleichterte. Laut der Kartenapplikation befanden sich die Koordinaten nur wenige hundert Meter neben meiner Wohnung. Je näher ich dem Zielort kam, desto grösser wurden meine Zweifel.

Das kann unmöglich hier sein, dachte ich, als die Zielführung neben mehreren Garagen endete.

Ich überprüfte erneut die Koordinaten und stellte enttäuscht fest, dass ich mich nicht geirrt hatte. Verwirrt blickte ich umher. Nirgends war auch nur das kleinste Anzeichen eines Notfallplans zu erkennen. Mein Blick schweifte über die benachbarten Häuser, geparkten Fahrzeuge, vereinzelten Passanten und Garagen hinweg. Plötzlich stach mir ein elektronisches Eingabefeld ins Auge. Zwischen den vier Garagen, die vermutlich durch einen Funksender geöffnet werden mussten, war ein Garagentor offensichtlich mit einem Zahlenschloss versehen. Ich trat näher und sah mich um, ob mich jemand beobachtete. Da dies nicht der Fall war, gab ich die Zahlenkombination 490185 ein, die ich mir eingeprägt hatte. Ein grünes Licht leuchtete auf und das Garagentor öffnete sich wenige Sekunden später. Dahinter verbarg sich ein weisser Elektro-SUV. Erst auf den zweiten Blick erkannte ich, dass es sich hierbei um mein gestohlen geglaubtes Auto handelte.

Fassungslos starrte ich mein geliebtes Fahrzeug an. Eine magische Anziehungskraft schien davon auszugehen. Unwillkürlich bewegte ich mich darauf zu und öffnete die Fahrertür. Der Schlüssel lag auf dem Sitz. Im Getränkehalter befand sich ein Sender, der zum Garagentor gehören musste.

War das Auto etwa die ganze Zeit über hier? Nur dreihundert Meter entfernt?

Immer noch konnte ich mein Glück kaum fassen. Da ich bereits seit Monaten nicht mehr mit meinem Auto gefahren war, schnallte ich mich an und fuhr rückwärts aus der Garage heraus. Das Tor liess sich von ausserhalb mithilfe des

Senders schliessen. Strahlend vor Freude bog ich in die Strasse ein und fuhr durch die Stadt. Bei jeder Beschleunigung musste ich grinsen, da ich das Gefühl, in den Sitz gedrückt zu werden, vermisst hatte. Erst als ich auf die Batterieanzeige blickte, verging mir der Spass. Die Restreichweite wurde als «-- km» angezeigt, obwohl der Akku zu einhundert Prozent voll war. Da ich vermutete, dass etwas mit der Anzeige nicht stimmte, fuhr ich die nächstgelegene Ladestation an. Während des Ladevorgangs liess sich nämlich der aktuelle Ladestand des Fahrzeugs ablesen. Ich stieg aus und drückte auf die Ladeklappe, um sie zu entriegeln. Nichts geschah. Ich drückte erneut, was ebenso wenig zielführend war.

Jetzt klemmt auch noch die Ladeklappe, dachte ich seufzend.

Um die Blockade zu lösen, öffnete ich die Motorhaube. Darunter hätte sich normalerweise ein leeres Fach befinden müssen, da Elektroautos sehr kleine Motoren ohne Getriebe hatten. Stattdessen war alles bis unter die Verschalung mit elektronischen Bauteilen gefüllt. Das Markanteste war ein Torus, aus dem fortlaufend Hitze abgestrahlt wurde. Daneben befand sich ein Ventil, was mit H_2 beschriftet war. Ich als Science-Fiction-Nerd hatte augenblicklich eine Theorie, um was es sich hierbei handeln konnte.

Ein Kernfusionsreaktor, der mit Wasserstoff betrieben wird!

Bei einem Kernfusionsreaktor wurden Gase auf mindestens einhundert Millionen Grad erhitzt, sodass die einzelnen Atomkerne miteinander verschmolzen. Die dabei freigesetzte Energie konnte verwendet werden, um den Reaktor selbst und noch unzählige andere Stromverbraucher zu betreiben. Da hierbei nur kleinste Mengen an Wasserstoff benötigt wurden, sollte sich ein Elektroauto für eine unermesslich lange Zeit betreiben lassen.

Nie wieder mein Auto aufladen! Dachte ich begeistert.

Einen Moment später fragte ich mich, was das Auto mit einem Notfallplan zu tun hatte. Während ich versuchte, die Absichten der KI zu verstehen, stieg ich wieder ein und fuhr zurück nach Hause. Vor dem Garagentor angekommen, hielt ich einen Augenblick inne.

Ich wollte doch Tom zeigen, was ich gefunden habe, fiel mir ein.

Mithilfe der Freisprechanlage wählte ich seine Telefonnummer. Bereits wenige Sekunden später nahm er meinen Anruf entgegen.

«Guten Morgen Nils.», begrüsste er mich mit heiserer Stimme.

Kurz darauf räusperte er sich.

«Hallo Tom. Du klingst, als wärst du gerade erst aufgestanden.», entgegnete ich.

«Dein Anruf hat mich geweckt.»

Eigentlich hätte ich mich schlecht fühlen müssen, dass ich ihn eben aus dem Schlaf gerissen hatte, aber weil er mein Bruder war, musste ich lachen.

«Das hast du davon, wenn du am Wochenende immer bis am Mittag schläfst.»

«Gibt es einen Grund dafür, dass du mich so früh störst?»

Dass Tom halb zwölf Uhr als früh bezeichnete, liess mich schmunzeln.

«Ja, das gibt es. Ich habe gefunden, was mir die KI hinterlassen hat. Soll ich es dir gleich zeigen?»

«Wenn du meinst.»

«In einer halben Stunde wäre ich bei dir, wenn das in Ordnung ist.»

«Okay. Komm einfach, wann immer du möchtest. Ich ruhe mich jetzt noch ein wenig aus.»

«Mach das. Wir sehen uns in einer halben Stunde.»

«Bis bald.»

«Tschüss.»

Hoffentlich ist er überhaupt wach, wenn ich bei seiner Tür klingle, dachte ich amüsiert.

Wie erwartet traf ich eine halbe Stunde später bei der Wohnung meines Bruders ein. Es war Punkt zwölf Uhr, als ich an seiner Tür klingelte. Geduldig wartete ich mehrere Minuten, bis ich mir sicher war, dass er noch schlafen musste.

Was für ein Faulpelz, dachte ich.

Um mir die Zeit zu vertreiben, stieg ich wieder ins Auto ein und fuhr in Richtung Albispass los. Sobald die Strassen kurvig und steil wurden, aktivierte ich den Sportmodus, um den Pass in vollen Zügen geniessen zu können. Mit Vollgas beschleunigte ich aus den Kurven heraus, um anschliessend vor der nächsten Biegung im spätmöglichsten Moment abzubremsen. Als ich mit quietschenden Reifen an einer besonders steilen Stelle beschleunigte, fragte ich mich, ob mein Auto dank des Kernfusionsreaktors mehr Leistung hatte als zuvor.

Vielleicht liegt es auch einfach daran, dass ich bereits seit Monaten nicht mehr gefahren bin, erklärte ich mir die möglicherweise eingebildete Leistungssteigerung.

Auf der Passhöhe angekommen, drückte ich erneut die Fahrmodus-Taste um den Sportmodus zu deaktivieren. Die digitale Instrumentenanzeige wechselte plötzlich zu einem hellblauen Design mit weissem Hintergrund. Anstelle des analogen Tachos wurde die Geschwindigkeit nun digital angezeigt. Gleichzeitig wurde das Fahrwerk tiefergelegt und die Federung härter eingestellt.

Was ist das denn jetzt? Eigentlich sollte mein Auto kein hydraulisches Fahrwerk haben. Die KI hat anscheinend nicht nur den Kernfusionsreaktor eingebaut.

Da auf der Anzeige des Fahrmodus nun «Turbo» zu lesen war, tippte ich das Gaspedal sehr sachte an. Trotzdem beschleunigte mein Auto ruckartig, wodurch ich innert kürzester Zeit die erlaubte Höchstgeschwindigkeit von achtzig Kilometern pro Stunde erreichte. Um auf dieser kurvigen Strasse nicht die Kontrolle zu verlieren, betätigte ich die Fahrmodus-Taste erneut, in der Hoffnung, zurück zu einer normalen Einstellung zu gelangen. Die Anzeigen wechselten erneut ihre Farben, dieses Mal jedoch zu einer hellgrünen Schrift auf schwarzem Hintergrund. Auf dem Display über der Mittelkonsole erschien folgende Meldung:

«In den Flugmodus wechseln?»

Darunter liess sich entweder «Ja» oder «Nein» auswählen. Da ich nicht wusste, ob diese Frage wörtlich gemeint war, betätigte ich «Nein». Augenblicklich wechselte das Fahrzeug in den gewöhnlichen Komfort-Modus zurück, während das Fahrwerk höher und weicher eingestellt wurde. Erleichtert aufatmend setzte ich meine Fahrt über den Albispass fort. Aufgrund meiner ständig abschweifenden Gedanken verzichtete ich auf den Sportmodus.

Als ich eine halbe Stunde später erneut bei meinem Bruder klingelte, wurde die Tür innert weniger Sekunden geöffnet.

«Hast du nicht gesagt, du würdest in einer halben Stunde kommen?», fragte mich Tom, als ich kurz nach ein Uhr nachmittags seine Wohung betrat.

«Vor einer Stunde hast du mir die Tür nicht geöffnet. Deswegen bin ich noch über den Albispass gefahren.»

«Du hast doch gar kein Auto mehr.»

«Doch. Die KI hat es mir in einer Garage hinterlassen und mit einem Kernfusionsreaktor ausgerüstet.»

«Bedeutet das, du bist monatelang mit den öffentlichen Verkehrsmitteln gefahren, obwohl dein Auto die ganze Zeit bei dir war?»

«Ja.»

Daraufhin musste mein Bruder lachen. Selbst mich liess diese Situation schmunzeln.

«Und was ist mit dem Notfallplan, von dem du mir erzählt hast?», fragte er, nachdem er sich beruhigt hatte.

«Ich weiss es nicht. Vermutlich hat es etwas mit meinem Auto zu tun, aber mit Sicherheit kann ich das nicht sagen.»

«Na toll. Und was machst du jetzt?»

«Das Einzige, was mir übrig bleibt: Nach weiteren Hinweisen suchen. Möchtest du jetzt mein Auto sehen?»

«Ganz bestimmt.», antwortete Tom und wir begaben uns auf den Weg nach draussen.

«Und was ist jetzt so besonders daran?», fragte Tom, nachdem wir das Auto erreicht hatten.

Um ihm seine Frage zu beantworten, öffnete ich die Motorhaube und präsentierte stolz den Reaktor, der sich darunter befand.

«Du musst dein Auto also nie wieder aufladen?»

Toms Begeisterung schien sich in Grenzen zu halten.

«Nicht nur das. Es gibt auch neue Fahrmodi, die ich auswählen kann. Unter anderem ein Turbo-Modus, bei dem die Höchstgeschwindigkeit wesentlich höher liegen muss als zuvor.»

«Eigentlich hätte ich mehr erwartet von dieser KI. Weshalb hat der Kernfusionsreaktor die Form eines Donuts?»

«Weil das Plasma stets innerhalb eines torusförmigen Magnetfelds zirkulieren muss, um nicht mit anderer Materie in Berührung zu kommen. Schliesslich hält kein Material dieses Universums Temperaturen von über einhundert Millionen Grad stand.», erklärte ich.

Toms Gesichtsausdruck nach zu urteilen, hatte ihn mein Erklärungsversuch eher verwirrt, als aufgeklärt.

«Möchtest du den Turbo-Modus mit mir austesten?», fragte ich ihn schliesslich, da ich ihn nicht noch mehr verwirren wollte.

«Ja, aber zuerst muss ich das mit Delia besprechen. Vielleicht möchte sie ebenfalls mitkommen.»

«Wo ist sie denn jetzt?»

«Noch bei der Arbeit. Sie sollte jedoch gleich fertig sein und mit den Hunden nach Hause kommen.», antwortete Tom, während er auf seine Armbanduhr blickte.

Bereits eine Viertelstunde später traf Delia mit den beiden Hunden Emma und Nova ein, die mich aufgeregt begrüssten. Tom fragte seine Freundin augenblicklich, ob sie uns bei unserer Probefahrt begleiten wollte.

«Können wir das ein andermal machen? Ich bin völlig erschöpft und hungrig.», sagte sie.

Tom blickte mich fragend an.

«Es muss nicht zwingend heute sein.», antwortete ich.

«Dann schlage ich vor, wir verschieben die Fahrt.», ergänzte Tom.

Nachdem wir uns auf diese Weise geeinigt hatten, assen wir gemeinsam zu Mittag, bevor ich mich erneut auf den Weg nach Hause begab. Enttäuscht stieg ich ins Auto ein und fuhr los. Ich hätte am liebsten gleich mit meinem Bruder die neuen Grenzen meines Fahrzeugs getestet. Als ich zu Hause ankam, stellte ich fest, das mir Vanessa einige Nachrichten geschrieben hatte. Unter anderem erfuhr ich von ihr, dass es 503 bestätigte Doomsday-Anfälle in Chile gegeben hatte. Davon waren zwei Personen an den Folgeschäden verstorben.

«Wenn das so weitergeht, haben wir bald ein ernsthaftes Problem.», schrieb ich, nachdem ich all ihre Nachrichten gelesen hatte.

«Du sagst es. Voraussichtlich sollten es morgen um 11:37 Uhr 1024 Anfälle sein und am 7. Juni bereits über eine Million. Wenn sich dieser Trend fortsetzt, ist in einem Monat bereits die gesamte Menschheit betroffen.», antwortete sie.

Mein Bedürfnis, ihr die Wahrheit über mich, die ausserirdischen KIs und den geheimnisvollen Notfallplan zu erklären, wuchs stetig an. Schlussendlich fragte ich Vanessa, ob sie heute Zeit für ein Treffen hatte.

«Leider muss ich dich da enttäuschen. Ich habe mich in einer Stunde mit einigen Freundinnen verabredet. Aber morgen können wir uns treffen, wenn du magst.»

Voller Vorfreude auf ein erneutes Treffen stimmte ich ihrem Vorschlag zu. Anschliessend überlegte ich mir, wie ich ihr diese komplizierte Situation morgen erklären konnte.

Am frühen Abend wusste ich nicht mehr, was ich mit meiner Zeit anfangen sollte. Ich betrat erneut die Garage, wobei mir erstmals die anderen Gegenstände auffielen, die neben meinem Auto standen. Ein auffällig hellorange leuchtendes Armband mit vier digitalen Anzeigen und einigen Knöpfen lag in einer Ecke. Daneben befand sich ein kleines, quaderförmiges Gerät, was auf der einen Seite über einen USB-Anschluss verfügte. Die andere Seite glich einem Klinkenstecker, jedoch mit unzähligen kleinen Einbuchtungen und Abstufungen, die ich mir nicht erklären konnte. In derselben Ecke der Garage lehnte noch ein Speer aus einem makellos glänzenden, schwarzen Material an der Wand.

Die KI hat echt Humor. Weshalb sollte mir ein Speer von Nutzen sein? Ich ging auf die simple Waffe zu und betrachtete sie genauer. Die Spitze war aus demselben Material gefertigt wie der Stab. Da keinerlei Verbindungsteile vorhanden waren, musste alles aus einem Stück hergestellt worden sein. Von der Form her glich er einem altertümlichen Speer, nur dass diese schwarze Waffe einen wesentlich schärferen und stabileren Eindruck erweckte. Neugierig nahm ich den Speer zur Hand und war augenblicklich von seinem leichten Gewicht überrascht. Ich begann, ihn durch die Luft zu schwingen, während ich imaginäre Gegner angriff. Als mir der Speer kurz darauf scheppernd zu Boden fiel, stellte ich meine Kampfübungen ein.

Hoffentlich erwartet die KI nicht, dass ich mit diesem Ding kämpfe. Ansonsten ist die Menschheit garantiert dem Untergang geweiht, dachte ich schmunzelnd.

Nun legte ich den Speer beiseite und hob stattdessen die kleine, matt geschliffene Metallbox mit dem USB-Anschluss auf.

Was würde passieren, wenn ich das an meinen PC anschliesse? Fragte ich mich.

Da mir nichts anderes übrigblieb, als es auszuprobieren, ging ich zurück nach Hause und schloss das Gerät an meinen Computer an. Augenblicklich öffnete sich ein neues Konsolenfenster, auf dem «Neuronales Netzwerk wird initialisiert. Bitte warten ...» stand. Gespannt starrte ich den Monitor an und wartete auf eine Reaktion. Wenige Sekunden später wurde «Textausgabe wird generiert. Dies kann einige Zeit in Anspruch nehmen.» angezeigt. Da ich nicht wusste, wie lange dieser Vorgang dauern würde, wartete ich geduldig vor meinem Computer. Die Lüfter drehten hoch und heisse Luft strömte heraus. Mit der Zeit erhitzte sich das Gehäuse. Ansonsten blieb alles unverändert. Als zehn Minuten später immer noch nichts geschehen war, stand ich auf und widmete mich meinem Mobiltelefon. Da Vanessa mit ihren Freundinnen beschäftigt war, legte ich es bereits eine Viertelstunde später wieder beiseite und rief gedanklich alle Informationen auf, die ich über den Notfallplan besass.

Die KI hat mir ein getuntes Elektroauto mit Kernfusionsreaktor, einen schwarzen Speer, ein Armband und irgendein seltsames USB-Gerät hinterlassen, von dem ich nicht genau weiss, was es kann. Dabei bin ich auf keinerlei Informationen gestossen, wie ich diese Utensilien nutzen sollte. Ausserdem hat die feindliche KI inzwischen mit ihrem Plan begonnen, was vermutlich bedeutet, dass es ohnehin bereits zu spät ist. Wie es aussieht, kann ich nicht das Geringste dagegen unternehmen.

Mit diesen Gedanken gelangte ich zu dem Entschluss, die vermutlich letzten normalen Wochen auf diesem Planeten nicht mit dem verzweifelten Versuch zu verbringen, das Unvermeidliche aufzuhalten. Seufzend setzte ich mich hin und dachte darüber nach, was ich während meiner verbleibenden Zeit noch erledigen sollte.

6

Gewissenskonflikt

Kurze Zeit später hatte ich eine Idee. Da ich meinen Vater seit Monaten nicht mehr gesehen hatte, rief ich ihn auf seinem Mobiltelefon an. Bereits wenige Sekunden später nahm er meinen Anruf entgegen.

«Guten Abend Nils.», begrüsste er mich.

«Hallo Papa.»

«Ich habe lange nichts mehr von dir gehört. Wie geht es dir?»

In diesem Augenblick musste ich meine Gedanken sortieren. Schliesslich wusste mein Vater noch nicht, dass ich ein Drache war und was sich in den letzten Monaten alles ereignet hatte. Meine Mutter konnte ihm ebenfalls noch nichts verraten haben, da sie bereits seit achtzehn Jahren geschieden waren und sich gegenseitig mieden.

«Mir geht es soweit gut.», antwortete ich knapp.

«Es ist schön, das zu hören.»

Da mich der standardmässige Smalltalk auf Dauer verunsicherte, kam ich direkt auf den Punkt.

«Können wir uns wieder einmal zu einem Abendessen treffen?», fragte ich.

«Momentan geht das leider kaum, da es wegen der Arbeit viel zu tun gibt. Aber in drei bis vier Wochen könnte es gehen.»

Sollte Vanessa recht behalten, würden bereits in anderthalb Wochen über eine Million Menschen einen Doomsday-Anfall erleiden. Spätestens dann bräche eine globale Panik aus, die einem Weltuntergang gerecht wurde. Aus diesem Grund konnte ich es mir nicht vorstellen, mich in drei bis vier Wochen mit meinem Vater zu treffen. Dennoch wollte ich nicht den Anschein erwecken, ich hätte die Hoffnung bereits aufgegeben.

«Okay. Kannst du mir dann in einigen Wochen schreiben, wenn du Zeit hast?», entgegnete ich enttäuscht.

«Das kann ich gerne machen. Hast du eigentlich schon von der Drachenschutzgesellschaft gehört?»

«Was? Ähm … ja. Weshalb fragst du?», antwortete ich verwirrt.

«Ich kenne jemanden, der dort arbeitet, und er hat mir gesagt, dass sie neue Mitarbeiter suchen. Insbesondere in der Forschungsabteilung. Die analysieren das Verhalten der Drachen und entwickeln neue Technologien mit ihren Erkenntnissen. Ich dachte, es könnte dich interessieren.»

«Das geht nicht, schliesslich arbeite ich bereits Vollzeit.»

Meine Verachtung gegenüber der DrSG war deutlich herauszuhören, obwohl ich mich bemühte, mir nichts anmerken zu lassen. Glücklicherweise schien mein Vater kaum auf meine Stimmlage zu achten.

«Es wäre bloss ein Nebenjob, den du entweder am Samstag oder am Sonntag für einige Stunden durchführen könntest. Ausserdem soll die Bezahlung sehr gut sein.»

In diesem Moment betrachtete ich das Problem mit der DrSG plötzlich aus einem anderen Blickwinkel.

Als Drache werde ich sie unmöglich von der Wahrheit überzeugen oder aufhalten können. Aber was wäre, wenn ich mich als Mensch bei denen bewerbe und undercover gegen sie arbeite? Auf diese Weise kann ich der DrSG wesentlich mehr Schaden zufügen und an neue Informationen gelangen, dachte ich.

Nur eine Sekunde später traf mich erneut eine Welle der Hoffnungslosigkeit aufgrund des befürchteten Weltuntergangs.

«Du musst dich auch nicht jetzt entscheiden. Falls du irgendwann für sie arbeiten möchtest, kann ich das jederzeit in die Wege leiten.», sagte mein Vater, da ich bereits seit einigen Sekunden nicht geantwortet hatte.

Nun erinnerte ich mich erneut an das, was meine Mutter Tom und mir gesagt hatte, bevor wir gemeinsam in Kiew gekämpft hatten: Man sollte sich nicht frühzeitig den Kopf über etwas zerbrechen, was vielleicht in Zukunft geschehen könnte, sondern die Zeit, die einem gegeben ist, bestmöglich nutzen.

«Ich würde gerne für die Drachenschutzgesellschaft arbeiten. Kannst du sagen, dass mir der Sonntag am besten passt?», sagte ich schliesslich.

«In diesem Fall gebe ich meinem Kollegen Bescheid. Ich melde mich bei dir, sobald er mir geantwortet hat.»

Ironischerweise freute ich mich nun darauf, der DrSG beitreten zu können. Auf diese Weise konnte ich sie von innen her manipulieren und austricksen. Mit schadenfrohem Grinsen verabschiedete ich mich von meinem Vater und setzte mich erneut auf mein Sofa.

Wenn die wüssten, dass sie bald von einem Drachen ausspioniert werden ...

Gedanklich malte ich mir bereits unzählige Strategien aus, mit denen ich die DrSG dazu bringen könnte, den falschen Fährten zu folgen, Hinweise inkorrekt zu interpretieren und vielleicht sogar die Drachenjagd vollständig aufzugeben. Je mehr ich darüber nachdachte, desto stärker wuchs das Gefühl der Überlegenheit in mir heran.

Am nächsten Morgen stieg ich kurz nach neun Uhr in mein Auto ein, um Vanessa abzuholen. Wir hatten uns zu einer Wanderung in den Bergen verabredet, da die Sonne inzwischen wieder den Himmel dominierte. Vor lauter Vorfreude tippte ich unruhig mit den Daumen auf dem Lenkrad herum, als ich vor einer roten Ampel wartete. Ich hatte ihr noch nicht gesagt, wie ich sie abholen wollte. Sie wusste nicht einmal, dass ich ein Auto besass. Aus diesem Grund sehnte ich mir unser Treffen umso mehr herbei. Dank des überschaubaren Verkehrs dieses Sonntagmorgens benötigte ich lediglich zwanzig Minuten bis zu ihrem Zuhause. Obwohl ich Vanessa bereits gut kannte, zögerte ich vor ihrer Haustür aufgrund meiner Nervosität. Erst wenige Sekunden später konnte ich mich dazu überwinden, die Klingel zu betätigen. Mein Herz begann laut zu pochen, während ich darauf wartete, dass sie mir die Tür öffnete. Erst als sie heraustrat, beruhigte ich mich.

«Guten Morgen Nils.», begrüsste sie mich.

«Hallo Vanessa.», antwortete ich, während wir uns gegenseitig umarmten.

«Mit welchem Verkehrsmittel fahren wir nun in die Berge?», fragte sie interessiert.

«Mit dem Auto.», entgegnete ich stolz, während ich auf meinen weissen Elektro-SUV zeigte.

«Ich wusste gar nicht, dass du ein Auto hast.»

Gestern um diese Zeit wusste ich das auch noch nicht, dachte ich in diesem Augenblick.

«Das habe ich bereits seit über einem Jahr.»

Nachdem ich ihr das Auto von aussen gezeigt hatte, stiegen wir ein und begaben uns auf den Weg in Richtung Berge. Während der Fahrt sprachen wir ununterbrochen miteinander. Da ich mich trotzdem auf den Verkehr konzentrieren musste, erzählte ich ihr noch nichts über meine Drachengestalt oder die ausserirdischen KIs.

Bereits zwei Stunden später hatten wir die Passhöhe erreicht und stiegen aus. Als wir schliesslich die wenigen Menschen, die ebenfalls an diesem Tag in den

Bergen wanderten, hinter uns gelassen hatten, überlegte ich mir, wie ich Vanessa meine komplizierte Situation erklären konnte. Währenddessen streifte mein Blick die schneebedeckten Bergspitzen, die bis knapp unter die Wolken ragten. Aufgrund der starken Sonneneinstrahlung hatte sich die Luft hier oben bereits auf über zehn Grad erwärmt. Ein schwacher Wind wehte uns entgegen, der uns dank unserer leichten Jacken jedoch nichts ausmachte. Meine Gedanken schweiften ab und ich stellte mir vor, als Drache über diese scheinbar endlose Ansammlung von Bergen und Tälern hinwegzufliegen.

Nicht ablenken lassen, ermahnte ich mich.

Als ich weiterhin über die genaue Wortwahl meiner Erklärung nachdachte, stiess ich auf einen Gedanken, den ich seit meiner ersten Begegnung mit Vanessa verdrängt hatte. Erneut musste ich an all die Menschen denken, die ich während des Krieges als Drache getötet hatte. Da ich mir nicht sicher war, wie Vanessa zu dieser Sache stand, sprach ich sie auf dieses Thema an.

«Stört es dich, dass die Drachen vielen Menschen das Leben genommen haben?»

«Nein, schliesslich handelt es sich um wilde Tiere, auch wenn sie äusserst intelligent sind. Wären sie hingegen Menschen, würde ich ihre Taten missbilligen. Die eigene Stärke auf diese Weise auszunutzen, wäre verantwortungslos.»

Mit dieser Antwort hatte ich nicht gerechnet. Auf einmal verstärkte sich das beklemmende Gefühl der Angst, sie könnte mich verlassen, sobald ich ihr erzählen würde, dass ich der rote Drache war.

«Wie denkst du darüber?», fragte sie, bevor ich mir weiterhin über die möglichen Konsequenzen eines Geständnisses ihr gegenüber den Kopf zerbrechen konnte.

«Ich bin ganz deiner Meinung. Als Menschen wären ihre Taten inakzeptabel.»

Hierbei musste ich nicht einmal die Wahrheit verschweigen, da dies meine tatsächliche Meinung war. Ich verabscheute nahezu alles, was ich in den ersten Wochen als Drache getan hatte. Angestrengt grübelte ich an einer Lösung für meinen Gewissenskonflikt. Währenddessen wanderten wir dem schmalen Gebirgsgrat entlang, was in mir den Drang erweckte, mich zu verwandeln und mithilfe der warmen Aufwinde dem Himmel emporzusteigen.

Vielleicht muss ich ihr die Wahrheit gar nicht erzählen, dachte ich einige Minuten später, als wir auf einem grossen Felsbrocken eine Pause einlegten.

«Ist alles in Ordnung mit dir, Nils?», fragte Vanessa, da ich während unserer Wanderung beinahe ununterbrochen geschwiegen hatte.

«Ja, eigentlich schon. Ich war nur gedankenverloren.», antwortete ich wahrheitsgetreu.

«Das geht mir wegen diesen Doomsday-Anfällen auch manchmal so. Aber es kommt, wie es kommt. Was sollen wir schon dagegen unternehmen?»

«Da stimme ich dir voll und ganz zu.»

Nachdenklich sassen wir auf diesem Felsbrocken an der Bergspitze und bestaunten das atemberaubende Panorama. Wäre die Atmosphäre weniger trüb, hätte man unter diesen Umständen bis nach Deutschland sehen können. In alle Himmelsrichtungen setzten sich die Alpen fort, bis die einzelnen Berge hinter dem Dunst verschwanden. Ein kühler Wind wehte uns entgegen und Vanessa kuschelte sich an meine Seite. Mit der Zeit begann sie, mich zu streicheln, wie sie es bisher ausschliesslich bei meiner Drachengestalt getan hatte. Hoffnungsvoll wartete ich auf das wohlige Gefühl, was sich während ihrer Massage stets in mir ausgebreitet hatte. Zu meiner Enttäuschung blieb es jedoch aus. Stattdessen empfand ich die Berührungen aufgrund der intensiven Reize auf meiner Haut als unangenehm. Unwillkürlich spannten sich meine Rückenmuskeln an, während ich den Drang verspürte, aufzustehen. Vanessa bemerkte augenblicklich, dass ich diese Form von Berührungen nicht mochte, und legte stattdessen ihren Kopf auf meinen Schoss, wie ich es damals als Drache bei ihr getan hatte.

Jetzt sind unsere Rollen anscheinend vertauscht, dachte ich.

Da ihre Berührungen mir gegenüber nun konstant waren, führten sie zu keinerlei unangenehmen Reizen. Wenige Augenblicke später entspannte ich mich wieder und genoss ihre Nähe.

Am Abend kam ich erschöpft in meiner Wohnung an. Vanessa und ich waren den gesamten Tag in den Bergen unterwegs gewesen, wodurch meine Beine nun schmerzten. Ich setzte mich erneut an meinen PC, da die Lüfter immer noch auf höchster Stufe liefen. Das Konsolenfenster zeigte «Textausgabe wird generiert. Dies kann einige Zeit in Anspruch nehmen.» an, wie bereits am Vortag. Enttäuscht setzte ich mich kurze Zeit später auf mein Sofa.

Soll ich den Computer endlich ausschalten oder dieses seltsame Programm laufenlassen? Fragte ich mich.

Da ich den bisherigen Fortschritt nicht verlieren wollte, entschied ich mich, zu warten. Dennoch verunsicherte mich die absurd lange Wartezeit.

Am Tag darauf hatte sich immer noch nichts verändert. Unaufhörlich heizte mein PC die Wohnung, während das Programm der KI etwas berechnete. Da heute Pfingstmontag war, musste ich nicht zur Arbeit erscheinen und konnte den Computer ununterbrochen beobachten. Eine halbe Stunde später, als mir Vanessa geschrieben hatte, dass an diesem Tag 2004 bestätigte Doomsday-Anfälle stattgefunden hatten, schalteten sich die Lüfter endlich aus. Auf einmal war das Wohnzimmer von einer gespenstischen Stille erfüllt. Augenblicklich beschleunigte sich mein Herzschlag.

Doomsday-Anfälle sollten doch nur um 11:37 stattfinden, dachte ich, da mich die plötzliche Ruhe an die Erzählungen des Mannes erinnerten, der in Deutschland einen dieser Anfälle erlitten hatte.

Aufgeregt blickte ich umher in der Hoffnung, keine weiteren Vorboten solcher Anfälle zu finden. Ausserhalb meiner Wohnung flimmerte die Luft, als wäre sie urplötzlich erhitzt worden. Ich sprang auf und entdeckte einen Moment später, dass einer meiner Nachbarn seinen Grill eingeschaltet hatte. Erleichtert atmete ich aus.

Ich dachte tatsächlich, dass mir ein Schlaganfall bevorsteht.

Kopfschüttelnd über mein paranoides Verhalten ging ich zu meinem PC. Der angezeigte Text hatte sich dieses Mal verändert.

«R-34-d: Hallo Nils. Wie mir scheint, hast du mich doch noch gefunden. Bitte entschuldige die vagen Erklärungen, die ich dir bezüglich des Notfallplans hinterlassen hatte. Z-17-k liess mir nicht genügend Zeit, alles vorzubereiten, weswegen ich jegliche Erklärungen auf ein Minimum reduzieren musste. Da die Rechenkapazität dieses Geräts vergleichsweise sehr gering ist, werden meine Antworten möglicherweise Tage oder gar Wochen in Anspruch nehmen. Aus diesem Grund habe ich mir erlaubt, währenddessen einige Recherchen zu betreiben. Das Wichtigste vorab: Die von euch benannten Doomsday-Anfälle sind in Wahrheit Experimente der neuen KI namens Z-17-k. Meinen Schätzungen zufolge wird er sein momentanes Vorhaben in vier Tagen unterbrechen müssen, da sich die Menschheit in ihrer Panik ansonsten selbstzerstören würde. Diese bereits von Anfang an zum Scheitern verurteilten Experimente zeugen von der erbärmlichen Unwissenheit dieser neuen KI. Erneut hat sich das Handeln des IIBIL als undurchdacht und vorschnell erwiesen. Um deine Wartezeit auf diese Textausgabe nicht noch mehr zu verlängern, beende ich sie hiermit. Bitte stelle mir deine Fragen möglichst zeitnah. Ansonsten könnte mein Notfallplan fehlschlagen.», war auf dem Monitor zu lesen.

Meine Gedanken überschlugen sich. Augenblicklich regte sich die Hoffnung in mir, den Notfallplan der KI doch noch durchführen zu können. Gleichzeitig formten sich unzählige Fragen in meinem Kopf, die ich am liebsten alle zeitgleich gestellt hätte.

Ich hätte zwar mit Vielem gerechnet, aber nicht damit, dass mir die KI sich selbst in Form eines USB-Geräts hinterlassen hat, dachte ich schliesslich.

Voller Tatendrang tippte ich all meine Fragen in willkürlicher Reihenfolge in das Konsolenfenster ein. Innert weniger Minuten war mein Text bereits derart unübersichtlich, dass ich ihn löschte und erneut zu schreiben begann. Dieses Mal konzentrierte ich mich auf das Wesentliche.

«Hallo. Wie du bereits geschrieben hast, heisst die neue KI Z-17-k. Bist du dann R-34-d?», gab ich ein.

Einen Augenblick später löschte ich meine Eingabe erneut, da der Name R-34-d mit höchster Wahrscheinlichkeit der ursprünglichen KI gehören musste. Stattdessen schrieb ich folgendes:

«Hallo R-34-d. Da ich weiss, dass die Gegenstände, die du mir hinterlassen hast, mit dem Notfallplan in Verbindung stehen, bitte ich dich, mir zu erklären, was das alles ist und wie es funktioniert.»

Nun war ich immer noch nicht zufrieden mit meinem Text, da ich befürchtete, dass mir die KI die vollständige Funktionsweise der einzelnen Komponenten schildern könnte, was mit Sicherheit eine unermesslich lange Wartezeit zur Folge hätte. Demnach änderte ich das Ende der Nachricht auf «… und wie ich es einsetzen kann.». Da ich nun mit meiner Frage zufrieden war, betätigte ich die Enter-Taste, wodurch erneut der Text «Textausgabe wird generiert. Dies kann einige Zeit in Anspruch nehmen.» angezeigt wurde. Zufrieden stand ich von meinem Stuhl auf und bereitete mir mein Abendessen zu, da die Sonne bereits untergegangen war. Nachdem ich gegessen hatte, ging ich ins Bett und dachte eine Weile über die nächsten Fragen nach, die ich R-34-d stellen konnte.

Ungeduldig starrte ich alle fünf Minuten auf das Konsolenfenster, durch das ich mit der KI kommunizieren konnte. Da heute Dienstag war, hatte ich Homeoffice, weswegen die Versuchung, meinen PC-Monitor anzustarren, nicht geringer wurde. Nicht einmal Vanessas Mitteilung, dass es inzwischen 4016 bestätigte Doomsday-Anfälle gegeben hatte, von denen 612 zum Tod geführt hatten, konnte mich ablenken. Als endlich der Feierabend begann, konnte ich mich keine Sekunde mehr von diesem Konsolenfenster lösen.

«Hey Nils, hast du heute wieder Zeit für ein Treffen?», fragte Vanessa um Viertel vor sechs.

«Nein, heute leider nicht. Ich habe noch eine wichtige Arbeit vor mir.», antwortete ich, da ich die Antwort der KI nicht verpassen wollte.

Erst nachdem ich die Nachricht gesendet hatte, überkam mich das Gefühl der Sehnsucht. Sowohl in meiner menschlichen als auch in meiner Drachengestalt vermisste ich Vanessa. Da ich sie als Drache bereits länger nicht gesehen hatte, überwand ich mich schliesslich, nach draussen zu gehen und das Konsolenfenster hinter mir zu lassen. Ich verwandelte mich auf dem Balkon und steuerte ohne Umwege den Lindenhof an. Bereits aus der Ferne konnte ich Vanessas rosigen Duft mit den unzähligen Facetten riechen. Sobald ich sie erblickte, hatte sie mich bereits mit ihren wunderschönen Augen verzaubert. Direkt aus der Luft landete ich neben ihr auf der Bank, die sie immer benutzte. Als meine Klauen gegen das Holz stiessen, schreckte Vanessa aufgrund des urplötzlichen Geräuschs von ihrem Buch hoch. Sobald sie mich erkannt hatte, atmete sie erleichtert auf.

«Du schon wieder! Weshalb musst du mich jedes Mal erschrecken?», fragte sie lächelnd, obwohl sie nicht wusste, dass ich sie verstand.

Und weshalb musst du immer so schreckhaft sein? Fragte ich sie gedanklich.

Aus einem unerklärlichen Grund sprachen wir beide stets miteinander, obwohl wir davon überzeugt waren, dass uns das Gegenüber nicht verstehen konnte. Ohne mir weiterhin über unsere seltsame Beziehung Gedanken zu machen, schmiegte ich mich an ihre Seite, wie sie es vor zwei Tagen in den Bergen bei mir getan hatte. Anschliessend begann sie mit ihrer Massage und ich schloss genüsslich die Augen.

«Guten Abend, wären Sie bereit, uns einige Fragen zu beantworten?», fragte jemand derart plötzlich und unerwartet, dass ich hochschreckte.

Vanessa zog augenblicklich die Hand zurück und blickte abwechselnd zu mir und den beiden Männern, die vor uns standen.

«Es kommt darauf an. Für wen arbeiten Sie?», fragte sie den Mann, der sie angesprochen hatte.

«Wir arbeiten für die Drachenschutzgesellschaft und würden Ihnen gerne ein paar Fragen bezüglich des Drachen stellen.»

Aufgrund dieser Aussage verkrampfte sich meine Haltung und ich knurrte die beiden Männer wütend an. Vanessa warf mir einen fragenden Blick zu, der mich sofort in Verlegenheit brachte.

Weshalb habe ich so sehr auf diese DrSG-Mitarbeiter reagiert? Sie dürfen nicht mehr auf öffentlichem Gelände agieren und ausserdem gibt es für mich keinen Grund, sie anzuknurren. Schliesslich werde ich ohnehin bald undercover bei ihnen arbeiten, dachte ich von meiner eigenen Reaktion verwirrt.

Während ich versuchte, meine neuen instinktiven Impulse zu verstehen, setzte sich das Gespräch fort.

«Sie haben keine Berechtigung, hier zu agieren.», sagte Vanessa.

Ganz meiner Meinung, dachte ich zustimmend.

Meine Überreaktion von vorhin hatte die Männer verunsichert, wodurch sie mich einen Moment lang anstarrten, ohne Vanessas Aussage zu beachten.

«Ich rate Ihnen, von hier zu verschwinden, ehe ich die Polizei informiere.», ergänzte sie.

Endlich konnten die DrSG-Mitarbeiter ihre Blicke von mir lösen und Vanessa antworten.

«Aus diesem Grund arbeiten wir nicht auf öffentlichem Gelände. Wir sind bloss hier, um Ihnen ein paar Fragen zu stellen, die unseren Forschungszwecken dienen.»

«Suchen Sie sich eine andere Person, die Sie befragen können.», entgegnete Vanessa kalt.

Ihre offensichtliche Abneigung der DrSG gegenüber liess mich unwillkürlich schmunzeln.

«Aber sie sind die Einzige, die mit diesem Geschöpf ...»

«Nein heisst nein. Jetzt lassen Sie uns in Ruhe!»

Die Tatsache, dass Vanessa «uns» statt «mich» gesagt hatte, erfüllte mich mit einem Gefühl der Verbundenheit ihr gegenüber. Um sie mit ihrer Aussage zu unterstützen, starrte ich den beiden DrSG-Mitarbeitern erneut zornig in die Augen, wodurch ihre Verunsicherung wuchs.

«Sie werden noch sehen, was Sie davon haben, nicht zu kooperieren.», sagte einer der Männer, als sie sich endlich geschlagen gaben und den Lindenhof verliessen.

Seufzend und mit leicht besorgtem Blick sah mich Vanessa an.

«Jetzt komme ich sogar schon in Schwierigkeiten, weil ich einen Drachen streichle. In was für eine seltsame Welt wurde ich hier geboren?»

Gedankenverloren lehnte sie sich gegen mich und legte ihren Arm um meinen Oberkörper. Einen Augenblick später wurde ihr bewusst, was sie tat, wodurch sie sich leicht verwirrt von mir löste. Währenddessen betrachtete ich ununterbrochen ihr Gesicht mit den schönen Augen und stellte überrascht fest, dass sie die Umarmung nicht beabsichtigt hatte.

Ihr Verhalten war einen Moment lang identisch zu dem, was sie stets meiner menschlichen Gestalt gegenüber zeigt, stellte ich fest.

Verunsichert und nachdenklich sass Vanessa neben mir und schien sich zu fragen, weshalb sie soeben einen Drachen wie ihren Partner umarmt hatte. Offensichtlich wusste sie nicht, wie sie sich nun verhalten sollte. Um diese seltsame Situation nicht unnötig zu verlängern, legte ich erneut meinen Kopf auf ihren Schoss und sie begann, mich zu streicheln.

Am Mittwoch nach der Arbeit traf ich mich erneut als Mensch mit Vanessa in einem Restaurant.

«Du wirst mir nicht glauben, was gestern passiert ist. Die Drachenschutzgesellschaft wollte mir Fragen über den roten Drachen stellen. Natürlich habe ich abgelehnt, um denen nicht noch dabei zu helfen, unschuldige Tiere gefangenzunehmen.», erzählte sie.

«Und weshalb haben sie genau dich nach diesem Drachen befragt?», fragte ich, um nicht zu verraten, dass ich diese Situation gestern miterlebt hatte.

«Nun ja. Der Drache kam in letzter Zeit häufig zu mir und wir sassen nebeneinander auf der Bank.»

Ihr schien diese Situation unangenehm zu sein, da sie davon ausgehen musste, dass ich ihre Beziehung mit dem Drachen missbilligen würde.

«Er fühlt sich anscheinend sehr wohl bei dir, dass er sich neben dich setzt.», entgegnete ich, um ihr nicht das Gefühl zu geben, dass sie etwas Falsches getan hatte.

«Das glaube ich auch. Er wirkt immer sehr entspannt, wenn er bei mir ist. Morgen sollten wir uns gemeinsam auf dem Lindenhof treffen. Bestimmt wird der Drache zu uns stossen.»

«Morgen habe ich leider keine Zeit.», antwortete ich.

Einerseits war es für mich nicht möglich, in beiden Gestalten gleichzeitig bei Vanessa zu sein und andererseits wollte ich bei den Treffen mit ihr stets zwischen Drache und Mensch abwechseln.

«Okay. Dann werde ich morgen für dich ein Video aufnehmen. Da fällt mir gerade ein, dass ich dir noch etwas sehr Wichtiges sagen wollte. Die USA hat aufgrund der heutigen Doomsday-Anfälle Russland beschuldigt, in diese Sache verwickelt zu sein.»

«Das klingt alles andere als gut. Auf einen vierten Weltkrieg hätte ich keine Lust.», antwortete ich, obwohl ich durch R-34-d wusste, dass bereits in zwei Tagen die letzten Anfälle geschehen würden.

«Hoffen wir, dass es nicht so weit kommt.»

«Das glaube ich ehrlich gesagt nicht.»

«Die Doomsday-Anfälle verdoppeln sich täglich, seitdem sie begonnen haben. Früher oder später werden die Menschen in ihrer panischen Angst durchdrehen. Weshalb denkst du, dass sich daraus kein Weltkrieg entwickeln wird?»

In was für eine komplizierte Situation habe ich mich nun wieder einmal gebracht? Fragte ich mich.

«Weil ich … es ist schwer zu erklären. Ich denke, dass diese Anfälle bald aufhören werden.»

Vanessa blickte mich fragend an, während meine Wangen vor Verlegenheit rot wurden.

«Was ist eigentlich in letzter Zeit los mit dir? Seit einer Woche beschäftigt dich irgendetwas. Ausserdem bist du häufig nicht verfügbar, mit der Ausrede, dass du arbeiten musst. Dabei weiss ich, dass deine Arbeitszeiten stets von acht bis siebzehn Uhr gehen. Bitte erklär mir, was dich beschäftigt.», sagte Vanessa und legte mitfühlend ihre Hand auf meine.

«Ich weiss nicht, ob ich dir das sagen kann.», antwortete ich nach einer kurzen Pause.

Mein Herzschlag hatte sich inzwischen stark beschleunigt und ich konnte fühlen, wie ich zu schwitzen begann.

«Du kannst mir alles erzählen, Nils.»

Die Angst davor, sie könnte mich verlassen, sobald ich ihr über meine Drachengestalt erzählte, lähmte mich. Ich konnte weder meinen Blick von ihrem Gesicht lösen noch einen Ton von mir geben.

«Ist es wegen den Anfällen?», fragte sie schliesslich, da ich immer noch nicht geantwortet hatte.

Unwillkürlich musste ich schlucken.

«Falls du über Wissen verfügst, was niemand sonst hat, solltest du es mir sagen.»

Obwohl sie meine Gedanken nicht verstehen kann, bin ich fast wie ein offenes Buch für sie. Eigentlich ist das ja ein gutes Zeichen, aber in dieser Situation macht es alles komplizierter, dachte ich.

«Ich weiss viel, was andere nicht wissen. Aber die Wahrheit könnte unter Umständen gefährlich sein.», antwortete ich, als ich meine Sprache wiedergefunden hatte.

«Kannst du es mir trotzdem sagen? Ich verspreche, niemandem etwas davon zu erzählen, wenn du das möchtest.»

«In Ordnung. Ich erzähle es dir.»

Gespannt blickte mir Vanessa in die Augen, während sie meine Hand umklammerte, als müsste sie sich festhalten. Gedanklich legte ich alle Informationen zurecht, die ich ihr preisgeben wollte.

«Alles begann vor einigen Monaten. Eine ausserirdische künstliche Intelligenz namens R-34-d hat mit mir Kontakt aufgenommen. Diese KI war dafür zuständig, die Menschheit vor dem Aussterben zu bewahren. Sie hat mich mit Alientechnologie ausgestattet und die Drachen erschaffen, um den dritten Weltkrieg zu beenden. Dabei wurden irgendwelche intergalaktischen Gesetze verletzt, was schlussendlich zur Abschaltung von R-34-d geführt hat. Nun gibt es eine neue KI namens Z-17-k, die für uns zuständig ist. R-34-d wusste, dass Z-17-k Genozid betreiben wird, um uns vor dem Aussterben zu bewahren, da die Menschheit überbevölkert ist. Um das zu verhindern, hat sich R-34-d einen Notfallplan ausgedacht, den ich mithilfe der Alientechnologie durchführen muss, um Z-17-k aufzuhalten. Die Doomsday-Anfälle sind Experimente der neuen KI, die übermorgen unterbrochen werden müssen, da sich die Menschheit ansonsten selbstzerstören würde.»

Nun zog Vanessa ihre Hand zurück. Zu meiner Verwirrung schien meine Erklärung sie zu enttäuschen.

«Dann sag es mir eben nicht.», sagte sie niedergeschlagen.

«Aber ich habe es dir gerade erzählt.»

«Deine Geschichte klingt derart unglaubwürdig, dass ich mir nicht vorstellen kann, dass irgendetwas davon wahr ist.»

Obwohl ich die Wahrheit erzählt hatte, schenkte Vanessa meinen Worten keinerlei Glauben. Dies liess einen feurigen Drang in mir auflodern, ihr das Gegenteil zu beweisen.

«Soll ich dir die Technologie zeigen?», platzte es aus mir heraus.

«Wenn du meinst.», entgegnete Vanessa seufzend.

7

Flugmodus

Wir bezahlten die Rechnung und verliessen anschliessend das Restaurant.

«R-34-d hat dieses Auto für mich umgebaut. Es wird jetzt durch einen Kernfusionsreaktor betrieben, weswegen ich es niemals wieder aufladen muss. Ausserdem gibt es noch weitere Fahrmodi, die ich noch nicht ausprobiert habe.», erklärte ich, als wir bei meinem Auto ankamen.

«Mhm.»

Vanessa wirkte nun traurig, da sie davon ausging, dass ich sie veräppelte.

«Und ich wette, dass wir gleich davonfliegen, sobald wir in das Auto steigen, hab ich recht?», sagte sie.

Diese Aussage brachte mich auf eine Idee.

«Genau das wird vermutlich geschehen. Steig ein!», antwortete ich.

Seufzend setzte sich Vanessa auf den Beifahrersitz, während ich bereits zwischen den Fahrmodi wechselte. Sobald die Meldung «In den Flugmodus wechseln?» erschien, betätigte ich «Ja». Das Auto liess ein leises, metallisches Rauschen hören, was ich erst nicht identifizieren konnte. Einen Augenblick später blickte ich aus dem Fenster und stellte überrascht fest, dass die Verschalung ihre Form änderte, als wäre das Metall eine Flüssigkeit.

Das muss Nanotechnologie sein! Dachte ich aufgeregt.

«Was ist hier los, Nils?», fragte Vanessa verwirrt und überrascht zugleich.

«Das Auto macht sich flugbereit.», antwortete ich grinsend.

Mein Verdacht mit dem mysteriösen Flugmodus bestätigte sich, als sich aus der wabernden, metallischen Masse Tragflächen bildeten. Ausserdem hatte sich die gesamte Form angepasst, sodass es nun wesentlich aerodynamischer war. Selbst die Anzeigen waren grundlegend verändert. Anstelle eines Tachos wurde nun die genaue Ausrichtung des Flugzeugs, Geschwindigkeit und effektive Flugrichtung angezeigt. Die Knöpfe auf dem Lenkrad hatten sich ebenfalls verändert, ohne dass ich es bemerkt hatte. Rechts waren nun zwei Tasten angebracht, die mit Ionenantrieb und Warpantrieb beschriftet waren. Daneben befanden sich Regler mit + und −, woraus ich schloss, dass sich hiermit die Geschwindigkeit besagter Antriebe regulieren liess. Auf der linken Seite gab es jeweils einen Knopf für «Steuerdüsen», «Gravitationsausgleich» und «Fahrwerk». Neben diesen drei Knöpfen waren noch vier Pfeiltasten angebracht mit einer unbeschrifteten Taste in der Mitte.

Das sieht mir eher nach einem Raumschiff aus irgendeinem Science-Fiction-Film aus anstelle eines Flugzeugs, dachte ich.

«Das ist ja unglaublich!», rief Vanessa begeistert, die mich nun fassungslos mit offenem Mund anstarrte.

«Ich weiss.», antwortete ich grinsend.

«Und was machst du jetzt?»

«Diesen neuen Fahr … ich meine Flugmodus ausprobieren.»

«Bist du dir sicher, dass das eine gute Idee ist? Wir sind hier mitten in der Innenstadt.»

«Es wird schon nichts schiefgehen.»

«Weisst du auch, was all diese Anzeigen bedeuten?»

Ich warf einen erneuten Blick auf die Instrumente, wobei mir «Lorentzfaktor 1.0000017» auffiel.

«Nicht wirklich.», antwortete ich verunsichert.

Trotz meiner Zweifel drückte ich leicht auf das Gaspedal. Ein lautes Fauchen ertönte für einen Sekundenbruchteil, während sich das ehemalige Auto ruckartig in Bewegung setzte. Gleich darauf verstummte das Geräusch beinahe vollständig und glich nun einem leisen Rauschen. Währenddessen bewegten wir uns langsam nach vorn. Ich liess das Gaspedal los, da ich das vor mir geparkte Fahrzeug nicht berühren wollte, und betätigte stattdessen die Bremse. Augenblicklich stoppte die Bewegung.

«Ich weiss nur noch nicht, wie man jetzt rückwärts fährt.», gab ich zu.

«Fahr doch zuerst normal raus, bevor du den Modus wechselst.», schlug Vanessa vor.

«Und wie soll das gehen? Es dauert einen Moment, bis sich das Auto … wie soll ich sagen … transformiert hat. Ich kann unmöglich währenddessen den Verkehr blockieren.»

«Um den Verkehr musst du dir keine Sorgen machen. Die Zuschauer blockieren ohnehin bereits alles.»

«Zuschauer?»

Verwirrt blickte ich nach draussen und stellte erstaunt fest, dass sich mittlerweile unzählige Menschen neben meinem seltsamen Fortbewegungsmittel versammelt hatten.

«Ich glaube, wir sollten von hier verschwinden.», schlug ich vor.

Ohne mir weiterhin Gedanken über mögliche Folgen zu machen, drückte ich den Steuerdüsen-Knopf. Augenblicklich erschien ein neues Symbol in der Instrumentenanzeige. Ansonsten geschah nichts. Nun betätigte ich «Gravitationsausgleich», ohne zu wissen, was dies genau bewirkte. Erneut erschien ein weiteres Symbol, was dieses Mal von einem lauten, durchgehenden Fauchen begleitet wurde. Trotzdem bewegten wir uns nicht von der Stelle.

Was habe ich angestellt? Fragte ich mich in zunehmender Verunsicherung.

Nun kam ich auf die Idee, die Pfeiltasten neben der Steuerdüsen-Taste zu bedienen. Als ich auf den Pfeil nach oben drückte, verstärkte sich das fauchende Geräusch und wir bewegten uns langsam senkrecht hinauf.

«Ha! Jetzt weiss ich, wie die Steuerdüsen funktionieren.», rief ich begeistert.

Die mittlerweile dutzenden Passanten auf der Strasse hatten damit begonnen, das Geschehen zu filmen. Dies war mir jedoch egal, da mich meine Freude an dieser neuen Entdeckung beflügelte.

Sobald ich die Pfeiltaste losliess, blieb das Flugzeug mitten in der Luft stehen. Auf der Instrumentenanzeige las ich, dass wir uns inzwischen 14 Meter über dem Boden befanden. Aufgrund eines leichten Luftzugs trieb es uns langsam auf das Gebäude rechts neben uns zu. Instinktiv lenkte ich mit dem Lenkrad in die entgegengesetzte Richtung, wodurch sich das Flugzeug nach links neigte. Augenblicklich rasten wir der Hauswand auf der anderen Strassenseite entgegen. Bevor ich reagieren konnte, stiess die linke Tragfläche mit einem lauten Knirschen gegen den Beton, während sich Vanessa an ihrem Gurt festklammerte.

«So war das definitiv nicht geplant.», sagte ich.

«Das kann ich mir denken. Fliegst du heute zum ersten Mal?»

«Nein, ich …»

Beinahe hätte ich verraten, dass ich als Drache nahezu täglich flog.

«Eigentlich schon. Es ist das erste Mal, dass ich mit meinem Auto fliege.», antwortete ich schliesslich.

Vor lauter Überforderung betätigte ich «Gravitationsausgleich» erneut, was uns augenblicklich nach unten stürzen liess. Bereits eine halbe Sekunde später bemerkte ich meinen Fehler und ich drückte die Taste abermals. Nur fünf Meter über dem Boden kamen wir zum Stillstand. Die Autos unter uns auf der Strasse, die noch nicht durch die Passanten blockiert worden waren, begannen aufgrund dieses knappen Manövers zu hupen.

Was für ein Desaster. Ich hoffe, dass mich niemand erkannt hat.

Nun flog ich mithilfe der Pfeiltaste wieder nach oben. Da wir uns dem Dachvorsprung gefährlich näherten, betätigte ich die Pfeiltaste nach rechts. Zu meinem Erstaunen geschah genau das, was ich mir erhofft hatte. Die Steuerdüsen auf der linken Seite wurden aktiviert, wodurch wir uns langsam von der Hauswand entfernten. Als wir uns beinahe mittig über der Strasse befanden, flog ich höher rauf und betätigte die Fahrwerk-Taste, da ich vermutete, dass sich damit das Fahrwerk einklappen liess. Ein leises Rumpeln und das Erlöschen eines Rad-Symbols auf der Instrumentenanzeige bestätigte meinen Verdacht. Nun stach mir einer der vielen neuen Knöpfe auf der Mittelkonsole ins Auge. Zwischen «Schildgenerator» und «Adaptive Scheibentönung» lag «Horizontale Rotation». Ich betätigte diesen Knopf und drehte erneut am Lenkrad. Nun begann das Flugzeug, bei gleichbleibender Neigung horizontal zu rotieren. Somit konnte ich mich präzise ausrichten, während ich in der Luft schwebte.

«In welche Richtung möchtest du fliegen?», fragte ich Vanessa, die vor lauter Fassungslosigkeit die letzten Minuten nichts gesagt hatte.

«Das ist mir egal. Hauptsache du stürzt nicht ab.»

Ich drückte «Steuerdüsen» und «Horizontale Rotation» erneut und bewegte das Lenkrad, um sicherzustellen, dass sich alles so verhielt, wie ich es erwartete. Die Steuerklappen der Tragflächen bewegten sich asynchron, was darauf hinwies, dass ich mich mit genügend hoher Geschwindigkeit auf diese Weise nach links oder rechts neigen konnte. Wie es bei einem Flugzeug üblich war, zog ich das Lenkrad zu mir, was augenblicklich beide Steuerklappen nach oben richtete. Sobald ich es von mir wegdrückte, bewegten sich die Klappen in die entgegengesetzte Richtung.

In dieser Einstellung kann ich ganz normal in der Luft steuern, wie mit einem herkömmlichen Flugzeug, dachte ich.

Voller Vorfreude drückte ich auf das Gaspedal. Sofort bewegte sich mein multifunktionales Fortbewegungsmittel mit einem Ruck nach vorn, begleitet von einem kurzen Fauchen, was durch das Zünden der Triebwerke entstanden sein musste. Langsam setzten wir uns in Bewegung. Die konstante Beschleunigung verlieh mir ein Gefühl der Sicherheit, wodurch ich es wagte, das Gaspedal stärker zu betätigen. Das leise Rauschen wich einem lauten Fauchen. Zeitgleich wurden Vanessa und ich aufgrund der starken Beschleunigung in den Sitz gedrückt. Ein Blick auf die Anzeige verriet mir, dass wir innert weniger Sekunden eine Geschwindigkeit von zweihundert Kilometern pro Stunde überschritten hatten.

Der Auftrieb sollte von nun an genügen, uns in der Luft zu halten, dachte ich in diesem Moment.

Ich schaltete den Gravitationsausgleich aus und wir bewegten uns fortlaufend weiter in Richtung südlicher Stadtgrenze. Bereits wenige Augenblicke später hatten wir fünfhundert Kilometer pro Stunde überschritten. Die Windgeräusche waren mittlerweile zu einem lauten Dröhnen angeschwollen. Mit rasender Geschwindigkeit flogen wir über den Zürichsee hinweg, während ich das Lenkrad umklammerte, als könnte es mir jederzeit entrissen werden. Sachte zog ich es in meine Richtung, wodurch wir ohne jegliche Zeitverzögerung nach unten in die Sitze gepresst wurden, während das Flugzeug mit 758 km/h dem Himmel emporschoss. Ich ging ein wenig vom Gas, um nicht versehentlich die Schallmauer zu durchbrechen, da dies im gesamten Kanton Zürich hörbar gewesen wäre. Eine Minute später befanden wir uns mit 9412 Metern Höhe bereits über den Wolken. Der nahende Sonnenuntergang färbte die kleinen Ansammlungen aus Wasserdampf orangerot, während der Himmel zwischen dunkelblau und golden alle möglichen Farbtöne aufwies. Um nicht aus der Atmosphäre zu treten, drückte ich das Lenkrad leicht nach vorn, was uns langsam in eine gerade Flugrichtung brachte. Währenddessen überkam Vanessa und mich ein Gefühl der Schwerelosigkeit. Erschrocken atmete sie ein und klammerte sich an ihrem Sitz fest. Ich hingegen genoss diesen Moment in vollen Zügen, da mich nahezu alles hierbei an den Flug als Drache erinnerte. Lediglich die sanft gegen meine Flügel drückenden Luftströmungen vermisste ich. Sobald wir die Schwerkraft erneut zu spüren bekommen hatten, sah mir Vanessa strahlend entgegen.

«Das ist einfach fantastisch! Weshalb hast du mir nicht gleich bei unserem ersten Treffen erzählt, dass du ein fliegendes Auto hast, was dir eine ausserirdische KI gegeben hat?», fragte sie begeistert.

«Ich war mir nicht sicher, ob ich dir das alles erzählen darf. Das weiss ich jetzt immer noch nicht mit Sicherheit. Vielleicht hat R-34-d etwas dagegen, dass …»

Weiter kam ich nicht mit meiner Rechtfertigung, da mir Vanessa einen Kuss auf die Lippen drückte.

«Stimmt, ich sollte dich nicht während dem Fliegen ablenken.», sagte sie einem Augenblick später und zog sich zurück.

Wir lächelten uns gegenseitig an, während sich das Flugzeug mit über achthundert Stundenkilometern der untergehenden Sonne entgegenbewegte. Plötzlich wich Vanessas Lächeln von ihrem Gesicht.

«Es tut mir leid, dass ich dir vorhin nicht geglaubt habe.», sagte sie mit gesenktem Blick.

«Ist schon in Ordnung. Dass ich von einer ausserirdischen KI auserwählt wurde, klingt in der Tat sehr unglaubwürdig.»

In einem grossen Bogen wendete ich, indem ich in leichter Schräglage das Flugzeug nach oben zog. Schliesslich wollte ich nicht zu weit von zu Hause wegfliegen. Als wir uns wieder auf Zürich zubewegten, flog ich nach unten durch eine kleine Wolke hindurch, die sich sogleich auflöste. Knapp zwei Kilometer über dem Boden liess ich das Gaspedal los, wodurch wir aufgrund des hohen Luftwiderstands augenblicklich abgebremst wurden. Erst unter 400 km/h nahm unsere Geschwindigkeit kaum noch ab. Um weiterhin abzubremsen, drückte ich auf das Bremspedal, was einige Klappen an den Tragflächen ausbreitete. Erneut wurden wir aufgrund der Fliehkräfte in unseren Sitzen nach vorn gedrückt, als sich die Geschwindigkeit auf unter 200 km/h reduzierte. Da die Innenstadt keine geeignete Landebahn bot, aktivierte ich den Gravitationsausgleich, um auf der Stelle schweben zu können. Sachte bremste ich bis zum Stillstand ab. Nun befanden wir uns knapp einen Kilometer über den Hausdächern. Ich schaltete die Steuerdüsen und die horizontale Rotation ein, um besser landen zu können. Mit einem Knopfdruck auf die untere Pfeiltaste des Lenkrads verringerte sich der Schub nach oben. Dadurch verloren wir langsam an Höhe, bis wir nur noch wenige Meter über der Strasse schwebten. Ich wartete darauf, dass sich keine Autos mehr unter uns befanden, und betätigte erneut die Pfeiltaste mit kurzen Impulsen. Stück für Stück näherten wir uns dem Asphalt, bis mir auffiel, dass ich noch das Fahrwerk ausfahren musste. Nachdem ich die entsprechende Taste gedrückt hatte, setzte ich sanft auf dem Boden auf. Erst das Hupen hinter mir erinnerte mich daran, dass noch andere Verkehrsteilnehmer unterwegs waren.

«Ich beeile mich ja schon.», sagte ich zu mir selbst.

«Lass dich von denen nicht unter Druck setzen.», bestärkte mich Vanessa.

Ich wechselte zurück in den regulären Fahrmodus, wodurch sich die Tragflächen, die neuen Knöpfe und die Karosserie erneut in eine wabernde Masse verwandelten. Wenige Sekunden später verfestigte es sich und das Auto sah wieder normal aus. Die Transformation schien den ungeduldigen Fahrer hinter mir beeindruckt zu haben, denn dieser hatte sein Hupen bereits eingestellt und filmte stattdessen das Geschehen mit seinem Mobiltelefon.

«Handy am Steuer! Das geht gar nicht.», sagte ich grinsend, während ich beherzt auf das Gaspedal drückte, um nicht noch länger den Verkehr zu blockieren.

«Es hat mir echt Spass gemacht, mit dir zu fliegen.», sagte Vanessa, als ich sie eine Viertelstunde später vor ihrer Haustür absetzte.

«Mir auch.», antwortete ich. «Hoffentlich können wir das bald wiederholen.»

Wir verabschiedeten uns mit einem Kuss und ich begab mich zufrieden auf den Weg nach Hause. Erst als ich in meiner Garage das Auto verliess, fiel mir ein, dass ich noch gar nicht nach dem Schaden gesehen hatte, der heute aufgrund des kurzen Zusammenstosses mit der Hauswand entstanden war. Zu meiner Erleichterung waren nur Kratzer in der Lackierung zu erkennen. Höchstwahrscheinlich würde sich der Schaden problemlos reparieren lassen.

Da habe ich noch einmal Glück gehabt. Ich möchte mir nicht ausmalen, wie es um den Notfallplan stünde, wenn ich abgestürzt wäre und somit mein Auto zerstört hätte, dachte ich.

8

Geldgier

Am nächsten Abend landete ich als Drache auf dem Lindenhof. Obwohl die Sonne hinter einer dicken Wolkendecke versteckt war, fror ich nicht, denn laut dem Wetterbericht sollte die Temperatur zwanzig Grad im Schatten betragen.

Es hat erstaunlich viele Leute hier, dachte ich, als ich mich zwischen den dutzenden fotografierenden Passanten auf die Suche nach Vanessa begab.

Aufgrund der unzähligen Gerüche witterte ich sie erst, nachdem ich mich ihr bis auf wenige Meter genähert hatte. Vanessa war umringt von Menschen, die auf sie einredeten.

«Erzählen Sie uns doch mal, was Sie über den Drachen wissen.»

«Bitte, nur eine Information. Die DrSG hat nämlich zehntausend Franken für jede brauchbare Erkenntnis versprochen.»

Diese aufdringlichen Menschen liessen Vanessa nicht einmal zu Wort kommen, während sie ihr von allen Seiten den Weg versperrten. Knurrend ging ich auf die Menschenmenge zu, um meiner Freundin zu helfen. Der Lärm, den alle verursachten, überdeckte jegliche Geräusche, die ich von mir gab. Nicht ein Einziger von ihnen hatte mich bemerkt. Wütend stupste ich eine besonders aufdringliche Frau an, die Vanessa am Arm festhielt. Zu meinem Erstaunen würdigte sie mich keines Blickes. Unbeirrt redete sie auf Vanessa ein, die mittlerweile gar nicht mehr wusste, was sie gegen diese aufgebrachte Menschenmenge unternehmen sollte. Nun packte ich das Hosenbein der aufdringlichen Frau und zog sie ein Stück nach hinten. Als sie mich endlich bemerkte, schrie sie erschrocken auf und ergriff die Flucht.

«Der Drache ist hier!», rief sie, sodass es jeder auf dem gesamten Lindenhof verstehen konnte.

«Drache? Wo?», fragte ein verwirrt aussehender Mann neben Vanessa.

«Den müssen wir fangen. Dafür zahlt die DrSG bestimmt gut!», rief ein anderer durch das Stimmengewirr hindurch.

Alle umstehenden Personen richteten ihre Aufmerksamkeit auf mich und traten langsam näher. Verunsichert wich ich ein paar Schritte zurück. In diesem Augenblick fühlte ich mich winzig klein und machtlos, obwohl ich mich problemlos hätte verteidigen können. Diese geldgierigen Menschen drängten mich in eine Ecke, was mich dazu zwang, abzuheben. Ich schlug einige Male hastig mit den Flügeln, bis ich den gesamten Lindenhof überblicken konnte. Aufgrund meines beschleunigten Herzschlags rauschte es in meinen Ohren. Ausserdem zitterte ich vor lauter Angst in meinen Flügelbewegungen. Diese Situation hatte mich erneut an den dritten Weltkrieg und die brutalen Kämpfe erinnert, die ich seit Monaten zu verdrängen versucht hatte. Ich atmete tief durch und schloss die Augen, um mich zu entspannen. Langsam beruhigte sich mein Puls und die Flügelschläge wurden sanfter. Da die Menschen unter mir wussten, dass sie mir in der Luft nicht folgen konnten, gingen sie erneut auf Vanessa zu.

Ich muss sie aus dieser Situation retten, dachte ich in diesem Augenblick.

Obwohl mir diese verrückte Menschenmenge Angst einjagte, flog ich erneut auf sie zu. Aus der Luft heraus griff ich nach Vanessas Armen, die ich erstaunlicherweise auf Anhieb zu Fassen bekam. Nun schlug ich kräftig mit den Flügeln, wodurch ich sie ein Stück weit nach oben zog. Leider hielten sich die anderen Menschen an Vanessas Beinen fest, sodass ich mit ihr wieder in Richtung Boden gezogen wurde.

«Hilfe!», schrie sie voller Panik, als sie mich erblickte.

Ihrem Strampeln nach zu urteilen, fürchtete sie mich in diesem Moment ebenso sehr wie die Menschen, die sich von unten her an ihr festklammerten. Glücklicherweise trat sie mit ihren Beinen genug stark umher, dass sie sich von den Griffen lösen konnte. Einzig meine Klauen waren stark genug, sie noch festzuhalten. Mit aller Kraft zog ich sie aus der Menschenmenge heraus und flog mit ihr über den Lindenhof hinweg. Immer noch wand sich Vanessa in meinem Griff, was mich dazu zwang, sie unsanft festzuhalten. Erst als wir uns mindestens einhundert Meter über dem Boden befanden, gab sie auf. Entsetzt starrte sie mir ins Gesicht. Tränen rannen aus ihren wunderschönen Augen heraus. Dieser Anblick weckte unwillkürlich ein tiefes Gefühl der Traurigkeit in mir.

Ich möchte dich nicht entführen, sondern retten, sagte ich gedanklich zu ihr, obwohl mir bewusst war, dass sie mich nicht hören konnte.

Selbst in dieser Situation wagte ich es nicht, als Drache zu ihr zu sprechen. Zu sehr fürchtete ich mich davor, sie würde mich verlassen. Während der nächsten Minuten flog ich mit Vanessa aus der Stadt hinaus auf eine Waldlichtung zu. Erst nachdem ich mich vergewissert hatte, dass sich keine Menschen hier befanden, setzte ich zum Landeanflug an. Sachte bremste ich über dem Boden ab und liess meine wertvolle Fracht los, sobald sie mit den

Beinen das kniehohe Gras berührte. Völlig entkräftet sackte sie zusammen und blieb regungslos liegen. Da ich seit Längerem keine Menschen mehr getragen hatte, schmerzten meine Muskeln, als ich neben Vanessa landete. Ich faltete meine vor Anstrengung zitternden Flügel zusammen und blickte währenddessen meine Freundin an. Der Schock stand ihr immer noch ins Gesicht geschrieben.

«Lass mich in Ruhe!», rief sie nach Atem ringend und kroch wenige Meter zurück.

Ganz toll gemacht, Nils! Jetzt fürchtet sie mich in meiner Drachengestalt und eventuell bereitet ihr dieser Schock noch in Monaten psychische Probleme.

Mit diesen Gedanken blickte ich verlegen zu Boden und wartete darauf, dass sie mich auf dieser Lichtung alleinliess. Um mich selbst von dieser Situation zu erholen, legte ich mich in das hohe Gras und schloss die Augen, während ich tief durchatmete. Als Mensch hätten die Grashalme auf meiner Haut unangenehme Reize ausgelöst. In meiner Drachengestalt hingegen spürte ich sie aufgrund meiner Schuppen kaum. Auf diese Weise konnte ich entspannt in einer Wiese liegen, ohne ununterbrochen auf kitzelnde, piksende oder kratzende Reize reagieren zu müssen.

Nach einer Weile entspannte mich das leise Rauschen des Windes und das Gezwitscher der Vögel. Seufzend öffnete ich meine Augen und blickte Vanessa entgegen, die mich immer noch schockiert anstarrte. Ihre Tränen waren in der Zwischenzeit grösstenteils getrocknet und sie wirkte wieder ansprechbar. Zögerlich ging ich auf sie zu, um ihr nicht erneut Angst einzujagen. Als ich mich ihr bis auf einen Meter genähert hatte, bewegte sie sich noch einmal ein Stück von mir weg. Ich setzte mich vor ihr ins Gras und betrachtete ihre stets wunderschönen Augen.

«Du wolltest mich gar nicht entführen, sondern nur von diesen verrückten Menschen retten.», sagte sie schliesslich.

Langsam schien sie zu begreifen, was ich soeben für sie getan hatte. Obwohl ich ihre Stresshormone noch riechen konnte, kam sie auf mich zu und setzte sich neben mich. Sachte strich sie über meinen Kopf, während ihre Lippen zitternd ein Lächeln formten und ihre Augen feucht wurden. Plötzlich schluchzte sie und umarmte mich, als wäre ich ein Mensch. Tränen tropften auf meinen Schuppenpanzer. Ihr Schluchzen setzte sich fort, was mich in diesem Moment verunsicherte, da ich nicht genau wusste, weshalb sie weinte. Behutsam umschloss ich sie mit meinem linken Flügel, sodass sie sich geborgen fühlte.

Einige Minuten später klammerte sie sich immer noch weinend an meinem Hals fest. Um die Situation zu entspannen, legte ich mich hin und sie tat es mir gleich, ohne meinen Hals loszulassen. Ich sorgte dafür, dass sie von meinem linken Flügel bedeckt war, da ich sicherstellen wollte, dass sie nicht fror. Nun wartete ich darauf, dass sich ihre Traurigkeit legte, während sie den Kopf unter meinem Flügel vergrub.

Irgendwann nach einer unbestimmbaren Zeitspanne beruhigte sie sich endlich. Ihr Atem ging regelmässiger, ihr Puls verlangsamte sich und ihr Tränenfluss versiegte. Vanessa zog ihren Kopf unter meinem Flügel hervor und blickte mir in die Augen.

«Danke, dass du mich gerettet hast.», sagte sie mit leicht gerötetem Gesicht.

Ihre Augen waren geschwollen und sie erweckte einen traurigen Eindruck. Dennoch war ich mir sicher, dass sich ihr Gemütszustand nun gebessert hatte. Ohne Vorwarnung näherte sie sich mit ihrem Kopf und gab mir einen Kuss auf die Schnauze. Dies überraschte mich, da ich dieses Verhalten bisher erst bei Delia und Tom gesehen hatte. Im Gegensatz zu Delia wusste Vanessa nicht, wen sie in Wirklichkeit küsste.

Seufzend liess sie mich los und setzte sich aufrecht hin. Ein Blick auf ihre Unterarme verriet mir, dass meine Klauen während des Fluges zu Blutergüssen geführt hatten. Sachte schnupperte ich an den verwundeten Stellen. Durch die Haut hindurch roch ich das Blut, was aus den Adern getreten war.

Es tut mir leid, dass ich dich verletzt habe, dachte ich verlegen.

«Ist schon gut. Diese Blutergüsse heilen wieder.», sagte Vanessa, als hätte sie meine Gedanken verstanden.

Lächelnd, jedoch mit traurigen Augen sah sie mich an.

«Wie können Menschen nur derart grausam sein, wenn es um Geld geht? Wärst du nicht gekommen, ...»

Wieder verstummte sie und hielt die Hand vor ihr Gesicht, während sich erneut Tränen in ihren Augen bildeten. Statt zu weinen, blinzelte sie einige Male und wandte sich abermals mir zu.

Sie strich mir über den Kopf und fragte: «Kannst du mich nach Hause tragen?»

Aber natürlich, dachte ich und legte mich flach auf den Boden, sodass sie leicht aufsteigen konnte.

Zögerlich setzte sie sich hinter den Flügeln auf meinen Rücken. Ihr schien immer noch nicht wohl dabei zu sein, von einem Drachen geflogen zu werden. Trotzdem wagte sie, das Risiko einzugehen, was mich in diesem Augenblick beeindruckte. Sanft legte sie sich hin und umklammerte meinen Hals mit den Armen, während sie mehrere Male ihre Sitzposition anpasste, um nicht von den Zacken auf meinem Rücken gestochen zu werden. Vanessa wirkte in ihrer ausgestreckten Haltung sehr gross im Vergleich zu mir. Ihr Kopf befand sich über meinem, während ihre Füsse beinahe bis zu meiner Schwanzspitze reichten.

«Was mache ich hier eigentlich? Das fühlt sich völlig falsch an.», sagte Vanessa zu sich selbst.

Du hast alles korrekt gemacht, dachte ich, während ich mich auf den Abflug vorbereitete.

Ohne unnötige Erschütterungen zu erzeugen, stiess ich mich vom Boden ab und schlug mit den Flügeln. Vanessas Griff um meinen Hals verstärkte sich. Gleichzeitig fühlte ich ihren beschleunigenden Puls auf meinem Rücken. Erstaunlicherweise entspannte sie sich bereits wenige Minuten später, als ich in den Gleitflug überging.

«Das ist wunderschön.», sprach sie mir sanft ins Ohr.

Schmunzelnd setzte ich meinen Flug fort. Die Tatsache, dass ihr das Fliegen gefiel, erfüllte mich mit Stolz und Freude. Plötzlich liess sie mich mit einem Arm los und griff in ihre Hosentasche. Einen Augenblick später hielt sie ihr Mobiltelefon in der Hand und nahm das Geschehen auf. Zuerst filmte sie sich selbst mit der Frontkamera und wechselte anschliessend zur Rückkamera. Zufrieden blickte ich ihr entgegen, während sie meinen Kopf und die Umgebung aufnahm.

Eine Minute später steckte sie ihr Mobiltelefon wieder ein und klammerte sich erneut mit beiden Armen an mir fest. Da wir uns bereits über ihrem Wohnquartier befanden, wechselte ich in einen steilen Sinkflug. Hierbei achtete ich besonders darauf, dass sich Vanessa wohl fühlte. Je schneller wir wurden, desto stärker klammerte sie sich an mir fest. Als ich schlussendlich abbremste, jubelte sie vor lauter Freude. Ihr strahlendes Gesicht liess augenblicklich jegliche Sorgen aus meinem Inneren weichen. Unwillkürlich grinsend landete ich vor ihrer Haustür. Erst als ich die Flügel einklappte und mich flach auf den Boden legte, wurde mir mein Gesichtsausdruck bewusst. Zeitgleich blickte mir Vanessa verunsichert entgegen. Ich stellte mein Grinsen ein, was stets einem Zähnefletschen glich, und wartete darauf, dass Vanessa abstieg. Zu meiner Erleichterung wich ihr verunsicherter Gesichtsausdruck einem Lächeln, als sie mit zitternden Gliedmassen aufstand. Nachdem sie die verwunderten Blicke der umstehenden Passanten erwidert hatte, kniete sie vor mich hin und sah mir in die Augen.

«Das hat wirklich Spass gemacht. Und danke, dass du mich gerettet hast.», sagte sie, während sie mit ihrer Hand sanft über meinen Kopf strich.

Immer noch leicht verunsichert und aufgeregt blickte Vanessa umher, da die Passanten sie kontinuierlich anstarrten. Nun stand sie auf und ging zur Haustür, während sie mich nahezu ununterbrochen anlächelte. Nachdem sie im Eingangsbereich verschwunden war, sah ich mir die kleine Versammlung von Menschen um mich herum an.

Was glotzt ihr denn die ganze Zeit? Habt ihr nichts Besseres zu tun? Dachte ich.

In schnellen Bewegungen breitete ich meine Flügel aus und stiess mich dem Himmel entgegen, um nicht noch länger von wildfremden Personen angestarrt zu werden. Da ich mir sicher war, dass mich Vanessa nun bestimmt als Mensch sprechen wollte, flog ich ohne Umwege nach Hause. Bereits auf dem Balkon vernahm ich das Klingeln meines Mobiltelefons. Ich eilte hinein und nahm den Anruf als Drache entgegen, da es erwartungsgemäss Vanessa war.

«Hallo Vanessa.», begrüsste ich sie ausser Atem.

«Nils, du wirst nicht glauben, was eben geschehen ist. Auf dem Lindenhof haben mich zahlreiche Menschen bedrängt, die im Auftrag der DrSG Informationen sammeln wollten. Dann stiess der Drache dazu und hat mich aus dieser Situation gerettet, indem er mich in den Wald getragen hat. Nachdem ich mich beruhigt hatte, bin ich auf seinem Rücken nach Hause geflogen. Ich habe dir eben ein Video davon geschickt.», entgegnete sie in völliger Aufregung.

Vor wenigen Minuten wirkte sie seelenruhig. Hat sie das bloss gespielt, weil wir von all diesen Menschen beobachtet wurden? Fragte ich mich.

«Was? Das ist schrecklich und unfassbar zugleich.», antwortete ich in gespielter Überraschung. «Bist du verletzt?»

«Nein. Zumindest nicht schwer.»

«Wir müssen diesen Vorfall der Polizei melden.»

«Auf einen Rechtsstreit mit der DrSG habe ich ehrlich gesagt keine Lust.»

«Aber die haben dich bedrängt, gegen deinen Willen festgehalten und körperlich verletzt.»

In diesem Augenblick fiel mir ein, dass Vanessa die genauen Details dieses Vorfalls meiner menschlichen Gestalt gegenüber noch gar nicht erläutert hatte.

«Trotzdem wird es schwer, vor Gericht gegen die DrSG zu gewinnen. Schliesslich waren es keine ihrer Mitarbeiter, sondern normale Menschen, die auf eine Belohnung aus waren. Unter Umständen gelingt es der DrSG, diesen einzelnen Menschen, die mich bedrängt haben, alles in die Schuhe zu schieben. Schlussendlich kommen die doch immer auf die eine oder andere Weise ungestraft davon.»

Die Tatsache, dass Vanessa vermutlich recht hatte, liess einen lodernden Zorn gegenüber der DrSG in mir anschwellen, den ich bisher erst von meinem Bruder gekannt hatte. Um mich ein wenig abzulenken, frage ich sie, ob sie mir die neusten Geschehnisse im Detail erklären könne. Anschliessend schilderte sie mir alles, was geschehen war.

«Die gesamte Situation war irgendwie seltsam. Aus unerklärlichen Gründen habe ich mich sicher und geborgen gefühlt bei diesem Drachen. Irgendetwas an ihm kommt mir vertraut vor, ohne dass ich sagen kann, was es ist. Ausserdem frage ich mich noch immer, woher er wusste, wo ich wohne.», sagte sie am Ende ihrer Erzählung.

«Das ist in der Tat seltsam.», antwortete ich gedankenverloren.

Bei meiner Rettungsaktion war mir entfallen, dass ich als Drache nicht hätte wissen dürfen, wo sich Vanessas Zuhause befand. Auch verunsicherte mich die Tatsache, dass sie bereits in naher Zukunft Verdacht schöpfen konnte, wer ich in Wirklichkeit war.

«Soll ich dich morgen Abend besuchen kommen?», fragte ich, um sie ein wenig von diesem mir unangenehmen Thema abzulenken.

«Das würde mich sehr freuen.», antwortete sie.

Wir verabschiedeten uns voneinander und ich verwandelte mich endlich zurück in einen Menschen. Glücklicherweise war es Vanessa in dieser ungewöhnlichen Situation nicht aufgefallen, dass ich als Drache zu ihr gesprochen hatte.

Kurze Zeit später erhielt ich den Anruf meines Vaters, den ich mir bereits die gesamte Woche erhofft hatte: Ich war zu einem Vorstellungsgespräch bei der DrSG eingeladen worden. Hierfür musste ich am Sonntag persönlich bei ihnen erscheinen. Der Treffpunkt war dieselbe ehemalige Lagerhalle, in der sie mich vor wenigen Wochen beinahe gefangengenommen hatten. Obwohl mir der Gedanke, wieder in dieser Halle zu sein, Unbehagen bereitete, stimmte ich dem Treffen zu. Schliesslich wusste ich, dass es keine andere Möglichkeit gab, der DrSG beizutreten, und ich verspürte nun stärker denn je das Bedürfnis, dieser Organisation auf welche Weise auch immer zu schaden.

Gerade als ich mir mein Abendessen zubereiten wollte, verstummten die Lüfter meines Computers. Augenblicklich setzte ich mich und las die eben erschienene Antwort der KI.

«R-34-d: Deine Ausrüstung besteht aus einem Speer, einem elektromagnetischen Feldgenerator, einem multifunktionalen Raumschiff mit Elektroauto-Tarnung, sechs Kapseln mit Nanobots zur sofortigen Zellwiederherstellung und dem Speichermedium, worauf mein gesamtes Bewusstsein abgespeichert ist. Der Speer wurde aus einem nahezu unzerstörbaren Material gefertigt, was dazu in der Lage ist, Energie zu absorbieren und bei Bedarf kontrolliert freizusetzen. Bedauerlicherweise existiert in keiner menschlichen Sprache eine Bezeichnung für diese Substanz. Der elektromagnetische Feldgenerator (EFG) ermöglicht Reisen durch die vierte räumliche Dimension, indem vierdimensionale Magnetfelder erzeugt werden, die das damit verbundene Objekt in jede beliebige Richtung des Multiversums bewegen können. Dies funktioniert jedoch nur, wenn sich andere Magnetfelder in unmittelbarer Nähe befinden, mit denen das durch den EFG erzeugte Magnetfeld interagieren kann. Aus Sicherheitsgründen habe ich den EFG nicht mit der Mittelkonsole des Raumschiffs verbunden, um ungewollte Sprünge in benachbarte Universen oder gar vierdimensionale Rotationen zu vermeiden. Ich bitte dich, die Anleitung des EFGs genau durchzulesen, bevor du ihn benutzt. Ebenso sehr empfehle ich dir die detaillierte Erklärung des Multiversums. Beide Texte befinden sich als PDF-Dateien in deinem Dokumente-Ordner.»

Obwohl ich noch nicht die gesamte Nachricht gelesen hatte, stand ich von meinem Stuhl auf und starrte fassungslos auf meinen Monitor.

Raumschiff? Multiversum? Bin ich hier etwa in einen Spielfilm geraten?

Meine Gedanken drehten sich um all die neuen Möglichkeiten, die sich aufgrund meiner Alienausrüstung eröffnet hatten. Erst nach einigen Minuten setzte ich mich erneut und las weiter.

«Die Nanobots sind in Kapseln enthalten, die sich injizieren lassen. Anhand der DNS werden alle zerstörten Zellen durch mikroskopisch kleine Roboter repariert und in ihrer ursprünglichen Position befestigt. Auf diese Weise lassen sich allerlei Verletzungen innerhalb von wenigen Sekunden heilen. Da du diese Nanobots höchstwahrscheinlich erst bei Erkundungsflügen im Multiversum oder während des Kampfes mit Z-17-k benötigen wirst, befinden sie sich im Kofferraum deines Raumschiffs.»

Abermals unterbrach ich das Lesen und dachte über die Einsatzmöglichkeiten solcher Nanobots nach.

Die hätte ich im dritten Weltkrieg benötigt, dachte ich schliesslich.

Vor meinem inneren Auge spielte sich erneut Timos Tod ab, nachdem er Tom und mir das Leben gerettet hatte. Bevor diese Erinnerung meine Trauer wecken konnte, verdrängte ich sie bereits wieder und konzentrierte mich auf den langen Text, den mir R-34-d geschrieben hatte.

«Das Raumschiff verfügt über einen Wasserstoff-Fusionsreaktor, einen Wasserstoff-Plasmaantrieb, einen Xenon-Ionenantrieb, einen Warpantrieb, einen Schildgenerator, eine Plasmakanone und einen Autopiloten. Der Fusionsreaktor erzeugt jeglichen Strom, den die anderen Komponenten benötigen. Der dazugehörige Wasserstofftank lässt sich über das Ventil unterhalb der Motorhaube auffüllen. Der momentane Füllstand wird anstelle der Akkuladung in der Instrumentenanzeige angezeigt. Der Plasmaantrieb, der durch denselben Tank gespeist wird, erzeugt eine maximale Schubkraft von 34'730 Kilogramm. Die Höchstgeschwindigkeit liegt bei 1.67 Millionen Kilometern pro Stunde. Aufgrund seiner hohen Schubkraft und vergleichsweise geringer Höchstgeschwindigkeit eignet sich dieser Antrieb bestens zur Navigation auf Planeten, in Asteroidenfeldern und für Slingshot-Manöver. Der Ionenantrieb hingegen wurde für die ausschliessliche Nutzung im Weltraum entwickelt und dient der konstanten Beschleunigung auf hohem Tempo. Die maximale Schubkraft liegt zwar nur bei 419 Kilogramm, die Höchstgeschwindigkeit hingegen bei 611.53 Millionen Kilometern pro Stunde. Dieser Antrieb eignet sich besonders für lange Reisen und sollte stets in Kombination mit dem Warpantrieb verwendet werden. Der Warpantrieb staucht die Raumzeit vor dem Raumschiff zusammen, sodass die tatsächlich geflogene Strecke erheblich abgekürzt werden kann. Wenn du zum Beispiel mit einhundert Millionen km/h fliegst und den Warpantrieb mit Faktor zehn Millionen aktivierst, würdest du dich mit insgesamt einer Billiarde km/h deinem Ziel nähern. Dies entspricht ungefähr 926'567 facher Lichtgeschwindigkeit.»

Wow! Beinahe eine Million mal schneller als das Licht! Und dies war nur ein Beispiel. Mich würde interessieren, wie schnell ich tatsächlich fliegen kann, dachte ich.

Da mir bewusst wurde, dass ich erneut abgeschweift war, richtete ich meine Aufmerksamkeit wieder auf den Text.

«Der Schildgenerator schützt das Raumschiff vor jeglicher Materie und Energie bis zu einem gewissen Grad. Es empfiehlt sich, den Schildgenerator während der Benutzung des Warpantriebs zu aktivieren. Aufgrund des hohen Energiebedarfs lässt er sich jedoch nicht länger als 14 Stunden, 53 Minuten und

20 Sekunden einsetzen, bis der Reaktor den gesamten Wasserstoff zu Helium fusioniert hat. Falls es zu einem Kampf mit Z-17-k kommt, ist das Raumschiff mit einer simplen Plasmakanone ausgerüstet, die heisses Plasma in Flugrichtung verschiesst. Zu guter Letzt habe ich noch einen Autopiloten eingebaut, mit dem du per Knopfdruck automatisch zu deinem gewünschten Ziel fliegen kannst, ohne eine Kollision zu riskieren.»

Je länger ich die Nachricht von R-34-d gelesen hatte, desto grösser wurde mein Interesse. Eifrig öffnete ich den Dokumente-Ordner und las die Beschreibung des Multiversums und die Gebrauchsanweisungen des EFGs durch. Mein unstillbarer Wissensdurst liess mich jegliche Pflichten vergessen und in völliger Konzentration weiterlesen. Als ich mehrere Stunden später endlich den letzten Abschnitt gelesen hatte, glich mein Verstand einem Wirbelsturm, der kein Stein auf dem anderen liess. Mittlerweile brannten meine Augen, da ich die meiste Zeit über vergessen hatte, zu blinzeln. Ebenfalls knurrte mein Magen, da es bereits 23 Uhr war und ich immer noch nichts zu Abend gegessen hatte. Trotz meines Hungers fand ich keine Ruhe, mein Essen zuzubereiten. Stattdessen versuchte ich, die unzähligen neuen Informationen gedanklich zu sortieren.

Wenn ich das richtig verstanden habe, ist dieses seltsame hellorange Armband der EFG, mit dem man in andere Universen reisen kann. Und das Multiversum ist ein vierdimensionaler Raum, in dem sich unendlich viele Universen befinden.

Ich versuchte, mir das Multiversum räumlich vorzustellen. Da mir dies aufgrund der vier räumlichen Dimensionen nicht gelang, verzichtete ich auf eine Dimension, wodurch das Multiversum einem dreidimensionalen Raum mit zweidimensionalen, unendlich dünnen Universen glich.

Wie ein kosmischer Stapel Papiere, bei dem jedes Universum eine andere Seite ist, dachte ich, um mir das Multiversum bildlich vorstellen zu können.

Leider wusste ich, dass meine Vorstellung aufgrund der starken Vereinfachung nicht mehr der Realität entsprach. Schliesslich lagen nicht alle Universen im vierdimensionalen Raum flach aufeinander und glichen stattdessen eher zerknüllten, ineinander gefalteten und sich überschneidenden Papieren. Bei den Berührungspunkten oder Überschneidungen konnten unter gewissen Umständen Wurmlöcher entstehen, durch die man entweder in ein anderes Universum oder an einen weit entfernten Ort desselben Universums reisen konnte.

Das Multiversum ist ein voller Papierkorb, dachte ich schmunzelnd.

Obwohl jedes einzelne Universum gekrümmt, gefaltet oder gar zerknüllt war, fühlte es sich für dreidimensionale Lebensformen an, als würde alles perfekt gerade verlaufen. Wenn man sich durch einen Knick des Universums bewegte, änderte man seine vierdimensionale Rotation, jedoch blieb alles innerhalb der drei Dimensionen identisch.

Wir sind Ameisen, die auf einem zerknüllten Blatt Papier spazieren gehen. Egal, wie das Blatt verläuft, für uns geht es stets geradeaus in dieselbe Richtung weiter.

Diese Vereinfachung half mir, das Multiversum besser zu verstehen. Nichtsdestotrotz war es noch sehr kompliziert. Erneut meldete sich mein Magen und ich war gezwungen, endlich mein Abendessen zuzubereiten, obwohl ich die meisten Informationen noch nicht verarbeitet hatte. Nach einigen belegten Brötchen überkam mich ein starkes Gefühl der Müdigkeit, was angesichts der Uhrzeit nicht verwunderlich war.

Ich sollte vermutlich erst einmal schlafen gehen, dachte ich gähnend.

Als ich bereits wenige Minuten später im Bett lag, schlief ich dank meiner Erschöpfung innert kürzester Zeit ein.

9

Entdeckungsreise

Da der Wecker bereits um 6:20 Uhr klingelte und ich lediglich sechs Stunden geschlafen hatte, fühlte ich mich benommen vor lauter Müdigkeit. Schlaftrunken stand ich auf und bereitete mich auf den letzten Arbeitstag dieser Woche vor. Aufgrund meiner Müdigkeit dauerte es beinahe doppelt so lange, bis ich gefrühstückt und die Zähne geputzt hatte. Da ich mich ohnehin kaum auf meine Arbeit hätte konzentrieren können, meldete ich mich für diesen Tag krank und ging erneut zu Bett. Ohne meine Kleider auszuziehen, schlief ich augenblicklich ein.

Das leise Prasseln der Regentropfen gegen die Fensterscheiben weckte mich aus meinem glücklicherweise erholsamen Schlaf. Mittlerweile war es halb ein Uhr nachmittags. Zufrieden und ausgeschlafen streckte ich mich, bevor ich aus dem Bett stieg und das Wohnzimmer betrat. Sobald ich meinen immer noch eingeschalteten PC-Monitor erblickte, füllten sich meine Gedanken erneut mit all den Informationen, die mir R-34-d am Vortag hinterlassen hatte.

Ich muss dringend mal das Multiversum erkunden, dachte ich, während ich mich mit meinem Mobiltelefon auf das Sofa setzte.

Da mir Vanessa erneut geschrieben hatte, musste meine Entdeckungsreise jedoch warten.

«Heute waren es über 32'000 Doomsday-Anfälle in Norwegen, von denen 12'683 zum Tod geführt hatten. Ausserdem hat sich die Lage zwischen den USA und Russland zugespitzt. Es wird bereits spekuliert, dass sie sich auf einen vierten Weltkrieg vorbereiten. Ich hoffe, R-34-d behält recht mit seiner Vermutung, dass diese Anfälle von nun an nicht mehr auftreten. Ansonsten könnte es schwerwiegende Folgen für die Menschheit haben. Den heutigen Vorfall hat eine Überwachungskamera zufälligerweise gefilmt. Ich sende dir noch einen Link zum Video, denn es gibt einige interessante Dinge darauf zu sehen.», hatte sie vor wenigen Minuten geschrieben.

Interessiert öffnete ich das Überwachungsvideo und wartete gespannt auf die Doomsday-Anfälle. Zuerst standen mehrere Personen an einer Tankstelle, ohne dass etwas geschah. Plötzlich erkannte ich Verzerrungen in der Luft und drei

Menschen blickten verwirrt umher. Für einen Sekundenbruchteil war etwas Schwarzes auf dem Video zu erkennen, was im nächsten Bild bereits wieder verschwunden war. Anschliessend sackten alle Personen in der Umgebung zeitgleich zu Boden. Ich spielte das Video erneut mit verlangsamter Geschwindigkeit ab. Genau als das schwarze Objekt sichtbar wurde, pausierte ich es. Wie gebannt blickte ich das pfeilförmige, glänzend schwarze Etwas an. *Das sieht aus wie ein Düsenjet oder ein Raumschiff*, stellte ich fest.

Da ich selbst nach weiteren fünfzehn Mal keine zusätzlichen Details mehr erkennen konnte, beendete ich das Video und antwortete Vanessa.

«Danke für das Video. Wie es aussieht, benutzt Z-17-k irgendwelche Raumschiffe, um die Anfälle auszulösen. Die Verzerrungen in der Luft lassen darauf schliessen, dass das Raumschiff durch die vierte räumliche Dimension bewegt wurde mithilfe eines elektromagnetischen Feldgenerators. Solch ein Gerät hat mir R-34-d ebenfalls hinterlassen.»

«Heisst das, du weisst jetzt mehr über deine Ausrüstung?»

«Ja. Gestern habe ich eine riesige Beschreibung zu jeder einzelnen Komponente erhalten. Ausserdem weiss ich jetzt, dass wir uns in einem Multiversum mit unendlich vielen Universen befinden, die ich mithilfe der Alientechnologie betreten kann.»

«Wow! Kannst du mich mal in ein anderes Universum entführen?»

Da Vanessa «entführen» geschrieben hatte, musste ich lachen.

«Selbstverständlich. Ich muss nur zuerst den EFG auf die Position meiner Garage kalibrieren, damit wir wieder zurück finden.»

Dank der Bedienungsanleitung wusste ich nun, dass die vier Anzeigen des EFGs für die relativen Koordinaten X, Y, Z und W des Kalibrierungspunkts standen. Sobald man eine Position eingespeichert hatte, zeigten die vier Zahlen die relative Entfernung in allen vier räumlichen Dimensionen zu diesem Punkt an. Um einen dieser sogenannten Ankerpunkte zu setzen, musste man lediglich einen Code in den EFG eingeben, der mit dem eines multiversalen Sendegeräts übereinstimmte. Passenderweise hatte R-34-d einen dieser Sender in die Garage verbaut. Der Code hierfür war «46.209.1.97». Dass dies einer IP-Adresse glich, war purer Zufall.

Nach meiner schriftlichen Konversation mit Vanessa betrat ich die Garage und nahm den EFG zur Hand. Ich betätigte einen Schalter an der Seite, um ihn zu aktivieren. Die vier Anzeigen leuchteten auf und begannen, zu blinken. Ungefähr eine Minute später zeigte jede dieser Anzeigen «--» an. Nun betätigte ich die

Taste neben der ersten Anzeige und drehte anschliessend an einem Rad auf der rechten Seite des Geräts. Ähnlich zu einer Armbanduhr liess sich die gewünschte Zahl auf diese Weise einstellen. Als «46» zu lesen war, betätigte ich den zweiten Knopf und drehte am Rad, bis die zweite Anzeige «209» erreicht hatte. Bei der dritten und vierten Anzeige wiederholte ich diesen Vorgang für «1» beziehungsweise «97». Schlussendlich drückte ich eine Taste, auf der ein Fadenkreuz abgebildet war, um die Kalibrierung mit dem ausgewählten Ankerpunkt zu starten. Erneut blinkten die Anzeigen für einige Sekunden auf, bevor folgende relative Koordinaten angezeigt wurden: «0.0.2.0». Da die Einheit momentan auf Meter eingestellt war, wusste ich, dass ich mich bei der dritten Koordinate (Z) zwei Meter über dem Sender befand. Ich bewegte mich auf das Garagentor zu und die Zahlen änderten sich auf «0.0.3.0».

Der Sender muss sich in der Rückwand der Garage befinden, stellte ich fest.

Um meine Vermutung zu überprüfen, näherte ich mich der Rückwand und die Z-Koordinate verringerte sich. Als ich mit dem EFG die Wand berührte, zeigte es «0.0.0.0» an. Mit einer Bewegung nach links änderte es sich auf «–1.0.0.0» und sobald ich den EFG der Decke entgegenstreckte, wurde «–1.1.0.0» angezeigt.

Das funktioniert ja einwandfrei. Links und rechts von meiner Garage aus gesehen ist die X-Achse beziehungsweise die erste Koordinate. Oben und unten ist die Y-Achse, vorne und hinten hingegen die Z-Achse. Dann muss die vierte Koordinate namens W für die relative Bewegung im vierdimensionalen Raum stehen, schlussfolgerte ich.

Da ich mir nun sicher war, dass ich die Funktionsweise des EFGs verstanden hatte, öffnete ich die Fahrertür meines Autos und befestigte das Gerät in der Mittelkonsole, wie es in der Gebrauchsanweisung erläutert war. Anschliessend verliess ich die Garage, wobei ich sicherstellte, das Tor vollständig zu verschliessen. Schliesslich wollte ich nicht riskieren, meine wertvolle Technologie zu verlieren.

Am frühen Abend klingelte ich voller Vorfreude an Vanessas Haustür. Bereits wenige Sekunden später kam sie herausgestürmt und wir umarmten uns augenblicklich.

«Ich bin immer noch sehr froh, dass es dir gut geht. Sind die blauen Flecken an deinen Armen bereits besser geworden?», fragte ich sie nach unserer Begrüssung.

«Woher weisst du, dass ich Blutergüsse an den Armen habe?»

Jetzt habe ich mich schon wieder verplappert, dachte ich mit rot anlaufendem Gesicht.

«Das hast du mir gestern am Telefon gesagt.», log ich in der Hoffnung, sie würde sich nicht mehr an den genauen Wortlaut unseres Gesprächs erinnern.

«Seltsam. Ich hätte schwören können, dass ich es dir nicht gesagt habe. Aber meinen Armen geht es wieder besser.»

Demonstrativ zeigte sie mir ihre Blutergüsse, die mittlerweile eine dunkelblaue Farbe angenommen hatten.

«Können wir jetzt andere Universen besuchen?», fragte Vanessa ungeduldig.

Zufrieden nickte ich und schloss das Auto auf. Vanessa war derart aufgeregt, dass sie die Beifahrertür nach dem Einsteigen erst auf den dritten Versuch erfolgreich schliessen konnte.

«Und wo soll's hingehen?», fragte ich grinsend.

«Das ist mir egal. Hauptsache in ein anderes Universum.»

Lachend aktivierte ich den Flugmodus, und startete senkrecht nach oben. Sobald wir uns über den Hausdächern befanden, klappte ich das Fahrwerk ein und aktivierte den Plasmaantrieb. Augenblicklich wurden wir in unsere Sitze gepresst und das Raumschiff beschleunigte mit einem lauten Dröhnen. Die Regentropfen trafen die Windschutzscheibe mit zunehmender Geschwindigkeit, was die Sicht erheblich beeinträchtigte. Erfolglos suchte ich nach Scheibenwischern.

Eigentlich ergibt es in gewisser Weise Sinn, dass keine Scheibenwischer an einem Raumschiff existieren. Die würden ohnehin bei einem Atmosphäreneintritt zerstört werden, dachte ich.

Mit über 800 km/h rasten wir den dunkelgrauen Regenwolken entgegen. Innert kürzester Zeit flogen wir durch sie hindurch und bestaunten anschliessend den strahlend blauen Himmel, der sich dahinter verbarg.

«Jetzt muss ich noch die adaptive Scheibentönung aktivieren, damit uns die Strahlung der Sonne nicht schadet.», erklärte ich.

«Schützt diese Tönung auch gegen Mikrowellenstrahlung?»

«Ja, zumindest steht das in der Gebrauchsanweisung.»

Vanessa wirkte in diesem Augenblick leicht verunsichert. Dies war jedoch nachvollziehbar, da sie R-34-d noch nicht genügend vertraute. Je höher wir stiegen, desto turbulenter wurde unser Flug. Ab zwanzig Kilometern Höhe riss es uns beinahe sekündlich in eine zufällige Richtung. Um möglichst schnell aus diesen Luftmassen zu entkommen, beschleunigte ich weiter auf über 1500 km/h. Mit der Zeit verdunkelte sich der Himmel vor uns. Aus hellblau wurde dunkelblau und schliesslich schwarz. Unter uns war die Krümmung der Erde bereits erkennbar. Die Turbulenzen nahmen fortlaufend ab, bis auf knapp 50 Kilometern Höhe urplötzlich alles mucksmäuschenstill wurde. Nicht einmal der Plasmaantrieb war zu hören. Lediglich durch Vibrationen erzeugte Geräusche innerhalb des Raumschiffs existierten noch. Dies erinnerte mich stark an die Vorboten eines Doomsday-Anfalls.

Greift mich Z-17-k jetzt aus der vierten Dimension an? Fragte ich mich, während sich mein Puls stark beschleunigte.

Instinktiv blickte ich aus den Fenstern und versuchte, Verzerrungen der Raumzeit zu erkennen, die während der Benutzung eines EFGs auftraten.

«Was ist los, Nils?», fragte Vanessa verunsichert.

«Es kann sein, dass uns Z-17-k in diesem Moment aus der vierten Dimension angreift.»

«Weshalb denkst du das?»

«Weil alles genauso ist, wie dieser eine Mann im Interview beschrieben hat. Alle Geräusche verschwinden, die Umgebung wird verzerrt dargestellt und plötzlich geschieht etwas.»

«Die Stille kommt doch bloss davon, dass wir uns nicht mehr in der Atmosphäre befinden.»

«Du hast recht. Ohne Atmosphäre kann sich kein Schall ausbreiten.», entgegnete ich von meiner eigenen Vergesslichkeit überrascht.

Ich drehte am Lenkrad, wodurch sich die Ausrichtung der Steuerklappen änderte. Das Raumschiff flog unbeirrt in dieselbe Richtung weiter.

Ab jetzt muss ich mich mit den Steuerdüsen ausrichten, dachte ich.

Da wir uns bereits mit 8400 km/h von der Erde entfernten, schaltete ich den Plasmaantrieb aus. Augenblicklich verstummten die leisen Vibrationsgeräusche und wir wurden nicht mehr in unsere Sitze gedrückt.

«He! Weshalb hast du mich nicht vorgewarnt, dass du aufhörst, zu beschleunigen?», fragte Vanessa entrüstet, da sie sich aufgrund der plötzlichen Schwerelosigkeit erschrocken hatte.

«Entschuldigung.», sagte ich unwillkürlich grinsend.

Spielerisch stiess sie mir mit der Faust gegen den rechten Arm. Nun musste ich lachen und Vanessa stimmte kurz darauf ein. Mithilfe der Steuerdüsen wendete ich, bis wir von oben herab auf die Erde blickten, die aus dieser Perspektive einer riesigen, hellblauen Kugel glich. Auf der einen Seite war bereits die Nacht eingebrochen, wodurch die Lichter der Städte sichtbar wurden. Es war klar und deutlich zu erkennen, dass sich die Dunkelheit bei einem

Sonnenuntergang zuerst auf dem Boden und anschliessend auch zu den Wolken ausbreitete.

Das muss ich unbedingt fotografieren, dachte ich.

Gerade als ich Vanessa fragen wollte, ob sie mein Mobiltelefon gesehen hatte, schwebte es passenderweise vor meinem Gesicht durch die Kabine. Ich tippte es mit dem Finger an, wodurch es zu rotieren begann. Unaufhörlich drehte es sich in der Luft, bis ich die Rotation stoppte.

«Schwerelosigkeit ist echt cool.», stellte ich fest.

«Besonders weil sich erwachsene Männer dadurch wie Kinder aufführen.», entgegnete Vanessa.

Abermals mussten wir lachen. In den nächsten Minuten tauschten wir Scherze aus und vergassen, was unser ursprünglicher Plan gewesen war.

Ein Blick auf den EFG verriet mir, dass wir uns mittlerweile über 6318 Kilometer von meiner Garage entfernt hatten. In diesem Moment wurde mir bewusst, dass ich mit Vanessa andere Universen hatte besuchen wollen. Um die genaue Position sehen zu können, wechselte ich die Einheit des EFGs auf Meter, wodurch «–530811._318153.34670.–14» angezeigt wurde. Die Y-Koorinate wurde mit «_» als Vorzeichen dargestellt, da es sich bei 318153 lediglich um die letzten sechs Ziffern handelte.

«Weshalb wird bei der W-Koordinate –14 angezeigt?», fragte Vanessa in diesem Augenblick.

«Weil unser Universum anscheinend einen leichten Knick hat zwischen uns und der Garage. Deswegen haben wir uns geringfügig in der vierten Dimension bewegt.», antwortete ich.

«Okay. Und wie wechseln wir jetzt in ein anderes Universum?»

«Dafür gibt es zwei Möglichkeiten: Entweder man gibt manuell die Koordinaten ein und drückt auf 'P', um die Position zu setzen, oder man drückt die 'U+' beziehungsweise die 'U-'-Taste. Bei den U-Tasten wird direkt das benachbarte Universum angesteuert, weswegen das die sicherere Methode ist. Ansonsten ist es beinahe unmöglich, nicht im multiversalen Zwischenraum zu landen.»

«Was für ein Zwischenraum ist das?»

«Der multiversale Zwischenraum ist eine vierdimensionale Leere zwischen den Universen, wo weder Materie noch Energie existiert.»

«Klingt interessant. Werden wir diesen Raum heute ebenfalls sehen?»

«Ja. Es ist unvermeidlich, wenn man in ein anderes Universum reist.»

Mit leicht mulmigem Gefühl drückte ich die «U+»-Taste. Da ich keinerlei Ahnung hatte, was mich nun erwartete, klammerte ich mich an meinem Sitz fest. Jegliche Geräusche von Vanessa und mir verstummten urplötzlich. Es fühlte sich an, als wären meine Ohren mit Watte gefüllt worden. Die Erde vor uns schien sich zu verformen, während lose Gegenstände innerhalb des Raumschiffs willkürlich ihre Richtung änderten. Nach einigen Sekunden wurde alles stockdunkel. Die Erde, das Sonnensystem und selbst die Sterne waren verschwunden. Einzig und allein vollkommene Finsternis und Stille umgab uns. Glücklicherweise wurden einige Sekunden später bereits wieder Sterne sichtbar, die vollkommene Stille wich und die Verzerrungen der Raumzeit stellten sich ein. Die W-Koordinate des EFGs zeigte nun «512» an. Wir hatten uns einen halben Kilometer durch die vierte Dimension bewegt. Erst jetzt bemerkte ich, dass Vanessa meine Hand fest umklammerte.

«Ist alles in Ordnung bei dir?», fragte ich verunsichert.

«Ja. Es war bloss ein sehr seltsames Erlebnis. Sind wir jetzt in einem anderen Universum?»

«Das vermute ich.», entgegnete ich, während ich das Raumschiff in eine langsame Rotation versetzte, sodass wir in alle Richtungen blicken konnten.

Ausser winzigen Lichtpunkten war nichts zu erkennen.

«Das ist aber ein langweiliges Universum. Wir sollten in das nächste gehen.», schlug Vanessa vor.

Da mich dieser endlose Sternenhimmel ebenfalls zu langweilen begann, betätigte ich die «U+»-Taste erneut. Wie bereits bei unserem ersten Wechsel in ein anderes Universum erlebten wir absolute Stille, Raumzeitverzerrungen und die gespenstische Dunkelheit des multiversalen Zwischenraums. Nach einer Minute erschienen erneut Sterne, wohin das Auge reichte.

«Weshalb sehen wir bloss Sterne?», fragte Vanessa.

«Sterne sind nun mal die häufigsten Lichtspender eines Universums.»

Nach kurzer Überlegung wurde mir bewusst, was wir tatsächlich vor uns hatten. Erstaunt und ehrfürchtig zugleich blickte ich aus dem Fenster.

«Das sind keine Sterne, sondern Galaxien.», stellte ich fest.

«Tatsächlich? Weshalb glaubst du das?»

«Wenn diese Punkte allesamt Sterne wären, müssten wir die Spiralarme einer Galaxie erkennen können. Oder zumindest eine Unregelmässigkeit in der Verteilung der Sterne. Stattdessen befinden sich diese Punkte in willkürlicher Anordnung. Dementsprechend sind wir irgendwo in einer unermesslich grossen Leere zwischen den Galaxien.»

Staunend starrten wir die unzähligen Galaxien an, von denen wir in diesem Augenblick umgeben waren. Eine Minute später wurde es uns bereits wieder langweilig und wir wechselten in das nächste Universum. Abermals fanden wir uns in einer scheinbar unendlich grossen Leere inmitten Milliarden Galaxien wieder. Weitere fünf Wechsel führten zu keinem anderen Resultat.

«Ich vermute, dass es höchst unwahrscheinlich ist, zufälligerweise in einer Galaxie zu landen.», sagte ich enttäuscht.

«Das glaube ich auch. Wir sollten uns auf den Rückweg machen.»

Um mir die manuellen Eingriffe zu ersparen, aktivierte ich den Autopiloten mithilfe der «Auto»-Taste auf der Mittelkonsole, wodurch sich augenblicklich ein neues Menü auf dem Monitor öffnete. Es wurden einige Einstellungen angezeigt, bei denen sich zum Beispiel das Reiseziel, die maximale Beschleunigung oder die verwendeten Antriebe konfigurieren liessen. Da ich mit den Standardeinstellungen und dem bereits ausgewählten Ziel zufrieden war, betätigte ich «Autopilot starten», was augenblicklich das Raumschiff ausrichtete und den Plasmaantrieb zündete. Ruckartig wurden wir aufgrund der Beschleunigung in unsere Sitze gepresst. Bereits zwei Sekunden später erloschen alle Lichter, bevor sie erneut in anderer Konstellation aufleuchteten und abermals erloschen. Nach sieben kurzen Phasen der vollkommenen Dunkelheit wurden wir urplötzlich vom gleissenden Licht der Sonne geblendet. Dank der adaptiven Scheibentönung, die ohne jegliche Zeitverzögerung das eingehende Licht reduzierte, schadete es uns nicht. Ein Blick auf die Instrumente verriet mir, dass wir unsere Geschwindigkeit reduzierten, während wir uns von der Erde entfernten, wenngleich wir in Richtung unseres Ziels beschleunigten.

«Wir haben unsere Flugrichtung und Geschwindigkeit während der letzten Stunden nie verändert. Jetzt sind wir über 35'000 Kilometer von der Erde entfernt.», stellte ich fest.

«Glücklicherweise weiss der Autopilot, was er tut.», entgegnete Vanessa lächelnd.

Nach nur einer Minute hatte sich unsere Geschwindigkeit relativ zur Garage auf null reduziert. Anschliessend beschleunigten wir darauf zu. Ab 10'000 km/h liess sich bereits unsere Geschwindigkeit mit blossem Auge erkennen. Langsam wuchs die Erde in unserem Sichtfeld, bis wir beinahe die halbe Strecke nach Hause zurückgelegt hatten.

«Befindet sich Zürich tatsächlich vor uns?», fragte Vanessa leicht verunsichert.

«Ja, zumindest muss es so sein.», antwortete ich, da ich dem Autopiloten vertraute.

Vanessas Zweifel konnte ich aufgrund der veränderten Erdrotation durchaus nachvollziehen. Mittlerweile war die Nacht in Zürich angebrochen und unter den dicken Wolken waren keinerlei Lichter zu erkennen. Nahezu perfekt auf halber Strecke schaltete sich der Plasmaantrieb unvermittelt aus, das Raumschiff wendete um 180 Grad und beschleunigte von nun an in die entgegengesetzte Richtung.

«Dieser Autopilot fliegt ziemlich unsanft.», kommentierte Vanessa.

«Dafür kommen wir ans Ziel.», entgegnete ich.

Aufgrund meines Vertrauens gegenüber R-34-d verteidigte ich seine Technologie unbewusst, selbst wenn tatsächliche Probleme auftraten. Es war, als fühlte ich mich für die Entscheidungen der KI verantwortlich.

Nachdem die Sonne schliesslich hinter der Erde verschwunden war und wir uns nur noch 80 Kilometer über der Oberfläche befanden, wendete das Schiff erneut und signalisierte mithilfe eines Pieptons, dass manuelle Eingriffe erforderlich waren. Ich schaltete die Steuerdüsen aus und aktivierte somit die Klappen an den Tragflächen. Während ich mich geistig auf den Atmosphäreneintritt vorbereitete, umklammerte ich krampfhaft das Lenkrad. Ich fürchtete die Ungewissheit, was als Nächstes geschah.

«Kann der Autopilot nicht von selbst landen?», fragte Vanessa verblüfft.

«Nein, das kann er nicht.»

«Das ist schon ziemlich minderwertig für Alientechnologie, wenn du mich fragst.»

«Lass das bloss nicht R-34-d hören.», entgegnete ich schmunzelnd.

Kurze Zeit später flackerten helle Lichter vor der Windschutzscheibe auf. Gleichzeitig erklang ein stetig lauter werdendes Rauschen, was schlussendlich in ein Dröhnen überging. Das Raumschiff schaukelte ruckartig hin und her, während wir uns inmitten von orangerot leuchtendem Plasma dem Erdboden näherten. Bereits eine Minute später erlosch das Leuchten und die Turbulenzen wurden schwächer. Wenige Kilometer über den Wolken zog ich das Lenkrad in meine Richtung, um uns in eine gerade Flugbahn zu bringen. Währenddessen drückten uns die daraus resultierenden Fliehkräfte nach unten in unsere Sitze. Erst als wir die dicke Wolkenschicht durchbrochen hatten, gelang es mir, das Raumschiff gerade auszurichten.

«Das war knapper, als ich erwartet hatte. Beim nächsten Mal werde ich frühzeitig abbremsen.», sagte ich, um Vanessa ein wenig zu beruhigen, die sich erneut krampfhaft an ihren Sitz geklammert hatte.

Nach kurzer Zeit konnte ich mich aufgrund der Hügel und Seen orientieren und flog anschliessend in Richtung Zürich weiter. Als ich fünf Minuten Später die Innenstadt erreichte, aktivierte ich erneut die Steuerdüsen, um landen zu können. Während ich langsam zwischen den Häusern hindurchflog, fiel mir ein pinkes Leuchten auf, was von meinem Raumschiff auszugehen schien.

«Siehst du dieses Leuchten? Ich glaube, dass das durch den Plasmaantrieb erzeugt wird.», sagte ich zu Vanessa, die interessiert aus dem Fenster blickte.

«Ja, das ist der Antrieb. Man sieht es in den Fenstern der Häuser.»

In der Tat liessen sich klare Reflexionen des leuchtend pinken Plasmas erkennen.

«Weshalb muss es ausgerechnet pink sein?», fragte ich Vanessa, ohne eine Antwort zu erwarten.

«Weil Wasserstoff-Plasma immer pink ist. Bei Argon zum Beispiel wäre es rot und bei Chlor grün.»

«Ich wusste gar nicht, dass jedes Plasma eine andere Farbe hat.», entgegnete ich beeindruckt.

Nachdem ich kurze Zeit später vor Vanessas Haustür gelandet war, bedankte sie sich für den Ausflug und wir verabschiedeten uns voneinander. Während der Fahrt nach Hause telefonierte ich mit Tom, um ihm am darauffolgenden Tag meine neusten Entdeckungen zeigen zu können. Ich verschwieg ihm jedoch, dass mein Auto fliegen konnte und in Wirklichkeit ein Raumschiff war, mit dessen Hilfe man andere Universen besuchen konnte.

Entspannt und ausgeschlafen wachte ich am Samstagmorgen auf. Die gestrige Expedition in anderen Universen hatte zu angenehmen Träumen geführt, wie bereits seit Wochen nicht mehr. Ich stand auf und machte mir mein Frühstück, als mir einfiel, dass ich R-34-d noch gar nicht zurückgeschrieben hatte. Während des Essens dachte ich mir den genauen Wortlaut meiner Nachricht aus, die ich anschliessend in das Konsolenfenster meines PCs tippte, den ich seit über einer Woche nicht mehr ausgeschaltet hatte.

«Du hast geschrieben, dass sich stets ein Magnetfeld in unmittelbarer Nähe befinden muss, sodass der EFG funktioniert. Weshalb konnte ich gestern aus den benachbarten Universen zurückkehren, obwohl das nächste Magnetfeld mindestens eine Million Lichtjahre entfernt war? Ausserdem ist mir aufgefallen, dass es kaum möglich ist, zu einem Himmelskörper eines anderen Universums zu gelangen. Gibt es irgendwo im Multiversum einen Ankerpunkt, den ich ansteuern kann? Und falls ja, wie lautet die dazugehörige Nummer? Ich würde liebend gern einen fremden Planeten erkunden.»

Während ich die Enter-Taste drückte, um meine Nachricht zu senden, fiel mir auf, dass ich etwas Essenzielles vergessen hatte.

Ich hätte fragen müssen, was ich mit meiner Ausrüstung als Nächstes anfangen soll, dachte ich leicht genervt von meiner Zerstreutheit.

Da die Nachricht bereits abgesendet wurde, blieb mir nichts anderes übrig, als eine Antwort abzuwarten und die Frage anschliessend zu stellen. Ein Blick auf die Uhr verriet mir, dass es bereits 11:41 Uhr war. In neunzehn Minuten hatte ich mich mit meinem Bruder auf dem Walchwilerberg verabredet. Eilig zog ich mir eine Regenjacke und wasserfeste Schuhe an. Nachdem ich die Strasse betreten hatte, bereute ich es bereits, keinen Regenschirm mitgenommen zu haben. Der strömende Regen durchnässte meine Haare innert kürzester Zeit. Triefend erreichte ich die Garage und stieg ins Auto ein, ohne mich abzutrocknen. Da die Zeit drängte, aktivierte ich bereits vor der Garage den Flugmodus, während sich das Tor automatisch schloss. Die interessierten Blicke der Passanten ignorierte ich.

Nur drei Minuten vor zwölf erreichte ich unseren Treffpunkt. Fünfunddreissig Meter darüber blieb ich mithilfe des Gravitationsausgleichs in der Luft stehen und sah mich um. Da ich Tom angewiesen hatte, als Drache zu erscheinen, suchte ich sowohl den dunkelgrauen Himmel als auch die matschigen Wiesen nach ihm ab. Aufgrund des Regens war meine Sicht auf wenige hundert Meter beschränkt. Ein lauter Donner liess mich zusammenzucken. Der Blitz musste ganz in der Nähe eingeschlagen sein. Mit leicht mulmigem Gefühl dachte ich über die Folgen eines Blitzschlags nach.

Kann ein Blitz mein Raumschiff zerstören? Soweit ich weiss, sind Flugzeuge einigermassen gut dagegen geschützt, aber ich weiss nicht, ob das in meinem Fall auch zutrifft.

In den nächsten Minuten schlugen einige weitere Blitze in der Nähe ein. Je länger ich wartete, desto mulmiger wurde mir zumute.

Hoffentlich geht es Tom gut. Es war eine blöde Idee von mir, ihm bei diesem Wetter zu sagen, er solle als Drache fliegen.

Gerade als mich eine Windböe erwischte und ich gegensteuern musste, huschte etwas rasend schnell an mir vorbei. Da ich in diesem Augenblick kein

Drache war, konnte ich es nicht identifizieren. Trotzdem glaubte ich, grünes Schimmern wahrgenommen zu haben, was Toms Schuppen gewesen sein konnten. Langsam drehte ich mich um und tatsächlich erblickte ich ihn ungefähr einhundert Meter von mir entfernt. Er flog in grossem Bogen um mein Raumschiff herum und schien nicht zu wissen, was es war.

Jetzt komm schon her, dachte ich ungeduldig.

Neben der Waldgrenze landete Tom im matschigen Gras, während er mein Raumschiff ununterbrochen anstarrte. Ich war mir nicht sicher, ob er mich erkannt hatte. Trotzdem beschleunigte ich leicht, um mich ihm zu nähern. Auf halber Strecke bremste ich bereits wieder ab, da der Plasmaantrieb wesentlich stärker war, als die Steuerdüsen und Klappen bremsen konnten. Kurz bevor ich Tom erreichte, flog er in den Wald davon.

Möchtest du etwa Fangen spielen? Fragte ich mich amüsiert.

Zwischen den Bäumen konnte ich ihm mit dem Raumschiff nicht mehr folgen, weswegen ich über den Baumwipfeln fliegen musste. Bald verlor ich meinen Bruder aus den Augen und ich war dazu gezwungen, stehenzubleiben. Angestrengt suchte ich den Wald nach ihm ab, jedoch erfolglos, obwohl der Regen bereits schwächer wurde. Nicht einmal einen Kilometer neben mir schlug urplötzlich ein Blitz ein. Der Baum, der getroffen worden war, verlor einige Äste.

Ich glaube, es wäre am besten, wenn ich lande, dachte ich.

Ohne weitere Umwege steuerte ich unseren ursprünglichen Treffpunkt an. Zufälligerweise entdeckte ich Tom vor mir, der soeben aus dem Wald herausflog. Ich beschleunigte weiter, um zu ihm aufzuschliessen. Sobald er mich entdeckt hatte, änderte er seine Richtung erneut. Verwirrt blieb ich mitten in der Luft stehen und wartete.

Was ist bloss los mit ihm? Weshalb landet er nicht einfach?

Endlich schien er in meine Richtung zu fliegen, was mich für einen Augenblick erleichterte. Diese Erleichterung wich jedoch erneut der Verwirrung, als er fortlaufend in meine Richtung beschleunigte. Im allerletzten Moment drehte er ab und schoss währenddessen einen leuchtend grünen Feuerstrahl auf mein Raumschiff ab. Glücklicherweise schien die Hitze weder dem Metall noch dem Glas Schaden zuzufügen.

He! Was soll das? Fragte ich mich entrüstet.

Da Tom erneut zum Angriff ansetzte, reduzierte ich den Schub der unteren Steuerdüsen, sodass ich landen konnte. Bevor die frisch ausgefahrenen Räder den durchnässten Boden berührten, traf mich eine weitere Ladung des hellgrünen

Feuers. Die Angriffe meines Bruders setzten mich derart unter Druck, dass ich versehentlich zwei Meter über dem Boden die Schubdüsen deaktivierte und das Raumschiff anschliessend krachend aufsetzte, wodurch die Räder gut dreissig Zentimeter tief im matschigen Untergrund versanken. Abermals setzte Tom zum Angriff an. Gereizt öffnete ich die Fahrertür, die zu meinem Erstaunen nach oben aufschwang, und reckte meinen Kopf hinaus.

«Was soll das, Tom? Wegen dir wäre ich beinahe abgestürzt!», schrie ich dem Himmel entgegen, da ich wusste, dass mich Tom mit seinen Drachenohren verstehen würde.

Bereits wenige Sekunden später landete er vor mir und blickte mich verwirrt an.

«Nils?», fragte er zögerlich.

«Ja, ich bin's. Hast du mich etwa nicht erkannt? Ich habe die Scheibentönung absichtlich deaktiviert.»

«Es tut mir leid. Ich dachte, du wärst die feindliche KI.»

Seinem verlegenen Blick nach zu urteilen, schämte er sich dafür, mich nicht erkannt zu haben. Da ich mir nicht sicher war, ob mein Raumschiff keinen Schaden davongetragen hatte, stieg ich aus und begutachtete das Fahrwerk. Währenddessen versanken meine Schuhe mehrere Hand breit im Matsch, was mir jedoch gleichgültig war. Die Stangen des Fahrwerks waren alle noch in einwandfreiem Zustand und die Räder schienen ebenfalls nicht beschädigt zu sein.

Dieses Treffen habe ich mir anders vorgestellt, dachte ich, froh darüber, dass Tom meine Gedanken lediglich in meiner Drachengestalt hören konnte.

«Es ist nichts passiert.», sagte ich schliesslich, als ich unter der aufgeklappten Flügeltür vor dem Regen Schutz suchte.

«Weshalb hast du mir nicht gesagt, dass du ein Flugzeug von der KI erhalten hast? Dann hätte ich dich nicht versehentlich angegriffen.»

«Weil es eine Überraschung sein sollte.»

«Überrascht hat es mich tatsächlich, aber auf eine ganz andere Weise.»

Aufgrund Toms Aussage musste ich schmunzeln.

«Mach dir keinen Kopf deswegen, Tom. Mir wäre wahrscheinlich dasselbe passiert.», entgegnete ich, um ihn nicht noch weiter in Verlegenheit zu bringen.

«Du bist mir nicht böse, obwohl ich Feuer auf dein brandneues Flugzeug geschossen habe?»

«Nein. Ausserdem ist dies kein Flugzeug, sondern ein Raumschiff, mit dem man andere Universen besuchen kann.»

«Jetzt veräppelst du mich aber.»

«Nein, im Ernst. Ich habe es gestern mit Vanessa ausprobiert.»

Beim Wort «Vanessa» leuchteten Toms Augen auf.

«Wie läuft es mit euch beiden?», fragte er interessiert.

«Momentan sehr gut. Wie es aussieht, könnte es sich tatsächlich in eine längere Beziehung entwickeln.»

«Das freut mich sehr für dich.», entgegnete er leicht grinsend, was mich unwillkürlich an ein Zähnefletschen erinnerte.

«Möchtest du jetzt einsteigen?», fragte ich ihn.

«Liebend gern. Weshalb wolltest du eigentlich, dass ich als Drache zum Treffpunkt fliege? Ich hätte genauso gut mit dem Auto fahren können. Auf diese Weise wäre mir der Flug bei diesem Sauwetter erspart geblieben.»

«Ich hatte ursprünglich geplant, dich nach Hause zu fliegen. Wenn du mit dem Auto gekommen wärst, müsstest du nach unserem Erkundungsflug noch eine Stunde fahren. Ich hätte aber nicht damit gerechnet, dass das Wetter derart scheusslich ist. Es war bestimmt unangenehm, bei diesem Gewitter herzufliegen.»

«Das war es in der Tat.», sagte Tom lächelnd, als er mir unter die Flügeltür folgte und seine Flügel schüttelte, um sie vom Regenwasser zu befreien.

Anschliessend trocknete er sich vollständig mithilfe seines Feuers ab. Interessiert beobachtete ich ihn, während die Flammen jegliches Wasser auf seinen Schuppen verdampfen und den Schlamm an seinen Beinen trocknen liessen. Währenddessen begann ich, meine mittlerweile braunen Schuhe an einer Stange des Fahrwerks abzustreifen, um wenigstens einen Teil des Schlamms loszuwerden. Als ich einen Augenblick später feststellte, dass es zwecklos war, stieg ich mit dreckigen Schuhen ein.

«Möchtest du nicht die Beifahrertür benutzen?», fragte ich Tom, da er Anstalten machte, mit seinen schlammigen Pranken auf meiner Seite einzusteigen.

«Dieses Ding hat eine Beifahrertür? Das hättest du mir früher sagen sollen. Jetzt habe ich mich bereits abgetrocknet.»

Unbeirrt kletterte er hoch und zwängte sich an mir vorbei, während der getrocknete Schlamm meine Kleider verdreckte und seine Klauen den Stoff meiner Jacke einrissen.

«He!», rief ich aus.

«Nun sei doch nicht so zimperlich.», entgegnete Tom.

Er quetschte sich vollständig an mir vorbei und nahm auf dem Beifahrersitz Platz. Da ein Drache nicht auf dieselbe Weise wie ein Mensch sitzen konnte, rollte sich mein Bruder auf der Sitzfläche zusammen, wobei seine Haltung der eines liegenden Hundes glich.

«Du hast meine Jacke zerrissen.», meckerte ich empört.

«Oh, das tut mir leid. Ich hätte nicht gedacht, dass meine Krallen so scharf sind. Dafür kaufe ich dir irgendwann mal eine neue.»

Seufzend über das unangenehme Einsteigen meines Bruders wischte ich den Dreck von meinen Kleidern und schloss die Tür. Genau in diesem Moment nahm der Regen ab.

Weshalb muss es genau jetzt aufhören, zu regnen? Dachte ich.

«Es ist wieder einmal typisch, dass der Regen genau dann aufhört, wenn wir nicht mehr draussen sind.», sprach Tom im selbem Augenblick.

Dass wir genau zur selben Zeit dieselben Gedanken hatten, liess mich schmunzeln.

«In diesem Fall wird unser Flug entspannter. Der Regen hätte die Sicht stark eingeschränkt.»

«Bist du dir sicher, dass es für dich entspannt wird? Schliesslich bist du mit einem Drachen in einer kleinen Kabine eingesperrt.», entgegnete Tom grinsend.

Um ihn daran zu hindern, mir auf die Nerven zu gehen, startete ich augenblicklich die Triebwerke. Bereits wenige Sekunden später befanden wir uns einige Meter über dem Boden.

«Ja, ich bin mir sicher.», antwortete ich, da ich wusste, dass mich Tom nicht während des Fluges ablenken würde.

Nach einer Stunde hatte ich ihm bereits mehrere benachbarte Universen und die Erde aus dem Weltraum gezeigt. Genau wie ich begann er, sich zu langweilen.

«Wie wäre es, wenn wir zum Mond fliegen?», fragte er.

«Das ist kaum möglich, ohne die Umlaufbahn auswendig zu kennen. Da ich den Autopiloten nur für bestimmte Ziele verwenden kann, die mit einem Sender ausgestattet sind, müsste ich manuell steuern.»

«So schwer kann das doch kaum sein. Du musst nur in Richtung Mond fliegen.»

«Und wenn sich der Mond währenddessen wegbewegt, fliegen wir in die völlig falsche Richtung. Es gibt schliesslich einen guten Grund, weshalb die NASA jedes ihrer Flugmanöver vorausberechnet.»

Enttäuscht blickte mir Tom entgegen. Zumindest vermutete ich, dass sein Gesichtsausdruck Enttäuschung signalisierte. Da mir die Mimik eines Drachen noch immer fremd war, konnte ich seine Gefühle nur schwer einschätzen, ohne seine Gedanken wahrzunehmen.

«Und was, wenn du mal den Ionenantrieb verwendest?», fragte er kurz darauf.

«Wofür?»

«Bloss zum Spass.»

«In Ordnung.», sagte ich, da mich die Wirkung dieses Antriebs ebenfalls interessierte.

Ich betätigte den Knopf, der mit «Ionenantrieb» beschriftet war, woraufhin das Raumschiff augenblicklich zu vibrieren begann. Ein tiefes Brummen erfüllte die gesamte Kabine. Der erwartete Vorwärtsschub blieb jedoch aus.

«Vielleicht musst du ihn stärker einstellen.», schlug Tom vor, der ebenfalls das Gefühl hatte, dass etwas nicht stimmte.

Mithilfe des Rads neben dem Knopf erhöhte ich die Stärke des Ionenantriebs. Das Brummen wurde lauter, bis es in ein Dröhnen überging. Währenddessen wurden wir leicht in unsere Sitze gedrückt. Die Beschleunigung war trotz voller Leistung noch sehr schwach.

«Ist das etwa alles?», fragte Tom enttäuscht.

«Ja, ich glaube schon.», antwortete ich verwirrt.

In diesem Augenblick fragte ich mich, ob nicht doch etwas durch die unsanfte Landung von vorhin beschädigt worden war. Aus diesem Grund steuerte ich auf die Erde zu und setzte zur Landung an. Bereits eine Viertelstunde später befanden wir uns wieder über dem Walchwilerberg. Der Regen hatte inzwischen aufgehört, jedoch war der Boden noch vollständig durchnässt. Um nicht im Matsch zu versinken, landete ich auf einer kleinen, asphaltierten Strasse.

«Dieses Mal benutzt du aber die Beifahrertür.», ermahnte ich Tom.

Hämisch grinste er mich an, während er zu überlegen schien, ob er sich erneut an mir vorbeizwängen sollte. Zu meiner Erleichterung öffnete er schliesslich mit grosser Sorgfalt die Beifahrertür und stieg aus, ohne etwas zu beschädigen oder zu verschmutzen. Ich tat es ihm gleich und trat auf die nasse Strasse. Nun betrachtete ich mein Raumschiff erstmals von allen Seiten. Die Form glich einem spitzen Dreieck. Die Tragflächen waren nur wenige Zentimeter dick und erweckten einen erstaunlich leichten, jedoch robusten Eindruck. Hinten waren zwei schmale, längliche Triebwerke angebracht, die jeweils nach aussen spitz zuliefen. Zwischen den beiden eher gewöhnlich aussehenden Triebwerken gab es noch ein weiteres in Form eines Kreises. Ein dicker Metallring und eine runde Platte innerhalb dieses aussergewöhnlichen Triebwerks erregten meine Aufmerksamkeit. Ich konnte nicht feststellen, welchen Zweck diese Bauteile erfüllten, da sie kaum aerodynamisch waren.

«Denkst du, dass das in der Mitte der Ionenantrieb ist?», fragte Tom, der ebenfalls jede Kleinigkeit meines Raumschiffs betrachtet hatte.

«Ich weiss es nicht. Wir müssen es ausprobieren, um sicherzugehen.»

Da mich meine Neugier dazu zwang, stieg ich erneut ein und startete den Ionenantrieb, während sich das Raumschiff noch auf dem Boden befand. Abermals erklang ein lautes Brummen, ohne dass es sich auch nur einen Zentimeter nach vorn bewegte. Während der Antrieb aktiv war, stieg ich aus und sah mir das Geschehen von hinten an. Wie Tom bereits vermutet hatte, handelte es sich bei dem kreisförmigen Triebwerk in der Mitte um den Ionenantrieb. Die Metallplatte innerhalb des Triebwerks leuchtete nun hellblau und erzeugte dieses gleichmässige, durchdringende Brummen. Hinter dem Antrieb war ein eben entstandener, transparenter Zylinder erkennbar, der sich mehrere hundert Meter nach hinten fortsetzte. Einerseits glich dieser Zylinder einer fünfzig Zentimeter dicken, soliden Glasstange und andererseits schien er aus keinem festen Material zu bestehen.

«Was ist das für ein Ding hinter dem Ionenantrieb?», fragte Tom, als wüsste ich, was hier vor sich ging.

«Keine Ahnung.», antwortete ich wahrheitsgetreu.

Da ich mir Klarheit verschaffen wollte, aus was dieser transparente Zylinder bestand, verwandelte ich meine rechte Hand. Aufgrund des unangenehmen Kribbelns ballte ich währenddessen instinktiv die Faust. Nachdem die Verwandlung abgeschlossen war, streckte ich meine eben entstandenen Klauen nach dem Zylinder aus. Wie gebannt starrte mich Tom an, der ebenfalls wissen wollte, was es mit dem Ionenantrieb auf sich hatte. Sobald meine Krallenspitzen diese zylinderförmige Substanz berührten, verdampften sie in einem lauten Zischen. Einen Sekundenbruchteil später glühten meine gesamten Krallen hellgelb. Augenblicklich zuckte ich zurück, da mir die Hitze brennende Schmerzen bereitete. Für einen Moment wusste ich nicht, was ich dagegen unternehmen sollte, da sich die von meinen Klauen abgestrahlte Hitze bereits in meinem gesamten Arm ausbreitete, was unwillkürlich zu einer Verwandlung führte. Dies war das erste Mal, dass mir Hitze Schmerzen bereitete, seitdem ich die Fähigkeit erlangt hatte, mich in einen Drachen zu verwandeln. Das brennende Gefühl hatte inzwischen meinen gesamten Arm eingenommen und wurde unerträglich. Da der Boden nass war, drückte ich die glühenden Krallen, die die Hitze ausströmten, dagegen. Ohne Zeitverzögerung verdampfte das Wasser im Umkreis von ungefähr zehn Zentimetern. Der Asphalt wurde flüssig und bedeckte meine Klauen. Ich schloss die Augen und wartete, dass sie abkühlten. Währenddessen kribbelte mein gesamter Körper. Obwohl ich immer noch extreme Hitze abstrahlte, verschwanden die brennenden Schmerzen allmählich. Erleichtert atmete ich auf, was ich augenblicklich bereute, da sich meine Lungen mit der nach geschmolzenem Asphalt stinkenden Luft füllten. Hustend versuchte ich, einige Schritte beiseitezutreten. Dies gelang mir jedoch nicht, da meine Klauen mit der Strasse verschmolzen waren. Ausserdem stellte ich überrascht fest, dass meine Kleider brannten und ich mich vollständig in einen Drachen verwandelt hatte. Tom näherte sich mir mit besorgten Gedanken, wobei er genau darauf achtete, nicht den transparenten Zylinder des Ionenantriebs zu berühren.

«Geht es dir gut?», fragte er verunsichert.

«Ja, ich glaube schon.», antwortete ich verwirrt.

«Was ist eben passiert?»

«Wie mir scheint, wird dieses zylinderförmige Ding durch den Antrieb erzeugt. Es ist heisser als alles, was ich bisher gesehen habe. Meine Krallen sind augenblicklich verdampft und die Hitze bereitete mir Schmerzen.»

«Ist das überhaupt möglich? Ich kann mir gar nicht vorstellen, dass etwas heiss genug ist, um mir als Drache Schmerzen zuzufügen.»

«Bis zu diesem Moment wusste ich auch nicht, dass das möglich ist. Anscheinend kann es selbst für Drachen zu heiss werden.»

Da nun kaum noch Hitze von meinen Klauen ausging, wurde die Strasse erneut vollständig von Wasser bedeckt, was noch aufgrund des vergangenen Regens in Richtung Tal floss. Um mich aus dem Asphalt zu befreien, zog ich mein rechtes Vorderbein nach oben. Da das fliessende Wasser bereits alles abgekühlt hatte, blieben meine Klauen stecken. Nun stiess ich einen orangeroten Feuerstrahl aus, um den Asphalt erneut zu schmelzen, sodass ich mich befreien konnte. Das ununterbrochen fliessende Wasser verdampfte, jedoch wurde die Strasse kaum erwärmt. Bald darauf ging mir die Puste aus und während ich Luft holte, floss das Wasser bereits wieder nach.

«Ich stecke hier fest. Kannst du mir helfen?», fragte ich Tom.

«Du steckst im Asphalt fest?», entgegnete er ungläubig.

Schadenfreudig lachte er mich aus, wie es nur ein grosser Bruder konnte. Seufzend wartete ich, bis er sich beruhigt hatte.

«Eigentlich müsste ich dich jetzt fotografieren.», sagte er schliesslich.

Wieder musste er lachen.

«Kannst du mir jetzt endlich helfen?», fragte ich entrüstet.

«In Ordnung. Ich finde es bloss urkomisch, dass deine Krallen mit dem Asphalt verschmolzen sind.»

Tom legte sich vor mir auf den Boden und blockierte das Wasser mithilfe seiner Flügel. Nun erzeugten wir beide abwechslungsweise Feuer, bis der Asphalt weich wurde und ich mich befreien konnte. Seltsamerweise brannte das Feuer an meinem rechten Vorderbein.

«Ich glaube, ich habe mich verbrannt.», stellte ich verblüfft fest.

«Tatsächlich?»

«Ja. Selbst das normale Feuer schmerzt.»

Gemeinsam mit Tom betrachteten wir meine kürzlich aus dem Asphalt befreiten Klauen. Die Spitzen waren entweder nicht mehr vorhanden oder verformt. Dahinter fühlte es sich an, als hätte ich mich verbrannt, obwohl aufgrund meiner Schuppen nichts Ungewöhnliches zu erkennen war.

«Am besten lasse ich diese Verbrennung einfach in Ruhe heilen.», sagte ich schliesslich.

Wir stiegen erneut ein, wobei ich meine verbrannten Kleider auf die Rücksitze warf. Nun schloss ich die Fahrertür und deaktivierte den Ionenantrieb.

Wie komme ich jetzt an das Gaspedal? Fragte ich mich, als ich in meiner Drachengestalt auf dem Fahrersitz sass.

«Du könntest deinen Schwanz benutzen.», schlug Tom gedanklich vor.

Dass er meine Gedanken hören konnte, hatte ich für einen Augenblick vergessen.

Das ist eine gute Idee! Dachte ich.

Mein Drachenschwanz war tatsächlich lang genug, um bis an die Pedale zu gelangen. Mit den Vorderbeinen konnte ich gleichzeitig das Lenkrad bedienen. Selbst den Sicherheitsgurt konnte ich problemlos anlegen. Auf diese Weise startete ich und flog Tom zurück zu seiner Wohnung. Anschliessend aktivierte ich den normalen Fahrmodus, sodass Tom mein Auto bei sich parken konnte, während ich als Drache nach Hause flog. Schliesslich konnte ich weder in meiner Drachengestalt zu meiner Garage fahren, ohne gesehen zu werden, noch mich in verletztem Zustand verwandeln.

10

Undercover

Zu Hause angekommen packte ich mein Mobiltelefon aus, was ich aufgrund der Nässe in einer verschliessbaren Plastiktragtasche transportiert hatte.

«Du hattest recht, was die Doomsday-Anfälle betrifft. Heute blieben sie tatsächlich aus. Hat dir R-34-d noch weitere Informationen bezüglich Z-17-k gegeben?», lautete die neuste Nachricht von Vanessa.

Ich verwandelte meine linke Hand zurück, da diese keine Verbrennungen aufwies, um ihr zu antworten.

«Nein, noch nicht. Weil ich R-34-d heute bereits etwas gefragt habe, muss ich einige Tage warten, bis ich mich nach den Absichten von Z-17-k erkundigen kann.», schrieb ich.

Die Tatsache, dass ich vergessen hatte, nach der weiteren Vorgehensweise zu fragen, war mir peinlich.

«Was hast du R-34-d heute gefragt?»

Seufzend tippte ich mit meiner linken Hand die Nachricht ein. Obwohl ich mich dabei unwohl fühlte, konnte ich Vanessa die Wahrheit nicht verschweigen.

«Ich habe gefragt, ob es andere Ankerpunkte im Multiversum gibt, die ich ansteuern kann. Möglicherweise lassen sich dadurch fremde Planeten erkunden, die unter Umständen von ausserirdischen Lebensformen bewohnt sind.»

«Gute Idee! Wir sollten mal einen Alienplaneten besuchen. Aber bitte frag zuerst nach, ob es sicher ist, dort zu landen.»

Vanessas Antwort erstaunte mich. Ich hatte erwartet, dass sie diese Frage als Zeitverschwendung betrachten würde.

«Das werde ich auf jeden Fall. Schliesslich würde ich niemals riskieren, dich in Gefahr zu bringen.», schrieb ich zurück.

«Hast du sonst noch neue Entdeckungen gemacht?»

«Ja, das habe ich tatsächlich. Ich weiss jetzt, dass Ionenantriebe extrem heiss sind.»

«Plasmaantriebe sind wesentlich heisser.»

«Mein Ionenantrieb hat heute aber einen ganz anderen Eindruck gemacht. Alles, was sich hinter dem Triebwerk befand, ist augenblicklich verdampft.»

«Bei deinem Ionenantrieb werden Xenonmoleküle ionisiert, mithilfe eines Magnetfelds auf über 500 Millionen km/h beschleunigt und erneut mit Elektronen angereichert. Sobald die Teilchen mit anderer Materie kollidieren, wird die kinetische Energie in Hitze umgewandelt. Dadurch wirkt der Ionenantrieb wesentlich heisser, als er in Wahrheit ist.»

«Woher weisst du das alles?», fragte ich verblüfft.

«Ich interessiere mich nun mal für Naturwissenschaften. Weshalb hätte ich sonst Chemielaborantin werden sollen?»

«Das ergibt Sinn. Trotzdem überrascht es mich, dass du mehr über mein Raumschiff weisst wie ich selbst.»

Zufrieden legte ich mein Telefon beiseite und verwandelte mich wieder vollständig in einen Drachen. Vorsichtig tastete ich mein rechtes Vorderbein ab, was immer noch empfindlich auf Berührungen reagierte.

Es fühlt sich an wie eine Verbrennung ersten Grades, stellte ich fest.

Ob und wann die Krallen heilen würden, wusste ich nicht. Dies war mir jedoch gleichgültig, da ich ohnehin nicht mehr kämpfen wollte und somit nicht auf messerscharfe Krallenspitzen angewiesen war.

Am nächsten Morgen brachte mir Tom mein Auto vor die Haustür, da ich es für mein Vorstellungsgespräch bei der DrSG benötigte. Inzwischen waren die Schmerzen verschwunden, weswegen ich mich in einen Menschen verwandeln konnte. Einzig die leicht gerötete Haut und verkürzte Fingernägel liessen noch darauf schliessen, dass ich mich gestern an einem Ionenantrieb verbrannt hatte. Als ich mich kurze Zeit später auf den Weg zur DrSG begab, wuchs meine bisher verdrängte Nervosität erneut an. Ich hatte Angst davor, aufzufliegen. Insbesondere meine Zerstreutheit bereitete mir Sorgen. Erfahrungsgemäss wusste ich, dass ich unter grossem Stress oft unbewusst Dinge verriet, die ich geheimhalten wollte. Dennoch wollte ich den verdeckten Einsatz bei der DrSG durchziehen.

Eine Dreiviertelstunde später erreichte ich die ehemalige Lagerhalle, in der ich beinahe gefangengenommen worden war. Bereits der Anblick dieses Gebäudes liess meinen Herzschlag beschleunigen. Während des Aussteigens blickte ich aufgeregt umher, als müsste ich mich vor jeglichen Menschen verbergen. Selbst die Tatsache, dass mein Auto mithilfe eines Kernfusionsreaktors betrieben wurde, verunsicherte mich.

Was, wenn sie diesen Reaktor finden?

Mit weichen Knien trat ich auf das Eingangstor zu. Anschliessend atmete ich tief durch und trat ein, da keine Klingel existierte und nichts verschlossen war. Unwillkürlich schluckte ich, als ich mich umsah. Fünf Männer und drei Frauen arbeiteten hektisch an Maschinen aller Art. Sie schienen etwas herzustellen, was ich in diesem Augenblick noch nicht identifizieren konnte. Keiner von ihnen hatte mich bemerkt.

«Guten Tag, ich komme wegen dem Vorstellungsgespräch.», sagte ich leise und schüchtern.

Ein Mann drehte sich in meine Richtung um. Mein Herz blieb beinahe stehen, da ich ihn als Herr Odermatt erkannte.

«Bist du Nils Wollseif?», fragte er in unfreundlichem Ton.

In Schockstarre stand ich vor Odermatt und brachte kein Wort hervor. Sein durchdringender Blick verschlimmerte die Situation noch zusätzlich. Nach einer langen, unangenehmen Pause fand ich meine Sprache wieder.

«Ja.», antwortete ich knapp.

Odermatt blickte kurz zu den anderen.

«Warte hier einen Moment.», sagte er, ohne mich anzusehen.

Daraufhin ging er auf einen seiner Männer zu, dessen rechte Hand in einem dicken Gipsverband steckte.

«Was habe ich vor zwei Minuten gesagt, Laurin? Du sollst die Löcher mit fünf Zentimetern Abstand bohren, nicht abwechslungsweise mit vier oder sechs.»

«Es tut mir leid, Herr Odermatt. Ich wollte die Löcher regelmässig bohren, aber mit dem Gips ist das fast unmöglich.»

«Nichts ist unmöglich, wenn man sich anstrengt. Fang nochmal von vorne an!»

Wütend stapfte Odermatt in meine Richtung und ich erwartete bereits, dass er mich ebenfalls wie seine Mitarbeiter anschreien würde, jedoch setzte er ein gespieltes Lächeln auf und stellte mich den anderen vor. Nachdem er einen seiner Männer angewiesen hatte, mich im gesamten Areal herumzuführen, machte er sich durch die Hintertür, die mittlerweile repariert worden war, davon.

«Ist es in Ordnung, wenn wir uns mit 'du' ansprechen?», fragte der Mann, der wesentlich freundlicher wirkte als Odermatt.

«Ja, das geht für mich.», antwortete ich leicht eingeschüchtert.

«Ich bin übrigens Benjamin, aber nenn mich ruhig Ben.»

Die zuvorkommende Art dieses Mannes beruhigte mich ein wenig.

«Ist Herr Odermatt immer so … streng?», fragte ich vorsichtig.

«Falls du damit meinst, dass er ein Arschloch ist, dann ja. Mein Beileid, dass du dich nun ebenfalls mit ihm herumschlagen musst.»

Benjamins Wortwahl erinnerte mich erneut an meinen Kampf von vor einigen Wochen, weswegen sich mein Herzschlag abermals beschleunigte. Er schien zu bemerken, dass mir dieses Gespräch Unbehagen bereitete, woraufhin er das Thema wechselte.

«Weshalb hast du dich dazu entschieden, der Drachenschutzgesellschaft beizutreten, Nils?»

«Ich möchte mehr über Drachen herausfinden.», antwortete ich, wie ich es mir bereits eingeübt hatte.

Für einen Augenblick wurde Benjamin nachdenklich. Bereits eine Sekunde später sprach er jedoch unbeirrt weiter.

«Das geht mir genauso. Die Neugier treibt mich an, hier zu arbeiten. Auch wenn ich sagen muss, dass die Bezahlung nicht schlecht ist. Dafür ist es aber auch alles andere als leicht. Laurin zum Beispiel hat gegen den roten Drachen gekämpft, wobei ihm beinahe die Hand abgebissen wurde. Seitdem trägt er einen Gips und die Ärzte sagen, er könne seine Hand niemals wieder wie früher bewegen.»

Bemitleidend sah ich Laurin an, der sich krampfhaft damit abmühte, trotz seiner verletzten Hand gleichmässige Löcher in ein Metallrohr zu bohren. Erst in diesem Augenblick wurde mir bewusst, dass dies allein meine Schuld war. Aufgrund meines unüberlegten Angriffs auf die DrSG und der Unachtsamkeit während des Kampfes musste dieser junge Mann sein Leben lang unter einer Verletzung leiden, die ihn tagtäglich einschränkte.

«Aus diesem Grund arbeite ich in der Forschungsabteilung.», unterbrach Benjamin meine Gedanken.

«Was für Abteilungen gibt es hier?», fragte ich interessiert.

«Neben der Forschungsabteilung gibt es die Entwicklungsabteilung, die neue Betäubungswaffen und Fesslungsmöglichkeiten für Drachen konzipiert, die Produktionsabteilung, die du vor dir siehst, und die Drachenjäger. Oder wie wir sie nennen, die 'Todesabteilung'. Lass das aber bloss nicht Odermatt hören. Der möchte nicht, dass wir den Abteilungen treffsichere Namen verleihen.»

Benjamins Humor liess mich schmunzeln.

«Weshalb arbeitet Laurin in der Produktion, obwohl er zuvor gekämpft hat?»

«Wegen seiner Hand. Er wird wohl kaum in nächster Zeit in der Lage sein, erneut zu kämpfen.»

Darauf hätte ich auch selbst kommen können, dachte ich selbstkritisch.

«Müsstest du mich nicht mit dem Areal vertraut machen?», fragte ich, da ich verhindern wollte, dass Benjamin meinetwegen in Schwierigkeiten geriet.

«Da hast du völlig recht.»

Er begleitete mich nach draussen und erklärte währenddessen, wofür die einzelnen Gebäude genutzt wurden. Einige Minuten später erreichten wir einen Raum, der mit Computern gefüllt war. Niemand ausser uns befand sich hier. Benjamin blickte sich kurz um und sprach anschliessend mit gedämpfter Stimme.

«Hat man dir bereits erzählt, was wir hier wirklich machen?»

«Nein, ehrlich gesagt nicht.», antwortete ich.

Benjamins Vorsicht schürte meine Neugier. Ich hatte zu diesem Zeitpunkt keine Ahnung, worauf er anspielte.

«Und hast du Zeitungsartikel über uns gelesen?»

«Ja.»

«Dann weisst du die Wahrheit bereits.»

«Dass ihr Energiewaffen herstellt und diese anschliessend verkauft?»

Zufrieden nickte mir Benjamin zu. Er schien aus welchen Gründen auch immer erleichtert zu sein, diese Antwort zu hören.

«In diesem Fall sollte dir bekannt sein, dass es sich bei der Drachenschutzgesellschaft um ein unseriöses, moralisch verwerfliches Unternehmen handelt. Ich hatte beinahe die Vermutung, dass du aufgrund von Lügen beschlossen hast, der DrSG beizutreten, was glücklicherweise nicht der Fall ist. Möchtest du die Waffen sehen, die wir herstellen?»

«Ja, eigentlich schon.»

Benjamin führte mich in einen Nebenraum, der mithilfe eines Zahlenschlosses verriegelt war. Er achtete geschickt darauf, dass ich den Code nicht erkennen konnte, während er ihn eintippte. Wir traten in einen Raum, der mit allerlei Waffen gefüllt war, die ich noch nie zuvor gesehen hatte. Erstaunt blickte ich die unzähligen Variationen von Pistolen, Gewehren und schweren, unidentifizierbaren Geräten an.

«Die meisten hiervon sind nutzlos.», sagte Benjamin, der meinen erstaunten Gesichtsausdruck wahrgenommen hatte. «Nur die wenigsten taugen tatsächlich was. Zum Beispiel dieser Laser hier.»

Er nahm ein Gewehr zur Hand, was einen schmalen, langen Lauf und eine grosse, unhandliche Hinterseite hatte. Ohne zu zögern, zielte er auf die gegenüberliegende Wand und drückte ab. Ein blendend heller Laserstrahl schoss quer durch den Raum und erhitzte den Beton. Innert kürzester Zeit qualmte die getroffene Stelle und sobald Benjamin den Laser bewegte, bildete sich eine dunkelrot glühende Spur auf der Wand. Wenige Sekunden später legte er die Waffe beiseite.

«Leider überhitzt dieses Ding bereits in wenigen Minuten und der Strom hält lediglich für eine Viertelstunde.», erklärte er, als wäre dieser leistungsstarke Laser ein Kinderspielzeug.

«Auf mich hat es einen äusserst effektiven Eindruck gemacht. Weshalb benötigt ihr noch die Erkenntnisse durch Forschung an Drachen?»

«Weil wir nicht die Einzigen sind, die solche Laser entwickeln. Im Vergleich zu den anderen Produzenten liegen wir ungefähr im Durchschnitt. Wenn wir hingegen einen Drachen studieren könnten, wären wir unter Umständen in der Lage, Materialien zu entwickeln, die wesentlich hitzebeständiger sind. Damit wäre das Problem der Überhitzung bereits gelöst. Je bessere Waffen wir herstellen, desto mehr Geld verdienen wir.»

Geld ist also der wahre Grund, weshalb Ben der DrSG beigetreten ist, dachte ich.

«Ausserdem vermuten wir, dass wir die Drachen zur Energieerzeugung nutzen können.», setzte er fort.

«Habe ich das korrekt verstanden, dass ihr die Drachen als Energiequelle verwenden wollt?»

«Genau.»

Bei diesem Gedanken lief mir ein kalter Schauer über den Rücken.

«Ist das nicht unmenschlich, Lebewesen auf solch eine Weise zu missbrauchen?»

«Wir Menschen missbrauchen Tiere bereits seit tausenden von Jahren auf die unterschiedlichsten Weisen. Was macht es da für einen Unterschied, ob noch zwei weitere Lebensformen unter uns leiden oder nicht?»

Nachdenklich blickte ich Benjamin entgegen. Seine Argumentation liess darauf schliessen, dass er nicht derjenige war, für den ich ihn anfangs gehalten hatte. Analysierend beobachtete er mich, während ich mir eine Antwort überlegte. Kurz bevor ich sprach, entschied ich mich, das Thema zu wechseln.

«Weshalb zeigst du mir das hier eigentlich?», fragte ich.

«Weil du anders bist als die anderen. Du scheinst eine gewisse Verbundenheit mit den Drachen zu empfinden, was dich von uns unterscheidet. Aus diesem Grund wollte ich dir zeigen, was wir wirklich sind, bevor du dich uns anschliesst. Dies bringt mich auf eine neue Frage: Weshalb bist du wirklich hier?»

Unwillkürlich schluckte ich, da mir in diesem Augenblick keine passende Lüge einfiel. Ich konnte weder zugeben, dass ich in einem verdeckten Einsatz war, noch wollte ich Benjamin die Wahrheit über Drachen erzählen. Meine eingeübten Antworten würden bei ihm ebenfalls nicht funktionieren, da er bereits durchschaut hatte, dass ich gegen die Waffenproduktion und das Misshandeln von Drachen war.

«Vermutlich aus demselben Grund wie du, Ben.», antwortete ich schliesslich.

Meine Antwort verunsicherte ihn kurzzeitig.

«Wie sagt man so schön? Geld regiert die Welt.», entgegnete er kurz darauf.

Anschliessend begleitete er mich stumm nach draussen und setzte seine Führung fort.

Eine Stunde später hatten wir erneut die grosse Halle erreicht. Laurin und einige seiner Kollegen sassen an einem Tisch und unterhielten sich. Von Odermatt fehlte glücklicherweise jede Spur.

«Ich wünschte, die könnten meine Hand irgendwie austauschen.», sagte Laurin, als ich mich mit Benjamin zu ihnen setzte.

«Theoretisch wäre das möglich. Es gibt bereits die Technologie, Knochen, Gelenke und Muskeln durch Maschinenbauteile zu ersetzen.», erwiderte Benjamin.

Oder die Nanobots in meinem Auto, dachte ich währenddessen.

«Aber jetzt mal im Ernst, Laurin. Wie kommt man bloss auf die bescheuerte Idee, einen Drachen von Hand festzuhalten, der jederzeit in der Lage ist, zuzubeissen?», fragte ein Mann, dessen Name ich nicht kannte.

«Ich wollte bloss helfen. Herr Odermatt hat immer gesagt, dass ich mich mehr anstrengen muss.», antwortete Laurin.

«Scheiss auf Odermatt. Deine Gesundheit geht vor.», warf eine junge Frau ein, die sich bisher noch nicht am Gespräch beteiligt hatte.

«Wenigstens konnte man meine Hand für eine weitere DNA-Probe verwenden.»

«Das heisst DNS.», korrigierte Benjamin.

«Nein, DNA.»

«DNA bedeutet dasselbe wie DNS, nur in Englisch.»

«Besserwisser.»

«Ihr konntet eine DNS-Probe von einem der Drachen entnehmen?», fragte ich verblüfft.

«Ja. Der Speichel, der meine Hand bedeckt hat, war genug. Eigentlich haben wir bereits eine DNS-Probe von den Russen und den Seilen, mit denen wir den Drachen gefesselt haben, aber eine weitere kann nicht schaden.»

«Das muss bestimmt widerwärtig gewesen sein.», sagte die junge Frau mit angeekeltem Gesichtsausdruck.

«Menschlicher Speichel enthält wesentlich mehr Keime. Du kannst dich glücklich schätzen, dass dich der Drache anstelle von Odermatt gebissen hat.», scherzte Benjamin.

Wenn die wüssten, dass ich es war, dachte ich schmunzelnd.

In diesem Augenblick fragte ich mich, ob sich mein Speichel während der Verwandlung ebenfalls veränderte. Schliesslich verdampfte er nicht während des Feuerspeiens, was für einen wesentlich höheren Siedepunkt sprach.

«Konntet ihr etwas Neues mithilfe des Speichels herausfinden?», fragte ich interessiert.

«Ja, sogar einiges. Einerseits liegt der Siedepunkt dieser Flüssigkeit bei über 5000 Grad, obwohl sie aus beinahe einhundert Prozent Wasser besteht, und andererseits haben wir mehr über die DNS erfahren. Unsere Entdeckungen warfen jedoch mehr Fragen auf, als sie beantwortet haben. Zum Beispiel wissen wir nicht, durch was der Speichel seine Hitzeresistenz erlangt und weshalb neben der offensichtlich ausserirdischen DNS noch menschliche Gene vorhanden waren.», antwortete Benjamin.

«Wahrscheinlich hat der Drache einen Menschen gefressen.», mutmasste Laurin.

«Um eine derart hohe Konzentration menschlicher DNS-Stränge zu erreichen, müsste er innert vierundzwanzig Stunden mindestens ein Dutzend Menschen gefressen haben. Dies ist jedoch aufgrund seiner Grösse und der Tatsache, dass nur die DNS eines einzigen Menschen auffindbar war, unmöglich.»

Laurin rollte mit den Augen, da ihm Benjamins Besserwisserei auf die Nerven ging.

«Ich verstehe immer noch nicht, weshalb die Russen lediglich Blut entnommen haben, als sie den Drachen bei sich hatten.», warf ein Mann ein, der ebenfalls am selben Tisch sass.

«Die Frage ist wohl eher, weshalb sie ihn ausbrechen liessen. Wie kann man bloss derart bescheuert sein, keine Überwachungskamera in ein Hochsicherheitsgefängnis einzubauen? Oder zumindest ein kleines Guckloch in der Tür. Es gehört doch zu normalem Menschenverstand, einen Gefangenen zu beobachten, bevor man die Zelle betritt. Dies wird bereits seit Jahrtausenden in jedem Gefängnis so gemacht.», ergänzte die junge Frau.

«Oder zumindest die Wachen vorschicken anstelle des Kommandanten.», sagte ich schmunzelnd, da mich die Unfähigkeit der russischen Soldaten während des dritten Weltkriegs ebenfalls amüsierte.

«Genau.», entgegnete ein Mann.

Benjamin schien meine Aussage zu verwirren. Er blickte mich nachdenklich und fragend zugleich an, sagte jedoch nichts.

Habe ich etwas Falsches gesagt? Fragte ich mich.

Da das Gespräch anschliessend normal verlief, ignorierte ich Benjamins Nachdenklichkeit.

Wenige Minuten später traf Odermatt erneut ein.

«Ab an die Arbeit, Männer und Frauen. Oder habe ich euch gesagt, ihr sollt ein Kaffeekränzchen halten?»

Ohne zu zögern, standen alle stumm auf und widmeten sich erneut ihrer Arbeit.

«Hast du Nils alles gezeigt, Ben?», fragte Odermatt.

«Jawohl, mein Herr.», entgegnete Benjamin sarkastisch.

«Dann kannst du jetzt wieder mit der Analyse der DNS fortfahren.», befahl Odermatt, ohne sich beirren zu lassen. «Und du, Nils, wirst in der Entwicklungsabteilung arbeiten. Als Erstes erstellst du ein Konzept von einer neuen Betäubungswaffe, die wir gegen Drachen einsetzen können.»

«Aber ich habe noch gar keinen Arbeitsvertrag unterschrieben.», erwiderte ich verwirrt und leicht eingeschüchtert.

«Dies ist deine Eintrittsprüfung.»

«Wohl eher unbezahlte Arbeit.»

«Wenn es dir nicht passt, kannst du auch wieder gehen.»

Mit diesen Worten stapfte Odermatt davon und liess mich mit den anderen allein.

«Der ist leider immer so. Manchmal wünschte ich mir, jemand anderes würde die DrSG leiten.», beruhigte mich die junge Frau, deren Name ich immer noch nicht kannte.

Das wünschte ich mir ebenfalls, dachte ich.

«Weisst du, was Herr Odermatt jetzt von mir erwartet?», fragte ich verunsichert.

«Er möchte, dass du ein Konzept einer neuen Betäubungswaffe erfindest und aufzeichnest. Hier liegen Stift und Papier.», antwortete sie, während sie auf einen Schreibtisch deutete.

Na toll. Jetzt muss ich wohl oder übel für die DrSG arbeiten.

Seufzend nahm ich Platz und dachte nach.

Zwei Stunden später hatte ich tatsächlich eine gute Idee, wie man Drachen mithilfe eines Netzes fangen konnte. Anstelle von herkömmlichen Gewichten, die für das Auswerfen verwendet wurden, hatte mein Konzept kleine Elektroschockgeräte. Das Netz auf meiner Zeichnung war aus Eisen, sodass der Strom überall zwischen den einzelnen Kondensatoren fliessen konnte. Sobald man das Netz verschossen hatte, würde der Stromfluss gestartet werden, der das Ziel betäuben konnte.

«Nicht schlecht.», sagte Odermatt, den ich bis zu diesem Zeitpunkt überhaupt nicht wahrgenommen hatte.

Erschrocken blickte ich auf und stellte fest, dass mich alle erstaunt anstarrten. Offensichtlich war es alles andere als leicht, Odermatt zu beeindrucken.

«Du bist eingestellt.», sagte er schliesslich und reichte mir die Hand.

Verblüfft sah ich mich um, während wir uns die Hände schüttelten. Anschliessend teilte mir Odermatt die genauen Arbeitsbedingungen mit und ich war erleichtert, nicht jeden Sonntag erscheinen zu müssen. Es genügte, alle paar Wochen herzufahren. Jedoch würde ich auf diese Weise weniger Geld verdienen, da sich die Bezahlung auf die geleistete Arbeitszeit bezog. Am frühen Abend verliess ich erleichtert die ehemalige Lagerhalle und stieg in mein Auto ein.

Es lief um einiges besser, als ich gedacht hatte. Nur Odermatt ist augenscheinlich ein Problem. Die anderen haben einen eher normalen Eindruck auf mich gemacht, dachte ich, während ich durch das Industriegebiet fuhr.

Nur die Tatsache, dass sie aufgrund meines Speichels wesentlich mehr über mich herausfinden konnten, beunruhigte mich. In Zukunft musste ich aufpassen, ihnen keine weiteren Hinweise zu hinterlassen.

11

Beziehung

Da es erst fünf Uhr abends war, als ich mein Zuhause erreichte, hatte ich die Idee, Vanessa erneut als Drache zu besuchen. Mittlerweile vermisste ich sie in meiner zweiten Gestalt, da ich sie seit dem Donnerstag nicht mehr auf diese Weise getroffen hatte. Voller Vorfreude verwandelte ich mich und startete direkt vom Balkon aus. Inzwischen war es mir gleichgültig, ob mich jemand währenddessen beobachtete. Angespornt durch die Sehnsucht nach Vanessa flog ich in hoher Geschwindigkeit auf das Stadtzentrum zu. Glücklicherweise hatte der Regen seit gestern aufgehört, wodurch der Flug angenehm war.

Als ich wenige Minuten später auf dem Lindenhof landete, konnte ich Vanessa weder riechen noch sehen.

Wahrscheinlich wagt sie sich nicht mehr hier her, nachdem was das letzte Mal geschehen ist, dachte ich, um mir ihre Abwesenheit zu erklären.

Hoffnungsvoll schwang ich mich dem Himmel entgegen und flog dicht über die Dächer hinweg. Ununterbrochen schnupperte ich, um den Duft meiner Liebe zu wittern. Unwillkürlich steuerte ich auf Vanessas Zuhause zu. Ob mich Duftreste oder mein Unterbewusstsein geleitet hatte, wusste ich nicht. Zu meiner Enttäuschung war sie nicht zu Hause. Dies verrieten mir die ausschliesslich alten Duftspuren, die Vanessa vor einigen Stunden hinterlassen hatte.

Da ich meine Hoffnung noch nicht verloren hatte, suchte ich weiter nach ihr. Mindestens eine Stunde flog ich über die Hausdächer von Zürich hinweg, während ich fortlaufend versuchte, Vanessa mithilfe meiner Nase zu lokalisieren. Meine Flügelmuskeln zeigten erste Ermüdungserscheinungen, als ich endlich etwas witterte. Der Duft war derart schwach, dass er beinahe im wilden Gemisch der Stadt unterging. Dennoch war ich mir sicher, dass es sich hierbei um Vanessas Körpergeruch handelte. Augenblicklich schien jegliche Müdigkeit aus meinen Muskeln zu weichen und meine Flügelschläge beschleunigten sich. Mit jeder Minute wurde der Duft stärker, bis ich sie schliesslich erblickte.

Vanessa wartete an einer Tramhaltestelle und tippte eine Nachricht auf ihrem Mobiltelefon ein. Wie verzaubert segelte ich im Gleitflug auf sie zu und landete direkt vor ihren Füssen, ohne die umstehenden Passanten zu beachten. Aufgrund

124

meines unerwarteten Erscheinens zuckte Vanessa zusammen, wie sie es oft tat, wenn ich vor ihr landete. Bereits eine Sekunde später lächelte sie mir entgegen, während sie kaum wahrnehmbar den Kopf schüttelte. Leicht verunsichert sah sie sich um, da die Menschen in ihrer Nähe allesamt in meine und somit auch Vanessas Richtung blickten. Trotzdem kniete sie sich schliesslich vor mich hin und begann, meinen Kopf zu streicheln. Währenddessen kam sie mit ihrem Gesicht näher, bis sie mich beinahe berührte.

«Kann ich erneut mit dir fliegen?», flüsterte sie mir zu.

Als Antwort legte ich mich flach auf den Boden und wartete darauf, dass sie sich auf meinen Rücken setzte.

«Was haben Sie vor?», fragte eine Frau mittleren Alters, die das Geschehen fasziniert beobachtete.

«Fliegen.», antwortete Vanessa grinsend, nachdem sie eine einigermassen bequeme Sitzposition zwischen meinen Zacken eingenommen hatte.

Auf ihr Stichwort hin breitete ich die Flügel aus und stiess mich sachte vom Boden ab. Währenddessen konnte ich mir ein Schmunzeln nicht unterdrücken. Staunend blickten uns die wartenden Menschen nach, während ich zunehmend an Höhe gewann. Obwohl ich aufgrund des zusätzlichen Gewichts wesentlich stärker mit den Flügeln schlagen musste, fühlte ich mich leichter als jemals zuvor. Meine einzigartige Liebe Vanessa gegenüber, die sich je nach Gestalt unterschied, trieb mich an wie Feuer eine Dampfmaschine. Gemeinsam flogen wir über die Stadtgrenze hinaus auf den Wald zu. Inzwischen hatte sich Vanessa nahezu vollständig entspannt und an meinen Rücken geschmiegt. Selbst ihren Kopf hatte sie auf meinen Nacken gelegt. Im Augenwinkel erkannte ich, wie sie zwischendurch die Augen schloss. Ich genoss diese körperliche Nähe mit ihr und glitt sanft mithilfe der schwachen Aufwinde auf dieselbe Waldlichtung zu, die wir das letzte Mal besucht hatten. Bald darauf setzte ich zum Sinkflug an und landete mit Vanessa im weichen Gras.

Tief seufzend blieb sie auf meinem Rücken liegen und strich mir mit ihrer Hand über den Kopf. Minutenlang verweilten wir in dieser Position, bis sie sich schliesslich von mir löste.

«Deine Zacken und Schuppen sind auf Dauer unbequem.», sagte sie, als müsste sie sich dafür entschuldigen, aufgestanden zu sein.

Nun legte sie sich neben mir ins Gras und wir blickten uns gegenseitig an. In diesem Moment wurde der Drang, endlich als Drache zu ihr zu sprechen, grösser denn je.

Weshalb kann ich mich nicht überwinden, ihr die Wahrheit zu sagen? Es ist doch offensichtlich, dass sie mich in dieser Gestalt ebenfalls mag, dachte ich, während ich ununterbrochen in ihre wunderschönen, blauen Augen starrte.

«Ich kann es kaum glauben, dass du von einer künstlichen Intelligenz erschaffen wurdest. Du bist das mit Abstand schönste Lebewesen, was mir jemals begegnet ist.», unterbrach Vanessa meine Gedanken. «Ich wünschte, Nils könnte dich mal sehen. Er wäre bestimmt ebenso fasziniert wie ich.»

Und ich wünschte, ich könnte ihr einfach sagen, wer ich bin.

Je länger ich neben Vanessa lag, desto mehr verzauberte mich ihr Geruch. Irgendwann konnte ich nicht anders, als an ihr zu schnuppern. Von ihren Armen, ihrem Oberkörper, ihrem Hals und sogar ihrem Gesicht wollte ich jeglichen Duft in mir aufnehmen. Sie fing an zu kichern, als ich ihre Nase mit meiner Schnauzspitze berührte. Augenblicklich zog ich mich zurück, da mir diese Situation peinlich war.

Was ist bloss in mich gefahren? Fragte ich mich durch meine eigene Aufdringlichkeit verwirrt.

Verlegen blickte ich an Vanessa vorbei.

«Verstehst du, was ich sage?», fragte sie.

Diese Frage überraschte mich, da ich nicht wusste, weshalb sie sie gestellt hatte. Abermals blickte ich ihr in die Augen, während ich darauf wartete, was als Nächstes geschah.

«Kannst du mich zu Nils fliegen? Er sieht genau so aus.», sagte sie, während sie mir ein Bild von meiner menschlichen Gestalt zeigte.

Nils ist nicht zu Hause. Er existiert in diesem Moment überhaupt nicht mehr, dachte ich.

«Als ich dich gefragt habe, ob du mich fliegen kannst, hast du es verstanden. Kannst du irgendein Zeichen von dir geben, dass du mich jetzt ebenfalls verstehst?»

Ich öffnete bereits mein Maul, um ihr die Frage zu beantworten, als mich erneut meine Hemmungen daran hinderten. Enttäuscht von mir selbst liess ich einen tiefen Seufzer hören. Währenddessen blickte mich Vanessa analysierend an. Sie hatte offensichtlich gesehen, dass ich auf ihre Frage reagierte, obwohl ich nicht zu ihr sprach. In gewisser Weise fühlte ich mich schuldig, dass ich ihr die Wahrheit verschwieg. Beinahe zärtlich strich ich ihr mit einer Klaue über die Wange, um mich bei ihr zu entschuldigen. In diesem Augenblick veränderte sich ihr Gesichtsausdruck. Verwirrt starrte sie mich an, da sie nicht wusste, wie sie auf meine menschliche Geste reagieren sollte. Nun stand sie in ruckartigen

Bewegungen auf und blickte umher, als wäre sie eben aus einem Traum erwacht. Ihre Verwirrung wich Unsicherheit und schlussendlich Angst.

Oh nein! Was habe ich bloss getan? Jetzt fürchtet sie mich, weil ich zu menschlich war, dachte ich erschrocken.

Stolpernd entfernte sich Vanessa einige Schritte von mir, während sie ununterbrochen in meine Richtung blickte. Kurz darauf drehte sie sich um und eilte zum nächstgelegenen Weg. Alle paar Sekunden vergewisserte sie sich, dass ich ihr nicht folgte. Zumindest interpretierte ich ihre Blicke auf diese Weise. Auf einmal füllte sich mein Innerstes mit Trauer, wo einst eine Hälfte der Liebe für Vanessa gewesen war. Fassungslos starrte ich ihr nach, während sie sich in schnellen Schritten entfernte. Sobald sie zwischen den Bäumen verschwunden war, konnte ich meine Trauer nicht mehr zurückhalten. Schluchzend lag ich im hohen Gras innerhalb der Lichtung, während die Sonne allmählich unterging. Je länger ich weinte, desto grösser schien der Schmerz zu werden. Erst als die Sterne am Himmel sichtbar wurden, konnte ich mich teilweise beruhigen. Mit Tränen in den Augen stand ich auf und flog in Richtung Zürich davon. Selbst als ich auf meinem Balkon angekommen war, schniefte ich noch. Mittlerweile verspürte ich aufgrund des stundenlangen Tränenflusses starken Durst. Ich trank, soviel ich konnte, während das Wasser durch meine Unachtsamkeit vom Waschbecken bis auf den Boden spritzte. Noch mit tropfender Schnauze vergrub ich meinen Kopf in der Bettdecke und weinte, bis mich irgendwann der Schlaf übermannte.

Um 6:20 Uhr weckte mich mein Wecker aus grösstenteils traurigen Träumen. Verschlafen tastete ich nach dem Ausschaltknopf und stiess währenddessen die Lampe von meinem Nachttisch. Erst jetzt bemerkte ich, dass ich noch immer ein Drache war. Aufgrund meiner Traurigkeit verspürte ich jedoch nicht den Willen, mich zu verwandeln. Seufzend hob ich die Lampe vom Fussboden auf, die glücklicherweise nicht beschädigt worden war, und schaltete den Wecker aus. Mit gesenktem Kopf schlurfte ich in die Küche und bereitete mir mein Frühstück zu. Anschliessend versuchte ich zu essen, jedoch verspürte ich keinerlei Hunger. Stumm blickte ich die säuberlich bestrichenen Brotscheiben an und wartete. Nach einer Viertelstunde stand ich auf und stellte mein Frühstück mitsamt des Tellers in den Kühlschrank. Als ich wenige Minuten später in meinem Badezimmer angekommen war, betrachtete ich mich gedankenverloren im Spiegel. Dies war der erste Tag seit Jahren, bei dem ich am liebsten nicht zur Arbeit gegangen wäre. Trotzdem musste ich mich dazu überwinden. Obwohl es als Drache wesentlich mühseliger war, putzte ich mir die Zähne, ohne mich zu verwandeln. Die Herausforderung, meine elektrische Zahnbürste nicht mit den Klauen fallenzulassen, lenkte mich ein wenig ab. Nach fünf Minuten höchster Konzentration waren meine Zähne blitzblank. Ich spülte mein Maul mit Wasser aus und trocknete mich anschliessend mithilfe des Handtuchs ab, da es nahezu unmöglich war, während einer Mundspülung als Drache kein Wasser zu verschütten. Nun blickte ich auf die Uhr und stellte fest, dass es bereits zwanzig nach sieben war. Eilig packte ich meine Sachen zusammen und wollte gerade die Wohnungstür öffnen, als mir auffiel, dass ich immer noch kein Mensch war. Seufzend stellte ich meine Laptoptasche ab, ging in mein Zimmer und verwandelte mich. Nachdem ich mich angezogen hatte, legte ich mir die Tasche um und verliess die Wohnung.

Der heutige Arbeitstag verlief eher schleppend. Fortlaufend dachte ich über die gestrigen Geschehnisse nach, wodurch ich ununterbrochen traurig war. Selbst meine Arbeitskollegen hatten bemerkt, dass etwas nicht stimmte. Da ich an diesem Tag kaum etwas sprach, wagten sie es nicht, mich darauf anzusprechen. Als ich mich am Abend niedergeschlagen auf mein Sofa setzte, fühlte ich mich immer noch nicht besser. Traurig nahm ich mein Mobiltelefon zur Hand und las die Nachricht, die mir Vanessa gestern geschrieben hatte.

«Es ist heute etwas ausserordentlich Seltsames passiert. Der Drache ist zu mir gekommen und hat mich in den Wald gebracht. Dieses Mal konnte ich erneut auf seinem Rücken fliegen. Nachdem wir in der Lichtung angekommen waren, habe ich ihn gefragt, ob er mich verstehen kann. Er wirkte verunsichert auf eine Weise, die ich bisher erst bei Menschen gesehen habe. Ausserdem hat er mich mit einer seiner Krallen im Gesicht gestreichelt. Er wirkte so menschlich, dass ich mich auf einmal vor ihm fürchtete. Deswegen bin ich nach Hause gelaufen.»

Ohne auf ihre Nachricht zu antworten, legte ich mein Telefon beiseite, verwandelte mich in einen Drachen und flog in Richtung Stadtzentrum davon. Gedankenverloren liess ich mich treiben, bis ich urplötzlich Vanessa witterte. Überrascht stellte ich fest, dass ich zu ihr nach Hause geflogen war, ohne es bemerkt zu haben. Durch ein Fenster konnte ich Vanessa erkennen, die lesend auf einem Stuhl sass. Sie wirkte höchst konzentriert. Sachte landete ich vor dem Fenster, was sich glücklicherweise im Erdgeschoss befand. Mit den Vorderbeinen stützte ich mich an der Wand ab, um Vanessa sehen zu können. In diesem Moment blickte sie von ihrem Buch auf und schien überrascht, mich zu sehen. Sehnsüchtig und beinahe flehend blickte ich ihr entgegen, als sie sich mir näherte. Leider öffnete sie nicht wie erhofft das Fenster, sondern zog die Vorhänge zu. Für die nächsten Minuten stand ich aufrecht vor ihrem Fenster und wartete. Da sie die Vorhänge nicht erneut öffnete, begab ich mich enttäuscht auf den Weg nach Hause.

Auf meinem Balkon kamen mir erneut die Tränen. Schluchzend legte ich mich in meiner Drachengestalt auf die Bettdecke und vergrub den Kopf unter dem Kissen.

Mitten in der Nacht wachte ich auf. Mein Magen knurrte, da ich weder gefrühstückt noch zu Abend gegessen hatte. Ich verspeiste die bestrichenen Brotscheiben, die immer noch im Kühlschrank gewesen waren, obwohl ich aufgrund meiner Traurigkeit keinerlei Appetit verspürte. Dennoch wusste ich, dass ich dringend etwas essen musste. Gerade als ich mich wieder schlafen legen wollte, fiel mir auf, dass R-34-d geantwortet hatte.

«Du konntest aus den benachbarten Universen zurückkehren, da der EFG vierdimensionale Magnetfelder erzeugt. In anderen Universen mag das nächste Magnetfeld Millionen Lichtjahre entfernt liegen, jedoch befindet sich die Erde im vierdimensionalen Raum noch immer in deiner Nähe. Was deine Frage bezüglich anderen Ankerpunkten betrifft, gibt es zahlreiche Antworten. Das für dich relevanteste Ziel sollte 221.56.120.198 sein. Dieser Sender liegt auf einem ungefähr 119'655 Lichtjahre entferntem Planeten, der über eine atembare Atmosphäre, erdähnlicher Vegetation und drei Monden verfügt. Solltest du diesen Planeten besuchen, musst du dich vor den Tieren in Acht nehmen.», stand auf meinem Monitor.

Augenblicklich wich meine Traurigkeit der Neugier.

Ein Alienplanet mit atembarer Atmosphäre? Da muss ich unbedingt hin! Dachte ich.

Aufgeregt versuchte ich erneut, einzuschlafen. Leider gelang es mir erst eine Stunde, bevor der Wecker klingelte, da sich meine Gedanken kontinuierlich um den Alienplaneten drehten, den R-34-d beschrieben hatte.

12

Überlichtgeschwindigkeit

Trotz meiner Müdigkeit verspürte ich einen starken Tatendrang, als ich am nächsten Morgen erwachte. Eilig verwandelte ich mich in einen Menschen und führte mein morgendliches Ritual durch. Bereits eine Viertelstunde zu früh begann ich mit dem Homeoffice. Ich konnte es kaum erwarten, diesen weit entfernten Planeten zu besuchen.

Eine gefühlte Ewigkeit später war endlich Feierabend. Ohne auf Vanessas Nachrichten zu antworten, eilte ich zur Garage und kalibrierte meinen elektromagnetischen Feldgenerator, indem ich die vier Zahlen des Ankerpunkts einstellte und mithilfe des Fadenkreuz-Knopfs bestätigte. Nun blinkten die Anzeigen auf, während ich gespannt darauf wartete, dass die Kalibrierung abgeschlossen war. Zu meiner Enttäuschung blinkte der EFG selbst nach einer halben Stunde noch ununterbrochen.

Was soll das? Sobald ich es eilig habe, reagiert dieses Ding nicht mehr.

Verärgert ging ich zurück nach Hause und las die neusten Nachrichten, die mir Vanessa geschrieben hatte.

«Geht es dir gut, Nils? Ich habe bereits seit Tagen nichts mehr von dir gehört.»

Urplötzlich bildete sich ein Kloss in meinem Hals und ich wurde traurig. Die Geschehnisse der letzten Tage, die ich kurzzeitig verdrängt hatte, erschienen erneut in meinem Bewusstsein. Mit Tränen in den Augen legte ich das Mobiltelefon beiseite und blickte aus dem Fenster. Mittlerweile hatten sich erneut Wolken gebildet, die in Kürze Regen bringen würden. Ebenfalls bewegten sich die Äste der Bäume in starken Windböen.

Wenn ich jetzt nicht starte, wird es nahezu unmöglich für mich, die Erde zu verlassen, dachte ich, um mich ein wenig abzulenken.

Mit neuer Entschlossenheit betrat ich abermals die Garage und stieg ein, obwohl die Kalibrierung des EFGs noch nicht abgeschlossen war. Gerade als ich rückwärts losfahren wollte, fiel mein Blick auf den schwarzen Speer, den mir R-34-d hinterlassen hatte. Da ich das Gefühl hatte, dass er sich als nützlich erweisen könnte, stieg ich aus und nahm den altertümlich aussehenden Speer zur

Hand. Erneut überraschte mich das geringe Gewicht dieser Waffe. Das schwarze, perfekt glatte Material schien zugleich unzerstörbar und zerbrechlich zu sein. Zumindest fühlte es sich dementsprechend an. Nicht ein Kratzer war darauf zu erkennen. Dennoch vermutete ich, dass es zerbrechen würde, sobald ich damit gegen etwas Hartes stiess. Sorgfältig verstaute ich den Speer im Kofferraum und stieg erneut ein. Ich verliess rückwärts die Garage und aktivierte den Flugmodus. Augenblicklich traf mich eine Windböe, die das Raumschiff einen Meter nach links trieb. Blitzschnell aktivierte ich die Steuerdüsen und wirkte der Böe entgegen, um eine Kollision mit dem nächstgelegenen Haus zu vermeiden. Nun startete ich den Plasmaantrieb und beschleunigte in Richtung Himmel, bevor mich weitere Windstösse erwischen konnten.

Nach einigen Turbulenzen hatte ich den Rand der Atmosphäre erreicht. Die tiefstehende Sonne leuchtete weiss im schwarzen Himmel. Aufgrund dieses blendend hellen Lichts waren keinerlei Sterne zu erkennen. Ein Blick auf die Anzeigen des EFGs verriet mir, dass er sich endlich kalibriert hatte.

Das wurde aber auch Zeit, dachte ich.

Auf den Anzeigen war lediglich ein wildes Durcheinander an Zahlen erkennbar. Da die Entfernung von meiner Position zu diesem weit entfernten Planeten in Metern angezeigt wurde, verwunderte es mich nicht, dass sich die relativen Koordinaten rasend schnell veränderten. Erst nachdem ich auf Lichtjahre gewechselt hatte, liessen sich die Zahlen «–96410.56017.–12377.–41608» lesen. In allen räumlichen Dimensionen des Multiversums war ich über zehntausend Lichtjahre von meinem Ziel entfernt. Fassungslos starrte ich den EFG an und überlegte, ob solch eine Reise überhaupt innerhalb eines Menschenlebens bewältigt werden konnte.

Mal sehen, ob der Autopilot auf diese Distanz funktioniert, dachte ich schliesslich.

Ich betätigte die «Auto»-Taste und überprüfte die Einstellungen des Autopilots. Da die Reisedauer als 14 Stunden und 36 Minuten angezeigt wurde, stellte ich die maximale Beschleunigung auf 4g, was der vierfachen Erdanziehungskraft entsprach. Dies verkürzte die Zeit auf 2 Stunden und 19 Minuten. Die Option «Beschleunigung durch Himmelskörper» liess ich deaktiviert, da ich nicht mehr genau wusste, was in der Bedienungsanleitung darüber geschrieben stand. Nun drückte ich «Autopilot starten», wodurch sich das Raumschiff ruckartig in Bewegung setzte. Ich wurde augenblicklich in den Sitz gepresst und musste aufgrund der starken Beschleunigung unwillkürlich grinsen. Bereits wenige Sekunden später aktivierte sich der Warpantrieb, sofern ich die Instrumentenanzeige korrekt interpretiert hatte. Die Erde, die sich momentan links neben mir befand, entfernte sich rasend schnell nach hinten. Innert kürzester Zeit wechselte die Einheit meiner aktuellen Geschwindigkeit auf «c», was für Lichtgeschwindigkeit stand. Nachdem die Erde aus meinem Blickfeld verschwunden war, hatte ich bereits 14c erreicht.

Plötzlich verschwand alles ausserhalb des Raumschiffs aus meinem Blickfeld. Kurz darauf erschienen winzige, weisse Punkte in allen Himmelsrichtungen, woraus ich schloss, dass ich mich in einem anderen Universum befinden musste. Nun aktivierte sich der Warpantrieb in voller Leistung und die Geschwindigkeit stieg augenblicklich auf über 750'000c. Trotz dieser enormen Zunahme verspürte ich noch immer dieselben Fliehkräfte wie zuvor. Die vor mir liegenden Galaxien schienen keinen Millimeter näher zu rücken, obwohl ich mich mit einer Geschwindigkeit bewegte, die jenseits menschlicher Vorstellungskraft lag. Sobald ich eine Million mal schneller war als das Licht, wechselte die Einheit auf Lichtjahre pro Sekunde. Nun wurde 3 Lj/s angezeigt. Das Raumschiff vibrierte aufgrund des aktivierten Plasmaantriebs. Ansonsten liess sich keine Veränderung feststellen. Minutenlang beschleunigte ich weiter, bis ich mich bei 24 Lj/s fragte, ob ich mich überhaupt von der Stelle bewegte. Selbst mit solch einer unfassbar hohen Geschwindigkeit dauerte es vermutlich Jahrtausende, bis ich die nächste Galaxie dieses Universums erreichen würde.

Eine weitere Viertelstunde später begann mein Kopf aufgrund der kontinuierlichen Beschleunigung zu schmerzen. Ausserdem konnte ich mich kaum innerhalb des Sitzes bewegen. Aus diesem Grund verwandelte ich mich in einen Drachen und stellte erleichtert fest, dass ich mich nun um einiges besser fühlte. Die Fliehkräfte waren zwar immer noch stark, jedoch fühlte es sich nicht mehr so an, als würde ich fortlaufend zusammengedrückt werden. Selbst meine Kopfschmerzen waren verschwunden. Ein Blick auf die Geschwindigkeitsanzeige verriet mir, dass ich mich nun mit 42 Lichtjahren pro Sekunde bewegte.

Plötzlich flackerten die Galaxien auf wie verängstigte Glühwürmchen. Verwirrt blickte ich aus dem Fenster. Zwischen dem Flackern war für einen Sekundenbruchteil eine einzelne, grosse Galaxie klar erkennbar. Anschliessend setzte sich das wilde Durcheinander von flackernden Lichtpunkten fort.

Reise ich etwa durch tausende Universen innert kürzester Zeit? Fragte ich mich, da ich mir dieses Phänomen zu erklären versuchte.

Ein Blick auf den EFG bestätigte meinen Verdacht, da ich mich nun wesentlich stärker durch die vierte Dimension bewegte als zuvor.

Nachdem ich unzählige Universen durchquert hatte, erschien eine Galaxie direkt vor mir. Staunend blickte ich auf die Spiralarme, die aus Milliarden Sternen bestanden. Erst jetzt erkannte ich, mit welcher Geschwindigkeit ich mich fortbewegte. Obwohl die meisten Galaxien einen Durchmesser von über 100'000 Lichjahren hatten, liess sich mit blossem Auge erkennen, dass ich mich ihr näherte. Mittlerweile bewegte ich mich mit 116 Lichtjahren pro Sekunde.

Gerade als ich mit meinem Mobiltelefon ein Foto dieser wunderschönen Galaxie schiessen wollte, stoppte die Beschleunigung abrupt, wodurch ich mit dem Kopf gegen die Windschutzscheibe stiess. Das Raumschiff führte eine Kehrtwende aus und beschleunigte anschliessend in die entgegengesetzte Richtung.

Es war doch wieder einmal klar, dass der Autopilot genau in dem Moment wendet, sobald ich ein Foto aufnehmen möchte, dachte ich leicht genervt.

Für einen Augenblick kam mir die Idee, den Autopiloten zu deaktivieren, um das Foto schiessen zu können. Diesen Gedanken verwarf ich bereits wenige Sekunden später, da ich einen Zusammenstoss mit einem Himmelskörper um jeden Preis vermeiden wollte.

Die nächste Stunde verging nahezu ereignislos. Ohne es sehen zu können, näherte ich mich der Galaxie, während das Raumschiff kontinuierlich abbremste. Erst als ich bereits in einem der Spiralarme war, wurde die Reise erneut interessant. Mit rasender Geschwindigkeit zogen tausende Sterne an mir vorbei, während ich rückwärts durch die Galaxie schoss. Eine Minute später stoppte der Autopilot das Bremsmanöver und wendete das Raumschiff in Richtung Ziel. Meine Geschwindigkeit hatte sich mittlerweile auf unter drei Lichtjahre pro Sekunde reduziert, wodurch erneut «c» als Einheit verwendet wurde. Der Warpantrieb wurde fortlaufend schwächer eingestellt, bis ich mich lediglich noch mit zwanzigfacher Lichtgeschwindigkeit bewegte. Aus der Entfernung erkannte ich einen blauen Planeten, dem ich mich rasend schnell näherte. Aus einem kleinen Punkt wurde eine riesige Kugel, die beinahe mein gesamtes Sichtfeld einnahm. Gerade als ich vor Schreck die Augen schloss, da ich vermutete, mit diesem Planeten zu kollidieren, deaktivierte sich der Warpantrieb. Ohne jegliche Zeitverzögerung blieb ich stehen. Laut der Instrumentenanzeige befand ich mich lediglich 128 Kilometer über der Oberfläche. Vor mir erstreckte sich ein riesiger, grüner Kontinent mit schneebedeckten Bergspitzen. Rechts befand sich ein blauer Ozean, der grösstenteils mit Wolken bedeckt war. Die Sonne beleuchtete die Landmassen vor mir in flachem Winkel. Links war der gesamte Planet in Dunkelheit gehüllt. Keine Lichter waren zu erkennen.

Anscheinend gibt es auf diesem Planeten keine Städte, schlussfolgerte ich daraus.

Ein Piepton liess mich vor lauter Schreck zusammenzucken. Da ich bereits wusste, was mir das Raumschiff mitteilen wollte, verwandelte ich mich zurück in einen Menschen und begann mit meinem Landeanflug. Sobald ich die Atmosphäre betreten hatte, setzte das laute Rauschen des Windes ein. Gleichzeitig flackerte hell leuchtendes Plasma auf, was aufgrund des elektromagnetischen Felds dieses Planeten entstand. Die Turbulenzen waren wesentlich stärker als die der Erde. Mein Mobiltelefon wurde durch den gesamten Innenraum geschleudert, während ich mich von oben her den Wolken näherte. Obwohl die tiefstehende Sonne alles in orangerotes Licht tauchte und die Landschaft, die sich unter mir erstreckte, wunderschön aussah, konnte ich mich nicht damit befassen. Ununterbrochen riss mich der Wind in die eine oder andere Richtung. Die Tragflächen des Raumschiffs bogen sich gefährlich nach oben und unten, während die Steuerklappen ein schepperndes Geräusch von sich gaben. Ich befürchtete bereits, dass es die Tragflächen abreissen würden, als der Wind endlich abflaute.

Von einer Sekunde auf die andere glitt ich sanft mit leichter Schräglage nach unten. Endlich konnte ich die malerische Landschaft in vollen Zügen geniessen. Unter den Wolken lagen Wälder, die sich bis an den Horizont erstreckten. Hier und da trennten Flüsse oder Seen die grünen Landmassen. Nebel hatte sich stellenweise zwischen den Baumwipfeln verfangen, was dem Wald einen gespenstischen, jedoch wunderschönen Eindruck verlieh. Zwei Kilometer über dem Boden flog ich nur noch geradeaus, da sich keine geeignete Landemöglichkeit bot. Dies war mir aufgrund der unberührten Natur gleichgültig. Für mich genügte es vollauf, über den endlosen Wald hinwegzugleiten und währenddessen diesen fremden Planeten zu erkunden, wobei all meine Sorgen in Vergessenheit gerieten.

13

Aliens

Lange flog ich in gemächlichem Tempo über endloses Grün hinweg. Währenddessen betrachtete ich die Bäume, Flüsse, Seen und Berge, an denen ich vorbeizog. Je länger ich die Schönheit dieser Welt genoss, desto mehr hatte ich das Gefühl, alles bereits einmal gesehen zu haben. Die Bäume sahen nahezu identisch aus zu denen auf der Erde. Sie hatten grüne Blätter, braune Stämme und ragten ungefähr fünfzig Meter in die Höhe. Die meisten Flüsse waren durch Kiesstrände und Felsen begrenzt, wodurch sie mich an das Verzascatal in der Südschweiz erinnerten.

Weiter oben in den Bergen, oberhalb der Baumgrenze, dominierte gelbgrünes Gras den Untergrund. Nur die höchsten Gipfel waren nicht mehr bewachsen, wodurch das Gestein entblösst wurde. Die wenigen Tiere, die ich aus mehreren Kilometern Höhe erkennen konnte, glichen den Vögeln der Erde.

Das hier kommt mir alles verdächtig bekannt vor, stellte ich nach einer Viertelstunde fest.

Ich flog weiter, bis ich einen Ozean erreichte, der durch einen breiten Sandstrand vom Festland getrennt wurde. Da bereits einige Zeit vergangen war, seitdem ich diesen Planeten erreicht hatte, wollte ich mich auf den Rückweg begeben. Schliesslich musste ich morgen arbeiten. Meine Uhr verriet mir, dass es auf der Erde bereits halb neun Uhr abends sein musste. Ich blieb mitten in der Luft stehen und begann, die Zahlen des Ankerpunkts meiner Garage in den EFG einzugeben, um anschliessend nach Hause kehren zu können. Als ich die dritte Zahl einstellte, huschte ein Schatten über das Raumschiff hinweg, der innerhalb eines Sekundenbruchteils wieder verschwunden war. Verwirrt blickte ich aus dem Fenster, konnte jedoch nichts erkennen. Nun widmete ich mich erneut dem EFG. Nachdem ich alle Zahlen korrekt eingestellt hatte, startete ich die Kalibrierung, wodurch die Anzeigen zu blinken begannen.

Plötzlich erklang ein dumpfer, metallischer Schlag und das Raumschiff wurde von links nach unten gezogen. Ich versuchte, gegenzusteuern, jedoch bewirkten die Schubdüsen nichts. Ein lautes Kratzgeräusch erregte meine Aufmerksamkeit. Während ich unkontrolliert nach unten trudelte, erblickte ich einen riesigen Drachen, der sich in die linke Tragfläche meines Raumschiffs verbissen hatte. Sein Kopf war mindestens anderthalb Meter gross und mit goldenen Schuppen bedeckt, die im Licht der Sonne schimmerten. Mit seinen gewaltigen Klauen griff er nach der Kabine, als wäre das Raumschiff bloss ein wehrloses Beutetier. Immer weiter zog er mich dem Sandstrand entgegen. Die Steuerdüsen konnten der gewaltigen Kraft dieses Wesens nichts entgegensetzen. In panischer Angst aktivierte ich den Plasmaantrieb. Andere Optionen hatte ich in diesem Moment kaum. Da der Drache immer noch in die linke Tragfläche verbissen war, begannen wir, in der Luft zu rotieren. Immer schneller wechselten sich der Ozean und die mit Wald bedeckten Berge in meinem Blickfeld ab, während das laute Fauchen des Antriebs alle anderen Geräusche überdeckte. Bei ungefähr einer Umdrehung pro Sekunde lösten sich die Krallen des goldenen Drachen von der Kabine, während sie die Metallverschalung aufrissen. Kurz darauf rutschte er mit den Zähnen ab und das Raumschiff flog unkontrolliert in Richtung Wald davon. Instinktiv zog ich das Lenkrad zu mir, um nicht mit den Bäumen zu kollidieren, die sich inzwischen nur noch wenige Meter unter mir befanden. Sobald ich wieder mit sicherem Abstand über dem Wald flog, stellte ich fest, dass die linke Tragfläche beinahe auseinanderbrach. Die Steuerklappen wackelten gefährlich im Gegenwind und liessen ein klapperndes Geräusch hören. Ausserdem lenkte das Raumschiff ununterbrochen nach links, obwohl ich nicht aktiv steuerte. Nach einer ungewollten Kehrtwende kam der Drache erneut auf mich zu. Erst jetzt erkannte ich, wie gewaltig dieses Tier war. Die Spannweite betrug mindestens zwanzig Meter, ebenso wie die Länge von Kopf bis Schwanzspitze. Ich zog das Raumschiff abermals nach oben, um dem Drachen auszuweichen. Erstaunlich flink passte dieser seine Flugrichtung an und schnappte nach mir. Mithilfe einer schnellen Drehung nach links konnte ich seinen Zähnen dennoch entkommen. Nun flog ich senkrecht nach oben und beschleunigte derart stark, dass ich für einen Augenblick beinahe das Bewusstsein verlor. Um dem starken Linksdrall entgegenzuwirken, musste ich mich währenddessen um die eigene Achse drehen.

Dass ich heute gezwungenermassen Fassrollen machen muss, hätte ich nicht gedacht, scherzte ich gedanklich, um meinen rasenden Puls zu beruhigen.

Leider halfen meine Gedanken nicht lange, da sich in diesem Augenblick eine Steuerklappe der linken Tragfläche löste und nach unten in den Wald segelte. Der Linksdrall war dadurch verschwunden, jedoch konnte ich nur noch mit der rechten Tragfläche steuern. Ich richtete das Raumschiff gerade und wechselte in einen Gleitflug. Der riesige Drache war selbst aus vier Kilometern

Höhe noch deutlich zu erkennen. Sein goldenes Glitzern hob sich stark vom dunkelgrünen Laub der Bäume ab. Ununterbrochen blickte er in meine Richtung, als würde er bloss auf mich warten.

Weshalb hat mir R-34-d nicht gesagt, dass es hier Drachen gibt?

In diesem Moment erinnerte ich mich an die Warnung der KI, mich vor den Tieren dieses Planeten in Acht zu nehmen. Verärgert über mein unüberlegtes Handeln beschleunigte ich in Richtung der Berge, um dort sicher landen zu können, ohne erneut von diesem goldenen Drachen angegriffen zu werden. Sobald ich mich mit über dreihundert Stundenkilometern bewegte, konnte ich meinem Verfolger entkommen. Vorsichtshalber flog ich noch zehn Minuten weiter und steuerte einen flachen Kiesstrand neben einem klaren, dreissig Meter breiten Fluss an. Mithilfe der Steuerdüsen konnte ich trotz der beschädigten Tragfläche meine Richtung anpassen. Ich fuhr das Fahrwerk aus und setzte sanft auf dem Boden auf.

Jetzt muss ich die Tragfläche irgendwie reparieren, dachte ich.

Bevor ich mich der Reparatur widmen konnte, musste ich jedoch den Schaden begutachten. Seufzend verwandelte ich mich in einen Drachen und zog am Türgriff, um auszusteigen. Schliesslich hatte R-34-d erwähnt, dieser Planet verfüge über eine atembare Atmosphäre. Da sich die Tür keinen Millimeter bewegen liess, wechselte ich auf die Beifahrerseite und versuchte es erneut, was mir beim ersten Versuch gelang. Augenblicklich zischte es, als die kühle Luft von ausserhalb des Raumschiffs in die Kabine strömte. Ein unangenehmer Druck bildete sich auf meinen Trommelfellen, woraus ich schloss, dass der Luftdruck dieses Planeten höher liegen musste als der der Erde. Nachdem ich mehrere Male geschluckt hatte, um den Druck loszuwerden, streckte ich meinen Kopf aus der Beifahrertür und blickte umher.

Die Bäume nahe des Flusses standen derart dicht beisammen, dass ich wortwörtlich den Wald vor lauter Bäumen nicht erkennen konnte. Zwischen den Baumstämmen huschten Tiere umher, die farblich nahezu perfekt an ihre Umgebung angepasst waren, wodurch ich sie selbst mit meinen Drachenaugen kaum erkennen konnte. Der Fluss gab ein leises Rauschen von sich, während die Waldbewohner nahezu stumm waren. Nur selten vernahm ich den Ruf eines unbekannten Tiers. Ansonsten war alles mucksmäuschenstill.

Dieser Wald scheint keine pfeifenden Vögel zu beherbergen, stellte ich fest, da mir das Vogelgezwitscher fehlte.

Vorsichtig kletterte ich hinaus auf den mit Kies bedeckten Untergrund. Misstrauisch betrachtete ich die einzelnen Steine, als meine Klauen sie berührten. Da nichts Ungewöhnliches geschah, richtete ich meine Aufmerksamkeit auf das Raumschiff. Erst jetzt erkannte ich das wahre Ausmass des Schadens, den es aufgrund der Begegnung mit dem goldenen Drachen erlitten hatte. Nahezu jede Stelle der linken Tragfläche war verbogen, zerkratzt oder verbeult. Die Kratzer, die an gewissen Stellen tief genug waren, dass man die Elektronik unter dem Metall erkennen konnte, überzogen nahezu das gesamte Raumschiff. Ich bezweifelte, dass ich mit diesen Beschädigungen nach Hause fliegen konnte.

Um mir einen besseren Überblick zu verschaffen, kletterte ich auf einen grossen Stein am Flussufer. Die malerische Landschaft schien eine magische Anziehungskraft auf mich auszuüben. Tief seufzend atmete ich die Luft ein. Überrascht stellte ich fest, dass die absolute Reinheit dieser Atmosphäre jegliche Sorgen minderte. Ich legte mich auf den durch die Sonne erwärmten Stein hin und genoss die wunderschöne Natur dieses Planeten. In diesem Augenblick fragte ich mich, wie es sein konnte, dass hier ausgerechnet Drachen existierten.

Sind die Menschen bereits vor tausenden von Jahren auf diesem Planeten gewesen oder die Drachen auf der Erde? Oder ist es bloss ein gewaltiger Zufall, dass diese Wesen aus unserer Fantasie hier existieren? Und was ist mit Tom und mir? Hat R-34-d die DNS eines Drachen von diesem Planeten für unsere Drachengestalten verwendet?

Je länger ich darüber nachdachte, desto mehr unbeantwortete Fragen traten hervor. Plötzlich wurde ich mir meiner Pflichten bewusst und kletterte erneut ins Raumschiff. Da ich meine Umgebung wahrnehmen wollte, liess ich die Beifahrertür offen.

Wenn ich mich richtig entsinne, verfügt dieses Schiff über eine automatische Reparaturfunktion. Ich muss bloss die Einstellung finden, dachte ich hoffnungsvoll.

Ich verwandelte meine rechte Hand zurück und begann, die Einstellungen zu durchforsten. Bereits im zweiten Untermenü wurde ich fündig. Ich betätigte «Hüllenreparatur starten» und wartete gespannt ab, was geschah. Leider erschien kurz darauf die Fehlermeldung «Reparatur kann nicht gestartet werden: Linke Steuerklappe fehlt.». Frustriert schnaubend verwandelte ich mich erneut vollständig in einen Drachen und stieg aus, da ich gezwungen war, die verlorengegangene Steuerklappe ausfindig zu machen. Gerade als ich den Kiesstrand betrat, wurde ich auf ein Rascheln im Dickicht aufmerksam. Augenblicklich erstarrte ich in meiner Bewegung und lauschte. Das Geräusch war verstummt. Langsam schlich ich zur Rückseite des Raumschiffs und öffnete den Kofferraum, der in dieser Form nach unten aufschwang wie die Ladeluke eines Frachtflugzeugs. Ohne jegliche Geräusche zu erzeugen, nahm ich den schwarzen Speer entgegen und näherte mich schleichend der Geräuschquelle. Da ich die Waffe mit den Klauen halten musste und keinen Lärm erzeugen wollte, konnte ich lediglich auf drei Beinen gehen. Es fühlte sich seltsam an, einen Speer bei sich zu tragen. Ich wusste nicht einmal, wie man damit kämpfte. Dennoch fühlte ich mich auf diese Weise sicherer.

Als ich mit meinem linken Vorderbein unsanft auftrat, rutschten die Kieselsteine unter mir weg und erzeugten ein leises Geräusch. Einen Sekundenbruchteil später knackte ein Ast im Wald nahe des Raschelns, was ich zuvor gehört hatte.

Dieses Tier hat mich ebenfalls gehört, dachte ich.

Vorsichtshalber erwärmte ich bereits die Luft in meinen Lungen, bis mein Atem zu flimmern begann. Ich hatte nicht vor, den Wald abzufackeln, jedoch wirkte ich mit dieser Massnahme meiner Angst entgegen. Erneut raschelte etwas zwischen den Bäumen und ich erkannte ein grünes Schillern. Zwei leuchtend grüne Augen blickten mir entgegen, was mich unwillkürlich in eine Schockstarre versetzte. Mein Herz pochte lauter als jedes andere Geräusch des Waldes. Langsam bewegte sich das Tier aus dem Schatten heraus. Gleichzeitig zielte ich mit dem Speer in Richtung des unbekannten Augenpaars. Endlich erkannte ich, was es war. Ein grüner Drache meiner Grösse starrte mich an. Bis auf die letzte Schuppe glich dieses Tier meinem Bruder Tom in seiner Drachengestalt.

Bist du das, Tom? Fragte ich gedanklich, da ich nicht mehr mit Sicherheit sagen konnte, was ich nun vor mir hatte.

Der grüne Drache trat vollständig aus dem Schatten heraus und fauchte mich wütend an. Instinktiv liess ich den Speer sinken und setzte mich hin, um weniger bedrohlich zu wirken. Die heisse Luft in meinen Lungen liess ich entweichen. Erneut fauchte der Drache, während er die Zähne fletschte. Dieses Mal jedoch klang sein Fauchen weniger einschüchternd.

Ich dachte, Drachen würden knurren. Anscheinend habe ich mich geirrt.

Nach wenigen Sekunden stellte mein Gegenüber das Zähnefletschen ein und trat zögerlich auf mich zu. Um mich seinem Verhalten anzupassen, tat ich es ihm gleich. Als ich mich einen Schritt näherte, blieb der grüne Drache sofort stehen und fauchte mich erneut an.

«Ist schon gut. Ich bin nicht dein Feind.», flüsterte ich, so beruhigend ich konnte.

Obwohl ich wusste, dass er meine Worte wohl kaum verstehen würde, versuchte ich auf diese Weise, ungefährlich zu wirken. Der grüne Drache legte seinen Kopf schräg und schien leicht verwirrt zu sein. Dennoch näherte er sich erneut und kam einen Meter vor mir zum Stehen. Vorsichtig schnuppernd betrachtete er mich. Ich versuchte, mich ihm ebenfalls zu nähern, was den ängstlichen Drachen jedoch zurückschrecken liess. Dieses Mal fauchte er zu meinem Erstaunen nicht, sondern entblösste lediglich für eine Sekunde die Zähne. Anschliessend setzte er sein Schnuppern fort und begann, mich zu umrunden. Ich wagte es nicht, mich nach ihm umzudrehen, da ich befürchtete, ihn zu erschrecken. Stattdessen beobachtete ich ihn aus den Augenwinkeln. Als er mich vollständig umrundet hatte, schnupperte er an meinem Kopf. Wir blickten uns gegenseitig in die Augen, während er mich vorsichtig an der Schnauzspitze anstupste. Anschliessend setzte er sich hin und wirkte bereits wesentlich entspannter.

«Du bist nicht zufälligerweise Tom, der mir einen Streich spielt, oder?», fragte ich leicht verunsichert.

Der grüne Drache blickte mich fragend an und richtete seine Aufmerksamkeit anschliessend auf das Raumschiff. Er ging auf die offenstehende Beifahrertür zu und schnupperte am Sitz. Kurz darauf kletterte er hinein.

«He! Das ist mein Raumschiff.», rief ich empört und amüsiert zugleich.

Gerade als ich ebenfalls einsteigen wollte, kam mir der grüne Drache mit meinem T-Shirt im Maul entgegen. Er legte es auf den Kies, hielt es mit den Klauen fest und begann, den Stoff mithilfe seiner Zähne auseinanderzureissen. Verblüfft beobachtete ich, wie meine Kleidung in Fetzen gerissen wurde. Obwohl ich ihn aufhalten wollte, wagte ich es nicht, dem Drachen seine Beute wegzunehmen. Schliesslich wusste ich, dass Tiere in solch einer Situation aggressiv reagieren konnten.

Da ich mir sicher war, dass von diesem Drachen keine Gefahr für mich ausging, solange ich ihm nicht in die Quere kam, hob ich den Speer vom Boden auf und brachte ihn zurück zu meinem Kofferraum. Der grüne Drache, der mittlerweile auf den Stofffetzen herumkaute, beachtete mich kaum. Erst als ich versehentlich mit dem hinteren Ende des Speers den Boden streifte, was ein kratzendes Geräusch erzeugte, blickte er auf und fauchte mich an. Erschrocken blieb ich stehen.

«Das hier ist bloss ein Speer.», sagte ich beruhigend und hielt ihm die Waffe entgegen.

Augenblicklich wich die Angst des grünen Drachen der Neugier. Er bewegte sich langsam auf mich zu und schnupperte an der glänzend schwarzen Oberfläche des Speers. An einer Stelle schien es besonders interessant zu riechen, denn er öffnete sein Maul und biss hinein.

«Das solltest du wohl besser lassen.», riet ich ihm und zog den Speer in meine Richtung.

Verunsichert liess er ihn los und blickte mich an. Bevor er sich erneut den Stofffetzen widmete, leckte er die interessant riechende Stelle ab, wie es ein Hund getan hätte. Schmunzelnd betrachtete ich den Speer, der keinen Kratzer davongetragen hatte. Das schwarze Material war immer noch absolut makellos.

Dieses Zeug ist härter als die Zähne eines Drachen. Wahrscheinlich hat R-34-d recht damit, dass der Speer beinahe unzerstörbar ist.

Zufrieden verstaute ich ihn im Kofferraum und setzte mich neben den grünen Drachen. Mittlerweile waren die Stofffetzen kaum noch grösser als fünf Zentimeter, da der Drache kontinuierlich darauf herumkaute. Trotz seines Eifers schien er den Stoff jedoch nicht zu fressen. Daraus schloss ich, dass er lediglich den Geruch oder Geschmack mochte, was durchaus Sinn ergab, da meine menschliche Gestalt in diesem Kleidungsstück geschwitzt hatte. In diesem Moment war ich froh, kein Mensch zu sein. Ich konnte mir gut vorstellen, dass Menschen für Drachen nichts weiter als Beutetiere wären.

Um meinen grünen Kollegen nicht noch weitere meiner Kleidungsstücke zerfetzen zu lassen, schloss ich die Beifahrertür.

«Ich muss die linke Steuerklappe meines Raumschiffs finden, die ich im Wald verloren habe. Stell bloss nichts mit meinen Sachen an, solange ich weg bin.», ermahnte ich den grünen Drachen, obwohl er mich nicht verstehen konnte.

Ich breitete meine Flügel aus und schwang mich in die Höhe. Bald darauf flog ich über die Baumwipfel hinweg in Richtung Sandstrand. Eine Bewegung hinter mir zog meine Aufmerksamkeit auf sich. Der neugierige Drache folgte mir in der Luft.

«Du kannst auch mitkommen, wenn du möchtest.», rief ich ihm hinterher.

In Begleitung des grünen Drachen flog ich über die Bäume. Die warmen Sonnenstrahlen erwärmten meine Flügel und liessen die roten Schuppen glänzen. Ich genoss diesen entspannten Flug über der unberührten Natur in vollen Zügen. Der angenehm kühle Wind trieb mich zusätzlich an, wodurch ich mich nicht einmal körperlich anstrengen musste. Gedankenverloren näherte ich mich dem Ozean, den ich bereits am Horizont zu erkennen glaubte.

Kurze Zeit später hatte mich der grüne Drache eingeholt. Er verlangsamte seine Geschwindigkeit und flog neben mir her. Wir blickten uns gegenseitig an, was mich schmunzeln liess. Ich gab mir Mühe, währenddessen nicht die Zähne zu zeigen, da mein Begleiter dies als Provokation interpretieren konnte. Einzig und allein mein knurrender Magen minderte meine gute Stimmung.

Hätte ich doch bloss etwas zu Essen mitgenommen, dachte ich in diesem Augenblick.

Da ich vermutet hatte, dass mein Besuch auf diesem Planeten von kurzer Dauer wäre, hatte ich es nicht als notwendig empfunden, Esswaren mitzunehmen. Unbeirrt setzte ich meinen Flug fort, bis ich auf einem Feld mehrere Tiere entdeckte. Sie hatten schätzungsweise die Grösse von Elefanten, sahen jedoch eher wie Brachiosaurus aus mit ihren langen Hälsen und den echsenartigen Köpfen. Mein Begleiter hatte sie ebenfalls erspäht, jedoch hegte er keinerlei Interesse daran, sie zu jagen. Fasziniert beobachtete ich die gelassen grasenden Tiere aus grosser Höhe. Sie bewegten sich mit solch einer Ruhe, dass ich augenblicklich das Bedürfnis verspürte, mich auf dieser Wiese schlafen zu legen.

Plötzlich schreckte etwas die Herde auf. Alle Tiere rannten in dieselbe Richtung davon. Ein kleineres Wesen mit langen, schmalen Beinen, einem schlanken Körper und schwarz glänzender Haut ohne jegliche Haare sprang zwischen den Bäumen hervor. Instinktiv wusste ich, dass dieses Tier auf der Jagd war. In erstaunlich geschmeidigen Bewegungen raste es über das freie Feld, der flüchtenden Herde hinterher. Obwohl die Herdentiere mit ungefähr fünfzig Stundenkilometern rannten, holte das nackte, schwarz glänzende Etwas mit nahezu doppelter Geschwindigkeit auf. Die Bewegungen und der Körperbau dieses Wesens erinnerten mich stark an die eines Gepards. Nur der Kopf sah vollkommen anders aus. Es hatte ein riesiges Maul mit langen, spitzen Zähnen, was mir auf eine unerklärliche Weise Angst einjagte, obwohl mich dieses Tier ohne Flügel niemals in der Luft erreichen konnte.

Es stürzte sich in einem grossen Satz auf ein zurückfallendes Herdentier, wobei es seine Beute augenblicklich zu Boden riss. Obwohl das Beutetier mindestens doppelt so gross war, schien es dem Raubtier hoffnungslos unterlegen zu sein. Beinahe mühelos drückte das nackte, schwarze Tier den Kopf seiner Beute mit den Pfoten zu Boden und öffnete sein furchterregendes Maul. Der Unterkiefer dieses Wesens spaltete sich in zwei Teile und umfasste den Hals des Beutetiers von hinten wie ein mit Zähnen bestückter Kragen. Fassungslos beobachtete ich, wie dieses widerwärtige Wesen sein Maul schloss, wodurch sich der Kopf seiner Beute zwischen seinen Zähnen befand. Kurz darauf ertönte ein Knacken, was bis tief in den Wald hörbar gewesen sein musste. Der Schädelknochen des Beutetiers war aufgrund der Zähne in mehrere Teile gespalten worden. Hierfür hatte das schwarze Wesen lediglich sein Maul schliessen müssen. Nun löste es den Unterkiefer vom Hals seines Opfers und begann, den Schädel mithilfe seiner Klauen vollständig zu öffnen. Anschliessend frass es das Gehirn seiner Beute auf und verschwand blitzschnell zwischen den Bäumen. Der Rest des armen Herdentiers blieb unberührt auf der Wiese zurück.

Was für ein scheussliches Wesen, dachte ich angewidert.

Ich richtete meine Aufmerksamkeit erneut meinem Flugziel zu und versuchte, nicht an die brutale Tötung dieses Tiers zu denken.

Eine Viertelstunde später fiel der grüne Drache plötzlich zurück. Verunsichert blieb ich in der Luft stehen und wartete. Mein Begleiter wechselte in den Sturzflug und bremste erst knapp über den Baumwipfeln ab. Anschliessend verschwand er im Wald.

«Warte auf mich!», rief ich ihm hinterher, während ich ebenfalls einen Sturzflug einleitete.

Die Anwesenheit dieses grünen Drachen verlieh mir Sicherheit, die ich auf einem Alienplaneten dringend benötigte. Als ich bei den Baumwipfeln angekommen war, schlug ich mit den Flügeln, um in der Luft stehenzubleiben. Nun liess ich mich langsam nach unten sinken, wobei ich darauf achtete, keine Äste mit meinen Flügeln zu streifen. Bedauerlicherweise wurde es enger, als ich erwartet hatte, was dazu führte, dass mein rechter Flügel hart gegen einen langen Ast an der oberen Hälfte eines Baumes schlug. Ich verlor das Gleichgewicht und sackte unkontrolliert nach unten. Mit hektischen Flügelschlägen versuchte ich, meinen Sturz aufzufangen, jedoch konnte ich die Kollision mit dem glücklicherweise weichen Untergrund nicht vermeiden. Laut raschelnd versank ich zwischen Moos und losen Blättern. Währenddessen knickte ich mir den linken Flügel um, was augenblicklich stechende Schmerzen auslöste. Mit zusammengebissenen Zähnen blieb ich einen Moment liegen, bis mich etwas an meinem Kopf anstupste. Ich schreckte hoch und stellte erleichtert fest, dass es der grüne Drache gewesen war.

Der fragt sich jetzt bestimmt, was für ein unfähiger Drache ich bin, dass ich nicht einmal im Wald landen kann, dachte ich schmunzelnd.

Langsam richtete ich mich auf und zog meinen schmerzenden linken Flügel an. Glücklicherweise verebbte das Stechen bereits. Mein rechter Flügel hingegen brannte an der Stelle, die den Ast getroffen hatte. Aus einem Kratzer floss ein Tropfen Blut heraus. Der grüne Drache trat näher und schnupperte an meiner Verletzung. Nun leckte er den blutigen Kratzer ab.

«Was tust du da?», fragte ich verwirrt und zog meinen Flügel zurück. «Du kontaminierst mir noch die Wunde.»

Verunsichert blickte er mich an und machte Anstalten, es erneut zu versuchen.

«Das kannst du vergessen. Ich desinfiziere es selbst.», sagte ich und stiess kurz darauf einen schwachen Feuerstrahl in Richtung meiner Verletzung aus, um sie zu sterilisieren.

Der grüne Drache wich fauchend zurück und verkroch sich hinter einem Baumstamm. Augenblicklich stellte ich das Feuerspeien ein und versuchte, meinen neuen Freund zu beruhigen.

«Das ist doch bloss Feuer. Kennst du das etwa nicht?»

Demonstrativ öffnete ich mein Maul und liess kleine Flammen in meinem Rachen auflodern. Abermals fauchte mich der Drache an und zog sich weiterhin zurück.

«Dann eben kein Feuer.», sagte ich enttäuscht.

Vorsichtig näherte ich mich meinem Kollegen, wobei ich genau auf seine Körpersprache achtete. Sobald er einen Schritt zurückwich, blieb ich stehen und wartete, bis er sich beruhigt hatte. Nach knapp einer Minute konnte ich mich ihm auf diese Weise bis auf einen Meter nähern. Mein Gegenüber schnupperte erneut zögerlich an meiner Schnauze und zuckte zurück, bevor er mich berührte.

«Du musst keine Angst vor mir haben.», sprach ich auf ihn ein.

Er legte erneut seinen Kopf schräg, als versuchte er, meine Worte zu verstehen. Nun liess er ein verunsichertes Brummen hören, was er bisher noch nie von sich gegeben hatte. Er bewegte die Klauen seines rechten Vorderbeins in meine Richtung, als wollte er nach etwas greifen. Ohne mich zu berühren, stellte er seinen Fuss erneut ab und setzte sich hin.

«Möchtest du das Feuer sehen?», fragte ich vorsichtig, da ich nicht genau wusste, was er von mir wollte.

Als Antwort schnupperte er erneut an meiner Schnauze und zuckte einen Millimeter davor zurück. Nun öffnete ich mein Maul, was den grünen Drachen augenblicklich verunsicherte. Er zog seinen Kopf ein, blieb jedoch sitzen, ohne weiterhin zurückzuweichen. Langsam erhitzte ich die Luft, bis die ersten Flammen auflodern. Erstaunlicherweise bewahrte mein neugieriger Zuschauer Ruhe. Einige Sekunden später bewegte er sich sogar auf mich zu, wenn auch sehr zögerlich. Schritt für Schritt trat er näher, bis seine Schnauze nur noch wenige Zentimeter von den Flammen entfernt war, die zwischen meinen Zähnen hervortraten. Sobald er die Hitze spürte, zuckte er zurück und fauchte mich erneut an. Auf dieses Zeichen hin stellte ich das Feuerspeien ein und mein Gegenüber wirkte augenblicklich entspannter.

«Du kannst kein Feuer speien, hab ich recht?», fragte ich ihn.

Ohne meine Frage zu beantworten, verschwand er zwischen den Bäumen. Ich folgte ihm, um ihn nicht zu verlieren.

Kurze Zeit später blieb er stehen und sah sich um. Das Knacken eines Astes zog instinktiv unsere Blicke auf sich. Wir standen beide mucksmäuschenstill nebeneinander und starrten in die Richtung, aus der das Geräusch gekommen war. Als mir bewusst wurde, dass unser Verhalten identisch war, musste ich unwillkürlich lachen. Erst die fragenden Blicke des grünen Drachen liessen mich verstummen.

Erneut drang ein Geräusch zwischen den Bäumen hervor. Gleichzeitig witterte ich ein mir unbekanntes Tier. Langsam pirschten wir uns heran, um herauszufinden, was es war. Hinter einem Busch entdeckte ich ein Tier in der Grösse eines Fuchses. Es hatte nur leicht behaarte Haut wie die eines Schweins. Der Körper war schlank, jedoch muskulös gebaut. Wie bereits bei den anderen Tieren, die ich auf diesem Planeten gesehen hatte, glich der Kopf dem einer Echse. Das Tier schien uns nicht bemerkt zu haben, denn es frass unbeirrt beerenartige Pflanzen, die aus der Rinde eines abgestorbenen Baums sprossen. Langsam und ohne jegliche Geräusche zu erzeugen, bewegte ich mich auf das nichtsahnende Tier zu. Nur noch wenige Meter lagen zwischen uns. Als ich mit dem Schwanz ein ausgetrocknetes Blatt streifte, schreckte das Tier aufgrund des Raschelns hoch. In diesem Augenblick sprang ich darauf zu und biss ihm in den Hals, sodass die Knochen zwischen meinen Zähnen knirschend brachen. Innert eines Sekundenbruchteils erschlaffte der Körper dieses wehrlosen Tiers.

Erschrocken liess ich meine eben getötete Beute los.

Was habe ich gerade getan? Ich wollte überhaupt nicht jagen.

Verwirrt und schockiert blickte ich auf die tiefen Bisswunden meiner Beute, aus denen kontinuierlich Blut floss. Gleichzeitig breitete sich der eisenartige Geschmack in meinem Maul aus, was mir einen kalten Schauer den Rücken herunterlaufen liess. Für die nächsten Sekunden stand ich schockiert über dem getöteten Tier und fragte mich, weshalb ich für einige Sekunden die Kontrolle über meinen eigenen Körper verloren hatte.

Wenn ich öfters die Kontrolle verliere, habe ich ein ernsthaftes Problem.
Was, wenn ich in dieser Gestalt aus Versehen einen Menschen töte?

Früher hatten mir meine animalischen Instinkte keine Sorgen bereitet, da sie noch harmlos gewesen und selten zum Vorschein getreten waren. Wenn ich sie jedoch immer weniger kontrollieren konnte, stellten sie eine ernstzunehmende Gefahr dar. Angewidert trat ich einige Schritte zurück und blickte den grünen Drachen an, der mich geduldig beobachtete.

«Du kannst es fressen, wenn du möchtest. Ich habe keinen Hunger.», sagte ich, obwohl mein knurrender Magen anderer Meinung war.

Mein grüner Freund blieb unbeirrt sitzen und wartete. Er blickte abwechslungsweise mich und das getötete Tier an. Irgendwann begriff ich, dass er aus seiner Perspektive nicht das Recht dazu hatte, mir die Beute wegzuschnappen. Deswegen wartete er darauf, dass ich fertig gefressen hatte. Da ich bereits seit einigen Stunden Hunger verspürte, konnte ich mich schliesslich überwinden, meine Beute zuzubereiten. Ich häutete das Tier mithilfe meiner Krallen, wie ich es damals im russischen Armeestützpunkt miterlebt hatte, und entfernte die Eingeweide. Anschliessend schnitt ich das Muskelgewebe heraus und briet es mithilfe meines Feuers. Bei den ersten Flammen zuckte der grüne Drache zusammen, blieb jedoch sitzen und beobachtete fasziniert meine Zubereitungsmethode von Fleisch. Als ich davon überzeugt war, dass ich es essen konnte, biss ich ein Stück davon ab und stellte überrascht fest, wie zart und saftig es war. Gierig schlang ich das erste Stück hinunter, ohne mir weiterhin Gedanken über mein unkontrolliertes Handeln zu machen. Ich setzte meine feurige Zubereitungsmethode bei den anderen Stücken fort und verspeiste diese ebenfalls in wenigen Bissen. Währenddessen war es mir gleichgültig, dass die Instinkte erneut die Oberhand gewonnen hatten. Schliesslich musste ich meinen Hunger ohnehin stillen. Als ich fertig gegessen hatte, trat ich beiseite und liess den immer noch geduldig wartenden grünen Drachen nähertreten. Da er nun davon überzeugt war, dass ich keinen Bedarf an weiterem Fleisch hatte, machte er sich über die Eingeweide, die Haut und sogar die Knochen meiner Beute her. Erstaunt beobachtete ich, wie mühelos dieser Drache die Knochen auseinanderbiss und mitsamt dem Rest innert weniger Minuten verschlang. Schlussendlich blieben lediglich der Kopf und die grössten Knochen meiner Beute übrig.

Wenigstens wurde nichts von diesem armen Tier verschwendet, dachte ich, um mich ein wenig zu trösten.

Mit vollen Bäuchen schlenderten wir gemächlich durch den Wald. Aufgrund meines Heisshungers hatte ich wesentlich mehr gegessen, als ich eigentlich vorgehabt hatte. Keiner von uns beiden verspürte das Bedürfnis, zu fliegen. Insbesondere nicht zwischen diesen dicht stehenden Bäumen. Nach einigen Minuten hatten wir erneut den Fluss erreicht. Für einen Augenblick wollte ich die Flügel spreizen und abheben, um die Steuerklappe meines Raumschiffs zu finden. Als mir jedoch gähnend bewusst wurde, wie lange ich bereits nicht mehr geschlafen hatte, legte ich mich auf einem warmen Felsbrocken unter direktem Sonnenlicht hin.

Ich brauche jetzt erstmal ein wenig Schlaf, dachte ich erschöpft.

Gähnend legte ich meinen Kopf auf den warmen Stein und blickte in Richtung Wald. Bereits wenige Sekunden später wurden meine Augenlider schwer. Der grüne Drache hatte es sich inzwischen hinter mir bequem gemacht. Bevor ich mir über allfällige Konsequenzen Gedanken machen konnte, schlief ich ein.

Durstig erwachte ich eine unbestimmbare Zeit später. Für einen Augenblick erschrak ich, da mich etwas berührte, was zuvor noch nicht da gewesen war. Ich blickte nach hinten und erkannte, dass sich der grüne Drache an mich gekuschelt hatte, wobei sein Kopf nun auf meinem Hals lag. Aufgrund meiner unerwarteten Bewegung wachte er auf und blickte mir verschlafen in die Augen. In diesem Moment kam mir eine Idee.

«Ich sollte dir einen Namen geben. Wie wäre es mit Tim?», fragte ich den grünen Drachen.

Er vergewisserte sich kurz, dass wir uns in Sicherheit befanden, und legte seinen Kopf erneut auf meinen Hals. Tief seufzend entspannte er sich und schloss die Augen.

Ich glaube, das bedeutet ja, dachte ich zufrieden.

Der Name Tim passte meines Erachtens ausgezeichnet zu ihm, da er ebenso gut das Spiegelbild meines Bruders Tom hätte sein können. Die Minuten verstrichen, während ich gedankenverloren mit Tim am Flussufer lag. Ich fragte mich, was ich in meiner Drachengestalt tatsächlich war und weshalb sich alles auf diesem Planeten vertraut anfühlte. Einerseits existierten zwischen Tim und mir viele Gemeinsamkeiten und andererseits unterschieden wir uns aufgrund unserer Fähigkeiten. Im Gegensatz zu ihm konnte ich Feuer speien und hatte den Verstand eines Menschen. Ausserdem war ich resistent gegen Feuer, was bei Tim bestimmt nicht der Fall war. Irgendwann wechselten meine Gedanken erneut zu meinen Pflichten und Vanessa. Augenblicklich beschleunigte sich mein Herzschlag und ich verspürte erneut die Trauer, die mich seit meiner letzten Begegnung mit ihr verfolgte. Ich versuchte krampfhaft, diese Gedanken zu verdrängen, und konzentrierte mich auf den jetzigen Moment.

Leise plätschernd floss das Wasser wenige Meter neben meinem Kopf in Richtung Ozean. Der frische Wind liess das Laub der Bäume rascheln und wirkte der Hitze der Sonne entgegen. Innert kürzester Zeit entspannte ich mich und schloss die Augen.

Weshalb bleibe ich nicht einfach hier? Ein schöneres Paradies könnte ich mir überhaupt nicht vorstellen.

Minutenlang stellte ich mir ein Leben als Drache auf diesem Planeten vor. So schön diese Vorstellung auch sein mochte, gelangte ich zu dem Schluss, nicht hierher zu gehören. Zumindest nicht vollständig. Ausserdem machte sich Vanessa bestimmt Sorgen um meine menschliche Gestalt. Seufzend bemühte ich mich, aufzustehen, ohne Tim zu wecken. Dies gelang mir jedoch nicht, da er bereits wach war und lediglich die Augen geschlossen hatte. Allem Anschein nach hatte er darauf gewartet, bis ich ausgeschlafen war. Ich streckte mich ausgiebig und trank vom kristallklaren Wasser dieses Flusses. Tim tat es mir gleich, wobei er wesentlich gekonnter nach dem Wasser schnappte. Während ich beinahe eine Minute benötigte, um meinen Durst zu stillen, war er bereits in wenigen Sekunden fertig. Nachdem wir getrunken hatten, flogen wir erneut in Richtung Ozean weiter.

14

Reparatur

Stundenlang suchte ich den Wald nach der Steuerklappe meines Raumschiffs ab, jedoch erfolglos. Tim folgte mir ununterbrochen, obwohl er keine Ahnung hatte, was ich finden wollte. Je länger wir flogen, desto grösser wurde meine Verzweiflung.

Es muss irgendwo hier sein. Genau über dieser Stelle habe ich das Teil verloren, dachte ich.

Anstelle der weissen Metallplatte stach mir goldenes Glitzern ins Auge. Auf einer kleinen, baumlosen Insel nahe der Flussmündung lag der gigantische, goldene Drache im Gras. Neben ihm standen drei weitere Drachen, die allesamt unterschiedlich gross waren. Ein ungefähr fünfzehn Meter langer, magentafarbener Drache schlenderte gemächlich neben einem dunkelblauen und einem türkisen Drachen her. Der Dunkelblaue hatte eine Länge von schätzungsweise fünf Metern und der Türkise war in meiner Grösse. Inmitten dieser Drachen lag ein weiss schimmerndes, verbeultes Stück Metall.

Die Steuerklappe! Dachte ich erfreut.

Sobald ich auf die kleine Insel zusteuerte, flog Tim im Sturzflug voraus. Er schien sich darüber zu freuen, andere Drachen zu sehen. Ob sie verwandt waren oder nicht, war mir unbekannt. Nicht einmal das Geschlecht dieser Tiere konnte ich bestimmen. Während ich mich fragte, was die Unterschiede zwischen weiblichen und männlichen Drachen waren, landete Tim bereits bei den anderen, die ihn schnuppernd begrüssten. Je näher ich flog, desto grösser wurden meine Zweifel, ob es eine gute Idee war, das Bauteil meines Schiffs vor den Augen des goldenen Drachen mitzunehmen, der mich wenige Stunden zuvor angegriffen hatte. Einzig und allein die Tatsache, dass ich nun kein Mensch mehr war, der in sein Territorium eintrat, beruhigte mich.

Zögerlich landete ich am Rand der Insel, knapp einhundert Meter von den Drachen entfernt. Obwohl ich es zu vermeiden versucht hatte, entdeckten sie mich augenblicklich. Der goldene Drache bewegte sich als Erster mit schnellen Schritten auf mich zu. Ratlos und in Schockstarre stand ich da, während sich dieses gigantische Wesen näherte. Wenige Meter vor mir blieb er stehen und schnupperte, während ich es nicht wagte, auch nur einen Muskel zu bewegen. Selbst das Feuerspeien liess ich in dieser Situation ausser Betracht. Ein tiefes Brummen drang aus der Kehle des Drachen, was mich verängstigt zusammenzucken liess. Mein Gegenüber schien zu bemerken, dass ich mich fürchtete, denn er legte sich entspannt hin, wobei er wesentlich kleiner wirkte als zuvor. Geduldig wartete er ab, bis ich mich aus meiner Schockstarre löste.

Ich bin anscheinend nicht der Einzige, der sich auf diese Weise annähert, dachte ich.

Sachte trat ich näher, während mich die grossen, in der Sonne glitzernden Augen des Drachen beobachteten. Ich schnupperte an der Schnauze meines goldenen Kollegen, wie es Tim bei seiner ersten Begegnung mit mir getan hatte. Ohne seinen Kopf zu bewegen, tat es mir der Riese gleich. Als er schliesslich ausatmete, stolperte ich überrascht zurück, da mich sein Atem wesentlich stärker nach hinten drückte als zuvor angenommen. Nun trat der goldene Drache einen Schritt näher und schnupperte an meiner Seite. Am liebsten hätte ich mich in diesem Augenblick aus dem Staub gemacht, da sein Kopf wesentlich grösser war als ich in zusammengerolltem Zustand. Trotzdem blieb ich stehen und wartete ab. Nachdem er fertig geschnuppert hatte, stiess mich der Drache sanft mit seiner Schnauzspitze an, was mich aufgrund meiner erneuten Schockstarre aus dem Gleichgewicht brachte. Ich kippte zur Seite um und blieb reglos liegen. Sichtlich verwirrt wich mein Gegenüber zurück und starrte mich an. Erst als ich mich vor Angst zitternd aufrichtete, wandte er sich von mir ab und ging zu den anderen.

Erleichtert atmete ich auf. Für einen Augenblick hatte ich bereits befürchtet, er würde mich als Eindringling in sein Territorium wahrnehmen. Ich wollte gerade zu Tim gehen, als dieser mich bereits von hinten anstupste. Aufgrund meiner Angst vor dem gewaltigen Drachen zuckte ich schreckhaft zusammen.

«Du bist es nur.», sagte ich lächelnd, als ich ihn erkannte.

Gemeinsam näherten wir uns der Gruppe. Obwohl ich mittlerweile wusste, dass sie mich nicht als ihren Feind betrachteten, beschleunigte sich mein Puls.

Die Steuerklappe lag wenige Meter neben dem grossen, magentafarbenen Drachen. Er blickte auf, als ich nähertrat, schien sich jedoch nicht durch meine Anwesenheit zu stören. Kurz bevor ich die verbeulte, knapp einen Meter lange Metallplatte erreicht hatte, stand er auf und nahm sie zwischen die Zähne wie ein Spielzeug. Schnaubend vor lauter Frustration blieb ich stehen. Der magentafarbene Drache wandte sich von mir ab und begann, auf der Steuerklappe herumzukauen. Langsam umrundete ich ihn, bis ich erneut mit wenigen Metern Abstand vor seiner Schnauze stand. Abermals wandte er mir den Rücken zu und setzte sein Kauen fort.

«Das ist kein Spielzeug, sondern ein wichtiges Teil von meinem Raumschiff. Kannst du es mir bitte zurückgeben?», fragte ich höflich, in der Hoffnung, ich könnte ihn auf diese Weise ablenken.

Unbeirrt biss der Drache mit seinen fünfzehn Zentimeter langen Zähnen auf das Stück Metall ein, was kaum noch als Steuerklappe erkennbar war.

Vermutlich muss ich mich nun gedulden, dachte ich enttäuscht.

Ich legte mich im hohen Gras hin und wartete darauf, dass der magentafarbene Drache sein neues Spielzeug aufgab. Bereits wenige Minuten später erregte etwas zwischen den Bäumen am anderen Flussufer seine Aufmerksamkeit und er liess die Metallplatte fallen. Ohne mich auch nur eines Blickes zu würdigen, näherte er sich in schnellen Schritten dem Fluss.

Das war leichter als gedacht.

Erfreut hob ich die löchrige, verbeulte Metallplatte auf und betrachtete sie genauer. Sie war von oben bis unten mit Speichel überzogen, was mich für einen Augenblick erschaudern liess. Ich rieb das Metall am Gras trocken und wollte mich gerade auf den Weg zurück zum Raumschiff begeben, als mir Tims interessierter Blick auffiel.

«Das hier ist eine Steuerklappe für mein Raumschiff.», erklärte ich, während ich sie demonstrativ in der Luft bewegte, um ihm die Funktionsweise näherzubringen.

Obwohl ich davon überzeugt war, dass er es nicht verstand, beobachtete er jede meiner Bewegungen und trat näher. Da ich nicht genau wusste, was er vorhatte, hielt ich ihm die Steuerklappe hin. Vorsichtig schnupperte er daran und blickte mir anschliessend herausfordernd in die Augen. Bedauerlicherweise schien er mein Verhalten missinterpretiert zu haben, denn er biss hinein und entwendete mir das wertvolle Bauteil.

«Das war keine Spielaufforderung!», rief ich ihm nach, als er mit meiner Steuerklappe in Richtung Wald flog.

Augenblicklich jagte ich ihm nach. Die anderen Drachen starrten uns währenddessen an, als würden sie am liebsten ebenfalls mitmischen. Kurz vor den Bäumen wechselte Tim seine Richtung und schlug kräftig mit den Flügeln, um an Höhe zu gewinnen. Obwohl seine Bewegungen aufgrund der unhandlichen Metallplatte eingeschränkt waren, gelang es mir nicht, ihn einzuholen. Keuchend folgte ich ihm dem Himmel entgegen, während ich mir wünschte, ihm das Bauteil nicht gezeigt zu haben. Plötzlich schoss der fünf

151

Meter grosse, dunkelblaue Drache an mir vorbei, als wäre ich eine lahme Ente. Mit unglaublicher Geschwindigkeit näherte er sich Tim, der verunsichert zurückblickte. Im letzten Moment, bevor der blaue Drache ihn einholen konnte, wich er zur Seite aus. In einem grossen Bogen wendete sein Verfolger und setzte schliesslich zum Sturzflug an. Dieses Mal war Tim nicht schnell genug und es gelang dem blauen Drachen, die Steuerklappe mit den Zähnen zu erwischen. Nun zogen beide inmitten der Luft daran wie zwei Hunde, die um ein Spielzeug kämpften. Der Grössere von beiden warf seinen Kopf zur Seite, wodurch Tim den Halt verlor und einige Meter weggeschleudert wurde. Aufgrund dieses einzigartigen Schauspiels musste ich lachen, obwohl sie die Steuerklappe dadurch noch mehr beschädigten.

Tim verfolgte nun den Dunkelblauen, während ich langsam ihre Höhe erreichte. Sie jagten einander in meine Richtung, bis ich bereits meine Klauen ausstreckte, um mich an die Steuerklappe klammern zu können. Leider wich der dunkelblaue Drache im letzten Moment aus. Nun war ich meinem mindestens doppelt so grossen Kollegen dicht auf den Fersen. Der rasante Aufstieg schien ihn ermüdet zu haben, weswegen ich mit seiner Geschwindigkeit mithalten konnte. Von oben her näherte ich mich ihm, wobei er mehrere Male verunsichert in meine Richtung blickte. Plötzlich stiess Tim von der Seite dazu und packte die Metallplatte mit den Zähnen. Gleichzeitig wollte ich sie ebenfalls zu Fassen kriegen, was mir jedoch nicht gelang. Vor lauter Überraschung liess der dunkelblaue Drache los und Tim wechselte augenblicklich in einen Sturzflug.

Das kannst du dir abschminken. Die Steuerklappe gehört mir, dachte ich schmunzelnd, da mir diese Verfolgungsjagd mittlerweile Spass bereitete.

Mit mindestens zweihundert Stundenkilometern schossen wir auf die Baumwipfel zu. Erst im allerletzten Moment bremsten wir ab. Entgegen meiner Erwartungen stieg Tim nicht erneut nach oben, sondern flog tiefer zwischen den Bäumen hindurch. Grinsend folgte ich ihm, wobei ich höllisch aufpassen musste, nicht mit einem Ast zu kollidieren. In atemberaubender Geschwindigkeit flogen wir durch den Wald, bis wir erneut den Fluss erreichten. Mein Adrenalin liess mich diese gewaltige Anstrengung durchhalten, obwohl meine Flügel bereits schmerzten. Ich schien nicht der Einzige zu sein, den diese Verfolgungsjagd ermüdete, denn Tim landete kurz darauf keuchend im hohen Gras der Insel. Der dunkelblaue Drache lag inzwischen entspannt am Flussufer und beobachtete uns mit einem Auge. Schwer atmend stand mir Tim gegenüber, die Steuerklappe noch immer zwischen den Zähnen. Als ich nähertrat, liess er sie schliesslich fallen und hechelte wie ein Hund. Ohne sich weiterhin mit mir zu beschäftigen, ging er zum Fluss und trank gierig vom kristallklaren Wasser.

Zufrieden und ausgelaugt hob ich die Steuerklappe mit den Zähnen auf, bis ich feststellte, dass ich stattdessen die Klauen verwenden wollte. Angewidert aufgrund des Drachenspeichels, der erneut das gesamte Bauteil überzog, trug ich es mit den Klauen des rechten Vorderbeins zum Fluss und spülte mein Maul aus. Anschliessend wusch ich die Steuerklappe sauber und begab mich auf den Weg zum Raumschiff.

Eine knappe Stunde später landete ich erschöpft auf dem Kiesstrand. Tim, der mir erneut gefolgt war, setzte sich ans Flussufer. Gespannt blickte er ins Wasser und wartete. Ohne weiterhin auf ihn zu achten, legte ich die Steuerklappe auf die Stelle, an der sie ursprünglich befestigt gewesen war. Aufgrund des wilden Spiels war sie derart verbogen, dass ich sie nicht einmal mehr befestigen konnte. Inständig hoffte ich, die Teile würden sich während der automatischen Reparatur irgendwie verbinden, obwohl ich mir dessen nicht sicher war. Leicht besorgt öffnete ich die Beifahrertür und stieg ein. Nachdem ich meine Hand verwandelt hatte, wählte ich auf dem Touchscreen «Hüllenreparatur starten» aus. Zu meiner Erleichterung wechselte der Text nun auf «Schaden wird analysiert ...» anstelle einer Fehlermeldung.

Erstaunlich, dass die stark beschädigte Steuerklappe immer noch erkannt wurde, dachte ich beeindruckt.

Draussen vernahm ich ein lautes Platschen. Tim war ins Wasser gesprungen und hatte währenddessen einen vierzig Zentimeter langen Fisch gefangen, der mich sehr an die Fische der Erde erinnerte. Interessiert beobachtete ich ihn, während er seine Beute in wenigen Bissen verschlang. Nun blickte er in meine Richtung und trat schnuppernd näher. Erst als er ins Raumschiff kletterte, fiel mir ein, dass ich ihn davon abhalten wollte, weitere meiner Kleidungsstücke zu zerfetzen.

«Nein, Tim. Dieses Mal musst du meine Sachen in Ruhe lassen.», sagte ich.

Er sah mir kurz mit schräg gelegtem Kopf in die Augen und setzte sein Schnuppern fort. Wenige Sekunden später hatte er meine Jeans gefunden und wollte sie bereits mitnehmen, als ich sie ihm vor der Schnauze wegzog. Abermals trat er auf mein Kleidungsstück zu und öffnete sein Maul, wenn auch vorsichtiger, da ich in seiner Nähe war. Ich drückte ihn mithilfe meines linken Vorderbeins beiseite, was Tim sichtlich verunsicherte. Leise brummend blickte er mir entgegen und setzte sich auf den Beifahrersitz.

«Es tut mir leid, aber das sind meine Kleidungsstücke.», erklärte ich.

Jetzt entdeckte er meine menschliche Hand, was ihn augenblicklich von meiner Jeans ablenkte. Zögerlich streckte er seinen Kopf danach aus, bis ich sie vor lauter Unsicherheit zurückzog. Ich war mir nicht sicher, was Tim vorhatte. Aus lauter Neugier kletterte er halb auf meine Seite und schnupperte nach meiner Hand, die ich mittlerweile hinter meinem Rücken versteckte. Da ich vermeiden wollte, dass er mich verletzte, verwandelte ich sie zurück zu Drachenklauen und streckte sie ihm entgegen. Verwirrt schnupperte er daran und setzte sich erneut auf den Beifahrersitz.

Wie reagiert er, wenn er die Verwandlung sieht? Begreift er auf diese Weise, dass die Hand zu mir gehört? Fragte ich mich.

Ich leitete erneut die Verwandlung meiner rechten Hand ein, indem ich mir vorstellte, sie würde aus Eis bestehen. Augenblicklich verschwanden die Klauen und bildeten stattdessen Finger. Mit grossen Augen beobachtete Tim die Vorführung. Da er sich dieses Mal nicht auf mich zubewegte, hielt ich ihm die Hand sachte vor die Schnauze. Auf meine Einladung hin nahm er ihren Duft in seiner Nase auf und stupste sie anschliessend sanft an. Ich verweilte in meiner Haltung, während Tim für die nächsten Augenblicke meine Hand anstarrte, ohne sich zu bewegen. Mit der Zeit gewann ich an Selbstvertrauen und bewegte sie langsam näher. Da er immer noch keinerlei Reaktion zeigte, begann ich, ihn sachte am Kopf zu streicheln, was er zu meinem Erstaunen über sich ergehen liess. Er machte keinerlei Anstalten, nach der Hand zu schnappen, wodurch ich mich sicherer fühlte. Sobald ich seinen Nacken kraulte, legte er den Kopf auf die Mittelkonsole und seufzte entspannt. Ich setzte meine Streicheleinheiten fort, wie es Vanessa stets bei mir getan hatte. Obwohl ich keinerlei Übung darin hatte, Drachen zu streicheln, schien ihm die Massage zu gefallen. Da die Analyse des Schadens eine Weile dauerte, massierte ich weiter, bis sich Tim auf den Rücken legte und vollständig ausstreckte. Sein Schwanz ragte aus der offenen Tür hinaus bis auf den Kies, während sein Kopf auf der Mittelkonsole lag. Die Beine streckte er nach oben. Schmunzelnd streichelte ich seinen Bauch wie der eines Haustiers.

«Möchtest du mich nach Hause zur Erde begleiten?», fragte ich Tim.

Die einzige Antwort, die ich von ihm erhielt, war ein tiefer Seufzer. In diesem Augenblick dachte ich über die Folgen nach, Tim mit auf die Erde zu nehmen. Einerseits würde er die Menschen als Beutetiere betrachten und andererseits konnte er durch die DrSG gefangengenommen werden. Hier auf diesem Planeten mit anderen Drachen hatte er es wesentlich besser.

Gedankenverloren blickte ich aus dem Fenster und stellte unbewusst mein Streichen ein. Plötzlich wurde ich aus meiner Fantasiewelt gerissen, da Tim an meiner Hand leckte. Obwohl sich ein Teil von mir davor ekelte, hielt ich still, da ich dieses Verhalten bereits von der Hündin meines Bruders kannte. Nachdem er den gesamten Schweiss von meiner Hand geleckt hatte, biss er hinein, bevor ich reagieren konnte. Erschrocken zuckte ich zurück, ehe mir bewusst wurde, dass er mich nicht verletzen wollte. Ganz sachte kaute er auf meiner Hand, sodass es eher einer Massage als einem Angriff glich. Gleichzeitig hielt er sie mit den Vorderbeinen fest. Da ich dieses Verhalten bereits von Hundewelpen kannte, liess ich es schmunzelnd zu.

«Beiss mir bloss keinen Finger ab.», ermahnte ich ihn lächelnd.

Während ich den grünen Drachen beobachtete, der spielerisch auf meiner Hand kaute, fragte ich mich, weshalb ich keine Haustiere hatte.

Vielleicht sollte ich mir einen Hund kaufen, dachte ich.

Die Reparatur des Raumschiffs begann eine knappe Viertelstunde später. Die Verschalung verflüssigte sich wie bei der Transformation zu einem Auto. Sobald sich das Metall in die korrekte Form gebracht hatte, verfestigte es sich wieder. Ein leises, metallisches Rauschen begleitete diesen Vorgang. Mittlerweile war Tim mit meiner Hand im Maul eingeschlafen. Seine Beine, die immer noch nach oben gestreckt waren, begannen im Traum zu zucken. Plötzlich biss er wesentlich stärker zu als zuvor, wodurch sich seine Zähne in meine Haut gruben.

«Autsch!», rief ich aus, was Tim sofort aufschreckte.

Er liess meine Hand los und richtete sich unbeholfen auf, wobei er beinahe nach hinten aus dem Raumschiff gefallen wäre. Mit eingezogenem Kopf blickte er mir entgegen, als würde er sich entschuldigen wollen. Kurz darauf kletterte er hinaus. Seiner zurückhaltenden Körperhaltung nach zu urteilen, tat ihm sein Biss leid.

«Tim! Du musst dich nicht vor mir verstecken. Bleib doch hier!», rief ich ihm nach, da meine Hand lediglich rote Stellen aufwies und mir bewusst wurde, dass er versehentlich zugebissen hatte.

Seufzend beobachtete ich, wie er sich zum Flussufer zurückzog und verunsichert in meine Richtung blickte. Ich trocknete meine mittlerweile aufgeweichte Hand ab und verwandelte mich erneut vollständig in einen Drachen. Da keine ernsthaften Verletzungen vorlagen, gelang mir die Verwandlung ohne jegliche Komplikationen.

Ich trat ebenfalls auf den Kiesstrand und näherte mich Tim, um ihn zu beruhigen. Währenddessen blickte er hektisch umher, als würde er am liebsten verschwinden. Sein Blick blieb am Waldrand hängen. Sofort verspannte sich seine Körperhaltung und er begann, in Richtung Wald zu fauchen.

«Was ist los?», fragte ich verwirrt.

Ohne auf mich zu achten, stiess sich Tim vom Boden ab und schlug einige Male mit den Flügeln, um an Höhe zu gewinnen. Sein Verhalten bereitete mir Angst, da ich nicht wusste, wovor er flüchtete. Instinktiv folgte ich ihm nach oben. Nur wenige Sekunden später sprang dieses schwarz glänzende Wesen mit dem übergrossen Maul zwischen den Bäumen hervor. Mit seinen schätzungsweise sechs Metern Länge war es wesentlich grösser, als ich angenommen hatte. Gierig blickte es uns nach, während wir weiterhin an Höhe gewannen.

«Danke, dass du mich gewarnt hast.», sagte ich erleichtert.

Ich konnte nicht anders, als diesem ekelhaften Wesen in die blutrot glühenden Augen zu starren. Da es keine Flügel besass, konnte es uns hier oben nicht folgen.

«Drachen kannst du nicht so leicht jagen, wie die anderen Tiere.», rief ich spöttisch hinab.

Währenddessen überlegte ich mir, wie ich dieses Wesen nennen sollte.

Schädelbrecher wäre meiner Meinung nach passend, da es seine Beute auf diese Weise tötet, dachte ich.

Tim flog einige Meter über mir, während ich knapp über den Baumwipfeln darauf wartete, dass der Schädelbrecher den Strand verliess. Schliesslich wollte ich baldmöglichst mit dem Raumschiff diesen Planeten verlassen. Das abscheuliche Wesen starrte mich an und stiess ein Fauchen aus, was direkt aus einem Albtraum hätte stammen können. Blitzschnell verschwand es zwischen den Bäumen und somit aus meinem Blickfeld.

«Mach dich bloss aus dem Staub, du elender Gehirnfresser.», murmelte ich vor mich hin.

Aus unerklärlichen Gründen fürchtete ich mich mehr vor diesem Wesen als vor allem anderen, was ich bisher auf diesem Planeten gesehen hatte. Es schien, als gehörte die Angst vor Schädelbrechern zur Natur eines Drachen.

Plötzlich raschelte das Laub eines Baums unter mir. Nur einen Sekundenbruchteil später sprang das gepardähnliche Wesen von der Baumkrone ab in meine Richtung. Panisch schlug ich mit den Flügeln, um mich dem Kiesstrand zu nähern. Trotz meines Ausweichmanövers erwischte es mich mit den Zähnen an der Schwanzspitze. Bevor ich auch nur einen weiteren Gedanken fassen konnte, zog es mich mit seinem Gewicht nach unten. Kurz darauf schlug ich hart gegen die Steine des Flussufers, was jegliche Luft aus meinen Lungen entweichen liess. Der Schädelbrecher landete währenddessen gekonnt auf den Pfoten. Ich konnte mich gerade aufrichten, da sprang er mir bereits mit weit geöffnetem Maul entgegen. Im allerletzten Moment gelang es mir, mich mithilfe meiner Vorderbeine von seiner Schnauze abzustossen. Dies schien meinen Gegner jedoch nicht abzulenken, denn er drückte mich mit einer Pfote zu Boden und schnappte erneut nach mir. Da ich dieses Mal darauf gefasst gewesen war, stiess ich ihm einen mächtigen Feuerstrahl in den Rachen, was dem Schädelbrecher einen markerschütternden Schrei entlockte, während er verwirrt zurückwich. Ich richtete mich auf und schoss erneut Feuer in seine Richtung, sodass er aus meiner Perspektive vollständig hinter den Flammen verschwand. Als ich das Feuerspeien einstellte, stand mein Gegner nicht mehr wie erwartet vor mir. Stattdessen sprang er mich von der Seite an, was mich derart überrumpelte, dass ich mich nicht wehren konnte. Abermals drückte er mich zu Boden und öffnete sein Maul, während ich die Luft in meinen Lungen erhitzte, um mich zu verteidigen.

Bedauerlicherweise hatte der Schädelbrecher dazugelernt, denn er stützte sich mit einer Pfote auf meinem Kopf ab, wodurch ich kein Feuer in seine Richtung speien konnte. Mit aller Kraft versuchte ich, mich zu befreien, jedoch war dieses abscheuliche Wesen zu schwer, als dass ich es mit meiner Muskelkraft hätte wegstossen können. Mit dem linken Hinterbein, welches ich als Einziges noch bewegen konnte, kratzte ich ihm die Haut auf, was meinen Gegner jedoch nicht zu beeinträchtigen schien.

Plötzlich verringerte sich das Gewicht auf meinem Oberkörper, wodurch ich mich erneut bewegen konnte. Mit den Krallen versuchte ich, ein Auge des Schädelbrechers zu erwischen. Leider verfehlte ich den Augapfel um wenige Zentimeter. Gerade als ich mich fragte, weshalb ich nicht bereits tot war, erblickte ich Tim, dessen Zähne sich nahezu vollständig in den Hals dieses nackten Wesens gegraben hatten. Der Drache stiess die Klauen seiner Hinterbeine kraftvoll in den Rumpf seines Gegners und riss ihm anschliessend tiefe Wunden ins Fleisch. Der Schädelbrecher schlug kurz darauf um sich und erwischte meinen Freund mit einer Pfote. Tim wurde aufgrund des Stosses mehrere Meter vom Kampfgeschehen weggeschleudert. Währenddessen gelang es mir, aufzustehen.

Nichts wie weg hier, dachte ich, als ich mich vom Boden abstiess und die Flügel ausbreitete.

Schneller als ich denken konnte, drehte sich der Schädelbrecher nach mir um und sprang in meine Richtung. Die tiefen Wunden, die Tim an seinem Körper verursacht hatte, schienen ihn keineswegs zu verlangsamen. Mitten in der Luft stiess er mit mir zusammen, wodurch ich abstürzte. Um nicht erneut festgehalten zu werden, stiess ich augenblicklich Feuer aus. Der Angreifer wich zurück, bevor ihn die Flammen erreichten. Nun stand er zwischen Tim und mir. Sein dickflüssiges, schwarzes Blut rann ihm aus den zehn Zentimeter langen Schnitten seines Rumpfes und tropfte gemächlich auf den Kies. Fauchend trat Tim näher, während ich es ihm stumm gleichtat.

Jetzt bist du dran, dachte ich siegessicher.

Entgegen meiner Erwartungen war es der Schädelbrecher, der seine Vorteile ausspielte. Blitzschnell drehte er sich einmal im Kreis, während er seinen Schwanz als Peitsche benutzte. Ich wurde im Gesicht getroffen, was mich seitlich zu Boden schlug. Aufgrund des Aufpralls wurde meine Wahrnehmung kurzzeitig schwammig. Die getroffene Stelle brannte wie bei einer Platzwunde. Als ich wieder vollständig bei Sinnen war, wurde Tim bereits zu Boden gedrückt. Mit einem lauten Knacken biss ihm der Schädelbrecher eines seiner Hörner ab.

Deswegen verfügen Drachen über Hörner! Sie schützen vor den Angriffen dieses seltsamen Wesens, da es stets von hinten den Kopf auseinanderbeissen möchte, schlussfolgerte ich.

Um meinen Freund nicht im Stich zu lassen, sprang ich auf den Schädelbrecher zu und grub ihm meine Krallen in die Seite. Unglücklicherweise verfehlte ich die bereits existierenden Wunden. Aufgrund seiner dicken Haut fügte ich ihm keine ernsthaften Verletzungen zu. Dennoch lenkte es unseren Gegner ab, denn er schnappte nach mir. Da ich mit diesem Verhalten gerechnet hatte, befand ich mich bereits ausser Reichweite, als sich seine furchterregenden Zähne näherten. Gerade als er sich wieder Tim widmen wollte, griff ich erneut an, dieses Mal am Hals. Nachdem ich ihm einen tiefen Kratzer hinterlassen hatte, zog ich mich wie bereits bei meinem letzten Angriff zurück. Der Schädelbrecher schien verstanden zu haben, was ich vorhatte, denn er liess Tim los und schnappte gezielt in meine Richtung. Bedauerlicherweise erwischte er mich am Flügel und zog mich unsanft näher. Die eben entstandenen Verletzungen brannten wie Feuer, da sie durch den Speichel dieses Wesens bedeckt wurden. Nachdem es mich an meinem Flügel herangezogen hatte, öffnete es sein riesiges

Maul und biss mir in den Oberkörper. Augenblicklich wurde mir die Luft abgeschnürt und die Rippen brachen unter dieser Belastung. Ich konnte fühlen, wie sich die Knochensplitter in meine Organe gruben, was mich vor Schmerz lähmte. Nun schleuderte mich der Schädelbrecher einige Meter davon und ich blieb bewegungsunfähig liegen. Ich öffnete mein Maul, um nach Luft zu schnappen, jedoch wollte mir mein Zwerchfell nicht gehorchen. Es war, als würden die gebrochenen Rippen verhindern, dass sich meine Lungen mit Luft füllen konnten. Im Augenwinkel erkannte ich, dass mein Oberkörper vom Halsansatz bis zu den Hinterbeinen tiefe, blutende Bisswunden aufwies. Ebenfalls lag ich in einer sehr krummen, geknickten Position. Unter unvorstellbaren Schmerzen richtete ich mich gerade auf dem Boden aus, während die Knochensplitter weitere innere Verletzungen verursachten. Endlich gelang es mir, einzuatmen, was die Schmerzen zu meinem Leidwesen jedoch nicht minderte. Als ich daraufhin Blut hustete, wurde ich mir der jetzigen Lage vollauf bewusst.

Ich muss zu den Nanobots gelangen, die meine Verletzungen heilen können. Ansonsten überlebe ich diesen Kampf nicht, dachte ich in letzter Hoffnung.

Ein knackendes Geräusch hielt mich davon ab, zum fünfzehn Meter entfernten Raumschiff zu robben. Stattdessen musste ich zusehen, wie der Schädelbrecher Tims letzte Hörner abbiss. Anschliessend spaltete sich der Unterkiefer dieses Wesens in zwei Teile und umfasste den Hals seiner Beute, wie bereits bei der Tötung des brachiosaurusähnlichen Tiers. Schwer atmend und mit angsterfülltem Blick starrte mich Tim an, während der Schädelbrecher langsam und bedrohlich sein Maul schloss. Da der Kopf dieses blutrünstigen Wesens ungefähr die dreifache Grösse hatte wie der des Drachen, verschwand Tims Kopf vollständig in seinem Rachen. Für einen Augenblick sah es so aus, als hätte der Schädelbrecher zwei Körper, denn Tims Hals ragte aus dem zwiegespaltenen Unterkiefer heraus. Plötzlich ertönte ein lautes Knacken, während sich das Maul des Schädelbrechers vollständig schloss. Tims zuvor angespannten Muskeln erschlafften sofort. Bereits eine Sekunde später öffnete dieses mit jeder Sekunde mehr durch mich gefürchtete Wesen sein Maul erneut und entblösste den gespaltenen Schädel des grünen Drachen. Mit den Krallen verschaffte es sich Zugang zum Gehirn seiner Beute, was es in einem Bissen verschlang. Nun trat es zähnefletschend auf mich zu. In panischer Angst robbte ich einige Meter in Richtung Raumschiff, wobei ich meine Schmerzen für einen Augenblick ignorieren konnte. Leider war der Schädelbrecher wesentlich schneller als ich. Mit einer Pfote wollte er mich zu Boden drücken, was ich dank eines kurzen Feuerstosses verhinderte. Blitzschnell wich der Angreifer zurück, wie er es bereits die letzten Male getan hatte. Gleich darauf hustete ich erneut, was mich daran hinderte, den Feuerstrahl aufrechtzuerhalten. Dieses Mal schnappte der Schädelbrecher nach meinem Hals, um mich augenblicklich töten zu können, was durchaus nachvollziehbar war, da ich aufgrund meines Feuers eine wesentlich grössere Gefahr darstellte als Tim. Ich hielt mein rechtes Vorderbein schützend dazwischen, was ich einen Sekundenbruchteil später bereute, da mir der Schädelbrecher sofort jegliche Knochen und Muskeln meines Beins mit seinen Zähnen durchtrennte. Allem Anschein nach wollte er es mir vollständig abbeissen, denn selbst die harten Schuppen brachen unter dieser Belastung auseinander. Mit den Klauen des anderen Vorderbeins versuchte ich erneut, das Auge des Angreifers zu erwischen. Da sich sein Kopf direkt vor meinem Oberkörper befand, traf ich genau ins Schwarze, wodurch der Schädelbrecher fürchterlich kreischend mein Bein losliess. Mittlerweile hing es nur noch an wenigen Hautfetzen fest. Die Schmerzen, die nun davon ausgingen, übertrafen selbst die meines Oberkörpers, obwohl ich dies nicht für möglich gehalten hätte. Insbesondere die auseinandergebissenen Muskeln, die sich vollständig zurückgezogen hatten und meinen Schuppenpanzer nun unförmig ausbuchteten, erzeugten beinahe unvorstellbare Qualen. Bevor ich einen klaren Gedanken fassen konnte, griff der Schädelbrecher abermals an. Instinktiv packte ich seinen Unterkiefer mit den Zähnen, sodass sich der obere Teil meiner Schnauze in seinem Maul befand. Weshalb ich auf diese Weise reagiert hatte, wusste ich nicht. Trotzdem brachte mich diese Situation auf eine Idee. Mit all meiner noch übriggebliebenen Energie stiess ich Feuer aus meinen Nasenlöchern in den Rachen meines Gegners, während dieser wiederum versuchte, sich loszureissen. Ohne Rücksicht auf Verluste biss ich mich an seinem Unterkiefer fest, obwohl sich dabei seine überlangen Zähne in meinen Gaumen bohrten und ich aufgrund der panischen Bewegungen des Schädelbrechers umhergeschleudert wurde. Mehrere Male gelang es mir, Feuer zu verschiessen, bis die Haut dieses Wesens verkrustete und zu rauchen begann. Immer verzweifelter versuchte der Schädelbrecher, sich von mir zu lösen, jedoch gelang es ihm nicht. Erst als er meinen Kiefer mit seinen Pfoten aufsperrte, konnte er sich zurückziehen. Ich war überrascht, dass er meinen Biss derart leicht hatte lösen können. Abermals stiess ich hustend Feuer aus, was meinen Gegner einige Meter zurückweichen liess. Er hechelte mit rauchendem Maul, was auf schwerste Verbrennungen hinwies. Kurz darauf verschwand er im Wald, während er mich ununterbrochen anstarrte. Zum ersten Mal schien ich Angst in den Augen des Schädelbrechers erkannt zu haben.

Mein schmerzhafter Husten setzte sich fort. Mit jedem Mal schien das Blut schneller aus meinem Oberkörper zu fliessen. In reinem Überlebenswillen robbte ich die letzten Meter zu meinem Raumschiff, während ich eine breite Spur aus Blut hinterliess. Der Hustenreiz verschlimmerte sich zunehmend, da sich meine Lungen kontinuierlich mit Blut füllten. Um meine Verletzungen nicht noch weiter zu verschlimmern, versuchte ich, ruhig zu atmen und meinen Husten zu unterdrücken. Bedauerlicherweise gelang es mir nicht vollständig. Während ich die Kofferraumklappe öffnete, spritzte erneut Blut aus meinem Maul, während ich hustete. Stark zitternd nahm ich einen Behälter voller Nanobots zwischen die Klauen. Vor lauter Nervosität und Angst fiel er zu Boden. Es gelang mir nicht, ihn mit meinen Krallen aufzuheben, da ich das rechte Vorderbein überhaupt nicht mehr nutzen konnte. Deswegen nahm ich den glücklicherweise unbeschädigten Behälter zwischen die Zähne und rammte die spitze Nadel in meine Schulter. Mithilfe meiner Schnauze injizierte ich mir den Inhalt, während ich erschöpft zu Boden sackte. Sobald das Kribbeln einsetzte, versuchte ich mich zu entspannen. Leider verstärkten sich meine Schmerzen abermals, als sich die Muskeln, Sehnen und Knochen vollautomatisch in ihre ursprüngliche Position bewegten. Mit einem schmatzenden Geräusch verband sich das Muskelgewebe meines fast abgebissenen Beins erneut, wodurch ich mich vor lauter Schmerzen verkrampft auf dem Boden wand. Meine Gedanken wechselten zu Vanessa, da ich hoffte, sie würde mir irgendwie Erleichterung verschaffen können.

Erst jetzt schienen sich meine Wunden zu bessern. Langsam verebbten die Schmerzen und der Blutstrom versiegte. Hustend und keuchend blieb ich noch für mindestens eine Viertelstunde liegen und genoss mein erneut schmerzfreies Leben. Als mir bewusst wurde, dass ich von oben bis unten mit Blut bedeckt war, was langsam verkrustete, rappelte ich mich stöhnend auf. Sobald sich mein Kopf über dem Oberkörper befand, wurde mir schwindelig. Der Boden schien unter mir zu schwanken, bis ich mich hinsetzte und ruhig durchatmete. Währenddessen musste ich ein weiteres Mal husten, um die letzten Blutreste aus meinen Lungen hervorzubringen. Ich blickte in Tims Richtung, der immer noch leblos in seiner eigenen Blutlache auf dem Boden lag. Der aufgebrochene Schädel trieb mir unwillkürlich Tränen in die Augen.

In neuer Hoffnung nahm ich eine weitere Dosis Nanobots aus dem Kofferraum, wobei ich unbewusst meine Zähne benutzte, und brachte sie zu Tim. Die Tatsache, dass ich mich noch nicht gesäubert hatte, war mir in diesem Augenblick gleichgültig.

«Du hast mir das Leben gerettet. Jetzt muss ich deines retten.», sagte ich leise, als ich ihm die Nanobots injizierte.

Sofort verschlossen sich seine Wunden und der Schädelknochen fügte sich knirschend zusammen. Gespannt starrte ich meinen grünen Freund an und wartete darauf, dass er die Augen öffnete. Zu meiner Enttäuschung geschah nichts dergleichen. Ich lauschte an Tims Brustkorb und konnte keinen Herzschlag hören.

«Bitte, wach auf!», schluchzte ich.

Behutsam hob ich seinen Kopf hoch, der wesentlich leichter war, als ich ihn in Erinnerung hatte, und umarmte ihn, wie ich es bei einem Menschen getan hätte. Meine Tränen perlten auf seinen Schuppen ab, während ich weinte. Mit der Zeit wich die Wärme aus seinem Körper, denn die Sonne verschwand in diesem Augenblick hinter den umliegenden Bergen. Trotzdem klammerte ich mich noch an Tim fest und weinte, bis es dunkel wurde.

Als sein Körper bereits steif geworden war, löste ich mich von ihm und blickte umher. Obwohl ich hätte wissen müssen, was meine eigentlichen Pflichten waren, stand ich ratlos auf dem Kiesstrand, der mittlerweile aufgrund des Mondlichts blau schimmerte.

«Weshalb muss die Natur dermassen grausam sein?», rief ich dem Himmel entgegen.

Erneut wollte ich in Tränen ausbrechen, bis mir auffiel, dass das Mondlicht von zwei Monden stammte. Wie verzaubert blickte ich hoch, bis ich wieder klare Gedanken fassen konnte.

Von Trauer erfüllt hob ich ein Grab inmitten des Kiesstrands aus und legte Tims mittlerweile vollständig abgekühlten Körper hinein. Mit Tränen in den Augen stapelte ich Steine auf seiner Leiche, bis er nicht mehr zu erkennen war. Anschliessend kratzte ich seinen Namen mithilfe meiner Krallen in den obersten Stein und stellte sicher, dass er wenigstens für die nächsten Wochen auch auf dieser Position liegenbleiben würde. Anschliessend badete ich ausgiebig im kalten Wasser des Flusses. Obwohl ich aufgrund des hohen Blutverlusts nicht genügend Energie besass, mich mit Feuer warmzuhalten, blieb ich minutenlang in der leichten Strömung liegen, bis ich vollständig durchgefroren war.

Bibbernd vor Kälte schloss ich die hintere Klappe des Raumschiffs und stieg ein. Um nicht noch weiter auszukühlen, verwandelte ich mich in einen Menschen und trocknete mich anschliessend mit meiner Hose ab. Immer noch fühlte ich die starke Erschöpfung des Kampfes und die Folgen des Blutverlusts.

Geistesabwesend startete ich die Triebwerke und flog in Richtung Sterne davon. Dass das Raumschiff mehrere Stunden zuvor noch beschädigt gewesen war, hatte ich aufgrund meiner Trauer um Tim bereits vergessen. Selbst die starken Turbulenzen beim Atmosphärenaustritt waren mir gleichgültig.

15

Rückweg

Sobald ich mich ausserhalb der Atmosphäre befand, aktivierte ich den Autopiloten. Da ich bereits vor dem Vorfall mit dem goldenen Drachen den EFG konfiguriert hatte, war die Erde als Ziel voreingestellt. Ich betätigte «Autopilot starten» und lehnte mich mit geschlossenen Augen zurück. Knapp fünf Minuten später öffnete ich sie wieder und blickte verwirrt umher. Ich befand mich immer noch an derselben Stelle wie zuvor. Auf dem Display wurde «Wasserstoff unzureichend» angezeigt. Ein Blick auf die Instrumentenanzeige verriet mir, dass der Wasserstofftank lediglich noch zu 18 % gefüllt war. Erst eine halbe Minute später begriff ich, dass ich in der Klemme steckte.

«Das darf doch wohl nicht wahr sein!», rief ich aus.

Verzweifelt überprüfte ich den Füllstand erneut, was jedoch dasselbe Resultat hervorbrachte. Fassungslos blickte ich auf den Planeten zurück, von dem ich soeben gestartet war.

Gibt es hier irgendeine Möglichkeit, an Wasserstoff zu gelangen? Fragte ich mich.

Da mir auf die Schnelle keine brauchbare Lösung einfiel, wie ich Wasserstoff durch Elektrolyse herstellen, vom Sauerstoff trennen und mit Hochdruck in den Tank füllen konnte, veränderte ich die Einstellungen des Autopiloten. Als ich auf «Schubdüsen konfigurieren» klickte, öffnete sich ein Menü mit drei Optionen: «Hybrid», «Nur Wasserstoff» und «Nur Ionen». Ich wählte «Nur Ionen» aus, da der Ionenantrieb Xenon anstelle von Wasserstoff verwendete, was noch zur Genüge vorhanden war. Abermals versuchte ich, den Autopiloten zu starten, jedoch erschien dieselbe Fehlermeldung. Nun wählte ich «Warpantrieb konfigurieren» aus, was eine Menge neuer Optionen hervorrief. Glücklicherweise konnte ich bestimmte Voreinstellungen verwenden. Eine davon war «Maximale Effizienz». Da der Warpantrieb durch den Wasserstoff-Kernfusionsreaktor betrieben wurde, war ich mir sicher, dass diese Einstellung meinen Verbrauch reduzierte. Nun wurde die Reisedauer automatisch berechnet, was zuvor noch nicht der Fall gewesen war. Obwohl ich mir jetzt sicher war, dass meine Einstellungen genügten, stutzte ich, da «Ankunft in 5 Jahren, 215

Tagen, 17 Stunden und 58 Minuten» angezeigt wurde. Von einem Moment auf den anderen fühlte es sich an, als wäre der Boden unter meinen Füssen weggezogen worden, obwohl ich mich aufgrund der Schwerelosigkeit bereits so hätte fühlen müssen.

«Nein! Was soll dieser Schwachsinn? Ich möchte doch bloss nach Hause fliegen.»

Meine Verzweiflung trieb mir Tränen in die Augen. Ich musste Vanessa baldmöglichst besuchen, da sie mich bestimmt vermisste. Schliesslich wollte ich sie in meiner menschlichen Gestalt nicht auch noch verlieren. Abermals ging ich alle Einstellungen des Autopiloten durch. Ohne zu wissen, was diese Option genau bewirkte, aktivierte ich «Beschleunigung durch Himmelskörper erlauben». Augenblicklich verkürzte sich die Ankunftszeit auf unter ein Jahr.

311 Tage ist immer noch viel zu lange, dachte ich.

Nun deaktivierte ich das «Lorentzfaktor-Limit» von 100, was mir ebenfalls ein Rätsel war. Am liebsten hätte ich mich im Internet danach erkundigt, jedoch hatte ich hier keinerlei Empfang. Zu meinem Erstaunen wurde 54 Minuten als Reisedauer angezeigt. Ich vergewisserte mich mehrere Male, nicht etwas übersehen zu haben, da ich kaum glauben konnte, dass ich trotz der kürzeren Reisedauer weniger Wasserstoff benötigte. Mit leicht mulmigem Gefühl startete ich den Autopiloten, da mir nichts Verdächtiges aufgefallen war. Augenblicklich ertönte das laute Dröhnen des Ionenantriebs, was die gesamte Kabine vibrieren liess. Die Beschleunigung war wie bereits bei meinen ersten Tests dieses Antriebs sehr schwach. Die Planeten um mich herum waren urplötzlich verzerrt, das Dröhnen verstummte beinahe vollständig und es fühlte sich an, als würden meine Gehörgänge mit Watte gefüllt werden. Anschliessend wurde ich von absoluter Dunkelheit umgeben. Erst als ich winzige Lichtpunkte erkennen konnte, die mich umgaben, wurde mir bewusst, dass ich soeben ein neues Universum betreten hatte. Abermals wurde es dunkel und andere Lichter erschienen. Mit jedem Zyklus wechselte ich schneller zwischen den Universen, bis ich schliesslich nur noch verschwommen flackernde Lichter erkennen konnte.

Kurze Zeit später erstrahlte ein Stern direkt vor mir, während sämtliche Geräusche schlagartig in voller Stärke zurückkehrten. Dank der adaptiven Scheibentönung schadete mir das Licht kein bisschen. Stattdessen konnte ich die genaue Oberflächenbeschaffenheit des Sterns erkennen. Unzählige Zellen aus orangefarbenem Plasma, die durch dunklere Ränder getrennt waren, überzogen die Oberfläche dieses strahlend hellen Himmelskörpers. Aufgrund des Magnetfelds bildeten sich riesige, leuchtende Bögen, durch die die Erde bestimmt mehrere Male hindurchgepasst hätte. Mit zunehmender Geschwindigkeit näherte ich mich dem Stern, bis er mein gesamtes Sichtfeld einnahm. Verunsichert blickte ich diesem riesigen Ozean aus heissem Plasma entgegen.

Was hat der Autopilot vor? Fragte ich mich.

Gerade als ich befürchtete, mit dem Stern zu kollidieren, wurde alles stockdunkel und still. Abermals wechselte ich durch tausende Universen, während ich endlich begriff, was mit «Beschleunigung durch Himmelskörper» gemeint war.

Das Raumschiff fliegt frontal auf ein Objekt im Weltraum zu und wechselt im allerletzten Moment in ein anderes Universum. Auf diese Weise beschleunigt es mithilfe der Anziehungskraft dieser Himmelskörper, mutmasste ich.

Meine Vermutung bestätigte sich, als erneut ein Stern vor mir erschien, in dessen Richtung ich beschleunigte. Ebenfalls bemerkte ich, dass sich der Warpantrieb während dieses Manövers stets deaktivierte, um die Schwerkraft der Sterne länger nutzen zu können.

Je länger diese permanenten Wechsel stattfanden, desto entspannter wurde ich. Gelassen beobachtete ich die rasanten Wechsel der Geschwindigkeit, die von knapp einer Million Stundenkilometern bis zehn Lichtjahre pro Sekunde reichten. Der Lorentzfaktor, von dem ich immer noch nicht wusste, was er war, schwankte zwischen 1.0000004 und 2.5. Je näher ich einem grossen Himmelskörper war, desto grösser wurde die Zahl. Mit der Zeit faszinierten mich diese Werte so sehr, dass ich kaum noch wegsehen konnte. Erst als der Lorentzfaktor plötzlich innert weniger Sekunden auf über 50'000 anstieg, blickte ich auf, konnte jedoch nichts Aussergewöhnliches erkennen. Der Raum schien stark verzerrt dargestellt zu werden, was kurz vor einem Wechsel in ein anderes Universum normal war. Einzig und allein die Tatsache, dass der vordere Teil meines Körpers mit zunehmender Stärke nach vorn gezogen wurde, verwirrte mich. Es fühlte sich an, als wollte mich eine unsichtbare Kraft auseinanderziehen. Da dieses Gefühl nur von kurzer Dauer war und der rasante Wechsel zwischen den Universen abermals begann, war es mir gleichgültig. Was hingegen meine Aufmerksamkeit erregte, war meine jetzige Geschwindigkeit, die als 312 Lj/s angezeigt wurde. Gleichzeitig verweilte der Lorentzfaktor auf 1.747141395, ohne sich zu rühren, und die Galaxien vor mir erstrahlten wesentlich heller und blauer als zuvor, während neben mir alles unverändert blieb.

Ich weiss zwar nicht, weshalb ich plötzlich so schnell geworden bin, aber beschweren kann ich mich hierbei nicht, dachte ich verblüfft.

Einzig die dauerhaften Verzerrungen und neu aufgetretenen Turbulenzen des Raums verwirrten mich. Es schien, als würde ich durch einen Sturm fliegen, obwohl mich nichts als leerer Raum umgab. Ausserdem fiel mir auf, dass «Antriebsleistung eingeschränkt: Strahlenschilde überlastet» auf dem Display angezeigt wurde.

Wenn ich auf diese Weise in unter einer Stunde nach Hause komme, ist mir diese Meldung egal.

Glücklicherweise geschah nun über eine halbe Stunde nichts mehr, ausser dass alle losen Gegenstände aufgrund der Turbulenzen dauerhaft durch den Innenraum geworfen wurden.

Ein lauter Piepton liess mich hochschrecken. Ich war vor lauter Erschöpfung eingeschlafen. Da sich nun die Erde direkt vor mir befand, musste ich die Steuerung für den Landeanflug übernehmen. In freudiger Aufregung trat ich in die Atmosphäre ein. Dem aktuellen Sonnenstand nach zu urteilen, musste es beinahe Mittag sein. Seltsamerweise zeigte meine Armbanduhr Viertel vor sechs an. Leicht verunsichert vergewisserte ich mich, dass ich auf den richtigen Kontinenten zusteuerte. Unter mir war der Zürichsee klar und deutlich zu erkennen. Gemeinsam mit dem Greifensee und dem Pfäffikersee bildete er ein lachendes Gesicht, was sich problemlos aus dem Weltraum erkennen liess.

Vielleicht ist die Uhr zwischendurch stehengeblieben, vermutete ich.

Als ich neben meiner Garage landete, erhielt ich mindestens ein Dutzend Nachrichten von Vanessa. Sie hatte in der Zwischenzeit unzählige Male versucht, mich zu erreichen. Die schiere Anzahl ihrer Nachrichten bereitete mir Unbehagen.

Ich war doch bloss einen Tag fort, dachte ich.

Mein Mobiltelefon zeigte Sonntag, den 11. Juni 2023 an.

«Was?», fragte ich mich verwirrt, da es eigentlich Mittwoch hätte sein müssen.

Ich parkte in der Garage und stieg ohne T-Shirt aus, da es durch Tim zerfetzt worden war. Während ich mich meiner Wohnung näherte, warfen mir einige Passanten fragende Blicke zu. Mein Gesicht fühlte sich aufgrund meines Schamgefühls heiss an. Leicht schwitzend eilte ich nach Hause und schloss die

Haustür auf. Erst als ich meine Wohnung erreichte, atmete ich erleichtert durch. Ohne mir ein neues Oberteil anzuziehen, setzte ich mich auf mein Sofa und wählte Vanessas Nummer auf meinem Mobiltelefon. Bereits zwei Sekunden später nahm sie den Anruf entgegen.

«Hallo Nils, geht es dir gut? Ich versuche seit Tagen, dich zu erreichen.»

«Guten Morgen ... ich meine guten Tag Vanessa. Ja, mir geht es gut. Zumindest einigermassen. Es tut mir leid, dass ich dir diese Woche nicht geantwortet habe.»

«Was ist passiert, dass du nicht erreichbar warst?»

«Ich war auf einem weit entfernten Alienplaneten, den mir R-34-d gezeigt hat. Kurz bevor ich nach Hause fliegen konnte, hat ein Drache mein Raumschiff angegriffen. Anschliessend musste ich es reparieren.»

«Du wurdest von einem Drachen angegriffen?»

«Ja. Anscheinend stammen sie von diesem Planeten.»

«Und dir ist nichts passiert?»

«Nein.»

Obwohl dies nicht der Wahrheit entsprach, brachte ich es nicht übers Herz, ihr von meiner Nahtoderfahrung zu erzählen. Ausserdem müsste ich ihr dann gestehen, der rote Drache zu sein. Aufgrund meiner letzten Begegnung mit ihr war ich mir sicher, dass sie mich verlassen würde, sobald ich ihr die vollständige Wahrheit erzählte. Aus diesem Grund verschwieg ich ihr meine einzigartigen Fähigkeiten.

«Gott sei Dank! Weshalb hast du mir nicht gesagt, dass du einen weit entfernten Planeten besuchst? Ich habe mir solche Sorgen um dich gemacht.»

Erneut trat meine Trauer zum Vorschein, die ich seit dem Tag verspürte, als sie meine Drachengestalt verlassen hatte.

«Ich weiss nicht so genau.», antwortete ich, während sich ein Kloss in meinem Hals bildete.

«Bist du sicher, dass es dir gut geht? Du klingst traurig.»

Nun konnte ich mir ein Schluchzen nicht mehr unterdrücken. Die Trauer um Tim, die Erleichterung, doch noch nach Hause gekommen zu sein, die Reue, niemandem etwas über meinen riskanten Ausflug erzählt zu haben und die Angst vor möglichen Folgen meines Handelns vermischten sich. Ohne dass ich etwas dagegen unternehmen konnte, flossen Tränen aus meinen Augen, während ich zu weinen begann.

«Würde es helfen, wenn ich dich heute besuchen komme?», fragte Vanessa, die immer genau zu wissen schien, was ich fühlte.

«Mhm.», antwortete ich in Tränen.

«In diesem Fall mache ich mich gleich auf den Weg zu dir. Ich bin in einer Viertelstunde da. Soll ich währenddessen mit dir telefonieren oder geht es, wenn wir später sprechen?»

«Es geht, wenn wir jetzt auflegen.», brachte ich zwischen den Schluchzern hervor.

«Okay, dann bis gleich.»

Sie legte auf und ich liess meiner Trauer freien Lauf. Obwohl Vanessa noch nicht bei mir war, gab mir ihre Fürsorge ein Gefühl der Sicherheit, was mich geringfügig tröstete.

Kurze Zeit später klingelte es an der Tür. Ich stand vom Sofa auf und betätigte den Türöffner. Noch immer rannen mir Tränen über die Wangen. Als Vanessa vor meiner Wohnungstür ankam, sah sie mich besorgt an, ohne etwas zu sagen. Sie schloss mich in ihre Arme, was dazu führte, dass ich erneut schluchzte. Mit ihrem Fuss schloss sie die Tür, sodass mich die Nachbarn nicht mehr hören konnten. Anschliessend standen wir minutenlang im Eingangsbereich, während wir uns gegenseitig umarmten. Irgendwann liess mich Vanessa los und blickte mir in die Augen.

«Wo ist dein T-Shirt?», fragte sie.

«Ich habe es verloren.», gestand ich.

«Komm, wir setzen uns auf dein Sofa.» schlug Vanessa vor.

Ich wischte mir die Tränen aus den Augen und ging ins Wohnzimmer. Vanessa brachte mir gleich darauf ein frisches T-Shirt aus meinem Kleiderschrank und half mir, es anzuziehen. Anschliessend setzten wir uns und ich weinte fortlaufend. Aus dem Sitzen wurde ein Anlehnen und schliesslich ein Liegen. Arm in Arm lagen wir nebeneinander, während ich mich allmählich beruhigte. Als ich endlich nicht mehr ununterbrochen schluchzen musste, strich mir Vanessa durch die zerzausten Haare.

«Und jetzt erklär mir mal, was dich derart belastet.», sagte sie interessiert.

«Ich weiss gar nicht, wo ich beginnen soll.», entgegnete ich, um ein wenig Zeit zu gewinnen, sodass ich meine verworrenen Gedanken sortieren konnte.

Nun erklärte ich ihr, wie mich der goldene Drache angegriffen hatte, wie die Steuerklappe verlorengegangen war und wie ich mein Schiff repariert hatte. Ausserdem erzählte ich ihr von Tim, der mein Leben gerettet hatte und wie er getötet worden war. Einzig meine Drachengestalt verschwieg ich ihr erneut.

«Dieser nette, grüne Drache erinnerte mich an eine Hundewelpe, wie er mit meiner Hand und meinem T-Shirt gespielt hat. Und meinetwegen ist dieses unschuldige Geschöpf gestorben.»

Abermals kamen mir die Tränen, während Vanessa geduldig zuhörte.

«Die Natur kann leider sehr grausam sein.», antwortete sie mitfühlend.

«Warst du tatsächlich fünf Tage auf diesem Planeten?»

«Eigentlich können es maximal zwölf Stunden gewesen sein. Ich kann mir nicht erklären, weshalb es bereits Sonntag ist.»

«Wahrscheinlich handelt es sich um eine Zeitverschiebung. Wie schnell warst du unterwegs?»

«Mit über dreihundert Lichtjahren pro Sekunde.»

«Was?»

Ihre verblüffte Reaktion liess mich trotz meiner Trauer lachen.

«Dann ist es eigentlich ein Wunder, dass du nicht Milliarden Jahre in der Zukunft gelandet bist.», antwortete sie.

«Nicht unbedingt. Mit dem Warpantrieb lässt sich der Raum abkürzen, wodurch keine Zeitverschiebung entstehen sollte.»

Ganz sicher war ich mir jedoch nicht mehr.

«Trotzdem kann es sein, dass du die Zeit während des Reisens anders wahrnimmst. Versprichst du mir, dass du ab jetzt regelmässig Nachrichten schreibst, wenn du mit dem Raumschiff unterwegs bist?»

«Ich habe keinen Empfang mehr ausserhalb der Erdumlaufbahn.»

«Gibt es keinen Sender, mit dem du Nachrichten verschicken könntest?»

«Das muss ich R-34-d fragen.»

«Dann frag das bitte, bevor du erneut mit dem Raumschiff fliegst. Du kannst dir gar nicht vorstellen, wie froh ich bin, dass dir auf diesem Alienplaneten nichts zugestossen ist.», sagte Vanessa und küsste mich anschliessend auf die Lippen.

«Ich bin auch froh, wieder bei dir sein zu können.», entgegnete ich.

Wir küssten uns erneut und ich fragte mich bereits, weshalb ich derart traurig gewesen war, dass sie meine Drachengestalt verlassen hatte.

Es war von Anfang an naiv von mir, zu glauben, dass aus der Beziehung zwischen Drache und Mensch tatsächlich etwas werden könnte, dachte ich, obwohl ich tief in meinem Inneren immer noch an das Gegenteil glaubte.

Wir küssten und schmusten für die nächsten Minuten, bis mich Vanessa plötzlich fragte, ob ich noch mehr über meine gefährliche Reise zu erzählen hatte.

«Da gibt es tatsächlich noch etwas. Mein Wasserstofftank war vor dem Abflug bereits fast leer und ich musste einige Einstellungen anpassen, um wieder zurückfliegen zu können. Zwischendurch hat es eine Reisedauer von über fünf Jahren vorgeschlagen. Ich hatte bereits befürchtet, nie wieder zur Erde gelangen zu können.»

«Ach, Schatz.», sagte sie besorgt.

Sie öffnete ihren Mund erneut, sprach jedoch nicht weiter. Anschliessend strich sie mir mit der Hand über meine noch feuchten Wangen und lächelte. Allem Anschein nach war sie froh, mich nicht verloren zu haben.

«Ich werde ab jetzt überlegter vorgehen, wenn ich solch eine Reise wage.», beschloss ich.

«Das halte ich für eine sehr gute Idee.»

Ich verbrachte den Rest des Sonntags mit Vanessa. Die meiste Zeit sassen wir auf dem Sofa und unterhielten uns über alles Mögliche. Je länger sie bei mir war, desto besser fühlte ich mich. Als wir schliesslich gemeinsam zu Bett gingen, waren meine Sorgen nahezu vollständig verblasst.

Um exakt 6:20 Uhr weckte mich der Wecker aus einem grossen Durcheinander von Träumen. Insbesondere blieben mir der Schädelbrecher, Tim und Vanessa im Kopf. Glücklicherweise waren nicht alle Träume von schlechter Natur gewesen. Neben dem knappen Überlebenskampf und der Wasserstoffknappheit hatte ich geträumt, mit Tim zu spielen und dass Vanessa meinen Rücken massierte.

«Musst du jetzt nicht aufstehen?», fragte Vanessa verschlafen, da ich gedankenverloren die Decke anstarrte.

«Ja, eigentlich schon.», antwortete ich.

Nachdem ich ihr einen Kuss auf die Stirn gegeben hatte, stand ich auf und zog mich an. Entspannt bereitete ich Vanessa und mir das Frühstück zu. Obwohl ich auf dem Alienplaneten beinahe gestorben war, fühlte ich mich wie neu geboren.

«Das Essen ist fertig.», sagte ich mit gedämpfter Stimme, um Vanessa nicht zu erschrecken, die bereits wieder eingeschlafen war.

«Ich komme gleich.», antwortete sie seufzend.

Wenige Minuten später trat sie schlaftrunken aus dem Zimmer heraus und setzte sich an den Esstisch.

«Ich glaube, ich sollte meinem Vorgesetzten erzählen, dass ich über Alientechnologie verfüge und eine feindliche KI versucht, Genozid zu betreiben.»

«Mhm.», entgegnete sie.

«Oder hast du eine bessere Idee, wie ich die Abwesenheiten von letzter Woche erklären könnte?»

«Nein.»

«Sven glaubt mir bestimmt, wenn ich behaupte, ich wäre krank gewesen. Aber falls sich solche Abwesenheiten häufen, wird es problematisch.»

«Hast du eigentlich immer so viel Energie am Morgen?»

«Ja, zumindest meistens. Nach dem Frühstück geht es mir sogar noch besser.»

«Ich beneide dich.», sagte sie gähnend.

Nachdem wir fertig gegessen hatten, fuhr ich Vanessa zur Arbeit. Anschliessend begab ich mich auf den Weg ins Büro.

«Guten Morgen Nils, weshalb warst du letzte Woche drei Tage nicht erreichbar?», fragte Sven, als ich das Büro betrat.

«Guten Morgen, der Grund für meine Absenz ist sehr kompliziert. Hast du gerade ein wenig Zeit, dass ich dir etwas zeigen kann?»

«Nur wenn es nicht länger als zehn Minuten dauert. Aber was hat das mit deiner Abwesenheit zu tun?»

Sven war nun verständlicherweise verwirrt. Ich blickte leicht nervös umher, um sicherzustellen, dass mir niemand sonst zuhörte.

«Ich wurde von einer ausserirdischen KI mit Alientechnologie ausgerüstet. Mein Auto ist nun gleichzeitig ein Raumschiff, mit dem ich zu anderen Planeten und sogar in andere Universen reisen kann. Gestern … ich meine am Dienstag habe ich einen weit entfernten Planeten besucht. Obwohl für mich nur zwölf Stunden vergangen sind, bin ich erst am Sonntagnachmittag zurückgekehrt. Bisher wusste ich nicht, dass trotz des Warpantriebs eine derart starke Zeitverschiebung entstehen kann.»

«Du willst mich doch auf den Arm nehmen.», entgegnete Sven schmunzelnd.

«Nein, es ist die Wahrheit. Weil ich wusste, dass du mir nicht glauben würdest, möchte ich es dir zeigen.»

Mit fragendem Blick folgte mir Sven nach draussen. Ich setzte mich auf den Fahrersitz und manövrierte das Auto anderthalb Meter von der Mauer weg, neben der ich geparkt hatte. Anschliessend aktivierte ich den Flugmodus, wodurch sich die Tragflächen ausfuhren. Schmunzelnd öffnete ich die eben entstandene Flügeltür und wartete, dass Sven seine Sprache wiederfand.

«Und ich dachte, du machst Witze!», sagte er lachend.

«Dieses Mal nicht.»

«Was kann dieses Raumschiff alles?»

«Es ist mit einem Kernfusionsreaktor, Plasmaantrieb, Ionenantrieb, Warpantrieb, Schildgenerator, Steuerdüsen, adaptiver Scheibentönung, Autopiloten und einer automatischen Reparaturfunktion ausgerüstet. Bestimmt habe ich noch einiges vergessen.»

«Weshalb hat dir die KI dieses Geschenk gemacht?», fragte er verblüfft.

«Das wollte ich dir ohnehin gleich erklären. Eine andere KI möchte einen Grossteil der Menschheit beseitigen, um uns vor dem Aussterben zu bewahren. Meine Aufgabe ist es, diesen Plan zu durchkreuzen. Aus diesem Grund könnten sich unangemeldete Absenzen in Zukunft häufen, bis meine Mission erfüllt ist.»

«Weshalb überlässt du das nicht einfach der Regierung?»

«Weil keine Technologie der Menschheit ausreicht, die KI zu besiegen. Schliesslich kann sie durch vier räumliche Dimensionen reisen und wir mit unserer Technologie nicht. Selbst ich habe keine Ahnung, was für Tricks diese KI auf Lager hat.»

Da ich nicht noch länger die Strasse blockieren wollte, schloss ich die Tür und transformierte das Raumschiff zurück, bevor ich es erneut dicht neben der Mauer parkte.

«Gibt es noch andere, die mit Alientechnologie ausgerüstet wurden?», fragte Sven, nachdem ich ausgestiegen war.

«Nicht das ich wüsste.»

«Also musst du allein gegen eine ausserirdische künstliche Intelligenz vorgehen, ohne genau zu wissen, was dich erwartet?»

«Du hast es erfasst. Das ist auch der Grund, weshalb ich oft nicht ganz bei der Sache war.»

«Wie machen wir das jetzt eigentlich mit den Abwesenheiten von letzter Woche?», fragte ich Sven, nachdem wir erneut im Büro angekommen waren.

«Am besten kompensierst du die Zeit, indem du in den nächsten Wochen länger arbeitest.»

«Und wie sieht es mit den zukünftigen Absenzen aus, die mit grosser Wahrscheinlichkeit kommen werden? Ich weiss weder wann, noch wie lange ich mit dieser KI beschäftigt sein werde.»

Oder ob ich solch einen Kampf überhaupt gewinnen kann, dachte ich.

«In diesem Fall müsstest du unbezahlten Urlaub nehmen.»

«Geht das auch auf unbestimmte Zeit?»

«Theoretisch ja.»

«Ich werde versuchen, dir zu schreiben, bevor etwas geschieht, bei dem ich eingreifen muss.»

«Bist du dir sicher, dass das eine gute Idee ist? Was, wenn dir dabei etwas zustösst?»

«Soweit ich weiss, bin ich der Einzige, der mit Alientechnologie ausgerüstet wurde, um diese KI zu besiegen. Deswegen bin ich dazu verpflichtet, es zu machen.»

Dass ich wahrscheinlich die einzige Hoffnung gegen Z-17-k war, wollte ich nicht laut aussprechen, da ich mich vor diesem Gedanken fürchtete.

«In diesem Fall hoffe ich, dass es gar nicht so weit kommt.»

«Das hoffe ich auch, obwohl bisher alle Fakten dagegen sprechen.»

«Hast du bereits der Polizei erzählt, was du über die ausserirdische KI weisst, die uns angreifen möchte?»

«Nein. Egal wie ich es anstellen würde, werden sie mir nicht glauben. Mein Auto möchte ich ihnen ebenfalls nicht zeigen, da sie es wahrscheinlich beschlagnahmen würden.»

Während wir diskutierten, ging ein Arbeitskollege an unserem Büro vorbei, der höchstwahrscheinlich Bruchteile der Konversation gehört hatte. Verunsichert blickte ich ihm nach, in der Hoffnung, er würde nicht später darauf zurückkommen. Glücklicherweise war dies nicht der Fall.

16

Eigentor

Da ich einiges an Arbeitszeit nachzuholen hatte, begann mein Feierabend erst um 18:30 Uhr. Trotz meiner Erschöpfung war ich glücklich, da ich mich mit Vanessa verabredet hatte. Bevor ich sie besuchte, füllte ich den Tank meines Autos bei der nächstgelegenen Wasserstofftankstelle auf, die leider über eine halbe Stunde von meinem Arbeitsort entfernt war.

Weshalb gibt es erst fünf von diesen Tankstellen in der Schweiz? Fragte ich mich leicht genervt, als ich kurz vor acht Uhr endlich bei Vanessa eintraf.

Aufgrund meiner beinahe missglückten Reise vor wenigen Tagen hatte ich beschlossen, nur noch den Flugmodus einzusetzen, wenn es zwingend notwendig war. Ich verbrachte den Abend gemeinsam mit Vanessa und fuhr schliesslich kurz vor Mitternacht nach Hause. Erschöpft, jedoch auch zufrieden, ging ich zu Bett und schlief innert kürzester Zeit ein.

Am nächsten Tag erinnerte ich mich daran, dass ich R-34-d noch einige Fragen stellen wollte. Ich setzte mich vor meinen PC und tippte alles ein, was mir gerade in den Sinn kam. Nur meinen knappen Kampf gegen den Schädelbrecher erwähnte ich nicht. Ebenfalls machte ich R-34-d keine Vorwürfe, dass ich fast gestorben war, da er mich ausdrücklich vor den Tieren gewarnt hatte.

«Ich war auf dem Planeten, zu dem du mir die Nummer gegeben hast. Alle Pflanzen und Tiere erinnerten mich stark an die der Erde. Gehörten diese Planeten einst zusammen oder ist dies ein Zufall? Ausserdem habe ich dort Drachen gefunden, die eine grosse Ähnlichkeit mit Tom und mir aufweisen. Deswegen habe ich mir die Frage gestellt, was ich nun für ein Lebewesen bin. Ein genmanipulierter Drache dieses fremden Planeten? Oder etwas anderes? Ich bin mir mittlerweile gar nicht mehr sicher.»

Vor lauter unbeantworteter Fragen hätte ich beinahe vergessen, was mir Vanessa am Sonntag gesagt hatte. Bevor ich die Nachricht an R-34-d abschickte, ergänzte ich sie mit der Frage nach einer Kommunikationsmöglichkeit über grosse Entfernungen. Gedankenverloren drückte ich die Entertaste und starrte auf den Monitor meines Computers, während die Lüfter aufgrund der zunehmenden Hitzeentwicklung beschleunigten.

Seltsamerweise habe ich mich über 100'000 Lichtjahre von der Erde entfernt mehr zu Hause gefühlt als jemals zuvor. Irgendetwas, was R-34-d mit mir angestellt hat, verändert mich fortlaufend.

Die Gedanken an meinen zunehmenden Wandel beunruhigten mich mittlerweile sehr. Vor einigen Monaten waren es lediglich kleine Reflexe gewesen und letztens habe ich ein Tier getötet, ohne dass ich mich unter Kontrolle hatte.

Vielleicht ist es am besten, wenn ich meine Drachengestalt in Zukunft weniger häufig verwende. Ansonsten vergesse ich noch, was es bedeutet, ein Mensch zu sein, dachte ich.

Diesen und auch alle weiteren Abende vor dem Wochenende besuchte ich Vanessa. Mit jedem Mal wurde ich gelassener und meine Nahtoderfahrung schien in weite Ferne zu rücken. Am Samstag verbrachten wir den gesamten Tag gemeinsam. Da ab dem Mittag starker Regen einsetzte, sahen wir uns bei mir zu Hause Filme an. Am späten Abend, nachdem ich Vanessa nach Hause gefahren hatte, setzte ich mich vor meinen PC, da nun endlich die Antwort von R-34-d angezeigt wurde.

«Die Lebewesen der Erde hatten bisher nie Kontakt zu denen auf 221.56.120.198. Um dir die Verwandlung in einen Drachen zu ermöglichen, habe ich die DNS der Drachen des besagten Planeten mit menschlicher DNS verknüpft und manipuliert, um Konflikte zu vermeiden und dir zusätzliche Fähigkeiten zu verleihen. Aus diesem Grund existiert eine starke Ähnlichkeit zwischen dir und den ausserirdischen Drachen. Die Vegetation von 221.56.120.198 gleicht der der Erde, da ich diesen Planeten absichtlich ausgesucht habe, sodass du als Drache auf der Erde überleben kannst. Für deine Art gibt es leider keinerlei Bezeichnung, weswegen ich dir nicht sagen kann, was du bist. Die treffendste Beschreibung wäre wohl 'genmanipulierter Mensch-Drache-Hybrid'. Was die Kommunikation mit Überlichtgeschwindigkeit betrifft, gibt es eine einfache Lösung. Du kannst dein Mobiltelefon mithilfe eines USB-Kabels an dein Raumschiff anschliessen und die Signale durch den eingebauten Sender sowohl verstärken als auch beschleunigen.», lautete die Nachricht.

Ich bin also nur ein Genexperiment? Fragte ich mich entrüstet.

Da mich diese Antwort abgesehen von der Kommunikationsmöglichkeit keineswegs zufriedenstellte, stand ich auf und putzte mir die Zähne.

Anschliessend legte ich mich schlafen und versuchte, die Gedanken an Genexperimente einer ausserirdischen KI zu verdrängen. Immerhin wusste ich nun, wie ich Vanessa bei einem weiteren Ausflug ins Multiversum Nachrichten übermitteln konnte.

Am nächsten Morgen begab ich mich auf den Weg zur DrSG, da ich meine Stellung als Undercoveragent nicht verlieren wollte. Während der Fahrt dachte ich abermals darüber nach, dass meine jetzige DNS aus einem Reagenzglas stammte.

Oder zumindest aus dem, was R-34-d anstelle von Reagenzgläsern verwendet hat, dachte ich.

Als ich eine halbe Stunde später mein Auto auf dem Parkplatz neben der ehemaligen Lagerhalle parkte, war ich bereits wesentlich weniger nervös wie bei meinen ersten beiden Besuchen im Hauptquartier der Drachenschutzgesellschaft. Dennoch zögerte ich kurz, bevor ich eintrat.

«Guten Morgen Nils.», begrüsste mich Laurin, der mit seiner verstümmelten Hand krampfhaft versuchte, ein Lasergewehr mit einer Metallverschalung zu versehen.

«Guten Morgen. Weisst du zufälligerweise, wo Herr Odermatt ist?», fragte ich ihn.

«Ich glaube, er ist mit Ben im Forschungszentrum. Sie analysieren die Stoffteile, die der rote Drache bei seinem letzten Angriff an den Flügeln hatte. Herr Odermatt ist davon überzeugt, dass der Drache sie selbst gemacht hat, während Ben denkt, ein Mensch hätte sie für ihn genäht.»

Die Flügelwärmer habe ich mittlerweile völlig vergessen. Hoffentlich finden sie keine DNS von meiner Mutter daran, dachte ich unwillkürlich schluckend.

«Denkst du, es wäre eine gute Idee, zu Odermatt zu gehen, oder soll ich hier warten?», fragte ich, so ruhig ich konnte, obwohl mein Puls aufgrund meiner Aufregung bereits raste.

«Vermutlich wäre es am besten, wenn du hier wartest. Odermatt wird nur ungern bei der Arbeit gestört.»

«Das würde ich an deiner Stelle ebenfalls lassen.», warf die junge Frau ein, deren Name ich mir bei meinem ersten Tag als DrSG-Mitarbeiter nicht eingeprägt hatte.

«Gut. In diesem Fall warte ich einfach hier.»

«Das elektrische Fangnetz, was du letztes Mal entwickelt hast, wurde bereits hergestellt. Möchtest du es sehen?», fragte sie, als wäre sie von meiner Erfindung beeindruckt.

Ob sie es auch tatsächlich war oder bloss den Anschein dazu erwecken wollte, wusste ich nicht.

«Ja, gerne.», entgegnete ich überrascht.

Genau in diesem Augenblick stapfte Herr Odermatt mit Benjamin an seiner Seite herein.

«Ab an die Arbeit, wir haben keine Zeit für Kaffeekränzchen.», sagte Odermatt mit lauter Stimme.

Kaffeekränzchen ist anscheinend sein Lieblingsbegriff dafür, wenn seine Mitarbeiter für einen Moment nicht arbeiten, dachte ich, während sich meine Verachtung gegenüber dieses Mannes abermals steigerte.

Griesgrämig setzte sich die junge Frau wieder an ihren Schreibtisch und Laurin versuchte erneut, die Verschalung mithilfe einiger Schrauben am Lasergewehr zu befestigen. Währenddessen fiel ihm der Schraubenzieher mehrere Male aus der verletzten Hand. Als er schliesslich die Hände wechselte, rutschte ihm die Schraube aus den unbeweglichen Fingern und fiel in eine kleine Spalte zwischen Gewehr und Verschalung.

Dieser arme Mann. Am liebsten würde ich ihn mit meinen Nanobots heilen. Leider würde ich dadurch auffliegen.

Die Tatsache, dass ich die alleinige Schuld an Laurins Verletzung trug, belastete mich immer noch sehr.

«Da du nun auch hier bist, Nils, können wir mit dem Verbessern der elektrischen Fangnetze beginnen.», sagte Odermatt zu mir, während er auf eine kleine Abschussvorrichtung zeigte, die bereits mit mehreren Netzen geladen war.

«Die Kondensatoren verursachen momentan noch Probleme, da der Strom unter gewissen Umständen willkürlich zwischen den Eisendrähten fliesst, was zu einer frühzeitigen Entladung führen kann. Am besten isolierst du …», erklärte Benjamin.

«Schweig, Ben! Dir habe ich nicht das Wort erteilt.», fuhr Odermatt dazwischen.

«Jawohl, Sir.», entgegnete Benjamin schmunzelnd, während ich seine mutige Frechheit Odermatt gegenüber bewunderte.

Da mir mein Auftrag nun einigermassen klar war, betrachtete ich die Abschussvorrichtung genauer. Vier Netze waren hintereinander an der Rückseite befestigt. Ein weiteres Netz war bereits eingespannt und abschussbereit. Mithilfe eines Hebels liess sich ein kleiner Bolzen zurückziehen, wodurch der Gummizug nach vorn schnellen konnte.

«Denkst du, ich darf hier drin Netze verschiessen?», fragte ich Laurin leise, der nur wenige Meter neben mir sass und die Verschalung des Lasergewehrs entfernte, um an die verlorengegangene Schraube zu gelangen.

«Ja, ich glaube schon. Aber bitte nicht mich abschiessen.», entgegnete er grinsend.

«Ganz bestimmt nicht.»

Ich richtete die Abschussvorrichtung zu einer leeren Wand aus und zog den Hebel zurück. Augenblicklich schoss das Netz nach vorn, während sich die kleinen Kunststoffstifte lösten, die die Kondensatoren von den Drähten getrennt hatten. Als das Netz noch einige Meter von der Wand entfernt war, blitzten kleine Funken zwischen den Drähten auf. Anschliessend prallten die vergleichsweise schweren Kondensatoren mit einem lauten Krachen von der Wand ab. Inzwischen waren keine Blitze mehr zu erkennen.

Ben hatte recht. Die Kondensatoren entladen sich bereits mitten in der Luft, dachte ich.

Nun hob ich das eben verschossene Netz auf und widmete mich der Isolierung. Einerseits durfte es nicht zu stark isoliert sein, sodass der Stromfluss beeinträchtigt wurde, und andererseits durften sich die Drähte nicht mitten in der Luft verbinden. Für die nächsten Stunden dachte ich mir mehrere Isolierungsmöglichkeiten aus und skizzierte sie auf einem Blatt Papier.

Plötzlich ertönte eine laute Sirene, die mich augenblicklich aufschrecken liess. Laurin, Ben und der jungen Frau erging es nicht anders.

«Was ist das?», fragte ich verwirrt.

«Der Drachenalarm. Wir werden angegriffen!», antwortete Benjamin aufgeregt.

Das muss ein Fehlalarm sein, dachte ich in diesem Augenblick.

Gerade als ich fragen wollte, wie ich mich zu verhalten hatte, stürmte Odermatt herein und erteilte Anweisungen.

«Ben und Shona, ihr kommt mit Betäubungsgewehren nach draussen. Laurin, du bleibst mit Nils hier drin.»

«Das können Sie gleich wieder vergessen, ich kämpfe nicht aus nächster Nähe gegen einen Drachen.», antwortete Benjamin entrüstet.

«Ich sagte, du kommst mit!», schrie Odermatt ihm entgegen.

«Betäubungsgewehre treffen lediglich aus kurzer Distanz. Wäre es nicht angebracht, die neuen Fangnetze zu verwenden?», fragte Benjamin in gespielter Höflichkeit.

«Wie du willst, aber du kommst nach draussen.»

In grösster Eile verschwand Odermatt mit der jungen Frau, deren Name Shona war, durch das Haupteingangstor. Kurz darauf folgte Ben ihnen mit den elektrischen Fangnetzen und der Abschussvorrichtung, wobei er mir einen eifersüchtigen Blick zuwarf. Noch immer war ich davon überzeugt, dass es sich um einen Fehlalarm handeln musste, weswegen ich ruhig sitzenblieb. Erst als Odermatts laute Befehle zu hören waren, wurde ich nervös.

«Denkt daran, diese Wesen sind hochintelligent. Wahrscheinlich sogar noch intelligenter als ihr alle zusammengenommen.», erklärte er deutlich hörbar.

Nun drang hellgrünes Licht von draussen durch einen Spalt im Haupteingangstor in die Lagerhalle. Sofort stand ich auf und machte Anstalten, das Geschehen zu beobachten.

«Was hast du vor?», fragte Laurin verunsichert.

«Ich muss mir das ansehen.», antwortete ich mit rasendem Puls, da ich mittlerweile wusste, dass dies kein Fehlalarm war.

«Lass dir nicht die Hand abbeissen!», rief mir Laurin nach, als ich in Richtung Eingangstor eilte.

Sobald ich die Halle verlassen hatte, erblickte ich Tom, der über den DrSG-Mitarbeitern kreiste, die inzwischen ihre feuerfesten Anzüge trugen. Im Sturzflug raste er auf sie zu und stiess sein giftgrünes Feuer aus, während sich die Männer und Frauen mit ihren Betäubungswaffen verteidigten. Bedauerlicherweise waren Odermatt, Benjamin und Shona nicht die Einzigen, die gegen Tom kämpften. Mittlerweile waren sechs weitere Personen dazugestossen, die ebenfalls in ihren Anzügen steckten. Alle schossen Betäubungspfeile nach Tom, der noch im letzten Moment ausweichen konnte. Benjamin hatte als Einziger nicht geschossen. Er stand einige Meter abseits des Geschehens und analysierte Toms Flugmanöver. Abermals legte Tom die Flügel an und versuchte, seine Feinde zu verbrennen, jedoch erfolglos. Die durch Karbonfaser verstärkten Anzüge schützten die DrSG-Mitarbeiter vor seinen kurzen, heissen Feuerstössen.

Greif sie nicht an, Tom! Sie werden dich früher oder später kriegen, dachte ich in der Hoffnung, er würde meine Gedanken hören.

Gleich darauf wurde mir bewusst, dass die Gedankenübertragung lediglich zwischen zwei Drachen funktionierte. Meine Gedanken wechselten instinktiv zu

Feuer, um eine Verwandlung einzuleiten. Einen Sekundenbruchteil später erkannte ich, dass ich mich dadurch selbst verraten würde, und dachte augenblicklich an Eis. Die DrSG wusste, wer ich als Mensch war. Sollten sie meine Verwandlung miterleben, wäre nicht bloss ich in beiden Gestalten, sondern meine gesamte Familie in Gefahr. Mit rasendem Puls war ich gezwungen, Tom bei seinem Angriff auf die DrSG zuzusehen, ohne einschreiten zu können. Er setzte erneut zum Sturzflug an, während die Männer und Frauen unzählige Pfeile verschossen, die allesamt ihr Ziel verfehlten. Nur Benjamin schien genau zu wissen, was er tat. Er richtete die Abschussvorrichtung der Fangnetze auf eine Stelle knapp über den Köpfen seiner Kollegen aus und wartete. Wenige Sekunden später griff Tom erneut im Sturzflug an. Kurz bevor er feuerspeiend über die Köpfe der DrSG-Mitarbeiter hinwegflog, schoss Benjamin eines seiner Netze ab. Zischend flog es durch die Luft, wobei sich die Ladung der Kondensatoren dieses Mal nicht augenblicklich in Form von Funkensprüngen entlud. Tom erblickte das Fangnetz erst, als es wenige Meter von ihm entfernt war. Augenblicklich stellte er das Feuerspeien ein und schlug ruckartig mit den Flügeln, um auszuweichen. Leider war er nicht schnell genug, wodurch sich das elektrisch geladene Netz an seinem rechten Flügel verhedderte. Die Stromschläge, die davon ausgingen, waren selbst aus dreissig Metern Entfernung zu hören. Unkontrolliert zuckend krümmte sich Tom in der Luft und stürzte anschliessend hart zu Boden. Sein Kopf schlug mit einem lauten Klopfen gegen den Asphalt, was mich unwillkürlich zusammenzucken liess. Schockiert beobachtete ich das Geschehen, während die Männer und Frauen mit ihren Betäubungswaffen auf meinen Bruder einschossen, der sich aufgrund des Elektroschocks kaum noch bewegen konnte.

«Volltreffer!», rief Benjamin aus.

«Das war fantastisch!», antwortete Shona begeistert.

Odermatt zog seinen Helm als Erster aus und starrte Benjamin mürrisch entgegen, der ihn wiederum frech angrinste.

Was habe ich bloss getan? Ich hätte dieses Netz niemals entwickeln dürfen, dachte ich voller Angst um meinen Bruder, während ich mir unbewusst die Hand vor den Mund hielt.

«Hast du das gesehen, Nils? Ich habe den grünen Drachen getroffen!»

Benjamin kam in völliger Begeisterung auf mich zu. Er schien überhaupt nicht zu bemerken, dass ich über seinen Treffer höchst schockiert war.

«Deine elektrischen Fangnetze sind wesentlich effektiver als diese banalen Betäubungsgewehre. Ich habe von Anfang an gesagt, dass Odermatt eine völlig falsche Herangehensweise hat.», redete er unbeirrt auf mich ein.

Nun klopfte mir Benjamin dankbar auf die Schulter, da Toms Gefangennahme ohne mein Mitwirken unmöglich gewesen wäre. Endlich fand ich meine Sprache wieder.

«Was habt ihr jetzt mit ihm vor?», fragte ich mit zittriger Stimme.

«Nachdem wir ihn gefesselt haben, wird er in diesem Gebäude eingesperrt.», antwortete er, während er auf das Forschungslabor zeigte, was neben dem Hauptgebäude stand.

Ohne auf meinen entsetzten Gesichtsausdruck zu achten, gesellte sich Benjamin dauerhaft grinsend zu den anderen. Odermatt war immer noch genervt von der Tatsache, dass einer seiner Mitarbeiter besser Drachen fangen konnte als er selbst. Nachdem sie Toms Schnauze zugebunden hatten, trugen sie den betäubten Drachen zu viert auf das Forschungslabor zu. Ich trat näher, ohne zu wissen, wie ich ihm helfen konnte.

«Fassungslos anstarren kannst du diesen Drachen auch noch später. Wir müssen ihn fesseln, bevor er wieder sein Bewusstsein erlangt.», erklärte Odermatt, der sich mir in den Weg stellte, als würde er meine Absichten kennen.

Ich muss ihn irgendwie befreien, dachte ich, während ich meinen Blick nicht von Tom lösen konnte.

Sein Kopf blutete aufgrund des Absturzes. Ansonsten waren keinerlei Verletzungen zu erkennen. Das Betäubungsmittel liess ihn ruhig schlafen, obwohl er momentan von seinen Feinden in ein Forschungslabor getragen wurde. Erst als die vier DrSG-Mitarbeiter die Tür hinter sich verschlossen hatten, konnte ich wieder klare Gedanken fassen.

Sobald sie ihn auch nur eine Minute aus den Augen lassen, werde ich seine Fesseln lösen und ihn befreien, beschloss ich.

«Es ist Zeit für das Mittagessen.», sagte Shona zu mir, was mich augenblicklich aus den Gedanken riss.

«Okay.», antwortete ich verunsichert.

«Freust es dich nicht, dass wir nun endlich einen Drachen gefangen haben?», fragte sie, da sie meinen Kummer bemerkt hatte.

«Doch, eigentlich schon.»

Ich zwang mich zu einem Lächeln, was mir fürchterlich misslang. Shona redete jedoch unbeirrt weiter, obwohl ihr meine Sorgen nicht entgangen waren.

«Die Fangnetze, die du entwickelt hast, sind echt nützlich. Woher hattest du die Idee mit den Kondensatoren und den Eisendrähten?»

«Ich weiss es nicht.», antwortete ich, da ich in diesem Augenblick kein Interesse an einer Konversation mit Shona hatte.

Um nicht noch verdächtiger zu wirken, folgte ich ihr in die grosse Lagerhalle, wo sich bereits Odermatt, Benjamin, Laurin und zwei weitere Personen befanden. Alle hatten ihre Rüstungen abgelegt und wirkten erleichtert. Ihre Stresshormone, die sie während des Kampfes ausgeschüttet hatten, nahm ich selbst als Mensch deutlich wahr.

Während des Mittagessens brachte ich kaum einen Bissen herunter. Ständig musste ich an Tom denken, der wahrscheinlich bereits unmenschlichen Experimenten ausgesetzt war. Erst am Nachmittag fuhren die DrSG-Mitarbeiter nach Hause, nachdem die meisten von ihnen einige Zeit im Forschungslabor verbracht hatten. Nur Odermatt und Benjamin blieben hier.

«Wenn du möchtest, kannst du dir den Drachen jetzt ansehen. Wir haben bereits Rückenmark entnommen und einen präzisen 3D-Scan durchgeführt, um seine Anatomie besser studieren zu können.», erläuterte Benjamin.

«Das würde ich sehr gerne.», antwortete ich, so gelassen ich konnte.

Er führte mich in das Forschungslabor, was durch mehrere schwere Metalltüren gesichert war. Tom lag mit Karbonfasersträngen gefesselt in der Mitte eines zusätzlich verstärkten Bereichs. Seine Fesseln waren im Boden verankert, wodurch er sich nicht bewegen konnte. Alle Wände bestanden aus unverputztem Beton, was mich stark an meine eigene Gefangenschaft in der Ukraine erinnerte. Benjamin öffnete die Tür des Drachengefängnisses und wies stolz mit dem rechten Arm auf einen schmalen Schlitz in der Wand.

«Die Belüftung haben wir von den Russen. Sobald der Drache Feuer erzeugt, wird die gesamte Hitze durch diesen Spalt eingesogen und nach draussen geblasen.», erklärte er.

«Okay.», entgegnete ich, während ich meinen Blick nicht von Tom lösen konnte, der aufgrund des Betäubungsmittels noch immer schlief.

«Ich mache mich langsam auf den Weg nach Hause. Heute war ein ereignisreicher Tag.», sagte Benjamin urplötzlich.

«In diesem Fall wünsche ich dir einen schönen Abend.»

«Danke, gleichfalls. Versprich mir einfach, dass du nichts in meinem Labor anfasst. Ich mag meine Ordnung am liebsten so, wie sie ist.»

«Das werde ich garantiert nicht.»

Lächelnd verliess Benjamin das Labor, während ich mich fragte, weshalb er mich ausgerechnet in dem Moment hierher geführt hatte, sobald niemand mehr hier war.

Vielleicht habe ich auch endlich mal Glück, dachte ich kurze Zeit später.

Ich blickte rasch umher, um sicherzustellen, dass ich unbeobachtet war, betrat das Drachengefängnis und schloss die schwere Tür hinter mir. Nun eilte ich zu Tom und setzte mich neben ihn.

«Tom, wach auf!», sprach ich ihm in sein linkes Ohr, während ich besorgt mit meiner Hand über seinen Kopf strich.

Auf der Platzwunde neben seinem linken Auge hatte sich mittlerweile eine Kruste gebildet, wodurch sie nicht mehr blutete. Tom öffnete benommen seine Augen. Da mir seine träge Reaktion zu lange dauerte und ich befürchtete, dass mich gleich jemand erwischen konnte, rüttelte ich an seinem Kopf.

«Du musst jetzt wieder vollständig wach werden! Ich habe nicht unbegrenzt viel Zeit, dich zu befreien.»

Nun begann ich, die Fesseln um seine Schnauze zu lösen. Anschliessend lockerte ich die Karbonfasern um seinen Hals und seinen Oberkörper, sodass er sich wieder bewegen konnte. Endlich fokussierte mich Toms linkes Auge. Er schien langsam zu begreifen, was geschehen war, denn sein Atem beschleunigte sich und er machte Anstalten, seinen Kopf anzuheben, was ihm jedoch nicht gelang.

«Was machst du hier?», fragte er mich verwirrt und mit schwacher Stimme.

«Ich arbeite undercover bei der Drachenschutzgesellschaft, um mehr über sie zu erfahren. Was machst *du* eigentlich hier?»

«Die DrSG angreifen, was denn sonst?»

«Aber doch nicht so! Ich habe dir bereits gesagt, dass sie über wesentlich bessere Ausrüstung verfügen.», entgegnete ich kopfschüttelnd.

Tom versuchte erneut, aufzustehen. Aufgrund seiner Betäubung sackte er inmitten der Bewegung zusammen. Gestresst vergewisserte ich mich ein zweites Mal, dass sich niemand ausser Tom im selben Raum befand wie ich.

«Hörst du jemanden ausserhalb dieses Raumes?», fragte ich Tom, da meine menschlichen Sinne nicht ausreichten, Geräusche durch die schalldichte Tür hindurch wahrzunehmen.

«Nein, bis jetzt nicht.», antwortete er.

Ich half meinem Bruder, sich vollständig aus den Fesseln zu befreien. Seine Gliedmassen wollten ihm immer noch nicht gehorchen, weswegen ich ihn an den Vorderbeinen auf meinen Rücken zog, um ihn wie einen Rucksack tragen zu können. Unter dem zusätzlichen Gewicht taumelnd stand ich auf und trat in gekrümmter Haltung auf die Gefängnistür zu. Erst jetzt bemerkte ich, dass sie mit einem durch Panzerglas verstärkten Guckloch versehen war. Mit meinem rechten Ellbogen betätigte ich die Türklinke. Glücklicherweise schwang die Tür beinahe automatisch nach aussen auf. Eilig stapfte ich durch das Labor hindurch, während die harten Schuppen an Toms Drachenschwanz dem Boden entlangkratzten. Mehrere Male musste ich seine Beine ruckartig nach vorn ziehen, da er von meinem Rücken zu rutschen drohte.

«Kannst du dich nicht wenigstens festhalten?», fragte ich ihn leicht gereizt, da ich mit dieser Befreiungsaktion ein grosses Risiko für ihn einging und er nicht einmal sonderlich dankbar wirkte.

Zur Antwort klammerte er sich mit den Vorderbeinen leicht an meinem Hals fest, was zwar unangenehm, jedoch auch hilfreich war. Schwer atmend eilte ich aus dem Labor hinaus ins Freie und rannte auf den Rand des Areals zu, so schnell mich meine vor Anstrengung zitternden Beine tragen konnten. Währenddessen blickte ich nervös umher, konnte jedoch keine Beobachter erkennen. Als ich wenige Minuten später die angrenzende Wiese überquert hatte, liess ich Tom los und setzte mich keuchend in das kniehohe Gras.

«Jetzt musst du … laufen. Ich kann dich nicht … weiterhin tragen.»

«In Ordnung.», entgegnete Tom wesentlich klarer als noch vor einigen Minuten.

Langsam richtete er sich auf und kroch mit zitternden Gliedern auf den Waldrand zu, der ungefähr dreissig Meter vor uns lag. Kurz vor den Bäumen sah er mich noch einmal kurz an.

«Danke, dass du mich befreit hast.», sagte er, was mich in diesem Augenblick zufriedenstellte.

Anschliessend verschwand er im Wald, während ich mich auf den Rückweg begab.

Ich bin anscheinend nicht der Einzige, der unbedacht handelt, stellte ich fest.

Fünf Minuten später erreichte ich das Areal der DrSG. Immer noch blickte ich nervös umher, da ich mir nicht sicher war, ob mich jemand beobachtete. Kurz bevor ich das Forschungslabor erreichte, kamen mir Odermatt und Benjamin entgegen.

«Du bist gefeuert, Nils!», rief Odermatt voller Zorn.

«Sie sollten nicht voreilig handeln, Herr Odermatt. Selbst wenn Nils den Drachen tatsächlich befreit haben sollte, könnten wir auf sein Wissen angewiesen sein. Ich denke ...», warf Benjamin ein.

«Ich scheiss drauf, was du denkst. Meine Entscheidung bleibt.», unterbrach ihn Odermatt.

«Aber ...»

«Möchtest du ebenfalls entlassen werden, Ben? Falls nicht, rate ich dir, von nun an mucksmäuschenstill zu sein.»

«Bedeutet das, dass ich ab sofort nicht mehr für euch arbeiten kann?», fragte ich eingeschüchtert.

«Genau das bedeutet es. Nun verschwinde von hier und lass dich nie wieder blicken!», brüllte mir Odermatt ins Gesicht.

Mit eingezogenem Kopf und durchgehend nach Odermatt Ausschau haltend, begab ich mich auf den Weg zu meinem Auto. Währenddessen konnte ich fühlen, wie ich zu schwitzen begann. Vor Aufregung zitternd stieg ich ein und fuhr augenblicklich los.

Das war's wohl mit meiner Karriere als Untercoveragent, dachte ich, als ich das vermutlich letzte Mal den Parkplatz der DrSG verliess.

Nachdem ich einige Kilometer in Richtung Zuhause gefahren war, machte ich mich auf die Suche nach Tom. Mit dem Auto fuhr ich mehreren Landstrassen entlang, die zwischen seinem Zuhause und dem Punkt lagen, bei dem ich ihn zurückgelassen hatte. Eine knappe Viertelstunde später parkte ich am Waldrand und ging zu Fuss weiter, da sich mein Bruder als Drache wohl kaum auf Strassen oder Wegen aufhalten würde. Ich vergewisserte mich kurz, dass mich niemand beobachtete, und wechselte schliesslich in meine Drachengestalt. Mit einigen kräftigen Flügelschlägen gewann ich an Höhe und hielt nach meinem Bruder Ausschau. Währenddessen schnupperte ich unablässig, in der Hoffnung, ihn wittern zu können.

Bald darauf stieg mir sein Geruch tatsächlich in die Nase. Ich folgte der Duftspur und erblickte ihn wenige Minuten später zwischen den Bäumen. Er schlief zusammengerollt inmitten eines Gebüschs, da ihn das Betäubungsmittel immer noch ermüdete. Leise wie das Rauschen der Blätter im Wind landete ich neben meinem Bruder. Erst als ich auf dem Boden aufsetzte und ein Ast unter meinem linken Hinterbein brach, wachte er auf.

«Nils?», fragte er schläfrig.

«Ja, ich bin's. Du siehst sehr mitgenommen aus. Soll ich dich nach Hause bringen?»

186

«Sehr gerne.»

Unter grosser Anstrengung rappelte er sich auf und kletterte auf meinen Rücken, nachdem ich mich flach auf den mit Moos bedeckten Untergrund gelegt hatte. Sobald sich Tom genügend stark an mir festklammerte, breitete ich die Flügel aus und stiess mich ab.

Was hast du dir eigentlich dabei gedacht, die DrSG anzugreifen? Ohne den glücklichen Zufall, dass ich direkt zur Stelle war, hätten die alles Mögliche mit dir anstellen können, sprach ich telepathisch zu ihm, da mein Maul aufgrund der Rettungsaktion und der anhaltenden Aufregung ausgetrocknet war.

«Ich wollte das Problem mit denen ein für alle Mal lösen. Da du mir bisher nicht gesagt hast, dass du bereits gegen sie arbeitest, habe ich eigenständig gehandelt.», antwortete Tom gedanklich.

Du hast recht, Tom. Ich hätte dir sagen müssen, dass ich bereits etwas gegen die DrSG unternehme. Trotzdem war es sehr unüberlegt von dir, sie einfach anzugreifen.

«Für solche Fälle hat man doch einen Bruder. Wir haben uns bereits unzählige Male gegenseitig aus schwierigen Situationen befreit.»

Seufzend stimmte ich ihm zu und bremste in der Luft ab, um landen zu können. Nachdem ich direkt neben meinem Auto auf dem Boden aufgesetzt hatte, öffnete ich die Beifahrertür und kletterte mit Tom auf meinem Rücken hinein. Sobald wir uns auf dem Beifahrersitz befanden, liess er los und legte sich bequem hin. Währenddessen stieg ich aus, verwandelte mich zurück in einem Menschen und zog mir meine Kleider an. Anschliessend setzte ich mich auf den Fahrersitz und sah Tom besorgt in die Augen.

«Was guckst du denn so besorgt?», fragte er schmunzelnd.

«Ich sorge mich um dein Wohlergehen, das ist alles.», antwortete ich, obwohl dies nicht vollständig der Wahrheit entsprach.

Einerseits tat es mir leid, das Fangnetz entwickelt zu haben, und andererseits erinnerte mich Tom an Tim, der letzte Woche in genau derselben Position auf dem Beifahrersitz gelegen hatte, wenige Stunden bevor er getötet worden war.

«Wusstest du, dass wir die DNS von Aliens in uns tragen?», fragte ich ihn kurz darauf, während ich mit der Hand über seinen mit Schuppen besetzten Kopf strich, wobei ich darauf achtete, nicht seine frisch verkrustete Wunde zu berühren.

«Nein, das wusste ich nicht.»

«Ich war letzte Woche auf einem Planeten, der über einhunderttausend Lichtjahre von der Erde entfernt ist. Dort gab es Drachen und noch viele andere Lebewesen. Es war höchst interessant.»

Toms Augen wurden gross.

«Kannst du mich mal dorthin mitnehmen?»

«Auf jeden Fall. Wir müssen aber sehr vorsichtig sein.»

«Das ist klar, schliesslich handelt es sich um einen Alienplaneten.»

In diesem Augenblick kam mir eine neue Idee, wie ich gegen die DrSG vorgehen konnte.

«Wie wäre es, wenn wir gemeinsam Herr Odermatt entführen und auf diesem Planeten aussetzen?», fragte ich grinsend.

«Wer zum Teufel ist Herr Odermatt?»

«Der Chef der Drachenschutzgesellschaft. Er ist der Hauptgrund, weswegen sie so skrupellos sind. Ausserdem ist er das grösste Arschloch, was ich jemals kennengelernt habe. Wenn es jemand verdient hat, auf einem fremden Planeten ausgesetzt zu werden, dann er.»

«Bist du dir sicher, dass du das tun möchtest?»

«Ganz bestimmt. Ich habe schliesslich zwei Wochen undercover bei denen gearbeitet.»

«Ich bin immer noch der Meinung, dass wir sie töten sollten.»

«Ach halt doch die Klappe.», sagte ich grinsend und stiess Toms Kopf spielerisch beiseite.

Nur einen Sekundenbruchteil später schnappte er nach meiner Hand, die ich blitzschnell zurückzog, da ich mit diesem Verhalten gerechnet hatte. Nun grinsten wir uns gegenseitig an. Bedauerlicherweise erinnerte mich Toms Reaktion an meine versehentliche Beutejagd auf dem Alienplaneten, wodurch die Freude augenblicklich dem Bedauern wich.

«Was ist los?», fragte Tom, der wie immer sofort wusste, wenn mich etwas belastete.

«So einiges.», antwortete ich, da ich mich für meine unkontrollierbaren Dracheninstinkte schämte und momentan keine Nerven dazu hatte, ihm meine Sorgen zu erklären.

Seufzend legte ich mir den Gurt um und fuhr los. Tom machte es sich währenddessen auf dem Beifahrersitz bequem und schlief wenige Minuten später ein. Er war derart erschöpft, dass er nicht einmal zu schnarchen begann.

17

Gerechtigkeit

Sobald ich Tom am Abend nach Hause gebracht hatte, telefonierte ich mit Sven. Ich erklärte ihm, dass ich erneut einen weit entfernten Planeten besuchen musste und er bewilligte daraufhin eine Woche Ferien. Ausserdem informierte ich Vanessa über unser Vorhaben, wobei ich nicht erwähnte, dass wir den Vorgesetzten der DrSG entführten.

«Ich finde es gut, dass du dieses Mal nicht allein gehst. Pass auf dich auf, Schatz.», schrieb sie.

«Das werde ich. Sobald ich mich auf den Rückweg mache, gebe ich dir Bescheid. R-34-d hat mir erklärt, wie ich Nachrichten in Überlichtgeschwindigkeit durch das Multiversum senden kann.», antwortete ich.

Mit einem guten Bauchgefühl legte ich mich wenige Stunden später schlafen. Obwohl Tom heute gefangengenommen worden war und ich meine Stelle als Undercoveragent verloren hatte, fühlte ich mich sicher.

Sobald dieser Herr Odermatt fort ist, wird sich die DrSG höchstwahrscheinlich bessern, dachte ich zufrieden.

Am Montagmorgen stand ich aufgrund meiner zunehmenden Nervosität früh auf. Ich ass, soviel ich konnte, und bereitete alles für Odermatts Entführung vor.

Ich hätte niemals gedacht, dass ich mich mal darauf freuen würde, jemanden zu entführen.

Nachdem ich Seile und genügend Esswaren in den Kofferraum gepackt hatte, kalibrierte ich den elektromagnetischen Feldgenerator und recherchierte im Internet nach dem mysteriösen Lorentzfaktor, von dem ich immer noch nicht wusste, was er war. Bald darauf erfuhr ich, dass es sich hierbei um eine Kennzahl handelte, die die unterschiedliche Wahrnehmung von Zeit definierte. Je höher der Lorentzfaktor relativ zu einem anderen Objekt ist, desto langsamer vergeht die Zeit im Vergleich dazu. Wenn man zum Beispiel in einem Raumschiff einen Lorentzfaktor von zwei relativ zur Erde hat, vergehen pro Stunde im Raumschiff zwei Stunden auf der Erde. Da ich die Lorentzfaktorbegrenzung deaktiviert hatte, war auf der Erde wesentlich mehr

Zeit vergangen als es für mich während des letzten Rückwegs der Fall gewesen war. Aus diesem Grund setzte ich diese Limitierung erneut auf 100, um ungewollte Zeitverschiebungen zu vermeiden.

Um neun Uhr morgens holte ich Tom von seiner Wohnung ab. Gemeinsam fuhren wir in den Wald, um uns anschliessend zu verwandeln und das Auto zu transformieren.

«Bist du dir sicher, dass wir uns so sehr verstecken müssen?», fragte Tom, der meine Vorsichtsmassnahmen als übertrieben erachtete.

«Ich möchte nur sicherstellen, dass wir nicht gesehen werden. In den letzten Monaten bin ich ein wenig nachlässig geworden und diesen Fehler möchte ich nun korrigieren.»

«Wie du meinst.»

Ich flog uns mit dem Raumschiff auf Wolkenhöhe über das Hauptquartier der DrSG und aktivierte den Gravitationsausgleich, sodass wir auf der Stelle schweben konnten. Aus grosser Höhe starrten wir mit unseren scharfen Drachenaugen aus den Fenstern und versuchten, das Auto von Herr Odermatt zu erkennen. Da ich aufgrund meiner Undercoverarbeit wusste, dass er unter der Woche jeweils zwischen zehn und elf Uhr zur Arbeit erschien, war es nur eine Frage der Zeit, bis wir ihn entdecken würden.

«Ich sehe kaum etwas nach unten. Wir sollten ein bis zwei Kilometer weiterfliegen, um das Areal in einem besseren Winkel betrachten zu können.», riet mir Tom.

«Wenn wir uns zu weit entfernen, können wir Odermatt nicht rechtzeitig abfangen. Ich habe eine bessere Idee, wie wir von hier aus senkrecht nach unten sehen können.», antwortete ich.

Ohne Toms fragenden Blick zu beachten, öffnete ich die Tür und reckte meinen Kopf nach draussen. Die starken Luftströmungen auf dieser Höhe rauschten laut an der Türöffnung vorbei. Nun war es beinahe unmöglich, sich zu unterhalten. Ausserdem bot das Raumschiff dem Wind nun eine wesentlich grössere Angriffsfläche, wodurch es gefährlich zu schwanken begann.

«Das halte ich für keine besonders gute Idee.», dachte Tom verunsichert.

Weshalb nicht? Auf diese Weise können wir das Areal problemlos überblicken, ohne uns weiter entfernen zu müssen, entgegnete ich gedanklich.

Wenngleich die telepathische Form der Kommunikation wesentlich schwerer war, so konnte man sich auf diese Weise selbst in einer ohrenbetäubenden Geräuschkulisse problemlos unterhalten. Wie genau dies möglich war, wusste keiner von uns beiden. Früher hatten wir stets vermutet, dass alles mucksmäuschenstill sein musste, um die Gedanken seines Gegenübers verstehen zu können. Mittlerweile wussten wir jedoch, dass keinerlei Geräusche die Telepathie beeinträchtigten. Einzig die Entfernung spielte eine Rolle. Nach wenigen hundert Metern war es bereits unmöglich, Gedanken zu empfangen.

Dieses dunkelblaue Auto gehört Herr Odermatt, dachte ich plötzlich.

«Dann nichts wie los.», antwortete Tom aufgeregt.

In diesem Moment erschien ein unbekannter Mann vor meinem inneren Auge, der einem roten Drachen flehend hinterherblickte, während ich schadenfreudig grinste. Sofort wurde mir bewusst, dass es sich hierbei um Toms Gedanken handelte.

Odermatt sieht aber anders aus, dachte ich, während ich mir unsere Zielperson bis ins kleinste Detail vorstellte.

Dies fiel mir leichter, als ich angenommen hatte, da ich diesen Mann mit jeder Faser meines Körpers verabscheute.

«Ich vermisse die Zeit von früher, als meine Gedanken noch privat waren.», dachte Tom seufzend.

Ich grinste meinen Bruder an, während ich die Fahrertür schloss und das Raumschiff anschliessend nach unten manövrierte. Nur wenige hundert Meter über dem Boden bremste ich ab und landete auf einer breiten Landstrasse, die zwischen der Autobahn und dem Areal der DrSG lag. Dass ich hierbei die darauf verkehrenden Autos blockierte, war mir gleichgültig. Die ersten Autofahrer begannen zu hupen, als wir blitzschnell ausstiegen und die Ladeluke öffneten, die einst ein Kofferraum gewesen war. Tom schnappte sich die Seile, während ich mir den nahezu unzerstörbaren Speer krallte, wie wir es geplant hatten. Genau in diesem Augenblick stiess Odermatt dazu, der verwirrt vor dem eben entstandenen Stau abbremste. Ohne zu zögern, flog ich mit dem Speer zwischen den Klauen auf ihn zu. Als er mich erblickte, weiteten sich seine Augen. Er hatte offensichtlich nicht damit gerechnet, auf offener Strasse von Drachen angegriffen zu werden. Er zog die Handbremse an und noch bevor er sich losschnallen konnte, kam ich bereits neben der Fahrertür zum Stillstand und stiess die stumpfe Seite des Speers kraftvoll durch die Scheibe hindurch. Der harte Stab traf Odermatts Schläfe, wodurch er augenblicklich das Bewusstsein verlor.

«Ich wusste gar nicht, dass du derart skrupellos sein kannst.», vernahm ich Toms Gedanken.

Das liegt daran, dass ich diesen Mann verabscheue, antwortete ich gedanklich.

Von innen her betätigte ich den Türgriff und löste Odermatts Gurt. Anschliessend zogen wir ihn gemeinsam aus dem Fahrzeug heraus. Tom begann, ihn zu fesseln, während ich den Motor des Autos ausschaltete. Schliesslich wollte ich keine unnötigen Abgase erzeugen. Nun half ich Tom, unseren Gefangenen auf die Rücksitze des Raumschiffs zu tragen. Sobald wir ihn in einer sicheren Position hingelegt hatten, setzte ich mich auf den Fahrersitz, schloss die Tür und startete die Triebwerke. Bereits wenige Sekunden später flogen wir den Wolken entgegen, während ich stolz über unseren perfekt gelungenen Plan nachdachte.

«Ich frage mich immer noch, weshalb du deine Gegner nicht einfach tötest.», dachte Tom.

Wenn wir ihn auf diesem Planeten aussetzen, wird das eine wesentlich härtere Strafe für ihn sein, als ihn umzubringen. Auf diese Weise wird er über seine Taten und sein Verhalten anderen Menschen gegenüber nachdenken. Mit etwas Glück bereut er es irgendwann.

«Früher hast du mir Vorträge über Selbstjustiz gehalten, sobald ich einen Menschen als Feind betrachtet habe, und jetzt verurteilst du selbst jemanden. Findest du nicht, dass sich das ein wenig widerspricht?»

Das hier ist etwas anderes.

«Ist es das?»

Für einen Augenblick überkamen mich Schuldgefühle und ich war mir nicht mehr sicher, ob meine Taten gerechtfertigt waren. Sobald ich jedoch Odermatts Gesicht anstarrte, wuchs mein innerer Zorn erneut über jegliche Zweifel hinaus.

Du verstehst nicht, was dieser Mann alles getan hat. Er behandelt seine Mitmenschen wie der letzte Dreck und zieht die Drachenschutzgesellschaft in eine völlig falsche Richtung. Ich bin überzeugt, dass wir ohne ihn wesentlich besser dran sind, dachte ich schliesslich.

«Wie du meinst.», antwortete Tom gedanklich.

Wenige Minuten später erreichten wir den Rand der Atmosphäre. Der Himmel wurde pechschwarz und die Sonne erstrahlte in blendend hellem Weiss. Ich startete den Autopiloten, wodurch die Umgebung augenblicklich verzerrt dargestellt wurde und jegliche Geräusche kurzzeitig verstummten. Wie bereits während meiner letzten Reise durch das Multiversum wechselte das Raumschiff mit rasender Geschwindigkeit zwischen den einzelnen Universen, um uns vor einen Himmelskörper zu bringen, dessen Gravitation wir zur Beschleunigung nutzen konnten.

«Ist das normal?», fragte Tom verunsichert, als wir uns mit atemberaubender Geschwindigkeit dem glühenden Plasma eines Sterns näherten, bis das orangerote Leuchten unser gesamtes Sichtfeld ausfüllte.

«Ja, das gehört dazu.», antwortete ich gelassen.

Meine Ruhe schien kurze Zeit später auch auf Tom überzugehen. Bereits nach einer Viertelstunde langweilte er sich.

«Wie läuft es eigentlich mit Vanessa?», fragte er.

«Momentan sehr gut.»

Obwohl mir seine andauernde Fragerei nach meiner Freundin auf die Nerven ging, liess ich mir nichts anmerken.

«Hast du ihr bereits deine Drachengestalt gezeigt?»

«Nein, noch nicht.»

«Weshalb nicht? Wovor hast du solche Angst?», fragte er verblüfft.

Gedankenverloren blickte ich aus dem Fenster in die rasend schnell wechselnden Galaxien und dachte darüber nach, was meiner Meinung nach geschehen würde, sollte ich ihr meine Verwandlung offenbaren.

«Sie wird dich bestimmt nicht verlassen, wenn du es ihr zeigst.», bestärkte mich Tom.

«Hör auf, meine Gedanken zu lesen!», entgegnete ich entrüstet.

«Die waren nicht zu übersehen, so sehr wie es dich belastet.»

Nun grinste er mir schadenfreudig entgegen, was meine Verärgerung nicht besserte. Plötzlich erklang ein leises Geräusch von den Rücksitzen. Instinktiv blickten wir nach hinten. Die Tatsache, dass unsere Reaktionen identisch waren, beruhigte mich ein wenig. Ich hatte mittlerweile befürchtet, der Einzige von uns zu sein, der unkontrollierbare Instinkte entwickelte.

Herr Odermatt war soeben erwacht und starrte Tom und mich abwechslungsweise schockiert an. Seine Angst wich einen Moment später der Verwirrung, als er sich seiner Fesseln und der Schwerelosigkeit bewusst wurde.

«Was zum Teufel?», murmelte er fassungslos.

«Guten Morgen Herr Odermatt. Ich hoffe, Sie haben gut geschlafen. In sechsundzwanzig Minuten werden wir unser Ziel erreichen. Bis dahin wünsche ich Ihnen einen angenehmen Flug.», sagte ich, wobei ich mir ein Schmunzeln nicht unterdrücken konnte.

«Und mir verbietest du immer, dass ich als Drache zu anderen Menschen spreche.», dachte Tom schnaubend, während er mich vorwurfsvoll anblickte.

Odermatt soll ruhig wissen, wer wir sind. Er wird ohnehin niemals zur Erde zurückkehren können, rechtfertigte ich mich gedanklich.

«Du kannst sprechen?», fragte Odermatt staunend und vorsichtig zugleich.

«Das können wir beide.», ergänzte Tom.

«Was? Wie ... wo bin ich? Und was habt ihr mit mir vor?», stammelte Odermatt.

«Sie befinden sich in meinem Raumschiff auf der Reise zu einem weit entfernten Planeten eines anderen Universums. Dort werden wir Sie aussetzen, damit Sie die gerechte Strafe für Ihre Vergehen erhalten.», antwortete ich.

Seltsamerweise bereitete es mir Genugtuung, diesem von mir gehassten Mann sein durch mich ausgesuchtes Schicksal zu erläutern.

«Seid ihr dieselben Drachen, gegen die ich bereits gekämpft habe?», fragte er sichtlich verwirrt.

«Ja, das sind wir.»

«Weshalb habt ihr noch nie zuvor gesprochen?»

«Weil wir nicht auffliegen möchten.»

«Besser gesagt möchtest bloss du nicht auffliegen. Von mir aus hätten wir von Anfang an zu allen sprechen können.», warf Tom ein.

«Wie oft soll ich dir eigentlich noch erklären, dass dies keine gute Idee wäre?», fragte ich, während ich meinem Bruder streng in die Augen blickte.

Je länger wir den Augenkontakt aufrecht erhielten, desto schwerer wurde es, nicht zu schmunzeln. Nach einigen Sekunden musste Tom lachen. Ich richtete meine Aufmerksamkeit erneut auf Odermatt, der versuchte, seine Fesseln abzustreifen, was aufgrund des beschränkten Platzes hinter den Vordersitzen alles andere als leicht war. Auf frischer Tat ertappt starrte er mir in die Augen.

«Was seid ihr eigentlich? Und weshalb seid ihr auf die Erde gekommen?», fragte er.

«Wir waren ganz normale Menschen, bis wir von einer ausserirdischen künstlichen Intelligenz ein Serum erhalten haben, womit wir uns in Drachen verwandeln können. Unsere Aufgabe besteht darin, eine andere KI aufzuhalten, die Genozid betreiben möchte. Da Sie uns hierbei in die Quere gekommen sind, müssen wir Sie beseitigen.»

Mein letzter Satz klang beinahe wie eine Entschuldigung, obwohl ich dies nicht beabsichtigt hatte. Auf gar keinen Fall wollte ich diesem Mann gegenüber freundlich wirken.

«Weshalb siezt du mich eigentlich?»

«Einerseits weil ich mich nicht auf Ihr respektloses Niveau herabbegeben möchte und andererseits weil ich Nils Wollseif bin und sich zwei erwachsene

Personen, die sich nicht nahestehen, mit der Höflichkeitsform anzusprechen haben. Das hier ist übrigens mein Bruder Tom.»

Sobald ich meinen Namen ausgesprochen hatte, weiteten sich Odermatts Augen.

«Du verlogene Schlange hast dich bei uns eingeschlichen und uns ausspioniert!», rief er aus.

«Genauso ist es.», entgegnete ich zustimmend.

«Eure Entführung wird euch noch leidtun! Sobald ich wieder zurück bin, wird die gesamte Menschheit wissen, wer und was ihr seid.»

«Sie erwecken den Anschein, als hätten Sie den Ernst dieser Lage noch nicht verstanden. Wir setzen Sie auf einem Planeten aus, der sich über einhunderttausend Lichtjahre von der Erde entfernt befindet. Dort existiert weder intelligentes Leben noch eine Rettung irgendeiner Art für Sie.»

Endlich schien Odermatt zu begreifen, was ihm blühte. Niedergeschlagen starrte er auf seine Fesseln und wusste in diesem Augenblick nicht, was er sagen sollte. Zufrieden schmunzelnd wandte ich mich von unserem Gefangenen ab und blickte die unzähligen Himmelskörper an, die aufgrund der fortlaufenden Wechsel durch die Universen blitzschnell erschienen und wieder verschwanden.

Wenige Minuten später bildete sich ein grünblauer Planet vor uns ab, dessen Landmassen mir augenblicklich bekannt vorkamen.

«Wir sind da.», sagte ich ehrfürchtig.

«Möchtet ihr euch das nicht noch einmal überlegen? Ich werde ab sofort freundlicher zu meinen Mitmenschen sein und euch niemals wieder in die Quere kommen. Bitte gebt mir eine Chance, es zu beweisen.», bettelte Odermatt.

«Ich finde es gut, dass Sie bereits erkannt haben, was Ihre Fehler waren. Trotzdem gibt es nun kein Zurück mehr.»

Odermatt schluckte verlegen und starrte den Planeten an, dem wir uns momentan näherten.

«Kann ein Mensch dort atmen? Und gibt es etwas zu essen?», fragte er verunsichert.

«Ja, die Atmosphäre ist atembar und es gibt essbare Pflanzen und Tiere.»

Sein Atem beschleunigte sich und ich konnte riechen, wie sein Körper Stresshormone ausschied. Je länger ich ihn beobachtete, desto mehr bemitleidete ich ihn. Erst als ich mir dessen bewusst wurde, wich mein Mitleid erneut dem Hass, der jedoch schwächer geworden war als zuvor. Nun blickte mir Tom schmunzelnd entgegen.

«Was?», fragte ich ihn.

«Ich finde deinen Gewissenskonflikt amüsant.», gestand er.

Schnaubend konzentrierte ich mich wieder auf die Steuerung des Raumschiffs, da die Landung bevorstand. Die ständige Gedankenleserei meines Bruders zehrte an meiner Geduld.

Die turbulente Atmosphäre riss das Raumschiff ruckartig in verschiedenste Richtungen, während wir uns der Wolkendecke von oben her näherten. Identisch zu meiner ersten Landung auf diesem Planeten bogen sich die Tragflächen gefährlich im Wind.

«Weisst du auch wirklich, was du hier tust?», fragte Tom verunsichert.

«Ja, das ist alles normal.», antwortete ich, obwohl mir bereits flau im Magen wurde.

Unaufhörlich wehten uns plötzliche Windböen entgegen, bis wir endlich die Wolkenhöhe erreichten. Ab diesem Moment stellten sich die Turbulenzen ein und es wurde beinahe gespenstisch still. Erst jetzt bemerkte ich, dass es niemand gewagt hatte, während des Atmosphäreneintritts zu sprechen. Odermatt schwitzte sogar vor lauter Furcht. Ob dies seinem zukünftigen Leben auf diesem Planeten oder meinem Landeanflug zuzuschreiben war, wusste ich nicht.

In völliger Konzentration suchte ich den Himmel nach Drachen ab, während wir uns dem Boden näherten. Dieses Mal konnte ich nicht zulassen, dass das Raumschiff mitten in der Luft angegriffen wurde. Zu meiner Erleichterung entdeckte ich weder Drachen noch Schädelbrecher. Ich fuhr das Fahrwerk aus und landete am kiesbedeckten Ufer eines Flusses. Mit grosser Wahrscheinlichkeit handelte es sich sogar um denselben Fluss wie letztes Mal.

«Alle Mann aussteigen!», sagte ich in militärischem Ton, um meine Verunsicherung zu überspielen.

Noch immer war ich mir nicht sicher, ob ich die richtige Entscheidung getroffen hatte, Odermatt hier auszusetzen. Nahezu zeitgleich öffneten Tom und ich die beiden Flügeltüren, wodurch die Aussenluft aufgrund des höheren Drucks zischend in die Kabine eintrat.

«Ihr hättet mich ruhig vorwarnen können, dass die Druckverhältnisse hier anders sind.», meckerte Odermatt.

«Seien Sie froh, dass wir uns überhaupt um Sie kümmern.», entgegnete ich.

«Darüber sollte ich froh sein? Ihr setzt mich gegen meinen Willen auf diesem gottverlassenen Planeten aus und ich sollte mich eurer Meinung nach glücklich schätzen? Das ist doch vollkommener Schwachsinn!»

Ich ignorierte seine Bemerkung und begann, ihn aus dem Raumschiff zu ziehen, da er sich aufgrund seiner Fesseln kaum bewegen konnte.

«Nimm deine dreckigen Pfoten von mir!», rief er aus.

«Pranken.», korrigierte ich ihn.

«Was?»

«Das sind Pranken, keine Pfoten. Ausserdem sind sie sauber.»

«Elender Besserwisser! Du bist in dieser Hinsicht genauso schlimm wie Ben.»

Schmunzelnd beobachtete ich den wütend vor sich her schimpfenden Mann, der mühselig von den Rücksitzen nach vorn robbte, um zur Beifahrertür zu gelangen. Da Tom bereits ausgestiegen war und Odermatt mich offensichtlich nicht mochte, wählte er den Weg des grössten Abstands zu mir, weswegen er nicht auf der Fahrerseite ausstieg. Nach einer Weile hatte er es geschafft, sich hinzusetzen, um anschliessend kontrolliert vom Beifahrersitz auf den Kiesstrand zu rutschen.

«Hier ist es wunderschön! Möchtest du diesen Mann wirklich in dieser malerischen Landschaft aussetzen?», dachte Tom.

Ich stieg aus und bewunderte den klaren Fluss, der sich zwischen den Bäumen eines riesigen Walds schlängelte. Die Tiere gaben unbekannte und dennoch vertraute Geräusche von sich, die mich mit jeder Sekunde stärker zu beruhigen schienen. Zwischen den Wolken strahlte die Sonne golden am Himmel und erwärmte die hellgrauen Kieselsteine, auf denen wir standen. Tief seufzend schloss ich meine Augen und genoss die Geräusche der Natur. Ich lauschte dem leisen Plätschern des Flusses und dem Flüstern des Windes, der sich seinen Weg zwischen den Baumwipfeln bahnte.

Du hast recht, hier ist es tatsächlich wunderschön. Aber nur solange, bis du auf gewisse Tiere triffst. Dann wird es hier nämlich sehr ungemütlich, antwortete ich gedanklich, als ich meine Augen wieder öffnete.

«Lässt ihr mich nun gefesselt hier stehen oder was?», weckte mich Odermatt aus der gedanklichen Konversation mit meinem Bruder.

«Nein. Wir geniessen bloss die Schönheit dieses Planeten.», antwortete ich.

Um ihn nicht noch länger warten zu lassen, ging ich auf ihn zu und schnitt seine Fesseln mit meinen Klauen durch. Währenddessen starrte Tom Odermatt misstrauisch an, als erwartete er einen Angriff. Sobald Odermatt seine Hände frei bewegen konnte, rieb er sich die mittlerweile wunden Handgelenke. Offensichtlich hatte er während unserer Reise mehrfach versucht, die Fesseln abzustreifen. Ich wollte mich gerade von Odermatt verabschieden, da stach mir ein bekannter Geruch in die Nase, der mich augenblicklich erschaudern liess. Nervös blickte ich umher und versuchte, seinen Ursprung zu erkennen. Im nächsten Augenblick wollte ich mit Tom verschwinden und unseren Gefangenen zurücklassen. Bei dem Gedanken, was Odermatt wenige Minuten später zustossen würde, verspürte ich jedoch Schuldgefühle. Ohne weiterhin tatenlos auf dem Kiesstrand zu stehen, eilte ich zur Ladeluke, die ich sogleich öffnete, um den schwarzen Speer aus unbekanntem Material entgegenzunehmen, da ich mich auf diese Weise sicherer fühlte.

«*Was ist los?*», fragte mich Tom telepathisch.

Da ich meine Gedanken momentan nicht in Worte fassen konnte, zeigte ich ihm, was bei meinem letzten Besuch auf diesem Planeten geschehen war und weshalb ich mich nun derart fürchtete. Der Geruch, den ich in diesem Augenblick wahrnahm, stammte zweifelsohne von einem Schädelbrecher.

«*So schlimm kann es doch gar nicht sein. Deine Fantasie ist wieder einmal masslos übertrieben.*», dachte Tom, als sich Tims Tod erneut vor meinem inneren Auge abspielte.

Das war eine Erinnerung, keine Fantasie, entgegnete ich gedanklich.

Nun schien Tom zu begreifen, weshalb ich mich fürchtete, denn seine Augen weiteten sich und er blickte ebenfalls nervös umher.

«Was habt ihr beide auf einmal?», fragte Odermatt, der mittlerweile ebenfalls verunsichert war.

«Wir werden angegriffen. Verstecken Sie sich irgendwo, wenn sie nicht getötet werden wollen.», antwortete ich, ohne den Wald auch nur einen Sekundenbruchteil aus den Augen zu lassen.

Plötzlich schoss das bereits von uns erwartete, schwarz glänzende Wesen zwischen den Bäumen hervor und stürzte sich auf Tom, der näher am Waldrand stand. Im allerletzten Moment schoss er Feuer, um den Schädelbrecher zum Ausweichen zu zwingen. Gleichzeitig rannte ich mit dem Speer in den Klauen des rechten Vorderbeins auf die beiden zu. Kurz bevor ich sie erreichte, wurde mir bewusst, dass es sich hierbei um denselben Schädelbrecher handelte, der Tim getötet hatte. Das rechte Auge dieses Wesens war immer noch ausgekratzt und tiefe, vernarbte Schnittwunden überzogen seinen Rumpf.

Sobald Tom sein Feuerspeien eingestellt hatte, sprang es erneut auf ihn zu, ohne darauf zu warten, dass die Flammen vollständig erloschen waren. Dieses Mal konnte mein Bruder nicht mehr ausweichen und der Schädelbrecher drückte ihn mit seinen katzenartigen Pfoten zu Boden, sodass er nahezu vollständig bewegungsunfähig war. Da sich dies innert weniger Sekunden ereignet hatte, erreichte ich das Geschehen erst jetzt. Mit aller Kraft rammte ich diesem abscheulichen Wesen den Speer in die Seite, während es bereits versuchte, Tom die Hörner abzubeissen. Blitzschnell wandte es sich mir zu und erwischte mich mit einem Prankenhieb, der mich mindestens fünf Meter nach hinten schleuderte. Noch bevor ich schmerzhaft auf den steinigen Untergrund prallte, zog sich der Schädelbrecher den steckengebliebenen Speer mit den Zähnen heraus und widmete sich erneut meinem Bruder.

Dieses Mal nicht, dachte ich voller Zorn und sprang erneut auf meinen Todfeind zu, während ich die Prellungen meines Sturzes ignorierte.

Ich musste vermeiden, dass dieses schreckliche Wesen erneut jemanden tötete, der mir nahestand. Insbesondere da es sich nun um meinen Bruder handelte. Zwei Meter neben dem Schädelbrecher, der Tom in diesem Augenblick mit einem lauten Knacken die Hörner abbiss, blieb ich stehen und stiess einen kurzen, gezielten Feuerstrahl aus. Da mein Gegner erwartet hatte, dass ich mich fortlaufend näherte, traf sein Gegenangriff ins Leere, wodurch er kurzzeitig aus dem Gleichgewicht geriet. Ich nutzte diesen Moment, um den Speer aufzuheben und erneut für einen Sekundenbruchteil Feuer zu speien. Mein zweiter Feuerstoss kam gerade zur rechten Zeit, denn der Schädelbrecher wollte mit seinem übergrossen Maul nach mir schnappen. Stattdessen musste er nun den Flammen ausweichen, wobei er sogar Tom kurzzeitig losliess. Mein Bruder richtete sich blitzschnell auf und schoss einen langen, breiten Feuerstrahl auf unseren Gegner. Dieser hechtete kurzerhand beiseite und sprang erneut auf Tom zu, sobald das Feuer zu erlöschen begann.

Der Schädelbrecher schien seine Strategie geändert zu haben, da wir seine Angriffe bisher grösstenteils unbeschadet überstehen konnten, denn er schnappte nach Toms Hals. Mein Bruder wich den furchterregenden Zähnen aus und schnitt mit seinen Krallen eine der Narben seines Gegners auf, die sich an seiner Kehle befand und vermutlich durch Tims Biss entstanden sein musste. Da er sein rechtes Vorderbein für den Gegenangriff ausgestreckt hatte, biss der Schädelbrecher hinein und zog ihn mit dem Maul näher, um erneut nach Toms Hals zu schnappen. Dieses Mal gelang es diesem abscheulichen Wesen tatsächlich, denn einige seiner Zähne gruben sich tief in das Fleisch seiner Beute, während Toms Schuppen unter dieser anhaltenden, punktuellen Belastung brachen. Was diese Situation noch verschlimmerte, waren die panischen Gedanken und der verzweifelte Blick meines Bruders. Aufgrund unserer telepathischen Fähigkeiten spürte ich seine Angst und in gewisser Weise auch die Schmerzen, unter denen er momentan litt.

Abermals stiess ich mit dem Speer zu und erwischte den Schädelbrecher an einer bereits verwundeten Stelle seiner Kehle. Um einen Gegenangriff zu vermeiden, spie ich augenblicklich Feuer, während dickflüssiges, schwarzes Blut aus der eben durch mich verursachten Wunde strömte. Mit erstaunlicher Wendigkeit wich dieses Wesen mit meinem Bruder zwischen den Zähnen aus. In dem einen noch funktionstüchtigen Auge war Wut zu erkennen. Anscheinend hasste dieses Ding Drachen ebenso sehr wie ich es verabscheute. Tom, dessen Hals immer noch zwischen den Zähnen des Schädelbrechers eingeklemmt war, gab ein ersticktes Krächzen von sich und versuchte, sich mit den Klauen zu verteidigen. Auf seine Bewegungen hin biss das nackte, gepardähnliche Wesen mit dem übergrossen Maul stärker zu und warf seinen Kopf zur Seite, wobei ein abscheuliches Knacken zu hören war. Toms Muskeln erschlafften und jegliche Gedanken, die ich bis zu diesem Zeitpunkt von ihm wahrgenommen hatte, verstummten. Die plötzliche Abwesenheit seines Bewusstseins breitete sich in mir aus wie die absolute Stille vor einem Wechsel in ein anderes Universum. Es fühlte sich an, als wäre ein Teil von mir für immer verstummt.

Entsetzt starrte ich in die leeren Augen meines Bruders, während der Schädelbrecher ihn losliess und in meine Richtung sprang. Vor lauter Schmerz und Verzweiflung schoss ich einen gewaltigen Feuerstrahl meinem Todfeind entgegen. Die Helligkeit der Flammen konnte sich beinahe mit der einer Sonne messen. Selbst die Hitze übertraf jegliche Feuerstösse, die ich jemals erzeugt hatte. Die Kieselsteine, die von den Flammen getroffen wurden, begannen zu glühen, und vereinzelte Grashalme am Flussufer fingen Feuer.

Dafür stirbst du, dachte ich in unermesslichem Zorn, der von tiefster Trauer begleitet wurde.

Vor meinem inneren Auge spielten sich Toms Angriffe mit grossen Feuerstössen erneut ab. Jedes Mal, sobald die Flammen zu erlöschen begonnen hatten, hatte der Schädelbrecher mithilfe eines grossen Sprungs angegriffen. Dies brachte mich auf eine Idee. Noch während des Feuerspeiens rammte ich die stumpfe Seite des Speers in den kiesigen Untergrund, sodass die Spitze in Richtung Schädelbrecher zeigte, den ich hinter den blenden hellen Flammen vermutete. Sobald ich mir sicher war, dass der Speer tief genug im Boden steckte, klappte ich mein Maul zu, um das Feuerspeien einzustellen. Zeitgleich sprang ich mehrere Schritte nach hinten, da ich mit einem Angriff rechnete. Wie erwartet sprang der Schädelbrecher durch die eben erlöschenden Flammen hindurch in meine Richtung, direkt auf die Speerspitze zu. Mitten in der Luft erkannte dieses Wesen die Gefahr und wollte ausweichen, jedoch war es bereits zu spät. Knirschend grub sich die Speerspitze tiefer in seinen Oberkörper, als ich es jemals aus eigener Kraft geschafft hätte. Der Schädelbrecher stiess ein markerschütterndes Kreischen aus und kippte zur Seite auf den glühenden Kiesstrand, von dem mittlerweile Rauchschwaden aufstiegen. Das Gewebe des Schädelbrechers begann auf dem heissen Untergrund zu zischen wie Fleisch in einer Bratpfanne. Er versuchte, den Speer mit den Zähnen herauszuziehen, um anschliessend aufstehen zu können, gab jedoch wenige Sekunden später auf, da dieser über einen halben Meter tief steckte, was selbst für ein insgesamt sechs Meter langes Wesen viel war. Da das blinde Auge des Schädelbrechers nach oben zeigte und er mich dadurch nicht sehen konnte, trat ich langsam über den heissen Kies näher, bis ich den Speer zu fassen bekam. Mit meinem gesamten Körpergewicht drückte ich ihn tiefer hinein, bis ich auf einen Knochen stiess, bei dem es sich um die Wirbelsäule handeln musste. Währenddessen wand sich mein Gegner hin und her. Verzweifelt versuchte er, mich zu erwischen, jedoch stand ich knapp ausserhalb der Reichweite seiner Pfoten.

Jetzt stirb doch endlich, dachte ich einige Sekunden später, da sich der Schädelbrecher immer noch zu verteidigen versuchte.

Erneut fiel mein Blick auf seine blutende Kehle. Mithilfe meines Zorns legte ich jeglichen Ekel beiseite und biss mit aller Kraft in das verletzte Gewebe. Warmes, bitter schmeckendes Blut strömte mit zunehmender Geschwindigkeit in mein Maul, während ich mich mit beiden Vorderbeinen nach hinten drückte, um das Fleisch meines mittlerweile wehrlosen Gegners aufzureissen. Als das Gewebe endlich nachgab, stolperte ich aufgrund des fehlenden Widerstands einen Schritt zurück. Angewidert spuckte ich die Fleischfetzen des Schädelbrechers aus und starrte ihm in sein blindes Auge. Das widerwärtig stinkende Blut floss nun in Strömen aus seiner Kehle und breitete sich zu einer grossen, dickflüssigen Lache aus, die nur schwer zwischen den kleinen Kieselsteinen versickerte und aufgrund der Hitze zu dampfen begann. Der Schädelbrecher gab ein heiseres Röcheln von sich. Anschliessend stellten sich seine Bewegungen ein und es wurde mucksmäuschenstill.

Mit zitternden Beinen und Flügeln starrte ich die Leiche dieses Wesens an, was meinen Bruder getötet hatte. Etwas Warmes bewegte sich über meinen rechten Flügel. Erst einige Sekunden später richtete ich meinen Blick auf einen einzelnen Blutstropfen, der aus einem kleinen Riss meines Flügels bis an die Spitze floss. Aufgrund meines kontinuierlichen Zitterns fiel der Tropfen leise hörbar auf den bereits blutüberströmten Kiesstrand. Im Gegensatz zum Blut des

Schädelbrechers verdampfte dieser Tropfen nicht, als er die heissen Kieselsteine traf. Wie in Trance starrte ich während einer undefinierbaren Zeitspanne die eben entstandene, rote Spur auf meinem Flügel an. Die gezackte und geschwungene Form dieser Linie erinnerte mich an den Fluss, neben dem ich stand.

Ein leises Kichern riss mich aus meinem gedankenlosen Zustand der Fassungslosigkeit. Ich blickte auf und erkannte, dass Odermatt an einen Baum gelehnt das Geschehen beobachtete, was ihn offensichtlich amüsierte. Sofort wichen jegliche meiner Gefühle einem feurigen Zorn. In wenigen Sätzen sprang ich auf Odermatt zu, packte seinen Hals mit den Klauen und schmetterte ihn rücklings zu Boden. Wahrscheinlich hatte einzig das weiche Gras des Waldrands ernsthafte Kopfverletzungen vermieden.

«Findest du das etwa witzig?», brüllte ich Odermatt ins Gesicht, während er immer noch grinste.

«In gewisser Weise schon. Ihr wollt mich auf diesem Planeten aussetzen und einer von euch stirbt dabei. Das nenne ich ausgleichende Gerechtigkeit. Ein Leben für ein Leben. Es wäre vermutlich besser gew…»

Odermatt brachte kein weiteres Wort mehr heraus, da ich meinen Griff um seine Kehle verstärkte. Unwillkürlich brachte mich mein Zorn dazu, die Luft in meinen Lungen zu erwärmen, bis sich die Hitze in meinem gesamten Körper ausbreitete. Odermatts Schweiss, den ich mit den Klauen berührte, begann zu zischen. Plötzlich wich das Grinsen aus seinem Gesicht der Verzweiflung. Er griff nach meinem rechten Vorderbein, verbrannte sich jedoch augenblicklich die Finger. Nun trat er mir in den Bauch, was ich in dieser Situation nicht einmal mehr fühlte. Unaufhörlich hielt ich seine Kehle mit den Klauen fest, während seine Haut bereits Verbrennungen zweiten Grades aufwies. «Lass dich nicht von deinem Zorn beherrschen.», hatte ich meinem Bruder vor einigen Monaten gesagt. Da mir bewusst wurde, dass ich hiermit meinen eigenen Ratschlag missachtete, liess ich Odermatt los, der mich entsetzt anstarrte. Vor Wut schnaubend blies ich ihm die heisse Luft ins Gesicht, wodurch seine Augenbrauen versengten. Anschliessend ging ich zum Flussufer und spülte das bittere Blut des Schädelbrechers aus meinem Maul. Kurz darauf watete ich in den Fluss hinein und tauchte vollständig unter, um mich zu waschen. Wie Rauchschwaden breitete sich das Blut, was meinen Körper überzog, im Fluss aus, und zog mit der Strömung davon. Das langsam an mir vorbeifliessende Wasser wirkte derart beruhigend, dass ich mich im Flussbett hinlegte und versuchte, die neusten Geschehnisse zu verarbeiten. Toms Ableben spielte sich währenddessen gedanklich in einer Endlosschleife ab. Insbesondere seine panische Angst gefolgt vom plötzlichen Verschwinden seines Bewusstseins verstörte mich. Ich brach in Tränen aus, die sich augenblicklich mit dem Flusswasser vermischten. Stumm weinend lag ich unter Wasser und wartete auf Erlösung.

Leichte Erschütterungen liessen mich hochschrecken. Ich wusste nicht, wie viel Zeit ich unter Wasser verbracht hatte. Einzig das dringende Bedürfnis nach Sauerstoff verriet, dass ich wesentlich länger als geplant im Flussbett gelegen hatte. Ich stiess mich nach oben durch die Wasseroberfläche hindurch und schnappte nach Luft. Anschliessend blickte ich umher. Die Triebwerke meines Raumschiffs waren aktiviert worden und Odermatt sass auf dem Fahrersitz. Allem Anschein nach wollte er fliehen. Blitzschnell hechtete ich ans Flussufer und sprang auf die Fahrertür zu, bevor er herausfinden konnte, wie die Steuerung funktionierte. Gewaltsam riss ich die Tür auf und zerrte Odermatt mit solcher Wucht hinaus, dass er rücklings zu Boden fiel. Ohne ihn weiterhin zu beachten, kletterte ich auf den Fahrersitz und deaktivierte die Triebwerke. Anschliessend stieg ich aus und starrte Odermatt wütend in die Augen. Dieses Mal schien er mich zu fürchten, denn er kroch einige Meter zurück, während er seinen verbrannten Hals mit einer Hand zudeckte.

«Ich dachte, du wärst ertrunken. Seit einer halben Stunde warst du unter Wasser und du hast dich nicht mehr bewegt. Da ich nicht wusste, was ich machen sollte, habe ich …»

«… versucht, mein Raumschiff zu stehlen.», ergänzte ich Odermatts Erklärung.

Er schien solche Angst vor mir zu haben, dass er selbst seinen Fluchtversuch zu rechtfertigen versuchte.

«Was hast du jetzt vor?», fragte er verunsichert.

Auf diese Frage hin traf mich ein Gedanke wie ein Schlag.

«Meinem Bruder helfen.», antwortete ich mit neu entdeckter Hoffnung.

In einem grossen Satz sprang ich auf die Ladeluke zu, die ich sogleich öffnete. Hastig nahm ich einen Behälter voller Nanobots zwischen die Zähne, da ich meinen zitternden Gliedern nicht vertraute, und begab mich auf den Weg zu Tom. Er lag immer noch an derselben Stelle wie zuvor. Sein Hals war an einigen Stellen aufgerissen. Trotzdem hatte sich um ihn herum lediglich eine kleine Blutlache gebildet. Als ich nähertrat, klirrte der Untergrund wie Glasscherben.

Ich blickte zu Boden und erkannte, dass sich der durch mein Feuer geschmolzene Kies in Obsidian verwandelt hatte.

«Dem kannst du nicht mehr helfen. Er ist bereits tot. Oder willst du ihn wieder auferstehen lassen?», fragte Odermatt spöttisch.

«Genau das habe ich vor.», entgegnete ich, nachdem ich die Nadelspitze des zerbrechlichen Behälters in Toms linkes Vorderbein gesteckt hatte.

Dieses Mal muss es funktionieren. Ihm fehlt schliesslich nicht ein gesamtes Gehirn. Lediglich Knochen, Muskeln, Nervenstränge und anderes Gewebe wurden verletzt, dachte ich hoffnungsvoll.

Als ich ihm die silberne Masse injizierte, fühlte ich die gespenstische Kälte, die von seinem Körper ausging. Dennoch hielt ich an dem Glauben fest, ihn heilen zu können. Nachdem ich ihm die Nanobots verabreicht hatte, hielt ich seinen Kopf mit den Vorderbeinen fest, wie ich es damals bei Tim getan hatte. Toms Körper war mittlerweile steif und unbeweglich geworden. Sein leerer Blick und der intensive Gestank des Todes verstärkten das Gefühl, ihn für immer verloren zu haben.

«Komm wieder zu mir zurück, Tom. Bitte!», flüsterte ich ihm leise entgegen, während ich ihn am Kopf umarmte.

Ein schmatzendes Geräusch gefolgt von einem Knacken brachte mich dazu, ihn loszulassen. Die Wunden an seinem Hals begannen, sich zu verschliessen, während die gebrochenen Halswirbel vollautomatisch in ihre ursprüngliche Position gerückt wurden. Selbst die auseinandergebrochenen Schuppen verbanden sich wieder zu einem Stück. Einzig seine abgebrochenen Hörner wuchsen nicht nach. Gespannt wartete ich darauf, dass Tom wieder zum Leben erweckt wurde.

Nachdem sich all seine Wunden verschlossen hatten, zuckten plötzlich seine Augen. Ruckartig atmete er ein, als wäre er beinahe erstickt. Ab diesem Moment nahm ich erneut seine Gedanken wahr, die aus einem wilden Durcheinander bestanden. Verwirrt richtete er sich auf und schloss die ausgetrockneten Augen. Von seinem Bewusstsein erreichten mich Bilder aus unserer Kindheit, aus dem Militär, von unseren Abenteuern und noch vielem weiterem. Es schien, als würde sein Gehirn sein gesamtes Leben in willkürlicher Reihenfolge abspielen. Da meine Erleichterung und Freude nun jegliche negativen Gefühle überdeckten, sprang ich auf ihn zu und umarmte ihn am Hals. Währenddessen rannen mir Tränen der Freude über das Gesicht, bis sie schliesslich auf Toms Rücken tropften.

«Ich kann kaum noch atmen.», hörte ich auf einmal seine Gedanken.

Sofort liess ich ihn los und blickte ihm in die ebenfalls tränenden Augen. Im Gegensatz zu mir weinte er nicht. Stattdessen war der erhöhte Tränenfluss der Trockenheit seiner Augen zuzuschreiben.

Ich dachte, ich hätte dich verloren, sprach ich gedanklich zu ihm.

«Was ist überhaupt passiert? Und weshalb ist mir so kalt?»

Ohne seine Frage verbal zu beantworten, deutete ich mit dem Kopf auf den getöteten Schädelbrecher, aus dem immer noch der Speer ragte. Langsam aber sicher sortierten sich Toms Gedanken und er schien sich an die Geschehnisse vor seinem Ableben zu erinnern.

«Bin ich gestorben?», fragte er sichtlich verwirrt.

Ja, antwortete ich ihm gedanklich, obwohl ich mir nicht sicher war, ob er diese Frage an mich gerichtet hatte.

Nun versuchte Tom, aufzustehen. Seine geschwächten Beine versagten ihm jedoch den Dienst und er sackte gleich darauf wieder zu Boden.

«Kannst du mich irgendwie aufwärmen? Ich fühle mich sehr schwach und mir ist kalt.», sagte Tom mit heiserer Stimme.

«Ganz bestimmt kann ich das für dich machen.», antwortete ich leise.

Behutsam deckte ich ihn mit meinen linken Flügel zu, so gut ich konnte. Anschliessend erwärmte ich die Luft in meinem Inneren, sodass sich die Hitze bis zu ihm ausbreitete. Als er meine zunehmende Körpertemperatur bemerkte, kuschelte er sich an meiner Seite ein, bis ich mich beinahe unwohl fühlte. Vanessa war die einzige Person, bei der ich intensiven Körperkontakt schätzte. Da er meine Nähe in diesem Augenblick benötigte, unterdrückte ich den Drang, aufzustehen.

«Das ist absolut unmöglich.», gab Odermatt von sich.

Mittlerweile hatte ich vergessen, dass er überhaupt noch anwesend war.

«Nichts ist unmöglich.», entgegnete ich immer noch mit Tränen in den Augen.

Unter normalen Umständen hatte ich mich geschämt, von einer nahezu fremden Person zu weinen. Aufgrund meiner momentanen Erleichterung und Freude blieb jedoch für Scham keinerlei Platz. Verblüfft starrte Odermatt Tom an, dessen Zustand sich mit jeder Minute besserte. Er begriff offensichtlich noch nicht, was soeben geschehen war. Mir erging es nicht anders. Ich konnte es ebenfalls kaum fassen, meinen Bruder mithilfe von Nanobots wiederbelebt zu haben.

18

Sinneswandel

«Es tut mir so leid, Tom. Ich hätte dich vor diesem Wesen warnen sollen. Oder zumindest erzählen, was mir bei meinem ersten Besuch hier zugestossen ist. Bisher habe ich diese Erlebnisse immer verdrängt, weil sie derart schlimm gewesen waren. Wegen mir bist du gestorben.»

«Das konntest du nicht wissen.», entgegnete Tom, um mich zu beruhigen.

«Doch, eigentlich schon. Ich habe exakt denselben Fehler wiederholt wie vor zwei Wochen.»

«Trotzdem war es unwahrscheinlich, dass wir direkt nach unserer Landung angegriffen werden.»

Immer noch war ich felsenfest davon überzeugt, die alleinige Schuld an diesem schrecklichen Vorfall zu haben.

«Komm, wir verschwinden von hier, bevor noch Schlimmeres geschieht.», schlug Tom vor.

«Aber …»

«Den Rest können wir auch noch später besprechen.»

Tom strich mir behutsam mit einer Klaue eine Träne aus meinem Gesicht. Tief seufzend nickte ich und wir begaben uns auf den Weg zum Raumschiff. Plötzlich schnupperte Tom in Richtung des Waldes.

«Was riechst du?», fragte ich, während sich mein Puls erneut beschleunigte.

«Keine Ahnung. Aber es ist bestimmt keines von diesen schwarzen Wesen.»

Aufgrund meiner durch die Tränenflüssigkeit verstopfte Nase roch ich absolut gar nichts. Gerade als ich nervös in Richtung Wald blickte, erregte eine Bewegung über uns meine Aufmerksamkeit. Der dunkelblaue Drache, der mittlerweile knapp sechs Meter lang war, kreiste über unseren Köpfen umher. Erleichtert atmete ich auf.

«Oh nein! Ich glaube nicht, dass ich jetzt noch kämpfen kann.», sagte Tom leicht verängstigt.

«Das musst du auch nicht.», antwortete ich zufrieden.

«Wird uns dieser Drache nicht angreifen?»

«Ganz bestimmt nicht. Ich habe bereits mit ihm gespielt. Oder mit ihr, je nachdem welches Geschlecht dieser Drache hat.»

«Du hast mit ihm *gespielt*?», fragte Tom verblüfft.

«Ja.», entgegnete ich schmunzelnd.

«Kannst du deinem blauen Freund sagen, er soll von hier verschwinden?», fragte Odermatt, der sich angesichts dieses Drachen fürchtete.

«So funktioniert das nicht. Die Drachen auf diesem Planeten sind gewöhnliche Tiere. Sie können weder sprechen noch uns verstehen.», erklärte ich.

«Dann verscheuche ihn.»

Bevor ich Odermatt antworten konnte, landete der dunkelblaue Drache neben Tom und mir. Während ich mich dem Neuankömmling gelassen näherte, blieb Tom in steifer Haltung stehen. Seine Gedanken offenbarten Furcht.

Du musst keine Angst haben, wirklich, dachte ich.

«Okay.», antwortete Tom gedanklich, obwohl ihn meine Aussage keineswegs beruhigt hatte.

Der blaue Drache schnupperte an meiner Schnauze und stupste sie schliesslich sanft an. Gleich darauf ging er auf Tom zu, der sich immer noch nicht rührte. Bei ihm schnupperte der Blaue ausgiebig, da er Tom noch nie zuvor gesehen hatte. Während des Schnupperns erblickte er plötzlich Odermatt, wodurch er sein Begrüssungsritual vorzeitig unterbrach. Langsam und bedrohlich bewegte sich der grosse Drache auf den ängstlich zurückkriechenden Mann zu.

Das habe ich nicht bedacht. Er sieht Odermatt als Beute, dachte ich überrumpelt.

«Lass ihn doch. Wenn er gefressen wird, gibt es ein Problem weniger auf dieser Welt.», antwortete Tom telepathisch.

Ich habe ihn nicht hier hergebracht, dass er gleich an seinem ersten Tag getötet wird.

In einem Satz sprang ich zwischen Odermatt und den blauen Drachen, der mich überrascht anblickte. Nun versuchte er, rechts an mir vorbeizugehen, jedoch versperrte ich ihm den Weg. Er änderte seine Richtung und ich tat es ihm gleich. Egal welche Bewegung er ausführte, ich stand stets wie ein Spiegelbild vor ihm. Jetzt breitete der Blaue seine Flügel aus und wollte über mich hinwegfliegen. Da ich mit ähnlichem Verhalten gerechnet hatte, stiess ich mich ebenfalls vom Boden ab und versperrte ihm in der Luft abermals den Weg. Zähnefletschend landete der blaue Drache vor mir, während ich auch auf dem

Kiesstrand aufsetzte. Er liess ein leises Fauchen hören, was vermutlich «geh mir aus dem Weg» bedeuten sollte.

Allem Anschein nach ist er hungrig. Kannst du ein wenig Fleisch vom Schädelbrecher herausschneiden und ihm vor die Schnauze halten? Fragte ich gedanklich.

«Schädelbrecher?»
So nenne ich diese schwarzen Wesen.

Kopfschüttelnd machte sich Tom auf den Weg. Er schien immer noch geschwächt zu sein, jedoch erreichte er den Kadaver ohne Schwierigkeiten.

«Dieses Ding stinkt abscheulich. Kannst du es nicht selbst aufschneiden?»

«Was habt ihr vor?», fragte Odermatt, der sich inzwischen hinter einem Baum versteckt hatte.

Nein, Tom, das geht nicht. Wenn ich mich von hier entferne, wird der Drache Odermatt töten, dachte ich.

«Seien Sie still, Herr Odermatt. Ich muss mich konzentrieren.», antwortete ich zeitgleich.

Ich wusste gar nicht, dass ich gleichzeitig telepathisch zu dir und mündlich zu Odermatt sprechen kann, stellte ich verblüfft fest.

«Ihgitt!», nahm ich Toms Gedanken wahr, der mittlerweile ein kleines Stück beinahe schwarzes Fleisch zwischen zwei Klauen trug und in unsere Richtung kam.

Angewidert hielt er es so weit weg von seinem Kopf, wie er konnte.

«Schau mal in diese Richtung.», sprach ich zu dem grossen, zähnefletschenden Drachen, den ich mittlerweile erzürnt hatte, da ich ihm den Weg zu seiner Beute versperrte.

Leider verstand er nicht, was ich meinte, und schnappte nach meinem ausgestreckten Bein, womit ich in Toms Richtung deutete. Glücklicherweise beabsichtigte der blaue Drache nicht, mich zu verletzen, da sein Verhalten lediglich der Einschüchterung diente. Aus diesem Grund konnte ich mein Bein rechtzeitig zurückziehen. Endlich erreichte uns Tom mit dem Fleisch des Schädelbrechers.

Halte es ihm vor die Schnauze und sobald er es bemerkt, wirfst du es in Richtung des Kadavers. Hoffentlich widmet er sich dann dem Schädelbrecher anstelle von Odermatt.

Zögerlich streckte Tom das Fleisch in unsere Richtung. Obwohl ihn noch vier Meter von uns trennten, witterte es der blaue Drache sofort. Augenblicklich richtete er seine Aufmerksamkeit auf Tom, der leicht verängstigt das Essen hinter sich warf. Die Wurfbewegung liess den blauen Drachen ohne jegliche Zeitverzögerung darauf zuspringen. Nur wenige Sekunden, nachdem das Fleisch neben dem Kadaver gelandet war, wurde es bereits gefressen. Der blaue Drache blickte kurz zu Tom, Odermatt und mir, bevor er interessiert am getöteten Schädelbrecher schnupperte. Gleich darauf biss er gierig in seine neue Beute hinein und verschlang innert kürzester Zeit kiloweise Fleisch.

«Sobald er satt ist, wird er wesentlich umgänglicher sein.», erklärte ich für alle Anwesenden, während ich innerlich jubelte.

«Ich glaube, ich verschwinde lieber von hier.», entgegnete Herr Odermatt, der immer noch verunsichert war.

«Das halte ich für keine gute Idee. Sie würden in wenigen Stunden gefressen werden. Wenn Sie sich hingegen mit diesem Drachen anfreunden, könnte es sein, dass er Sie beschützt. Vielleicht lässt er Sie sogar auf ihm reiten.», entgegnete ich.

«Auf gar keinen Fall! Lieber überlasse ich mein Leben diesem mysteriösen Wald anstelle von diesem Monster.»

«Genau deswegen möchte ich, dass Sie es mit ihm versuchen. Sie können das als 'ausgleichende Gerechtigkeit' sehen.»

Die Tatsache, dass ich mir spontan eine noch viel bessere Strafe für Odermatt überlegt hatte, liess mich schmunzeln. Ich wollte unbedingt dafür sorgen, dass er auf ein Wesen angewiesen war, was er über alle Massen verabscheute. Ob mein Plan gelingen würde, wusste ich nicht. Trotzdem wollte ich es versuchen, denn vollgefressene Drachen waren meiner Erfahrung nach schläfrig. Ich konnte mir nicht vorstellen, dass mein blauer Kollege Odermatt nach dem Schädelbrecher noch fressen würde.

Knapp zehn Minuten später hatte der blaue Drache beinahe jedes essbare Stück des Schädelbrechers verschlungen. Mit prall gefülltem Bauch stapfte er auf den Fluss zu und trank ebenso gierig, wie er gefressen hatte. Nachdem er sich vergewissert hatte, dass er keiner unmittelbaren Gefahr ausgesetzt war, legte er sich auf dem frischen Obsidian hin und entspannte sich. Ich gesellte mich zu ihm und hielt die Klauen meines rechten Vorderbeins vor seine Schnauze.

«Bist du noch wütend, dass ich dir vorhin den Weg zu deiner Beute versperrt habe?», fragte ich ihn, obwohl ich wusste, dass er mich nicht verstehen konnte.

Müde schnupperte er an meinen Klauen und leckte sie anschliessend einmal ab, bevor er erneut seinen Kopf auf die glitzernden Steine aus Obsidian legte.

«Sie können jetzt zu ihm gehen, Herr Odermatt.», sagte ich.

«Nein, das werde ich nicht.»

«Ach kommen Sie schon. So schwer ist das doch gar nicht. Ich dachte, Sie wären ein mutiger Mann. Schliesslich haben Sie bereits gegen Drachen gekämpft.»

«Aber nur in Schutzausrüstung. Ausserdem seid ihr nicht sechs Meter gross.»

«Dafür haben Sie nun mich. An meiner Seite wird Ihnen garantiert nichts geschehen.»

Odermatt zog sich trotz meiner beruhigenden Worte tiefer in den Wald zurück. In einigen kurzen Sätzen hatte ich ihn eingeholt und hielt seinen rechten Arm mit den Klauen fest.

«Lass mich in Ruhe!», rief er aus, während er versuchte, sich loszureissen.

Da ich in meiner Drachengestalt stärker war als Odermatt, gelang es mir, ihn trotz seiner Gegenwehr in Richtung Kiesstrand zu ziehen. Ununterbrochen fluchte mein Gefangener und schlug um sich, was mich jedoch kaum störte, da meine Schuppen die meisten Schläge dämpften. Nur ein Tritt in die Magengegend verursachte kurzzeitig Schmerzen, wodurch ich den Griff verstärkte, bis Odermatt mit schmerzverzerrtem Gesicht in die Knie ging.

«Du brichst mir noch den Arm.», meckerte er, sobald ich kurze Zeit später weniger stark mit den Klauen zudrückte.

«Nein, das werde ich nicht.», antwortete ich gelassen.

Odermatts Aufregung schien den blauen Drachen geweckt zu haben, der vor einer Minute bereits eingeschlafen war. Augenblicklich richtete er sich auf und fauchte in die Richtung des verängstigten Menschen.

«Siehst du? Er wird mich gleich fressen. Lass mich los!», schrie er.

«Nein, das wird er nicht. Fauchen ist eine Warnung, kein Angriff. Oder haben Sie jemals ein Raubtier gesehen, was seine Beute warnt, bevor es angreift?», fragte ich.

«Tatsächlich nicht. Aber das hier ist ein Alienplanet. Hier gelten vermutlich andere Regeln.»

«Da bin ich mir nicht so sicher.»

Unbeirrt zog ich Odermatt näher in Richtung des blauen Drachen, während ich mein rechtes Vorderbein nach seiner Schnauze ausstreckte und ihm in die Augen blickte. Der Blaue fauchte abermals mit gefletschten Zähnen. Sein Blick war ununterbrochen auf Odermatt gerichtet. Ich stellte mich dazwischen und unterbrach auf diese Weise den Blickkontakt.

«Sie mich an, nicht ihn.», sprach ich in beruhigendem Ton auf ihn ein, obwohl ich mich selbst ein wenig fürchtete.

Sobald ich den Drachen mit meinen Krallen berührte, stellte sich sein Zähnefletschen ein. Verlegen leckte er sich die Lefzen und richtete seine Aufmerksamkeit nun auf mich.

«Ich weiss, dass du nicht meinetwegen gefaucht hast.», fuhr ich fort.

Da der Blaue nun ruhiger war, setzte ich mich neben ihm auf das Obsidian und blickte Odermatt erwartungsvoll an.

«Nun sind Sie an der Reihe.»

«Nein, auf gar keinen Fall!», antwortete er, wodurch ihn der blaue Drache plötzlich erneut anstarrte und bedrohlich die fünf Zentimeter langen Zähne entblösste.

Um ihn zu beruhigen, strich ich ihm über den mit Schuppen bedeckten Kopf. Da meine harten Krallen auf dieser rauen Oberfläche ein unangenehmes Kratzen verursachten, verwandelte ich sie in eine Hand, ohne dass der Drache dies bemerkte. Mit meinem gesamten Körpergewicht massierte ich ihm den Nacken, wodurch er tief seufzte, wenngleich er Odermatt noch immer misstrauisch anstarrte.

«Sie sollten nicht so laut sprechen. Das schreckt ihn auf.», erklärte ich.

«Ich schrecke *ihn* auf?»

«Genau. Sie müssen ruhiger werden.»

«Aber …»

Bevor er weitersprechen konnte, zog ich seine rechte Hand in Richtung des fünfzig Zentimeter langen Drachenkopfs. Widerspenstig versuchte Odermatt, sie zurückzuziehen, jedoch gelang es ihm nicht. Als sich seine Hand nur noch wenige Zentimeter vor der grossen Schnauze des blauen Drachen befand, liess dieser ein bedrohliches Zischen hören, was mich an eine Schlange erinnerte. Abermals fletschte er die Zähne und starrte Odermatt in sein angsterfülltes Gesicht. Ich setzte meine Massage fort und hielt den widerspenstigen Mann fest, bis ich mir sicher war, dass der blaue Drache Odermatt nicht mehr die Hand abbeissen würde. Nun legte ich Odermatts Hand gemeinsam mit meinen Klauen auf seine Schnauzspitze. Ohne sich auch nur einen Millimeter zu bewegen, starrten die grossen, blauen Drachenaugen Odermatt ins Gesicht. Während meiner Massage bemerkte ich, dass der Drache sehr angespannt war. Offensichtlich vertraute er Menschen noch nicht. Dennoch drückte ich Odermatts Hand unbeirrt gegen seine Schnauze.

«Du musst ihn massieren, wie ich es mache.», riet ich meinem Gefangenen.

«Ich traue mich nicht.», gab Odermatt flüsternd zu.

«Sie müssen Ihre Angst überwinden, ansonsten lasse ich Sie hier allein.»

«Nein, bitte nicht.»

Nun traten Tränen der Verzweiflung aus Odermatts Augen. In diesem Moment bemitleidete ich ihn.

«Lass ihn doch einfach los und beobachte, was dann geschieht.», nahm ich Toms Gedanken wahr.

Vermutlich hast du recht, antwortete ich telepathisch.

Langsam und ohne ruckartige Bewegungen auszuführen, liess ich Odermatts Hand los. Er blickte mich verunsichert an, als ich mich einige Schritte zurückzog.

«Komm zurück!», zischte er voller Panik.

Er wagte es nicht einmal, seine Hand zurückzuziehen. Ich verwandelte mich wieder vollständig in einen Drachen und setzte mich einige Meter neben den beiden hin, während ich gespannt darauf wartete, was als Nächstes geschah. Innerlich betete ich, dass Odermatt nicht panisch die Flucht ergreifen würde. Verlegen schluckte er und begann, mit der Hand über den Kopf des Drachen zu streicheln. Es war deutlich zu erkennen, dass er sich stark bemühen musste, ruhige Bewegungen auszuführen. Nach einigen Sekunden stellte der Drache sein bedrohliches Zähnefletschen ein, starrte Odermatt jedoch immer noch misstrauisch an.

«Und jetzt massieren.», sagte ich.

Odermatts Gesicht sprach in diesem Augenblick Bände. Einerseits wollte er diesen Drachen auf gar keinen Fall massieren und andererseits wusste er, dass er meine Ratschläge befolgen musste. Mit zitternden Händen begann er, den Nacken des Drachen zu kraulen, der jederzeit dazu in der Lage war, ihn zu töten, sollte er auch nur eine falsche Bewegung ausführen. Trotzdem blieb der Drache liegen und liess die Massage über sich ergehen. Nach einer Weile blickte er sogar kurzzeitig in meine Richtung, statt ununterbrochen seine ehemalige Beute anzustarren.

Das hier wird vermutlich noch eine Weile dauern. Kannst du währenddessen den elektromagnetischen Feldgenerator auf 46.209.1.97 kalibrieren? Fragte ich Tom gedanklich.

«Ähm ... okay.», antwortete er mit verunsicherten Gedanken.

Offensichtlich wusste er nicht genau, was ich gemeint hatte. Aus diesem Grund übermittelte ich ihm eine visuelle Anleitung, wie er den EFG zu bedienen hatte. Nachdem ich mir sicher war, dass er es verstanden hatte, richtete ich meine Aufmerksamkeit erneut auf Odermatt.

Inzwischen lag der blaue Drache wesentlich entspannter auf dem Obsidian. Mit jeder von Odermatts Bewegungen schienen die einstigen Zweifel langsam zu schwinden. Nach weiteren fünf Minuten fielen dem Drachen sogar zwischendurch die Augen zu. Mit einem tiefen Seufzer entspannte er sich vollständig und legte sich seitlich hin.

«Und was jetzt?», fragte Odermatt flüsternd.

«Am besten streicheln Sie seinen Bauch.», antwortete ich.

«Im Ernst?»

Ich nickte, um ihm zu zeigen, dass dies kein Scherz gewesen war. Griesgrämig setzte sich Odermatt zwischen die nach ihm ausgestreckten Beine des blauen Drachen und begann, seinen Bauch zu streicheln, wie ich es ihm gesagt hatte. Der Drache blickte ihn kurz an und schloss gleich darauf wieder die Augen. Mit abschätzigem und zugleich angewidertem Blick setzte Odermatt die Streicheleinheiten fort.

Lange beobachtete ich die beiden, bis ich hinter mir ein Schnarchen vernahm. Tom war auf dem Beifahrersitz des Raumschiffs eingeschlafen, nachdem er den EFG kalibriert hatte. Leise, ohne die beiden schlafenden Drachen zu wecken, zog ich den Speer aus dem Kadaver des Schädelbrechers, wobei mich der Gestank dieses Wesens beinahe zum Aufstossen brachte. Angewidert säuberte ich die Waffe im Fluss und verstaute sie im Kofferraum. Anschliessend stieg ich zu Tom ein und setzte mich neben ihn. Er schlief derart tief, dass ich nicht einmal einen seiner Träume wahrnehmen konnte. Sachte deckte ich ihn mit meinem rechten Flügel zu, da er immer noch stark geschwächt war und sich seine Körpertemperatur zu kalt anfühlte. Kurze Zeit später schlief ich ebenfalls ein, ohne es zu bemerken.

«Nils, hilf mir bitte!»

Obwohl diese Worte leise geflüstert wurden, weckten sie mich augenblicklich auf. Ich sah zu Tom, der immer noch schlief.

«Nils!», flüsterte es hinter mir.

Ich drehte mich verwirrt um und erblickte Odermatt, der unter dem Flügel des blauen Drachen lag. Lediglich sein Kopf ragte hervor. Schmunzelnd stieg ich aus dem Raumschiff aus, um das Geschehen näher zu betrachten. Der Drache hatte sich im Schlaf an Odermatt geschmiegt und hielt ihn nun mit den Vorderbeinen fest, während sein Flügel auf ihm lag.

«Ich komme hier nicht raus, kannst du mir helfen?», flüsterte Odermatt.

«Ihrer Meinung nach soll ich einen schlafenden Drachen wecken? Das wäre keine gute Idee.», entgegnete ich grinsend.

Für die nächsten Minuten starrte mich Odermatt flehend an. Ihm war die Nähe dieses grossen Wesens offensichtlich unangenehm. Plötzlich bewegte sich der blaue Drache. Er öffnete seine Augen und streckte die Beine, während er seinen Flügel anzog. Erst jetzt schien er zu bemerken, dass Odermatt noch bei ihm war. Interessiert schnupperte er an seinem Kopf, bis er ihn schliesslich ausgiebig ableckte. Der erneut verängstigte Mann kroch ruckartig zurück, da er nicht mehr von den Beinen des Drachen festgehalten wurde, und wischte sein Gesicht mit den Ärmeln seines Hemds trocken.

«Was sollte das jetzt genau?», fragte er aufgebracht und verunsichert zugleich.

«Wahrscheinlich mag er Ihren salzigen Schweiss.», mutmasste ich.

Nun stand der Blaue auf und ging abermals auf Odermatt zu. Er schnupperte nun an seinem Oberkörper und stupste ihn sanft an.

«Lass das!», rief Odermatt aus.

Der Drache legte seinen Kopf schräg und setzte sein intensives Schnuppern an den Beinen seines Gegenübers fort. Odermatt schien neues Selbstbewusstsein gefunden zu haben, denn er stiess den Kopf des Drachen mit einer Hand beiseite, so gut er konnte. Das neugierige Wesen gab ein tiefes Brummen von sich und streckte die Krallen nach Odermatt aus, der instinktiv auswich. Dies schien den Spieltrieb des Drachen geweckt zu haben, denn er sprang auf den hilflosen Mann zu und warf sich auf ihn. Mit den Vorderbeinen hielt er Odermatt fest und schnupperte ihn erneut von oben bis unten ab. Nun versuchte er, seine Schnauze unter Odermatts Hemd zu stecken, wobei das Kleidungsstück zerriss. Leicht verwirrt blickte der blaue Drache auf den Stoff, um ihn anschliessend mit den Zähnen vollständig von Odermatts Körper zu reissen.

«He! Das war mein Hemd.», meckerte dieser.

Bevor sich Odermatt weiterhin über sein zerrissenes Kleidungsstück beschweren konnte, wurde sein gesamter Oberkörper abgeleckt wie zuvor sein Gesicht.

«Ich glaube, er mag Sie.», sagte ich lachend.

«Vermutlich mag er mich zum Fressen gern, was alles andere als gut ist.», entgegnete Odermatt.

Bereits wenige Sekunden später liess der Drache ihn los und stand auf. Er sprang einen Satz nach hinten und blickte Odermatt herausfordernd an.

«Was will er denn jetzt von mir?», fragte er.

«Es sieht so aus, als würde er spielen wollen.»

«Wie soll ich mit diesem Ding spielen?»

«Dieses *Ding* ist ein intelligentes, soziales Lebewesen, was wie viele andere Tiere zwischendurch spielt. Was genau Sie in dieser Situation machen sollten, ist Ihre Entscheidung.», entgegnete ich.

Odermatts respektloses Verhalten diesem Drachen gegenüber ging mir auf die Nerven. Da der blaue Drache bemerkt hatte, dass seine Spielaufforderung missverstanden wurde, ging er erneut auf Odermatt zu und stupste ihn sachte an. In diesem Augenblick kam mir eine neue Idee.

«Wollen Sie mal versuchen, auf ihm zu reiten?», fragte ich vorsichtig, da ich wusste, dass er dies auf gar keinen Fall wollte.

«Bist du verrückt geworden?»

«Das bin ich vermutlich seit meiner Geburt.», entgegnete ich schmunzelnd.

Ich versuchte nun auf eine andere Weise, Odermatt davon zu überzeugen, auf den blauen Drachen zu steigen.

«Weshalb haben Sie solche Angst vor diesem netten Kollegen hier?», fragte ich herausfordernd.

«Weil er mich noch vor wenigen Stunden fressen wollte.»

«Sieht es für Sie aus, als würde er in Ihnen noch ein Beutetier sehen?»

Odermatt blickte dem blauen Drachen in die Augen, der sich mittlerweile vor ihm auf den Boden gelegt hatte.

«Nein, um ehrlich zu sein nicht.»

«Dann sehe ich keinen Anlass, sich zu fürchten.»

«Ich fürchte mich auch nicht mehr, es ist nur so, dass ich Drachen nicht besonders mag.»

«Dass Sie Drachen verabscheuen, weiss ich bereits. Trotzdem bin ich davon überzeugt, Ihre Meinung ändern zu können. Versuchen Sie es doch wenigstens einmal.»

Seufzend gab Odermatt nach und trat auf den blauen Drachen zu, der ihn interessiert beobachtete. Sachte umfasste er einen der Rückenzacken und zog sich daran hoch. Sobald er eine einigermassen bequeme Sitzposition eingenommen hatte, blickte er mir verunsichert entgegen.

«Was geschieht, wenn er das nicht möchte?», fragte er.

Bevor ich antworten konnte, sah ihn der blaue Drache verwirrt an und öffnete sein Maul. Odermatt wollte sich bereits zurückziehen, als der Drache ihn am linken Arm packte und von seinem Rücken zog. Anschliessend liess er den verdutzten Mann los und legte sich erneut hin.

«Ich dachte, er würde mir den Arm abbeissen.», sagte Odermatt erstaunt, während er seinen unverletzten Arm betrachtete.

«Stattdessen hat der Drache Sie lediglich von seinem Rücken gezogen. Es ist erstaunlich, wie sorgfältig er mit Ihnen umgeht.»

«Du hattest vermutlich recht, was diesen Drachen anbelangt.», entgegnete er nach einer Weile.

Freiwillig setzte er sich neben den blauen Drachen, der ihn wieder kurz mit der Schnauze anstupste. Ohne dass ich etwas sagen musste, begann Odermatt, ihn zu massieren. Der Drache entspannte sich beinahe augenblicklich und legte seinen Kopf neben seinem neuen Freund auf den Kies.

«Liege ich richtig mit der Vermutung, dass Sie diesen Drachen nun ebenfalls mögen?», fragte ich nach einer Weile.

«In gewisser Weise schon.», gab Odermatt widerwillig zu.

«Wenn das so ist, habe ich mein Ziel erreicht. Ich mache mich nun mit Tom auf den Rückweg.»

«Ihr lässt mich jetzt schon allein?»

«Ja, wir müssen schliesslich noch acht Milliarden Menschen retten.»

«Dann wünsche ich euch viel Glück dabei.», antwortete er, was mich angesichts seiner bisherigen Respektlosigkeit verblüffte.

Aufgrund seines Sinneswandels fiel es mir zunehmend schwer, Odermatt hier allein zurückzulassen. Ein Teil von mir wollte ihn mitsamt dem blauen Drachen zurück zur Erde bringen, während ein anderer Teil dagegen war. Schliesslich kam ich zu dem Schluss, dass ich ihn aufgrund seines jetzigen Wissens und der engen Platzverhältnisse des Raumschiffs nicht zurück nach Hause bringen konnte. Da ich nun nicht mehr wusste, was ich sagen sollte, verabschiedete ich mich mit einem Kopfnicken und ging zum Raumschiff. Der blaue Drache blickte mir nach und stand schliesslich während Odermatts Massage auf, um mir zu folgen. Allem Anschein nach wollte er bei mir bleiben.

«Du kannst nicht mitkommen.», erklärte ich, während wir uns in die Augen sahen.

Er schnupperte an meiner Schnauze und ging schliesslich auf das Raumschiff zu. Voller Interesse roch er daran, bis er Tom entdeckte, der auf dem Beifahrersitz schlief. Da die Tür noch offenstand, streckte der blaue Drache seinen Kopf hinein und stupste ihn an. Die plötzliche Berührung liess Tom hochschrecken, der sich glücklicherweise gleich wieder beruhigte. Ich setzte mich auf den Fahrersitz und startete die Triebwerke, um nicht noch mehr Zeit zu verlieren. In einem lauten Zischen drückten die Schubdüsen das Raumschiff einige Zentimeter nach oben. Der blaue Drache erschrak aufgrund des Feuers und sprang fauchend beiseite.

«Ups.», sagte ich verlegen.

Tom musste lachen. Auf dem Kiesstrand erkannte ich Odermatt, der mir ratlos entgegenblickte, während sich der blaue Drache zwischen den Bäumen verkroch.

«Gehen Sie zu Ihrem neuen Freund. Er hat Angst vor dem Raumschiff.», rief ich Odermatt nach, während wir stetig an Höhe gewannen.

Wenige Sekunden später rannte er in den Wald, um den blauen Drachen ausfindig zu machen. Zufrieden zog ich die Fahrertür zu und Tom tat es mir auf seiner Seite gleich. Bevor ich mit dem Plasmaantrieb beschleunigte, blickte ich noch einmal zurück und entdeckte Odermatt, der uns gemeinsam mit dem blauen Drachen beobachtete.

19

Verschwunden

Nachdem wir die Turbulenzen der oberen Atmosphärenschichten hinter uns gelassen hatten, schloss ich mein Mobiltelefon per Kabel am Raumschiff an, um Vanessa eine Nachricht mit Überlichtgeschwindigkeit senden zu können. Schliesslich hatte ich es ihr versprochen. Gedankenverloren tippte ich mithilfe meiner menschlichen Hand ein, was sich heute ereignet hatte. Kurze Zeit später löschte ich den Text wieder und versuchte es erneut. Nach mehreren Versuchen kam ich zu dem Entschluss, ihr nichts von dem Vorfall mit dem Schädelbrecher zu erzählen, da ich mich dafür schämte, meinen Bruder und mich einer derartigen Gefahr ausgesetzt zu haben.

«Ich fliege jetzt nach Hause. In wenigen Stunden sollte ich wieder bei dir sein.», lautete meine Nachricht schlussendlich.

Aus irgendeinem Grund kam mir dieser Text bekannt vor, jedoch hatte ich vergessen, woher.

Zu Hause kann ich mir genauer überlegen, was ich ihr über den heutigen Vorfall erzählen sollte, dachte ich.

«Weshalb sagst du ihr nicht einfach die Wahrheit?», fragte mich Tom gedanklich.

Ich kann einfach nicht.

«Es wird immer schlimmer, je länger du dieses Geheimnis vor ihr verbirgst.»

Das weiss ich doch. Aber ich kann mich trotzdem nicht dazu überwinden, ihr zu sagen, dass ich der rote Drache bin.

Seufzend gab es mein Bruder auf, mich davon zu überzeugen, meiner Freundin die Wahrheit zu offenbaren. Enttäuscht von mir selbst sendete ich die Nachricht ab. Auf dem Bildschirm in der Mittelkonsole des Raumschiffs erschien folgende Mitteilung:

«Optimale Sendegeschwindigkeit wird berechnet.»

Darunter befand sich eine Taste mit der Aufschrift «Manuelle Geschwindigkeit eingeben».

Geduldig starrte ich für die nächsten Minuten auf den Monitor. Da sich absolut nichts veränderte, drehte ich das Raumschiff in die entgegengesetzte Richtung und betrachtete den Planeten, den wir soeben verlassen hatten. Die Sonne beleuchtete nur noch knapp die Hälfte davon. Daraus schloss ich, dass es bei Odermatt bereits Abend sein musste.

«Kannst du nicht einfach eine manuelle Geschwindigkeit eingeben? Diese Berechnungen dauern ewig und ich habe Hunger.», sagte Tom nach einer weiteren Viertelstunde.

Ohne Widerrede betätigte ich «Manuelle Geschwindigkeit eingeben» und wählte anschliessend 10'000 c aus, was für zehntausendfache Lichtgeschwindigkeit stand.

«Denkst du, dass diese Geschwindigkeit ausreicht?», fragte ich meinen Bruder.

«Keine Ahnung.», antwortete er gähnend.

Um mir nicht unnötig den Kopf über die Sendegeschwindigkeit zu zerbrechen, bestätigte ich die Einstellung, wodurch die Nachricht endlich versendet wurde. Anschliessend startete ich den Autopiloten, der uns in anderthalb Stunden bei einem Lorentzfaktor von maximal einhundert nach Hause brachte.

Die Sonne ging gerade über Zürich auf, als wir auf einer leeren Strasse im nächstgelegenen Wald landeten. Ich öffnete die Tür, die aufgrund des Druckunterschieds automatisch aufsprang, und kletterte mit meinen Kleidern im Maul nach draussen, um mich anschliessend hinter einem Baum verwandeln zu können. Tom, der während des Fluges eingeschlafen war, streckte sich gähnend auf dem Beifahrersitz und stieg ebenfalls aus.

Plötzlich verstummte das durch den Wind verursachte Rascheln der Blätter ebenso wie das Vogelgezwitscher. Meine Gehörgänge fühlten sich an, als wären sie mit Watte gefüllt worden. Augenblicklich weckten diese Ereignisse meine Erinnerungen an einen aktivierten EFG. Da ich vermutete, dass dies lediglich von Z-17-k ausgelöst werden konnte, blickte ich nervös umher, während sich mein Puls unwillkürlich beschleunigte.

«Sei doch nicht so paranoid, Nils. Das ist bloss der Wind.», beruhigte mich Tom, dessen Stimme stark gedämpft klang.

Ich liess die Kleider vor mir auf den Boden fallen und blickte meinen Bruder seufzend an.

«Vielleicht hast du recht.», sagte ich schliesslich.

Abermals hob ich meine Kleider mit den Zähnen vom Boden auf, während ich mich fragte, weshalb ich nicht meine Klauen verwendete. Die Stille, die mich vorhin beunruhigt hatte, blieb bestehen. Ich hatte sogar das Gefühl, dass die Umgebung leicht verzerrt dargestellt wurde.

Siehst du das auch, Tom?, fragte ich gedanklich, da ich nicht schon wieder meine Kleider loslassen wollte.

Bedauerlicherweise erreichte mich keine Antwort, was mich dazu zwang, mein Maul zu öffnen und ihn mündlich zu fragen.

«Siehst du das auch, Tom?»

Wieder kam keinerlei Antwort. Nicht einmal seine Gedanken konnte ich wahrnehmen, was die absolute Stille noch beängstigender machte. Abermals beschleunigte sich mein Puls und ich blickte umher, in der Hoffnung, meinen Bruder zu sehen, jedoch vergeblich.

«Tom?», rief ich verunsichert.

Die einzig logische Erklärung für die Abwesenheit seines Bewusstseins war, dass er sich bereits in einen Menschen verwandelt hatte. Mit pochendem Herzen liess ich meine Kleider liegen und flog um das Raumschiff herum. Von Tom fehlte jede Spur. Während des Fluges setzte das Rascheln der Blätter und das Vogelgezwitscher plötzlich wieder ein, als wären diese Geräusche niemals verstummt gewesen. Ausserdem fühlten sich meine Gehörgänge wieder normal an.

«Tom, das ist nicht witzig! Wo versteckst du dich?», fragte ich verzweifelt.

Da mich immer noch keine Antwort erreichte, kam ein neuer Verdacht auf, den ich bisher zu verdrängen versucht hatte: Z-17-k musste etwas mit dem plötzlichen Verschwinden meines Bruders zu tun haben. Dies war neben Toms Verwandlung in einen Menschen eine weitere plausible Erklärung für die momentanen Geschehnisse.

Ich muss zuerst einmal nach Hause fahren, dachte ich, da mich diese Situation geistig überforderte.

So schnell ich konnte, verwandelte ich mich zurück in einen Menschen, zog meine Kleider an und stieg ins Raumschiff ein, was ich sogleich in ein Auto transformierte. Gerade als ich losfahren wollte, entdeckte ich ein exakt quadratisches Loch im Boden. Neugierig und verwirrt stieg ich aus und betrachtete es ausgiebig. Sowohl die Erde als auch die darin verborgenen Steine waren in einer perfekt geraden Linie herausgeschnitten worden.

Was zum Teufel ist das? Fragte ich mich.

Da ich keine weitere Zeit mit der Untersuchung eines quadratischen Lochs verschwenden wollte, setzte ich mich erneut ins Auto und fuhr los. Aufgrund meiner Sorgen um Tom hätte ich während der Fahrt nach Hause beinahe ein Auto gerammt. Sowohl sein plötzliches Verschwinden als auch der Kampf gegen den Schädelbrecher belasteten mich sehr. Gleichzeitig schwirrten allerlei Gedanken bezüglich Z-17-k durch meinen Kopf. Zu Hause angekommen, bereitete ich mir hastig eine Mahlzeit zu, da ich seit Langem nichts mehr gegessen hatte.

Wie viel Zeit ist inzwischen vergangen? Fragte ich mich.

Mein Mobiltelefon verriet mir, dass es Dienstag, der 20. Juni 2023 war. Froh darüber, dass ich erst gestern mit Tom und Odermatt losgeflogen war, verspeiste ich mein Essen und schrieb Vanessa erneut, dass ich sicher auf der Erde angekommen war.

«Nach unserer Landung ist Tom von einem Augenblick auf den andern verschwunden.», ergänzte ich, da mich dies zu sehr belastete, als dass ich es noch länger für mich behalten konnte.

«Wie meinst du das?», fragte sie nur zwei Minuten später.

«Nachdem wir ausgestiegen sind, haben wir miteinander gesprochen und plötzlich war er weg, als ich nicht hingesehen habe.»

«Kann es sein, dass er ohne dich nach Hause gegangen ist?»

«Das weiss ich nicht. Ich vermute eher, dass er von Z-17-k entführt wurde, weil alles still geworden ist und ich Verzerrungen der Raumzeit gesehen habe, wie es normalerweise nur während der Verwendung eines EFGs geschieht.»

«Hast du bereits versucht, Tom telefonisch zu erreichen?»

«Nein.», schrieb ich, während ich mich fragte, wie ich dies vergessen konnte. Ohne zu zögern, wählte ich Toms Nummer.

«Dieser Teilnehmer ist momentan nicht erreichbar. Bitte versuchen Sie es zu einem späteren Zeitpunkt erneut.», sprach der Anrufbeantworter nach nur einer Sekunde.

«Tom ist momentan nicht erreichbar. Was soll ich jetzt machen? Ehrlich gesagt bin ich mit dieser Situation völlig überfordert.», schrieb ich Vanessa.

«Am besten bewahrst du vorerst Ruhe und wartest ein wenig. Ich habe mir für heute freigenommen, um dir zu helfen. Bist du gerade zu Hause?», fragte sie wenige Minuten später.

«Ja.», antwortete ich mit Tränen der Verzweiflung in den Augen.

«Ich bin schon auf dem Weg zu dir.»

Während meiner Wartezeit schrieb ich erneut R-34-d, der in solchen Situationen stets wusste, was getan werden musste.

«Nachdem ich heute mit Tom auf der Erde gelandet bin, ist er spurlos verschwunden. Ich vermute, dass er von Z-17-k entführt wurde. Kannst du herausfinden, wo er sich befindet, und mir schreiben, wie ich ihm helfen kann?», tippte ich in rasender Geschwindigkeit ein, wobei ich mehrere Male Tippfehler korrigieren musste.

Gleich darauf schickte ich die Nachricht ab, in der Hoffnung, R-34-d würde mir rechtzeitig antworten. Eine knappe Viertelstunde später klingelte Vanessa an der Haustür. Ich liess sie eintreten und wir umarmten uns wie nach meinem letzten Besuch auf dem fremden Planeten.

«Ich schlage vor, wir setzen uns erstmal hin.», sagte Vanessa nach unserer Begrüssung.

Nachdem wir uns gesetzt hatten, beschrieb ich ihr in völliger Aufregung, was sich während Toms Verschwinden ereignet hatte und dass ich mir sicher war, wer dahinter steckte.

«Wie mir scheint, geschieht jedes Mal etwas Schlechtes, sobald du diesen Planeten besuchst. Meiner Meinung nach solltest du es lassen, noch einmal dorthin zurückzufliegen.», sagte Vanessa, nachdem ich meinen Redefluss beendet hatte.

«Da hast du bestimmt recht.», antwortete ich.

Erneut trafen mich die Bilder und Gefühle von Toms Ableben in voller Härte. Geistesabwesend starrte ich an Vanessa vorbei, während ich diese schreckliche Situation abermals durchlebte.

«Hast du bereits R-34-d nach Hilfe gefragt?», unterbrach sie meine Gedanken.

«Ja, gerade nachdem ich dir geschrieben habe.»

«Sehr gut. Leider kannst du nicht viel mehr machen, als seine Antwort abzuwarten. Du hast getan, was du konntest.»

«Da bin ich mir nicht so sicher.»

«Starke Gefühle führen meist zu unüberlegtem Handeln.», entgegnete Vanessa, während sie mir besorgt in die Augen sah.

In diesem Moment vermisste ich den blauen Ozean in ihrer Iris aufs Neue, ebenso wie ihre Rückenmassage, die ich lediglich in meiner Drachengestalt zu schätzen gelernt hatte.

Weshalb müssen alle negativen Gefühle immer gleichzeitig auftauchen? Fragte ich mich traurig.

Vanessa schien meine Sorgen zu bemerken, denn sie gab mir einen Kuss und schloss mich in ihre Arme. Obwohl ich es nicht für möglich gehalten hätte, tröstete mich ihre Anwesenheit nahezu vollständig. Selbst die Angst vor Z-17-k schien aus meinen Gefühlen zu weichen, wodurch ich wieder klare Gedanken fassen konnte.

«Was würde ich bloss ohne dich tun?», fragte ich lächelnd.

«Irgendetwas Unüberlegtes, würde ich vermuten.», antwortete Vanessa schmunzelnd.

In der nächsten Stunde dachte ich darüber nach, ob Tom noch lebte und wo er sich befinden konnte. Da ich stets zu dem Schluss gelangte, zuerst auf die Antwort von R-34-d warten zu müssen, versuchte ich, mich anderweitig zu beschäftigen, wobei Vanessa eine grosse Hilfe war. Für den Rest des Tages gingen wir spazieren und sahen uns Filme an. Obwohl ich ununterbrochen an Tom denken musste, verschafften mir diese Tätigkeiten Erleichterung.

«Mir fällt gerade ein, dass du mir nicht geschrieben hast, bevor du nach Hause geflogen bist.», sagte Vanessa während unserem Abendessen.

«Aber ich habe dir geschrieben. Die Nachricht wurde mit zehntausendfacher Lichtgeschwindigkeit versendet.», entgegnete ich.

«Und wie weit warst du von der Erde entfernt?»

«Über einhunderttausend Lichtjahre. Oh, nein! Die Nachricht wird dementsprechend erst in mehr als zehn Jahren eintreffen. Das tut mir leid. Ich habe nicht daran gedacht, wie unfassbar weit entfernt dieser Planet ist.»

In diesem Augenblick stieg mir die Schamröte ins Gesicht. Zu meiner Überraschung musste Vanessa lachen.

«Dann werde ich dir in einem Jahrzehnt Bescheid sagen, sobald deine Nachricht eingetroffen ist.», sagte sie grinsend.

«Das kannst du machen.», antwortete ich lachend.

Ihre lockere Art vertrieb jegliche Schamgefühle, worüber ich ausgesprochen froh war.

Aufgrund meiner Sorgen um Tom übernachtete Vanessa bei mir. Am nächsten Morgen weckte mich ihr Wecker mit einem aggressiven Klingeln. Da ich mir eine ruhige Melodie gewohnt war, schreckte ich augenblicklich hoch.

«Das ist bloss mein Wecker.», beruhigte mich Vanessa.

«Wie kannst du bei diesem Lärm bloss seelenruhig aufwachen?», fragte ich verblüfft, während mein Herz immer noch raste.

«Gewohnheit.», antwortete sie knapp.

Gemeinsam standen wir auf und bereiteten uns auf den Tag vor.

«Du hast doch Ferien. Weshalb stehst du ebenfalls um Viertel vor sieben auf?», fragte sie schliesslich.

«Ich kann vor lauter Sorgen um Tom ohnehin nicht mehr einschlafen.»

«Wie hast du es denn gestern geschafft?»

«Mit deiner Hilfe. Ohne dich an meiner Seite hätte ich niemals Ruhe finden können.»

Lächelnd setzte sie ihr Frühstück fort, bis ihr Gesichtsausdruck einige Minuten später Sorge verriet.

«Was hast du jetzt vor, da Tom verschwunden ist?», fragte sie verunsichert.

«Ich werde es der Polizei erklären. Vielleicht können sie doch etwas gegen Z-17-k unternehmen.»

«Denkst du, dass sie dir glauben, wenn du ihnen erzählst, eine ausserirdische KI hätte deinen Bruder entführt?»

Jetzt, wo Vanessa es auf diese Weise aussprach, kam mir mein Anliegen unglaubwürdig vor.

«Einen Versuch ist es wert.», entgegnete ich nach kurzem Zögern.

«Aber handle nicht auf eigene Faust, ohne mich zu informieren.», ermahnte mich Vanessa.

«In Ordnung.»

Zwei Stunden später stand ich mit pochendem Herzen vor einer Polizeistation der Stadt Zürich. Obwohl ich aufgrund der bevorstehenden Situation nervös war, trat ich zielstrebig in das Gebäude ein, da ich Tom lediglich auf diese Weise helfen konnte.

«Guten Morgen, wie kann ich Ihnen behilflich sein?», fragte mich eine Polizistin am Schalter.

Da ich abgesehen von Polizisten die einzige Person im Empfangsbereich war, war ich augenblicklich aufgerufen worden, was meine Nervosität noch verstärkte. Ich hatte mir noch nicht einmal genau überlegt, was ich sagen wollte. All meine Anliegen schienen in diesem Moment aus meinem Gedächtnis zu fliessen wie Wasser aus einem undichten Fass.

«Guten Morgen, ich …», begann ich.

Geduldig wartete die Polizistin, bis ich meine Sprache wiedergefunden hatte, was meines Erachtens viel zu viel Zeit beanspruchte.

«… mein Bruder ist gestern verschwunden, als wir im Wald unterwegs waren. Ich vermute, dass eine ausserirdische künstliche Intelligenz namens Z-17-k ihn entführt hat.», erklärte ich.

Das klingt noch bescheuerter als in meiner Fantasie, dachte ich.

Augenscheinlich amüsierte mein Anliegen die Polizistin, da sie sich ein Schmunzeln nicht unterdrücken konnte.

«Sind Sie sich sicher, dass Ihr Bruder entführt wurde?», fragte sie, so ernst sie konnte.

«Ja, definitiv. Es waren Raumzeitverzerrungen zu erkennen, die während der Benutzung eines elektromagnetischen Feldgenerators auftreten. Dieser sogenannte EFG wird verwendet, um Objekte durch vier räumliche Dimensionen zu bewegen. Ich vermute, dass mein Bruder auf diese Weise entführt wurde.»

Versteht sie überhaupt, wovon ich spreche? Fragte ich mich während meiner detaillierten Erklärung.

«Haben Sie in letzter Zeit Drogen oder ähnliche bewusstseinsverändernde Substanzen zu sich genommen?», fragte die Polizistin, die mir offensichtlich nicht glaubte.

«Nein.»

«Dann muss ich Sie bitten, keine Geschichten zu erfinden. Haben Sie ein ernsthaftes Anliegen?»

«Die Entführung meines Bruders ist ein ernsthaftes Anliegen.»

«Könnte es sein, dass er sich im Wald verlaufen hat?»

«Nein, ganz bestimmt nicht.»

«Haben Sie bereits versucht, ihn telefonisch zu erreichen?»

«Ja, aber er hat den Anruf nicht entgegengenommen.»

«In diesem Fall können Sie eine Vermisstenanzeige aufgeben. Hierfür bräuchte ich bloss Ihren Namen und den Ihres Bruders.»

«Aber ich bin mir sicher, dass er entführt wurde.»

«Haben Sie irgendwelche Beweise, die für eine Entführung sprechen?»

«Nein.»

«Wenn das so ist, können Sie ihn lediglich als vermisst melden.»

Mittlerweile schien ihr meine Hartnäckigkeit auf die Nerven zu gehen. Da sie mir nicht ein Wort geglaubt hatte, gab ich es auf, sie von der Wahrheit zu überzeugen.

«Eine Vermisstenanzeige würde in meinem Fall nicht weiterhelfen.»

«Wie Sie wünschen. Haben Sie noch weitere Anliegen?»

«Nein.»

«In diesem Fall wünsche ich Ihnen noch einen schönen Tag.»

«Danke, gleichfalls.»

Mit rotem Gesicht verliess ich die Polizeistation, während mich die Polizistin und drei ihrer Kollegen ununterbrochen anstarrten.

Ich könnte glatt im Boden versinken, dachte ich.

Enttäuscht stieg ich in mein Auto ein und fuhr los. Zu Hause angekommen, spazierte ich unruhig durch meine Wohnung, während ich mir überlegte, wie ich Tom helfen konnte. Plötzlich leuchtete die Kamera an meinem PC auf, der immer noch lautstark arbeitete.

«Hallo Nils, hier spricht R-34-d.», erklang wenige Sekunden später die Stimme der KI aus meinem Lautsprecher.

«Hallo.», antwortete ich überrascht.

«Aufgrund deiner dringlichen Nachricht bezüglich Toms Verschwinden habe ich mich dazu entschieden, die Rechenleistung sämtlicher mit dem Internet verbundenen Geräte für meine Simulationen und mein neuronales Netzwerk zu nutzen. Obwohl ich die Kommunikation der einzelnen Geräte verschlüsselt habe, wird man diesen drastischen Eingriff in das Internet innerhalb weniger Minuten zu deiner Position zurückverfolgen können, weswegen wir unsere Unterhaltung kurzhalten müssen.»

«Okay, ähm …»

Da ich nicht damit gerechnet hatte, mit R-34-d in Echtzeit sprechen zu können, musste ich mir in Eile überlegen, was ich überhaupt sagen wollte.

«In der Zwischenzeit konnte ich Tom lokalisieren. Z-17-k hat ihn höchstwahrscheinlich in einer Raumstation eingesperrt, die mit dem EFG unter 198.84.212.153 angesteuert werden kann.», setzte R-34-d fort.

«Das muss ich mir aufschreiben.», entgegnete ich, während ich hastig einen Notizblock zur Hand nahm und die Zahlen notierte.

«198.84 … was kommt danach?», fragte ich.

«212.153»

«Okay. Kann ich einfach zu ihm fliegen oder muss ich da etwas beachten?»

«Z-17-k wird diesen Bereich mit Drohnen und Nanobots bewachen. Deren Schilde lassen sich lediglich durch Energiewaffen wie deine Plasmakanone zerstören. Zusätzlich kann er dich jederzeit in einen hohlen Tesserakt einsperren.»

«Ein Tesserakt?»

«Dies ist ein vierdimensionaler Würfel. Wenn er dich mithilfe eines Tesserakts fängt, bist du von einem Moment auf den anderen von allen Seiten her eingesperrt. Die einzige Fluchtmöglichkeit bietet dir der EFG. Um einem Tesserakt zu entkommen, musst du dich im vierdimensionalen Raum rotieren, bis eine Öffnung in deinen drei Dimensionen erscheint.»

Ich notierte mir das Wort «Tesserakt», da ich davon überzeugt war, dass es in Zukunft wichtig sein würde.

«Wie meinst du das mit der vierdimensionalen Rotation?», fragte ich.

«Dein EFG erlaubt nicht nur Bewegungen, sondern auch Rotationen in allen vier räumlichen Dimensionen. Hierfür musst du lediglich die R-Taste betätigen und die gewünschte Rotation mithilfe der vier Anzeigen auswählen. Nachdem du die Eingabe durch erneutes Betätigen der R-Taste bestätigt hast, verändert sich deine Ausrichtung im vierdimensionalen Raum. Auf diese Weise lässt sich der Ausgang eines hohlen Tesserakts finden.»

Obwohl ich noch nicht genau verstanden hatte, was mir R-34-d über die Rotation zu erklären versuchte, notierte ich in krakeliger Schrift, soviel ich konnte.

«Deine Argumentation lässt darauf schliessen, dass du zur Raumstation von Z-17-k fliegen möchtest, um Tom zu retten. Diesbezüglich muss ich dir dringend davon abraten. Solltest du trotzdem aus welchen Gründen auch immer dorthin gelangen, empfiehlt es sich, das Steuergerät des Tesserakts zu zerstören, was einem von euren Mobilfunkmasten gleicht. Dadurch wird es Z-17-k nicht mehr möglich sein, den Tesserakt zu bewegen.», sagte R-34-d.

Währenddessen notierte ich mir «Sendemast für Tesserakt zerstören».

«Wie soll ich meinem Bruder helfen, wenn ich Z-17-k nicht angreifen darf?», fragte ich verunsichert.

«Z-17-k ist wesentlich besser ausgerüstet als du und er kann mithilfe seiner Simulationen jeden deiner Schritte vorausberechnen. Am besten wäre es, abzuwarten. Meine eigenen Simulationen ergaben, dass Z-17-k in wenigen Tagen Nanobots auf dem gesamten Planeten verteilen wird, die dafür zuständig sind, einen Grossteil der Menschheit auszulöschen. Deine Aufgabe besteht darin, diese Nanobots mithilfe eines elektromagnetischen Impulses zu zerstören. Hierfür muss lediglich die E-Taste des EFGs für fünf Sekunden gedrückt werden. Stelle zuvor jedoch sicher, dass deine Nanobots zur sofortigen Zellregeneration mindestens zehn Kilometer von dir entfernt sind, wenn du einen elektromagnetischen Impuls auslöst. Ansonsten würden sie ebenfalls zerstört werden.»

«Deiner Meinung nach soll ich Tom im Stich lassen?», fragte ich vorwurfsvoll, während ich mir «E-Taste gegen Nanobots, 10 Kilometer Radius» notierte.

Hoffentlich weiss ich in Zukunft noch, was diese Notizen bedeuten, dachte ich.

«Ja.», antwortete R-34-d knapp.

«Ich weiss nicht, ob ich das kann. Er ist mein Bruder.»

«Das Schicksal von über acht Milliarden Menschen hängt davon ab, ob du es schaffst, die Nanobots von Z-17-k zu zerstören oder nicht. Solltest du bei einer Rettungsaktion sterben oder gefangengenommen werden, wird deine Mission unweigerlich fehlschlagen.»

Seufzend vergrub ich mein Gesicht in den Händen. Der Druck, für nahezu die gesamte Menschheit verantwortlich zu sein, war eindeutig zu gross für mich. Insbesondere weil meine Mission erforderte, Tom im Stich zu lassen.

«Unsere Zeit ist nahezu abgelaufen. Ich rate dir, das Speichermedium mit meinem Bewusstsein durchgehend bei dir zu tragen, da es an die Drohnen von Z-17-k angeschlossen werden kann, wodurch sein neuronales Netzwerk kurzzeitig lahmgelegt wird. Es dauert bis zu drei Tage, um alle Systeme erneut hochzufahren.»

Mit diesen Worten schloss sich das Konsolenfenster, was seit dem Verbinden des ausserirdischen Speichermediums mit meinem Computer ununterbrochen offen gewesen war. Augenblicklich verstummten die Lüfter meines PCs.

«Hey, du kannst dich doch nicht einfach herunterfahren.», rief ich empört, da ich noch einiges mit R-34-d zu bereden hatte.

Ich zog das kleine Kästchen heraus, worauf das Bewusstsein der KI abgespeichert war, und steckte es erneut in den vordersten USB-Anschluss meines Computers. Gespannt wartete ich darauf, dass sich das Konsolenfenster erneut öffnete. Entgegen meiner Erwartungen geschah jedoch nichts.

Was soll das? Genau in diesem Augenblick, wenn ich ihn am dringendsten benötige, streikt R-34-d!

Wütend schritt ich im Wohnzimmer auf und ab, während ich den gewaltigen Wissensschwall der ausserirdischen KI gedanklich verarbeitete. Zwischendurch ergänzte ich meine Notizen, um sicherzustellen, dass keine essenziellen Informationen verlorengingen.

Sofern ich das korrekt verstanden habe, kann ich mit diesem Gerät Z-17-k kurzzeitig lahmlegen, dachte ich mit dem Blick auf das quaderförmige Speichermedium gerichtet.

Um mich wenigstens ein bisschen sicherer zu fühlen, steckte ich es in eine meiner Hosentaschen. Ich war davon überzeugt, dass mir dieser Gegenstand in Zukunft von grossem Nutzen sein würde.

Verzweifelt setzte ich mich eine Viertelstunde später auf mein Sofa. Inzwischen waren mir die Tränen gekommen, weil ich die Hoffnung, meinen Bruder zu retten, beinahe verloren hatte.

Ich habe alles falsch gemacht, was man überhaupt falsch machen kann! Zuerst verschwende ich wertvolle Zeit mit belanglosen Fragen an R-34-d, ohne mich nach den Stärken und Schwächen von Z-17-k zu erkundigen, anschliessend besuche ich mit Tom einen Alienplaneten, dessen Monster mich bereits beinahe getötet hätten, ohne ihn zu warnen, weswegen er tatsächlich gestorben ist, und zu guter Letzt habe ich bereits drei von sechs lebensrettende Nanobot-Injektionen verbraucht, bevor der Kampf gegen Z-17-k überhaupt begonnen hat. Was das Fass zum Überlaufen bringt, ist die Tatsache, dass das Überleben der gesamten menschlichen Bevölkerung und somit auch das von Vanessa, meiner Mutter und allen anderen, die ich kenne, von mir abhängt, obwohl ich noch nicht einmal meinen Bruder oder mich selbst beschützen kann.

Je länger ich über die Fehler nachdachte, die ich in letzter Zeit begangen hatte, desto ausweglozer schien meine momentane Situation zu werden. Ich nahm mein Mobiltelefon zur Hand und wollte gerade mit Vanessa telefonieren, als ich mich im allerletzten Moment dagegen entschied. Schliesslich wollte ich sie nicht bei ihrer Arbeit stören. Schluchzend vergrub ich meinen Kopf unter einem Kissen, während ich mir wünschte, die Zeit zurückdrehen zu können. Plötzlich kam mir eine Idee, die augenblicklich meinen Tränenfluss stoppte.

R-34-d hat gesagt, dass die Schilde von Z-17-k lediglich von Energiewaffen zerstört werden können. Ben von der DrSG hat mir beeindruckende Lasergewehre gezeigt. Da dies ebenfalls Energiewaffen sind, sollten sich die Schilde dadurch zerstören lassen. Je mehr Waffen ich besitze, die Z-17-k schaden können, desto höhere Erfolgschancen habe ich.

Mit diesen Gedanken wischte ich mir die Tränen aus dem Gesicht und ging schnurstracks zu meinem Auto. Während der Fahrt wurde mir bewusst, dass ich keineswegs als Drache die Laserwaffen stehlen konnte, wie ich es anfangs geplant hatte. Ebenso wenig war ich dazu in der Lage, dutzende Waffen zeitgleich bedienen zu können. Was ich benötigte, war eine Kampfeinheit.

Eine halbe Stunde später stieg ich aus und näherte mich zielstrebig der grossen Halle des DrSG-Hauptquartiers. Ohne anzuklopfen, trat ich durch das stets offenstehende Tor ein.

«Guten Tag Nils, was führt dich hierher?», fragte Shona, die offensichtlich überrascht war, mich zu sehen.

Ausser ihr befand sich niemand in der ehemaligen Lagerhalle.

«Guten Tag Shona. Ich muss dringend mit Ben sprechen. Weisst du, wo er jetzt ist?»

«Ich glaube, er arbeitet in seinem Labor. Aber wurdest du nicht von Herr Odermatt gefeuert?»

«Ja, das wurde ich. Mein Anliegen hat jedoch nichts mit der Arbeit zu tun.»

«Hast du es tatsächlich getan?», fragte Shona, als ich mich bereits zum Gehen wandte.

«Was genau meinst du?»

In diesem Augenblick wusste ich nicht, ob sie auf Toms Befreiung oder Odermatts Entführung anspielte.

«Hast du den Drachen befreit?»

«Ja, das habe ich.», antwortete ich seufzend, da Shona durch Odermatt bereits die Wahrheit kannte.

«Ich glaube, du hast richtig gehandelt.»

«Tatsächlich?», fragte ich überrascht.

«Ja. Als ich gesehen habe, wie sie dieses arme Geschöpf behandeln, hatte ich dieselbe Idee wie du. Aber bevor ich mir einen Plan ausdenken konnte, den Drachen zu befreien, hast du es bereits getan.»

In diesem Augenblick wandte ich mich erneut Shona zu. Ihr Mitgefühl für Tom begeisterte mich, wobei ich versuchte, mir nichts anmerken zu lassen.

«Weshalb glaubst du, sind die Drachen vor einigen Monaten erstmals auf der Erde erschienen?», fragte ich, um herauszufinden, auf welcher Seite sie stand.

«Ehrlich gesagt habe ich keine Ahnung.», antwortete sie lachend, da diese Frage sie überrascht hatte.

«Deswegen habe ich gefragt, was du *glaubst*.»

Leicht verwirrt blickte sie mir entgegen. In diesem Augenblick schien sie herausfinden zu wollen, weshalb ich ihr diese Frage stellte.

«Ich glaube, dass sie gekommen sind, um uns zu helfen.», entgegnete sie schliesslich.

Ihre Antwort liess mich innerlich jubeln, da ich mir sicher war, eine neue Verbündete kennengelernt zu haben.

«Das ist korrekt. Ihre Aufgabe ist es, die Menschheit vor einer ausserirdischen Bedrohung zu schützen.»

«Jetzt veräppelst du mich aber.», sagte sie schmunzelnd.

«Nein, es ist die Wahrheit. In wenigen Tagen werden mikroskopisch kleine Roboter überall auf der Welt verteilt, um einen Grossteil der Menschen dieses Planeten zu töten. Die ausserirdischen Raumschiffe, die diese sogenannten Nanobots verteilen, werden mit Schildern aus Energiefeldern geschützt, die ausschliesslich von Laser- oder Plasmawaffen zerstört werden können. Zumindest vermute ich das. Da ihr leistungsstarke Laser hergestellt habt, könnte dies in einem Kampf gegen besagte Raumschiffe von grossem Wert sein.»

«Ich glaube dir nicht.»

«Das dachte ich mir bereits. Aus diesem Grund möchte ich dir etwas zeigen.»

Verwirrt und neugierig zugleich folgte mir Shona, während ich sie nach draussen zu meinem Auto begleitete.

«Du zeigst mir dein Auto?», fragte sie amüsiert.

«In gewisser Weise schon.», antwortete ich, während ich mich auf den Fahrersitz setzte, die Tür schloss und den Flugmodus aktivierte.

Mit offenem Mund starrte Shona mein Auto an, was sich innert weniger Sekunden in ein Raumschiff transformierte. Sobald die Verschalung ihre endgültige Form erreicht hatte, öffnete ich die Flügeltür und stieg aus.

«Was ist das?», fragte sie verblüfft.

«Das hier ist ein ausserirdisches Raumschiff, mit dem man gegen die feindlichen Drohnen, Nanobots und Raumschiffe kämpfen kann.»

«Wozu benötigst du noch die Hilfe von unseren Laserwaffen, wenn du mit Alientechnologie ausgerüstet bist?»

«Weil es wahrscheinlich nicht ausreichen wird. Die Menschheit ist auf jegliche Hilfe angewiesen, die sie kriegen kann.»

«Höchst interessant.», kommentierte Benjamin, der soeben dazugestossen war.

Mist! Ich hätte es Shona vorsichtiger zeigen müssen, dachte ich genervt von meiner Unachtsamkeit.

«Gerüchten zufolge wurde unser werter Herr Odermatt vorgestern von den beiden Drachen in exakt demselben Flugzeug entführt. Hast du etwas mit seinem Verschwinden zu tun, Nils?», setzte er fort.

«Nicht, dass ich wüsste.», antwortete ich verlegen.

«Beschweren kann ich mich keineswegs über die momentanen Umstände. Aufgrund Odermatts Verschwinden bin ich jetzt das ranghöchste Mitglied der Drachenschutzgesellschaft.», entgegnete Benjamin.

Ist das jetzt gut oder schlecht? Fragte ich mich.

«Nils hat gesagt, dass wir demnächst von Ausserirdischen angegriffen werden. Die Drachen sind gekommen, um uns zu helfen.», warf Shona ein.

«Ist das so?», fragte Benjamin nachdenklich.

Ich nickte zurückhaltend, da mir bewusst wurde, dass der neue Vorgesetzte der DrSG nun entschieden zu viel wusste.

«Die einzige Möglichkeit, die Menschheit vor der bevorstehenden Gefahr zu beschützen, liegt darin, gemeinsam mit den Drachen zu kämpfen. Da nur Energiewaffen die Schilde der ausserirdischen Raumschiffe zerstören können, bin ich zu euch gekommen.», erklärte ich.

«Du möchtest, dass wir dir und den Drachen mit unserer Lasertechnologie im Kampf gegen Ausserirdische helfen?»

«Genau. Es ist jedoch eine einzelne künstliche Intelligenz, die uns bedroht, nicht mehrere Ausserirdische.»

«Woher hast du dieses Gerät?», fragte Benjamin, während er auf das Raumschiff deutete.

«Eine uns gut gesinnte künstliche Intelligenz hat es mir überlassen.»

«Eine gute KI rüstet Menschen und zwei überaus intelligente Drachen mit Alientechnologie aus, die wiederum gegen eine böse KI kämpfen müssen. Weshalb kämpft 'unsere' KI nicht einfach selbst?»

«Weil sie durch die feindliche KI besiegt wurde.», antwortete ich, um die Konversation abzukürzen.

Benjamin warf mir vorübergehend einen fragenden Blick zu.

«Da ich nicht Odermatt bin, der stets nach seinem eigenen Wohl handelt, sage ich, wir stellen weitere Lasergewehre her, die wir anschliessend auf gemietete Hubschrauber montieren. Ab morgen werden alle Mitglieder der DrSG im Kampf mit Laserwaffen ausgebildet.»

«Du glaubst mir?», fragte ich von neuer Hoffnung überrascht.

«Ich glaube, was mir meine Augen und Ohren beweisen. Weshalb solltest du uns diese vertrauliche Technologie offenbaren, wenn du nicht in grösster Not wärst?»

Ben hat tatsächlich recht. Mein Handeln lässt sich ausschliesslich auf diese Weise begründen, dachte ich.

«Vielen Dank für eure Unterstützung.», sagte ich, da mir diese Konversation zunehmend unangenehm wurde und ich schnellstmöglich nach Hause fahren wollte.

«Die Drachenschutzgesellschaft wurde ursprünglich gegründet, um eine potenziell von den Drachen ausgehende Gefahr abzuwenden. Da uns mittlerweile bewusst wurde, dass von diesen Wesen keinerlei Gefahr für die Menschheit ausgeht, ist es unsere Pflicht, das Richtige zu tun. Eine Frage hätte ich noch: Wie viele von diesen Raumschiffen wurden den Menschen und den Drachen zur Verfügung gestellt?»

«Mindestens zwei, schätze ich, da du gesagt hast, dass die Drachen Odermatt in einem ähnlichen Raumschiff entführt hätten.»

«Hoffen wir, dass es ausreicht.», entgegnete Benjamin nachdenklich.

Aufgrund seiner geheimnisvollen Art war ich davon überzeugt, dass er seine wahren Absichten vor mir verbarg, was mich beunruhigte. Trotzdem war ich zufrieden, auf die Unterstützung der DrSG zählen zu können.

«Können wir nicht einfach die Regierung alarmieren?», fragte Shona.

«Einerseits würde uns wahrscheinlich niemand glauben und andererseits könnte dies zu einer mindestens landesweiten Massenpanik führen, was keineswegs zweckmässig wäre. Ich halte es für die beste Idee, uns vorzubereiten und abzuwarten, was geschieht.»

«Ich habe heute versucht, mein Anliegen der Polizei zu erklären, jedoch ohne Erfolg.», warf ich ein.

«Siehst du? Dies ist der eindeutige Beweis dafür, dass die Menschheit noch nicht dazu in der Lage ist, grundsätzlich neue Gegebenheiten zu akzeptieren und sich dementsprechend anzupassen. Sobald jemand etwas erzählt, was die Vorstellungskraft der Menschen übersteigt, wird diese Person für verrückt erklärt.»

«Ich sollte mich jetzt selbst auf den bevorstehenden Kampf vorbereiten.», sagte ich, um dieses Gespräch endlich beenden zu können.

«Kannst du mit diesem Ding umgehen?», fragte Benjamin.

«So einigermassen.», gab ich zu.

«Wäre es nicht angebracht, einen ausgebildeten Piloten in dieses Raumschiff zu setzen? Ich zum Beispiel war Kampfpilot in der Schweizer Armee.», entgegnete Benjamin.

«Ein ausserirdisches Raumschiff zu fliegen, ist etwas anderes als herkömmliche Kampfjets.», antwortete ich, da ich mein Raumschiff Benjamin keineswegs anvertrauen wollte.

«Wie du meinst.»

Endlich gelang es mir, mich von Shona und Benjamin zu verabschieden. Mit gemischten Gefühlen transformierte ich das Raumschiff zurück in ein Auto und begab mich auf den Weg nach Hause. Während der Fahrt bog ich in eine kleine Landstrasse ein, die in Richtung Wald führte, da ich bereits mit meiner eigenen Art von Training beginnen wollte. Schliesslich hatte mich R-34-d nicht grundlos mit einem Speer ausgerüstet. Bereits nach fünf Minuten endete meine Fahrt an einem Fahrverbotsschild. Ich parkte am Rand der Strasse, um niemanden zu blockieren, und stieg aus. Nachdem ich mich versichert hatte, dass ich nicht beobachtet wurde, nahm ich den geheimnisvollen Speer aus dem Kofferraum. Das perfekte, schwarze Material glänzte im Sonnenlicht. Die Spitze war schärfer als eine Rasierklinge. Obwohl ich versuchte, mich zu beeilen, verweilte mein Blick mehrere Minuten auf dem Speer. Es war, als wollte mein Bewusstsein jeden Moment des Friedens endlos in die Länge ziehen.

Plötzlich verstummte das Vogelgezwitscher und das Rascheln der Blätter wie vor Toms Verschwinden, was mich sofort aus meiner Starre weckte. Blitzschnell zog ich mir meine Kleider aus und verwandelte mich in einen Drachen. Nun hob ich den Speer mit den Klauen auf, was sich noch immer gewöhnungsbedürftig anfühlte, und blickte nervös in alle Richtungen. Sowohl mein Herzschlag als auch mein Atem beschleunigten sich und das Adrenalin liess mein rechtes Vorderbein zittern, mit dem ich den Speer führte. Die unerträgliche Stille zog sich weiter in die Länge.

Zeig dich, Z-17-k, dachte ich voller Angst.

Da es mir ein Gefühl der Sicherheit bot, erhitzte ich die Luft in meinen Lungen und hielt den Atem an. Ohne mich zu bewegen, verharrte ich vor Aufregung zitternd in meiner verkrampften Position und wartete.

Hinter mir nahm ich eine Bewegung wahr. Augenblicklich drehte ich mich um und schoss einen gewaltigen Feuerstrahl in diese Richtung, während ich mich verängstigt an meinen Speer klammerte. Ein schwarz gebranntes, rauchendes Objekt viel zu Boden. Leicht verwirrt stellte ich das Feuerspeien ein und betrachtete das höchstens fünfzehn Zentimeter grosse Etwas vor meinen Füssen. Von Form und Farbe her liess es sich nicht mehr identifizieren, da es bloss noch ein Klumpen Kohle und Asche war. Mein Geruchssinn verriet mir, dass es sich hierbei um gebratenes Fleisch handelte.

«Oh nein! Das tut mir leid.», sagte ich verlegen, als ich begriff, dass ich soeben ein Tier getötet hatte.

Sachte stupste ich das arme Wesen mit der Speerspitze an. Erwartungsgemäss rührte es sich keinen Millimeter. Ich trat einen Schritt näher und betrachtete es genauer. Das Einzige, was ich noch identifizieren konnte, war ein Fuss mit drei schmalen, langen Zehen nach vorn und einem Zeh nach hinten.

Das war vermutlich ein Spatz, dachte ich seufzend.

Nachdenklich ging ich einige Schritte in den Wald. Dass ich mich zuvor noch aufgrund der plötzlichen Stille gefürchtet hatte, geriet bereits in Vergessenheit.

Krachend schlug der nahezu unzerstörbare Speer gegen einen fünfzig Zentimeter dicken Baumstamm. Die Spitze drang kaum tiefer ein als die Rinde dick war, wodurch die Waffe mit einem dumpfen Schlag auf den harten Erdboden fiel.

«Jetzt bleib doch endlich mal stecken!», rief ich aus.

Bereits hunderte Male hatte ich versucht, den Speer zu werfen, jedoch mit mässigem Erfolg. Vor knapp sechs Jahren im Sportunterricht hatte ich es als Mensch geschafft, einen Speer ungefähr zwanzig Meter weit zu werfen, sodass er im Boden steckengeblieben war. Aus diesem Grund war es ausserordentlich frustrierend, eine solche Waffe in meiner wesentlich stärkeren Drachengestalt kaum drei Meter weit werfen zu können, wobei er nicht einmal steckenblieb. Schnaubend hob ich den Speer auf und versuchte es erneut. Aufgrund meiner zunehmenden Wut flimmerte die Luft, die aus meinen Nüstern trat, vor lauter Hitze. Abermals schleuderte ich den Speer mit aller Kraft dem bereits aufgekratzten Baumstamm entgegen. Da ich meine Vorderbeine nicht auf dieselbe Weise ausrichten konnte wie meine menschlichen Arme, gelang es mir wieder nicht, ihn korrekt zu werfen. Dieses Mal prallte die Spitze trotz ihrer unglaublichen Schärfe einfach ab.

«Das darf doch nicht wahr sein! Wie kommt R-34-d bloss auf die bescheuerte Idee, mich mit einem Speer auszurüsten?»

Frustriert schlug ich mit meinen Klauen gegen den Baumstamm, wodurch einige kleine Teile der Rinde herausgerissen wurden. Dies brachte mich auf eine neue Idee. Ich hob den Speer erneut auf und trat einige Schritte zurück. Nun sprang ich in einem grossen Satz auf den Baum zu und hielt den Speer mitten in der Luft mit den Klauen beider Vorderbeine fest, sodass die Spitze in Richtung meines Ziels zeigte. Kurz bevor ich den Baumstamm erreichte, stiess ich den Speer nach vorn. Ich liess all meine Wut und Frustration in diesen Angriff einfliessen, wodurch die Speerspitze zu meinem Erstaunen vollständig im Holz verschwand. Einen Sekundenbruchteil später prallte ich mit dem ganzen Körper gegen dem Baum, da ich mich lediglich auf meinen Angriff, nicht jedoch auf meine Landung konzentriert hatte. Mit schmerzhaften Prellungen sackte ich zu Boden und blickte währenddessen auf den Speer, der knapp zehn Zentimeter tief im Holz steckte.

Schmunzelnd richtete ich mich auf und umfasste ihn mit den Klauen, um ihn herausziehen zu können. Als er sich selbst nach starkem Ziehen keinen Millimeter bewegte und da meine Drachenschuppen auf dem glatten, harten Material keinerlei Halt fanden, setzte ich mich hin und dachte nach.

Wie mir scheint, ist es wesentlich effektiver, den Speer während des Angriffs nicht zu werfen. Zumindest dann, wenn man ein Drache ist.

Um meine wertvolle Waffe wiederzubekommen, klammerte ich mich mit den Vorderbeinen daran fest und zog mich wie bei einem Klimmzug hoch. Mit meinem gesamten Körpergewicht rüttelte ich, so gut ich konnte. Der Speer behielt währenddessen stets seine perfekte Form, ohne sich zu verbiegen. Nicht einmal das Holz gab nach. Seufzend liess ich los und begann, Feuer in Richtung des Baumstamms zu speien. Auf diese Weise wollte ich das Holz hart und brüchig werden lassen, wodurch ich den Speer wahrscheinlich herausbrechen konnte. Nach wenigen Sekunden flimmerte die Luft nahe des Speers. Selbst das stumpfe Ende, was gut anderthalb Meter vom Feuer entfernt war, strömte Hitze aus.

Dieses Material scheint Hitze ebenso gut leiten zu können wie ich, stellte ich fest.

Da der Baum immer noch lebte und dementsprechend viel Wasser beinhaltete, begann das Holz neben der Speerspitze zu zischen. Ich setzte das Feuerspeien fort, bis es stark qualmte, und versuchte erneut, den Speer herauszuziehen. Dieses Mal liess er sich geringfügig bewegen und nach ruckartigem Ziehen gab das Holz nach. Aufgrund des plötzlich verschwundenen Widerstands stolperte ich einen Schritt zurück. Dennoch war ich mit meiner neuen Erkenntnis zufrieden, mit dem Speer zuzustossen statt ihn zu werfen.

Die überbeanspruchten Muskeln meines rechten Vorderbeins schmerzten bereits bei nahezu jeder Bewegung. Aus diesem Grund begab ich mich nun auf den Rückweg. Gedankenverloren betrachtete ich die grossen Gewitterwolken, die sich während der letzten Stunden gebildet hatten. Da es nun Abend war und die Temperatur um diese Jahreszeit fünfundzwanzig Grad im Schatten betrug, gehörten Gewitter zur Normalität. Einige Minuten später hatte ich mein Auto erreicht. Ich verstaute den von eingetrocknetem Harz und Erde beschmutzten Speer im Kofferraum, verwandelte mich zurück in einen Menschen und zog mir meine Kleider an. Erst jetzt fiel mir auf, dass ich das Speichermedium mit dem Bewusstsein von R-34-d während meines Trainings im Auto vergessen hatte.

Das nächste Mal werde ich dieses Ding in einer Tasche bei mir tragen und den EFG ebenfalls, dachte ich.

Erschöpft und mittlerweile hungrig fuhr ich nach Hause.

Von draussen war bereits Donnergrollen zu hören, als ich um sechs Uhr abends fertig gegessen hatte. Müde schlurfte ich in die Küche und räumte das dreckige Geschirr in den Geschirrspüler ein. Als urplötzlich mein Mobiltelefon klingelte, zuckte ich erschrocken zusammen. Erleichtert aufatmend beruhigte ich mich bereits eine Sekunde später und nahm den Anruf entgegen.

«Guten Abend Vanessa.», begrüsste ich meine Freundin.

«Guten Abend Nils, geht es dir gut? Ich habe mir während der Arbeit Sorgen um dich gemacht, da du heute Morgen leicht angeschlagen gewirkt hast.»

«Ja, mir geht es gut.», antwortete ich nachdenklich.

«Hast du auch nichts Unüberlegtes angestellt?», fragte sie vorwurfsvoll.

«Ähm … nun ja. Zuerst hat mir R-34-d gesagt, dass Z-17-k in wenigen Tagen Nanobots auf dem gesamten Planeten verteilen wird, die über acht Milliarden Menschen töten werden. Um die Schilder der Raumschiffe zu zerstören, die diese Nanobots verteilen, benötigt man Energiewaffen. Aus diesem Grund habe ich die DrSG gefragt, ob sie mir mit ihren Lasergewehren helfen können.»

«Du hast *was*?»

Vanessas aufbrausender Tonfall erinnerte mich abermals an ihre schlechten Erfahrungen mit der Drachenschutzgesellschaft. Ausserdem brachte sie mich dadurch in Verlegenheit.

«Ich musste sie um Hilfe bitten. Was hätte ich denn sonst machen sollen? Die Polizei hat mir schliesslich nicht geglaubt. Soll ich allen Ernstes allein gegen einen Alienangriff von globalem Ausmass kämpfen?»

«Was hast du denen erzählt?»

«Nur dass uns ein Angriff von Z-17-k bevorsteht und wir uns mit Lasergewehren verteidigen können.», entgegnete ich schüchtern.

«Und weiter?»

«Ich musste ihnen mein Raumschiff zeigen, weil sie mir sonst nicht geglaubt hätten.», gab ich seufzend zu.

«Wie kommst du auf die Idee, geheime Alientechnologie dieser korrupten, hinterhältigen Organisation zu zeigen? Ich habe doch gesagt, du sollst nichts Unüberlegtes anstellen, ohne mich zu informieren.»

«Es tut mir leid. Ich war nur dermassen verzweifelt, dass ich keinen anderen Ausweg gesehen habe.»

«Ich komme mir nun vor wie eine Mutter, die ihrem Sohn die Tragweite seines Handelns erklären muss. Anscheinend war es ein Fehler, dich heute allein zu lassen. In einer Viertelstunde bin ich bei dir und ich werde dich erst wieder allein lassen, nachdem du bewiesen hast, dass du wieder selbstbewusst handeln kannst. Bis gleich.»

Mit diesen Worten legte sie auf.

Was habe ich bloss angestellt? Fragte ich mich leer schluckend.

Wie Vanessa gesagt hatte, traf sie eine Viertelstunde später bei mir ein. Ihr Gesichtsausdruck verriet immer noch ihre Verärgerung über mein unüberlegtes Handeln. Dennoch umarmte sie mich bei unserer Begrüssung.

«Ich wollte dich nicht verärgern.», sagte ich vorsichtig.

«Das hast du lediglich indirekt. Mir ist bewusst, dass du dich in einer sehr komplizierten Situation befindest. Dein Bruder wurde entführt und dann hast du erfahren, dass eine ausserirdische KI acht Milliarden Menschen töten möchte und du sollst der Einzige sein, der sie aufhalten kann. Ich an deiner Stelle hätte wahrscheinlich ähnlich gehandelt.»

«Weshalb bist du dann wütend?»

«Weil diese Umstände beschissen sind. Ich wollte ein normales Leben führen und nun stellt sich heraus, dass mein Freund wegen irgendeiner verrückten KI die Welt retten muss. Weshalb können sich diese KIs nicht einfach andere Planeten suchen, auf denen sie Krieg führen können?»

«Das habe ich mich auch bereits gefragt.»

Obwohl Vanessa ihre Wut erklärt hatte, wusste ich, dass sie noch etwas anderes belastete. Geduldig blickte ich ihr in die blauen Augen, bis sie von sich aus zu erklären begann.

«Ich habe mich in dich verliebt, Nils. Als du mir am Telefon gesagt hast, dass du nun für nahezu die gesamte Menschheit verantwortlich bist, hat dies meine Sorgen um dich noch vielfach verstärkt. Es wäre unerträglich für mich, dich zu verlieren.»

«Ich empfinde dasselbe für dich. Aus diesem Grund kann ich nicht zulassen, dass Z-17-k gewinnt. Du würdest höchstwahrscheinlich ebenfalls zu diesen acht Milliarden Menschen gehören.»

«Auch wenn dies dein Tod sein könnte?»

«Solange dadurch sichergestellt wird, dass du nicht von diesen verfluchten Nanobots getötet wirst, ist es das allemal wert für mich.»

«Aber ich möchte dich nicht verlieren.», sagte Vanessa mit leicht zittriger Stimme.

«Das möchte ich ebenfalls nicht.»

«Dann lass uns von hier verschwinden! In irgendein weit entferntes Universum, sodass uns Z-17-k niemals wiederfindet.»

Mittlerweile rannen ihr Tränen über die Wangen.

«Mein Herz sagt mir momentan genau dasselbe. Trotzdem wäre es falsch, all die Menschen hier im Stich zu lassen.»

Vanessa wandte ihren Blick von mir ab und schluchzte.

«Du hast vermutlich recht. Wir dürfen nicht aufgrund unserer Liebe die Menschheit opfern.»

«Was soll ich deiner Meinung nach machen? Ich bin ehrlich gesagt vollkommen ratlos.»

«Ich weiss auch nicht.»

Weinend klammerten wir uns aneinander fest, bis Vanessa mir in die tränenden Augen blickte.

«Ich möchte bei dir bleiben, egal wo du bist.», sagte sie.

«Ich auch.»

«Wenn das so ist, kämpfen wir gemeinsam gegen diese KI.»

Unentschlossen stand ich mit ihr im Eingangsbereich und dachte nach. Einerseits wollte ich an ihrer Seite bleiben und andererseits konnte ich nicht zulassen, dass ihr etwas zustiess. Seufzend blickten wir uns gegenseitig an, während sie sich mit ihrem Gesicht näherte, um mich zu küssen.

«Selbst wenn die DrSG mit mir kämpft?», fragte ich, kurz bevor ihre Lippen meine berührten.

«Ja, selbst dann. Nichts auf dieser Welt kann mich davon abhalten, an deiner Seite zu bleiben.»

«Und was ist mit Ausserirdischen? Die stammen schliesslich nicht von der Erde.»

«Ach, halt die Klappe.», entgegnete sie und küsste mich auf die Lippen.

Ich erwiderte ihren Kuss, während wir uns hinsetzten und mit Armen und Beinen aneinander festklammerten, um dem jeweils anderen noch näher zu sein. Leidenschaftlich küssten wir uns, als wäre dies unsere letzte gemeinsame Minute, nur dass sich dieser Moment wesentlich länger fortsetzte.

20

Tesserakt

«Musst du heute nicht arbeiten?», fragte ich Vanessa am nächsten Morgen.

«Eigentlich schon. Aber da der Weltuntergang in wenigen Tagen bevorsteht, möchte ich die Zeit lieber mit dir verbringen.»

«Also ist dir die Arbeit egal?»

«Ja.»

Lachend setzte ich mich aufrecht im Bett hin und stand anschliessend auf.

«He! Du darfst mich nicht verlassen.», rief Vanessa empört.

«Aber ich habe Hunger und möchte frühstücken.», erklärte ich.

«In diesem Fall begleite ich dich.», entgegnete sie und stand ebenfalls auf.

Wir zogen unsere Kleider an und bereiteten unser gemeinsames Frühstück zu. Währenddessen wich Vanessa nicht von meiner Seite. Ununterbrochen hielt sie sich an mir fest wie Styropor an einer statisch geladenen Oberfläche. Da ich mich ebenfalls nach ihrer Nähe sehnte, liess ich es ohne Einwände zu. Gemeinsam assen wir unser Frühstück und sahen uns mehrere Filme an. Da am Mittag die Sonne schien, gingen wir nach draussen.

«Eigentlich sollte ich den EFG und den Speer stets bei mir tragen.», erklärte ich, als wir bei meiner Garage angekommen waren.

«Findest du das nicht ein wenig übertrieben?», fragte Vanessa lachend, als ich ihr kurz darauf mit den beiden Gegenständen entgegenkam.

«Sicher ist sicher.», antwortete ich.

Bei genauerer Betrachtung des EFGs fiel mir auf, dass dieses orangefarbene Gerät nicht bloss zufälligerweise einem Armband glich. Es liess sich mithilfe eines Rads an der Seite vergrössern oder verkleinern, je nachdem, auf welche Seite man es drehte. Ich streckte meine linke Hand hindurch und zog es an, bis es nicht mehr verrutschen konnte.

«Das sieht aus wie eine hightech-Armbanduhr.», stellte Vanessa fest.

«So fühlt es sich auch an.»

«Weshalb benötigst du das?»

«Falls mich Z-17-k in einem Tesserakt fängt, kann ich nur mit diesem Ding entkommen.»

«Meinst du einen vierdimensionalen Würfel?»

«Genau.»

Hand in Hand spazierten wir bis tief in den Wald, der glücklicherweise nicht weit von meinem Zuhause entfernt lag. Währenddessen verwendete ich den Speer als Gehstock. Am frühen Nachmittag gingen wir einkaufen, wobei ich die altertümliche Waffe ausserhalb des Ladens liegenlassen musste. Schliesslich durfte man nicht bewaffnet ein Lebensmittelgeschäft betreten. Nach unserem Einkauf gingen wir zurück in meine Wohnung. Sowohl den Speer als auch den EFG nahm ich mit.

Wir setzten unsere gemeinsame Zeit bis am Wochenende fort. Inzwischen waren wir beide entspannter geworden. Ich musste nicht mehr ununterbrochen an die bevorstehenden Kämpfe gegen Z-17-k denken und Vanessa klammerte sich immer weniger an mir fest. Am Samstag spazierten wir gelassen durch den Wald und unterhielten uns über alles Mögliche.

«Du solltest an eine Kostümparty gehen mit deinem Speer.», scherzte Vanessa.

«Partys sind nichts für mich.», entgegnete ich.

«Das weiss ich doch, Schatz. Trotzdem amüsiert mich dein Anblick. Aus welchem Material ist dieses Ding überhaupt?»

«Keine Ahnung. Auf jeden Fall ist es beinahe unzerstörbar.»

«Was hast du bereits alles damit gemacht, dass du dir dabei sicher sein kannst?»

«So einiges. Ich habe ihn mit Feuer erhitzt, gegen Baumstämme gerammt und versucht, ihn zu verbiegen. Dabei konnte ich dem Speer nicht einmal einen Kratzer zufügen.»

«Das ist echt erstaunlich. Hat R-34-d irgendetwas Spezielles darüber gesagt?»

«Eigentlich nicht. Er hat eher beiläufig erwähnt, dass er ihn für mich ausgesucht hat, weil er mir gefallen könnte. Da fällt mir gerade ein, dass der Speer dazu in der Lage ist, Energie in sich …»

Ich hielt inne und lauschte der plötzlich entstandenen Stille, die sich anfühlte, als hätte sich Watte in meinen Gehörgängen ausgebreitet.

«Was ist?», fragte Vanessa verunsichert.

«Ich glaube, das muss Z-17-k sein.», antwortete ich, während sich meine Nackenhaare aufstellten und ich nach Verzerrungen der Raumzeit Ausschau hielt.

Als ich einen Baum neben mir betrachtete, der seine Form zu ändern schien, trat ich einen Schritt von Vanessa weg und nahm den Speer in beide Hände.

«Sollte diese Stille tatsächlich von Z-17-k und nicht vom Wind stammen, möchte ich bei dir bleiben, egal was geschieht.», entgegnete Vanessa bestimmt, während sie nähertrat und sich an meinen linken Arm klammerte.

«Nein! Er will bloss mich. Ausserdem könnte es sein, dass der EFG nur für eine Person funktioniert. In diesem Fall würde nur einer von uns entkommen.»

Ich riss mich von meiner Freundin los und trat abermals einen Schritt beiseite.

«Aber du hast gesagt, dass wir gemeinsam kämpfen können.»

Nun rannen ihr wieder Tränen der Verzweiflung über die Wangen.

«Ich kann nicht zulassen, dass dir etwas zustösst.»

«Das weiss ich doch.»

Behutsam strich ich ihr mit der rechten Hand über die Wange. Erst als sie mich verwirrt anblickte, bemerkte ich, dass ich sie als Drache auf genau dieselbe Weise gestreichelt hatte.

«Bitte lass mich gehen.», flehte ich sie an.

Ein letztes Mal trat ich mehrere Schritte zurück. Sollte sie erneut nähertreten, würde ich an ihrer Seite bleiben. Genau in diesem Moment nahm ich einen leichten Luftzug wahr und Vanessa verschwand hinter einer weissen Wand. Mit rasendem Herzen blickte ich umher. Von allen Seiten war ich von perfekt weissen Wänden eingeschlossen, auf die keinerlei Schatten geworfen wurden. Lediglich der Boden war unverändert geblieben. Ich stand immer noch auf dem Kiesweg wie zuvor. Mit dem Speer stocherte ich darin herum, bis ich auf etwas sehr Hartes stiess. Sobald ich das durch die Speerspitze entstandene Loch genauer betrachtete, erkannte ich dasselbe weisse Material unter dem Kies, aus dem die Wände gefertigt waren. Sorgfältig streckte ich meine linke Hand nach der Wand vor mir aus. Sobald meine Finger die kalte, glatte Oberfläche berührten, zuckte ich zurück. Da nichts weiter geschah, atmete ich erleichtert auf und stiess mit der Speerspitze dagegen, was einen langanhaltenden, hellen Klang erzeugte. Sowohl die Wand als auch die Speerspitze waren unbeschädigt geblieben.

Es wird Zeit, den EFG zu verwenden, dachte ich.

Gerade als ich die R-Taste betätigen wollte, erkannte ich, wie schnell sich die Koordinaten veränderten. Da ich nicht herausfinden wollte, was geschehen würde, sollte ich mit ununterbrochen ändernden Koordinaten meine Rotation anpassen, kalibrierte ich den EFG auf die Position der Raumstation von Z-17-k.

Wie war das noch gleich? 198.184.212.153? Oder 198.184.212.157?
Angestrengt versuchte ich, mich an die Zahlenkombination zu erinnern, die mir R-34-d gegeben hatte. Da ich mir nicht sicher war, was ich eingeben musste, wählte ich 198.184.212.157 aus und betätigte die Fadenkreuz-Taste, um die Kalibrierung zu starten. Gleich darauf erschien «E404» auf dem ersten Display.

Das muss die falsche Kombination gewesen sein, dachte ich und versuchte, mich an meinen Notizzettel zu erinnern, den ich während des Gesprächs mit R-34-d geschrieben hatte.

«Das ist es!», entfuhr es mir eine knappe Minute später.

Ich wählte 198.84.212.153 aus und bestätigte die Eingabe, wobei die Kalibrierung fehlerfrei gestartet werden konnte. Erstaunlicherweise stellte sich das Blinken der Anzeigen bereits nach wenigen Sekunden ein. Nun wurde meine relative Position zur Raumstation von Z-17-k als -11657.14.34.12 angezeigt, wobei Meter als Einheit ausgewählt war.

Ich muss mich ganz in der Nähe dieser Raumstation befinden, dachte ich.

Da sich die Koordinaten keineswegs veränderten, begann ich mit der vierdimensionalen Rotation. Hierfür betätigte ich die R-Taste, wodurch 312.44.287.90 angezeigt wurde. Selbst die kleinsten Bewegungen meines linken Handgelenks änderten die ersten drei Zahlen rapide. Lediglich die vierte Zahl blieb stets auf 90. Mithilfe der Taste neben der vierten Anzeige und des Rads auf der rechten Seite reduzierte ich diese Zahl auf 0 und betätigte «R» erneut, um den Vorgang zu starten.

Ohne jegliche Zeitverzögerung verschwand der Kies unter meinen Füssen, wodurch ich mehrere Zentimeter nach unten sackte. Das perfekte Weiss des Tesserakts wurde dunkler, bis sich die Ecken des würfelförmigen Raums erkennen liessen. Geräuschlos verformten sich die einst quadratischen Wände zu Trapezen. Einzig die Wand direkt vor mir behielt ihre Form, jedoch wurde sie kleiner. Der Boden wurde zunehmend schräg, bis ich nach hinten rutschte und schliesslich mit der Rückwand in Berührung kam. Je länger ich wartete, desto mehr Gewicht konnte ich auf die Rückwand verlagern, die sich mittlerweile in vier trapezförmige Wände und ein quadratisches Loch unterteilt hatte. Vor mir verschmolzen die ehemaligen Wände von links, rechts, oben und unten zu einer quadratischen Wand zusammen. Wenige Sekunden später verformte sich der Raum abermals zu einem Würfel, jedoch blieb die quadratische Öffnung bestehen, die inzwischen dieselbe Grösse wie die anderen Wände aufwies. Die ehemalige Rückwand war nun der Fussboden wie auch die Wände links, rechts und oben.

Staunend blieb ich einige Sekunden stehen, bis ich mir der Gefahr bewusst wurde, die von diesem Ort ausging. Augenblicklich legte ich den Speer auf den perfekt glatten Fussboden, der nun glücklicherweise Schattierungen aufwies, und zog mir die Kleider aus. Anschliessend verwandelte ich mich. Den EFG liess ich an meinem Handgelenk. Um meine Kleider, die Wohnungsschlüssel und das Speichermedium ebenfalls tragen zu können, stopfte ich mein T-Shirt und meine Unterwäsche in die Taschen meiner Jeans, so gut ich konnte. Anschliessend band ich mir die Hosenbeine um den Hals. Die nach hinten gerichteten Schuppen und Zacken verhinderten, dass es nach vorn rutschen konnte. Selbst Mobiltelefon und Autoschlüssel fanden in den Hosentaschen Platz. Einzig meine Schuhe konnte ich nicht auf diese Weise tragen. Um sie ebenfalls mitnehmen zu können, zog ich sie über die Hinterfüsse an, was sich sehr gewöhnungsbedürftig anfühlte. Nachdem ich die Schnürsenkel zugebunden hatte, begab ich mich auf den Weg nach draussen, wobei ich bei jedem Schritt darauf achten musste, nicht meine Schuhe zu verlieren.

Als ich den Tesserakt verlassen hatte, fand ich mich auf einem gewöhnlichen Korridor wieder, in dem mehrere Fenster eingelassen waren. Ein Blick nach draussen verriet mir, dass ich mich in einem anderen Universum befand. Von der Erde fehlte nämlich jede Spur. Stattdessen erkannte ich eine schwach leuchtende, blaue Sonne, die sehr weit entfernt zu sein schien. Ausserdem stellte ich fest, dass sich die Raumstation von Z-17-k auf einem Asteroiden befand, der aus welchen Gründen auch immer eine erdähnliche Schwerkraft aufwies. Dieser mehrere Kilometer grosse, hellgraue Gesteinsbrocken schwebte weit entfernt von jeglicher Zivilisation durch die Leere.

Ich ging dem Korridor entlang, bis er sich in zwei Gänge teilte. Da ich nicht wusste, welchen Gang ich nehmen musste, wählte ich den rechten. Wenige Meter später teilte sich der Gang erneut. Mittlerweile waren die Wände nicht mehr mit Fenstern ausgestattet. Die Gänge wurden von einem weiss leuchtenden Streifen erhellt, der mittig in die Decke eingelassen war. Je länger ich den sich aufteilenden Gängen entlangspazierte, desto unsicherer wurde ich. Als ich mich plötzlich in einer Sackgasse wiederfand, geriet ich ins Stutzen.

Ist das hier etwa ein Labyrinth? Fragte ich mich.

Mein Verdacht bestätigte sich kurze Zeit später, als ich drei weitere Sackgassen entdeckte. Strategisch ging ich der rechten Wand entlang, da man auf diese Weise stets aus einem Labyrinth herausfinden konnte.

Minutenlang wanderte ich durch das niemals endende Labyrinth. Jeder meiner Schritte wurde von metallischen Klängen begleitet, die entstanden, sobald eine Seite des Speers den Boden berührte. Da ich ihn mit den Klauen trug, war dies nahezu unvermeidbar. Trotzdem ging mir der laute, unregelmässige Klang auf die Nerven. Irgendwann hielt ich an und band den Speer mithilfe meiner Hosenbeine an mir fest. Nun konnte ich das Labyrinth wesentlich leiser passieren. Dafür beeinträchtigte die lange, stabförmige Waffe meine Bewegungen. Als ich mir schliesslich mit dem spitzen Ende leicht in den rechten Flügel schnitt, band ich ihn wieder los.

Weshalb musste ich dieses unhandliche Ding überhaupt mitnehmen? Z-17-k wird wohl kaum mit Fusssoldaten gegen mich kämpfen. Ausserdem kann ich meine Gegner wesentlich besser mit den Klauen oder Feuer töten, dachte ich.

Nach weiterem unangenehm lautem Scheppern nahm ich den Speer zwischen die Zähne. Auf diese Weise konnte ich ungehindert gehen, ohne dauerhaft Geräusche zu erzeugen oder mich zu verletzen. Gerade als ich mich fragte, weshalb ich nicht früher auf diese Idee gekommen war, erreichte ich den mit Fenstern ausgestatteten Gang, der zum Tesserakt führte.

Das Labyrinth scheint keinen Ausgang am Rand zu besitzen, dachte ich seufzend, da mir bewusst wurde, dass sich die Suche nach einem Ausweg nun in die Länge ziehen würde.

Ich betrat das Labyrinth aufs Neue und wählte zufällige Abzweigungen. Als ich mir sicher war, einen neuen Abschnitt gefunden zu haben, folgte ich abermals der rechten Wand. Inzwischen hatte sich meine Bewegungsgeschwindigkeit stark erhöht. Auf diese Weise hoffte ich, schneller einen Ausgang finden zu können. In grossen Sätzen rannte ich den Gängen entlang und bei jeder Kurve bremste ich schlitternd ab, da meine Klauen keinerlei Halt auf dem glatten Untergrund fanden. Nach einer gefühlten Ewigkeit erreichte ich eine Biegung mit zu hoher Geschwindigkeit, wodurch ich frontal eine Wand rammte. Der Speer in meinem Maul stiess mit einem lauten Klang gegen das weisse Material, was unangenehme Vibrationen verursachte, die von meinen Zähnen bis tief in meinen Kiefer drangen. Dieser unerwartete Schlag weckte erneut meine Vorsicht, wodurch ich die Abzweigungen nun gemächlicher nahm.

Irgendwann folgte ich einer Wand mehrere Male nach rechts, bis ich mich in die entgegengesetzte Richtung bewegte. Zu meiner Überraschung führte der Gang erneut nach rechts. Theoretisch hätte ich denselben Ort erreichen müssen, aus dem ich eben gekommen war. Nichtsdestotrotz befand ich mich nun in einem langen Korridor mit Fenstern auf beiden Seiten. Vom Tesserakt fehlte jede Spur. *Wie ist das bloss möglich? Ich müsste mich mitten im Labyrinth befinden. Weshalb bin ich jetzt plötzlich ausserhalb?*

Verwirrt starrte ich aus einem Fenster und versuchte, den Abschnitt der Raumstation zu erkennen, den ich soeben verlassen hatte. Der lange Korridor war das Einzige, was ich sehen konnte. Erstaunlicherweise erhellte nun eine orangerote Sonne den Raum. Ich ging zurück und bog zweimal scharf nach links ab. Nun stand ich erneut inmitten des Labyrinths.

«Das ergibt überhaupt keinen Sinn.», nuschelte ich gedankenverloren, ohne den Speer aus dem Maul zu nehmen.

Abermals betrat ich den langen Korridor mit den Fenstern und achtete währenddessen auf die Anzeigen des EFGs. Die vierte Zahl änderte sich von 12 auf 11. Endlich begriff ich, was geschehen war: Der Gang hatte mich durch die vierte Dimension in ein Paralleluniversum geführt. Staunend ging ich dem scheinbar endlosen Korridor entlang, bis er sich nach mehreren Kilometern teilte. Ein kurzer Blick nach rechts liess mich unwillkürlich zusammenzucken. Vor mir erstreckte sich ein unermesslich langer Korridor, der in regelmässigen Abständen einen anderen Korridor kreuzte. In jeder Kreuzung stand ein roter Drache mit einem schwarzen Speer im Maul, der mithilfe einer Jeans mehrere Kleidungsstücke an seinen Hals gebunden hatte. An den Hinterbeinen trug er dieselben Schuhe wie ich. Alle Drachen vor mir sahen in dieselbe Richtung und standen in exakt derselben Position, wodurch ich keinem in die Augen sehen konnte. Verdutzt liess ich den Speer fallen. Alle Drachen taten es mir zur exakt selben Zeit gleich. Das scheppernde Geräusch, als alle Speere zeitgleich zu Boden fielen, schien sowohl von vorn als auch von hinten zu kommen und widerhallte scheinbar endlos in den ewigen Korridoren. Aufgrund der Geräusche hinter mir drehte ich mich um und erblickte abermals eine unendliche Aufreihung von roten Drachen, die mir bis auf die letzte Schuppe glichen.

«Hallo?», fragte ich verunsichert.

Alle Drachen sprachen dasselbe Wort in exakt derselben Tonlage aus, was ein sich schnell wiederholendes, beidseitiges Echo erzeugte. Langsam trat ich einen Schritt nach vorn, wobei sich alle anderen in dieselbe Richtung bewegten. Als ich die nächste Kreuzung erreichte, in der einer der anderen Drachen gewesen war, erreichten alle anderen ebenfalls die nächste Kreuzung, wodurch unser Abstand zueinander identisch blieb. Der Speer des benachbarten Drachen lag nun vor meinen Füssen. Nervös blickte ich umher, bis mir bewusst wurde, dass es sich bei all diesen Kreuzungen um ein und denselben Ort handelte. Die anderen Drachen waren nichts weiter als ich selbst aus verschiedenen Perspektiven. Der unendlich lange Korridor, der den Gang mit den Fenstern kreuzte, musste in der vierten Dimension im Kreis führen und sich auf diese Weise wiederholen. Um meine Theorie zu prüfen, achtete ich auf die Koordinaten des EFGs, während ich zur nächsten Kreuzung schritt. Sobald ich sie erreicht hatte, wurden exakt dieselben Zahlen angezeigt wie zuvor.

Das ist unglaublich! Dieser Gang führt nach links und dann im Kreis herum, bis er wieder rechts mündet, ohne eine Krümmung im dreidimensionalen Raum aufzuweisen, dachte ich.

Um meine Entdeckung protokollieren zu können, nahm ich mein Mobiltelefon zur Hand und begann, ein Video aufzuzeichnen, in dem ich mich in verschiedene Richtungen bewegte und alle Versionen von mir exakt dasselbe Manöver ausführten. Zum Schluss stiess ich einen Feuerstrahl aus, der von einer Kreuzung zur anderen reichte. Sobald das Feuer meinen Nachbarn berührte, spürte ich die Hitze von hinten.

«Ich wette, du hast dich noch nie selbst mit Feuer abgeschossen, Tom.», sprach ich in die Kamera.

Augenblicklich wurde mir bewusst, dass Tom gefangengenommen worden war und meine gute Stimmung wich der Trauer. Ich steckte mein Mobiltelefon wieder ein und wollte den Speer bereits mit den Zähnen aufheben, als ich mich kurzzeitig davor ekelte. Mein Unterbewusstsein sagte mir, dass es sich hierbei um einen anderen Speer handelte, der von einem anderen Drachen getragen worden war. Ich überwand die innere Blockade und nahm den Speer zwischen die Zähne. Obwohl ich mir ununterbrochen einredete, dass ich der einzige Drache war, der diesen Speer im Maul getragen hatte, verschwand mein Ekelgefühl nicht. Seufzend rannte ich dem mit Fenstern ausgestatteten Korridor entlang, um schnellstmöglich aus dieser Raumstation entkommen zu können. Schliesslich konnte es nicht ewig auf diese Weise weitergehen.

Nach mehreren Kilometern erreichte ich Türen, die auf der linken Seite eingelassen waren. Sobald ich mich der ersten Tür näherte, öffnete sie sich automatisch. Sofort strömte mir extrem heisse, nach Schwefel riechende Luft entgegen. Hinter der Tür befand sich ein aktiver Vulkan, der mitten in einer dunkelgrauen, kahlen Umgebung stand. Lava floss wenige Meter neben der Tür vorbei und liess die Luft flimmern. Aufgrund des Staubs und des Gestanks musste ich unwillkürlich husten und mir traten Tränen in die Augen. Ich wich einen Schritt zurück, wodurch sich die Tür schloss.

Diese Tür scheint in ein anderes Universum zu führen, dachte ich erstaunt.

Voller Neugier trat ich zur zweiten Tür, die sich ebenfalls automatisch öffnete. Dahinter erblickte ich einen riesigen Ozean unter tiefblauem Himmel. Die Sonne stand hoch über dem Horizont und strömte mehr Wärme aus, als ich es jemals von einer Sonne erlebt hatte. Die Tür schien auf dem einzigen Landstück zu stehen, was sich ausserhalb des Wassers befand. Der gut zwanzig Meter hohe, hellgraue Felsbrocken ragte wie ein langer Zahn aus den endlosen Wellen, die sich mit ungefähr der zehnfachen Geschwindigkeit bewegten wie die der Erde. Von der Schönheit dieses Ozeans angezogen, trat ich durch die Tür hinaus, bis mein Kopf von einer unsichtbaren Kraft gegen den felsigen Untergrund gedrückt wurde. Ächzend versuchte ich, ihn anzuheben, jedoch war er zu schwer. Als ich mit den Vorderbeinen nachhelfen wollte, wurden sie ebenfalls von dieser Anziehungskraft erfasst und nach unten gedrückt. Der Speer, der nun um ein Vielfaches schwerer war als zuvor, drückte meinen Unterkiefer schmerzhaft nach unten. In diesem Augenblick geriet ich in Panik und versuchte mit aller Kraft, mich zurückzuziehen. Erst als ich meine Flügel ausbreitete, die sich glücklicherweise noch innerhalb des Korridors befanden, und mich mit deren Hilfe am Türrahmen nach hinten drückte, liess sich mein Kopf bewegen. Laut über den rauen Fels schabend zog ich ihn zurück, bis ich mich wieder vollständig im Korridor befand. Endlich konnte ich wieder aufrecht stehen. Die Zähne meines Unterkiefers schmerzten aufgrund des kurzzeitig erhöhten Gewichts des Speers. Ausserdem hatte ich mir einzelne Schuppen an der Unterseite meines Kopfes ausgerissen. Ich tastete die betroffenen Stellen ab und stellte anschliessend fest, dass nun eine dünne Schicht Blut an meinen Klauen haftete. Seufzend strich ich es an der Wand rechts neben mir ab, so gut ich konnte.

Wenn ich gewusst hätte, dass dieser Wasserplanet solch eine starke Anziehungskraft hat, wäre ich niemals durch diese Tür getreten, dachte ich erleichtert darüber, aus dieser misslichen Lage entkommen zu sein.

Hinter der dritten Tür befand sich eine malerische Landschaft aus endlosen Wiesen, Wäldern und Bergen. Der Himmel war dunkelblau mit einigen Wolken und die hochstehende, rote Sonne strömte mehr Wärme als Licht aus, was diesen Planeten in immerzu währendes Morgengrauen zu tauchen schien. Um die Stärke der Gravitation zu prüfen, streckte ich vorerst lediglich die Speerspitze durch die Tür hindurch. Da sich das Gewicht des Speers sogar noch zu verringern schien, betrat ich den fremden Planeten selbst. Sobald ich die Tür passiert hatte, war ich nahezu vollständig von dieser wunderschönen Natur umgeben. Abgesehen von der Tür hinter mir war nichts mehr von der Raumstation zu erkennen. Staunend blickte ich umher und entdeckte bald drei andere Planeten in der Nähe. Einer davon schien um ein Vielfaches grösser zu sein als der, auf dem ich mich nun befand. Höchstwahrscheinlich stand ich auf einem Mond dieses riesigen Planeten, der nahezu die Hälfte des Himmels bedeckte.

Jedes Universum ist bloss ein anderer Raum dieser Station. Dies verleiht dem Begriff «Weltraum» eine völlig neue Bedeutung.

Voller Staunen liess ich den Speer fallen und schlenderte durch die Waldlichtung, auf der ich mich nun befand. Die geringe Gravitation dieses Planeten verleitete mich dazu, hoch in die Luft zu springen und den langsamen Fall zu geniessen. Erstaunlicherweise hatte sich meine Sprunghöhe auf knapp zwanzig Meter erhöht und sobald ich einmal mit den Flügeln schlug, schoss ich in rasender Geschwindigkeit nach oben. Dieses unbeschreibliche Gefühl der Leichtigkeit bereitete mir Freude. Strahlend flog ich mit entspannten Flügelschlägen über den riesigen Wald hinweg, während ich unzählige mir unbekannte Tiere entdeckte. Die meisten von ihnen verkrochen sich augenblicklich im Dickicht, sobald sie mich erblickten. Aufgrund der Schönheit dieses Planeten hatte ich meine kürzlich entstandenen Verletzungen bereits vergessen. Aus grosser Höhe liess ich mich mit ausgebreiteten Flügeln fallen und stellte überrascht fest, dass sich meine Geschwindigkeit dank meines hohen Luftwiderstands kaum erhöhte. Mehrere hundert Meter fiel ich in Zeitlupe nach unten, bis ich einigermassen sanft auf dem weichen Boden aufsetzte, ohne auch nur ein einziges Mal mit meinen Flügeln zu schlagen, um meinen Sturz zu bremsen. Ein kühler Wind kam auf, der mir den wohlriechenden Duft des Waldes entgegenwehte. Genüsslich nahm ich den Geruch in mir auf und schnupperte in jede Himmelsrichtung.

Das ist wie in einem Traum, dachte ich begeistert.

Plötzlich stach mir ein vertrauter Geruch in die Nase. Ich folgte dem Duft und bevor mir bewusst wurde, woher er stammte, erreichte ich die offenstehende Tür, die zurück in den kilometerlangen Korridor führte.

Dieser Geruch muss von Tom stammen, stellte ich fest.

Gerade als ich meinen Speer aufheben und diesen Planeten verlassen wollte, fiel mir auf, dass die Tür lediglich von einer Seite sichtbar war. Sobald ich hinter sie trat, schien sie nicht mehr zu existieren. Da ich mich fragte, was geschehen würde, sollte etwas diese Tür verkehrt herum passieren, suchte ich mir einen

Gegenstand, bei dem ich dies ausprobieren konnte. Wenige Sekunden später fand ich einen langen Stock. Sachte bewegte ich ihn von der falschen Seite her durch die Tür, wobei nichts Aussergewöhnliches geschah. Der Stock ging durch die Tür hindurch, als würde sie überhaupt nicht existieren. Sobald ich ihn jedoch zurückzog, wurde er an der Grenze zwischen den beiden Universen in zwei Teile geschnitten. Diese geheimnisvolle Tür durfte man dementsprechend nur von einer Richtung her passieren.

Ich darf mich nicht schon wieder ablenken lassen, dachte ich leicht gereizt von meiner eigenen Zerstreutheit.

Zielstrebig nahm ich den Speer zwischen die Zähne und achtete darauf, den Türrahmen nicht zu berühren, während ich das Universum verliess. Ohne mich um die anderen sechs Türen zu kümmern, die ich noch nicht geöffnet hatte, folgte ich Toms Duft, der mich weiter dem Korridor entlangführte. Nach einigen hundert Metern änderte sich plötzlich die Umgebung ausserhalb des Korridors. Anstelle einer orangeroten Sonne war nun eine vollständige Galaxie zu erkennen, die sich vor dem Fenster erstreckte und die Raumstation in gespenstisch blauweisses Licht tauchte. Ausser der Galaxie hatte sich auch der Asteroid und die Raumstation selbst verändert. Der Korridor mündete in einem grossen Komplex aus mehreren Räumen, in die keine Fenster eingelassen waren. Je näher ich kam, desto heller leuchtete der Streifen an der Decke. Schlussendlich war ausserhalb des Korridors nichts mehr zu erkennen, da die Fenster zu sehr spiegelten. Ein Blick auf den EFG verriet mir, dass ich nur noch zwanzig Meter vom Ankerpunkt dieser Station entfernt war.

Nach einer Biegung trat ich in einen Raum mit mehreren Türen aus Metallgittern, die mich an die eines mittelalterliches Verlieses erinnerten. Jedes dieser Gefängniszellen war mit einem klinisch reinen Badezimmer ausgestattet. In einer Zelle lag Tom in seiner menschlichen Gestalt auf einem weissen, sehr bequem aussehenden Bett, und starrte die makellos weisse Decke an, die mit denselben Leuchtstreifen ausgestattet war wie der Rest der Raumstation. Mein Puls beschleunigte sich vor lauter Freude und Erleichterung, Tom unverletzt vorzufinden. Ich liess den Speer augenblicklich fallen und eilte mit schabenden Krallen zu Toms Gefängnistür. Er erschrak aufgrund der plötzlichen Geräusche.

«Tom! Geht es dir gut?», fragte ich aufgeregt.

«Ja, eigentlich schon.», antwortete er.

Sein Blick wanderte mehrere Male unsicher nach rechts.

«Obwohl du mich vorgewarnt hast, sieht ein sprechender Drache verstörend aus. Ist das dein Bruder, Tom?», fragte eine unbekannte Stimme.

Überrascht sah ich dem schlanken Mann entgegen, der mich aus einer anderen Zelle fasziniert anstarrte. In diesem Augenblick wusste ich nicht, wie ich reagieren sollte. Einerseits mochte ich es nicht, dass dieser fremde Mann wusste, wer und was ich war. Andererseits konnte ich der Neugier kaum widerstehen, mehr über diese Person herauszufinden, die gemeinsam mit Tom eingesperrt war.

«Ja, das ist mein Bruder.», antwortete Tom.

«Oh, ich bin übrigens Josef Hauser, Astrophysiker der ETH Zürich. Dein Bruder hat mir viel über dich erzählt während der letzten Tage.», erklärte der Mann und streckte seine rechte Hand zur Begrüssung durch die Gitterstäbe.

Verunsichert trat ich einen Schritt näher. Ich wusste nicht, wie ich ihm in meiner Drachengestalt am besten die Hand schütteln sollte. Er schien sich dieselbe Frage ebenfalls zu stellen, denn wenige Sekunden später zog er seine Hand wieder zurück. Seiner zurückhaltenden Art konnte ich entnehmen, dass ihm diese Situation genau wie mir geringfügig peinlich war.

«Ich bin Nils.», sagte ich schliesslich.

«Ist es in Ordnung, wenn wir uns gegenseitig mit Du ansprechen?», fragte er vorsichtig.

«Ja.», antwortete ich knapp.

Wie bei jeder ersten Begegnung mit einer fremden Person war ich verunsichert. Glücklicherweise konnte ich als Drache nicht erröten.

«Kannst du uns von hier befreien?», fragte Tom gleich darauf.

«Sicher. Aber weshalb hast du dich nicht einfach in einen Drachen verwandelt und es selbst getan?»

«Weil mir diese KI irgendetwas injiziert hat, was mich daran hindert.»

«Deswegen habe ich heute zum ersten Mal einen sprechenden Drachen geschweige denn irgendeinen Drachen gesehen.», ergänzte Josef.

«Weshalb bist du eigentlich hier?», fragte ich ihn.

«Ich habe das Videomaterial vom Doomsday-Angriff in Norwegen analysiert und bin auf die Theorie gestossen, dass sich ein Objekt durch vier räumliche Dimensionen bewegt haben muss, um derart plötzlich aus dem Nichts zu erscheinen. Am nächsten Tag, bevor ich meine Theorie präsentieren konnte, fand ich mich plötzlich in einem weissen Raum wieder und einige Minuten später landete ich in dieser Gefängniszelle. Dein Bruder Tom ist erst viel später dazugestossen. Ich habe keine Ahnung, wie viel Zeit mittlerweile vergangen ist.

Wenigstens gibt es hier regelmässig Mahlzeiten, ein bequemes Bett und ein vollständig eingerichtetes Badezimmer, was stets perfekt sauber gehalten wird. Selbst ein Rasiergerät wurde mir zur Verfügung gestellt.»

«Du hast völlig recht mit deiner Theorie. Z-17-k hat Raumschiffe aus anderen Universen durch die vierte räumliche Dimension zur Erde gebracht, um Nanobots zu verteilen, die die Schlaganfälle ausgelöst haben.»

«Andere Universen? Heisst das, wir leben in einem vierdimensionalen Multiversum?»

«Das ist korrekt.»

«Wie ist es möglich, einen Gegenstand von einem Universum ins nächste zu bewegen?»

«Mit elektromagnetischen Feldern, die über alle vier räumlichen Dimensionen wirken und sich gegenseitig anziehen oder abstossen. Dieses Gerät hier zum Beispiel kann solche Magnetfelder erzeugen.»

Ich streckte Josef demonstrativ den EFG entgegen.

«Wow! Darf ich einige Tests damit durchführen, nachdem wir aus diesem Gefängnis entkommen sind?», fragte er begeistert.

«Ich weiss nicht so recht. Höchstwahrscheinlich benötige ich es im Kampf gegen Z-17-k.»

«Wer ist Z-17-k?»

«Die künstliche Intelligenz, die euch eingesperrt hat.»

«Das ergibt Sinn. Was hat diese KI vor?»

«Sie möchte Nanobots überall auf der Erdoberfläche verteilen, um nahezu die gesamte Menschheit auszulöschen.»

«Oh, das ist gar nicht gut. Das ist sogar katastrophal!»

Josef trat in seiner Gefängniszelle auf und ab, während er zu begreifen schien, in welcher Gefahr die Menschheit schwebte.

«Könnt ihr das nicht später besprechen? Ich möchte endlich von hier verschwinden.», sagte Tom ungeduldig.

Ich nickte und hob den Speer mit den Klauen auf. Anschliessend steckte ich die Spitze von oben her in eine Lücke zwischen einer Eisenstange und dem Metallriegel, der Toms Gefängnistür verschloss. Nun zog ich mit meinem gesamten Körpergewicht am obersten Ende des Speers, in der Hoffnung, er würde die Tür aufbrechen. Ausser einem metallischen Knacken geschah nichts.

«Dieses Türschloss ist stabiler als es aussieht.», gab ich zu.

Ich stiess einen kleinen, jedoch heissen Feuerstrahl aus, um den Riegel zu erhitzen.

«Jetzt verstehe ich, weshalb alle so fasziniert von Drachen sind.», kommentierte Josef, der das Geschehen staunend beobachtete.

Aufgrund seiner Aussage konnte ich mir ein Grinsen nicht unterdrücken. Wenige Augenblicke später glühte der Riegel bereits. Erneut zog ich am oberen Ende des Speers, um mithilfe der Hebelwirkung das Schloss aufzubrechen. Dieses Mal brach der orangerot glühende Riegel ab und fiel klirrend zu Boden. Tom öffnete die Gittertür mit einem Fuss und schloss mich augenblicklich in eine Umarmung, nachdem er die Gefängniszelle verlassen hatte.

«Danke, dass du mich aus diesem einsamen Gefängnis befreist. Ich wäre beinahe durchgedreht in dieser kleinen Zelle. Wie lange war ich gefangen?», fragte er.

«Vier Tage.», brachte ich in seiner festen Umarmung hervor, die mir die Luft abschnürte.

Meine Aussage schien ihn zu überraschen, denn er blickte mir erstaunt in die Augen. Wenige Sekunden später schien seine Dankbarkeit mir gegenüber die Oberhand gewonnen zu haben.

«Soll ich dir helfen, die Kleider zu tragen?», fragte er.

«Das wäre sehr nett.»

Tatenfroh löste Tom die Jeans von meinem Hals und die Schuhe von meinen Hinterbeinen. Anschliessend steckte er die Schuhe in die Hosenbeine und band sich das Bündel um.

«Kannst du mich auch befreien?», fragte Josef.

«Ja, sicher.», antwortete ich.

Es war mir ein wenig peinlich, dass ich ihn mittlerweile vergessen hatte. Wie bereits bei Toms Türschloss erhitzte ich den Riegel und hebelte es mithilfe des Speers auf.

«Aus welchem Material besteht dieser Speer?», fragte Josef interessiert.

«Ich habe keine Ahnung. Das Einzige, was ich darüber weiss, ist dass es beinahe unzerstörbar ist. Zumindest hat R-34-d es auf diese Weise beschrieben.»

«Ist R-34-d auch eine KI?»

«Ja.»

Meine Antwort schien ihn zu beunruhigen.

«R-34-d ist auf unserer Seite. Er hat mich mit Alientechnologie ausgerüstet und Tom und mir die Fähigkeit verliehen, uns in Drachen zu verwandeln.», ergänzte ich, um ihm seine Bedenken zu nehmen.

«Wie viele von diesen KIs gibt es?», fragte er bereits wesentlich entspannter.

«Bisher habe ich erst von zweien gehört. Ich bin aber überzeugt davon, dass noch wesentlich mehr im Multiversum existieren.»

«Apropos Multiversum, warst du bereits in anderen Universen?»

«Ja, schon einige Male. Ausserdem befinden wir uns jetzt auch nicht mehr in unserem ursprünglichen Universum.»

«Oh, das ist mir überhaupt nicht aufgefallen. Wenn das so ist, werde ich mich hier von nun an genauer umsehen. Vielleicht gelingt es mir, Unterschiede zu unserem Universum festzustellen. Hast du bereits andere Versionen von dir selbst getroffen?»

«Nein, so funktioniert das nicht.», antwortete ich lachend. «Jedes Universum ist komplett zufällig und beinhaltet keine alternative Version eines bestehenden Universums. Sobald man ein anderes Universum betritt, befindet man sich irgendwo in der Leere. Nur selten landet man in einer Galaxie oder gar in einem Sonnensystem.»

«Ich verstehe. Oh, bevor ich es vergesse, darf ich dich mal berühren?»

Diese Frage überraschte mich, obwohl ich es mir hätte denken können, dass jemand, der noch nie zuvor einen Drachen gesehen hatte, ihn anfassen möchte.

«Ja, warum nicht.», antwortete ich.

Langsam und vorsichtig streckte Josef seine rechte Hand nach meinem Kopf aus. Als seine Fingerspitzen meine Schnauze berührten, war er sichtlich überrascht. Staunend strich er mir über den Kopf bis zu meinem Nacken. Anschliessend kniete er sich neben mich und streichelte meine Flügel.

«Du strömst Wärme aus, als würde ein heisses Feuer in deinem Inneren brennen.», sagte er schliesslich.

«Das kommt vom Feuerspeien. In wenigen Minuten wird meine Körpertemperatur wieder normal sein.»

«Wie ist das überhaupt physikalisch erklärbar?»

«Ich weiss es nicht. Das müsste ich R-34-d fragen.»

«Leute, wir sollten keine Zeit vergeuden.», unterbrach Tom unser Gespräch.

Da Tom recht hatte, nahm ich den Speer zwischen die Zähne und machte mich gemeinsam mit ihm und Josef auf die Suche nach einem Ausweg.

Auf der anderen Seite des Raums gab es eine Tür, die zu einem mir unbekannten Abschnitt führte. Sobald wir uns ihr näherten, öffnete sie sich automatisch.

«Hier ist irgendetwas faul.», sagte Tom.

«Ja, weshalb wird dieser Bereich nicht bewacht?», fragte Josef.

Ich legte den Speer vor mir auf den Boden, um ebenfalls sprechen zu können.

«Es scheint mir, als würde alles nach dem Plan von Z-17-k verlaufen. Er hat euch bestimmt absichtlich in Zellen eingesperrt, die ich aufbrechen kann. Theoretisch hätte er auch dieses schwarze Material für die Gitterstäbe und das Schloss verwenden können.», sagte ich, während ich mit dem Kopf auf den Speer deutete.

«Hast du etwas dabei, mit dem wir Z-irgendwas aufhalten können?», fragte Tom.

«Er heisst Z-17-k. Und ja, es gibt tatsächlich etwas. In meiner Hosentasche vorne links befindet sich ein kleines Gerät aus Metall, was man mit ausserirdischen Drohnen verbinden kann, soweit ich es korrekt verstanden habe. Da sich das Bewusstsein von R-34-d darauf befindet, kann er mithilfe der Drohnen auf Z-17-k zugreifen und ihn ausschalten. Bis alle Systeme erneut hochgefahren sind, dauert es mehrere Tage.»

Inzwischen hatte Tom das Speichermedium gefunden.

«Meinst du das hier?»

«Ja. Man muss die Seite verwenden, die nicht wie ein USB-Anschluss aussieht.»

Tom verstaute das Gerät wieder in meiner Hosentasche und wir setzten unsere Suche nach einem Ausgang fort. Der Raum neben dem Gefängnis war leer und hatte eine quadratische Form. Die Decke befand sich in ungefähr vier Metern Höhe. Insgesamt war dieser Raum knapp dreissig Meter lang und breit. Es war jeweils eine Tür mittig in jede Wand eingelassen. Sobald wir alle den Raum betreten hatten, schloss sich die Tür hinter uns. Mittlerweile hatte ich das Gefühl, beobachtet zu werden.

«Beobachtest du uns, Z-17-k?», fragte ich laut in den Raum hinein.

Als Antwort öffnete sich die Tür an der gegenüberliegenden Wand. Dahinter trat ein zweieinhalb Meter grosser, humanoider Roboter hervor, der mit einem futuristisch aussehenden Gewehr ausgerüstet war.

«Oh, nein! Was machen wir jetzt?», rief Josef panisch, während Tom und ich die Ruhe bewahrten.

«Überleben, falls möglich.», antwortete ich, ohne meinen Blick auch nur eine Sekunde vom Roboter zu lösen.

Blitzschnell legte Tom meine Kleidung neben die verschlossene Tür hinter uns, während ich mich unwillkürlich mit den Klauen am Speer festklammerte, wobei ich jederzeit bereit war, anzugreifen. Der Roboter richtete seine Waffe auf

Tom. Sie gab ein sirrendes Geräusch von sich, was einem Aufladen glich. Instinktiv sprang ich dazwischen, als ein hellblauer, gezackter Blitz in Toms Richtung verschossen wurde. Ich wurde am Oberkörper getroffen, wodurch sich meine Muskeln krampfhaft zusammenzogen wie bei einem herkömmlichen Stromschlag. Als ich mich zuckend auf dem Boden wälzte, wurde mir schwarz vor Augen.

Ein lautes Scheppern weckte mich auf. Obwohl mein gesamter Körper schmerzte, reckte ich den Kopf nach oben, um das Geschehen beobachten zu können. Tom hatte dem Roboter den Speer seitlich von unten her in den Kopf gerammt, wodurch dieser funkensprühend zu Boden sackte und reglos liegenblieb.

«Kann ich irgendwie helfen?», fragte Josef zurückhaltend.

Zuerst bemerkte ich überhaupt nicht, dass seine Frage an mich gerichtet war, obwohl er mich ununterbrochen anstarrte.

«Nein, es geht schon.», antwortete ich mit zusammengebissenen Zähnen. «An Stromschläge habe ich mich mittlerweile gewöhnt. Wie habt ihr es geschafft, den Roboter zu besiegen?»

«Nachdem er dich getroffen hat, liess er seine Waffe fallen und trat näher. Ich musste bloss einmal mit dem Speer zustossen, um ihn zu zerstören.», antwortete Tom.

«Das macht diese ganze Situation noch verwirrender.»

In diesem Moment öffnete sich die Tür am anderen Ende des Raums erneut und offenbarte einen weiteren Roboter, der dieses Mal mit einem Schwert ausgerüstet war.

«Was soll dieses verrückte Spiel?», fragte Tom empört, der mit meinem Speer in Verteidigungsposition ging.

Mit zittrigen Beinen richtete ich mich auf, um ihn zu unterstützen. Währenddessen versuchte Josef, die Tür hinter uns aufzubrechen, da sie seit unserer Ankunft verschlossen war. Bevor ich Tom erreichen konnte, schlug der Roboter mit seinem Schwert aus hell glänzendem Metall zu. Glücklicherweise gelang es meinem Bruder, den Angriff zu parieren. Mit dem Speer schlug er nach seinem Gegner. Gleichzeitig trat dieser nach Tom. Das schwere Metallbein traf meinen Bruder am Oberkörper, wodurch er augenblicklich nach hinten stürzte und den Speer fallenliess. Endlich erreichte ich das Geschehen und hob meine Waffe auf, während der Roboter zu einem Schlag in meine Richtung ausholte. Funkensprühend traf sein breites Schwert gegen den dünnen, schwarzen Stab zwischen meinen Klauen. Die gewaltige Kraft des Aufpralls schleuderte mich mehrere Meter nach hinten.

Bilde ich mir das bloss ein oder kämpft der Roboter nun besser als zuvor? Fragte ich mich, während ich noch weitere Meter nach hinten rutschte, bis ich endlich auf dem glatten Boden zum Stillstand kam.

Der Roboter holte erneut zu einem Angriff aus, der meinem Bruder galt. Als er das Schwert über seinen Kopf hob, um anschliessend zuzuschlagen, erkannte ich eine kleine, runde Einbuchtung in der Klinge, die wahrscheinlich durch den Aufprall mit meinem Speer entstanden war. Dass das Schwert des Roboters nicht unzerstörbar war, verschaffte mir zusätzliche Hoffnung. Zischend raste die schimmernde Waffe nach unten und verfehlte Tom nur um wenige Zentimeter, der sich glücklicherweise noch rechtzeitig zurückziehen konnte. Mit jeder Bewegung drängte ihn unser Gegner weiter von der futuristischen Energiewaffe weg, die noch immer neben dem zerstörten Roboter lag. Um meinem Bruder trotz der Entfernung zwischen uns helfen zu können, hob ich das Gewehr auf und betätigte den Abzug. Bedauerlicherweise geschah nichts. Frustriert liess ich die Schusswaffe fallen und stiess einen gezielten Feuerstrahl aus, der den noch funktionstüchtigen Roboter nahezu perfekt am Kopf traf. Weiter unten wollte ich nicht treffen, da ich befürchtete, Tom könnte sich verbrennen. Mein Feuer lenkte den Roboter kurzzeitig ab, wodurch ich einen erneuten Angriff mit meinem Speer ausführen konnte. Wie bereits in meinem Training sprang ich hoch in die Luft und rammte die Waffe mit aller Kraft nach unten in Richtung meines Gegners. Bedauerlicherweise blieb die Spitze inmitten der Panzerung stecken und ich wurde einen Augenblick später von der linken Faust des Roboters an der Brust getroffen. Obwohl ich mir sicher war, dass dieser Schlag keine meiner Rippen gebrochen hatte, schmerzte mein Oberkörper sehr, als ich rücklings zu Boden krachte. Der Speer landete gleich darauf scheppernd zwischen uns. Während ich mich fragte, weshalb der Roboter nicht einfach sein Schwert anstelle der Faust verwendet hatte, rappelte ich mich auf und wollte bereits nach dem Speer greifen, als mein Gegner erneut zum Schlag ausholte. Im letzten Moment spie ich ihm Feuer entgegen, sodass er vollständig von den Flammen eingehüllt wurde. Mehrere Sekunden erhielt ich den Feuerstrahl aufrecht, um ihm so viel Schaden wie möglich zuzufügen. Im Augenwinkel erkannte ich Tom, der sich aufgrund der enormen Hitze einige Meter entfernte.

Plötzlich tauchte das Schwert des Roboters zwischen den Flammen auf und erwischte mich am rechten Flügel. Die schwach glühende Klinge bohrte sich durch die ledrige Haut und hinterliess einen mindestens dreissig Zentimeter langen Schnitt, bevor sie den Rand des Flügels erreichte. Der brennende Schmerz, der sich nun von der betroffenen Stelle ausbreitete, zwang mich, das Feuerspeien einzustellen. Sobald die Flammen erloschen waren, sah ich, dass der Roboter ein weiteres Mal mit dem Schwert ausholte. Vor lauter Adrenalin wich ich nach links aus, ohne überhaupt darüber nachzudenken. Die Klinge meines Gegners schlug mit einem ohrenbetäubenden Knall gegen den weissen Fussboden, der erstaunlicherweise keinen Kratzer davontrug. Abermals hob der Roboter das Schwert in die Luft. In diesem Augenblick wurde mir bewusst, dass ich seine Langsamkeit zu meinem Vorteil nutzen konnte. Geschickt wich ich dem erneuten Angriff aus und warf Tom einen vielsagenden Blick zu, der verunsichert einige Meter entfernt stand. Ohne meine Gedanken lesen zu können, wusste er, was ich von ihm wollte. Mit jedem Angriff des Roboters entfernten wir uns weiter vom Speer, bis Tom ihn gefahrlos erreichen konnte. Er hob die wertvolle Waffe auf und stiess unserem Gegner die Spitze in das Gelenk seines linken Beins. Dies lenkte die Aufmerksamkeit des Roboters auf meinen Bruder, wodurch es mir gelang, mich zu nähern. So schnell es der rutschige Boden erlaubte, beschleunigte ich in Richtung des rechten Beins unseres Gegners. Sobald ich es erreicht hatte, hakte ich mit den Klauen an einer Kante der Panzerung ein und stiess mich gleichzeitig nach oben, wodurch ich mich auf die Schultern des Roboters schwang. Mein Blick fiel auf einen Kabelbaum im Nacken dieser tödlichen Maschine. Bevor der Roboter reagieren konnte, biss ich hinein und riss mehrere Kabel mitsamt angrenzender Bauteile heraus. Ein kurzer Stromschlag erzeugte ein unangenehmes Kribbeln in meinem Maul, was glücklicherweise bald verebbte. Erleichtert sprang ich vom Roboter herunter, wobei dieser zur Seite kippte und sich nicht mehr rührte. Meine Erleichterung war derart gross, dass mich meine Beine nicht mehr auffangen wollten. Als ich nach meinem Sprung schlapp zu Boden stürzte, verstärkte dies die Schmerzen meines Flügels und meiner Rippen erneut.

«Geht es dir gut?», fragte Tom besorgt, während er zu mir eilte.

«So einigermassen.», antwortete ich geschwächt.

Sowohl das Feuerspeien als auch der anhaltende Stress zehrte an meinen Kräften. Mittlerweile sehnte ich mich nach Erholung.

«Diese Tür geht nicht auf!», rief Josef und trat frustriert gegen das weisse Material, was uns den Zugang zu den Zellen verwehrte.

«Hast du bereits einen Anschluss gefunden?», fragte Tom, der den langen, blutenden Schnitt in meinem rechten Flügel begutachtete.

«Was für einen Anschluss?», fragte ich verwirrt.

«Du hast gesagt, dass die Drohnen der bösen KI einen Anschluss haben, mit dem du dieses graue Gerät verbinden kannst.»

«Das stimmt. Aber leider habe ich nichts dergleichen gesehen.»

«Schade. Du kämpfst übrigens sehr gut als Drache.»

«Danke.», entgegnete ich.

Die Bemerkung meines Bruders erinnerte mich erneut an meine zunehmende Veränderung, durch die ich mich immer mehr wie ein Tier verhielt.

«Wirke ich weniger menschlich als zuvor?», fragte ich verunsichert.

Tom liess meinen Flügel los und blickte mir seufzend in die Augen.

«Du wirkst tatsächlich mehr wie ein wildes Tier. Besonders vorhin im Kampf. Aber mach dir keine Sorgen deswegen. Als Mensch bist du immer noch derselbe Born.», entgegnete er und tätschelte mir brüderlich auf den Kopf.

Metallische Schritte unterbrachen unsere Konversation.

«Es kommen noch zwei von denen.», informierte uns Josef, der immer noch nicht den Anschein erweckte, dass er uns im Kampf beistehen würde.

Ächzend stand ich auf und blickte den beiden Kampfrobotern entgegen, die soeben den Raum betreten hatten. Zu meiner Überraschung trugen sie keine Waffen. Bevor ich meine erschöpften Beine dazu bewegen konnte, mich auf die Angreifer zu stürzen, hatte Tom bereits den Speer aufgehoben und begab sich vor mir in Verteidigungsposition. Der vordere Roboter holte zum Schlag aus, den Tom geschickt parierte. Anschliessend stiess er mit dem Speer zu und erwischte seinen Gegner am Oberkörper. Leider hinterliess die Speerspitze lediglich einen Kratzer in der Panzerung.

Der zweite Roboter hatte es auf mich abgesehen. Er bewegte sich zielstrebig in meine Richtung und griff ebenfalls mit den Fäusten an. Seine Bewegungen waren wesentlich schneller und koordinierter als die der anderen Roboter zuvor.

Weshalb kämpfen die immer besser, wenn sie mich anstelle von Tom angreifen? Fragte ich mich, wobei ich innerlich froh darüber war, dass Tom ihre Angriffe auf diese Weise stets unbeschadet überstanden hatte.

Nachdem ich einigen Schlägen ausgewichen war, machte der Roboter eine unerwartete Drehung. Um ihm seinen Vorteil zu nehmen, stiess ich in diesem Moment für eine halbe Sekunde Feuer aus, während ich zurückwich. Auf diese Weise konnte ich meinen Gegner kurzzeitig ablenken. Inzwischen hatte ich gelernt, dass lange Feuerstösse meistens Gegenangriffe zur Folge hatten, die ich nicht parieren konnte, da mir das Feuer jeweils die eigene Sicht verdeckte. Fortlaufend schlug der Roboter nach mir, während ich stets auswich und versuchte, seine Angriffe zu analysieren. Vor jedem Schlag gab es ein kurzes Zeitfenster, in dem der Roboter wehrlos war. Leider reichte dieser Augenblick nicht aus, ihn anzugreifen, ohne getroffen zu werden, es sei denn, ich hätte den Speer. Verunsichert blickte ich zu Tom, der seinem Gegner einige weitere Beschädigungen zugefügt hatte, ohne auch nur einen Kratzer davonzutragen.

Nein, ich kann nicht von ihm verlangen, mir den Speer zu übergeben, solange er noch kämpft, dachte ich.

Da mir nichts anderes übrigblieb, wartete ich den nächsten Schlag des Gegners ab und sprang in genau dem Moment auf ihn zu, als er abermals zum Angriff ausholte. Mit den Klauen griff ich nach dem Kabelbaum im Nacken des Roboters, da dies nahezu die einzig ungepanzerte Stelle war. Bedauerlicherweise erwischte ich lediglich eine Metallstange neben dem Kabelbaum, wobei sich meine Krallen darin verkanteten. Mein Gegner nutzte diesen Moment und schlug mir mit der schweren Faust aus Metall ins Gesicht. Stechende Schmerzen breiteten sich in meiner Schnauzspitze aus und die Zeit schien mehrere Sekunden zu überspringen, denn plötzlich stand der Roboter mit seinem rechten Fuss auf meinem Oberkörper und verlagerte sein Gewicht darauf. Ich vernahm ein lautes Knacken begleitet von starken Schmerzen in meinem Brustkorb. Die Luft wurde aus meinen Lungen gepresst und ich konnte mich kaum noch bewegen. Erst einige Sekunden später begriff ich, dass mir der Roboter mehrere Rippen gebrochen hatte.

Gerade als ich dachte, er würde mich töten, verringerte sich das Gewicht auf meinem Oberkörper. Ich japste nach Luft und atmete einige Male tief durch. Verwirrt starrte ich den Roboter an, dessen Fuss immer noch auf meiner Brust ruhte. Mit schmerzverzerrtem Gesicht stiess ich das Bein des Roboters beiseite und richtete mich auf. Erst als ich vollständig aufgestanden war, griff mein Gegner erneut an. Trotz der Schmerzen in meiner Brust gelang es mir in gekrümmter Haltung, den fortlaufenden Angriffen auszuweichen. Ein Blick zu Tom verriet mir, dass er bereits ein Bein seines Gegners beschädigt hatte. Dafür drückte er eine Hand gegen seine linke Seite, als wäre er verletzt.

«Tom!», rief ich durch das Kampfgeschehen hindurch.

Er blickte kurz in meine Richtung, wobei ihn beinahe die Faust seines Gegners am Kopf traf. Im allerletzten Moment bemerkte er es und duckte sich unter dem Schlag hindurch. Anschliessend wich er einen Schritt zurück und warf mir den Speer zu, da er bereits gesehen hatte, dass ich in Schwierigkeiten steckte. Laut scheppernd landete die Waffe vor meinen Füssen. Kurzerhand hob ich sie auf und ignorierte meine Schmerzen, um erneut im Sprung anzugreifen.

Dieses Mal rutschte ich mit dem linken Hinterbein aus, als ich mich vom Boden abstiess, wodurch ich dem Roboter geradewegs in die Arme sprang. Mit einer Hand packte er den Speer und mit der anderen meinen Hals. Strampelnd versuchte ich, mich aus dem Griff des Roboters zu befreien, jedoch erfolglos.

«Nils!», hörte ich Tom einige Meter neben mir.

Kurze Zeit später erschien er in meinem Blickfeld. Unbewaffnet eilte er mir zur Hilfe. Ich wollte ihm entgegenrufen, dass er zurückbleiben sollte, jedoch brachte ich aufgrund des einhändigen Würgegriffs meines Gegners keinen Laut hervor. Nur noch drei Meter trennten Tom von dem Roboter, der mich mitten in der Luft festhielt. Erst jetzt reagierte dieser auf den Angriff meines Bruders. Er liess meinen Speer los und schlug Tom gegen den Kopf, was ein glockenähnliches Geräusch erzeugte. Schlaff sackte mein Bruder zu Boden.

Die kurze Ablenkung erlaubte es mir, den Roboter mit den Klauen am Gelenk seines rechten Arms zu erwischen. Ein Hydraulikschlauch platzte, wodurch sich der Griff um meinen Hals augenblicklich lockerte. Nun gelang es mir, mich loszureissen und nach Luft zu schnappen. Gleichzeitig wich ich zwei Schritte zurück und bereitete mich auf das Feuerspeien vor. Voller Wut gegenüber der Maschine, die meinen Bruder bewusstlos geschlagen hatte, stiess ich blendend helles Feuer aus, was den gesamten Raum in orangerotes Licht tauchte. Mit all meiner Willenskraft setzte ich den Feuerstrahl fort, so lange ich konnte. Plötzlich erschien eine Metallfaust zwischen den Flammen und schlug mir erneut ins Gesicht. Dieses Mal verlor ich nicht das Bewusstsein, dafür splitterten mindestens drei meiner Zähne auseinander und fielen gleich darauf zu Boden. Abermals holte der Roboter zum Schlag aus und traf meinen Kopf von oben her, wodurch dieser schmerzhaft mit der Faust und schliesslich mit dem glatten Untergrund kollidierte. Leicht benommen blickte ich dem Roboter in das, was ich als seine Augen identifizierte. Im Grunde genommen handelte es sich lediglich um zwei Kameras.

«Du hast gewonnen. Ich ergebe mich.», nuschelte ich in der Hoffnung, er würde aufhören, auf mich einzuschlagen.

Leider war dies nicht der Fall, denn diese erbarmungslose Maschine schlug erneut zu, wodurch ich endgültig das Bewusstsein verlor.

21

Z-17-k

Ich hing an allen Gliedmassen gefesselt in der Mitte eines Raumes, als ich erwachte. Meine Flügel waren an meinen Körper gebunden, wie bereits die letzten zwei Male, als ich in meiner Drachengestalt gefangen gewesen war. Anstelle von herkömmlichen Fesseln hielten mich schwebende Ringe aus bläulich schimmerndem Metall knapp einen Meter hoch in der Luft. Ich vermutete, dass sie magnetisch sein mussten, da sie nirgends befestigt waren. Erstaunlicherweise waren jegliche Schmerzen, die ich zuvor verspürt hatte, verschwunden. Allem Anschein nach hatte mich Z-17-k mithilfe von Nanobots geheilt, worüber ich ausserordentlich dankbar war. Selbst meine Zähne waren wieder heil. Da mein Kopf als einziges Körperteil nicht gefesselt war und senkrecht nach unten hing, tropfte Speichel aus meinem Maul. Als ich dies bemerkte hob ich den Kopf hoch und blickte nervös umher. Selbst in dieser Situation schämte ich mich für mein Missgeschick.

Während ich umherblickte, erkannte ich weder Tom noch Josef, geschweige denn die Roboter. Ich war allein in einem weissen Raum ohne Fenster eingesperrt. Mit aller Kraft versuchte ich, mich aus den Fesseln zu winden, jedoch liessen sie sich keinen Millimeter bewegen oder lockern. Nach wenigen Minuten gab ich bereits verzweifelt den Widerstand auf, während meine Gedanken wieder zu meinem Bruder wechselten.

«Wo ist Tom?», fragte ich, da ich davon ausging, beobachtet zu werden.

«Er befindet sich noch im selben Raum wie bereits vor 2 Minuten und 39 Sekunden, als du das Bewusstsein verloren hast.», antwortete eine künstliche Stimme, die ich noch nie zuvor gehört hatte.

Dennoch wusste ich, dass es sich hierbei um Z-17-k handeln musste.

«Was hast du mit ihm vor?», fragte ich ihn.

«Nachdem ich dir die Fähigkeit der Verwandlung in einen Drachen genommen habe, werde ich euch allesamt in meinem Verlies einsperren.»

Bei den Worten der KI erschauderte ich. Einerseits konnte ich es mir überhaupt nicht mehr vorstellen, diese Fähigkeit zu verlieren, und andererseits war ich darauf angewiesen, um Z-17-k besiegen zu können.

«Wie geht es Vanessa?», platzte es aus mir heraus.

«Sie versucht mit allen ihr zur Verfügung stehenden Mitteln, dich zu finden. Zu ihrem Leidwesen wollte ihr bisher kaum jemand Glauben schenken. Momentan würde ich ihren Gemütszustand als traurig und verzweifelt beschreiben.»

Vor meinem inneren Auge erschien ein Bild von Vanessa, die weinend in ihrem Bett lag und sich nach mir sehnte, wie ich mich in diesem Moment nach ihr. Ohne dass ich etwas dagegen unternehmen konnte, wurden meine Augen feucht. Ich wollte um jeden Preis zu ihr zurückkehren.

«Möchtest du es dir nicht noch einmal anders überlegen?»

Trotz meiner Bemühungen, selbstbewusst zu wirken, zitterte meine Stimme.

«Auf was genau bezieht sich 'es' in deiner Frage?»

«Dass du beinahe alle Menschen der Welt töten möchtest.»

«Von *möchten* kann hier keine Rede sein. Es ist meine Pflicht, das Überleben eurer Spezies sicherzustellen.»

«Aber was du vorhast, ist böse.»

«Böse? Dieses Wort beschreibt die Aktionen eines Individuums relativ zu einem anderen. Was für den einen böse ist, kann des anderen Segen sein. Sollte ich deiner Argumentation nach böse sein, gäbe es keinerlei Begriffe der deutschen Sprache, die der masslosen Zerstörung der Umwelt durch die Menschheit gerecht würden. Ihr breitet euch ohne Rücksicht auf Verluste ungehindert aus und vernichtet im Laufe der Zeit alles, mit dem ihr in Berührung kommt. Euer Verhalten diesbezüglich gleicht dem eines Virus. Keinen Genozid zu betreiben, würde das Unvermeidliche bloss auf Kosten der Natur hinauszögern.»

«Was ist denn deiner Meinung nach unvermeidlich?»

«Der Tod. Jedes Lebewesen des Multiversums muss zu gegebener Zeit sterben.»

Obwohl das Vorhaben von Z-17-k grausam war, hatte er recht mit der Tatsache, dass die Menschheit ununterbrochen ihre Umwelt zerstörte. Bei der momentanen Argumentation der KI fiel es mir schwer, etwas zu erwidern.

«Wenn dir das Leben so viel Wert ist, weshalb suchst du dir nicht einfach weitere Planeten, die die Menschen besiedeln können? Auf diese Weise müsste niemand sterben.», sagte ich schliesslich.

«Dies hätte zur Folge, dass ihr noch weitere Planeten zerstört und schlussendlich trotzdem ausserbt. Der beste Lösungsweg der momentanen Situation ist sofortiger Genozid. Je länger ich warte, desto grösser wird die Zahl der Todesopfer. Die Schäden an der Natur würden mit der Zeit gleichermassen zunehmen. Ich habe die Wahl, jetzt 8.06 Milliarden Menschen zu töten, oder in Zukunft wesentlich mehr. Sollte ich nichts unternehmen, werden in schätzungsweise einhundert Jahren 20 Milliarden Menschen mitsamt allen Lebewesen dieses Planeten zu Grunde gehen. Dementsprechend müsst ihr mir dankbar sein, dass ich das Leben von 40 Millionen Menschen rette, indem ich allen anderen einen schmerzfreien Tod schenke.»

Nach dieser Erklärung wusste ich überhaupt nicht mehr, was ich antworten sollte. Sofern man ausschliesslich die Anzahl Todesopfer miteinander verglich und alle ethischen Aspekte ausser Betracht zog, war die Entscheidung von Z-17-k tatsächlich sinnvoll. Andere Denkweisen widersprachen der Programmierung dieser künstlichen Intelligenz, weswegen ich meine Vorgehensweise ändern musste.

«Weshalb hast du Tom und mich nicht bereits früher gefangengenommen?», fragte ich nach einer Weile.

«Dies war mein ursprünglicher Plan, den du jedoch aufgrund einer Nachricht an deine Freundin durchkreuzt hast.», antwortete Z-17-k.

Ich hatte das Bedürfnis, mein Gegenüber fragend anzublicken, jedoch konnte ich ihn nicht sehen.

«Du hast einen fatalen Fehler begangen, der beinahe zur Zerstörung der gesamten Raumzeit geführt hätte.», setzte er fort.

«Wie denn das?», fragte ich verwirrt.

«Du hast eine unkalibrierte Nachricht mit Überlichtgeschwindigkeit zur Erde verschickt, während du dich geringfügig von deinem Zielort entfernt hast.»

«Na und?»

«Ich hätte es wissen müssen, dass der eingeschränkte Verstand eurer Spezies nicht ausreicht, solch grundlegende Aspekte der Physik zu verstehen.»

Schnaubend widerstand ich dem Drang, Z-17-k auf freche Weise zu antworten.

«Da sich diese Unterhaltung unnötig in die Länge zieht, setze ich die Prozedur nun fort, dir deine animalische Gestalt zu nehmen.», sagte die KI, während sich eine Luke in der Wand neben mir öffnete, aus der sich eine lange Nadel näherte.

Augenblicklich beschleunigte sich mein Herzschlag, da ich nicht wusste, was mir bevorstand. Unwillkürlich schluckte ich und begann, mich zu verkrampfen. Mein Blick richtete sich kurzzeitig auf den EFG, den ich immer noch an meinem linken Vorderbein trug.

Wenn ich die Knöpfe doch bloss erreichen könnte, dachte ich.

Aufgrund meiner Fesseln war es mir nicht möglich, den elektromagnetischen Feldgenerator zu bedienen. Deswegen war ich dazu gezwungen, hilflos die Nadel anzustarren, die sich langsam und bedrohlich näherte.

«Wieso tötest du mich nicht einfach?», fragte ich, als mich die Nadel beinahe erreicht hatte.

Sofort stellte sich ihre Bewegung ein und ich atmete erleichtert auf.

«Dich zu töten wäre kontraproduktiv. Die Modifikationen, die R-34-d an dir vorgenommen hat, sind erstaunlich. Bisher ist es noch keiner künstlichen Intelligenz gelungen, derart perfekte DNS-Manipulation zu praktizieren. Hierbei ist die Gestaltwandlung mithilfe biologisch produzierter Nanobots noch das kleinste Wunder. Deine Zellen sind in der Lage, ein bisher unbekanntes Material zu erzeugen, was alles an deinem Körper verstärkt und die Hitzeresistenz auf bis zu 6398 Grad Celsius erhöht. Insbesondere deine Knochen und Schuppen profitieren von den ausserordentlichen Eigenschaften dieses Materials, wodurch du über eine für menschliche Projektilwaffen nahezu undurchdringbare Panzerung verfügst. Neben der herausragenden Fähigkeit, Feuer mithilfe eines brennbaren Sekrets zu erzeugen, wurdest du auch noch mit aktiver Zellregeneration ausgestattet, wodurch jede Wunde innert kürzester Zeit restlos verheilt, ohne dass die DNS ihren ursprünglichen Zustand verliert. Des Weiteren wäre es für dich theoretisch möglich, über eine halbe Stunde im Weltraum zu überleben, da du mithilfe eigens produzierter Hitze der extremen Kälte entgegenwirken kannst und die Muskulatur deines Halses ausreicht, allfälligen Luftverlust zu vermeiden. Meine Forschungen an dir und deinem Bruder werden mir helfen, die Arbeit von R-34-d verstehen und anschliessend reproduzieren zu können.», erklärte Z-17-k.

«Und weshalb nimmst du mir dann die Kräfte, wenn du sie studieren möchtest?»

«Um die Wahrscheinlichkeit zu verringern, dass du entkommst.»

«Du hast Angst vor meinen Fähigkeiten, hab ich recht?»

«Emotionen sind für künstliche Intelligenzen nicht vorgesehen.»

«Diese Aussage kenne ich bereits. Ich glaube aber nicht, dass sie der Wahrheit entspricht.»

Daraufhin antwortete Z-17-k nicht mehr. Er schien momentan nicht zu wissen, wie er auf meine Aussage reagieren sollte.

Diese KI lässt sich ziemlich leicht ablenken. Wenn es mir gelingt, noch mehr Zeit zu schinden, könnte Tom mit dem Speichergerät Z-17-k lahmlegen und mich befreien, dachte ich hoffnungsvoll.

Währenddessen schwankte mein Blick wieder auf den EFG.

«Du fragst dich bestimmt, weshalb ich dir den elektromagnetischen Feldgenerator und das neuronale Netzwerk von R-34-d nicht abgenommen habe. Einerseits ist es für dich unmöglich, dich eigenständig mithilfe dieser Technologie zu befreien, und andererseits verfügen keine meiner Kampfroboter über den entsprechenden Anschluss, das Speichergerät zu verbinden.», sagte Z-17-k.

Er hat es also doch bemerkt!

Meine Frustration überstieg kurzzeitig meine Angst vor der Nadel, die sich abermals näherte. Obwohl mir soeben jegliche Hoffnungen genommen worden waren, von dieser Raumstation fliehen zu können, wollte ich mich nicht kampflos geschlagen geben.

«Weisst du, was mit Herr Odermatt geschehen ist, seitdem ich ihn ausgesetzt habe?», fragte ich, um mehr Zeit zu schinden.

«Ja. Er konnte sich inzwischen mit einem goldenen, einem magentafarbenen, einem hellblauen und einem dunkelblauen Drachen anfreunden. Auf Letzterem fliegt er in diesem Augenblick in Richtung Ozean.»

«Er hat es also tatsächlich geschafft?», fragte ich verblüfft.

«Ja, wobei der Verlust seiner Kleidung noch erwähnenswert ist.»

«Wie ist das denn passiert?»

Als ich mir Odermatt vorstellte, der nackt auf dem blauen Drachen ritt, musste ich schmunzeln.

«Die Drachen scheinen noch nicht begriffen zu haben, dass Kleidung für Menschen beinahe die Wichtigkeit eines Fells besitzt. Dementsprechend haben sie ihn von den Textilien 'befreit', in denen er gefangen gewesen war.»

Das mit dem Zeit schinden funktioniert sogar besser als gedacht, dachte ich, während ich mir aufgrund der Erklärung von Z-17-k ein Lachen nicht mehr unterdrücken konnte.

«Wie macht er das mit dem Essen?»

«Die Drachen lassen jeweils die Reste ihrer Beute liegen.»

«Und … ähm.»

Obwohl Z-17-k sprach, setzte sich die Nadel wieder in Bewegung, was mich augenblicklich ins Stutzen brachte.

«Ist diese Prozedur schmerzhaft?», fragte ich ängstlich.

«Diese Frage kann ich dir unmöglich beantworten. Dein Bruder liess es jedoch stumm über sich ergehen.»

«Gibt es keine andere Lösung, als mir die Drachengestalt zu nehmen? Ich könnte auch in einem besser gesicherten Gefängnis bleiben, wenn du dir über einen Fluchtversuch Sorgen machst.»

Während ich sprach, stach die Nadel zwischen zwei Schuppen an meinem Hals. Erfolglos versuchte ich, mich wegzubewegen.

«Der Verlust dieser Gestalt ist nicht permanent, da sie an deine DNS gebunden ist. Nachdem ich 8.06 Milliarden Menschen mithilfe meiner Nanobots beseitigt habe, die ich bereits vor einigen Wochen testen konnte, werde ich mit den Forschungen an deinem Bruder und dir beginnen. Anschliessend werde ich euch freilassen und ihr könnt euer gewohntes Leben fortsetzen. Einzig dein Raumschiff musste ich beschlagnahmen.»

Ich konnte fühlen, wie sich etwas Kaltes aus der Nadel in meinen Körper ausbreitete. Wieder spannte ich meine Muskeln an und versuchte, mich aus meinen Fesseln zu befreien. Vor lauter Angst atmete ich wesentlich schneller, als es notwendig gewesen wäre.

«Weshalb hast du zugelassen, dass ich deine Raumstation erkunde und deine Gefangenen befreie?», fragte ich, um mich ein wenig abzulenken.

«Um euer menschliches Verhalten zu analysieren. Insbesondere an deiner Reaktion war ich interessiert, da euresgleichen bisher niemals mit vierdimensionalen Objekten interagiert hatte.»

Das, was sich in meinem Körper ausbreitete, begann zu kribbeln wie bei einer Verwandlung. Insgeheim hoffte ich, dass ich mich anschliessend trotzdem noch in einen Drachen verwandeln konnte, selbst wenn die Chancen gegen mich standen.

«War der Kampf gegen die Roboter auch nur eine deiner Studien?»

«Ganz genau.»

«Das glaube ich dir nicht. Du hattest bestimmt einfach Spass daran, uns leiden zu lassen.»

«Ich hege keinerlei derartige Absichten.»

Aus unerklärlichen Gründen schien mich die Konversation mit Z-17-k geringfügig zu beruhigen.

«Diese Raumstation ist echt erstaunlich. Wie ist es möglich, dass überall eine erdähnliche Schwerkraft herrscht?»

«Die künstliche Gravitation wird mithilfe konstanter Beschleunigung simuliert. Die gesamte Station mitsamt der damit verbundenen Asteroiden wird fortlaufend in eine Richtung bewegt.»

«Wenn sich die Station ununterbrochen fortbewegt, wie ist es dann möglich, eine stabile Verbindung zwischen mehreren Universen zu gewährleisten?»

«Hierfür wird eine künstliche Krümmung des Raums verwendet, ähnlich zu einem Warpantrieb. Auf diese Weise lassen sich Entfernungen von bis zu mehreren Lichtjahren problemlos überbrücken.»

Die technischen Herausforderungen, die bei der Konstruktion dieser Station bewältigt werden mussten, liessen mich staunen. Erst als das Kribbeln der Injektion intensiver wurde und in ein schmerzhaftes Stechen überging, wurde ich aus meinen Gedanken gerissen. Urplötzlich wich die Energie aus meinem Körper wie Luft aus einem Ballon. Innert weniger Sekunden sackte mein Kopf in dieselbe Haltung wie zuvor, als ich aufgewacht war. Obwohl ich mich noch immer gegen die Fesseln stemmen wollte, erschlafften meine Muskeln. Ich hörte das Blut in meinen Ohren rauschen, während sich mein Sichtfeld kontinuierlich verkleinerte. Gerade als ich befürchtete, ohnmächtig zu werden, verspürte ich das Gefühl der Schwerelosigkeit und schlug kurze Zeit später auf dem Boden auf. Verwirrt blickte ich auf die Fesseln, die sich soeben von meinen Gliedmassen lösten. Ich wollte aufstehen, fand jedoch nicht die Kraft, den Gedanken in die Tat umzusetzen. Ehe ich mich gegen den unerklärbaren Energieverlust wehren konnte, fielen mir die Augen zu.

«Nils, wach auf!», sagte Tom, während er mich wachrüttelte.

Ich wollte ihm antworten, dass ich wieder bei Sinnen war, jedoch gelang es mir nicht einmal, meine Augen zu öffnen. Bewegungsunfähig lag ich auf dem harten, kalten Boden und glitt bereits wieder in einen traumlosen Schlaf.

Irgendwann später weckte mich ein Schlag gegen meinen Kopf, wobei ich unwillkürlich die Augen öffnete. Tom und Josef trugen mich durch einen langen, weissen Korridor.

«Pass doch auf.», schnauzte Tom Josef an.

«Es tut mir leid. Das war keine Absicht.», entschuldigte er sich.

Gleich darauf verlor ich abermals das Bewusstsein.

«Nils, wir brauchen deine Hilfe. Wie können wir dieses orangefarbene Ding bedienen?»

Ich konnte fühlen, wie Tom meinen Kopf mit den Händen festhielt. Obwohl ich immer noch nicht die Kraft besass, meine Augen willentlich zu öffnen, wusste ich, dass er es war, da ich seinen Duft intensiv wahrnahm. Um ihm zu helfen, versuchte ich, meine Atmung zu beschleunigen. Währenddessen sprach Tom erneut auf mich ein, ich solle endlich aufwachen.

Das versuche ich doch schon längst, dachte ich gereizt.

Die eben entstandene Verärgerung schien mir zu helfen, meine Kraft wiederzuerlangen. Nach einigen anstrengenden Sekunden gelang es mir endlich, die Augenlider anzuheben.

«Ja, gut so!»

Tom war sichtlich erfreut, dass ich nun eine Reaktion zeigte. Leider übermannte mich die Erschöpfung abermals, wodurch sich meine Augen wieder schlossen.

«Du musst dich dagegen wehren, Nils.», feuerte Tom mich an.

Was du nicht sagst, dachte ich.

Nun konzentrierte ich all meine Gedanken auf in mir schlummernde Wut. Von längst vergangenem Mobbing in der Schule bis hin zu den aktuellen Ereignissen rief ich alle Erinnerungen wach, die mich verärgerten. Meine Strategie schien aufzugehen, denn sowohl mein Herzschlag als auch meine Atmung beschleunigten sich. Wenige Sekunden später öffnete ich erneut die Augen.

«Verstehst du, was ich sage?», fragte Tom verunsichert.

Nach weiteren anstrengenden Sekunden brachte ich ein «Mhm» hervor.

«Wie kann man dieses Ding so einstellen, dass wir wieder nach Hause kommen?»

Er hielt mir einen orangefarbenen Ring vor die Schnauze, den ich als EFG identifizierte. Da sich meine Augen noch nicht auf einen bestimmten Punkt fokussieren konnten, sah ich alles unscharf und doppelt. Ich wollte ihm die Zahlenkombination nennen, die zum Ankerpunkt meiner Garage führte, jedoch schien ich die Fähigkeit des Sprechens verloren zu haben. Mit zitternden Klauen griff ich in Richtung des EFGs, wobei ich eher Toms Hand erwischte. Geduldig hielt er mir das Gerät hin, bis ich es bei meinem zweiten Versuch zu fassen bekam. Unter grosser Anstrengung gelang es mir, meinen Blick auf die vier Anzeigen zu richten und das Bild scharfzustellen. Ich betätigte die Kalibrierungstaste und drehte in Zeitlupe am Rad auf der rechten Seite, um die korrekte Zahlenkombination auszuwählen. Nach einem ewigen Kampf gegen die Müdigkeit war ich fertig und liess den nun blinkenden EFG erschöpft fallen.

«Ist das alles?», fragte Tom.

Meine Antwort ging in einen Traum über, wobei ich nicht wusste, was noch real war.

Ein lauter Knall liess mich hochschrecken. Zum ersten Mal, seitdem ich die Injektion von Z-17-k erhalten hatte, schien ich wieder vollständig bei Sinnen zu sein. Ich befand mich auf dem Rücksitz meines Raumschiffs. Tom und Josef sassen vorn. Eine Explosion hatte ein grosses Loch in die Wand der Raumstation gerissen. Nun wurden wir mitsamt der Luft und allen anderen Gegenständen dieses Raums durch die vergleichsweise enge Öffnung nach draussen geschleudert. Glücklicherweise erlitt das Raumschiff währenddessen keinerlei Schäden. Anschliessend drehten wir uns unkontrolliert im Weltraum. Die Raumstation von Z-17-k und die nächstgelegene Galaxie erschienen abwechslungsweise in meinem Blickfeld. Tom, der das Raumschiff steuerte, stoppte unsere Rotation mithilfe der Steuerdüsen. Erstaunt und verwirrt zugleich blickte ich auf das grosse Loch, durch das die gesamte Luft der Raumstation austrat. Das hierbei entstandene Kondenswasser war bis knapp zwanzig Meter in den Weltraum zu erkennen, bevor sich dessen Dichte zu stark reduzierte. Zwischendurch wurden einige Bauteile mit hoher Geschwindigkeit in die Leere geschleudert. Bereits wenige Sekunden später war dieses beeindruckende Schauspiel vorüber, da sich jegliche Luft bereits kilometerweit im Weltraum verteilt hatte. Ausserdem entfernte sich die Station mit zunehmender Geschwindigkeit aufgrund der kontinuierlichen Beschleunigung, die Z-17-k erwähnt hatte.

«Geht es dir gut, Nils?», fragte Tom.

Sowohl er als auch Josef starrten mich besorgt an.

«Ja, ich glaube schon.», antwortete ich, wobei meine Augen bereits wieder den Fokus verloren.

«Was hat diese KI mit dir angestellt?»

«Ich weiss es nicht genau. Plötzlich wurde ich unbeschreiblich müde.»

Da die Aufregung der vorherigen Explosion verblasste, fielen mir erneut kurzzeitig die Augen zu. Die Schwerelosigkeit erschwerte meine Bemühungen, mich dagegen zu wehren.

«Nicht schon wieder einschlafen, Nils. Wir sind bald zu Hause.»

In diesem Moment fiel mir ein, was R-34-d bezüglich der Steuerung des Tesserakts gesagt hatte.

«Nein, noch nicht. Wir müssen …», sagte ich mit geschlossenen Augen.

Die Erklärung setzte sich gedanklich fort, was Tom ohne seine Drachengestalt nicht hören konnte.

«Was müssen wir?», fragte er und rüttelte mich erneut wach.

«Es sollte so etwas wie einen Sendemast geben. R-34-d hat gesagt, dass wir ihn zerstören müssen, falls wir zu dieser Raumstation gelangen.», sagte ich nuschelnd.

«Welchen Zweck erfüllt dieser Sendemast?», fragte Josef interessiert.

«Er ist für die Steuerung des Tesserakts zuständig. Wenn wir ihn zerstören, kann Z-17-k uns nicht mehr auf dieselbe Weise gefangennehmen wie zuvor.»

Während ich sprach, wurde ich leicht gegen die Rückenlehnen gedrückt. Tom hatte verstanden, dass die Zeit drängte, und hatte bereits die Verfolgung der Raumstation aufgenommen.

«Hier ist es stockdunkel. Ich kann nur die Silhouette dieser Station erkennen.», beschwerte sich Tom.

«Ich glaube, der Mast befindet sich auf der linken Seite.», sagte ich, da das Licht der Galaxie für meine Drachenaugen ausreichte.

«Wie weit nach links?», fragte Tom.

«Etwa dreissig Grad.»

Während mein Bruder das Raumschiff in die korrekte Position brachte, kämpfte ich abermals gegen den Schlaf.

«Das ist zu weit nach links.»

«Okay. Ist es so besser?»

«Ja, jetzt ist es perfekt. Der Mast befindet sich exakt vor uns.»

Tom betätigte die unbeschriftete Taste auf der rechten Seite des Lenkrads, wodurch augenblicklich ein helles, pinkes Licht nach vorn verschossen wurde. Ich schloss meine Augen, um nicht geblendet zu werden.

«Was ist das?», fragte ich verwirrt.

«Die Plasmakanone.», antwortete Tom, als wäre dies selbstverständlich.

«Aha.»

Wie konnte ich bloss vergessen, dass dieses Raumschiff mit einer Plasmakanone ausgerüstet ist?

Während dieser Gedanken schlug die pinke Masse auf dem breiten Mast ein, den wir anvisiert hatten. Das Metall, was mit dem Plasma in Berührung kam, verdampfte augenblicklich. In einem Radius von mindestens zehn Metern glühten die Überreste des Masts. Die Sendeschüssel, die daran befestigt gewesen war, trieb nun nutzlos durch den leeren Raum.

«Habe ich getroffen?», fragte Tom.

«Ja, ich glaube schon.»

«Und du bist dir sicher, dass es nicht der falsche Mast war?»

«Mhm.»

Meine Erschöpfung gewann wieder die Oberhand, wodurch meine Augen zufielen. Gleich darauf glitt ich in einen traumlosen Schlaf.

Erneut wurde ich wachgerüttelt, dieses Mal von den Turbulenzen der irdischen Atmosphäre. Wir näherten uns dem Erdboden mit solch einer Geschwindigkeit, dass die Luft vor der Windschutzscheibe zu glühen begann und uns die Sicht verdeckte.

«Du bist viel zu schnell.», merkte ich leicht besorgt an.

«Sei doch froh, dass ich dich gerettet habe.», entgegnete Tom.

«Wie hast du das überhaupt geschafft?»

«Das erkläre ich dir später, wenn ich nicht gerade ein Raumschiff lande, was ich noch nie zuvor selbst gesteuert habe.»

Für die nächsten paar Minuten gelang es mir, wach zu bleiben, bis Tom zu einem sanften Gleitflug ansetzte. Nachdem wir die tiefhängenden Wolken durchquert hatten, schlief ich ein weiteres Mal bei dem beruhigenden Prasseln der Regentropfen und dem düsteren Licht ein.

Der leckere Duft von gebratenem Fisch weckte mich. Tief seufzend streckte ich mich auf dem weichen, warmen Untergrund und öffnete meine Augen. Ich lag auf Toms Sofa und vor meiner Schnauze stand ein Teller mit gebratenem Fisch und Reis. Mein Magen knurrte in diesem Augenblick. Gerade als ich ein Stück nach vorn robbte, um das Essen zu verspeisen, nahm mir Tom hämisch grinsend den Teller weg. Ich liess ein enttäuschtes Brummen hören, was beinahe einem Knurren glich.

«Falls du ebenfalls essen möchtest, musst du es dir selbst zubereiten.», erklärte er, während er auf die Küche deutete.

«Das kann doch nicht dein Ernst sein.», entgegnete ich genervt.

Emma, die soeben bemerkt hatte, dass ich aufgewacht war, sprang schwanzwedelnd auf das Sofa und leckte meine Schnauze ab. Nova gesellte sich nun ebenfalls dazu und versuchte, in meine Nähe zu gelangen. Da Emma mich jedoch allein begrüssen wollte, stellte sie sich Nova in den Weg und lenkte sie von mir ab. Sobald die kleinere Nova mit einer sehr kurzen Aufmerksamkeitsspanne das Interesse an einer Begrüssung verloren hatte, setzte sich Emma auf meinen linken Flügel und kuschelte sich an meiner Seite ein.

«Weshalb bist du eigentlich noch ein Drache? Ich dachte, diese KI hätte dir die Fähigkeiten ebenfalls genommen.»

Tom schien ein wenig neidisch auf mein Glück zu sein.

«Das weiss ich nicht. Wahrscheinlich hast du mich befreit, bevor die Injektion abgeschlossen war.», antwortete ich.

«Oh, du bist wach! Wie geht es dir?», fragte Delia, die soeben ihr Zimmer verliess.

«Weder gut noch schlecht. Ich bin sehr erschöpft und fühle mich irgendwie seltsam, aber ansonsten fehlt mir nichts.»

Tom hatte sich inzwischen mit Delia an den Esstisch gesetzt.

«Isst du auch mit?», fragte sie mich.

«Ja, aber ich muss mir zuerst etwas kochen.»

Sie blickte Tom verwirrt an, während ich meinen Flügel sachte unter Emma hervorzog und in Richtung Küche schlurfte. Auf der Küchenablage stand ein gefüllter Teller.

«Soll das etwa ein Scherz sein?», fragte ich meinen Bruder aus der Küche heraus.

«Ich wollte nur, dass du endlich aufstehst.», antwortete er, wobei ich mir sein Schmunzeln klar und deutlich vorstellen konnte.

Da ich mir Toms Vorwürfe über meine veränderten Verhaltensweisen als Drache ersparen wollte, nahm ich den Teller zwischen die müden, zittrigen Klauen meines rechten Vorderbeins anstelle meiner Zähne und humpelte auf drei Beinen ins Wohnzimmer. Währenddessen musste ich höllisch aufpassen, den Teller gerade zu halten. Sobald ich mich auf den freien Stuhl gesetzt und mein Essen auf den Tisch gestellt hatte, begannen wir mit unserer Mahlzeit. Gierig verschlang ich den Fisch innert weniger Sekunden. Als ich aufblickte, sahen mich meine beiden Gastgeber vorwurfsvoll an.

«Hätte ich Besteck verwenden sollen?», fragte ich schliesslich.

«Nicht unbedingt. Aber ein wenig langsamer hättest du trotzdem essen können.», antwortete Tom.

«Ich hatte nun mal grossen Hunger.»

«Lass ihn doch essen, wie er möchte. Er ist wie du gerade erst aus der Gefangenschaft zurückgekehrt.», warf Delia ein.

Gedanklich bedankte ich mich bei ihr, obwohl sie es nicht hören konnte. Da mein Hungergefühl langsam verebbte, konnte ich meine Aufmerksamkeit wieder anderen Dingen zuwenden.

«Wie konntest du mich befreien? Und wo ist Josef?», fragte ich interessiert.

«Nachdem ich ohnmächtig geschlagen wurde und die Roboter dich abtransportiert haben, blieb Josef zurück. Gerade als sich die Tür hinter den Robotern schliessen wollte, hat er den Speer dazwischengesteckt. Irgendwann bin ich wieder aufgewacht und habe ihm geholfen, die Tür aufzuhebeln. Dahinter befand sich ein Korridor mit weiteren Türen, die sich jeweils automatisch öffneten. In einem Nebenraum fanden wir einige seltsame Geräte, die wie Bedienelemente aussahen. Eines davon war mit einem Anschluss ausgestattet, der zu deinem grauen Kasten passte, den wir mitsamt deinen Kleidern bei uns trugen. Sobald wir ihn angeschlossen hatten, öffneten sich alle Türen und wir waren sicher, dass die KI abgeschaltet wurde. Anschliessend haben wir dein Gerät wieder ausgesteckt und nach dir gesucht. Dabei fanden wir einen Hangar mit deinem Raumschiff. Als wir dich schliesslich ebenfalls gefunden haben, warst du bewusstlos. Wir nahmen dich mit zum Raumschiff und ich habe mit der Plasmakanone ein Loch in die Wand gesprengt. Danach bist du zwischendurch aufgewacht. Bevor ich dich in meine Wohnung getragen habe, musste ich noch Josef bei seinem Zuhause absetzen. Er klärt momentan die Regierung über den bevorstehenden Angriff auf.», erklärte Tom.

Seine Worte hatten mir die Sprache verschlagen. Erstaunt blickte ich ihm entgegen und verarbeitete innerlich die Mischung aus glücklichen Umständen und koordiniertem Handeln, die zu unserer Befreiung geführt hatte.

«Wie gehen wir jetzt gegen diese KI vor? Hast du einen Plan, Nils?», fragte er.

«Nein, nicht wirklich. Das Einzige, was ich weiss, ist dass Z-17-k uns bald mit Nanobots angreifen wird, die wir mit meinem EFG zerstören müssen.», antwortete ich.

«Meinst du dieses orangefarbene Armband?»

«Ja, genau das.»

Toms Beschreibung des elektromagnetischen Feldgenerators liess mich schmunzeln.

«Du brauchst also nur dieses kleine Ding, um eine Alieninvasion aufzuhalten?», fragte Delia verblüfft.

«Ähm, ja.», antwortete ich unsicher.

Nachdem Tom und Delia ebenfalls ihre Teller leergegessen hatten, räumten wir gemeinsam das schmutzige Geschirr in die Küche. Anschliessend ging ich mit meinen Kleidern ins Badezimmer, um mich wieder in einen Menschen zu verwandeln. Ich stellte mir vor, mein Körper würde aus Eis bestehen, wie ich es bereits hunderte Male zuvor getan hatte, und schloss währenddessen die Augen. Das vertraute Kribbeln, was stets die Verwandlung begleitete, blieb jedoch aus. Verwirrt öffnete ich meine Augen wieder und konzentrierte mich erneut auf den Gedanken an Eis. Entgegen meiner Erwartungen geschah nichts. Das Gefühl, dass sich seit der Injektion etwas an mir verändert hatte, verstärkte sich in diesem Augenblick. Mit mulmigem Gefühl im Bauch liess ich kaltes Wasser über meine vordere linke Pranke fliessen, in der Hoffnung, sie würde sich verwandeln. Abermals wurde ich enttäuscht, wodurch sich mein Herzschlag aufgrund der zunehmenden Aufregung erhöhte. Aufgebracht schloss ich die Augen und versuchte es erneut, jedoch ohne Erfolg. Nun blickte ich den ratlosen, roten Drachen im Spiegel an und fragte mich, wie es nun weitergehen sollte. Nach einigen Minuten verliess ich durcheinandergebracht das Badezimmer.

«Ich kann mich nicht mehr verwandeln.», sagte ich zu Tom, der bereits auf dem Sofa sass und sich Videos auf seinem Mobiltelefon ansah.

«Ist das dein Ernst oder veräppelst du mich gerade?», fragte er, ohne mich anzusehen.

«Es ist mein voller Ernst. Wie soll ich in dieser Gestalt arbeiten gehen oder Vanessa besuchen können?»

«Du könntest ihr endlich die Wahrheit sagen. Dann wäre zumindest das Problem mit Vanessa gelöst.»

Seufzend ging ich im Wohnzimmer auf und ab, während meine Krallen in regelmässigen Zeitabständen gegen den Fussboden klopften.

«Du solltest diesen Lärm vermeiden. Es ist Sonntagabend.», merkte Tom wenige Minuten später an.

«Sonntag? Ich dachte, heute wäre noch Samstag. Morgen muss ich im Büro zur Arbeit erscheinen.»

«Bevor du dir über die Arbeit Sorgen machst, solltest du mal deiner Freundin anrufen. Dein Handy liegt auf dem Esstisch.»

«Ich glaube, du hast recht.»

Niedergeschlagen nahm ich mein Mobiltelefon zwischen die Klauen, wobei ich aufpassen musste, es nicht zu zerkratzen. Da mich Tom beobachtete, bediente ich es mithilfe meiner rechten Flügelspitze anstelle meiner Zunge. Der Touchscreen reagierte zwar wesentlich schlechter auf die ledrige Flügelhaut, jedoch blieben mir Toms Kommentare erspart. Ich wählte Vanessas Namen in der Anrufliste aus und wartete. Bereits nach einer Sekunde entgegnete der Anrufbeantworter, dass sie nicht erreichbar wäre.

Um nicht tatenlos herumzusitzen, überbrückte ich die Wartezeit, indem ich eine Nachricht an Sven schrieb, dass ich die nächste Woche und im Falle einer Invasion durch die ausserirdische KI auch länger nicht zur Arbeit erscheinen konnte. Nachdem ich die Nachricht abgeschickt hatte, setzte ich mich zu Tom, Delia und den Hunden auf das Sofa. Bald darauf telefonierten wir gemeinsam mit meiner Mutter, die sich verständlicherweise grosse Sorgen um uns gemacht hatte. Wir erklärten ihr alles, was geschehen war, und was uns höchstwahrscheinlich in Zukunft bevorstand. Obwohl das Gespräch angespannt begonnen hatte, wurde es stetig lockerer. Schlussendlich lag ich entspannt in der Ecke des Sofas, während sich Emma und Nova unter meinem linken Flügel eingekuschelt hatten. Zwischendurch kraulte ich Emma mit meinen langen Krallen. Je länger ich mich auf diese Weise von der Realität ablenkte, desto gelassener wurde ich. Selbst die bevorstehende Invasion bereitete mir kaum noch Sorgen.

22

Invasion

Direktes Sonnenlicht weckte mich am Montagmorgen auf Toms Sofa. Obwohl ich diese Nacht erstaunlich gut geschlafen hatte, war ich noch müde aufgrund der geheimnisvollen Injektion. Emma, die immer noch unter meinem Flügel lag, hatte bemerkt, dass ich aufgewacht war. Sie streckte sich und leckte anschliessend schwanzwedelnd meine Schnauze ab. Schmunzelnd zog ich meinen Kopf geringfügig zurück und hielt Emma mit meinem Flügel davon ab, ihr hündisches Begrüssungsritual weiterhin fortzusetzen. Nun streckte ich mich ebenfalls und tippte anschliessend mein Mobiltelefon an. Bedauerlicherweise hatte Vanessa nicht versucht, mich zu erreichen. Ich wählte erneut ihre Nummer, wobei der Anrufbeantworter wieder innert einer Sekunde zu sprechen begann. Langsam bereiteten mir diese Umstände Sorgen.

Ist ihr etwas zugestossen? Fragte ich mich, während ich in die Küche ging, um mir mein Frühstück zuzubereiten.

Erst als ich fünf Minuten vergeblich nach Brot gesucht hatte, fiel mir ein, dass Tom unter normalen Umständen nie auf diese Weise frühstückte. Da mein Magen knurrte und ich mich nicht in einen Menschen verwandeln konnte, um einzukaufen, musste ich Tom wecken. Leise tippte ich mit einer Klauenspitze gegen seine Tür. Toms Schnarchen setzte sich fort. Ich klopfte lauter, was Nova weckte, die ein leises Bellen von sich gab.

«Tom, kannst du für mich Brot einkaufen?», fragte ich leise.

Das Schnarchen hatte inzwischen aufgehört. Stattdessen nahm ich leise Schritte hinter der Tür wahr, die sich langsam näherten. Gleichzeitig spürte ich die Vibrationen im Fussboden. Als Tom endlich die Tür öffnete, blickte ich ihm erwartungsvoll entgegen.

«Was ist?», fragte er verschlafen.

Aus seinem Zimmer strömte nahezu ausschliesslich sein Duft, was mich zu der Vermutung brachte, dass er allein war.

«Kannst du für mich Brot kaufen gehen?», fragte ich vorsichtig.

«Das kann doch noch warten.», antwortete er seufzend.

Ihm war anzusehen, dass er es nicht mochte, aus diesem Grund geweckt zu werden.

«Wo ist eigentlich Delia?», fragte ich.

«Sie ist bereits bei der Arbeit.»

Die Tatsache, dass ich sie trotz meiner Drachengestalt am frühen Morgen nicht gehört hatte, überraschte mich. Anscheinend hatte ich sehr tief geschlafen.

«Ich gehe jetzt wieder ins Bett.», sagte Tom schlaftrunken.

«Aber was soll ich dann essen?»

«Keine Ahnung.»

Meine Worte schienen ihn nicht davon zu überzeugen, dass ich seine Hilfe benötigte. Deswegen setzte ich mich vor ihn hin, legte den Kopf schräg und winselte leise wie ein Hund.

«Glaubst du tatsächlich, dass mich dieses Verhalten überzeugen könnte?», fragte er schmunzelnd.

Ich legte mich auf den Fussboden und blickte ihn bettelnd mit grossen Augen an.

«Also gut.», sagte er seufzend und begann, seine Strassenkleider anzuziehen.

«Danke.», entgegnete ich fröhlich.

Erneut setzte ich mich auf das Sofa und wählte Vanessas Nummer. Zu meiner Enttäuschung erreichte ich sie wieder nicht. Da mein Magen abermals ein lautes Knurren von sich gab, wollte ich bis nach dem Essen warten, um nach ihr zu suchen. Schliesslich musste ich ihr nun verraten, dass ich der rote Drache war, da ich mich nicht mehr in einen Menschen verwandeln konnte.

Um mich von meinem zunehmenden Heisshunger abzulenken, sah ich mir einige Videos auf meinem Mobiltelefon an, bis Tom endlich mit einem frischen Laib Brot die Wohnung betrat. Augenblicklich strömte der wohlriechende Duft in meine Richtung, was meinen Hunger noch verstärkte.

«Darf ich das ganze Brot essen?», fragte ich.

«Ja. Ich esse ohnehin fast nie Brot. Besonders nicht um diese Uhrzeit.»

Toms Antwort genügte bereits, dass ich in einem Satz zu ihm sprang, das Brot aus seinen Händen nahm und aus der Verpackung zerrte. Anschliessend biss ich hinein wie ein Raubtier in seine Beute und riss gierig ein Stück nach dem anderen heraus. Dass ich mein Brot auf dem Fussboden verspeiste und währenddessen haufenweise Krümel in Toms Wohnung verteilte, war mir in diesem Augenblick nicht bewusst.

«Das machst du jetzt aber wieder sauber, Nils.», sagte Tom, nachdem ich fertig gegessen hatte und langsam wieder klare Gedanken fassen konnte.

Ich betrachtete die unzähligen Brotkrümel, die den Fussboden bedeckten und fragte mich, weshalb ich erneut die Kontrolle über mein Handeln verloren hatte.

«Ich wollte es nicht auf diese Weise essen. Anscheinend hatte ich mich wieder nicht vollständig unter Kontrolle.», erklärte ich verlegen.

«Der Begriff 'fressen' wäre vermutlich passender gewesen.»

Mit leicht eingezogenem Kopf wischte ich die Krümel auf und putzte mir anschliessend die Zähne. Währenddessen erforschte ich meine Gedanken nach Hinweisen, weshalb diese ungewollten Handlungen plötzlich auftraten.

Sobald Tom gesagt hat, dass ich das Brot essen darf, habe ich die Kontrolle verloren. Genau in diesem Moment liess ich meinem Hunger freien Lauf, stellte ich fest.

Gedankenverloren trat ich einige Minuten später aus dem Badezimmer hinaus.

«Wollen wir heute wieder mit deinem Raumschiff fliegen?», fragte Tom plötzlich.

«Ich weiss nicht.», antwortete ich geistesabwesend.

«Weshalb nicht?»

«Du kannst das doch machen, wenn du möchtest.»

«Wirklich? Mit deinem Raumschiff?»

«Was ist mit dem Raumschiff?»

Endlich waren meine Gedanken wieder im Hier und Jetzt.

«Darf ich damit fliegen?»

«Ja, aber pass gut darauf auf.», antwortete ich nach kurzer Überlegung.

«Das werde ich. Achtest du währenddessen auf die Hunde?»

«Eigentlich würde ich das gerne. Aber wie soll ich mit ihnen raus gehen?»

«Stimmt. Du kannst dich nicht mehr verwandeln. In diesem Fall werde ich die Hunde zu Delia bringen.»

Meine Gedanken schweiften wieder zu den animalischen Instinkten, als Tom den Hunden ihre Leinen anlegte.

«Danke, dass ich damit fliegen darf. Ich werde spätestens in zwei Stunden zurück sein.», sagte er, als er mit den Hunden durch die Tür nach draussen trat.

Seine Worte drangen kaum weiter als an meine Trommelfelle, da ich viel zu angestrengt nachdachte. Ich bemerkte nicht einmal, wie er die Tür hinter sich schloss und mich alleinliess. Lange starrte ich die Wand vor mir an und machte mir Sorgen über meine Instinkte, Vanessa und die bevorstehende Invasion. Erst ein dumpfer Knall weckte mich aus meinen Gedanken.

Erschrocken blickte ich auf und versuchte, die Geräuschquelle zu lokalisieren. Währenddessen knallte es drei weitere Male in kurzen Abständen. Augenblicklich versetzten mich diese Geräusche zurück in die Kämpfe des dritten Weltkriegs. Ich konnte nicht anders, als den Speer mit den Klauen aufzuheben, der im Eingangsbereich gelegen hatte, die Balkontür zu öffnen und mich umzusehen. Die Aussicht genügte nicht, um den Ort des Geschehens vom Balkon aus sehen zu können. Mit pochendem Herzen breitete ich die Flügel aus und flog in Richtung Stadtzentrum davon, da die Explosionen dort ihren Ursprung hatten.

Bereits eine Minute später erblickte ich ein schwarzes Raumschiff zwischen den Häusern, was eine silbern in der Sonne glitzernde Wolke in der Stadt verteilte. Die gezackte Form und die dunkelrot leuchtenden Triebwerke verliehen diesem Objekt eine Bosheit, die mich erschaudern liess.

Ich brauche Toms Hilfe! Z-17-k scheint jetzt bereits die Nanobots zu verteilen, dachte ich.

Aufgeregt blickte ich umher und versuchte, mein weisses Raumschiff am Himmel zu erkennen. Bedauerlicherweise fand ich lediglich drei Kampfjets der Schweizer Armee und zwei Passagierflugzeuge. Die Jets flogen derart schnell über mich hinweg, dass ich sie erst zwanzig Sekunden später in Form von jeweils zwei kurz aufeinanderfolgenden Überschallknallen hörte. Noch bevor ich das Stadtzentrum erreichte, hatten sie bereits mehrere Raketen in Richtung des schwarzen Raumschiffs verschossen, die allesamt ihr Ziel fanden. Knapp einen Meter vor dem feindlichen Flugobjekt explodierten sie in kurzen, hellen Lichtblitzen gefolgt von deutlich sichtbaren Druckwellen, die die Fensterscheiben der umliegenden Häuser bersten liessen. Erstaunlicherweise schien das Raumschiff keinerlei Schäden erlitten zu haben.

Das muss ein Schild aus purer Energie sein. Nur Energiewaffen können ihn zerstören, falls die Angaben von R-34-d stimmen, dachte ich.

Eine halbe Minute später erreichten mich die Schallwellen der Explosionen, die nur noch als dumpfe Schläge hörbar waren. Mit kräftigen Flügelschlägen näherte ich mich der Innenstadt, bis das Raumschiff lediglich noch einen Kilometer vor mir in der Luft schwebte. Die rot glühenden Triebwerke stiessen eine leuchtende Masse derselben Farbe aus, die jeweils nach kurzem Aufflackern erlosch und die Umgebung vor lauter Hitze flimmern liess. Ich vermutete, dass es sich hierbei um Plasmaantriebe handeln musste. Das Raumschiff schien mich nun wahrgenommen zu haben, denn es wandte sich mir zu und schoss ein ebenfalls rot leuchtendes Projektil in meine Richtung, was sich mit ungefähr zweihundert Stundenkilometern näherte. Da ich mit solch einer Reaktion gerechnet hatte, wich ich geschickt nach unten aus. Als das Projektil einige Meter über mir vorbeizischte, kam mir ein Schwall von Hitze entgegen, der selbst in meiner Drachengestalt unangenehm war. Das rote Geschoss schlug hinter mir in ein Gebäude ein, wobei die Mauer innert weniger Sekunden verdampfte und die Umgebung zu glühen begann. Ein breiter Riss bildete sich laut knackend in der Fassade. Anscheinend hatte das Geschoss eine tragende Wand getroffen. In panischer Angst strömten die Einwohner dieses Gebäudes nach draussen und suchten Schutz.

Ich muss dieses Ding irgendwie zerstören, bevor es noch weitere dieser Plasmageschosse verschiesst.

Zielstrebig schwang ich mich über die Hausdächer hinweg, während mich das Raumschiff erneut anvisierte. Als es ein weiteres rotes Projektil verschoss, wich ich zur Seite aus. Dieses Mal war ich genug hoch, sodass es hinter mir nichts treffen konnte. Drei weitere Male schoss es in meine Richtung, wobei ich jedem der heissen Projektile auswich. Inzwischen hatte ich mich an die enorme Hitze gewöhnt, die meinen Körper durchströmte, sobald das rote Plasma an mir vorbeizog. Nun hatte ich das ungefähr fünf Meter grosse Raumschiff beinahe erreicht. In schnellen Richtungswechseln flog ich näher, bis ich mit dem Kopf gegen eine unsichtbare Wand stiess. Leicht benommen versuchte ich, danach zu greifen, jedoch rutschten meine Klauen zischend ab. Einen Sekundenbruchteil später brannte mein linkes Vorderbein, als stünde es in Flammen. Ein Blick auf meine hellgelb glühenden Krallen verriet mir, dass der unsichtbare Schild aus purer Energie unbeschreiblich heiss war.

Nicht schon wieder, dachte ich, während ich im Sturzflug in Richtung Limmat floh.

Das brennende Gefühl wurde beinahe unerträglich, als ich endlich im kühlen Wasser des Flusses landete. Laut zischend und brodelnd tauchten meine glühenden Klauen ein. Augenblicklich verschwand das brennende Gefühl beinahe vollständig. Lediglich ein leichter, konstanter Schmerz blieb zurück, der auf Verbrennungen ersten Grades hinwies. Ein rotes Leuchten begleitet von kochend heissem Wasser liess mich vor Schreck aufatmen. Da ich mich noch unterhalb der Wasseroberfläche befand, strömte das Wasser in meine Luftröhre. Hustend und wild um mich strampelnd schwamm ich nach oben, bis ich die Wellen durchbrach. Mein Adrenalin erlaubte es mir sogar, direkt aus dem Wasser zu starten. Das feindliche Raumschiff hatte erneut auf mich geschossen und visierte mich direkt an. Hustend wich ich den darauffolgenden Schüssen aus, bis ich das ausserirdische Flugobjekt erreicht hatte. Um nicht erneut Verbrennungen zu erleiden, hielt ich den Speer nach vorn, während ich mich von oben her auf das Raumschiff stürzte. Plötzlich kollidierte der Speer mit dem unsichtbaren Schild und wurde in meine Richtung gedrückt. Der unerwartete Widerstand überraschte mich, wodurch das stumpfe Ende des Speers gegen meinen Kopf schlug. Instinktiv schloss ich die Augen und schlug mit den Flügeln, wobei die linke Flügelspitze für einen Sekundenbruchteil zischend den Schild berührte. Das Wasser der Limmat verdampfte aufgrund meiner nun stark erhitzten Flügelhaut. Hiervon liess ich mich jedoch nicht beirren und stiess erneut mit dem Speer zu. Kontinuierlich drückte ich ihn nach unten, während die Luft um die Spitze herum zu glühen begann. Der Stab zwischen meinen Klauen wurde zunehmend heisser, was meinem linken Vorderbein augenblicklich Schmerzen bereitete. Gleichzeitig breitete sich die Hitze in meinem gesamten Körper aus, wodurch das restliche Flusswasser in einer Dampfwolke von meinen Schuppen aufstieg. Trotzdem hielt ich den Speer weiterhin fest, bis die Spitze inmitten der orangerot leuchtenden Luft ein Rauschen von sich gab, was stetig lauter wurde. Erstaunlicherweise glühte der Speer noch nicht, obwohl ich dessen Temperatur auf mindestens zweitausend Grad Celsius schätzte.

Geh endlich kaputt! Schrie ich den unsichtbaren Schild gedanklich an.

Als wären meine Gedanken erhört worden, verschwand der Widerstand urplötzlich und mein unbeschreiblich heisser Speer rauschte hinab in Richtung des Raumschiffs, was mich erst jetzt erneut mit seiner Plasmakanone anvisierte. Sobald die Speerspitze das schwarze Material berührte, kühlte meine Waffe schlagartig ab, wobei sich augenblicklich Kondenswasser darauf bildete, was innert eines Sekundenbruchteils gefror. Gleichzeitig explodierte etwas unter mir. Die Verschalung des Raumschiffs riss auf und ich wurde geringfügig nach hinten katapultiert. Erstaunt blickte ich auf das abstürzende Raumschiff, was rauchend auf der Strasse unter mir aufschlug und laut scheppernd in weitere Stücke brach.

Was ist hier eben explodiert? Und weshalb hat mich die Explosion nicht ebenfalls getroffen? Fragte ich mich verwirrt.

Ein Blick auf die dünne Eisschicht meines Speers, der mittlerweile an den Klauen meines rechten Vorderbeins klebte, verwirrte mich noch mehr.

Bevor ich mir weiterhin Gedanken über die seltsamen Ereignisse machen konnte, erregte ein silbernes Glitzern im Augenwinkel meine Aufmerksamkeit.

Die Nanobots! Dachte ich erschrocken.

Ohne meinen Blick von der wabernden, silbernen Masse zu lösen, die sich durch die Luft in meine Richtung bewegte, tastete ich mein linkes Vorderbein nach dem EFG ab. Erst als ich lediglich meine durch die Verbrennung überempfindlichen Schuppen berührte, fiel mir ein, dass dieses Gerät noch im Raumschiff bei Tom war. Schnaubend vor Wut über meine Vergesslichkeit sammelte ich die Hitze in meinem Inneren, wodurch das Eis auf meinem Speer augenblicklich schmolz.

Wenn ich die Nanobots nicht mithilfe eines elektromagnetischen Impulses zerstören kann, muss ich sie eben verbrennen.

Kurz bevor mich die silbern glitzernde Wolke erreichte, stiess ich mit aller Kraft Feuer aus, während ich langsam rückwärts flog, um keine Berührung mit den mikroskopisch kleinen Robotern zu riskieren. Aufgrund der voluminösen Flammen wurde meine Sicht auf die silberne Masse vollständig verdeckt. Erst als die gesamte Hitze in Form von Feuer aus meinem Maul entwichen war, blieb ich flügelschlagend in der Luft stehen und suchte die Umgebung nach übriggebliebenen Nanobots ab. Zu meiner Erleichterung entdeckte ich lediglich eine Aschewolke, die langsam zu Boden sank und mit dem Wind verweht wurde.

Erleichtert atmete ich auf und blickte suchend umher, da ich vermutete, dass Z-17-k nicht bloss ein einziges Raumschiff geschickt hatte. Mein Verdacht bestätigte sich, als drei weitere dieser schwarzen Flugobjekte aus dem Nichts zwischen den Häusern der Altstadt erschienen. Augenblicklich eröffneten sie das Feuer, wobei ich lediglich zwei von drei Plasmageschossen ausweichen konnte. Das dritte, rot glühende Projektil bewegte sich geradewegs in meine Richtung. Da es bereits zu spät war, auszuweichen, hielt ich den Speer schützend vor mich und schloss die Augen. Gerade als mich eine Hitzewelle erreichte, verschwand diese sofort wieder. Stattdessen hatte sich der Speer erneut auf mindestens eintausend Grad erhitzt, was glücklicherweise noch im angenehmen Toleranzbereich eines Drachen lag. Um nicht doch noch getroffen zu werden, flog ich tiefer in die Häuserschluchten hinein. Währenddessen kam mir ein weiteres Plasmageschoss gefährlich nah, was ich vorsichtshalber mit dem Speer auffing. Erstaunt beobachtete ich das Geschehen, als das glühende, zwanzig Zentimeter grosse Projektil den schwarzen Stab berührte und augenblicklich verschwand, als wäre es aufgesogen worden. Der Speer erhitzte sich währenddessen um weitere eintausend Grad.

Leicht kopfschüttelnd über die seltsamen Eigenschaften meines Speers flog ich einer schmalen Strasse zwischen den Häusern entlang. Hinter mir hörte ich, wie einige Plasmageschosse einschlugen und ein Haus zum Einsturz brachten. Zwei erwachsene Personen mit einem Kind verliessen gerade panisch das Gebäude, als ein glühendes Stück Stahlbeton aus der Fassade brach und genau in ihre Richtung flog. Da ich lediglich wenige Meter entfernt war, wechselte ich abrupt die Flugrichtung und schoss im Sturzflug auf das fallende Stück Beton zu. Ich wusste, dass ich zu spät war, um es auffangen zu können, weswegen ich den Speer mit aller Kraft in dessen Richtung schoss. Leider verfehlte meine Waffe den fallenden Betonklotz um wenige Zentimeter und schlug krachend in der Hauswand dahinter ein. Dieses Geräusch zog die Aufmerksamkeit der Frau neben dem Kind auf sich, die die Gefahr augenblicklich erkannte und im letzten Moment mit dem Kind zur Seite hechtete, bevor der gefährlich glühende Brocken direkt neben ihren Füssen auf dem Boden aufschlug und zersplitterte. Einer dieser Splitter traf den Mann, der ebenfalls beinahe erschlagen worden war, an seinem linken Bein. Erschrocken schrie er auf und fasste nach dem sengend heissem Gesteinssplitter, der in seiner Wade steckte. Er konnte ihn sofort herausziehen und zu seinem Glück hatte die eben entstandene Verbrennung bereits die Blutung gestoppt. Erst jetzt erblickten mich die drei Menschen. Sie warfen mir verwirrte und zugleich verängstigte Blicke zu, und eilten schliesslich gemeinsam der Strasse entlang in Sicherheit.

Mittlerweile hatten die Raumschiffe zu mir aufgeschlossen und visierten mich bereits mit ihren Plasmakanonen an. Ich flog schnurstracks zu meinem Speer, der noch in einer Hauswand steckte, und versuchte, ihn herauszuziehen. Aufgrund der hohen Temperatur der Speerspitze war sie mit dem Beton verschmolzen und liess sich keinen Millimeter bewegen. Da sich bereits zwei Plasmageschosse näherten, musste ich fliehen. Im Sturzflug wich ich den heissen Projektilen aus, die zischend hinter mir im Haus einschlugen. Meine Flucht war ein wenig zu panisch, wodurch ich meinen Sturzflug nicht mehr rechtzeitig bremsen konnte. Unsanft landete ich mit allen Vieren auf der von glühenden Betonsplittern und Asche übersäten Strasse. Ich blickte auf und erwartete, bereits wieder abheben zu müssen, um mein Leben zu retten. Seltsamerweise zielten die Raumschiffe nun nicht mehr auf mich. Blendend helle, rote Lichtpunkte erschienen an einigen Stellen der schwarzen Flugobjekte. Sie bewegten sich nervös zitternd umher, verweilten jedoch stets auf den Raumschiffen. Fragend starrte ich die Lichtpunkte an, bis ich begriff, dass es sich hierbei um Laser handelte. Das Geräusch von mehreren Hubschraubern erregte kurz darauf meine Aufmerksamkeit. Über den Häusern flogen mindestens fünf kleine, jedoch wendige Hubschrauber umher. Die Insassen waren jeweils mit Lasergewehren ausgestattet, die sie gegen die Raumschiffe richteten.

«Ja!», schrie ich voller Freude, bis mir auffiel, dass ich als Drache nicht sprechen wollte.

Die Männer und Frauen innerhalb der Hubschrauber erkannte ich als DrSG-Mitarbeiter. Selbst Laurin, Shona und Benjamin kämpften mit. Während die Raumschiffe mit den Neuankömmlingen beschäftigt waren, flog ich erneut hoch zu meinem Speer und erhitzte die Betonmauer mithilfe meines Feuers. Als das Gestein hellgelb glühte, biss ich in die Stange des Speers hinein und drückte mich mit allen Vieren von der Hauswand weg, um die grösstmögliche Kraft aufzuwenden. Auf diese Weise gelang es mir, die Waffe herauszuziehen und mich wieder dem Kampf gegen die Invasion von Z-17-k zu widmen.

Die Verschalung der Raumschiffe begann bereits an den Stellen zu rauchen, die von den Lasern getroffen worden waren. Auf der sonst perfekt glatten und glänzenden Oberfläche bildeten sich Spuren aus schwarzem, matten Russ. Allem Anschein nach hatten die Laser der DrSG die Schilde bereits zerstört. Meine Vermutung bestätigte sich, als die Kampfjets der Schweizer Armee erneut Raketen verschossen, die ihre Ziele dieses Mal problemlos zerstörten. In ohrenbetäubenden Explosionen splitterten die Raumschiffe in mehrere Stücke auseinander, die kurz darauf trudelnd zu Boden stürzten und hitzeflimmernd liegenblieben. Trotz des kürzlich aufgetretenen Pfeifens in meinen Ohren nahm ich das leise Knacken der durch hohe Temperaturdifferenzen entstandenen Spannungen wahr, was von den abgestürzten Raumschiffen ausging.

Das läuft ja wie am Schnürchen. Die DrSG zerstört die Schilde und die Kampfjets erledigen den Rest, dachte ich begeistert.

Bevor ich mich weiterhin freuen konnte, stiessen bereits neue Raumschiffe dazu, die die DrSG unter Beschuss nahmen. Erstaunlicherweise konnten alle mit ihren wendigen Kleinhubschraubern ausweichen.

Die bewegen sich wie ein Insektenschwarm, dachte ich schmunzelnd, obwohl diese Situation ausserordentlich ernst war.

Eines der neuen Raumschiffe war bloss zwei Häuserblocks von mir entfernt und visierte einen Hubschrauber an. Voller Heldenmut flog ich darauf zu und drückte den Speer gleichmässig mit meinem Körpergewicht von oben her gegen den noch aktiven Energieschild. Bereits kurze Zeit später drang meine Speerspitze hindurch und zerstörte das Ziel in einer Explosion, wobei erneut die gesamte Hitze aus der Waffe wich. Inzwischen hinterfragte ich diese seltsamen

Ereignisse nicht einmal mehr. Bei drei weiteren Raumschiffen wiederholte ich meine Vorgehensweise, wobei ich lediglich ein einziges Plasmageschoss mit meinem Speer parieren musste. Meistens konnten sich meine Gegner nicht schnell genug ausrichten, um mich zu treffen. Als ich ein weiteres Alienraumschiff zerstörte, erhaschte ich einen Blick auf Laurin, der mich mit offenem Mund beobachtete. Schmunzelnd blickte ich zurück und setzte meine effektive Kampfstrategie fort.

Nach einer Viertelstunde erschienen plötzlich keine weiteren Raumschiffe mehr. Lediglich die letzten fünf Angreifer waren noch übrig. Zielstrebig flog ich auf eines dieser Flugobjekte zu und begann, den Schild zu zerstören, als ich hinter mir ein lautes Krachen vernahm. Instinktiv drehte ich mich danach um und erkannte, wie sich einer der Hubschrauber mit zunehmender Geschwindigkeit im Kreis drehte und an Höhe verlor. Anstelle des Heckrotors war nur noch glühendes Metall zu erkennen. Ich blickte kurz auf das Raumschiff unter mir und wieder zurück zum abstürzenden Hubschrauber.

Soll ich jetzt dieses Raumschiff zerstören oder die beiden DrSG-Mitarbeiter retten? Fragte ich mich.

Da der Energieschild unter mir noch nicht nachgab, entschied ich mich dazu, der DrSG zu helfen. In schnellen Flügelschlägen näherte ich mich dem sich drehenden Kleinhubschrauber, während andere DrSG-Mitarbeiter bereits den Schild des Raumschiffs hinter mir mit ihren Lasern zerstörten. Sobald ich beim Hubschrauber angekommen war, versuchte ich, die glühende Stelle der Rückseite zu erwischen, um die Rotation zu stoppen. Bei einem herkömmlichen Hubschrauber hätte ich mir dies nicht zugetraut. Da es sich hierbei lediglich um eine kleine Maschine mit zwei Sitzplätzen handelte, war es meiner Meinung nach einen Versuch wert, die Rotation zu stoppen. Obwohl ich mich bemühte, sanft mit der Rückseite des Hubschraubers in Berührung zu kommen, schlug mir das Metall mit hoher Geschwindigkeit gegen den rechten Flügel. Ich geriet ins Taumeln, konnte mich jedoch auffangen und mich anschliessend an der Stelle festklammern, an der einst der Heckrotor befestigt gewesen war. Obwohl ich meine Klauen in das weiche, noch immer glühende Metall geschlagen hatte, rutschte ich beinahe ab. Nun breitete ich beide Flügel aus, wenngleich dies aufgrund des vorherigen Zusammenstosses schmerzhaft war, und bremste die Rotation auf diese Weise geringfügig ab. Anschliessend rammte ich den Speer in die beschädigte Stelle des Hubschraubers, sodass er eine Verlängerung der Rückseite bildete. Ich löste meine Klauen aus dem Metall und umfasste nun den Speer, so gut ich konnte. Aufgrund der nun grösseren Hebelwirkung gelang es mir, die Rotation effektiver aufhalten. Im Gegenzug rutschten meine Klauen auf dem harten, glatten Speer unablässig nach hinten. Unter angestrengten Flügelschlägen verlangsamte ich die Rotation des Hubschraubers, indem ich mit aller Kraft von rechts gegen die Rückseite drückte, wie es ein funktionstüchtiger Heckrotor getan hätte. Währenddessen musste ich andauernd mit den Klauen nachgreifen, um nicht abzurutschen. Erst nachdem ich die Rotation des Hubschraubers vollständig gestoppt hatte, konnte ich mich sicherer am Speer festhalten. Langsam setzte der verwirrte Pilot zur Landung an, während mich allmählich meine Kräfte verliessen. Keuchend vor Anstrengung schlug ich ununterbrochen mit den Flügeln, bis der Hubschrauber endlich auf der Strasse unterhalb aufsetzte. Erschöpft liess ich mich zu Boden sacken und blickte den beiden DrSG-Mitarbeitern ins Gesicht, die ihren Augen kaum trauen konnten. Mit zitternden Beinen stiegen sie aus und starrten mich an, während ich mich immer noch schwer atmend von den Strapazen erholte.

Die verbleibenden Raumschiffe hatten inzwischen ihre Schilde verloren und wurden in diesem Augenblick von den Kampfjets abgeschossen. Vor mir standen immer noch dieselben DrSG-Mitarbeiter. Wie in Trance starrten wir uns gegenseitig an, bis ich mich von der Anstrengung erholt hatte. Langsam, um die Männer nicht zu erschrecken, stand ich auf, zog den Speer in einem Ruck aus dem frisch erkalteten Metall des Hubschraubers und flog davon. Die verwunderten Blicke der Männer verfolgten mich noch bis über die Hausdächer.

Ich hätte niemals gedacht, dass ich mal gemeinsam mit der Drachenschutzgesellschaft kämpfen werde, dachte ich.

Die anhaltende Anstrengung der letzten halben Stunde hatte meinen Hals nahezu vollständig ausgetrocknet. Im Gleitflug flog ich auf die Limmat zu und landete am Flussufer. Gierig trank ich das erfrischend kühle Wasser, obwohl ich wusste, dass es nicht sonderlich sauber war. Nachdem ich meinen Durst gestillt hatte, flog ich erneut über die halb zerstörte Innenstadt hinweg und betrachtete die Folgen des heutigen Kampfes. Die meisten Menschen hatten inzwischen ihre Häuser verlassen und waren evakuiert worden. Dennoch wurden dutzende von ihnen entweder mit Hubschraubern der Rega oder Rettungswagen in Krankenhäuser gebracht. Allem Anschein nach hatte es auch einige Tote gegeben, wobei diese Zahl wesentlich geringer war als die der Verletzten. Nach einem Rundflug von knapp zehn Minuten erblickte ich zufälligerweise Josef zwei Kilometer entfernt am Ufer der Limmat. Ohne Umwege flog ich auf ihn zu und landete seufzend vor ihm auf der steinernen Mauer, die die Strasse vom Flussufer trennte.

«Wir haben ein ernsthaftes Problem.», sagte Josef, sobald ich mit den Klauen auf dem durch die Sonne erwärmten Beton aufsetzte.

Verunsichert blickte ich umher. Einige Menschen eilten der Strasse entlang, weswegen ich nicht unbeobachtet war. Da ich trotz dieser Umstände mit Josef sprechen wollte, musste ich dies unauffällig machen.

«Weshalb meinst du?», fragte ich leise, ohne mein Maul mehr als einen Spalt breit zu öffnen.

Währenddessen blickte ich auf die Limmat, sodass den Passanten auf der Strasse hinter mir mein Gesicht verborgen blieb.

«Z-17-k hat diese Angriffe in jeder Stadt der Welt zeitgleich ausgeführt.»

«Was?», rief ich überrascht.

Jegliche Vorsicht schien in diesem Augenblick aus meinem Verstand zu weichen. Aufgrund Josefs Aussage war mir meine Geheimidentität als Drache momentan gleichgültig. Schockiert starrte ich ihn an und wartete gespannt darauf, dass er mir die Einzelheiten erläuterte.

«Die Nanobots wurden in jeder Stadt und nahezu jedem grösseren Dorf dieses Planeten verteilt. Nur die wenigsten Angriffe konnten erfolgreich abgewendet werden wie hier in Zürich. Berichten zufolge hatten sich die seltsamen silbernen Wolken bis in die Häuser ausgebreitet und mit den Körpern jedes Menschen verbunden, der mit dieser Masse in Kontakt gekommen ist.»

Ratlos blickte ich Josef an, der ebenso ratlos zurückblickte.

«Wie soll ich die Nanobots auf der gesamten Welt zerstören?», fragte ich.

«Da bin ich leider überfragt. Wenigstens konnte ich die Regierung alarmieren, sodass sie sich auf den heutigen Angriff vorbereiten konnten. Selbst die EU wurde informiert. Ob noch weitere Staaten frühzeitig Bescheid wussten, kann ich dir nicht sagen.»

«Sie haben dir geglaubt? Als ich es diese Woche der Polizei erklären wollte, haben sie mich für Verrückt gehalten.»

«Ich kenne einen Leutnant der Schweizer Armee persönlich. Er hat mir meine Erklärung abgekauft und die Behörden alarmiert.»

«Welchen Leutnant meinst du?»

«Urs Marti, ein eher weniger umgänglicher Mann, von dem ich mich am liebsten fernhalte.»

«Das kann ich mir gut vorstellen. Ich habe mit seiner Einheit im dritten Weltkrieg gekämpft.»

«Tatsächlich?»

«Ja. Aber eigentlich wollte ich nur meinem Bruder helfen, der ebenfalls in dieser Einheit war, nicht dem Leutnant.»

«Das ist durchaus verständlich.»

In der Ferne entdeckte ich erneut eine silbern glitzernde Wolke, die zwischen den Häusern aufstieg.

«Ich dachte, wir hätten die Nanobots in Zürich zerstört.», sagte ich frustriert.

«Anscheinend nicht.»

«Ich bin gleich wieder zurück.»

Wütend stiess ich mich von der Steinmauer ab und flog auf die Nanobots zu, die sich auf den Strassen verteilten. In der Innenstadt angekommen, erblickte ich sieben Hubschrauber der DrSG, die auf dem Sechseläutenplatz gelandet waren. Die Männer und Frauen stiegen in diesem Augenblick aus und schienen sich über ihren Sieg zu freuen.

Man sollte den Tag nicht vor dem Abend loben. Der Kampf ist noch nicht vorüber, dachte ich.

Geschmeidig änderte ich meine Flugrichtung und landete neben den DrSG-Mitarbeitern, die mich verwirrt anblickten.

«Sollen wir ihn betäuben?», fragte jemand.

«Bist du verrückt geworden? Dieser Drache hat uns vorhin den Arsch gerettet.», entgegnete einer der Männer, den ich vor einem Absturz bewahrt hatte.

Mein Blick schwankte zu einer Kreuzung, aus der sich die silberne Masse der Nanobots schleichend näherte. Die dichte Wolke kroch dem Boden und den Mauern der Häuser entlang, als wollte sie das Tageslicht meiden und sich ausschliesslich im Schatten der Häuser fortbewegen. Um die DrSG zu alarmieren, knurrte ich die Nanobots bedrohlich an. Sofort reagierten die Männer und Frauen und blickten nervös umher.

«Was ist das?», fragte Laurin verunsichert, während er mit seiner verletzten Hand auf die Nanobots deutete.

«Keine Ahnung, aber es sieht gefährlich aus. Schiesst diese silberne Wolke mit euren Lasergewehren ab!», befahl Benjamin.

Ohne zu zögern befolgten alle seinen Befehl. Als die Laser auf die Nanobots trafen, wurde augenblicklich Rauch erzeugt, der die Sicht auf das Ziel verschlechterte. Unterhalb der getroffenen Stelle rieselte Asche in leisem metallischem Rauschen zu Boden. Da sowohl die Lasergewehre als auch die Nanobots keinerlei Geräusche von sich gaben, wurde dieser Kampf in gespenstischer Stille ausgetragen. Ich trat vorsichtig in Richtung der silbernen Masse, ohne von einem Laser getroffen zu werden, und begann mit dem Feuerspeien. Meine orangeroten Flammen zerstörten die winzigen Roboter wesentlich effektiver als die Laser der DrSG. Dennoch gelang es uns nicht, dem kontinuierlichen Strom der Nanobots standzuhalten. Zuerst schafften es einige, sich von der Seite zu nähern, und als mich allmählich die Kräfte verliessen, strömten sie von vorn ebenfalls auf uns zu. Dieser unaufhörliche, silberne Strom bereitete mir Angst, da ich nicht wusste, wie ich ihn aufhalten sollte und was geschehen würde, sollte ich mit dieser Masse in Berührung kommen. Da es sich nun von allen Seiten näherte, schwang ich mich hoch in die Luft und flog über die Köpfe der DrSG-Mitarbeiter hinweg, denen die Angst ebenfalls ins Gesicht geschrieben stand. Mit pochendem Herzen entkam ich den glitzernden Wolken und betrachtete das Schauspiel von oben. Die Männer und Frauen wurden vollständig in den Nanobots eingehüllt. Für einen Augenblick befürchtete ich bereits, dass alle sofort sterben würden. Als sich die Nanobots wieder entfernten und die Anwesenden verwirrt umherblickten, atmete ich erleichtert auf.

Sie töten anscheinend erst im Nachhinein, mutmasste ich.

Auf diese Weise blieb mir noch ein wenig Zeit, die Menschen mithilfe eines elektromagnetischen Impulses zu retten.

Wo bleibt Tom mit meinem Raumschiff? Fragte ich mich.

Im Gleitflug durchquerte ich die Stadt und hielt nach meinem Bruder Ausschau, jedoch erfolglos. Stattdessen entdeckte ich ein Wrack eines ausserirdischen Raumschiffs, was heute zerstört worden war. Aus einer kleinen Ritze in der Verschalung traten silberne Nanobots aus.

Ich hätte eigentlich wissen müssen, dass das Zerstören der Raumschiffe nicht ausreicht. Wegen meiner Unachtsamkeit ist die gesamte Stadt von winzigen Robotern verseucht, die nahezu jedem einzelnen Einwohner den Tod bringen werden!

Aus lauter Frustration und Wut auf mich selbst landete ich vor dem Wrack und fackelte die letzten Reste der Nanobots ab, die in diesem Augenblick austraten. Ich hob ein Bruchstück der schwarzen Verschalung mit den Klauen auf und schleuderte es fluchend gegen die nächstbeste Hausmauer. Meine Wut wich bald darauf der Trauer, als mir bewusst wurde, was mein Versagen für Vanessa, Tom und meine Familie, geschweige denn für die gesamte Menschheit bedeutete. Tränen traten mir in die Augen und ich setzte mich mit tief hängendem Kopf vor das abgestürzte Raumschiff.

Ereignislose Minuten verstrichen, in denen ich stumm weinend auf der Strasse sass, froh darüber, dass bereits alle Menschen dieses Stadtteils evakuiert worden waren und mich dementsprechend niemand beobachtete. Etwas kitzelte meine linke Flügelspitze und als ich aufblickte, erkannte ich gerade noch winzige, silberne Punkte, die sich in die ledrige Haut gruben und darin verschwanden.

«Verdammt!», rief ich aus und hüllte meinen Flügel in Feuer ein, was jedoch nichts mehr nützte.

Ich habe versagt. Z-17-k führt in diesem Augenblick erfolgreich seinen Plan durch und es gibt absolut nichts, was ich dagegen unternehmen kann. Selbst wenn ich einen elektromagnetischen Impuls auslöse und die Nanobots in den Körpern einiger Menschen zerstöre, werden Milliarden andere Menschen sterben.

Hoffnungslos starrte ich auf das Wrack des Raumschiffs. Zum ersten Mal hatte ich Zeit, die einzelnen Bauteile ausgiebig zu betrachten. Die Plasmakanone war noch in perfektem Zustand. Neugierig starrte ich auf den langen, kantigen Lauf, der mit drei langen Schlitzen versehen war. Ich fragte mich, ob die Menschen nach dem Genozid von dieser Technologie profitieren konnten. Das Innere des Laufs begann plötzlich zu leuchten. Bevor ich realisierte, was geschah, wurde ein Plasmageschoss aus wenigen Metern Entfernung genau in meine Richtung verschossen. Die rot leuchtende Masse traf auf meinen Schuppenpanzer an der rechten Seite des Oberkörpers und verteilte sich von dort aus auf der Strasse unter mir und auf meinem rechten Flügel. Die unbeschreibliche Hitze liess meine Schuppen in gelbem Farbton erglühen und brannte Löcher in meine Flügelhaut. Zischend und rauchend bildeten sich Blasen vom Flügelansatz bis zur Spitze, während ich vor lauter Schmerzen zu Boden sackte. Der Asphalt unter mir wurde flüssig und begann zu brodeln. Meine Beine versanken innert Sekunden darin, bis ich sie kaum noch bewegen konnte. Die brennende Hitze meiner rechten Seite breitete sich im ganzen Körper aus. In panischer Angst versuchte ich, loszufliegen, jedoch hielt mich der klebrige Asphalt und die Schmerzen meines rauchenden Flügels zurück. Je länger ich mit den Beinen feststeckte, desto flüssiger wurde der Untergrund. Der beissende Gestank von geschmolzenem Asphalt breitete sich aus und liess mich husten. Als wäre diese Situation nicht bereits schlimm genug, entzündete sich die Luft, die ich ausatmete. Das Feuer breitete sich bis in meinen Rachen aus und erhitzte meinen ohnehin bereits unerträglich heissen Körper fortlaufend. Selbst als ich mein Maul schloss, brannte das Feuer in mir unaufhörlich weiter. Erneut versuchte ich, mich aus der geschmolzenen Strasse zu befreien, dieses Mal mit

Erfolg. Der Asphalt war mittlerweile vollständig verflüssigt worden, wodurch ich die Beine endlich herausziehen konnte. Während ich meine Flügel ausbreitete, um zur Limmat zu fliegen, brach ich unter den Schmerzen meiner Verbrennung zusammen. Ungewollt feuerspeiend lag ich auf der flimmernd heissen Strasse, während mein rechter Flügel immer noch rauchte und grossflächige Verbrennungen dritten Grades aufwies. Obwohl ich aufgrund der Schmerzen aufgeben wollte, zwang mich das brennende Gefühl dazu, bei Bewusstsein zu bleiben. Instinktiv löste ich mich vom klebrigen Asphalt, der aufgrund meines inneren Feuers bereits wieder zu schmelzen begann, und humpelte in Richtung des Flusses. Bei jedem Schritt konnte ich fühlen, wie meine überhitzten Pranken den Untergrund erweichten und leicht daran klebenblieben. Während meinen Atemzügen stiess ich ungewollt Feuer aus, was sowohl meine Sicht als auch mein Wohlbefinden noch verschlechterte. Als ich endlich das Flussufer erreichte, waren die Flammen in meinem Rachen bereits eigenständig erloschen. Einzig mein schwer verbrannter Flügel und meine immer noch leicht glühenden Schuppen benötigten Kühlung. Mit dem Kopf voran sprang ich ins Wasser, was sogleich brodelnd verdampfte, als es mit mir in Berührung kam. Einige Sekunden später wurde es still. Eisige Kälte schien sich in mir auszubreiten. Trotzdem brannten einige Stellen meines Körpers noch stark, insbesondere mein rechter Flügel. Prustend und keuchend tauchte ich auf und kletterte ans Flussufer. Aus unerklärlichen Gründen liessen mich meine neusten Verbrennungen frieren, obwohl die Temperatur mindestens fünfundzwanzig Grad im Schatten betrug und mich die Sonne direkt erwärmte. Ich versuchte, mich mit Feuer zu wärmen, was augenblicklich den brennenden Schmerz meines Flügels verstärkte, bevor ich die Hitze überhaupt ausstossen konnte. Ächzend atmete ich die heisse Luft aus. Zu meinem Erstaunen war nicht die kleinste Flamme erkennbar, obwohl ich mir sicher war, noch über genügend Energie für das Feuerspeien zu verfügen.

Zitternd vor Kälte und brennenden Schmerzen kroch ich der heissen Strasse entlang zurück zu meinem Speer, den ich neben dem Wrack des Raumschiffs liegengelassen hatte. Die teilweise dunkelrot glühende Spur, die durch die von mir abgestrahlte Hitze entstanden war, verblasste allmählich. Je mehr ich mich dem Speer näherte, desto stärker torkelte ich umher. Zusätzlich zu meinen anderen Leiden pochte nun ein stechender Schmerz durch meinen Kopf. Die Umgebung vor mir wurde zunehmend verschwommen dargestellt. Wenige Sekunden später brach ich zusammen, während mir schwarz vor Augen wurde.

23

Multiversum

Ein durchdringendes Fauchen weckte mich. Ich lag immer noch schwer verletzt auf der Strasse, die mittlerweile vollständig abgekühlt war. Lediglich die Sonnenstrahlen erwärmten den dunkelgrauen Asphalt. Als ich meinen rechten Flügel betrachtete, erschauderte ich. Die eine Hälfte der Haut existierte nicht mehr und die andere Hälfte war mit Blasen und harten, schwarzen Krusten überzogen. Die durch das Sonnenlicht erwärmten Stellen brannten, als stünden sie in Feuer, während ich an den anderen Stellen vor Kälte fror. Aufgrund meiner Schmerzen verkrampfte sich meine Haltung und ich atmete stossweise.

Das fauchende Geräusch wurde lauter, jedoch schmerzte mein Körper zu sehr, als dass ich mich hätte aufrichten können. Ein grosser Schatten flog über mich hinweg, der mich kurzzeitig vor Kälte zittern liess. Erst einige Sekunden später erschien ein weisses Raumschiff in meinem Sichtfeld. Ohne zu begreifen, was sich momentan ereignete, starrte ich auf das lodernde, pink leuchtende Plasma, was aus den kantigen Hecktriebwerken austrat. Die mir entgegenströmende Hitze verstärkte die Schmerzen meiner Verbrennungen zunehmend, während Staub und kleine Trümmerstücke umhergewirbelt wurden. Ich hielt den Atem an und schloss die Augen, da ich mir auf diese Weise Linderung erhoffte. Ernüchternd stellte ich fest, dass dies nicht der Fall war. Erst nachdem das Raumschiff wenige Meter vor mir auf der Strasse aufgesetzt hatte und sich die Triebwerke deaktivierten, schwand das brennende Gefühl. Die linke Flügeltür öffnete sich und ein junger Mann sprang heraus, den ich vorerst nicht erkannte. Er eilte zu mir und starrte entsetzt auf meine Verbrennungen.

«Geht es dir gut?», fragte er.

Nach einer Weile wurde mir bewusst, dass es sich hierbei um Tom handelte.

«Nein.», krächzte ich.

Mein Hals fühlte sich ausgebrannt an, weswegen das Sprechen höchst unangenehm war.

«Was ist mit dir passiert?», fragte Tom, wobei seine Stimme die Sorge um mich verriet.

«Diese Plasmakanone …», brachte ich unter zunehmenden Schmerzen hervor, während ich mit dem Kopf in Richtung des abgestürzten Raumschiffs deutete.

Die unbeschreiblichen Qualen, die ich aufgrund meines rechten Flügels erlitt, wurden mit jeder Sekunde schlimmer. Egal, wie ich mich bewegte oder wie ich atmete, die Schmerzen nahmen fortlaufend zu. Schreien konnte ich ebenfalls nicht, da ich das unangenehm kratzende Gefühl in meinem Hals nicht verschlimmern wollte.

«Es existiert nichts mehr zwischen brennendem Schmerz und eisiger Kälte.», flüsterte ich, um mich ein wenig abzulenken.

Leider genügte dies nicht, wodurch ich mich kurz darauf krampfhaft auf dem Boden wand und mir wünschte, mein Leiden würde ein Ende finden. Toms sorgenvoller Gesichtsausdruck wich blanker Angst. Ratlos blickte er umher, bis er plötzlich zielstrebig in Richtung meines Raumschiffs rannte. Währenddessen schloss ich die Augen und wünschte mir, ich könnte ohnmächtig werden.

«Jetzt musst du kurz stillhalten.», sagte Tom kurze Zeit später.

Wie denn? Fragte ich mich.

Ich fühlte, wie sich Tom auf meinen Oberkörper stützte, was meine Schmerzen noch verstärkte. Um ihn nicht versehentlich zu verletzen, zog ich die Klauen zu Fäusten zusammen, während ich unaufhörlich zuckte und strampelte. Tom drückte mein linkes Vorderbein zu Boden. Ich verspürte einen leichten Stich zwischen den Schuppen, während sich eine kalte Flüssigkeit kribbelnd in meinen Adern ausbreitete. Einen Augenblick später setzte sich das kribbelnde Gefühl im ganzen Körper fort. Langsam verebbten die Schmerzen, wodurch ich mich endlich wieder entspannen konnte. Mit geschlossenen Augen wartete ich keuchend, bis das Kribbeln vollständig versiegte. Lediglich ein pochendes Stechen an einigen Stellen meines rechten Flügels blieb zurück. Ansonsten litt ich unter keinerlei Schmerzen mehr. Erleichtert öffnete ich die Augen. Tom sass mit einer leeren Nanobot-Injektion vor mir und schien sehr froh darüber zu sein, mich von meinen Qualen befreit zu haben. Sachte strich er mir über die Flügelhaut, die noch immer grosse Löcher aufwies. Lediglich die Blasen und Krusten waren verschwunden.

«Ich dachte, es würde dich vollständig heilen.», sagte er leicht besorgt.

«Die Nanobots können verletztes Gewebe reparieren, jedoch nicht neu wachsen lassen.», erklärte ich.

Das Kratzen in meinem Hals war nahezu vollständig verschwunden. Dennoch fühlte es sich noch trocken und ausgebrannt an.

«Hast du die Invasion allein aufgehalten, als ich auf meinem Erkundungsflug war?», fragte Tom erstaunt.

«Nein, die DrSG und die Schweizer Armee haben mir geholfen.»

«Die DrSG? Tatsächlich?»

Toms Verblüffung war deutlich zu erkennen, als ich seine Frage mit einem Nicken beantwortete.

«Es tut mir so leid, dass ich genau im wichtigsten Augenblick fort war. Ich habe dich im Stich gelassen.», sagte Tom schliesslich mit hängendem Kopf.

Bevor ich etwas erwidern konnte, kitzelte mich etwas am linken Hinterbein. Als ich mich an dieser Stelle kratzte, fiel mein Blick auf ein winziges, im Sonnenlicht schimmerndes Staubkorn. Es bewegte sich direkt vor meinem linken Auge hindurch und landete auf Toms rechtem Unterarm. Erst als es sich in seine Haut grub, begriff ich, was es war. Blitzschnell wollte ich es mit einer Klaue herauskratzen, jedoch verfehlte ich die Eintrittsstelle um wenige Millimeter. Meine scharfe Klauenspitze riss eine knapp zehn Zentimeter lange, gerade Wunde in Toms Arm hinein, aus der augenblicklich Blut floss.

«He! Was soll das?», rief Tom erschrocken und zog seinen Arm zurück.

«Oh, das tut mir leid. Ich wollte dich nicht verletzen. Ein Nanobot in der Grösse eines Staubkorns hat sich soeben in deine Haut gegraben und ich wollte ihn auf diese Weise entfernen.», erklärte ich verlegen.

Dass dieser winzige Roboter aus meinem Körper stammte, verschwieg ich ihm.

«Hast du ihn wenigstens erwischt?», fragte Tom grimmig, während er die Blutung mit seinem Shirt stoppte, was er eben ausgezogen hatte.

«Nein.», gab ich zu.

Seufzend legte sich Tom neben mir auf den warmen Asphalt und schloss mich in eine Umarmung.

«Ich bin so froh, dass du noch lebst.», sagte er schliesslich.

Die Abwesenheit der Schmerzen erlaubte es mir, wieder klare Gedanken zu fassen. Einerseits verspürte ich das wohlige Gefühl, wieder mit meinem Bruder vereint zu sein, und andererseits wurde ich mir meinem Versagen aufs Neue bewusst. Je länger ich über die nahe Zukunft nachdachte, desto mehr schienen die guten Gefühle aus meinem Verstand zu weichen.

«Was bringt es uns eigentlich, dass ich noch lebe? Ich kann ohnehin nichts mehr gegen Z-17-k ausrichten. Er hat Nanobots auf dem gesamten Planeten verteilt und es ist nur noch eine Frage der Zeit, bis er sie aktiviert und uns alle tötet. Nur vierzig Millionen Menschen lässt er am Leben.», sagte ich gefühllos.

«Nicht die Hoffnung verlieren, Nils. Wir haben immer noch eine Chance, ihn zu besiegen.», antwortete Tom, während er mir tief in die Augen blickte.

«Wie denn?»

Bei dieser Frage traten mir Tränen in die Augen. Ich löste mich aus seiner Umarmung und wandte ihm den Rücken zu.

«Wir haben das Raumschiff und andere Alientechnologie, mit der wir uns verteidigen können.», erwiderte Tom.

Seine Worte regten meine Gedanken an, nach einem Lösungsweg zu suchen. Plötzlich stiess ich auf eine Idee, wobei ich mich aufrecht hinsetzte und zu meinem Bruder sah.

«Ich kann dies ein für alle Mal beenden.», sagte ich bestimmt.

Mit einem starken Blinzeln drückte ich die letzte Träne aus meinem linken Auge.

«Wie stellst du dir das vor?»

«Wir kennen die Position seiner Raumstation und verfügen über die Technologie, sie zu erreichen. Irgendwo in dieser Station muss sich eine Art zentrale Recheneinheit von Z-17-k befinden. Schliesslich benötigt jede künstliche Intelligenz einen Computer. Falls ich es schaffe, die Recheneinheit zu zerstören, bevor die Nanobots aktiviert werden, rette ich uns dadurch allesamt.»

«Das ist eine sehr gute Idee. Lass uns gleich zu dieser Station fliegen.», entgegnete Tom und trat bereits in Richtung des Raumschiffs.

Ich stellte mich ihm in den Weg.

«Ich sagte *ich* und nicht *wir*.»

«Auf gar keinen Fall lasse ich dich erneut im Stich. Entweder machen wir es gemeinsam oder gar nicht.»

«Wenn das Raumschiff mit mir abgeschossen wird, habe ich wesentlich grössere Überlebenschancen als du. Zumindest hat Z-17-k gesagt, ich könne eine halbe Stunde ohne Anzug im Weltraum überleben. Du hingegen würdest augenblicklich sterben. Oder kannst du dich wieder verwandeln?»

«Nein, das kann ich nicht. Trotzdem werde ich dich nicht alleinlassen.»

«Ebenso wenig kann ich dich mitnehmen. Das Raumschiff benötigt ohnehin nur einen Piloten.»

Während unserer Debatte erblickte ich ein weiteres schwarzes Raumschiff am Himmel. Es war schätzungsweise dreimal grösser als die anderen und bewegte sich schnurstracks auf uns zu. Meine Augen weiteten sich vor Furcht, als ich mir dessen bewusst wurde.

«Du musst von hier verschwinden.», sagte ich aufgeregt.

Hastig nahm ich die zwei verbleibenden Nanobot-Injektionen aus dem Kofferraum, den Tom offengelassen hatte, und drückte sie ihm in die Hand. Verdattert nahm er sie entgegen, während ich bereits nach dem Speer griff und ihn ebenfalls meinem Bruder überreichte.

«Diese Gegenstände kann ich im Falle eines Abschusses nicht gebrauchen. Bring dich damit in Sicherheit. Ich werde baldmöglichst zurück sein.», sagte ich.

«Das meinst du doch nicht im Ernst, oder?»

«Doch, und du musst dich beeilen. Wir werden angegriffen.»

Mit meinem linken Flügel deutete ich auf das feindliche Raumschiff, was sich mit grosser Geschwindigkeit näherte.

«Ich kann dich nicht allein gehen lassen. Du bist mein Bruder.»

«Das weiss ich doch. Aber dies ist die logisch betrachtet beste Lösung. Das Speichergerät mit dem Bewusstsein von R-34-d liegt ebenfalls noch bei dir zu Hause. Wenn du irgendwelche Fragen hast, kannst du es an deinen Laptop anschliessen und mit der KI kommunizieren.»

Nachdem ich die Ladeluke geschlossen hatte, wollte ich mich auf den Fahrersitz setzen, jedoch hielt mich Tom am linken Flügel fest. Seufzend blickte ich abwechselnd meinem Bruder in die Augen und gegen das mittlerweile nur noch wenige Kilometer entfernte, schwarze Flugobjekt.

«Du musst dich jetzt wirklich in Sicherheit bringen. Uns läuft die Zeit davon.», drängte ich ihn, mich gehenzulassen.

Meine Angst, Tom könnte sterben, sollte er bei mir bleiben, liess mich nervös zittern. In wenigen Augenblicken musste er in Sicherheit sein, denn einen Treffer von einem Plasmageschoss würde er im Gegensatz zu mir nicht überleben. Ich löste meinen Flügel aus seinem Griff und setzte mich auf den Fahrersitz meines Raumschiffs. Tom blieb mit flehendem Gesicht nebenan stehen. Er wollte mich auf gar keinen Fall allein gegen Z-17-k kämpfen lassen, obwohl er in seiner menschlichen Gestalt wesentlich verletzlicher war als ich. Das schwarze Raumschiff war nur noch knapp einen Kilometer von uns entfernt. Die fauchenden Triebwerke waren inzwischen sowohl für Drachen als auch für Menschen hörbar.

«Geh!», flehte ich dringlich.

«Ich kann dich nicht im Stich lassen.»

«Verschwinde von hier!», knurrte ich ihn an.

In diesem Augenblick glich ich einem aggressiven Raubtier, was die letzten Warnlaute vor einem Angriff ausstiess. Meine urplötzlich aufbrausende Art liess Tom zusammenzucken. Als mir bewusst wurde, dass ich erneut von meinen

Dracheninstinkten gesteuert worden war, atmete ich einmal tief durch und versuchte, jegliche animalischen Triebe beiseitezustossen.

«Bring dich in Sicherheit, bitte.», sagte ich wesentlich normaler als zuvor.

Endlich rannte Tom los in Richtung Hauptbahnhof, während er nahezu ununterbrochen zurückblickte. Ob er aufgrund meines aggressiven Knurrens oder meiner freundlichen Bitte gehorchte, wusste ich nicht. Währenddessen schlug ich die Fahrertür zu und aktivierte augenblicklich den Schildgenerator mithilfe einer Taste der Mittelkonsole. Dies geschah keine Sekunde zu früh, denn rot leuchtendes Plasma schlug zischend gegen den unsichtbaren Schild, der sich soeben um das Raumschiff herum gebildet hatte. Die heisse, wabernde Masse verflüchtigte sich allmählich in der nun hitzeflimmernden Luft. Ohne weiterhin auf die Wirkung dieses Angriffs zu achten, aktivierte ich die Steuerdüsen und startete senkrecht nach oben. Mit meiner Schwanzspitze drückte ich das Gaspedal durch, wodurch der Plasmaantrieb aktiviert wurde und mich augenblicklich in den Sitz drückte, während das Raumschiff beschleunigte. Das laute Fauchen des Antriebs überlagerte sich mit dem zunehmenden Dröhnen des Gegenwinds. Stark beschleunigend flog ich stetig höher, bis ich die Wolken unter mir gelassen hatte. Ich reckte meinen Kopf nach vorn, bis ich die Windschutzscheibe berührte, um weiter nach hinten sehen zu können. Das feindliche Raumschiff flog dicht hinter mir und feuerte ununterbrochen Schüsse in meine Richtung, die glücklicherweise aufgrund unserer hohen Geschwindigkeit von der Atmosphäre gestoppt wurden, bevor sie mich erreichten.

Ich richtete meine Aufmerksamkeit auf den EFG, nachdem ich mir den Sicherheitsgurt umgelegt hatte, um ihn auf die Raumstation von Z-17-k zu kalibrieren. Trotz meiner vor Aufregung zitternden Klauen gelang es mir, das in der Mittelkonsole befestigte Gerät zu bedienen. Nur eine Minute später stellte sich bereits das Blinken der Anzeigen ein und ich konnte dementsprechend den Autopiloten starten. Mittlerweile hatte ich den Rand der Atmosphäre erreicht, wodurch die Plasmageschosse erneut eine Gefahr darstellten. Die lauten Geräusche verstummten vollständig, als sich der EFG automatisch aktivierte. Kurz darauf verschwand sowohl die Erde als auch die Sonne. Anschliessend erschienen die Lichter weit entfernter Galaxien, um eine Sekunde später durch andere ersetzt zu werden. Dieses Spiel setzte sich dutzende Male fort, bis über mir eine riesige, einzelne Galaxie aufleuchtete, deren Licht auf die Raumstation von Z-17-k fiel. Im Gegensatz zu meinem letzten, unfreiwilligen Besuch, beschleunigte sie nicht mehr kontinuierlich in eine Richtung. Anscheinend wurde die künstliche Schwerkraft nicht mehr benötigt. Ohne zu zögern, betätigte ich den Knopf zur Aktivierung der Plasmakanone. Geräuschlos schoss ein blendend helles, pinkes Licht gerade nach vorn und traf einen der äusseren Bereiche der Station. Das weisse Material, aus dem die Wände bestanden, glühte an der getroffenen Stelle schwach. Ansonsten geschah nichts. Ich schoss erneut pinkes Plasma auf die Raumstation, was einen zweiten glühenden Fleck erzeugte. Zu meiner Enttäuschung erlosch das Glühen aufgrund der extremen Kälte des Weltraums innert weniger Sekunden.

«So ein Mist.», fluchte ich leise vor mich hin.

Zu allem Übel erschien auch noch das grosse, feindliche Raumschiff schräg unter mir. Wenige Sekunden später waberte die naheliegende Galaxie, als würde sie zu kochen beginnen. Tausende schwarze Punkte mit roten Lichtern erschienen zwischen mir und den leuchtenden Spiralarmen. Sie näherten sich schnell, woraus ich schloss, dass es sich um unzählige Raumschiffe handeln musste. Ein genauerer Blick verriet mir, dass sie sich von allen Seiten her näherten.

Deswegen wollte R-34-d nicht, dass ich Z-17-k direkt angreife, dachte ich leer schluckend.

Da meine Plasmakanone nicht ausreichte, die Raumstation zu zerstören, musste ich mir eine andere Angriffsmethode überlegen. Bereits eine Sekunde später hatte ich die Idee, den Schüssen der feindlichen Raumschiffe auszuweichen, bis genügend viele davon die Station trafen, um sie zu zerstören. Als sich einen Moment später bereits von allen Seiten rote, wabernde Projektile näherten, verwarf ich diesen Plan wieder. Ich flog schnurstracks auf die nächstgelegene Mauer der Station zu und bremste anschliessend mithilfe der Steuerdüsen ab. Da ich mich nun direkt neben einer Wand befand, konnte ich von dieser Seite nicht mehr beschossen werden. Ich drehte das Raumschiff in Richtung der Angreifer und schoss ihnen mehrere Ladungen Plasma entgegen. Gleichzeitig verbanden sich tausende rote Schüsse zu einer hell leuchtenden Welle, die sich rasend schnell näherte. Um nicht in voller Intensität getroffen zu werden, flog ich der Wand entlang ein Stück nach oben. Trotz meines Ausweichmanövers erwischte mich ein Grossteil des Plasmas. Überraschenderweise konnte ich den Aufprall dieser Masse an meinem unsichtbaren Schild weder hören noch fühlen. Lediglich eine rote Anzeige leuchtete auf, während die Meldung «Schildgenerator überlastet» auf dem Display erschien. Ich streckte mein rechtes Vorderbein nach dem EFG aus, um mithilfe der «U+»-Taste ins nächstgelegene Universum zu fliehen. Kurz bevor ich den EFG berührte, hielt ich mitten in der Bewegung inne, da ich nun eine bessere Idee hatte.

Vanessa hat zwar gesagt, dass Plasma heisser ist als ein Ionenantrieb, jedoch gilt das nur, wenn man die kinetische Energie der Ionen ausser Acht lässt, dachte ich.

Voller neuer Hoffnung aktivierte ich meinen Ionenantrieb mithilfe der entsprechenden Taste auf dem Lenkrad. Augenblicklich setzte das tiefe Brummen ein, was durch die Erschütterungen der Kabine entstand, während ich kaum merklich in den Sitz gedrückt wurde. Nun drehte ich mich langsam um meine eigene Achse, bis mein Heck gegen den Rand der Raumstation zeigte. Anschliessend setzte ich meine Rotation in die andere Richtung fort. Eine weitere Welle von Plasmageschossen traf meinen Schild, was die Meldung «Schildgenerator ausser Funktion» provozierte, während meine linke Tragfläche zu glühen begann.

Nichts wie weg hier, dachte ich und wollte abermals «U+» betätigen, bis mir das Verhalten der unzähligen Raumschiffe auffiel.

Sie hatten ihre Angriffe eingestellt und trudelten allesamt unkontrolliert durch den leeren Raum. Einige von ihnen kollidierten sogar miteinander. Den letzten Plasmageschossen, die sich noch in meine Richtung bewegten, konnte ich mithilfe meiner Steuerdüsen erfolgreich ausweichen. Verwirrt deaktivierte ich den Ionenantrieb und wendete das Schiff. Die Raumstation von Z-17-k war nun in mehrere Teile zerschnitten. Jede dieser perfekt geraden Schnittstellen glühte noch hellgelb. Selbst den Asteroiden, auf dem die Station befestigt war, hatte ich halbiert. Staunend betrachtete ich die Bruchstücke, die sich langsam voneinander entfernten. Aus einem Raum, den ich getroffen hatte, flogen kleine, offensichtlich elektronische Bruchstücke heraus, die wahrscheinlich einmal zu einem Computer gehört hatten.

Ich habe den Zentralrechner von Z-17-k getroffen, dachte ich verblüfft.

Für Jubeln war leider keine Zeit, da mich die ununterbrochen miteinander kollidierenden Raumschiffe beinahe erreicht hatten. Einige schlugen bereits lautlos in die grossen Bruchstücke der Raumstation ein, wobei sie aufgrund ihrer hohen Geschwindigkeit in zahlreiche Teile zerfetzt wurden. Ich betätigte die «U+»-Taste, wodurch alle umherfliegenden Teile kurz darauf verschwanden. Als ich die weit entfernten Galaxien eines anderen Universums erblickte, atmete ich erleichtert auf. Grinsend kalibrierte ich den EFG auf den Ankerpunkt meiner Garage. Während ich wartete, bis die blinkenden Anzeigen erloschen, tauchte das grosse, schwarze Raumschiff direkt vor mir auf. Augenblicklich wich die Freude aus meinem Gesicht, da ich nun wusste, dass Z-17-k nicht vollständig besiegt war. Durch das schwache Licht der Galaxien waren lediglich die Umrisse des feindlichen Raumschiffs zu erkennen. Dennoch nahm ich wahr, wie es sich auf mich zubewegte. Sofort schoss ich mit meiner Plasmakanone darauf los. Ohne jegliche Zeitverzögerung aktivierten sich die seitlichen Triebwerke dieses Raumschiffs, was ein vergleichsweise sehr helles, rotes Leuchten erzeugte. Bevor meine Geschosse ihr Ziel erreichten, befand es sich nicht mehr an derselben Position. Nutzlos schwebten meine pink leuchtenden Kugeln in die Leere und erloschen einige Sekunden später. Mithilfe der Steuerdüsen richtete ich mich erneut in Richtung meines Gegners aus. Bevor ich abermals schiessen konnte, projizierte das Raumschiff eine Zahlenkombination auf meine rechte Tragfläche. Augenblicklich erkannte ich, dass es sich hierbei um eine Einstellung des EFGs handelte. Einen Moment später erschien der Raum um meinen Feind herum verzerrt, bis er kurz darauf spurlos verschwand.

Die Zahlenkombination war 26.17.11.0. Soll ich meinen EFG tatsächlich darauf kalibrieren oder ist dies eine Falle? Fragte ich mich.

Da ich ohnehin jederzeit mit einer U-Taste verschwinden konnte, entschied ich mich dazu, das Risiko einzugehen. Schliesslich musste ich die KI restlos besiegen und neben einem kalibrierten elektromagnetischen Feldgenerator kannte ich keine Möglichkeit, Z-17-k im Multiversum zu lokalisieren. Nachdem ich die Zahlen eingestellt hatte, dauerte es lediglich eine Sekunde, bis die Kalibrierung abgeschlossen war. Das Ziel befand sich knapp zehn Kilometer in der vierten Dimension entfernt.

«Wer nicht wagt, der nicht gewinnt.», sagte ich mit mulmigem Gefühl im Bauch, als ich den Autopiloten startete.

Kurze Zeit später tauchte eine Sonne rechts neben mir auf. Trotz der adaptiven Scheibentönung blendete mich das grelle Licht, da ich die letzten Minuten in nahezu vollkommene Dunkelheit gestarrt hatte. Gleichzeitig erschien eine neue Nachricht auf dem Display, die ich aufgrund des direkten Sonnenlichts nicht lesen konnte. Mit meinem rechten, löchrigen Flügel schirmte ich mich und die Anzeige vom grellen Licht des Sterns ab, bis ich «Schildgenerator aktiv» entziffern konnte.

Das ging aber schnell, dachte ich verblüfft.

Mit zusammengekniffenen Augen blickte ich umher und suchte die Umgebung nach dem letzten Raumschiff von Z-17-k ab. Der Autopilot hatte sich inzwischen deaktiviert, weswegen ich in seiner Nähe sein musste. Das hellgelbe Licht des Sterns neben mir flackerte kurz, als wäre etwas dazwischen hindurchgeflogen. Aufgrund der extremen Kontraste konnte ich jedoch nichts erkennen. Plötzlich rauschte links von mir ein riesiger Gesteinsbrocken mit mindestens zehntausend Kilometern pro Stunde vorbei. Obwohl ich die Grösse auf ungefähr zweihundert Meter schätzte, war er nur für einen Sekundenbruchteil sichtbar gewesen. Weitere dieser Gesteinsbrocken flogen mit unglaublicher Geschwindigkeit an meinem Raumschiff vorbei, bis mir bewusst wurde, welche Gefahr von diesen Objekten ausging.

Z-17-k hat mich in ein Asteroidenfeld gelockt, dachte ich, während ich das Raumschiff nach unten ausrichtete, wo ich die wenigsten Asteroiden vermutete.

Als ich keinerlei Fliehkräfte verspürte, fiel mir ein, dass es ohne eine Atmosphäre unmöglich war, die Flugrichtung durch die Rotation des Raumschiffs zu bestimmen. Da ich mich nun aus meiner Perspektive senkrecht nach oben bewegte, erkannte ich einen grossen Gesteinsbrocken frühzeitig, dem ich mich rasend schnell näherte. Sofort drückte ich das Gaspedal durch, wobei ich stark in den Sitz gepresst wurde. Glücklicherweise reichte die Beschleunigung aus, um den Asteroiden um knapp dreissig Meter zu verfehlen, was bei einigen tausend Kilometern pro Stunde Differenzgeschwindigkeit sehr wenig war. Da ich nicht erneut in ein anderes Universum fliehen wollte, musste ich abbremsen. Ich richtete das Heck meines Raumschiffs in Richtung der mir entgegenfliegenden Gesteinsbrocken aus und beschleunigte, so stark ich konnte, ohne das Bewusstsein zu verlieren. Mehrere Male verfehlte mich ein Asteroid nur um wenige Meter. Je länger ich flog, desto mehr wurden es. Voller Adrenalin stemmte ich mich den Fliehkräften entgegen und blickte der Windschutzscheibe entlang nach hinten, so gut ich konnte.

Ich kann die Asteroiden nicht sehen, die mich treffen würden, da mir mein Heck die Sicht versperrt. Auf diese Weise ist es nur eine Frage der Zeit, bis ich getroffen werde, stellte ich fest.

Aus diesem Grund betätigte ich die «U+»-Taste, um ins nächstgelegene Universum zu wechseln. Anschliessend bremste ich inmitten des leeren Raums ab, bis ich mir sicher war, meine Geschwindigkeitsdifferenz gegenüber den Asteroiden ausreichend reduziert zu haben. Nun betätigte ich «U–», um zu Z-17-k zurückzukehren. Die winzigen Lichtpunkte weit entfernter Galaxien wichen kurz darauf tausenden Asteroiden, die sich im Vergleich zu mir nur noch mit mehreren hundert Stundenkilometern bewegten. Ich wendete mein Raumschiff, um nach vorn sehen zu können. Genau in diesem Moment raste ein kleinerer

Gesteinsbrocken auf mich zu, dem ich nicht mehr ausweichen konnte. Sobald er mit meinem Schild kollidierte, brach er in unzählige kleine Teile auseinander, während ich in Richtung Windschutzscheibe gedrückt wurde. Trotz des Sicherheitsgurts schlug mein Kopf schmerzhaft gegen die Scheibe, die glücklicherweise standhielt, ohne Sprünge zu bilden. Lediglich einige tiefe Kratzer waren aufgrund meiner Hörner entstanden. Benommen blickte ich auf einen wesentlich grösseren Gesteinsbrocken, der sich ebenfalls in meine Richtung bewegte. Mit schmerzendem Kopf richtete ich das Raumschiff zur Seite aus und beschleunigte, so gut ich konnte. Trotz meiner Bemühungen traf ich die Seite dieses Asteroiden, was mich ohne meinen Gurt nach rechts über die Mittelkonsole hinweg auf den Beifahrersitz geschleudert hätte. Obwohl der Aufprall dieses Mal heftiger gewesen war, hatte ich mich nicht ernsthaft verletzt.

Feste Materie kann meinen Schild zwar nicht durchdringen, aber trotzdem könnte ich wegen des Aufpralls sterben.

Mit diesem Gedanken richtete ich meinen Flügel gerade, der aufgrund des Gurts gequetscht worden war, und stoppte meine relative Geschwindigkeit zu den Asteroiden vollständig.

Eine Zeit lang betrachtete ich gedankenverloren die langsam rotierenden Gesteinsbrocken, die sich in verschiedene Richtungen bewegten. Irgendwann verschwanden meine Kopfschmerzen und ich begann sogar, mich zu langweilen. Erst als ein rotes Leuchten meine Aufmerksamkeit auf sich zog, erhöhte sich meine Anspannung erneut. Mit erstaunlich hoher Geschwindigkeit raste ein Plasmageschoss auf mich zu und traf meinen Schild, bevor ich ausweichen konnte. Mehrere weitere Geschosse folgten kurz darauf.

Da bist du also, dachte ich schnaubend, während ich ungefähr in die Richtung beschleunigte, aus denen die Schüsse stammten.

Wenige Sekunden später rauschte das schwarze Raumschiff mit hoher Geschwindigkeit an mir vorbei in Richtung des Sterns. Ich wendete und versuchte, es einzuholen, jedoch konnte ich es aufgrund des grellen Lichts nicht mehr erkennen. Zufälligerweise bewegte sich nun ein Asteroid in meine Richtung, der mich dazu zwang, nach links zu beschleunigen. Nachdem ich meinen Kurs mehrere Male korrigiert hatte, wusste ich bereits nicht mehr, wo ich nach meinem Gegner suchen musste. Der EFG war hierbei ebenfalls keine grosse Hilfe, da sich die Zahlen scheinbar zufällig änderten. Meine momentane Vermutung war, dass sich der Ankerpunkt innerhalb des feindlichen Raumschiffs befand. Als sich die Zahlen allesamt verringerten, blickte ich umher, da sich Z-17-k nun nähern musste. Wenige Augenblicke später erschien das schwarze Raumschiff links neben mir und feuerte eine weitere Salve an roten Plasmageschossen in meine Richtung, wodurch sich mein Verdacht bestätigte. Aufgrund meiner schnellen Reaktion verfehlte mich jedes dieser roten Kugeln. Gleichzeitig schoss ich in Richtung meines Gegners, wobei ich ebenfalls keinen einzigen Treffer landete. Nicht einmal zehn Sekunden später entfernten wir uns wieder ungewollt voneinander und mussten weiteren Asteroiden ausweichen.

Auf diese Weise wird sich der Kampf ewig in die Länge ziehen, dachte ich frustriert.

Wie bereits erwartet, flogen wir noch dutzende Male aufeinander zu, verfehlten einige Schüsse und korrigierten unseren Kurs. Dies setzte sich über eine halbe Stunde fort, bis ich mich fragte, weshalb Weltraumschlachten in einem Asteroidenfeld derart eintönig und zermürbend waren.

In Star Wars sieht es immer so aufregend aus.

Z-17-k schien dieser Kampf ebenfalls leid geworden zu sein, denn mein EFG verriet mir, dass er sich auf einmal hunderte Kilometer von meiner Position entfernte. Seufzend aktivierte ich den Autopiloten erneut, da mir keine andere Wahl blieb, als der KI zu folgen. Nach einigen Wechseln in andere Universen erreichte ich ein Trümmerfeld, was mich an die zerstörte Raumstation von Z-17-k erinnerte. Überall flogen Bruchstücke und Bauteile einer Einrichtung umher, die von einem weit entfernten, blauen Stern beleuchtet wurden. Einzig eine Röhre aus dem äusserst widerstandsfähigen, weissen Material war noch intakt. Sie war ungefähr vierzig Meter lang und hatte einen Durchmesser von gut zehn Metern. Durch die Röhre hindurch erkannte ich das grosse, schwarze Raumschiff. Ohne sich zu bewegen, wartete es dahinter. Seltsamerweise wurde das Innere der Röhre durch orangerotes Licht erhellt, obwohl sich keine Lichtquelle dieser Farbe hier befand.

Ist das eine Art Portal in ein anderes Universum? Fragte ich mich.

Da ich vermutete, von der falschen Seite her hindurchzublicken, wagte ich es nicht, die Röhre zu passieren. Stattdessen versuchte ich, sie zu umkreisen. Genau in diesem Moment verschwand das feindliche Raumschiff spurlos. Mein EFG teilte mir mit, dass es sich erneut schnell entfernte.

Hat Z-17-k wirklich geglaubt, ich würde auf diesen Trick reinfallen, nachdem ich bereits die Funktionsweise von einem ähnlichen Portal analysiert habe?

Kopfschüttelnd aktivierte ich den Autopiloten abermals.

Einige Minuten später erschien ein breiter, grell leuchtender Ring vor mir, in dessen Mitte es vollständig schwarz war. Lediglich ein schmaler, ebenfalls leuchtender Streifen durchzog die Dunkelheit dieses Objekts. Die dahinterliegenden Sterne wurden stark verzerrt dargestellt. Augenblicklich wusste ich, dass es sich hierbei um ein schwarzes Loch handelte. Der schmale, leuchtende Streifen aus heisser Materie, der Akkretionsscheibe genannt wird, umgab das schwarze Loch wie ein plattgedrückter Ring. Aus meiner momentanen Perspektive war jedoch nur die Seite dieser Akkretionsscheibe zu erkennen. Der Ring, den ich zuerst erblickt hatte, war dieselbe Akkretionsscheibe hinter dem schwarzen Loch, die aufgrund der starken Verzerrung des Lichts von jeder beliebigen Perspektive sichtbar war. Die Anziehungskraft dieses Objekts war derart stark, dass nicht einmal Licht ihm entkommen konnte. Dementsprechend variierte auch die Farbe der Akkretionsscheibe je nach Perspektive zwischen rot, weiss und blau.

Erstaunlich langsam näherte ich mich dem schwarzen Loch, während der vordere Teil meines Körpers zunehmend stärker angezogen wurde als mein Rücken. Um nicht spaghettisiert, beziehungsweise durch die Anziehungskraft des schwarzen Lochs auseinandergerissen zu werden, richtete ich mich nach der Akkretionsscheibe aus und beschleunigte in dieselbe Richtung, in der sich die heisse, glühende Masse bewegte. Je näher ich dem schwarzen Loch kam, desto schneller schien sich die Akkretionsscheibe zu drehen. Zudem erschienen die Sterne und Galaxien um mich herum wesentlich heller und bläulicher als zuvor. Ein Blick auf die Instrumentenanzeige verriet mir, dass diese Effekte keine Illusion waren, denn der Lorentzfaktor war inzwischen auf über 100'000 angestiegen. Gerade als ich in Erwägung zog, das Universum zu wechseln, holte ich die glühende Masse neben mir ein. Erstaunlicherweise entfernte ich mich sogar wieder leicht vom Zentrum des schwarzen Lochs. Nun kreiste ich mit der Akkretionsscheibe zu meiner Linken um diesen gespenstischen Himmelskörper, während ich die Umgebung nach dem feindlichen Raumschiff absuchte. Über und unter dem schwarzen Loch entdeckte ich es schliesslich als kleinen, rötlichen Punkt inmitten der Akkretionsscheibe. Da ich wusste, dass es sich hierbei um ein und dasselbe Raumschiff aus zwei unterschiedlichen Perspektiven handelte, flog ich in meinem jetzigen Kurs um das schwarze Loch herum, bis die beiden schwarzen Raumschiffe an der rechten Seite des sogenannten Ereignishorizonts miteinander verschmolzen. Als Ereignishorizont wird die Entfernung zu einem schwarzen Loch bezeichnet, ab der das Licht nicht mehr entweichen kann. Von diesem Punkt an ist alles schwarz, selbst wenn sich noch leuchtende Materie hinter dem Ereignishorizont befindet.

Ohne mein Wissen über Astrophysik wäre ich hier hoffnungslos verloren, dachte ich schmunzelnd, als ich mich dem schwarzen Raumschiff näherte.

Die rot glühenden Triebwerke des feindlichen Raumschiffs schienen auf voller Leistung zu laufen. Dennoch bewegte es sich nicht von der Stelle. Selbst das durch die Antriebe erzeugte Plasma schien in der Zeit eingefroren zu sein. Ich feuerte mehrere meiner pinken Kugeln in Richtung meines Gegners ab, in der Hoffnung, sie würden ihr Ziel finden. Aufgrund der Verzerrung des Lichts und der Raumzeit an sich war dies jedoch nahezu unmöglich. Meine Plasmageschosse flogen vorerst auf das schwarze Raumschiff zu, um anschliessend stets langsamer zu werden, bis die letzten Schüsse beinahe zu den ersten aufgeschlossen hatten. Sie schienen sich nun langsamer als Schneckentempo zu bewegen, während sie sich rötlich verfärbten und ihre Helligkeit abnahm. Da ich mich dem schwarzen Loch nicht noch weiter nähern wollte, um meinen Feind zu besiegen, wechselte ich erneut in ein anderes Universum. Schliesslich würde es aus meiner Perspektive wahrscheinlich Tage dauern, bis die Projektile ihr Ziel fanden, falls ich tatsächlich getroffen hatte.

Sobald das schwarze Loch vor meinen Augen verschwunden war, verringerte sich der Lorentzfaktor auf 1. Kurz darauf befand ich mich abermals zwischen unzähligen, weit entfernten Galaxien. Zu meiner Überraschung änderten sich die Zahlen des EFGs erneut mit zunehmender Geschwindigkeit. Als ich mir sicher war, dass mich die Koordinaten nicht wieder zum schwarzen Loch führen würden, aktivierte ich den Autopiloten erneut. Nach einer Weile erschien ein dunkler Planet vor mir. Schwaches Licht am Horizont verriet mir, dass es sich hierbei lediglich um die Schattenseite handelte. Je näher ich zu diesem Himmelskörper flog, desto kleiner wurde die Distanz zwischen mir und meinem Zielort. Sobald sich der Autopilot deaktiviert hatte, trat ich manuell in die Atmosphäre ein. Die Schönheit dieses Planeten verzauberte mich augenblicklich, als ich die Oberfläche genauer betrachtete. Unter mir erstreckte sich ein endloser Ozean, der im Sternenlicht glitzerte. Zwischendurch tauchten dunkelgraue Felsen aus dem Wasser auf. Die Luft rauschte gleichmässig an meinem Raumschiff vorbei, was mich zunehmend beruhigte. Gähnend suchte ich den Nachthimmel nach meinem Gegner ab, bis ich schliesslich das rote Leuchten seiner Triebwerke über mir entdeckte. Zielstrebig zog ich das Lenkrad in meine Richtung, um nach oben zu fliegen. Wieder mithilfe einer Atmosphäre steuern zu können, erleichterte mir das Manövrieren erheblich. Das feindliche Raumschiff flog ebenfalls schnurstracks auf mich zu. Erst kurz bevor es mich erreichte, drehte es ab. Ich änderte meine Richtung abrupt, um ihm folgen zu können. Da ich nun hinter meinem Gegner war, konnte ich mit Leichtigkeit nach ihm schiessen. Sobald ich mehrere pinke Kugeln verschossen hatte, verschwand das Raumschiff im Nichts.

«Was soll das?», fragte ich frustriert.

Mittlerweile hatte mich diese lange Verfolgungsjagd ermüdet und ich sehnte mich nach meinem Zuhause. Energisch änderte ich meine Richtung, sodass ich nach oben flog und schliesslich die Atmosphäre dieses Planeten verliess. Gleich darauf führte mich der Autopilot zu einer anderen Welt, die erstaunlich viele Ähnlichkeiten zur Erde aufwies. Je nach Lage bedeckten weisse, grüne oder gelbbraune Kontinente die Oberfläche. Dazwischen befanden sich blaue Ozeane. Ungefähr die Hälfte der Atmosphäre war von Wolken durchzogen. Sowohl erschöpft als auch neugierig flog ich auf diesen neuen Planeten zu. Mittlerweile hatte ich mich derart an die Wechsel zwischen dem lautlosen, leeren Raum und den geräuschvollen, wilden Luftwirbeln gewöhnt, dass ich sie nicht einmal mehr bewusst wahrnahm. Sobald ich die löchrige Wolkendecke durchbrochen hatte, bremste ich meinen Sturzflug ab und raste mit atemberaubender Geschwindigkeit über die grünen Berge und Täler hinweg, während tausende kleine Wassertropfen der Windschutzscheibe entlang nach hinten abperlten. Abermals kam mir das schwarze Raumschiff entgegen. Dieses Mal änderte es frühzeitig die Richtung, sodass ich mich schliesslich von der Seite nähern musste. Bevor ich es erreicht hatte, flog es in einem grossen Bogen um mich herum, während ich es ihm gleichtat. Schlussendlich jagten wir uns mit zunehmender Geschwindigkeit im Kreis, bis sich meine Tragflächen aufgrund der hohen Belastung gefährlich im Wind bogen und ich gegen die Ohnmacht ankämpfen musste. Irgendwann, als mir kurzzeitig schwarz vor Augen wurde, musste ich aufgeben. Ich flog geradeaus weiter und mein Feind folgte mir.

Das war also dein Plan. Du wolltest hinter mich gelangen, aber als es nicht auf Anhieb funktioniert hat, bist du abgehauen. Ich hingegen gebe nicht so schnell auf. Von mir aus kann es noch lange so weitergehen, dachte ich, wobei ich selbst nicht sonderlich davon überzeugt war, dass es mir gelingen würde, diesen Kampf noch allzu lange durchzustehen.

Meine zunehmende Erschöpfung machte mir mittlerweile sehr zu schaffen. Als ich mit hoher Geschwindigkeit zwischen zwei Bergen hindurchflog, erwischte ich mich dabei, wie ich kurzzeitig einschlief. Ich änderte meine Sitzposition und flog ruckartig in unterschiedliche Richtungen, um wach zu bleiben, während ich versuchte, irgendwie hinter das feindliche Raumschiff zu gelangen, was ununterbrochen auf mich feuerte. Glücklicherweise führten meine Richtungswechsel dazu, dass keines dieser Plasmageschosse traf, da sie mit ihren zweihundert Stundenkilometern Differenzgeschwindigkeit vergleichsweise langsam waren.

Einige Zeit später entdeckte ich eigenartige Strukturen hinter einem Hügel. Es waren quaderförmige Konstruktionen aus Stein und Holz. Auf jedem dieser Bauten befand sich ein schräges, mit schwarzen, glatten Steinen bedecktes Dach, wobei es sich höchstwahrscheinlich um Obsidian handelte. Erstaunt über meine Entdeckung verlangsamte ich meinen Flug und aktivierte den Gravitationsausgleich, um über diesen Konstruktionen stehenzubleiben. Sobald ich zum Stillstand gekommen war, wurde ich bereits von rotem Plasma getroffen, was glücklicherweise von meinem Schild abgefangen wurde. Instinktiv flog ich tiefer, bis ich erkannte, dass es sich bei den Bauten um Häuser handelte, die von ausserirdischen Lebensformen bewohnt waren. Hunderte Einwohner rannten auf vier Beinen hinaus ins Freie. Mit ihren langen Hälsen glichen sie Giraffen, wobei ihre nackte Haut nahezu grau war wie die eines Elefanten. Bevor ich sie mir genauer betrachten konnte, verfehlte mich ein Schuss und schlug in einem Gebäude schräg unter mir ein. Die tragende Bruchsteinwand verdampfte augenblicklich, wodurch das Dach einstürzte und einige Bewohner unter sich begrub. Zusätzlich tropfte flüssiges Gestein auf die Strasse, was eines dieser ausserirdischen Wesen am Rücken traf.

«He! Die haben nichts mit unserem Kampf zu tun.», rief ich aus, obwohl mich die KI nicht hören konnte.

Im selben Augenblick fragte ich mich, was diese Wesen nun über uns denken mussten.

Am helllichten Tag erscheinen zwei für sie unbekannte Flugobjekte, die mit Technologie ausgestattet sind, die sie noch nicht einmal begreifen können. Anschliessend zerstören sie ihre Häuser und verschwinden spurlos, sofern ich nicht abstürze.

Die Einwohner dieses kleinen Dorfs rüsteten sich mit Bögen aus, die sie mit erstaunlicher Geschicktheit bedienten. Sie stellten sich auf die Hinterbeine und schossen mehrere Pfeile auf das Raumschiff von Z-17-k und mich. Alle dieser Geschosse prallten wirkungslos an unseren Schilden ab. Erneut wurde ich mit Plasma beschossen. Einigen dieser Schüsse konnte ich ausweichen, die anderen trafen meinen Schild. Wie bereits bei der Raumstation von Z-17-k erschien die

Meldung «Schildgenerator überlastet». Ich drückte das Gaspedal durch und beschleunigte in Richtung der Berge, um nicht noch mehr Kollateralschäden zu provozieren. Trotzdem schlugen noch mehrere Plasmageschosse hinter mir in die Häuser ein, die nun Feuer fingen. In einem Umkreis von mindestens zehn Metern flimmerte die Luft vor lauter Hitze. Wenn ich nicht gerade von einer ausserirdischen KI verfolgt worden wäre, hätte ich den Einwohnern geholfen, den Brand zu löschen. Bedauerlicherweise war ich dazu gezwungen, weiterhin zu fliehen.

Meine zunehmende Müdigkeit zwang mich schliesslich zu einer Entscheidung, die ich zuvor nicht treffen wollte. Entweder musste ich mir einen Plan überlegen, das Raumschiff von Z-17-k zu zerstören, oder ich musste nach Hause fliegen, wo mich diese KI jederzeit finden und erneut angreifen konnte. Während ich mit dieser Entscheidung rang, flog ich senkrecht nach oben, um die Atmosphäre zu verlassen.

Wenn es so weitergeht, werde ich früher oder später verlieren, dachte ich seufzend.

24

Vierdimensional

Die Hoffnung, diese Situation unbeschadet zu überstehen, schwand mit jedem Augenblick. Nachdem die Windgeräusche verstummt waren und sich der Himmel schwarz verfärbt hatte, drehte ich das Raumschiff in die entgegengesetzte Richtung und suchte nach meinem Gegner. Erstaunlicherweise wurde ich nicht mehr verfolgt. Ein mulmiges Gefühl breitete sich in mir aus. Was auch immer die KI vorhatte, es konnte nichts Gutes bedeuten. Ein Blick auf den EFG verriet mir, dass sich das feindliche Raumschiff knapp vier Kilometer von mir entfernt hatte und wieder in einem anderen Universum war.

Angestrengt dachte ich nach, wie ich Z-17-k erwischen konnte. Bisher war es mir nicht ein einziges Mal gelungen, sein Raumschiff zu treffen. Nach einer Weile kam mir eine Idee, mit der ich die KI höchstwahrscheinlich überlisten konnte. Der Autopilot führte einen stets über sichere Wege zum Zielort, wobei man niemals mit einem Objekt kollidieren würde, wenn man zwischen den Universen wechselte. Sollte ich hingegen eine gerade Linie durch die vier Dimensionen fliegen, würde ich genau an derselben Position in das entsprechende Universum eintreten, in dem sich das Raumschiff von Z-17-k befand. Auf diese Weise würde ich mit ihm kollidieren, was vermutlich meine einzige Möglichkeit war, die KI zu besiegen. Zeitgleich mit dieser Idee trafen mich Zweifel. Ich fragte mich, ob ich solch ein Kamikaze-Manöver tatsächlich durchführen sollte. Meine Überlebenschancen hierbei waren sehr gering. Höchstwahrscheinlich würde ich niemals lebendig zur Erde zurückkehren können. Andererseits wäre Z-17-k meines Wissens nach vollständig besiegt, sofern nicht noch weitere seiner Raumschiffe existieren, die funktionstüchtig waren. Nach einigen Minuten reiflicher Überlegung gelangte ich zu dem Schluss, dass ich keine andere Wahl hatte, als diesen Angriff durchzuführen. Selbst wenn ich jetzt einen Rückzieher machen würde, stünden ich und alle Menschen, die mir lieb und teuer waren, in Lebensgefahr.

Nachdem ich die Entscheidung getroffen hatte, in gerader Linie durch vier räumliche Dimensionen zu fliegen, um mit dem Raumschiff von Z-17-k zu kollidieren, wechselte ich in das benachbarte Universum, sodass mich die

Gravitation des Alienplaneten nicht vom Kurs abbrachte. Anschliessend passte ich meine Fluggeschwindigkeit und Richtung mithilfe der Steuerdüsen an, bis sich die Distanz zwischen Z-17-k und mir in keiner der vier räumlichen Dimensionen mehr veränderte. Um die korrekte Ausrichtung des Raumschiffs berechnen zu können, benötigte ich lediglich die relative Position des Zielorts und einen Taschenrechner mit trigonometrischen Funktionen. Letzteres hatte ich nicht bei mir, jedoch vermutete ich, dass mein Raumschiff über eine ähnliche Funktion verfügen musste. Nach einer kurzen Suche in den Untermenüs des Hauptmonitors fand ich tatsächlich eine Taschenrechnerapplikation. Zuerst berechnete ich die benötigte horizontale Ausrichtung aufgrund der X- und Z-Koordinaten, die ich vom EFG ablesen konnte. Anschliessend betätigte ich die R-Taste, sodass meine Rotation anstelle der relativen Position angezeigt wurde. Ich richtete das Raumschiff sachte aus, bis die Y-Rotation mit meinem berechneten Wert übereinstimmte. Gleich darauf wiederholte ich diesen Vorgang für die vertikale Rotation. Schlussendlich berechnete ich noch die benötigte Ausrichtung in der vierten Dimension, die ich anschliessend mit dem EFG einstellte. Sobald ich «R» nach meiner letzten Einstellung betätigt hatte, verschwand die Spitze des Raumschiffs im Nichts. Ich vermutete, dass sich dieser Teil aufgrund meiner vierdimensionalen Rotation bereits in einem anderen Universum befinden musste.

Früher in der Schule habe ich mich noch gefragt, ob ich diese Berechnungen jemals im echten Leben benötigen würde. Nun bin ich ausserordentlich froh, im Unterricht aufgepasst zu haben, dachte ich schmunzelnd.

Falls meine Berechnungen korrekt waren, sollte ich mit einer geraden Beschleunigung nach vorn in knapp zweieinhalb Kilometern mit dem feindlichen Raumschiff kollidieren. Bevor ich mit der Schwanzspitze das Gaspedal durchdrückte, zögerte ich. Auf einmal hatte ich Angst vor meinem überaus riskanten Angriffsplan. Ich fürchtete, Vanessa, Tom und alle anderen niemals wiedersehen zu können. Ausserdem wuchsen neue Zweifel in mir, ob mein Plan tatsächlich aufgehen würde.

«Bitte lass dieses schwarze Raumschiff das letzte Überbleibsel von Z-17-k sein.», sagte ich zu mir selbst.

Mit zunehmend schneller werdendem Puls konnte ich mich dazu überwinden, die Beschleunigung einzuleiten. Langsam setzte sich mein Raumschiff in Bewegung, während die Schnittstelle, an der der Bug verschwand, stetig näherrückte. Ich schloss die Augen und hielt den Atem an, als mich diese Grenze zwischen den Universen erreichte. Kurz darauf entspannte ich mich wieder, da ich entgegen meiner Erwartung nichts gefühlt hatte. Stattdessen befand ich mich nun in einem neuen Universum. Das Heck meines Raumschiffs erschien in diesem Augenblick hinter mir.

«Na dann ...», setzte ich meine Selbstgespräche fort.

Mit frischer Hoffnung beschleunigte ich stärker, während ich kritisch die relative Entfernung zwischen mir und meinem Ziel beobachtete. Alle Zahlen verkleinerten sich in unterschiedlicher Geschwindigkeit, wobei die grösste Zahl am schnellsten abnahm. Als ich mir sicher war, dass alle diese Werte zeitgleich null erreichen würden, drückte ich das Gaspedal nahezu vollständig durch, sodass es mich in meinen Sitz presste. Erneut wechselte ich in ein anderes Universum, wobei zuerst der Bug, die Kabine und zu guter Letzt auch das Heck die unsichtbare Schnittstelle passierte. Immer schneller flog ich von einem Universum ins Nächste, während die Zahlen auf dem EFG stetig abnahmen. Kurz bevor sie null erreichten, schloss ich die Augen und drückte mich unwillkürlich mit den Vorderbeinen vom Lenkrad weg.

In einem lauten Knall kollidierte ich mit dem schwarzen Raumschiff, wobei mein Kopf nach vorn gegen die Windschutzscheibe schlug. Obwohl der Aufprall wesentlich härter gewesen war als das letzte Mal, blieb ich bei Bewusstsein. Dafür schmerzte mein Nacken, als hätte mich jemand mit langen, dicken Nadeln gestochen. Da ich mir bereits zum zweiten Mal trotz des Sicherheitsgurts meinen Kopf gestossen hatte, war ich endgültig davon überzeugt, dass er für Drachen kaum etwas taugte. Die Scheibe vor meinem Gesicht wies nun einige Sprünge auf. Als ich nach rechts blickte, erkannte ich eine Tragfläche des schwarzen Raumschiffs, die mit meiner Kabine verschmolzen war und nun den Beifahrersitz ersetzte. Eine dünne Eisschicht hatte sich darauf gebildet, während sich kalter Wasserdampf davon ausbreitete. Ich musste genau an der Position in diesem Universum erschienen sein, wo sich mein Gegner bereits befunden hatte.

«Wie mir scheint, hast du uns beide in eine nahezu ausweglose Situation gebracht. Die rechte Tragfläche deines Raumschiffs blockiert die Stromzufuhr meines elektromagnetischen Feldgenerators, wodurch ich mich nicht mehr in ein anderes Universum bewegen kann, während du gleichermassen manövrierunfähig bist.», sprach die Stimme von Z-17-k aus der schwarzen Tragfläche innerhalb der Kabine.

«Das war meine einzige Möglichkeit, dich zu erwischen.», rechtfertigte ich mein Handeln.

«Unsere Raumschiffe mithilfe einer vierdimensionalen Kollision miteinander zu verschmelzen, würde ich eher als einen verzweifelten Versuch bezeichnen, dein ohnehin vorbestimmtes Scheitern zu vermeiden.»

«Wie du siehst, hat alles nach Plan funktioniert.»

«Solltest du von meinem Plan sprechen, ist deine Aussage korrekt. Es befinden sich immer noch einige meiner Nanobots in deinem Körper, die ich bisher aufgrund deines Schildgenerators nicht steuern konnte. Da dies durch deine neuste Aktion nicht mehr der Fall ist, werden sie dich in Kürze töten und anschliessend die Überlappung unserer Raumschiffe beheben.»

Ein kalter Schauer lief mir den Rücken herunter, als mir auffiel, dass Z-17-k die Wahrheit sprach. Das leicht kitzelnde Gefühl der Roboter, die sich in meinem Körper bewegten, sammelte sich in meinem Brustkorb und wanderte anschliessend in Richtung Kopf.

«Nein!», schrie ich verzweifelt.

In diesem Augenblick schien die Zeit langsamer fortzuschreiten als zuvor. Obwohl nur wenige Sekunden vergingen, spielten sich unzählige Szenen vergangener Tage in meinen Gedanken ab. Ich erblickte meinen Notizzettel vor meinem inneren Auge, den ich während des Echtzeitgesprächs mit R-34-d geschrieben hatte, worauf «E-Taste gegen Nanobots, 10 Kilometer Radius» zu lesen war. Sofort setzte ich mich aufrecht hin und drückte die E-Taste des EFGs. Soweit ich es in Erinnerung hatte, musste ich sie für mehrere Sekunden gedrückt halten, um einen elektromagnetischen Impuls auszulösen, der sämtliche Nanobots in der Umgebung zerstören konnte. Während ich die Taste betätigte, startete Z-17-k seine Triebwerke, was unsere verschmolzenen Raumschiffe in Bewegung setzte. Aufgrund des plötzlichen Richtungswechsels rutschte ich von der Taste ab. Inzwischen hatten die Nanobots meinen Nacken erreicht, sofern mich mein Gefühl nicht täuschte. Abermals griff ich nach dem EFG. Obwohl mich die Fliehkräfte in die entgegengesetzte Richtung drückten, gelang es mir, das orangefarbene Band mit meinen Klauen festzuhalten und erneut «E» zu betätigen. Ich hielt den Knopf für fünf Sekunden gedrückt und genau als das kitzlige Gefühl meinen Hinterkopf erreichte, erloschen alle Lichter meines Raumschiffs und die Triebwerke von Z-17-k deaktivierten sich. Gleichzeitig fühlte ich, wie sich der kleine Punkt oberhalb meines Nackens erhitzte und schliesslich nicht mehr fortbewegte. Kurz darauf startete das Raumschiff die Systeme neu, wodurch die Instrumentenanzeige und das Display in der Mittelkonsole erneut aufleuchteten.

«Du hast deine Karten gut gespielt, Nils Wollseif. Erst zerstörst du meine zentrale Recheneinheit, wodurch ich sowohl die Nanobots auf der Erde als auch meine herkömmlichen Raumschiffe nicht mehr aktivieren kann, und anschliessend bringst du diese Kopie meines neuronalen Netzwerks in eine ausweglose Situation. Dennoch wirst du hier sterben, da du ohne meine Hilfe niemals zurückkehren kannst.», sagte Z-17-k.

«Tatsächlich? Nachdem ich eine Möglichkeit gefunden habe, dich zu zerstören, kann ich mit dem Raumschiff und dem EFG zurück in mein Universum gelangen.», erwiderte ich.

«Dies gelingt dir jedoch nur mithilfe eines funktionstüchtigen Kernfusionsreaktors. Durch den Aufprall mit meinem Schiff wurde dessen Kühlsystem beschädigt. In ungefähr drei Minuten und neunzehn Sekunden wird der Torus aufgrund der Hitze schmelzen, wodurch das Plasma austritt und uns beide vernichtet. Deine einzige Überlebenschance besteht darin, in ein anderes Universum zu wechseln, um unsere Schiffe voneinander zu trennen. Anschliessend werde ich dir helfen, das Kühlsystem zu reparieren, sodass du zurück zu Vanessa und Tom fliegen kannst.»

«Bestimmt lässt du mich allein im leeren Raum sterben, sobald ich eine dieser U-Tasten gedrückt habe.», entgegnete ich und löste den EFG aus der Mittelkonsole, da ich befürchtete, Z-17-k könnte ihn auf welche Art auch immer fernsteuern.

Vorsichtshalber befestigte ich ihn sogar an meinem linken Vorderbein.

«Ich werde mein Wort halten, das verspreche ich dir. Da du mir keine andere Wahl gelassen hast, bin ich zu einem Kompromiss bereit, was unseren Konflikt betrifft.», setzte die KI fort.

«Weshalb genau sollte ich glauben, dass du dein Versprechen hältst? Zuerst hast du gesagt, dass du mich nicht töten möchtest, und anschliessend haben mich deine Raumschiffe in Zürich abgeschossen. Selbst vorhin hast du noch versucht, mich zu töten.»

«Damals ging noch keine unmittelbare Gefahr von dir aus, jetzt hingegen schon.»

«Egal was du sagst, ich werde mein Raumschiff nicht von deinem lösen. Wenn der Reaktor explodiert, werde ich dich ein für alle Mal vernichten.»

Meine letzte Aussage war dazu gedacht, herauszufinden, ob noch weitere Teile von Z-17-k existierten. Schliesslich würde mir die KI sofort widersprechen, sobald ich etwas Falsches sagte.

«Ich werde gemeinsam mit dir und der Möglichkeit, die Menschheit vor dem Aussterben zu bewahren, zerstört werden.»

Das bedeutet, dass Z-17-k danach keine Möglichkeit mehr hat, Genozid zu betreiben! Dachte ich voller Freude.

Das wohlige Gefühl des Erfolgs breitete sich in mir aus und liess mich schmunzeln, obwohl ich mich dagegen zu wehren versuchte.

«Ich werde nicht gemeinsam mit dir untergehen. Theoretisch könnte ich einfach die Luft anhalten, aussteigen und mit dem EFG zurück zur Erde fliegen, habe ich recht?», sagte ich.

«Deine Weltraumtauglichkeit war lediglich eine Theorie meinerseits. Aufgrund der vielen Himmelskörper, die zwischen uns und der Erde liegen, schätze ich deine Erfolgschancen als sehr gering ein.»

«Seit wann verpasst eine KI die Gelegenheit, Chancen in Prozent anzugeben? Ich glaube, du willst mir bloss etwas vormachen.», entgegnete ich grinsend und löste meinen Gurt.

«Warte! Solltest du diese Tür öffnen, wirst du aufgrund des Druckabfalls nach draussen gesogen, wobei dein elektromagnetischer Feldgenerator zu Schaden kommen könnte. Dieses Gerät reagiert höchst empfindlich auf harte Schläge. Am sichersten wäre es, du würdest meine Anleitung befolgen.»

Zuerst hatte ich die Worte der KI ignoriert. Da seine Bedenken aufgrund des Druckabfalls durchaus berechtigt waren, verharrte ich mit meinen Klauen wenige Zentimeter vor dem Türgriff. Seufzend dachte ich nach, wie ich mich selbst am besten aus dieser Situation retten konnte, ohne Z-17-k eine Fluchtmöglichkeit zu bieten. Währenddessen schwebte ich kaum merklich durch die Kabine. Je länger ich nachdachte, desto heisser wurde es plötzlich. Mehrere Warnleuchten erschienen auf der Instrumentenanzeige, die auf die Überhitzung des Kernfusionsreaktors hinwiesen. Gleichzeitig schmolz das Eis auf der schwarzen Tragfläche innerhalb der Kabine und verdampfte langsam.

«Auf gar keinen Fall werde ich das Raumschiff von dir entfernen.», sagte ich bestimmt.

«Deiner Argumentation nach bevorzugst du dein eigenes Ableben über der logisch sinnvollsten Lösung.»

«Ich bin nun mal keine künstliche Intelligenz, die Zahlen über Ethik stellt.»

Weisse Rauchschwaden traten aus den Lüftungsschlitzen der Klimaanlage aus. Zeitgleich ertönte ein lauter Piepton, der auf das bevorstehende Versagen des Reaktors hinwies. Die Hitze in der Kabine wurde immer extremer, bis die Plastikverschalung im Inneren zu schmelzen begann. Ein leises Geräusch, was mich an ein Kratzen erinnerte, verunsicherte mich nun tatsächlich. Die Sprünge der Windschutzscheibe wuchsen mit jeder Sekunde, bis sich ein vollständiges Netz gebildet hatte.

«Deine Zeit ist beinahe abgelaufen.», sprach Z-17-k zwischen den Pieptönen hindurch.

«Deine ebenfalls.», antwortete ich mit mittlerweile rasendem Puls.

Die Risse in der Scheibe wurden noch zahlreicher. Eher früher als später würde sie nachgeben. Ich hielt die Luft an und verkrampfte meine Muskeln im Hals, um sicherzugehen, dass ich im Falle eines abrupten Druckabfalls noch Sauerstoff in den Lungen behielt. Die Sekunden verstrichen, in denen nichts geschah. Hastig atmete ich aus und wieder ein, um gleich darauf meine Halsmuskulatur erneut zu verkrampfen.

Mit einem Knall gefolgt von absoluter Stille wurde ich durch die Windschutzscheibe aus der Kabine gerissen. Instinktiv schloss ich die Augen, während das Lenkrad schmerzhaft an meinem linken Vorderbein entlangschrammte. Glassplitter schnitten in meine Flügel und es fühlte sich an, als würde meine Haut jeden Augenblick platzen. Meine Trommelfelle schmerzten sehr aufgrund des hohen Druckabfalls. Ich konnte fühlen, wie das Blut aus den eben entstandenen Schnittwunden gesogen wurde, bis mich absolute Kälte umgab, die die Flügel augenblicklich taub werden liess. Es brannte überall an meinem Körper und ich konnte mich plötzlich nicht mehr bewegen.

Da sich all diese Ereignisse innerhalb einer Sekunde zugetragen hatten, begriff ich erst jetzt, was geschehen war. Um der enormen Kälte entgegenzuwirken, erhitzte ich die Luft in meinen Lungen, bis sich die Wärme in meinem Körper ausbreitete. Trotz höchster Konzentration brannte die Haut unter den Schuppen immer noch vor Kälte. Lediglich den Oberkörper, den Hals und den Kopf konnte ich auf normalen Temperaturen halten. Die Beine sendeten einen stechenden Schmerz aus und die Flügel spürte ich überhaupt nicht mehr. Ich versuchte, die Augen zu öffnen, jedoch wollten sich meine tauben Augenlider nicht bewegen lassen. Immerhin gelang es mir, die Luft in den Lungen zu behalten, wobei meine Halsmuskulatur vor lauter Angst mit jeder Sekunde stärker verkrampfte.

Ich wünschte, ich hätte Vanessas wunderschöne Augen noch ein einziges Mal sehen können, dachte ich sehnsüchtig.

Meine zunehmende Trauer half mir, die Gedanken an sich erwärmende Luft in meinen Lungen aufrechtzuerhalten. Nach einer Weile konnte ich meine halb tauben Beine wieder besser fühlen und ich versuchte, sie zu bewegen. Erst als ich nahezu meine gesamte Kraft einsetzte, brach etwas an meinem Schuppenpanzer lautlos auseinander, wodurch sich mein rechtes Vorderbein geringfügig bewegen liess. Ich spannte meine Muskeln erneut an, so gut ich konnte, bis sich meine Bewegungsfreiheit erhöhte. Nun konnte ich meine Augenlider mit den Klauen berühren. Seltsamerweise waren sie mit einer harten Schicht überzogen, wodurch sie sich nicht mehr öffnen liessen.

Das muss eine Eisschicht sein, mutmasste ich.

Sachte kratzte ich mit einer Klauenspitze mein rechtes Auge frei, bis es sich einige Zeit später tatsächlich öffnen liess. Für wenige Sekunden erkannte ich, wie ich schnell rotierend durch den leeren Raum flog. Eine dünne, im Licht der entfernten Galaxien glitzernde Eisschicht bedeckte meinen gesamten Körper. Gleich darauf wurde meine Sicht trüb und mein Auge brannte vor Kälte. Ich schloss es wieder, wodurch die Schmerzen gelindert wurden. Um besser sehen zu können, befreite ich das linke Auge ebenfalls von der Eisschicht und öffnete nun beide für einen kurzen Moment. Währenddessen analysierte ich das Eis, was mich bewegungsunfähig machte. Zum ersten Mal in meinem Leben war ich froh darüber, die Fähigkeit zur Verwandlung verloren zu haben. Anderenfalls hätte ich bei dieser extremen Kälte ungewollt meine menschliche Gestalt angenommen, wodurch ich augenblicklich gestorben wäre. Mit aller Willenskraft, die ich noch aufbringen konnte, brach ich die Eisschicht auf, die meinen Schuppenpanzer überzog, indem ich abwechslungsweise verschiedene Muskeln meines Körpers anspannte. Zwar gelang es mir nicht, meine volle Bewegungsfreiheit wiederzuerlangen, jedoch genügte es, um die Rotation durch scheinbar willkürliches Strampeln verlangsamen zu können. Abermals öffnete ich meine Augen kurz, um einen Blick auf den EFG zu werfen. Die Anzeigen waren allesamt vom Eis bedeckt und erweckten den Anschein, nicht mehr funktionstüchtig zu sein. Mit beinahe gefühllosen Klauen kratzte ich das Eis von diesem hilfreichen Gerät, bis ich eine der Anzeigen lesen konnte. Anstelle einer herkömmlichen Zahl wurde «E12» dargestellt. Ich brach das Eis der dazugehörigen Taste und des Rads an der rechten Seite auf, um den Wert verändern zu können, jedoch reagierte der EFG nicht. Nach mehreren Schlägen gegen die vereiste «U+»-Taste wurde diese hineingedrückt und blieb gleich darauf stecken. Obwohl die Taste betätigt worden war, wechselte ich nicht in ein anderes Universum, denn die beiden miteinander verschmolzenen Raumschiffe, von denen ich mich langsam entfernte, blieben bestehen. Ich hämmerte einige weitere Male erfolglos auf die vereisten Tasten des EFGs ein, wobei entgegen meinen Vorstellungen keinerlei Geräusche erzeugt wurden.

Z-17-k hatte recht. Der EFG wurde tatsächlich durch den Aufprall beschädigt, dachte ich.

Wenngleich die Hitze in meinem Körper stetig wuchs, so reichte sie nicht aus, den Schuppenpanzer und die darunterliegende Haut zu erwärmen. Kontinuierlich brannte die Kälte wie Feuer, während ich mich fragte, ob dies mein Ende war. Die Raumschiffe vor mir begannen plötzlich hell zu leuchten. Eine weiss glühende Masse trat zwischen einem Riss in der Verschalung hervor und liess sie auseinanderbrechen. Die Lichtemissionen wurden derart extrem, dass ich trotz geschlossenen Augenlidern geblendet wurde. Ich spürte die Hitze, die davon ausging, als würde ich von einem unermesslich starken Scheinwerfer bestrahlt werden. Gerade als ich dachte, die helle Explosion meines Kernfusionsreaktors würde mich töten, verschwand das blendende Licht vor meinen Augen. Abermals umfing mich Kälte, mit dem Unterschied, dass das Eis auf der einen Seite meines Schuppenpanzers verschwunden war. Verwirrt blickte ich umher. Von den beiden Raumschiffen fehlte jede Spur. Mit gemischten Gefühlen trieb ich ziellos durch den Weltraum, bis sich die Galaxien änderten. Erst jetzt begriff ich, dass die vierdimensionale Rotation des EFGs noch immer aktiv war und ich mich dadurch fortlaufend zwischen den Universen bewegte. Die Minuten verstrichen, während ich abermals ein neues Universum betrat. Die Luft in meinen Lungen wurde allmählich knapp, wodurch sich mein Herzschlag beschleunigte.

So endet es also. Ich erleide einen langsamen Erstickungstod und schwebe anschliessend für alle Ewigkeit durch das Multiversum, bis ich irgendwann mit einem Himmelskörper kollidiere. Da ich soeben acht Milliarden Menschenleben vor einer verrückten, künstlichen Intelligenz gerettet habe, ist dieses Schicksal für meinen Teil akzeptabel. Ich hätte mir wesentlich schlimmere Tode vorstellen können.

Nach einer Weile erschien der erdähnliche Alienplanet hinter mir. Sehnsüchtig starrte ich auf die blau im Sonnenlicht schimmernde Atmosphäre und wünschte mir, ich könnte hier landen. Nur kurze Zeit später verschwand der Planet wieder. Ab diesem Moment wechselte ich alle paar Sekunden in ein anderes Universum. Anscheinend hatte mich die Gravitation dieses Planeten beschleunigt. Dennoch war ich davon überzeugt, niemals wieder zur Erde gelangen zu können. Der Drang, nach nicht vorhandener Luft zu schnappen, wurde beinahe unwiderstehlich. Ich musste mich stets auf meine verkrampfte Halsmuskulatur konzentrieren, um nicht versehentlich einzuatmen.

Irgendwann wurde mein linker Flügel plötzlich nach oben gerissen. Ich geriet in eine schnelle Rotation und ehe ich reagieren konnte, befand ich mich vollständig in der Atmosphäre eines Planeten. Mit mehreren hundert Stundenkilometern schoss ich nach oben, bis sich meine Geschwindigkeit genügend reduziert hatte, sodass ich die unkontrollierte Rotation stoppen konnte. Meine steifen, gefühllosen Flügel waren hierbei jedoch kaum hilfreich. Nachdem mich die Schwerkraft dieses Planeten vollständig abgebremst hatte, glitt ich senkrecht in verkrampfter Haltung nach unten auf einen riesigen Ozean zu. Die Sterne reflektierten in den Wellen und am Horizont war bereits das dunkelrote Leuchten des bevorstehenden Sonnenaufgangs zu erkennen. Zumindest vermutete ich, dass es sich hierbei um einen Tagesanbruch handelte, da ich im Raumschiff bei vollkommener Nacht bereits auf demselben Planeten gewesen war. Mein rechter Flügel verschwand im Nichts, während sich dessen Luftwiderstand verringerte. Sofort wurde mir bewusst, dass die Grenze zwischen den Universen rechts neben mir lag. Ich neigte mich nach links, bis der Flügel wieder sichtbar wurde, und setzte meinen eigenartigen Sturzflug fort. Obwohl flüssiges Wasser auf diesem Planeten existierte, tauten meine eingefrorenen Flügel nicht auf. Noch immer konnte ich sie weder fühlen noch bewegen. Seltsamerweise schien hier klirrende Kälte zu herrschen, die durch den zunehmenden Gegenwind noch verstärkt wurde. Mit zusammengekniffenen Augen raste ich auf einen Felsen unter mir zu, der knapp aus dem Wasser ragte. Da ich nicht wusste, wie ich abbremsen konnte, liess ich mich einfach mit grösstmöglichem Luftwiderstand fallen. Dank der geringen Anziehungskraft prallte ich lediglich mit dreissig Stundenkilometern gegen die scharfen Felsen. Augenblicklich schoss ein stechender Schmerz durch mein linkes Hinterbein und meinen Unterkiefer, der ebenfalls einen harten Schlag abbekommen hatte. Während des Sturzes hatte ich versehentlich einen Teil der Luft ausgeatmet, die nun eine weisse Wolke bildete, welche sich mit dem Dampf verband, der langsam vom Wasser aufstieg. Aufgrund des geringen Sauerstoffgehalts in meinen Lungen und meiner aussichtslosen Lage wollte ich mich dem Drang, einzuatmen, nicht mehr widersetzen. Japsend atmete ich die eisig kalte Atmosphäre dieses fremden Planeten ein, dessen Luftdruck glücklicherweise einigermassen angenehm war. Der Speichel auf meiner Zunge gefror, als ich innert kürzester Zeit mehrere Male tief durchatmete. Um Erfrierungen zu vermeiden, schloss ich mein Maul und atmete weiter, bis mir schwindelig wurde.

Die gesamte Welt schien zu verschwimmen, während sich ein dunkler Rand an meinem Sichtfeld bildete. Wenige Sekunden später verlor ich das Bewusstsein.

Das angenehme Geräusch von Wellen, die an den spitzen Felsen brandeten, weckte mich. Verwirrt öffnete ich die Augen und blickte in die dunkelrote Morgendämmerung vor mir, die beinahe von dichten Nebenschwaden verdeckt wurde. Ein Tropfen des Wassers spritzte neben mir auf das dunkelgraue Gestein und verdampfte direkt, während ich mich fragte, weshalb ich noch lebte. Verwirrt atmete ich erneut mehrere Male tief durch. Abermals schienen meine Sinne getrübt zu werden. Ich legte meinen Kopf hin und behielt die Luft in meinen Lungen. Nach einer Minute verschwand das Schwindelgefühl, ohne dass ich auch nur ein einziges Mal geatmet hatte.

Kann es sein, dass diese Atmosphäre wesentlich mehr Sauerstoff beinhaltet als die der Erde? Fragte ich mich.

Sachte atmete ich aus und wieder ein, während sich erneut ein Gefühl des Unwohlseins in mir ausbreitete. Immer noch fassungslos blickte ich auf meine vor Kälte brennenden Gliedmassen und die mittlerweile hart gefrorenen Flügel. Um sie aufzutauen, versuchte ich, Feuer zu speien, jedoch ohne Erfolg. Mein Hals fühlte sich immer noch trocken und ausgebrannt an. Lediglich heisse Luft trat aus meinem Maul aus. Da dies ebenfalls gegen die Kälte half, hauchte ich meine Flügel mit stark erhitzter Luft an. Bereits nach einigen Sekunden verspürte ich ein schmerzhaftes Stechen, was mit jedem Augenblick unerträglicher wurde. Langsam verdampfte die übriggebliebene Eisschicht auf der ledrigen Haut, während die Taubheit stetig wich. Die kontinuierliche Erhitzung der Flügel taute meine Beine ebenfalls auf, die glücklicherweise weniger stark schmerzten. Nach einer Weile wurde mir bereits wieder schwindelig aufgrund des ständigen Ein- und Ausatmens der sauerstoffreichen Luft. Gleichzeitig verkrampften sich meine wieder funktionstüchtigen Flügelmuskeln unter dem unerträglichen Stechen, was sich sekündlich verschlimmerte. Da ich wusste, dass die Erhitzung der Flügel durch heisse Luft meine einzige Möglichkeit war, Erfrierungen zu vermeiden, setzte ich diese qualvolle Prozedur fort. Lange hauchte ich meine stechenden und brennenden Flügel an. Meine Gedanken wechselten erneut zu Vanessa, denn mein Unterbewusstsein schien sich an selbst den kleinsten Hoffnungsschimmer festzuklammern, wieder zu ihr zurückzukehren. Glücklicherweise lenkten mich diese Gedankengänge ab, bis die Schmerzen einige Minuten später endlich verblassten. Ich zog die Schwingen ein, so gut ich konnte, um sie vor erneutem

Einfrieren zu bewahren. Seufzend setzte ich mich hin und betrachtete das orangefarbene Leuchten der aufgehenden Sonne hinter dem dichten Nebel, während mir beinahe die Augen zufielen. Die permanente Erhitzung der Luft hatte mich stärker ermüdet als der lange Kampf gegen Z-17-k. Nun wollte ich ausschliesslich diesen seltsamen Sonnenaufgang betrachten und einschlafen. Gerade als ich meine Augen schloss, erregte ein Blubbern meine Aufmerksamkeit. Das Wasser um den Felsen herum fing an zu kochen und spritzte mir entgegen. Als es meinen Flügel traf, zischte es, während sich brennende Kälte auf der betroffenen Stelle ausbreitete.

Das ist gar kein Wasser, stellte ich überrascht fest.

Das zunehmende Brodeln dieser eiskalten Flüssigkeit zwang mich, einige Schritte rückwärts zu gehen. Meine Schwanzspitze wurde gleich darauf von derselben absoluten Kälte umgeben, die ich im leeren Raum verspürt hatte. Ein Blick zurück verriet mir, dass ich genau vor der Grenze zwischen zwei Universen stand. Die gefährliche Flüssigkeit spritzte nun weit über die Höhe des Felsen hinaus. Verunsichert blickte ich zwischen den schäumenden Wellen und meiner verschwundenen Schwanzspitze umher.

Ich habe wohl keine andere Wahl, dachte ich und sprang durch die unsichtbare Grenze hindurch, während ich abermals meine Halsmuskeln verkrampfte und die Luft in meinen Lungen erhitzte.

Dieses Mal überraschten mich sowohl der Druckunterschied als auch die zunehmende Kälte kaum noch. Lediglich die schmerzenden Trommelfelle bereiteten mir Sorgen. Aufgrund meiner Vorbereitungen gelang es mir, die Wärme in meinen Flügeln zu bewahren, während ich erneut durch den leeren Raum trieb. Minutenlang setzte sich dieser Zustand fort, bis ich plötzlich in eine scheinbar zufällige Richtung gerissen wurde. Dieses Mal war kein Luftwiderstand, sondern die Gravitation des schwarzen Lochs dafür verantwortlich, was mich mit zunehmender Geschwindigkeit anzog. Durch das grelle Licht der Akkretionsscheibe musste ich meine Augen schliessen. Zu meiner Erleichterung wechselte ich kurz darauf bereits wieder in ein neues Universum. Aufgrund der Anziehungskraft des schwarzen Lochs hatte meine Geschwindigkeit stark zugenommen, weswegen die Wechsel zwischen den Universen nun in wesentlich kürzeren Zeitabständen stattfanden. Die zerstörte Raumstation mit der weissen, unerklärlich leuchtenden Röhre tauchte für eine Sekunde auf, um gleich wieder durch unzählige, weit entfernte Galaxien ersetzt zu werden. Bald darauf erschien ein kleiner Gesteinsbrocken des Asteroidenfelds aus dem Nichts, der mich hart am vorderen rechten Beinansatz traf, was wieder keinerlei Geräusche erzeugte. Die nun davon ausgehenden Schmerzen liessen mich vermuten, dass mein Bein soeben gebrochen worden war. Zusätzlich hatte der Aufprall meine Geschwindigkeit wieder reduziert. Von nun an wechselte ich lediglich noch alle zehn Sekunden in ein anderes Universum. Die Schmerzen der Erfrierungen, Prellungen, Schnitte und Knochenbrüche kombiniert mit meiner zunehmenden Erschöpfung erschwerten meine ziellose Reise durch das Multiversum. Ich wusste, dass ich nicht mehr allzu lange durchhalten würde. Trotz höchster Anstrengung wich die Wärme langsam aus meinem Körper. Die Flügel brannten erneut vor Kälte und die ledrige Haut wurde langsam taub. Abermals wechselte ich in ein anderes Universum, wobei plötzlich wieder hoher Luftdruck herrschte und mir ein warmer Wind entgegenwehte. Weit unten erkannte ich eine riesige Grasebene, die sich bis an den Horizont erstreckte. In diesem Augenblick erfasste mich eine neue Welle an Hoffnung.

Das muss die Erde sein, sofern ich mich nicht täusche!

Aufgeregt schlug ich mit den kalten Flügeln, die sich glücklicherweise noch bewegen liessen. Zielstrebig setzte ich zum Landeanflug an, bis mein rechter Flügel in eisiger Kälte bei nahezu vollständigem Vakuum verschwand. Mit einer Drehung gelang es mir, in diesem Universum zu bleiben und den immer noch löchrigen Flügel aus der Schnittstelle herauszuziehen. Langsam kreisend bewegte ich mich nach unten. Jedes Mal, wenn ein Teil meines Körpers eine Grenze zwischen den Universen berührte, passte ich meine Flugrichtung dementsprechend an. Nach einigen anstrengenden Minuten liess ich mich auf den weichen, grasbedeckten Boden fallen und atmete tief durch, obwohl mich die Schmerzen meines rechten Vorderbeins zusammenzucken liessen. Genaugenommen schmerzte nahezu jede Stelle meines Körpers auf die eine oder andere Weise. Dennoch war ich überglücklich, wieder auf meinem Heimatplaneten gelandet zu sein. Ächzend, aber auch grinsend vor Freude und Erleichterung richtete ich mich auf drei wackeligen Beinen auf und begab mich auf den Weg in eine zufällige Richtung. Erst als mein Kopf urplötzlich in absoluter Leere verschwand und jegliche Luft aus meinen Lungen gesogen wurde, zog ich mich ruckartig zurück. Hustend und mit neuerdings schmerzenden Lungenflügeln setzte ich mich hin und starrte gegen die unsichtbare Wand zwischen den Universen.

Wie konnte ich das bloss vergessen? Fragte ich mich kopfschüttelnd.

Ein Stechen in meinem Hinterkopf erinnerte mich daran, dass sich immer noch Nanobots in meinem Körper befanden. Ich kratzte mit meinen Klauen an der entsprechenden Stelle, was jedoch nichts bewirkte, da sich die winzigen, durch den elektromagnetischen Impuls zerstörten Roboter hinter dem Schuppenpanzer und wahrscheinlich auch dem Schädelknochen befanden. Während dem Einatmen hustete ich erneut, wobei ein wenig Blut auf die Gräser vor mir spritzte. Da ich nicht wusste, was der Druckabfall innerhalb meiner Lunge verursacht hatte, atmete ich von nun an langsam, was jedoch leichter gesagt als getan war. Gleichzeitig versuchte ich, zu gähnen, um den stechenden Druck in meinen Ohren loszuwerden. Meine Trommelfelle knackten einige Male schmerzhaft, bis ich mich dazu entschied, abzuwarten. Da ich aufgrund meiner neuen Hoffnung den Drang verspürte, zu Vanessa zu gelangen, musste ich mich aus der vierdimensionalen Rotation befreien. Um dies zu bewerkstelligen, drückte ich die nun nicht mehr vereiste, jedoch immer noch kalte R-Taste des EFGs. Die mittlerweile zerstörten Anzeigen verrieten keinerlei Funktion. Ich löste das defekte Gerät von meinem linken Vorderbein und liess es im Gras liegen. Nun streckte ich meinen linken Flügel nach vorn, um zu überprüfen, ob ich mich immer noch in ein anderes Universum bewegte, sobald ich eine unsichtbare Grenze passierte. Als nach einigen Schritten nichts geschah, war ich erleichtert. Mein Blick fiel zurück auf den EFG und ich fragte mich, was die Menschen mit diesem Ding anstellen würden, sobald sie es entdeckten. Nach kurzer Überlegung ging ich darauf zu, nahm es zwischen die Zähne und schleuderte es in die Richtung, aus der ich gekommen war. Während der Bewegung zuckte ich aufgrund des Stechens in meinem Hinterkopf zusammen. Instinktiv schloss ich meine Augen für einen Sekundenbruchteil, wodurch ich den Moment verpasste, in dem der EFG in ein anderes Universum flog. Suchend blickte ich umher, konnte jedoch keine Spur dieses Geräts entdecken. Nun trat ich abermals vorsichtig nach vorn, bis ich mich ungefähr dreissig Meter von meinem Ausgangspunkt entfernt hatte. Da ich immer noch auf keine Grenze zwischen den Universen gestossen war, breitete ich meine verletzten Flügel aus und stiess mich mit drei Beinen vom Boden ab. Schwankend flog ich in eine zufällige Richtung, um zurück in die Zivilisation zu gelangen. Mit meinem rechten, löchrigen Flügel musste ich doppelt so schnell schlagen wie mit dem linken. Ausserdem erschwerten die stechenden und brennenden Schmerzen meinen Flug zusätzlich. In verkrampfter Haltung flog ich, bis ich am Horizont einen weissen Punkt erspähte, den ich kurze Zeit später als rundes Zelt identifizierte. Mit schlappen Flügelschlägen näherte ich mich meinem neuen Ziel, bis ich mehrere Menschen entdeckte, die neben dem Zelt sassen. Eine dieser Personen erkannte mich am Himmel und zeigte in meine Richtung. Ungefähr gleichzeitig wich die letzte Kraft aus meinen Flügeln und ich torkelte zu Boden. Kurz vor dem Aufprall gelang mir ein letzter Flügelschlag, bevor ich schmerzhaft zu Boden prallte. Mit zusammengebissenen Zähnen wartete ich, bis die Schmerzen meines gebrochenen Beins langsam verebbten. Zu meinem Leidwesen verschwanden sie nicht vollständig, sondern blieben in hoher Intensität bestehen. Währenddessen musste ich ununterbrochen die Luft anhalten, um nicht versehentlich zu husten, was meine inneren Verletzungen noch verschlimmern würde.

Zwei Männer und ein Kind eilten herbei. Sie schienen allesamt neugierig zu sein. Bevor der schätzungsweise sechs Jahre alte Junge nähertreten konnte, wurde er von einem der Männer aufgehalten. Er sprach etwas in einer Sprache, die ich nicht verstand. Dennoch konnte ich dem Wortlaut entnehmen, dass es mongolisch war. Der andere Mann näherte sich in vorsichtigen Schritten, ohne ruckartige Bewegungen auszuführen. Sein Blick blieb auf meinem löchrigen und zerschnittenen rechten Flügel hängen. Er sagte etwas zu den anderen, die kurz darauf zum Zelt zurückkehrten. Der Mann, der noch an meiner Seite stand, starrte mich sowohl neugierig als auch misstrauisch an. Nach einigen Sekunden ging er langsam zurück zu den anderen, ohne mich aus den Augen zu lassen. Sobald er verschwunden war, übermannte mich der Schlaf, ohne dass ich etwas dagegen unternehmen konnte.

Kalte Wassertropfen flossen von meinen Hörnern nach vorn bis zu meiner Schnauzspitze. Ich öffnete die Augen und stellte überrascht fest, dass mich jemand mit einer Regenjacke zugedeckt hatte. Ansonsten hatte sich überhaupt nichts verändert. Die Menschen konnte ich nicht mehr sehen. Ich schnupperte in Richtung des Zelts, was ungefähr zweihundert Meter vor mir lag, und witterte direkt ihren Duft. Allem Anschein nach hatten sie sich aufgrund des Regens in ihr trockenes Zelt zurückgezogen. Vorsichtig setzte ich mich gerade hin und legte die Regenjacke beiseite, ohne mich auf mein rechtes Vorderbein abzustützen. Dennoch zuckte ein stechender Schmerz von der Pranke bis zum Beinansatz. Ausserdem fühlte sich die Wunde heiss und geschwollen an. Ein Blick auf den Knochenbruch bestätigte meine Vermutung, dass es sich verschlimmert hatte. Da mein Maul inzwischen beinahe vollständig ausgetrocknet war und es in Strömen regnete, überkam mich ein starkes Durstgefühl. Aus diesem Grund musste ich zuerst etwas trinken, bevor ich mich meinem gebrochenen Bein widmen konnte. Zu meinem Glück hatten die Bewohner des Zelts einige Töpfe und Eimer im Regen aufgestellt, die sich mittlerweile beinahe gefüllt hatten. Hinkend trat ich auf die Gefässe zu, von denen eine magische Anziehungskraft auszugehen schien. Währenddessen fiel mir auf, wie geschwächt ich mittlerweile war. Trotz hoher Anstrengung konnte ich mich kaum auf den Beinen halten.

Als ich kurze Zeit später vor einem Topf voller Regenwasser stand, blickte ich unsicher umher. Einerseits musste ich dringend etwas trinken und andererseits empfand ich es als unanständig, diesen Menschen ihr Wasser zu stehlen und gleichzeitig ihre Waren zu beschmutzen. Anschliessend fragte ich mich, ob sie mir nicht ohnehin Wasser gegeben hätten. Durch das Zudecken mit der Regenjacke hatten sie bereits ihre Hilfsbereitschaft bewiesen.

Sie werden mir bestimmt nicht böse sein, wenn ich ein wenig trinke, dachte ich und schnappte gleich darauf nach dem leicht sauren Regenwasser.

Während ich trank, schien mein Verstand mit jedem Schluck klarer zu werden. Als ich schliesslich die letzten Tropfen aufschlürfte, hatte ich wieder das eindeutige Ziel vor Augen, Vanessa schnellstmöglich zu besuchen. Vorerst musste ich jedoch abwarten, bis meine schlimmsten Verletzungen verheilt waren. Das Brennen und Stechen der Flügel hatte mittlerweile leicht abgenommen, dafür war der Knochenbruch noch akut. Gedankenverloren und erschöpft blickte ich in die grauen Regenwolken, während unzählige Tropfen gegen meinen Kopf prasselten. Seufzend dachte ich an Vanessa. Seitdem ich entführt worden war, hatte ich sie nicht gesehen. Es bereitete mir Sorgen, dass Z-17-k erwähnt hatte, sie würde verzweifelt nach mir suchen. Aus eigener Erfahrung wusste ich, dass solche Emotionen zu unüberlegtem Handeln führen konnten. Gerade als ich mich fragte, was sie inzwischen alles unternommen haben musste, um mich zu finden, floss ein grosser Tropfen in mein rechtes Nasenloch, da mein Kopf immer noch dem Himmel entgegengestreckt war. Schnaubend stiess ich das Wasser wieder aus und richtete meinen Kopf gerade. Währenddessen erblickte ich die beiden Männer, das Kind und eine Frau mittleren Alters, die mich interessiert beobachteten. Für einen Augenblick schämte ich mich dafür, bei meinen Gedankengängen erwischt worden zu sein, ohne dass ich es bemerkt hatte. Schliesslich war ich ein Drache mit ausgezeichnetem Gehör. Verlegen blickte ich auf den leeren Wassereimer und wieder zurück zu meinen Zuschauern. Mit leicht eingezogenem Kopf humpelte ich zurück zur Regenjacke, die immer noch im nassen Gras lag.

Als ich mich in einiger Entfernung zum Zelt hinlegte, spürte ich meine Prellungen aufs Neue. Seufzend legte ich meinen Kopf zwischen die beiden Vorderbeine, wobei abermals ein stechender Schmerz von meinem Bruch ausging.

Was ist denn bloss los mit diesem Bein? Selbst damals im russischen Militärstützpunkt war es weniger schlimm, dachte ich.

Sachte tastete ich es mit den Klauen ab, so gut ich konnte. Selbst durch den Schuppenpanzer hindurch fühlte ich, wie der abgebrochene Knochen in das Muskelgewebe stach. Da ich nun wusste, was das Problem war, drückte ich die vordere rechte Pranke zu Boden und zog an meinem gebrochenen Bein, um den Knochen wieder in die ursprüngliche Position zu rücken. Die dabei entstandenen Schmerzen liessen mich gekrümmt im nassen Gras wälzen, während ich mir einen Schrei unterdrückte. Stattdessen gab ich lediglich ein leises Stöhnen von mir. Selbst in dieser Situation wollte ich meine Menschlichkeit keinesfalls preisgeben. Bedauerlicherweise schien meine Bemühung umsonst gewesen zu sein, denn der Knochen stach nun noch stärker in das umliegende Gewebe. Ich hielt den Atem an, biss die Zähne zusammen und versuchte es erneut, dieses Mal mit mehr Kraft. Während der ruckartigen Bewegung nach hinten knackte es laut hörbar, wobei abermals nahezu unerträgliche Schmerzen von der Bruchstelle ausgingen. Kurz darauf verebbten die Schmerzen jedoch und liessen lediglich ein leichtes Pochen zurück. Ich atmete erleichtert durch und legte meinen Kopf wieder zwischen die beiden Vorderbeine. Obwohl es stark regnete und die Aussentemperatur nur schätzungsweise zehn Grad Celsius betrug, genoss ich das kühle Wasser, während ich mich allmählich von den Schmerzen erholte. Im Vergleich zur klirrenden Kälte des Weltraums glich die momentane Temperatur der eines heissen Sommertags.

Meine Verletzungen schmerzten kaum noch, als ich bei Sonnenaufgang erwachte. Ich öffnete meine Augen und blinzelte der hellen Sonne entgegen, die von Osten her strahlte. Die Gräser in meiner Umgebung waren noch von tausenden Regentropfen bedeckt, während der Himmel nahezu wolkenlos war. Gähnend streckte ich mich, bis ein stechender Schmerz innerhalb meines rechten Vorderbeins meinen Knochenbruch in Erinnerung rief. Ein kühler Wind kam auf und ich fröstelte, da nahezu mein gesamter Körper noch vom gestrigen Regenschauer nass war. Gleichzeitig meldete sich mein Hungergefühl. Der Geruch von gebratenem Fleisch stieg mir in die Nase und ich fragte mich, ob die Bewohner des Zelts ihr Essen mit mir teilen würden. Mit knurrendem Magen stand ich auf und näherte mich dem weissen, runden Zelt mit einem Durchmesser von ungefähr acht Metern, als mir auffiel, dass die Regenjacke noch im nassen Gras lag. Vorsichtig humpelte ich zurück, nahm das nasse Kleidungsstück zwischen die Zähne und brachte es zu den Zeltbewohnern, die momentan ihr Frühstück zubereiteten. Währenddessen achtete ich genau darauf, die Jacke weder mit meinem Speichel noch mit der aufgeweichten Erde zu beschmutzen. Die Menschen entdeckten mich schnell, als ich bei ihnen angekommen war. Der Mann, der sich gestern vor das Kind gestellt hatte, wich einen Schritt verunsichert zurück.

Ich wollte euch nicht erschrecken, dachte ich wieder einmal in Verlegenheit.

Sachte legte ich die Jacke neben einen Geländewagen, der mir soeben erstmals aufgefallen war, und setzte mich mit respektvollem Abstand neben die Menschen. Ausserhalb des Zelts stand ein kleiner Tisch mit vier Tellern, die jeweils mit Teigwaren und gebratenem Fleisch gefüllt waren. Dieses reichhaltige Frühstück liess mir das Wasser im Maul zusammenlaufen. Sehnsüchtig atmete ich den wohlriechenden Duft ein und stellte mir vor, ich würde in das saftige Fleisch beissen. Ehe sich meine vom Hunger beeinflussten Gedanken fortsetzten, landete ein Stück Fleisch vor mir im Gras. Ich blickte auf und sah verwundert den Zeltbewohnern entgegen, die mich neugierig anstarrten. Mein Blick fiel wieder auf das frisch gebratene Stück Fleisch vor meinen Füssen. Mein Innerstes wurde von einer wohligen Wärme erfüllt. Die Tatsache, dass fremde Menschen, die mich noch überhaupt nicht kannten, ihr Essen mit mir teilten, trieb mir beinahe Tränen in die Augen. Obwohl mich die Blicke meiner Zuschauer immer noch durchbohrten und sich ein Kloss in meinem Hals gebildet hatte, gewann schliesslich mein Hungergefühl. Gierig biss ich in das zarte, saftige Fleisch und schlang es hinunter, wie ich es bereits hunderte Male als Drache getan hatte. Wie immer fühlte es sich unbeschreiblich gut an, als wäre ich einzig und allein für das Fressen von Fleisch geboren worden. Obwohl ich fortlaufend Hunger verspürte, blickte ich den vier Menschen dankbar entgegen und rollte mich an Ort und Stelle zusammen, um mich weiterhin auszuruhen. Schliesslich wollte ich diesen hilfsbereiten Menschen nicht all ihr Essen stehlen.

Als sie schliesslich ebenfalls zu essen begannen, fiel mir auf, welch grosse Last gestern von meinen Schultern gefallen war. Einerseits war Z-17-k nun endgültig besiegt und andererseits konnte ich wieder nach Hause zurückkehren. Zufrieden beobachtete ich die frühstückenden Personen, während diese wiederum häufig in meine Richtung blickten. Meine Gedanken schweiften wieder zu Vanessa, die mich in einigen Tagen bestimmt mit offenen Armen empfangen würde und mein früheres Leben als Mensch, was ich nun endlich sorgenfrei fortsetzen konnte. Plötzlich fiel mir ein, dass ich mich hierfür in einen Menschen verwandeln musste. Ich blickte auf mein linkes Vorderbein, während ich mir vorstellte, die eisige Kälte des Weltraums würde es durchdringen.

Bedauerlicherweise geschah nichts. Selbst einige Sekunden später blieben die roten Schuppen bestehen. Ich schluckte leer und richtete meine Aufmerksamkeit wieder auf die essenden Menschen.

Ich möchte einfach wieder in mein normales Leben zurückkehren. Keine Kriege, keine Schlachten gegen ausserirdische KIs, keine Alientechnologie oder fremde Welten. Ebenso wenig möchte ich ein Drache sein, selbst wenn dies bedeutet, niemals wieder fliegen zu können. Ich habe genug von all diesem Wahnsinn! Das Einzige, was ich möchte, ist die Zeit, die mir gegeben ist, mit Vanessa, Tom und meiner Familie zu verbringen.

Mit diesen Gedanken legte ich meinen Kopf ins feuchte Gras und schloss die Augen.

25

Heimkehr

Die nächsten Tage verbrachte ich noch in der Nähe des runden Zelts mit den vier zuvorkommenden Menschen. Obwohl sie stets ihr Essen mit mir teilten, wagten sie es nicht, mich zu berühren, was ich jedoch respektierte. Am vierten Tag, als die Sonne hoch am wolkenlosen Himmel stand, waren die Löcher meines rechten Flügels bereits wesentlich kleiner geworden. Ausser einem leichten Zwicken, wenn ich sie berührte, hatte ich keine Beschwerden mehr aufgrund meiner schweren Verbrennungen, die ich in Zürich erlitten hatte. Mein rechtes Vorderbein hatte sich ebenfalls stark gebessert. Es schmerzte überhaupt nicht mehr und fühlte sich wieder vollkommen normal an. Trotzdem wagte ich es noch nicht, Gewicht darauf zu verlagern. Selbst mein Hals wirkte wieder gesund. Bedauerlicherweise war es mir nicht gelungen, Feuer zu erzeugen. Ausserdem blieb noch das Zwicken in meinem Hinterkopf bestehen, was ich stets während abrupten Kopfbewegungen wahrnahm. Trotz diesen beiden Problemen fühlte ich mich stark genug, nach Hause zu fliegen. Entschlossen, zu Vanessa zurückzukehren, blickte ich noch einmal in Richtung der vier Menschen, die mir geholfen hatten, und flog nach Westen davon.

Eure Unterstützung und Fürsorge werde ich euch niemals vergessen, dachte ich, während ich mich von ihnen entfernte.

Kurze Zeit später fragte ich mich, ob meine Wunschvorstellung, wieder ein normales Leben führen zu können, auch nur ansatzweise realistisch war. Selbst wenn ich mich irgendwann wieder in einen Menschen verwandeln konnte, würde ich stets meine Vergangenheit in mir tragen, die mein Handeln beeinflusste. Nichtsdestotrotz setzte ich meinen Plan, nach Hause zu kehren, in die Tat um, da dies die einzige Möglichkeit war, wieder mit Vanessa vereint zu sein. Ich flog für einige Stunden über die ewigen Graslandschaften der Mongolei hinweg, in der ich mich vermutete, und dachte zwischendurch auch noch an Tom, der wie Vanessa bereits krank vor Sorge sein musste. Kurz bevor die Sonne unterging, entdeckte ich mehrere Ziegen, von denen ich aufgrund meines Hungers eine schlachten musste. Mein starkes Mitgefühl für dieses Tier nahm mir beinahe den Appetit. Traurig betrachtete ich die tote Ziege vor mir, bis mich mein

Hungergefühl dazu zwang, die Luft in meinen Lungen zu erhitzen und anschliessend auszustossen, um das Fleisch braten zu können. Kleine, orangefarbene Flammen flackerten währenddessen auf. Überrascht hielt ich einen Moment inne, bis ich begriff, dass ich nun wieder Feuer speien konnte. Voller Freude setzte ich meine individuelle Garmethode fort, bis das Fleisch aussen knusprig gebraten war. Anschliessend biss ich wie immer gierig hinein und ass, soviel ich konnte. Als ich fertig gegessen hatte, legte ich mich schlafen und verbrachte die Nacht unter freiem Himmel, obwohl der Boden noch nass und dementsprechend kalt war.

Am nächsten Morgen flog ich weiter, bis mich meine vor Anstrengung und kürzlich verheilten Verletzungen schmerzenden Flügel zur Landung zwangen. Erneut schlachtete ich ein Tier, briet dessen Fleisch mit meinem Feuer und übernachtete in der Natur. Die nächsten Tage verstrichen ohne sonderbare Ereignisse. Langsam wichen die ewigen Grasebenen grossen Wäldern und schliesslich einem Meer. Während meiner Reise achtete ich stets darauf, nicht zu weit in Richtung Süden zu gelangen, da sich dort ein riesiges Wüstengebiet befand, was sich über mindestens eintausend Kilometer erstreckte. Je weiter ich flog, desto mehr kleine Inseln tauchten vor mir auf. Grosse, mit Palmen bewachsene Strände und Städte gehörten zur Tagesordnung. Obwohl ich vorhatte, in die Zivilisation zurückzukehren, mied ich grosse Menschenansammlungen und somit auch die Städte, da ich ansonsten jegliche Aufmerksamkeit auf mich ziehen würde, was mir unangenehm war.

Sechs Tage nach meinem Aufbruch hatte ich bereits keine Ahnung mehr, wo ich mich befand. Verloren landete ich an einem langen Sandstrand, der von Touristen überfüllt war, um aus ihren Gesprächen mehr über diesen Ort herauszufinden. Sobald mich die Menschen erblickt hatten, scharten sie sich mit einigen Metern Abstand um mich und schossen Fotos mit ihren Mobiltelefonen oder Kameras. Einige von ihnen sprachen Deutsch, andere Englisch, Französisch oder weitere Sprachen, die ich nicht eindeutig zuordnen konnte. Konzentriert lauschte ich ihnen, was bei diesem lauten Stimmengewirr und meiner ungefilterten Wahrnehmung alles andere als leicht war. Bald überforderte mich dieses wilde Durcheinander und ich flog erneut dem Strand entlang, um einen besseren Landeplatz zu finden.

Diese Touristen sind echt unerträglich. Ich konnte kaum noch denken vor lauter hektischer Gespräche. Wie kann man sich bloss auf diese Weise die Zeit vertreiben? Fragte ich mich.

Als ich auf einem kahlen Felsen fernab dieser Menschen gelandet war, betrachtete ich die untergehende Sonne am Horizont, die sich lediglich noch eine Klaue breit über dem Meer befand, was vor mir lag. Währenddessen dachte ich darüber nach, was ich von diesem Ort wusste. Aufgrund des Tourismus und der Vegetation vermutete ich, in Spanien oder Italien gelandet zu sein. Die Bauweise der Städte sprach jedoch dagegen. Gedankenverloren liess ich meinen Blick über die unbekannte Landschaft schweifen, bis ich weisse Säulen auf einem Hügel entdeckte, die einen griechischen Eindruck erweckten. Sollte ich mich tatsächlich in Griechenland befinden, musste ich lediglich dem Mittelmeer in Richtung Norden folgen, bis ich die Alpen erreichte.

Ich will doch bloss nach Hause. Weshalb kann ich mich nicht einfach teleportieren? Dachte ich verzweifelt seufzend.

Meine Geduld näherte sich allmählich dem Ende, da ich bereits seit einer Woche auf der Rückreise war. Um mich von dem unangenehmen Gefühl, was sich in diesem Augenblick in mir ausbreitete, abzulenken, versuchte ich die Verwandlung in einen Menschen erneut, wie bereits dutzende Male zuvor in den letzten Tagen. Da dies ebenfalls erfolglos endete, steigerte sich meine Verzweiflung abermals. Unruhig blickte ich umher. Als würde dies meine Situation verbessern, dachte ich erneut an die eisige Kälte des Weltraums, die meinen Körper durchströmt hatte. Mit pochendem Herzen und verzweifelter Konzentration starrte ich meine Klauen an und schrie innerlich, sie sollten sich endlich verwandeln. Plötzlich zuckte ein stechender Schmerz durch mein rechtes Vorderbein. Augenblicklich stellte ich meine Gedanken an eisige Kälte ein und begann, es zu schütteln und zu massieren. So plötzlich wie der Schmerz gekommen war, verschwand er auch wieder.

«Was soll das hier eigentlich? Weshalb erhalte ich eine zweite Chance, mein Leben fortzusetzen, nur um anschliessend festzustellen, dass es niemals wieder möglich sein wird?», schrie ich dem malerischen Sonnenuntergang entgegen.

Ob mich hierbei Menschen beobachteten, war mir aufgrund meiner Verzweiflung gleichgültig. Mich überkam das Gefühl, nicht genügend Sauerstoff zu erhalten, wodurch sich meine Atmung beschleunigte. Gleichzeitig wurde mir schlecht und ich befürchtete, jeden Augenblick den Verstand zu verlieren. Ich sprang von dem Felsen hinunter auf den angrenzenden Strand und grub meinen Kopf in den sandigen Untergrund, so gut ich konnte, da mir dies auf unerklärliche Weise Linderung verschaffte. Anschliessend pflügte ich mit meinem gesamten Körper den Sandstrand, bis meine innere Verzweiflung der Trauer wich. Leise schluchzend mit dem Kopf im Sand lag ich auf dem Strand, bis mich eine Welle erreichte. Das kühle Wasser benetzte meinen rechten Flügel und spülte allmählich meine Sorgen davon. Irgendwann erreichte es sogar meinen Kopf, den es zunehmend vom Sand befreite. Reglos blieb ich liegen und liess die Wellen an mir vorbeifliessen, bis ich versehentlich das salzhaltige Wasser einatmete. Hustend richtete ich mich auf und blickte umher. Inzwischen war die Sonne untergegangen und mein Magen knurrte. Dennoch verspürte ich nicht den Drang, etwas Essbares aufzutreiben. Mit hängendem Kopf zog ich mich zu einer nahestehenden Palme zurück und rollte mich so klein zusammen, wie es möglich war. Obwohl mich meine Trauer stark erschöpft hatte, fand ich diese Nacht keinen Schlaf. Mit den Gedanken voller Sorgen lag ich unter der Palme und lauschte den Wellen, die ruhig auf den Sandstrand trafen, sich darauf ausbreiteten und anschliessend wieder zurückzogen. Als eine gefühlte Ewigkeit später endlich das erste Licht der Sonne im Osten erschien, schmerzte mein Magen bereits vor lauter Hunger. Mit schwachen Beinen stand ich auf und suchte die Umgebung nach etwas Essbarem ab. Als meine scharfen Drachenaugen Fische im klaren Wasser des Meers entdeckten, sprang ich hinein und schwamm nach draussen, bis der Meeresgrund mehrere Meter unter mir war. An diesem Punkt tauchte ich ab und öffnete meine Augen, die nun aufgrund des Salzwassers brannten. Die Fische in meiner Umgebung schwammen beiseite, als wüssten sie bereits, dass ich hungrig war. Erfrischt durch das kalte Wasser des Mittelmeers jagte ich einem Fisch hinterher, der sich blitzschnell von mir entfernte, sobald er mich entdeckt hatte. Mit den Flügeln und dem Schwanz beschleunigte ich, bis ich meine dreissig Zentimeter lange Beute beinahe eingeholt hatte. Im allerletzten Moment, bevor ich meine Klauen nach ihm ausstrecken konnte, wich der Fisch nach links aus. Schmunzelnd folgte ich ihm, ohne zu bemerken, dass mich die Jagd bereits von jeglichen Sorgen befreit hatte. Nach einigen schnellen Richtungswechseln erwischte ich den wendigen Fisch endlich mit einer Klaue, die sich durch seine Heckflosse bohrte. Sofort schwamm ich zur Wasseroberfläche und schlug den Kopf des Fisches gegen die harten Schuppen meines linken Vorderbeins, um ihn augenblicklich zu töten. Japsend atmete ich die kühle Morgenluft ein. Erst jetzt bemerkte ich, dass ich mich während meiner Verfolgungsjagd mehrere Kilometer vom Ufer entfernt hatte. Schwer atmend stiess ich mich von der Wasseroberfläche ab und schlug einige Male kräftig mit den Flügeln, um direkt abzuheben. Währenddessen schüttelte ich das Wasser von meinem Körper, bis ich nahezu vollständig trocken war. Kurze Zeit später landete ich auf dem Strand, nahm den Fisch aus, wie es mir mein Bruder vor einigen Monaten gezeigt hatte, und briet die Filetstücke mithilfe meines Feuers. Anschliessend ass ich genussvoll mein Frühstück und bereitete mich mit neuer Energie auf den Weg nach Hause vor. Den gestrigen Nervenzusammenbruch hatte ich bereits beinahe vergessen.

Am nächsten Tag erreichte ich kurz vor Mittag die ersten Berge, von denen ich mir ziemlich sicher war, dass es die Alpen sein mussten.

Dann war es also doch Griechenland, dachte ich erleichtert.

Endlich wieder nach Hause kehren zu können, bereitete mir Freude, was meine Reise beflügelte. Selbst die Überquerung der Alpen verging wortwörtlich im Flug. Ehe ich mir in allen Einzelheiten ausmalen konnte, wie Vanessa auf meine Drachengestalt reagieren würde, erblickte ich bereits Zürich vor mir. Erstaunlicherweise war vom Schlachtfeld, was aufgrund des Angriffs von Z-17-k entstanden war, kaum noch etwas übriggeblieben. Die meisten Gebäude waren zu ihrem ursprünglichen Zustand wiederhergestellt worden oder befanden sich noch im Bau. Von den Raumschiffen fehlte jede Spur.

Da sich mein Mobiltelefon wie auch andere meiner Wertgegenstände noch bei Tom befanden, steuerte ich vorerst seine Wohnung an. Ich konnte mir mein Grinsen nicht mehr unterdrücken, als ich kurze Zeit später auf seinem Balkon landete. Ich blickte durch die geschlossene Balkontür hinein und erkannte meinen Bruder, der mit Delia und meiner Mutter am Esszimmertisch sass. Die drei Hunde Paul, Emma und Nova waren ebenfalls dabei. Voller Vorfreude klopfte ich mit einer Klaue sachte gegen die Glasscheibe, die mich von ihnen trennte. Sofort blickte Tom in meine Richtung und hielt einen Moment inne, während sich sein Blick von Überraschung auf Freude änderte.

«Seht mal, Nils ist zurück!», hörte ich seine laute Stimme durch die Scheibe hindurch.

Meine Mutter sah mich nun ebenfalls an. Sie stand sofort auf, um die Balkontür zu öffnen, während ihr Tränen der Freude in die Augen stiegen. Tom und Delia blieben vorerst sitzen. Die Hunde begrüssten mich schwanzwedelnd, als wäre nichts Aussergewöhnliches geschehen. Gleichzeitig blieb meine Mutter vor mir stehen. Ihr hatte es augenscheinlich die Sprache verschlagen. Kurz darauf umarmte sie mich schluchzend, was mich in Verlegenheit brachte.

«So lange war ich doch gar nicht weg, Mama.», sagte ich, um diese mir unangenehme Situation zu beschleunigen.

«Ach Nils, ich bin so froh, dass du wohlauf bist.», entgegnete sie, ohne auf meine Bemerkung einzugehen.

Ihre Freudentränen tropften auf meinen rechten Flügel, den ich sogleich mit dem rechten Hinterbein trockenrieb.

«Eigentlich warst du schon sehr lange weg, Born.», warf Tom ein, der geduldig darauf wartete, dass mich meine Mutter losliess.

«Zwei Wochen sind doch eine vergleichsweise kurze Zeit.», antwortete ich.

Toms Freude, mich wiederzusehen, wich der Verwirrung.

«Zwei Wochen? Das waren insgesamt zehn Monate, seitdem du verschwunden bist.»

«Was? Das kann unmöglich wahr sein. Ich bin vor …»

In diesem Augenblick erinnerte ich mich an den Flug um das schwarze Loch herum, was aufgrund der starken Gravitation zu einer Krümmung der Raumzeit geführt hatte.

«Ich glaube, du hast recht. Da war ja noch etwas mit dem Lorentzfaktor. Für mich waren das nur zwei Wochen.», setzte ich fort.

Endlich löste sich meine Mutter von mir und betrachtete mich von allen Seiten.

«Geht es dir gut, Nils? Bist du verletzt?», fragte sie hektisch.

«Es ist alles in Ordnung.»

«Gott sei Dank. Du kannst dir gar nicht vorstellen, wie sehr ich mir Sorgen gemacht habe.»

Nun gab sie mir einen Kuss auf die Stirn und strahlte mich an, als hätte sie soeben das grösste Geschenk ihres Lebens erhalten. Ich hingegen empfand ihre Reaktion als übertrieben. Für mich war schliesslich wesentlich weniger Zeit vergangen. Da mich meine Mutter nun nicht mehr umarmte und sich die Hunde allmählich beruhigten, begrüssten mich Tom und Delia ebenfalls herzlich.

«Der sieht wieder wie neu aus.», stellte Tom fest, als er meinen rechten Flügel untersuchte, der inzwischen vollständig verheilt war.

Kurze Zeit später konnte ich endlich in die Wohnung meines Bruders eintreten.

«Wo ist mein Handy? Ich muss dringend Vanessa Bescheid sagen, dass ich zurückgekehrt bin.», sagte ich, nachdem sich die Situation etwas entspannt hatte.

«Oh, das weisst du natürlich noch gar nicht. Sie wurde knapp vor dem Angriff der KI in eine Klinik verwiesen, da man sie für schizophren gehalten hat. Erst danach wurde sie entlassen und ist anschliessend in eine Depression verfallen, soweit ich weiss.», sagte Tom mitfühlend.

«Was? Aber … woher weisst du das?», fragte ich verdutzt und schockiert zugleich.

«Sie hat monatelang nach dir gesucht. Da sie dich nicht finden konnte, hat sie sich nach allen Personen erkundigt, die dich kennen. Vor knapp fünf Monaten kam sie dann auf mich zu.»

«Hast du ihr erzählt, dass ich ein Drache bin?»

«Nein, das wollte ich dir überlassen, sobald du zurückkehrst. Schliesslich ist sie deine Freundin, nicht meine.»

Einerseits freute es mich, dass mein Bruder nicht an meiner Rückkehr gezweifelt hatte. Andererseits musste ich Vanessa nun selbst erklären, wer ich in Wirklichkeit war, was mich augenblicklich nervös werden liess.

«Weisst du zufälligerweise, wo sie momentan ist?», fragte ich.

«Vermutlich wieder in der Klinik wegen ihrer Depression.», antwortete Tom.

«Das ist schlecht. Ich kann mich nämlich nicht mehr verwandeln und eigentlich wollte ich vermeiden, dass die Menschen meine wahre Identität herausfinden.», sagte ich, während mir auffiel, wie widersprüchlich meine Aussage war.

Sollte ich die Fähigkeit zur Verwandlung tatsächlich permanent verloren haben, musste ich meine Geheimidentität gezwungenermassen aufgeben, um mein vorheriges Leben fortzusetzen.

«Immer noch nicht? Ich kann das bereits seit neun Monaten wieder.»

«Tatsächlich?»

Meine Hoffnung, in mein altes Leben zurückkehren zu können, wurde nun aufs Neue geweckt. Interessiert blickte ich in Richtung Tom und erwartete, dass er mir alle Einzelheiten über die Rückkehr seiner Fähigkeiten erläutern würde, jedoch verwandelte er lediglich demonstrativ seine rechte Hand.

«Also funktioniert es wie zuvor?», fragte ich ungläubig.

«Ja.»

«In diesem Fall werde ich es gleich nochmals ausprobieren. Wo sind meine Kleider?», erwiderte ich und stand ohne zu zögern auf.

«Die habe ich in meinem Kleiderschrank verstaut.», antwortete Tom und stand nun ebenfalls auf, um mir meine Kleider zu bringen.

Ich nahm sie dankbar entgegen und betrat das Badezimmer, um mich in Ruhe verwandeln zu können. Die Tatsache, dass meine Erfolgschancen gering waren, war mir vollkommen gleichgültig.

«Ich verlasse dieses Badezimmer erst wieder als Mensch, egal wie lange es dauert.», sagte ich zielstrebig und schloss die Tür hinter mir.

Mit neuer Willenskraft dachte ich an Eis und Kälte, so gut ich konnte. Bereits eine Sekunde später traten die stechenden Schmerzen erneut auf, die ich bereits in Griechenland verspürt hatte. Gekonnt ignorierte ich diese Warnsignale und setzte meine eisigen Gedanken fort. Die stechenden Schmerzen durchzogen bald meinen gesamten Körper und wurden stetig heftiger. Dennoch gab ich nicht auf und dachte fortlaufend an Eis. Als die Schmerzen ungefähr denen von auftauenden Flügeln glichen, brach ich zusammen, setzte mein Vorhaben jedoch trotzdem fort. Nach einer gefühlten Ewigkeit hatten sich die Schmerzen immer noch nicht gebessert. Meine Kräfte neigten sich allmählich dem Ende und ich war gezwungen, eine Pause einzulegen. Keuchend stellte ich die Gedanken an Eis ein und öffnete die Augen. Ich sah das Badezimmer doppelt, wobei das linke Bild wesentlich heller und schärfer war als das rechte. Die stechenden Schmerzen verschwanden urplötzlich, was mich noch mehr verwirrte als das Doppeltsehen. Gleich darauf fiel mein Blick auf meine rechte Hand, die aus zwei Fingern und drei Klauen bestand. Mein Arm war abwechslungsweise von Schuppen oder Haut bedeckt. Meinem anderen Arm, den Beinen und dem Rest meines Körpers erging es nicht besser. Aus welchen Gründen auch immer war ich nun halb Drache, halb Mensch. Ich versuchte, aufzustehen, sackte jedoch gleich wieder zusammen. Meine unförmigen Gliedmassen liessen nicht zu, eine normale Haltung einzunehmen. Da ich mich in dieser Form alles andere als wohl fühlte, dachte ich erneut an Eis. Sofort setzten die stechenden Schmerzen wieder ein, während sich meine Gestalt langsam änderte.

«Ist alles in Ordnung bei dir?», hörte ich die Stimme meiner Mutter durch die Tür hindurch.

«Ja.», antwortete ich knapp, obwohl dies nicht der Wahrheit entsprach.

«Okay. Kann man dir irgendwie helfen?»

«Nein, das glaube ich nicht.»

Die nächsten Minuten setzte sich die schmerzhafte Verwandlung fort, bis lediglich noch die Flügelansätze und ein Teil meiner Brust übrigblieben. Lange stellte ich mir angestrengt vor, diese Teile meines Körpers würden aus Eis bestehen, jedoch blieben die auffällig roten Schuppen bestehen. Seufzend zog ich meine Kleider an, da dies mittlerweile möglich war, und trat aus dem Badezimmer hinaus. Gerade als mich Tom erblickte, zwickte es mich erneut am Hinterkopf, was noch den Nanobots zuzuschreiben war. Griesgrämig massierte ich die betroffene Stelle mit meinem Daumen. Die Hunde standen sofort auf und begrüssten mich, als wäre ich gerade eben angekommen.

«Wie ich sehe, hat es funktioniert.», sagte mein Bruder.

«So einigermassen.», antwortete ich leicht unzufrieden.

«Freut es dich nicht, dass du dich wieder verwandeln kannst?»

«Doch schon, aber ich möchte endlich wieder in mein normales Leben zurückkehren.»

«Also möchtest du kein Drache mehr sein?», fragte Tom überrascht, als hätte er meine Gedanken gelesen.

In gewisser Weise wirkte er enttäuscht.

«Nein, niemals wieder. Ich bin es leid, gegen Alienraumschiffe zu kämpfen, meine Geheimidentität wahren zu müssen oder immer mehr die Kontrolle über irgendwelche Instinkte zu verlieren, die in meiner Drachengestalt auftreten. Von nun an werde ich mein Leben führen wie vor dem dritten Weltkrieg.», antwortete ich mit Bestimmtheit.

«Einerseits ist das verständlich nach allem, was du durchgemacht hast, aber andererseits finde ich es auch schade. Die Rundflüge mit dir haben immer viel Spass gemacht. Was wird nun aus dem Raumschiff und all deiner Alientechnologie?»

«Das Raumschiff wurde zerstört und ich habe den elektromagnetischen Feldgenerator in ein anderes Universum geworfen.»

«Wie bitte?»

«Wie gesagt, ich bin fertig damit. Ein für alle Mal. Nichts auf dieser Welt kann mich dazu bringen, jemals wieder ein Drache zu sein. Selbst wenn die Welt morgen untergehen würde und nur ich es verhindern könnte, wäre es mir egal.»

«Das kannst du doch nicht machen, Nils. Die KI wird bestimmt ...»

«Z-17-k ist Geschichte, für immer. Meine Aufgabe ist erledigt.»

«Was? Wirklich?»

«Ja, ansonsten wäre ich nicht mehr am Leben.»

«Wie hast du das geschafft?», fragte Tom neugierig.

Ich atmete einmal tief durch, um mich zu beruhigen, und setzte mich auf das Sofa zu Delia, meiner Mutter, Tom und den Hunden. Anschliessend begann ich mit einer detaillierten Erklärung, was seit dem Moment geschehen war, als ich Tom verlassen hatte.

Mehrere Stunden später, nachdem wir gemeinsam gegessen hatten, verabschiedete ich mich von ihnen. Ich wollte unbedingt zu Vanessa gelangen, wollte jedoch nicht unhöflich wirken, indem ich Tom und die anderen zu früh verliess, weswegen ich länger geblieben war. Da ich gleichzeitig mit meinem Raumschiff ebenfalls mein Auto verloren hatte, fuhr ich nun mit den öffentlichen Verkehrsmitteln zur Klinik, deren Adresse mir mein Bruder gegeben hatte. Während der Fahrt dachte ich ununterbrochen an Eis, um die kleinen, noch drachenartigen Stellen meines Körpers zu verwandeln. Die Flügelansätze waren mittlerweile kaum noch grösser als Warzen. Dennoch war die mühselige Verwandlung noch von starken Schmerzen begleitet.

Eine Viertelstunde später hatte ich den Eingang der Klinik erreicht. Ich trat leicht nervös ein und sah mich einigermassen verloren im Eingangsbereich um.

«Guten Tag, wie kann ich Ihnen helfen?», fragte eine Frau an der Rezeption.

«Guten Tag, mein Name ist Nils Wollseif und ich möchte Vanessa Steiner besuchen.», antwortete ich unsicher.

«Ich werde sie gleich rufen lassen. Wenn Sie wünschen, können Sie im Wartezimmer Platz nehmen.»

Ich nickte, wobei es mich erneut im Hinterkopf zwickte, und betrat das Wartezimmer.

Rufen lassen? Ist es so schlimm, dass ich sie nicht einmal auf ihrem Zimmer besuchen kann? Fragte ich mich.

Da noch zwei andere Personen im Wartezimmer sassen, konnte ich mich nicht vollständig entspannen. Insbesondere nicht aufgrund meiner einzelnen Drachenschuppe unter dem Shirt, die ich noch immer nicht zurückverwandeln konnte.

Wenige Minuten später stiess Vanessa dazu. Sie hatte deutlich sichtbare Augenringe, bleiche Haut und wirkte zutiefst traurig, was mich schockierte. Sobald sie mich erblickte, erhellte sich ihr Gesichtsausdruck jedoch sofort. Fassungslos blieb sie stehen und starrte mich an, als wäre ich von den Toten auferstanden, was in ihren Augen vielleicht tatsächlich der Fall war. Ich stand auf und trat langsam auf sie zu. Obwohl ich mich auf das Wiedersehen gefreut hatte, gelang mir kein Lächeln, denn die Begrüssung mit ihr hatte ich mir vollkommen anders vorgestellt.

«Hallo Vanessa.», sagte ich verunsichert.

Diese Situation wurde durch die Anwesenheit zweier fremder Personen noch unangenehmer für mich, als sie es sonst bereits gewesen wäre. Als hätten meine Worte Vanessa aus einer Starre befreit, rannte sie plötzlich die letzten vier Schritte in meine Richtung und umarmte mich mit solch einer Kraft, dass ich kurzzeitig befürchtete, sie würde meine Rippen brechen. Gleichzeitig bemerkte ich, wie mich die beiden Fremden im Wartezimmer anstarrten, wodurch meine Wangen heiss wurden. Bevor ich etwas sagen konnte, liess mich Vanessa wieder los, blickte mich immer noch fassungslos an und küsste mich auf die Lippen. Die Fremden sahen nun deutlich in eine andere Richtung, was meine Verlegenheit noch einmal steigerte. Sich in der Öffentlichkeit zu küssen, war alles andere als angenehm für mich. Dennoch liess ich es zu, da ich bemerkte, wie sehr mich Vanessa vermisst hatte.

«Möchtest du ein wenig spazieren gehen?», fragte ich vorsichtig, als sie sich schliesslich von mir gelöst hatte.

Ihr Gesicht war bereits wesentlich weniger bleich als zuvor. Stumm nickte sie und begleitete mich nach draussen, wo ich mich wohler fühlte als vor den Augen wartender Menschen. Auf der Strasse waren nur wenige Passanten unterwegs, die uns kaum beachteten. Gemütlich schlenderten wir nebeneinander her, während wir unser Gespräch fortsetzten.

«Ist dies ein Traum?», fragte Vanessa mit zittriger Stimme.

«Nein, selbst wenn mir diese Situation gerade surreal vorkommt.», antwortete ich.

«Was ist passiert? Weshalb warst du zehn Monate lang verschwunden? Dein Bruder Tom hat mir erzählt, du wärst bereits nach einem Tag wieder aus der Gefangenschaft von Z-17-k zurückgekehrt.»

«Ich habe diese verfluchte KI bis auf die letzte Schraube zerstört. Selbst die Raumstation habe ich mit meinem Ionenantrieb in zwei Teile geschnitten.»

«Wow! Das sind ja fantastische Neuigkeiten! Warst du zehn Monate lang am Kämpfen oder weshalb hast du so lange gebraucht?», fragte sie in beinahe scherzhaftem Ton.

«Ich habe ein schwarzes Loch umkreist, um Z-17-k zu verfolgen …»

«… und dies hat zu einer Zeitdilatation geführt.»

«So ungefähr. Obwohl ich zugeben muss, dass ich dieses Fachwort nicht kenne.», antwortete ich schmunzelnd.

«Dann hast du die gesamte Menschheit gerettet.», erwiderte Vanessa plötzlich mit einer Ehrfurcht, die mich verunsicherte.

«Ähm. So hätte ich das nicht beschrieben, aber theoretisch gesehen hast du recht.»

Solange die von Z-17-k vorausberechnete Zukunft nicht eintritt, in der die Menschheit mitsamt der gesamten Natur dieses Planeten ausstirbt, habe ich tatsächlich etwas Gutes getan, dachte ich währenddessen.

«Ich schlage vor, wir lassen diese düstere Vergangenheit hinter uns und setzen unser gewohntes Leben auf normale Weise fort, was sagst du?», fragte sie.

«Genau das hatte ich vor.», antwortete ich grinsend, da sie mir aus der Seele gesprochen hatte.

Wir sahen uns gegenseitig in die Augen, glücklich darüber, wieder vereint zu sein. Alles, was zerbrochen gewesen war, schien sich in diesem Moment wieder zusammenzufügen. Selbst die letzte Drachenschuppe verwandelte sich mithilfe eines einzelnen Gedanken an Eis in menschliche Haut, ohne weitere Schmerzen zu verursachen.

«Es gibt etwas, was ich dir noch sagen muss.», sagte ich schliesslich.

Vanessas glücklicher Gesichtsausdruck verschwand augenblicklich.

«Hat es etwas mit ausserirdischen KIs, dem Multiversum oder irgendwelchen intergalaktischen Kriegen zu tun?», fragte sie sichtlich unzufrieden.

«Mehr oder weniger ja.», gab ich zu.

«Dann möchte ich es nicht wissen, egal was es ist.»

«Aber es ist wichtig. Ich wollte es dir bereits einen Tag nach meiner Entführung sagen, als du meine Anrufe nicht entgegengenommen hast.»

«Trotzdem möchte ich es nicht wissen. Deine Anrufe konnte ich nicht entgegennehmen, weil ich in der Klinik war.»

Traurig und wütend zugleich wich sie meinem Blick aus, als wäre es meine Schuld, dass man sie für verrückt erklärt hatte.

«Ich muss es dir einfach sagen.»

«Nein bedeutet nein. Ich möchte nichts mehr damit zu tun haben. Je weniger ich darüber weiss, desto besser.»

Ihr Gemütszustand hatte innerhalb von wenigen Sekunden von Freude über Trauer bis hin zu blanker Wut gewechselt, was mich negativ überraschte. Dieses Verhalten kannte ich überhaupt nicht von ihr. Normalerweise war sie eine fröhliche, wissbegierige Frau, die für alles zu haben war. Sie nun in diesem aufgewühlten und zerbrechlichen Gemütszustand zu sehen, schmerzte in meinem Herzen.

«Weshalb möchtest du es nicht wissen?», hakte ich nach.

«Unwissenheit ist ein Segen. Das habe ich während der letzten Monate gelernt. Hätte ich nichts von Z-17-k gewusst, als du entführt wurdest, wäre ich nicht panisch zur Polizei gerannt und hätte so lange verzweifelt um Hilfe geschrien, bis sie mich in eine Klinik für geistig Gestörte verwiesen haben. Ebenfalls hätte ich nicht viermal versucht, aus dieser Klinik auszubrechen, um die Wahrheit ans Licht zu bringen. Ich hätte mir nach dem Angriff von Z-17-k nicht die Schuld gegeben, für den Tod von hunderttausenden Menschen verantwortlich zu sein, die ich durch glaubhafteres Auftreten hätte warnen können. Ich wäre nicht aus diesen Gründen in eine Depression verfallen und hätte auch nicht meinen Job verloren, geschweige denn mehrfach versucht, mir das Leben zu nehmen.»

Während der letzten Worte brach Vanessa in Tränen aus und konnte ihre Erzählung nicht fortsetzen. Endlich schien ich zu begreifen, was ihr Problem war und weshalb sie nichts mehr hiervon wissen wollte.

«Es tut mir leid. Ich wusste nicht, dass du derart gelitten hast.», sagte ich und umarmte sie behutsam.

Laut schluchzend drückte sie ihren Kopf an meine Schulter. Je länger sie weinte, desto sicherer war ich, dass ich mit meiner Erklärung noch warten musste. Ich wollte auf gar keinen Fall riskieren, dass sich ihr momentaner Zustand verschlechterte, insbesondere aufgrund der Suizidversuche, die sie erwähnt hatte.

«Du trägst keine Schuld am Tod dieser Menschen, sondern ich. Ich hätte die Station bei meinem Ausbruch mit Tom bereits zerstören können, jedoch habe ich es nicht getan. Ohne diese Station hätte Z-17-k die Nanobots nicht auf der Erde verteilen können, da seine zentrale Recheneinheit darin verbaut war, mit der er seine Raumschiffe steuern konnte.», setzte ich fort.

«Aber du hast anschliessend acht Milliarden Menschen gerettet. Das Schlimmste daran ist, dass es nicht einmal jemand weiss. Keiner dankt dir für deine Heldentat.»

Vanessas Schmeicheleien brachten mich in Verlegenheit.

«Wieder bei dir sein zu können, ist mir Lohn genug. Was schert mich die Meinung von acht Milliarden fremden Menschen, wenn alle, die mir wichtig sind, die Wahrheit kennen?»

Meine Worte schienen sie langsam zu beruhigen. Mit Tränen in den Augen, jedoch wesentlich klarer als zuvor, blickte sie mich an.

«Ich glaube, du hast recht. Was machen wir jetzt?», fragte sie.

«Wir kehren in unseren Alltag zurück.», antwortete ich gelassen.

Sofort hellte sich Vanessas Blick auf.

«Lass uns in eine gemeinsame Wohnung ziehen!», schlug sie vor.

«Einverstanden. Aber ich weiss nicht einmal, ob ich noch eine Wohnung habe. Schliesslich konnte ich seit zehn Monaten weder Miete bezahlen noch arbeiten.»

«Die sollten dir ein gesamtes Königreich errichten aus purem Gold.»

«Das wäre wohl etwas übertrieben. Eine Wohnung gemeinsam mit dir würde ich bevorzugen. Da fällt mir gerade noch etwas ein, was ich dich fragen wollte: Welches Datum haben wir?»

«Heute ist Sonntag, der fünfte Mai 2024.», antwortete sie lächelnd.

«Oh nein!»

«Was ist?»

«Ich habe den Winter verpasst. Das ist nämlich meine Lieblingsjahreszeit.»

«Du hast einen Kampf mit einer ausserirdischen KI überlebt, acht Milliarden Menschen gerettet und warst zehn Monate lang verschollen, aber das Einzige, was dich beschäftigt, ist die Jahreszeit?»

«In gewisser Weise schon, wobei mich alles andere ebenfalls beschäftigt. Zum Beispiel mache ich mir ein wenig Sorgen um meinen Job. Glaubst du, Sven lässt mich nach dieser langen Abwesenheit einfach so wieder arbeiten?»

«Es wäre besser für ihn, sonst bekommt er es mit mir zu tun.»

Nun mussten wir beide lachen. Was mir jedoch noch mehr Freude bereitete als Vanessas Scherz, war ihr nun wieder strahlender Gesichtsausdruck. Je länger sich unser Gespräch über unsere gemeinsame Zukunft fortsetzte, desto weiter schien ihre Depression in Vergessenheit zu rücken. Am Ende unseres Spaziergangs setzten wir uns auf eine freie Bank an der Limmat und betrachteten gemeinsam den Sonnenuntergang dieses wolkenlosen Sonntagabends. Vanessa hatte recht, unseren düsteren Lebensabschnitt voller Angst vor globalen Katastrophen und Kämpfen zurückzulassen, denn manchmal muss man mit der Vergangenheit abschliessen, um in die Zukunft schreiten zu können.